元華文創

卓越文庫 EB004

唐人

生命思想之多元探討

周誠明 著

羅時進教授序

　　對生命問題的思考，是人類關於自身存在的終極思考，而人類的一切文化創造和物質發展都是爲了「生命」，或者可以歸結到「生命」這一根本性目的上。從所謂的軸心時代開始，人類對生命的困惑和求解就沒有停止過，相似或相異的各種觀點的融合、碰撞，形成了關於存在與死亡的感受、意識、觀念，匯聚爲豐富的生命思想。

　　何謂「生命思想」？它是人類在親歷的生命體驗基礎上對「人」從哪裡來、走向哪裡，如何生存、如何終結，存在之哀樂、價值之實現等一系列生命問題，進行理性思考的認知體系，是超越於日常生活、生存、生命現象的感性認識，而上升到哲學層次的思維結晶，其中生命的本體觀和價值觀是兩個重要的組成部分。本體觀與「身體」相關聯，價值觀與「意義」相關聯，但這兩者的關係十分複雜，很難截然剖判，就如同「心身」之精神特徵與物質特徵的交互揉融、外感內通，人類至今仍無法完全理解其中的一些奧妙。古希臘德爾斐神廟的石碑上鐫刻著「認識你自己」的警句，但就「生命」來說，對之「認識」將是一個與人類發展相始終的過程。

　　在這個過程中，哲學家、心理學家、倫理學家、醫學家做富有成果的努力，文學家和文藝理論研究者也介入其中，發表了一系列論述，豐富了生命思想體系的蘊涵。在古代文化和文學研究中，近些年探討生命意識的學者不在少數。在唐代文化、文學研究領域，也有一些學者致力於唐代文人及其文學作品中生命感、生命觀的討論，取得了一些成果，但整體性的對唐人生命思想的研究尚不多見。

　　誠明教授將這個問題作為博士論文選題，是很有識見和學科建設意識

的。收到誠明教授的論文，閱讀之後很欣賞他對論題的整體把握。唐人的生命思想是一個哲學問題，同時也是一個歷史問題，作者首先以較大的篇幅從哲學思想契入，談唐人之生命意識，唐人之生命價值，唐人的性命認知，唐人關於生命的道德觀，以及唐人關於生命的審美觀。唐人觀念是歷史文化層累積澱的結果，作者將這個歷史積澱的過程和唐代社會的歷史發展結合起來論述，以初、盛、中、晚四唐的時空遷變爲背景，用一系列典型事例、論述來說明印證，就豐滿而扎實了。

古人對天人關係的思考，說到底就是對生命存在的可知性與不可知性的探究。在這方面誠明教授有一定的先期成果，發表過數篇論文。此次他對以往的成果加以深化，進一步討論唐人之生命思想。這裡不僅包含中唐韓愈、柳宗元、劉禹錫等人的天人觀，同時涉及唐代帝王封禪問題、唐人的祥瑞觀、唐人的災異觀。這是全文的有機組成部分，重要性是不言而喻的，而每一個問題後面都有許多細部問題，如帝王封禪的心理，祥瑞與妖災的對比、災害的應對防範等，作者善於梳理文獻，提煉觀點，在論文中展開了一個富於省思與啓發的知識面向。

王充在《論衡・道虛》說：「有血脈之類，無有不生，無有不死。……死者，生之效；生者，死之驗也。夫有始者必有終，有終者必有始。唯無終者乃長生不死。人之生，其猶冰也。水凝而為冰，氣積而為人。冰極一冬而釋，人竟百歲而死。人可令不死，冰可令不釋乎?」冰，總有融化之時；人必有死亡之日。在生的過程中，順逆、沉浮種種事件讓人體會到生命的哀樂，其實也只有將人放到具體事件和歷史現場中，生命的感受、意念才能真切地產生。誠明教授在這篇論文中選取了唐人科舉、仕隱、貶謫三個大節來討論，將「生命感」這個易默會而不易表達的概念具體化地呈現出來。我們知道，語言對於極爲豐富的心靈的表現是有限的，但由文字符號形成的各種文體畢竟架起了通向心靈的橋梁，所以今天的研究者必須「回到唐人文本」中去。誠明教授考察了一系列的唐人文章、詩歌、小說、變文，同時將醫病文、哀祭文等作爲專門對象，從養生行爲、疾病感受、性別心理闡發其生死觀。這裡必然

涉及作家生平、作品內容，涉及儒、道、佛三教理念，而恰恰是在這種廣博的知識體系中，見出他構思和寫作的功力。順便說一下，誠明教授對古代醫學知識曾下過一些功夫進行鑽研，對養生學也有一定的研究，這就是爲什麼他在相關內容的分析、闡述中顯得尤其得心應手的原因了。

　　人和人的交往、結識真是一種緣分。如果人生總是在「常軌」上運行，我們至今都是陌生人，最多是對方論文、論著的讀者而已。幾年前，我應臺灣逢甲大學邀請前往擔任客座教授，我們即在中文系「偶然」相識了。當時我在博士班開設地域文學與家族文學研究課程，在碩士班講授清代詩歌發展。這兩門課除選修的學生外，誠明教授每次都來聽課，他家離學校較近，整個一個學期幾乎他都是第一個到教室。起初我有些好奇，這位年齡較我大十多歲，而上世紀六十年代已經晉升教授職稱，後來擔任過高校系主任的學者，何以出現在課堂上。他告訴我已經退休了，除繼續擔任一些高等院校的課務外，正在逢甲大學攻讀博士學位。其實，他的學分已經修滿，正進入論文寫作階段，爲了充實、提高，他希望能隨班聽課──顯然，誠明教授是將學術研究、汲取知識作爲一種生活、生存方式的，他用自己的意志與努力彰顯著生命的意義，我深爲欽慕、感動。

　　緣此，我們便有了近半年時間的學術交往。在課堂上的討論階段，他提出的問題最多，我們在論辯中享受著「疑義相與析」的純粹學術的快樂。課後，他和洪增宏兩位年長一些「學生」與我頗有詩酒酬和之樂。我們一起到高雄參加增宏博士論文開題報告會，一起到李威熊先生的莊園參觀并品嘗田間的果實。回到東吳後，誠明和增宏兩家結伴來蘇州看望我，我到臺灣參加學術討論會，又與他們一起歡語盤桓。2014 年我在蘇州主持第十七屆唐代文學年會暨國際學術討論會，邀請誠明教授來參加，在會上他頗有宏論，令我印象深刻。

　　這篇博士論文的構想及其寫作，他與我談起過，我算是比較熟悉的。口試通過後，誠明教授將論文給我，再次徵求修改建議。我深感這是一部體系完整，論證精深，在唐代文史研究中具有相當突破性的成果，爲他的智慧、

勤奮、成功感到高興，也似乎在論述結構的適當調整、概念清晰度的提高和史料進一步豐富等方面，提出過一點參考性的看法，他欣然接受。現在修改後的論文即將出版，已逾稀年的誠明教授馳信徵序於我，雖覺得由我引喤幷不合適，然義不能辭也。我想藉此機會不妨略述閱讀體會，兼記幾年來的友好交遊和論學興味——這一切都如同在眼前呢！

　　就寫這些，向誠明教授交卷了。

羅時進（蘇州大學文學院教授兼敬文書院院長）

2017 年 3 月 25 日　書於吳門

目次

第一章　　緒論

生命複雜而微妙，幾乎不可思議。生物中看到蝴蝶化蛹而出，蝌蚪變成青蛙，可以體會萬物蛻變之過程；人類亦由母親懷胎十月，產下嬰兒，然後度過數十寒暑，又回歸自然。不論人類演進與成長之過程如何，每一個人在一生中，會經歷不同之境遇，將來是帝王、官吏、文人、僧道、百姓，隨自己之遭遇而定，無法預知。在不同朝代，自己之身分、個性、家族、環境，亦因人而異。要研究唐人之生命思想，是將研究生命之範圍，縮小到一個唐代，範圍還是很大。唐代（618～907）自李淵開國至唐滅亡為止，共經歷二十二位皇帝，兩百八十九年（不包括武周則是 274 年）。要一探唐人之生命思想，確屬不易。

近年來，研究生命是重要之課題之一，但是都環繞在近代之疾病書寫及生命教育方面，如生命哲學、生命關懷、生命倫理、生命教育、生命美學、生命輪迴、生命存在等，可謂琳琅滿目，成果斐然。但對歷代生命之探討，都侷限於個人生命之探討，鮮有以斷代為範圍之探討，故本文以唐人為研究對象。是因為唐代是政治、社會、宗教劇烈變動之朝代，唐人之生命亦隨之起伏不定，適於做斷代之研究。

生命思想之研究範圍，極為廣泛，本文企圖從哲學、歷史、天人關係、官吏、文學、宗教、生死靈魂等，做多角度之探索。若將唐人分類，涉及到帝王將相、官吏、文士、儒士、僧道、后妃、婦女，都各有不同之生命歷程，因此，研究唐人在變動不居之環境下之生命感受，有其必要之意義與價值。

唐代是一個波瀾壯闊之時代，從初唐、盛唐到中唐、晚唐，各時期都有不同之特色，有貞觀、永徽、開元之治，有武周革命、安史之亂、黃巢之亂，

有宦官亂政、朋黨之亂、藩鎮之亂,使唐朝成為政治、社會、文化不斷激盪之時代。無數百姓在戰亂中流離失所、官吏受宦官朋黨為禍之餘,寫下許多血淚悲歌。許多官吏經歷宦海浮沉後,對佛道養生產生吸引力。再加上動亂之時代,人們想藉宗教撫慰心靈,故儒、釋、道並興。探討唐人之生命思想、就是要了解唐人在波濤洶湧之大時代中,帝王、官吏、文士、儒生、佛僧、道士、女性等對生命之看法。

　　本文之內容,重視在人之探討。首先必須建立生命之哲學理論。第二章以哲學為主,由於哲學是探求真理之學問,生命更是哲學家研究之主要課題,故從哲學中與生命相關之理論,包挖自我論、價值論、認識論、道德論、審美論五方面,加以論述。

　　第三章以天人關係為主。中國自古即對天崇敬,《周易·大有·象辭》云:「大有,上吉。自天佑也。」《周易·繫辭上》第十二章云:「易曰:自天佑之,吉無不利。子曰:佑者,助也。天之所助者,順也。」《周易》認為天具人格化、德行之意義,能判斷人事之吉凶禍福。《詩經·大雅·文王》云:「無念爾祖,聿修厥德。永言配命,自求多福。殷之未喪師,克配上帝。宜鑒于殷,駿命不易。」言恆念先祖文王,修養自己之德行。永遠配合天命,勤修德教,自求多福。在殷未喪眾心之時,要德配上天。宜以殷紂之亡國為借鏡,天命不易維持。

　　由於生命思想並非只是個人生命之生老病死而已,對唐人生命之探索,必須從自我延伸到家庭、社會、國家、宇宙,故從天人關係論述唐人之生命思想。天人關係包括自我與天地自然之關係,以及帝王之天人關係。在敘述唐人之天道觀方面,是唐人體察天地萬物之後,將人與自然之關係加以說明,如孔穎達沿襲《周易》之道器說,認為道是形而上之本體,萬物由無而有,就是道化育而成;韓愈則繼承孔孟之說,認為天為有意志力之主宰者,必須有畏天命而閔人窮之襟懷;柳宗元認為自然界之變化,不論天災、地變、地震、水火之災,都是自然現象,並非天行賞罰。見解合乎現代之科學觀;劉禹錫主張天與人相勝相用,如果社會安定,是非分明,百姓可以據理爭勝;

社會不安定，只能聽天由命。因此，天不是一定能勝過人，人們在無法主宰自己時，也不要歸咎於天。天沒有私心，不能主宰人，人經由努力，也可以勝天。

唐代帝王擁有統治萬民之權，帝王之言行，關係到億萬官吏、百姓之生命，必須予以重視。唐代帝王與前代帝王一樣，希望能藉封禪之祭典，與上天溝通，讓自己能獲得上天之認同，治理天下。並告知上天，會造福萬民，如玄宗制《紀太山銘並序》中云：「至誠動天，福我萬姓。」[1] 此種順天應人，敬天重民之思想，是帝王封禪之重要意義。

帝王既然循天意治國，對天地間之祥瑞、災異，就會感同身受。認為國家興隆，君主仁德，必有靈龜、飛龍、鳳鳥、麒麟等四靈出現；國家衰亡，則妖孽、災異將警示帝王。帝王正則元氣和順、萬民安樂；不正則天災人禍，紛至沓來。故唐代帝王常罪己思過，用節用緩刑，以謹天戒。

第四章以歷史為主，歷史是人類生活之實錄，唐代是可歌可泣、有血有淚之大時代，豈能在人類歷史中磨滅？漢‧司馬遷認為歷史要：「究天人之際，通古今之變。」司馬光亦在《進資治通鑑表》中言：「窮探治亂之跡，上助聖明之鑒。」歷史不僅要體察天道與人事之關係，通達古往今來之變遷，還要窮探天下治亂之跡象，作為君主聖察國家盛衰之明鑒。

歷史是時空之交集，也是人類生活之實錄。唐代在初唐時期[2]，太宗李世民知人善任，改革吏治，勤政愛民，容納直諫，開創貞觀之治。在其勵精圖治下，國家繁榮強盛，官吏、文人、僧道、百姓都能各安其業，不僅感謝聖恩，且對國家未來之發展，充滿希望與憧憬。到高宗時，因患風疾，讓武后逐漸掌握政權，終於在高宗死後，武后於天授元年（690）即位，稱「聖神皇

---

[1]　清‧董浩等編：《全唐文》，（北京：中華書局，2001），頁453。

[2]　元朝楊士弘〈唐音〉依唐詩發展的歷史，把唐詩分為四期：初唐（自唐高祖武德元年至睿宗太極元年，618~712AD）；盛唐（自唐玄宗開元元年至代宗永泰元年，713~765AD）；中唐（自唐代宗大曆元年至文宗太和九年，766~835AD）；晚唐（自唐文宗開成元年至昭宣帝天佑三年，836-906AD）。

帝」，改國號周，使大唐子民有改朝換代之悲哀。幸好在長安四年（704），中宗復位，恢復唐祚。而在武后時，殺害異己無數，使唐代官民之生命，進入黑暗時期。

盛唐時期，因有開元之治，使唐朝進入繁榮安定之時期，具有大唐氣象。天寶十四載（755），發生安史之亂，玄宗幸蜀，肅宗即位靈武，郭子儀、李光弼平定安史之亂，雖然天下轉趨安定，但在動亂之下，百姓流離失所，唐朝元氣大傷，也就進入中衰時期。

中唐自代宗以後，為收撫安史降將，使邊鎮之節度使權勢擴大，形成藩鎮之亂；宦官之禍從唐肅宗、代宗時之李輔國、程元振、魚朝恩；德宗、憲宗時之竇文場、霍仙鳴、吐突承璀；穆宗、敬宗時之陳弘志、王守澄、劉克明；文宗、武宗時之仇士良、魚弘志；宣宗、懿宗時之馬元贄、王宗實、劉行身等亂政，操縱國君廢立，中樞癱瘓；又在牛李黨爭之下，政局動盪不安，百官宦海浮沉，並飽受貶官遷謫之苦；外患則有回紇之驕橫、吐蕃入寇、南詔叛擾，情勢複雜多變，官吏、百姓飽受離亂遷謫之苦。

晚唐從懿宗以後，民不聊生，民亂四起，有王仙芝之亂、黃巢之亂、秦宗權之亂，接連發生。尤其是黃巢之亂，農村經濟崩潰，生靈塗炭。再加上藩鎮遍佈全國，割地自雄，互相吞噬，國家殘破混沌。終於在藩鎮、宦官、流寇三亂交織下覆亡。這是唐朝不論君主、官吏、文人、僧道、百姓，在水深火熱之中，生命不如螻蟻之時期。

唐人之遭遇，隨時空背景之改變，有不同之生命之感受，有人在朝廷享受高官厚祿，有人被遷謫至窮荒異域，有人隱居山林不問世事，有人煉丹養生祈求成仙，至於一般百姓，從事士農工商，以圖溫飽，或出家為釋道，以求來世之美好，不一而足。

第五章以官吏為主，將唐代官吏一生從政之生涯，包括科舉過程之哀樂、仕隱中之生命浮沉、遷謫中之生命感受等，加以論述。就文士而言，要走上宦途，是一段艱苦之生命歷程，唐代之文士，從參加科舉考試，到中舉後進入朝廷或各級官署中任職，必須在門閥、朋黨中選擇自己之政治立場。關於

朋黨，各有異說，依傳統說法，是以憲宗元和三年（808）對策案為發端，前後經歷四十年，官吏必須選擇自己歸屬於何黨？並對黨絕對忠誠，故中晚唐時，李德裕、李宗閔各擁朋黨，官吏在朝廷任官，如不依附朋黨，就無法立足。唐文宗曾慨言：「去河北賊易，去朝廷朋黨難！」

　　唐代之官吏，在任官期間，常會因言論、立場、黨派之不同，遭到遷謫之命運，受到重貶者，甚至遠謫嶺南、交趾、海南等地，置身蠻荒，身心飽受煎熬，常會感受到生命之無常，會有不如歸去之想法。若辭官隱居，可以免除朝廷人事之紛擾，自由自在地生活。但不久又想回到朝廷，所謂身在江湖，心存魏闕。在仕隱交替之時，內心不斷在矛盾中掙扎，深刻體會到生命之無常與無奈。

　　第六章以文士為主，唐人在文學上有輝煌之成就，但是唐代每位文士生長在不同之年分，隨著自身之個性、境遇、家族、黨爭、貶謫、戰亂等因素之影響，有不同之遭遇。如政治上之變革，會使官吏因政治觀點不同而遭貶謫；受黨爭之影響，而遭受排擠；受戰亂之影響，而流離遷徙。文士在生命變遷之時，常會感時慨世，將自身之遭遇，用詩文、小說表達心聲。甚至佛教也藉世亂之時，以變文宣揚教義；至於僧人，雖然出家為僧，但仍到處掛單，或與儒生、道士交游，如內心有所感受，亦會以詩歌表達。如果將以上之文學作品分析，可以了解唐人遇到戰亂、貶官、遷謫，或與親朋相處時，如何用詩歌、文章、小說傾訴自己之心聲，這些文人、僧侶生命歷程中之真實感受。

　　本章先從文章之氣與生命力論述，再論唐代古文對生命之詮釋，以及唐代古文家所表現之生命精神，以了解唐代文人之內心世界，以及如何將心中對生命之體認，用文章縷縷道出，讀其文如見其人，如聞其事。

　　其次敘述詩歌中之生命思想，包括從戰爭亂離詩中體悟生命之無常、從田園山水詩中倘佯生命之愉悅、從詠史詩中洞察時空變幻之生命情境、從思鄉離情詩中探討生命之情懷、從苦吟詩中探索生命之真諦。

　　再次敘述唐人小說中之生命思想，包括唐人愛情小說中之生命憂喜，唐

人神仙小說中之生命幻想，唐人記夢小說中之虛幻時空，唐人小說變形之生命誇示。唐人在構思小說時，有許多對生命之詮釋與安排，雖然小說有其虛構之成分，但從小說內容與作者表達之思想中，可以想見作者如何藉小說之內容，陳述心中之理念。就是因為小說可以虛構，作者心靈深處之想法，可以經由捕捉、勾勒、推想而獲得理解。

此外唐代敦煌之文化遺產，是當前重要之研究資料，不論敦煌之歷史、詩詞、變文、講經文等，都留下寶貴之遺產。本文僅就其中之變文與僧詩中，探討其生命思想。由於佛教屬唯心之思想，其變文是用文學之方式敘述故事，以達到宣教之目的，其中有許多佛教對生命之看法，值得探討。敦煌佛教興盛，僧詩亦為唐代僧人宣洩情感之作，其中有取多對生命感受深刻之詩，值得深入闡述。

第七章以儒士、佛僧與道士為主，將儒佛道三教之人對生命之不同觀念，加以探討；唐代儒生主要是藉科舉入朝為官，由於唐朝治國，採用儒家之治術，故儒家思想成為科舉考試之主要內容，考題除儒家思想外，道家老莊思想偶有採用，但終非主流。孔穎達《五經正義》為當時明經科之考試範圍，使儒家在士大夫階層，受到重視。

唐代佛教興盛，八宗並起。武后時又將佛教凌駕道教之上，除武宗時對佛教大肆打壓外，佛教在中國傳播甚廣。佛教重在修心，在遭遇亂離中，佛教最能慰人心。佛教主張厭離現世之煩惱、悲痛，去貪嗔癡三毒，以苦集滅道四聖道，讓自己進入清淨寂滅之解脫境界，祈求自己成佛、菩薩、阿羅漢，至少要往生極樂，充滿對來世之憧憬。

文中將敘述佛教教義對生命之闡釋，如佛法說眾生之相、佛教說人之生死與「三世因果」、涅槃可以解脫生死等。又闡述唐代佛教在心性上對生命之啟發，以及唐代君主信佛、反佛對生命之激盪等。

唐代以李姓立國，尊道教之老子李耳為其先祖，故道教為唐代之國教。道家重視今生之涵養，以導引、辟穀、吐納、胎息、煉丹等，讓自己延年益壽；死後則以薦拔、醮祭之方式，脫離地獄之苦。讓君主、官吏、文士、僧

道都趨之若鶩，汲汲於養生，祈求長生久視。因此，文士與僧道交往，其目的當非僅是朋友之誼而已，希望能得到煉丹之術，這些都是文士往道教傾斜時，必須探究之事。

本文將論述唐代君主信道教、及反道教對生命之激盪，唐代道教之心性論、鬼神論、生死論；以及文士出入佛道之詩文中所書寫之生命思維，以探討道教之生命思想。

第八章以唐人之終極關懷為主。唐人受道家養生思想之影響，不論帝王、官吏、文士、甚至庶民，都重視服食養生，從許多種藥草，煉金丹之詩文中，知唐人對生命延續，有許多期待；由於人都要經歷生老病死之生命歷程，因此如何養生以延年益壽，受到唐人之重視。養生包括醫家之養生、道士之養生、帝王之養生、佛徒之養生、文士之養生等。

其次，從唐人之醫病文中探討生命思想，醫病文中，敘述唐人在身體病痛之時，對自己生病之情形，有許多細緻之描述；再次，哀祭文中，如祭文、碑文、墓誌銘中，記載往生者之病痛，期望能獲得靈藥醫治，以及生前之信仰等，及生前之言行、事蹟、功業、學術，都有所敘述。這些對了解唐人對生命終極之看法，都有極大之幫助。

本文將唐代醫家之生命觀、文士之醫病文及其生命觀、佛教醫術對生命之詮釋；再從唐人哀祭文如墓誌銘、碑誌、祭文中，探討唐人對往生者之哀悼及追念。

有關唐代生命思想之研究，並無專著。但探討生命之書，倒也不少。如林崇安《佛教的生命觀與宇宙論》（臺北：慧炬出版社，1994）、李霞《道家生命觀研究》（北京：人民出版社，2004）偏重宗教，且非以唐代為中心；期刊論文中，以人為題之論文，如筆者所作《屈原及其作品之生命情操》(2005)、《蘇軾生命精神之探討》(2009)，並非唐人之生命思想；第二屆主題文學學術研討會論文集《生命的書寫》（臺北：萬卷樓圖書公司，2003），是針對生命書寫之研究，但論題廣泛，多以探討生命之哲學、倫理、美學等為範圍，並非以朝代為範圍之研究；前些年，香港大學有疾病書寫之研究，與唐人之

生命思想有所差異；錢志熙《唐前生命觀和文學使命主題》（北京：東方出版社，1997）是寫唐前之生命觀，筆者之論文可以銜接，惟論述偏重文學，並非宏觀式寫法；其他如潘知常《生命美學論稿》（2002）、羅光《生命哲學》(2001)、徐宗良、劉學禮、瞿曉敏合著之《生命倫理學理論與實踐探索》，亦非針對唐人生命思想之之研究。由上敘述，本文對唐人之生命思想，作較為全面而深入之探討。

　　本文重視原典之版本，唐代之典籍甚多，如各詩人之作品，雖在《全唐詩》、《續全唐詩》中皆有，但對各詩作之編年、校注、箋釋、集解甚多，筆者盡量以經過教勘者為主，如無相關著作，再參考《全唐詩》、《續全唐詩》；唐代之歷史，以鼎文書局之《新唐書》與《舊唐書》為本。《舊唐書》為楊家駱主編之參校本，包括百衲本、明嘉靖聞人詮刻本、清乾隆年間武英殿刻本、清同治年間浙江書局刻本、清同治年間廣東陳氏葄古堂刻本等；《新唐書》則包括北宋閩刻十六行本、南宋閩刻十行影印本、明崇禎年間毛氏汲古閣刻本、清乾隆年間武英殿刻本、清同治年間浙江書局刻本等，應是較佳之文本；司馬光主編之《資治通鑑》，則依據洪氏出版社印行宋‧胡三省注，及附校勘表本；佛教經典則以新文豐出版之《大正藏經》為文本，道教則以新文豐出版之《正統道藏》、《續道藏》為文本；若唐代典籍無校勘本，坊間亦無善本，則以台灣商務印書館印行紀昀等奉敕編之《文淵閣四庫全書》、中華書局《四庫備要》、商務印書館《四部叢刊》為文本。至於近代研究唐代生命思想之著作，並未見到。但在數量龐大之唐人著作中，有關唐人生命思想之論述，不難找到相關資料，對撰述本文，獲得極大之助益。

第二章　從哲學思維論唐人之生命思想

　　哲學西方稱愛智之學，愛智就是愛好智慧，追求智慧。智慧不只是解決事物的能力，而且在追求事物根源之精神。因此，哲學精神是在探討事物時，不僅觀察事情之現象，還要注重事物之本質，事物最後之根源就是真理，真理只有一個，但可以從不同的角度去加以探求，真理就能呈現。

　　柏拉圖 (Plato 429-374 BC) 提出了理念論，認為在現實的、可感知的世界不是真實的，在它之外存在著一個永恆不變、真實之理念世界。理念可以用理性和感性兩種方式得到。亞里士多德(Aristotle 384-255 BC)不同意柏拉圖之理念論，把理念稱之為形式。形式是事物之本質，存在於事物之內。具體事物是由質料因、形式因、動力因和目的因所構成。中世紀之康德〈Immanual Kant 1724—1804AD〉認為理性是處於知性之上最高一級之綜合能力，它要求認識世界之本質，而認識包括先天的理性，後天的經驗兩方面，理性的認識力並非無限，後天之經驗，又不足以說明認識世界的本質，不得不走向精神之領域。現代哲學中，強調知識，訴諸理性。海德格〈Heideggr 1889—1976AD〉認為人生之全體，必需包含死來了解；死是超越經驗，人生即是向他自己之死所趨向之存有，我把將來的死在現在加以把握，才不至誤解我們自己，而有真實之人生。法國生命哲學的代表人物柏格森〈Henri Bergson 1851—1941AD〉，認識生命現象不能靠理性，而只能靠直覺來認識實在或綿延，直覺的境界就是與上帝合而為一之境界。

　　中國之哲學與西方直接深入生命之探討不同，注重道德修養，以涵養致知之道。莊子〈大宗師〉云：「且有真人而後有真知。真人者，不逆寡，不雄

成，不謀事。」[1]莊子認為要有真人之修養，才有真知。因為真人不違逆寡少，不仗恃成功，不謀慮事情，達到與道相合之境界。荀子〈解蔽〉云：「人何以知道？曰心。心何以知？曰虛一而靜。」[2]荀子則認為要有「虛一而靜」之修養，無所偏斜，才能知「道」。宋儒張載《正蒙‧神化》云：「窮神知化，乃養盛所致，非思勉之能強；故崇德之外，君子未或致知也。」[3]張載認為要窮天德，知天道，使德盛仁熟，才能達到致知之地步。

　　探討唐人之生命思想，就必須在哲學之基礎上，從生命之自我、認識、價值、道德、審美等層面，加以闡釋，將有助於深入生命之深層意蘊，茲分敘於下。

一、從自我觀照生命

　　從哲學之觀點觀察，無法迴避對本體之探討。本體若從心與物兩者推論，天地萬物之根源是無，無即老子所謂之道。老子《道德經》云：「天下萬物生於有，有生於無。」[4]由此可知，人之本體要回到物之自身。從自我觀察，應是人類生命思想之首務。人類一直在探索生命由無到我之過程，自我存在之本質與價值，生命之發展之過程與演變，以及從生到死之過程中，所顯示之自我意識。

　　生命之自我意識，就是從自我角度探討生命之根源與本質。從自我之內在心靈，到外在之現象界。從個人之遺傳、生殖、生育、醫療、保健，到社會、政治、經濟等方面，觀察人類外在之存在空間，生活環境及人文追求，甚至更深入地向宗教、死亡、靈魂等方面，深入追求人類生命之起源及歸宿。

---

[1] 陳鼓應：《莊子今註今譯》，（臺北：臺灣商務印書館，1978），頁186。

[2] 清‧王先謙：《荀子集解》，（臺北：世界書局，1966），頁263。

[3] 宋‧張載：《張載集》，（臺北：里仁書局，1981），頁17。

[4] 陳鼓應：《老子今註今譯》，（臺北：臺灣商務印書館，1978），第40章，頁25。

因此，人類之自我所涉及之範圍，極其廣泛而遼闊，不僅包含個人之生老病死，還要觀察社會、國家，甚至全人類生命之延續與發展。

先民將自我與天地融合為一，天人合一之觀念，是將人與天地自然視為一體，人是小宇宙，天地自然是大宇宙，人之生存發展與天地自然密切相連，生老病死也與自然界之春夏秋冬相應，人必須順應自然，與之和諧相處。孔子云：「天何言哉？四時行焉，百物生焉，天何言哉？」[5] 天是萬物之母，人化生自天地。漢·許慎《說文解字·一》云：「惟初太極，道立於一，造分天地，化生萬物。」[6] 許慎從文字之角度，詮釋太極為天地萬物之本源，其後陰陽分天地，陰陽合而生萬物。宋儒張載《正蒙·太和篇》云：「由太虛，有天之名；由氣化，有道之名；合虛與氣，有性之名；合性與知覺，有心之名。」[7] 依橫渠之說，天地萬物之化生，是由天地間陰陽二氣交感而來；此陰陽五行之氣，化生為性，合性與知覺，而成為心；由太虛之氣化生成心，就是宇宙生生不息之本源。

不論自我如何生存發展，都必須要有面對死亡之自覺。死亡是肉體之不存在。死亡之時，若無靈魂，則一切回歸萬有；若有靈魂飛升，則肉體隨草木同朽。可是只有靈魂，不能稱為存在。靈魂為精神體，精神體是生命之泉源，必須與身體結合，才能構成生命。中國人講形神相即，就是指人之精神和肉體合而為一之狀態。形是神之本質，神是形之作用，身心一體，才能讓身體成為生存之自體。也就是自體能感覺自我之存在，存活於人世，度過美好之人生。每個人必須維持身體之健康與精神之和悅，形神融合，才是自我生存之目標。《中庸》云：「致中和，天地位焉，萬物育焉。」不偏為中，相應為和，萬事萬物在中正平和之狀態下，產生和悅之氣，才算真正達成自我之生命價值。

---

[5] 《十三經注疏》，《論語注疏》，（魏·何晏等注、宋邢昺疏，1965），〈陽貨〉，卷17，頁157。

[6] 漢·許慎注、清·段玉裁注：《說文解字注》，（經韵樓藏版），（臺北：藝文印書館，1965），篇1，頁1。

[7] 宋·張載：《張載集》，（臺北：里仁書局，1981），頁8。

　　生命之主體是自我，自我具體而真實地存在，有意識、感官、感情、認知、性格、判斷等特性，可以依自己之意願生活，自我成長，達成自己之理想，就是自我實現。至於道家講避世、心齋；佛教講出世、解脫；儒家講修身、濟世。不論如何度過此生，人類之生命有限，如何滿足現世之生活呢？儒家孟子要養浩然之氣，以充塞於天地之間；道家莊子要養生主，培養主宰生命之精神；佛教華嚴宗要修行、天臺宗要止觀，禪宗要禪坐，以明生命之究竟。在追求生命之永恆上，儒家追求盡性以參天地之化育，道家講吐納、辟穀、煉丹，以長生久視；佛教講清淨、涅槃，至西方極樂淨土，各有不同之主張。

　　唐初道教興盛，道教在自我上，是以道為精神本體，道是順乎自然，無欲無為，歸真返樸。老子《道德經》三十七章云：

　　　道常無為而無不為。侯王若能守之，萬物將自化。化而欲作，吾將鎮之以無名之樸，無名之樸，夫亦將不欲。不欲以靜，天下將自定。[8]

　　老子認為道永遠是順任自然，而無所作為，卻又無所不為。侯王如果能按照道之原則治民，萬物就會自我化育、自生自滅。而產生貪欲時，就要用真樸來鎮住它，天下就自然安定。

　　由此而論，道家主張人與自然融合，去除人與物之偏見，與天地合德。莊子為漆園吏，而不任楚相，就是要退隱避世，以素樸之心生活。莊子〈大宗師〉云：「墮肢體，黜聰明，離形去智，同於大通，此為坐忘。」[9]就是要使自我從形骸、智巧中解脫出來，讓心虛靜恬淡，無欲無為，和大道融合為一，向自我靠近，達到無己之境地，成為至人。又〈達生〉云：

---

[8]《老子今註今譯》，第 37 章，頁 227。

[9]《莊子今註今譯》，頁 513。

　　子列子問關尹曰:「至人潛行不窒,蹈火不熱,行乎萬物之上而不慄。
請問何以至於此?」關尹曰:『是純氣之守也,非知巧果敢之列。」[10]

〈天道〉亦云:

　　夫至人有世,不亦大乎?而不足以為之累;天下奮棟而不與之偕;
審乎無假而不與利遷;極物之真,能守其本,故外天地,遺萬物,而
神未嘗有所困也。通乎道,合乎德,退仁義,賓禮樂,至人之心有所
定矣。[11]

　　道生萬物,以氣成形,至人將人之氣與天地之氣相合。也就是超越小我
之本體,而至於無限時空。到達「極物之真,能守其本。故外天地,遺萬物。」
「潛行不窒,蹈火不熱。」達到道之境界。
　　唐代儒家思想受帝王影響極大,從唐太宗欲延攬治國人才,而科舉制度
也以儒家經典為主,赴舉之考生,皆閱讀五經。雖然唐以道家為國教,佛教
亦八宗並興,儒學並未衰歇,仍是官吏階層之主流思想。
　　唐代承襲先秦兩漢魏晉以來之思想,在生命之思維上,由於儒、釋、道
三教並興,其自我觀各有不同,至於朝臣,亦各有不同之遭遇,如唐岑參為
朝廷轉戰西域,未受重用;王維經歷安史之亂後,選擇隱居輞川;李白想依
附永王璘建立功業,反被流放;杜甫志在輔政,希望肅宗重用,未能如願;
中唐以後,國事衰微,白居易目睹朝廷官吏在朋黨傾軋之下,宦途顛躓,遂
尋求自我養生;黃巢想起兵稱王,建立王朝而敗亡;杜牧仕途不順,十年一
覺揚州夢;李商隱沉溺情場,寫出「相見時難別亦難」之詩句。唐人在不同
之時空背景下,自我之生命思維與經歷、感受,在詩文中一一展現無餘,是

---

[10] 同上註,頁513。
[11] 同上註,頁390。

論述唐人自我意識之重要資料。

二、從價值解析生命

　　生命之價值，是人在生命過程中，從有形之物質生命，到無形之精神生命所做之評價，是一種生命之主觀認定。就個人而言，一般人都嚮往自己活得更久，擁有更多之財富與權勢，享有豐富之生活享受，是生命之價值所在。但是許多宗教家、哲學家卻期望人類恢復儉樸之生活，以意志力克服心中之情慾，提升靈魂向善之力量。再從人類整體而言，是要個人為民族、國家乃至人類社會有所貢獻。例如撰寫一本改變歷史之書，完成一樁有益社會幸福之事，發明一項增進人類生活之物品等，其價值非用金錢所能衡量。因此生命之價值，要從個人對名利之追求，擴大到增進社會人群整體之幸福。

　　唐君毅在《哲學概論》中，認為人生之價值論，又稱人道論。有關價值之存在，提出「天人之道之關係」、「悲觀與樂觀之爭論」、「意志自由」、「自覺我是人」等論點。諸多論點中，「自覺我是人」已如前述生命之自我觀照；人秉天地之氣而生，天人之道極為重要；悲觀與樂觀隨人之遭遇而定；意志之自由，與人之心性有關。由此觀之，生命之價值，先要解決人存在之問題。

　　西方古典哲學談經驗與理性，當康德（Immanuel Kant,1724〜1804）著《純粹理性批判》、《實踐理性批判》、《判斷力批判》三書後，批判理性，創始德國唯心之哲學。心靈之自由與追求，成為普世之生命價值。其後西方存在主義繼起，存在主義所提出的四大終極關注：「自由與責任」、「存在的孤獨」、「無意義感」、「死亡」。此四種主張，皆與生命思想有關。其中存在與死亡，是生命最基本之觀念，人一切之活動，必須在存在之狀況下進行。死亡是人最大之威脅；至於心靈之自由，是人類基本之需求；對家庭、社會、國家之責任，則是政治家、社會學家、家庭倫理學者之要求；不過，在人死亡時，對生命之無意義感會顯現出來，因為一生努力之成果，在死亡時，都如灰飛煙滅，

化為烏有。由此可知，西方在生命之意義上，仍有許多心理上之迷惑。

　　中國儒家對生命之價值觀，認為道德勝過生命，如子夏聽聞孔子言「死生有命，富貴在天。」[12] 人須要在道德上實踐生命之價值。孔子在《論語・顏淵》云：「朝聞道，夕可死矣。」[13] 又云：「見危授命」[14]，孟子〈告子章句上〉云：「生亦我所欲也，義亦我所欲也。二者不可得兼，舍生而取義者也。」[15] 此皆言士人見到國家危難之事，要舍生取義，為義犧生。實踐見義勇為之道德精神。

　　道家主張人與宇宙齊一，生死亦與天地合一。莊子〈大宗師〉云：「大塊載我以形，勞我以生，佚我以老，息我以死。」[16] 人應以生為寄，以死為歸。以生為勞，以死為息，真正看破生死大關。〈知北遊〉云：「人生天地之間，若白駒過隙，忽然而已。」[17]〈刻意〉云：「其生若浮，其死者休。」[18]〈大宗師〉云：「無古今而後能入於不死不生，殺生者不死，生生者不生。」[19]〈天道〉云：「知天樂者，其生也天行，其死也物化。」[20]〈至樂〉云：「生者假借也，假之而生。生者塵垢也，生死為晝夜。」[21] 都是說明人生短暫，要把生死看成晝夜之變換而已。生就像蜉蝣暫時寄生天地之間，死後物化，就與萬物齊一，進入不死不生之境界。要效法天，順應天道而行。

　　佛教自東漢明帝傳入中國以後，其思想強調人生有生老病死之苦，五蘊之煩惱，故勸世人對現實世界產生厭離心，借助戒定慧三學，或三無漏學，

---

[12] 《十三經注疏》，《論語注疏》，卷 12，頁 106。

[13] 同上註，《論語注疏》，卷 4，頁 37。

[14] 同上註，《論語注疏》，卷 14，頁 125。

[15] 同上註9，《孟子注疏》，（漢・趙岐注、宋・邢昺疏），卷 11 上，頁 201。

[16] 《莊子今註今譯》，頁 209。

[17] 同上註，頁 622。

[18] 同上註，頁 435。

[19] 同上註，頁 203。

[20] 同上註，頁 374。

[21] 同上註，頁 498。

斷除人生之煩惱，輪迴轉世，以求解脫。由此可知，佛教認為人生充滿悲苦，必須以空觀了知世事之無常，人生之空幻，一切隨因緣而變化。對唐代安史之亂以來，百姓常身陷入戰亂之苦難之中，佛教生命思想，對無數遭受苦難之民眾，得到心靈之撫慰。

　　儒釋道對生命之價值，雖然各有不同。唐代標榜道家為國教，佛教亦一時稱盛，儒家思想就依賴經學與科舉傳承下去。在科舉制度下，儒學仍然流傳於士大夫階層。儒家之義理中，《易經》講萬物生生不息之道；《禮記》將吉、凶、軍、賓、嘉五禮，規範社會之倫理關係及行為準則；《詩經》陶冶溫柔敦厚之性情。《書經》記載虞夏商周之歷史；《春秋》即將歷史之褒貶，使亂臣賊子知所恐懼。唐代以孔穎達之《五經正義》，統一經學之義理，使科舉之時，考生有所依循。故在統治階層，仍遵循儒家之傳統，以修齊治平為生命之價值與目標。

　　一般文士、官吏之生命價值，在開始踏入仕途時，滿懷致君堯舜之抱負，經過宦海浮沉，貶謫各地後，對自己之理想逐漸打折，為朝廷報效之熱情，逐漸消退，甚至有歸隱、還鄉之念頭。尤其在國家遭遇動亂，或是仕途遭遇挫折之時，明哲保身是重要之選擇。推其原因，是在朝廷奸佞當道，必須評論生命之價值，並為自己之生命尋找出口時，「君子無道則隱」應是在無奈中最佳之選項。

三、從認識探索生命

　　對生命之認識，是通過內心之體驗和直覺，了解人類生命本體之存在，以及對生命知識之認識。從宇宙、人性、人格等精神現象之理解，到經由經驗、直覺、聞知之知識，都可列入認識之範疇。認識在知識上，是經由經驗、直覺、聞知而獲得，但如未經過實證之過程，無法確認所獲得之認識屬於真理，而且屬於經驗與現象之外之事物，大都交由宗教家解釋。各種宗教對生

命之歸屬，認知各有不同，因此對在世時之行為規範也自不同。

　　儒家之孔子，依據《論語・季氏》，認為認識有三種：「孔子曰：生而知之者，上也；學而知之者，次也；困而學之，又其次也；困而不學，民斯為下矣。」[22] 孔子認為認為認識才智有三品等，即生而知之、學而知之、困而學之。但孔子認為自己是學而知之，多聞多見，擇其善者而從之。

　　孟子在認識論上，接近孔子所謂之「生而知之」。認為人有不學而能、不慮而知之良知良能。《孟子・盡心上》云：「人之所不學而能者，其良能也。所不慮而知者，其良知也。孩提之童，無不知愛其親者；及其長也，無不知敬其兄也。親親，仁也；敬長，義也。」[23] 但是還要經過「反求諸己」之實踐功夫。《孟子・離婁上》云：「行有不得者，皆反求諸己，其身正而天下歸之。」[24]

　　荀子在認識論上，主張藉感官經驗，以認識事物之同異。然後以心作理性之思維，也就是將聞見之事，做分析、判斷，才能成為真知識。〈天論〉云：「心居中虛以治五官，夫是之謂天君。」[25]〈解蔽〉云：「心不使焉，則白黑在前而目不見，雷鼓在側而耳不聞。」[26] 若不能用心思維，就會白黑在前而目不見，雷鼓在側而耳不聞。同時，在思維之後，還要踐行，知識才有價值。故〈儒效〉云：「不聞不若聞之，聞之不若見之，見之不若知之，知之不若行之；學至于行之而止矣。」[27]

　　荀子批評天人合一和世俗迷信，認為天有「天職」，人應「明於天人之分」。萬物都循著自然規律運行變化，不會因人之意志而改變，所以人要順應自然。

---

[22] 《十三經注疏》，《論語注疏》，卷 16，頁 149。

[23] 同上註，《孟子注疏》，卷 7 下，頁 232。

[24] 同上註，《孟子注疏》，卷 7 下，頁 126。

[25] 王先謙：《荀子集解》，（臺北：世界書局，1966），卷 11，頁 206。

[26] 同上註，卷 15，頁 258。

[27] 同上註，卷 4，頁 90。

《天論篇》云：「天行有常，不為堯存，不為桀亡。」[28] 荀子強調人也可改變自然，所謂頌天不如用天，待天不如使天，提出「制天命而用之」、「應時而使之」，人定勝天之思想。

唐代道學雖盛，儒家思想存之於科舉之中，尤其在考策論時，儒家修齊治平之方，仍是治國安民之重點。儒家認為治國須從個人之修身做起，如《論語‧衛靈公》所云，不僅要：「己所不欲，勿施於人。」[29] 還要積極地服務社會人群，做到：「己欲立而立人，己欲達而達人。」[30]《大學》言絜矩之道，《中庸》言「盡己之性」、「盡人之性」、「盡物之性」，亦是推己及人之道理。孟子言「善與人同」，「樂取於人以為善」等，都是發揮儒家修己治人之道。

中國儒家重視對現實人生之認識，但對生命中鬼神、生死之問題，亦有所說明。《論語‧先進》記載季路問事鬼神，子曰：「未能事人，焉能事鬼？」曰：「敢問死？」曰：「未知生，焉知死？」[31] 可知孔子要弟子以事人、知生為先，而罕言天道。《論語‧公冶長》中，子貢曰：「夫子之文章，可得而聞也。夫子言性與天道，不可得而聞也。」[32] 子貢無法聽聞孔子天道與性命之理，並非孔子不言天道與性命，只是在教誨學生時，必須先下學人事，再上達天理。[33] 孔子希望弟子先學《詩》、《書》、《禮》中人事之道理，再學與天理有關之《易》與《春秋》。

其實，人事複雜難解，所以孔子循循善誘，博文約禮，希望弟子下學人事，再從事治國、平天下之事。由於孔子成長之春秋時代，戰爭頻繁，禮壞樂崩，亟需恢復大一統之局面，使天下導入正常發展之軌道。至於《易》道，孔子希望自己五十歲學易，弟子則《詩》、《書》、《禮》尚未學成，自然少談

---

28 《荀子集解》，卷11，頁205。

29 《論語注疏》，卷15，頁141。

30 同上註，卷6，頁55。

31 同上註，卷11，頁97。

32 同上註，卷5，頁42。

33 同上註，卷14，頁129。

天道。魏‧何晏《論語集解》云：「《易》窮理盡性以至於命，年五十而知天命。」《周易》之道，是先窮理盡性，而後再上知天命。必須年過五十，對生命之有深刻之認識之後，才能體會天地化育萬物之理。

在認識論上，儒家認為心可以認識天地萬物之理，與一切人生之道。宋儒程明道〈秋日偶成〉云：「萬物靜觀皆自得，四時佳興與人同。道通天地有形外，思入風雲變態中。」[34] 人對萬物之認識，只要細心靜觀，皆能體會一年四時中美好之興味。至於萬物興廢變易之理，則從《易經》中去體會。

人必須認識生命源自於天，天最崇高偉大，是人類性命之根源。故《周易‧乾卦‧彖辭》曰：

> 大哉乾元！萬物資始，乃統天。雲行雨施，品物流行。……乾道變化，各正性命。保合太和，乃利貞。首出庶物，萬國咸寧。[35]

天為萬物之本源，能萌生萬物。如雲之聚散，雨之飄降，各類事物之流變成形，都依賴天。由於天道之變化，萬物得到其稟性和特質，創造世界萬物，使天下得到安寧。

孔子言五十而知天命，應為學易之後，通達天人之關係。《乾卦‧文言》：「大人者，與天地合其德，與日月合其明，與鬼神合其吉凶。」[36] 居上位者要與天地之德合一，如日月共同普照大地，賞罰要與鬼神福善禍惡相契合。一般人要通達天人之道，有其困難。《論語‧憲問》云：

> 子曰：「莫我知也乎！」子貢曰：「何為其莫知子也？」子曰：「不怨天，不尤人。下學而上達，知我者其天乎！」[37]

---

[34] 宋‧程頤、程顥著，朱熹編：《程書分類上》，（上海：上海辭書出版社，2006），卷17，頁700。
[35] 《十三經注疏》，《周易正義》，卷1，頁10。
[36] 同上註，卷1，頁17。
[37] 同上註，《論語注疏》，卷14，頁102。

　　從孔子與子貢之對話，可知孔子在大道不行之時，仍堅持下學人事，而上達天命。不怨天，不尤人，只有天瞭解其順應天道之心。《中庸》對此思想有更深入之闡釋：

　　　　仲尼祖述堯舜，憲章文武。上律天時，下襲水土。辟如天地之無
　　不持載，無不覆幬。辟如四時之錯行，如日月之代明。萬物並育而不
　　相害，道並行而不相悖。」[38]

　　文中說明孔子效法堯、舜、文、武之道，上律天時，下襲水土，以達到天人合德之理想。宇宙之變易，有一定之規律，不論天地、陰陽、四時、寒暑、節氣之變化，都在時中、和諧、調和之狀態中運行，使萬物生生不息。人亦須依循此道理生活，亦即順應天道而行，方能風調雨順，五穀豐登。西漢董仲舒楬櫫「天人感應」說，認為帝王治國，應順天應人，依天地之道理政，並說明國家之禮樂、宮室、祥瑞、災異等，皆與氣運之順逆有關。

　　宇宙在造物主創造生命後，必須認識人之本性，本性由心性顯現，所以循本性推之，就能認識內在虛靈之心。《中庸》云：「率性之謂道。」[39] 人若循本性而為，即為道。孟子認為人之本性為善，人有仁、義、禮、智、信五種善端，必須擴充善性，以達到聖賢之目標。

　　佛教在東漢明帝時，由印度傳入中國，經過中國文化之濡養融合，以生死為其宗教之心，重視輪迴、解脫，進入不死不生之涅槃境界。涅槃是一種排除諸障，無礙自在之玄奧境界，也是佛教通往解脫、無漏之道。此道行體虛融無礙，故僧肇依龍樹菩薩之中觀思想，將涅槃認作是一種離言絕相之境界。其《涅槃無名論》云：

---

[38] 宋・朱熹：《四書章句集注》，（臺北：大安出版社，1984.11），第 30 章，頁 24。
[39] 同上註，第 1 章，頁 1。

　　　夫涅槃之名道也，寂寥虛曠，不可以形名得；微妙無相，不可以有心知。[40]

　　如何通往涅槃，佛教認為萬法唯心，從心去了解生命，就可以明心見性。一般人心被外象蒙蔽，必須反觀自心，以認識生命。個人皆須去除五蘊，包括物質、感官之煩惱色蘊，以及精神上之煩惱，包括色蘊、受蘊、想蘊、行蘊、識蘊，使身心得到清淨，顯現自性。不過，人還需要過正常之生活，還是需要面對自然界之萬物，以及面對複雜之人際關係。不是道深山古剎修行，就可以擺脫所有煩惱，故對生命之認識，必須超越理智之思維，接受神秘之宗教經驗。

　　唐代禪宗不立文字，是以禪觀體驗真如，感受生命，進入三昧境界。此種體驗，是超乎理智之推想，非語言文字所能體會，必須經由內心深刻之反省，將自性與存在充分認識後，才能領悟生命之真諦。天臺宗則是用止觀止息一切妄念，藉觀想使心念止於一境，生起正智慧。

　　初唐道學興盛，尊老子為李氏之祖，老子認為道是生命之本源，幽寂虛無，周行宇宙，是人類生生不息之原動力。道在自然界流衍不息，表現在人身上，就要去私息爭，回歸素樸。故《道德經》第十九章云：「見素抱樸，少私寡欲。」[41]執政者亦應保持純樸的天性，減少私心和貪欲，多關心百姓。故第四十九章又云：「聖人無常心，以百姓心為心。」[42]

　　道家之認識，從養身著眼，就是要善吾之身，重視長生久視。要達到此目標，要返璞歸真，將身心調和到與自然合一之境界。莊子要心齋、坐忘，忘卻世俗之煩惱。唐代道教主張以修煉之方式，如服食、導引、內丹、外丹、符籙、避穀等，調養身心，頤養天年，達到延年益壽之目的。

　　對儒、釋、道三教對生命之認識，有助於了解唐人在思想上之歸屬，尤

---

[40] 《大正新修大藏經》，（臺北：新文豐出版公司，1983），卷45，頁157。

[41] 《老子今註今譯》，第19章，頁97。

[42] 同上註，第49章，頁170。

其是文人在貶官後，為何對佛、道產生興趣；文人科舉下第時，會結交方外之士；帝王祈求長生久視，會引進道士入宮煉丹。這些對唐人之生命思想，會有較深層之認識。

四、從道德衡量生命

　　道德是人類遵守倫理之行為規範，逐漸形成善良之風俗。許慎《說文》：「道，所行道也，從辵首，一達謂之道。」[43] 段玉裁《說文解字注》「德」云：「得即德也。」[44] 段註將道德合而言之，說明道德是社會人群都應遵守之行為準則，經由修養而有得於心也。道德之基礎為人性，人性有善惡之不同，但是善惡之標準，沒有絕對性，古代王公貴族與家中奴僕之間，有階級之不平等；君主與臣子、庶民之間，也有很大階級差異；何況個人又有私心，與社會全體之善有所矛盾。這些都是道德之絕對標準一直無法衡量之原因。人類至善之道德標竿，亦因此無法達到。

　　道德可以顯現人之價值。道德高尚者，具有崇高之道德理想，此非天生具有，而是不斷培養自己之善性，才能走向至善之過程。當然，也有人受環境之薰染，會有惡之趨向。其實，人類有共同向善之意志，就會在公平與正義為原則下，及以眾人之幸福為目標下，建立法律與制度。這就是人類走向至善之理論基礎。

　　中國人講道德，常以天為道德之本源。先秦典籍中多有論述。如《詩經·大雅·烝民》云：「天生烝民，有物有則。」[45]《詩經·大雅·文王》云：「天命靡常」[46]《尚書·召誥》云：「天亦哀于四方民」[47] 都是講天普愛萬民，有

---

[43] 《說文解字注》，篇 2，頁 76。

[44] 同上註。

[45] 《十三經注疏》，《毛詩正義》，卷 18，頁 674。

[46] 同上註，《毛詩正義》，卷 16，頁 536。

監察下民之能力。《易傳・繫辭下》云：「天地之大德曰生，聖人之大寶曰位。何以守位曰仁。」[48] 說明聖人有崇高之地位，但守住職位要仁，也就是以仁心治國，才能保住國家。而此仁心，源自天地生生不息，化育萬物之仁德。故聖人仰體天地化育萬物之之本心，與天地合德，實為道德之真諦。道德之形成，依儒家而言，孔子在《論語・陽貨》云：「性相近也，習相遠也。」[49] 習染會改變人之行為方式，人們必須在良好之環境中，培養善良之習性，逐漸形成善良之道德。孔子忠恕之道，就是掌握人之善性，以及推己及人之精神，成己成物，完成至善之道德品格。

　　《論語・述而》：「子曰：志於道，據於德，依於仁，游於藝。」[50] 孔子要弟子以道為職志，以德為遵行之法則。《禮記・曲禮上》：「道德仁義，非禮不成。」疏引鄭注《周禮》云：「道多才藝，德能躬行，…今謂道德。大而言之，則包羅萬事，小而言之，則人之才藝善行，無問大小，皆須以禮行之，是禮為道德之具，故云非禮不成。人之才藝善行得為道德者，以身有才藝，事得開通，身有美善，於理為得，故稱道德也。」[51] 依鄭玄之說，道德包羅萬事；以人而言，則是才藝善行，都須以禮行之。因此，被稱為道德者，要身具美善，於理為得，方可稱為道德。

　　孟子認為道德高過生命，主張捨生取義，並進一步說明道德有天爵與人爵之分。孟子《告子上》云：「有天爵者，有人爵者。仁義忠信，樂善好施，此天爵也；公卿大夫，此人爵也。」[52] 天爵是仁義忠信，樂善好施之德，源自於深植人心之善性，此善永存聖賢之內心，與天德相合。天爵之實踐，必須借助內在之修養，將善行表現在外。人爵是公卿大夫，得自人之權勢。在

47　同上註，《尚書正義》，卷 15，頁 220。

48　《周易正義》，卷 8，頁 166。

49　《論語注疏》，卷 17，頁 157。

50　同上註，卷 7，頁 60。

51　《禮記注疏》，卷 1，頁 14。

52　《孟子注疏》，卷 11，頁 204。

失去權勢時，公卿大夫會隨之失去。故修養天爵勝過權勢之追逐。

荀子亦儒家大儒，將人之品德分為五種。《荀子‧哀公篇》云：

> 孔子曰：「人有五儀，有庸人、有士、有君子、有賢人、有大聖。
> 所謂庸人者，口不道善言，心不知色色；不知選賢人善士托其身焉以
> 為己憂；勤行不知所務，止交不知所定；日選擇於物，不知所貴；從
> 物如流，不知所歸；五鑿為正，心從而壞；如此，則可謂庸人也。」[53]

荀子引孔子之言，人有五儀，其中除庸人外，其餘四種人，皆依修養之
深淺區分等級。依荀子所述，庸人指口無善言，心中憂鬱，動靜失據，屈從
五官所好，言行流於平庸之人。至於士、君子、賢人、大聖，為天爵之階位，
士人應修養天爵，以達到聖賢之目標。此為士人往道德生命努力之過程。《孟
子‧告子上》云：

> 古之人修其天爵而人爵從之，今之人修其天爵以要人爵，既得人
> 爵，而棄其天爵，則惑之甚者也，終亦必亡而已矣。[54]

從修養天爵至希聖希賢，是儒家追求道德生命之價值所在。因此，道德
是根源於人之生命，以誠表現出來之仁心。《中庸》云：「誠者，天之道也；
誠之者，人之道也。」[55] 又云：

> 惟天下至誠，為能盡其性；能盡其性，則能盡人之性；能盡人之
> 性，則能盡物之性；能盡物之性，則可以贊天地之化育；可以贊天地

---

[53] 《荀子集解》，卷20，頁602。

[54] 《孟子注疏》，卷11，頁204。

[55] 《四書章句集注》，《中庸》，第20章，頁37。

之化育，則可以與天地參矣。[56]

　　天下至誠之聖人，聰明睿知，上達天德，故無人欲之私，能盡知天命之在我者，也能盡知他人之本性，更進而盡知萬物之本性，而助天地萬物之化育，與天地並立為三。可見誠是聖人將內在至誠之仁心，由內而外，對天地間之人性、物性，都能洞悉無遺。故《中庸》云：

　　　　誠者，自成也，而道自道也。誠者，物之終始，不誠無物；誠者，非成己而已也，所以成物也。[57]

　　至誠之心，無間斷地表現，可以長久不息，並徵之於外。廣博深厚，高大光明，而且悠久。不僅配天，而且配地，天地之道，可以一個誠字道盡。《中庸》又云：

　　　　故至誠無息，不息則久，久則徵，徵則悠遠，悠遠則博厚，博厚則高明。……博厚配地，高明配天，悠久無疆。如此者，不見而章，不動而變，無為而成。天地之道，可一言而盡也。[58]

　　道德表現在社會人群，是倫理道德之規範。規範是外在的，只是指導人行善之準則，使人之行為合乎秩序，其根源還是要合乎天理、人性。聖人洞悉天理，俯察人性，故制定禮法以規範百姓。因此，歷代君主都視教授百姓倫理，為治國之首務。而其步驟，則從修身做起。《大學》云：「自天子以至於庶人，壹是皆以修身為本。」[59] 修身之道，是正心、誠意、致知、格物。

---

[56] 同上註，第 22 章，頁 43。

[57] 同上註，《中庸》，第 25 章，頁 44。

[58] 同上註，頁 45。

[59] 同上註，《大學》，經 1 章，頁 4。

正心是讓身心無忿懥、恐懼、好樂、憂患；誠意是不自欺，做到慎獨；格物是即物窮理，使理豁然貫通；致知是心中對眾物之表裏精粗無不到，心之全體大用無不明。就可以此仁心作為修身之根本。修身之後，再齊家、治國、平天下。

初唐道學興盛，尊老子為李氏之祖，老子認為道是生命之本源，幽寂虛無，周行宇宙，是人類生生不息之原動力。老子《道德經》第五十一章云：

> 道生之，德畜之，物形之，勢成之。是以萬物莫不尊道而貴德。
> 道之尊，德之貴，夫莫之命而常自然。[60]

老子之認為道生萬物，德養萬物，萬物莫不尊道而貴德。道尊德貴，並未命令或加以干涉，是順應自然之事。道在自然界流衍不息，表現在人身上，就要去私息爭，回歸素樸。故《道德經》第四十九章云：「見素抱樸，少私寡欲。」執政者亦應保持純樸的天性，減少私心和貪欲，多關心百姓。故又云：「聖人無常心，以百姓心為心。」[61]

莊子亦認為道通於天，德順於地，道與德相合而互通。但莊子將仁義置於道德之後，即以天為尊，仁義為次。〈天地篇〉云：

> 故通於天者，道也；順於地者，德也；行於萬物者，義也；上治人者，事也；能有所藝者，技也。技兼於事，事兼於義，義兼於德，德兼於道，道兼於天。[62]

又〈天道篇〉云：

---

[60] 《老子今註今譯》，第51章，頁176。

[61] 同上註，第49章，頁234。

[62] 《莊子今註今譯》，頁325。

> 古之明大道者，先明天而道德次之，道德已明而仁義次之。[63]

　　莊子在人與自然之關係上，認為人應修養心性，歸返於德，就能返回太初之道。天地陰陽諧和，乃歸虛無，如鳥喙自然開合，以無心之言與天地融合，就是天人合一，故〈天地篇〉云：

> 性脩反德，德至同於初，同乃虛，虛乃大。合喙鳴；喙鳴合，與天地為合。[64]

　　莊子主張虛一心性，修養其氣，合同其德，就能與自然融合，而通達造物主之大道，則可守天性之全德。精定神一，物欲自然不能迷亂。故〈達生篇〉云：

> 壹其性，養其氣，合其德，以通乎物之所造。夫若是者，其天守全，其神无卻，物奚自入焉？[65]

　　墨子尚同天志，亦以天之意志為依歸，雖在人事上，道家與墨家觀念不同。墨家以天志為本，以兼愛全生；與道家以道為本，以德為貴，都是以生命為根本，思想殊途而同歸。

　　中唐韓愈繼承堯、舜、禹、湯、文、武、周公、孔、孟以來儒家之傳統，對道德論述甚詳。其〈原道〉云：

> 博愛之謂仁，行而宜之之謂義，由是而之焉之謂道，足於己無待於外之謂德，仁與義為定名，道與德為虛位，故道有君子小人，而德

[63] 同上註，頁377。
[64] 同上註，頁341。
[65] 同上註，頁513。

有凶有吉。老子之小仁義，非毀之也，其見者小也。坐井而觀天，曰
天小者，非天小也。……其所謂道，道其所道，非吾所謂道也。其所
謂德，德其所得，非吾所謂德也。凡吾所謂道德云者，合仁與義言之
也，天下之公言也。老子之所謂道德云者，去仁與義言之也，一人之
私言也。……今其法曰：「必棄而君臣，去而父子，禁而相生養之道。」
以求其所謂清淨寂滅者。[66]

韓愈認為儒家之道，是繼承堯、舜、禹、湯、文、武、周公、孔子以來
之道統。而道是君子之仁義，德為行為之吉凶。並排斥佛、老。謂老子之道
德是坐井觀天，背棄仁義之說，與儒家之說不同；佛教則講求清淨寂滅，破
壞傳統之倫常關係。此說對唐代所盛行佛道思想，影響甚大。

五、從審美洞察生命

生命之審美是通過審美之方式，體驗生命之美。但審美必須具有道德之
成分，才能提升美之內涵。若深言之，美要向善方向延伸，才能深化其價值。
生命之美就是通過美與善之融合，成為完美之生命本體。

美不論是哲學中之美，心理之美，文學之美或藝術之美，都要與人之生
命相結合。生命是一種美之本體，它不僅是個體生命之美，而是人與天地萬
物和諧統一之美。老子《道德經》云：「天地相合，以降甘露。」[67] 天地陰陽
二氣調和，就會有露水凝結，萬物得其滋養，生機蓬勃，就會使天地之間呈
現祥瑞之美。

孔子讚《周易》，就是洞見生命生化之幾微，觀察到天地之盈虛消長，交

---

[66] 馬其昶：《韓昌黎集校注》，（臺北：河洛圖書出版社，1975），卷1，頁7。

[67] 《老子今註今譯》，第32章，頁134。

泰合會，是人間至美之展現。〈坤卦‧文言〉云：

> 黃中通理，正位居體，美在其中，而暢於四支，發於事業，美之
> 至也。[68]

黃中通理，是以黃居中，兼四方之色。正位居體，就是中庸之道。《中庸》
云：「致中和，天地位焉，萬物育焉。」[69] 天地萬物達到中和之境界，不僅是
天地居於正位，人之四肢通暢，身體強健，事業發達，是天地間至美之展現。

孟子從宇宙本體之真善，體認美感，稱之為充實之美。孟子〈盡心下〉
云：

> 可欲之謂善，有諸己之謂信，充實之謂美，充實而有光輝之謂大，
> 大而化之之謂聖，勝而不可之之謂神。[70]

孟子所謂之充實，是指本體之充實圓滿，唯有本體之真善，才能體現真
實之美。人之靈魂為精神實體，美之靈魂表現在外，即是人格之呈現。在文
學之表現上，具有美感之作品，必須具有思想與情感，而此思想與情感是來
自內心之真與善，內心之真與善，經由理智之判斷與情感之愉悅，產生美感。

莊子認為天地間真正美之事物，不能以言語形容。〈知北游〉云：

> 天地有大美而不言……聖人者，原天地之美而達萬物之理。[71]

天地間有大美，此美即宇宙萬物生生不息，流衍變化之生命。莊子洞察

---

68 《周易正義》，頁 21。

69 《四書章句集注》，《中庸》，第 1 章，頁 22。

70 《孟子注疏》，卷 14，頁 254。

71 《莊子今註今譯》，頁 615。

天地萬物豐盈之生命美感，稱之為大美。老子亦云：「天無以清將恐裂，地無以寧將恐發，神無以靈將恐歇，谷無以盈將恐竭，萬物無以生，將恐滅。」[72]
天若無法清明，地若無法寧靜，鬼神不能保持靈妙，谷水不能充盈，萬物缺乏生機，恐怕會招致毀滅。

美感不能離開空間與時間，因為美感必須有客觀之時空環境，使物質體或精神體都能具體呈現。譬如看見山水之美、宮室之美、園林之美、人物之美、書畫之美等，必須在一定之時空，用視覺感受其美；又如音樂之美、詩歌之美，必須以聽覺聆聽其旋律、節奏，感受其聲音之美；又如飲食之美，必須用口舌品嚐其滋味之美。在精神上，不只是官能之直覺，還要經過心靈去體驗美感。體驗是一種理智活動，也是具體之生命活動。人必須在日常生活外，關照宇宙萬物，不論山水花鳥，蟲魚禽獸，風雲雨雪，都要與人產生融合之美感。

宇宙之間，不論大自然之美，或人工創造之美，都要經由審美判斷，獲得美感經驗。在綿延起伏之大地上，可以看見無數高山、長流、湖泊、沙漠、高原，平地，都配合風雨之滋潤、花鳥之點綴、野獸之奔馳、人類之活動，產生盎然之生機。

美不可以離開自然，自然是最基本之美。文章亦須體會萬物之美，表現在文章之中。中唐李德裕（787～850）在〈文章論〉中云：

> 文之為物，自然靈氣。惚恍而來，不思而至。杼軸得之，淡而無味。琢刻藻繪，珍不足貴。如彼璞玉，磨礱成器。奢者為之，錯以金翠。美質 既雕，良寶所棄。[73]

李德裕認為文章要將自然界靈秀之氣，融入其中，使文章具有靈氣。若

---

[72] 《老子今註今譯》，第39章，頁200。
[73] 《全唐文》，卷709，頁728。

刻意雕琢藻繪，會覺得平淡無味。就如璞玉，其美蘊含其中。若磨礱成器，就失去自然之美，不值得珍貴。

白居易（772～846）在〈草堂記〉中，也敘述自己在廬山草堂中，與山水融合之感覺：

> 樂天既來為主，仰觀山，俯聽泉，傍睨竹樹雲石，自辰及酉，應接不暇。俄而物誘氣隨，外適內和，一宿體寧，再宿心恬，三宿後頹然嗒然，不知其然而然。[74]

白居易描寫廬山草堂之景色，四季不同。春有錦繡谷花，夏有石門澗雲，秋有虎溪月，冬有爐峰雪。陰晴顯晦，昏旦含吐，千變萬狀，不可殫紀。故能在草堂生活時，外適內和，體寧心恬，感受到身心舒暢，物我兩忘，與萬物融合無間之美感。白居易不知道自己為何會如此？其實就是人之生命與自然契合之舒暢感。

詩是天地之韻，樂是天地之和，文為天地之心，許多文人雅士，喜愛以詩樂文章表達心聲。南朝梁・鍾嶸（468～518），在《詩品・序》中云：

> 氣之動物，物之感人，故搖蕩性情，形諸舞詠。照燭三才，輝麗萬有，靈祇待之以致饗，幽微藉之以昭告。動天地，感鬼神，莫近於詩。[75]

詩歌之美，在於能觸發情感，抒發幽思，燭照三才，表現為歌舞，輝映宇宙萬物，神靈因它而享用祭品，鬼神藉它而明白祈告，詩歌最能達到效果。在唐代詩歌中，有許多描述自然之美景，並從心靈深處，體會內在之感受。

---

[74] 朱金城：《白居易集箋校》，（上海：上海古籍出版社，2003），卷43，頁2736。

[75] 汪中：《詩品注》，（臺北：正中書局，1969），頁1。

盛唐李白曾讚美其友韋良宰之詩云：「清水出芙蓉，天然去雕飾。」[76] 李白對自然天成，如出水芙蓉之詩，最為讚賞。又如王維（699～759）〈輞川閒居贈裴迪秀才〉云：

> 寒山轉蒼翠，秋水日潺湲。倚杖柴門外，臨風聽暮蟬。渡頭餘落日，墟里上孤煙。復值接輿醉，狂歌五柳前。[77]

王維描寫輞川之秋日之景色，有蒼翠之山色，潺湲之流水。走出柴門，手倚木杖，在秋風中聽傍晚之蟬鳴，在渡頭看落日之餘暉。又見村落之炊煙，裊裊直上天際。這些景色，要生活在鄉里村落中之人，才能體會自然之美。又《輞川集·鳥鳴澗》詩云：

> 人閒桂花落，夜靜春山空。月出驚山鳥，時鳴春澗中。[78]

詩中描繪春天之月夜，山澗中優美景色恬靜。夜晚春山一片空寂，顯得格外寧靜，只有桂花輕輕地從枝上飄落。忽然月亮升起，月光驚起棲息在山谷之鳥兒，發出幾聲清脆之鳴叫。這既像一幅清幽之畫，又像一首空靈之詩，是詩情與畫意完美之融合。從詩中可以想像春山之清幽、桂花之馨香、月光之清朗、鳥鳴之清脆，充分領略大自然靜美之感覺，以及人在空山之中，閒適愉悅之心情。此境界之構成，是詩人借動態表現靜境，以有聲襯托無聲，達到空靈之境界。明·胡應麟《詩藪·內編》認為〈鳥鳴澗〉一詩：「讀之身世兩忘，萬念皆寂。不謂聲律之中，有此妙詮。」[79]

孟浩然寫景，不因情造景，也不借景抒情，而是將情景交融。如〈宿廬

---

[76] 瞿蛻園：《李白集校注》，（臺北：里仁書局，1980），卷11，頁726。
[77] 趙殿成：《王右丞集箋注》，（上海：上海古籍出版社，1998），卷7，頁122。
[78] 同上註，卷13，頁241。
[79] 胡應麟：《詩藪》，（臺北：正生書局，1973），卷6，頁115。

江寄廣陵舊遊〉詩云：

> 山暝聽猿愁，滄江急夜流。風鳴兩岸葉，月照一孤舟。建德非吾
> 土，維揚憶舊遊。還將兩行淚，遙寄海西頭。[80]

　　孟浩然描寫桐廬江夜晚之情景，在月光照耀下，一葉扁舟停泊在江邊，
舟中可以聽到猿猴之愁啼，與滄江之急流聲。江邊兩岸之樹葉，隨風而鳴，
在此情景下，不禁想起在揚州之老友。詩中先從寫景中營造出思念舊友之氛
圍，再抒發思念舊友之情感。此種情景交融之境界，是孟浩然靜觀周邊景物
時，所體會之心境。李白（701～762）〈聽蜀僧濬彈琴〉詩云：

> 蜀僧抱綠綺，西下峨眉峰。為我一揮手，如聽萬壑松。客心洗流
> 水，餘響入霜鐘。不覺碧山暮，秋雲暗幾重。[81]

　　李白聽蜀僧濬彈琴，琴師之技藝高超，當其揮手彈奏時，琴聲激揚鏗鏘，
就如聽到群山萬壑中，松濤澎湃之聲音。心靈就像被流水洗滌，餘音也與傍
晚之寺鐘和鳴。不知不覺中，青山已被暮色籠罩，秋雲也暗淡了幾重！詩中
描寫聽者渾然忘時，琴音與松濤聲共鳴，人與自然融為一體之感覺，可以說
將琴音之美，發揮到淋漓盡致。

---

[80] 佟培基：《孟浩然詩集箋注》，（上海：上海古籍出版社，2000），卷上，頁144。

[81] 《李白集校注》，卷24，頁1416。

第三章　從天人關係論唐人之生命思想

　　中國自古即重祭祀，不論祭祀天地鬼神或祖先，都是禮節之表現。《國語・魯語上》云：「夫祀，國之大節也。而節，政之所成也。故慎制祀以為國典。……凡禘、郊、祖、宗、報此五者，國之祀典也。」[1] 古代視祭祀為國家重要之禮節。禮節是藉祭祀之法制，成就政治之目的。因此，謹慎地制定國家祭祀之法典，凡禘祭、郊祭、祖祭、宗祭、報祭 五種祭祀，都是敬祀上天，以達到人與天溝通之目的。

　　在《尚書・盤庚上》云：「先王有服，恪謹天命。……今不承於古，罔知天之斷命。」[2]《尚書・盤庚中》云：「予迓續乃命於天。」[3]《尚書・西伯戡黎》云：「我生不有命在天。」[4] 都顯示商代帝王都恪遵天命，崇敬上天。

　　周代將天稱為天帝，將天神格化。《詩經・大雅・文王》云：「穆穆文王，於緝熙敬止。假哉天命，有商孫子。商之孫子，其麗不億。上帝既命、侯于周服。侯服於周，天命靡常。」[5] 詩中敘述文王受天命與帝命。而且兩者互用，可見天命即帝命，天即上帝。天帝愛民，故《毛詩・大雅・皇矣》云：「皇矣上帝，臨下有赫。監觀四方，求民之莫。」[6]《尚書・召誥》云：「天亦哀於四方民，其眷命用懋。」[7] 皆言上帝監觀四方之民，哀憫下民。因此，帝

---

[1] 左丘明：《國語》，（臺北：宏業書局，1980），卷4，頁165。

[2] 《十三經注疏》，《尚書正義》卷9，頁126-127。

[3] 《尚書正義》，卷9，頁131。

[4] 同上註，卷10，頁145。

[5] 《毛詩正義》，卷16，頁535-536。

[6] 同上註，卷16，頁567。

[7] 《尚書正義》，卷15，頁220。

王統治萬民，也要眷顧天命而祭天。

天道思想在春秋時代，諸子對天有不同之觀念。儒家孔子認為天有生養萬物之能力，故《論語·陽貨》云：「子曰：天何言哉！四時行焉，百物生焉，天何言哉！」[8] 天能生養萬物，對萬物之人，自然有賞罰權，人不可獲罪於天。《論語·八佾》云：「獲罪於天，無所禱也。」[9]

孟子喜引用《書經》、《詩經》對天之敘述，以表示繼承周代之天道觀。《孟子·梁惠王下》云：「《書》曰：天降下民，作之君，作之師。惟曰：其助上帝，寵之四方，有罪無罪，惟我在，天下曷敢有越厥志。」[10] 孟子以天為神，能為下民立君立師，君是助上帝治理天下，人民要秉承天意，不可違背其意志。

荀子將天地之生養萬物，進一步強調氣與陰陽之道。《荀子·王制》云：「水火有氣而無生，草木有生而無知，禽獸有知而無義；人有氣、有生、有知、亦且有義，故最為天下貴也。」[11]《荀子·禮論》云：「天地合而萬物生，陰陽接而萬物起。」[12] 說明人有氣有生、有知、有義，受天地陰陽之化而生育繁衍，在萬物中最為可貴。

道家老子言天地、陰陽與氣之關係。《老子·道德經》云：「專氣致柔，能如嬰兒乎？」[13] 老子言專氣，是將天地之氣聚集，就能使身體柔軟，但要達到全身如嬰兒般之柔和，就不容易。

莊子對天地、氣與陰陽之關係，在《莊子·大宗師》云：「彼方且與造物者為人，而遊乎天地之一氣。」[14] 往生者與造物者為伴，遨遊於天地之間。《莊子·知北遊》亦云：「人之生，氣之聚也。聚則為生，散則為死。……通天下

---

[8] 同上註，卷17，頁157。

[9] 同上註，卷3，頁28。

[10] 《十三經注疏》，《孟子注疏》卷2上，頁32。

[11] 《荀子今註今譯》，卷5，頁158。

[12] 同上註，卷13，頁388。

[13] 《老子今註今譯》，第10章，頁82。

[14] 《莊子今註今譯》，頁217。

一氣耳。」[15] 人是氣之聚散，天下以一氣而已。《莊子・秋水》云：「自以比形於天地，受氣於陰陽。」[16]人寄形於天地之間，又稟受天地間之陰陽二氣。

　　漢代董仲舒繼承先秦陰陽五行與氣之說，尤其是《春秋・公羊傳》之災異說，提出「天人感應」之說。《漢書・董仲舒傳》云：「臣謹案《春秋》之中，視前世已行之事，以觀天人相與之際，甚可畏也。國家將有失道之敗，而天乃先出災害以譴告之，不知自省，又出怪異以警懼之，尚不知變，而傷敗乃至。[17]」文中董仲舒引述《春秋》之說，說明國家失道，天會以災害譴告之；不知自省，又會以怪異警懼之；尚不知變，就有傷敗之事到來，故天子應敬畏天人相與之關係，與天和諧相處，國家才會郅治。

一、唐代文士之天人思想

　　唐代文士之天人觀念，與帝王天人關係不同，帝王必須受天之節制，取得治理萬民之權利，屬於君權天授之說。國政之良窳，君主必須對天負責。一般文士，只是敬天而不祀天，故對天之想法不同。今舉孔穎達《五經正義》中之天人思想外，舉韓愈、柳宗元、劉禹錫、白居易等人之天人說，以明唐代文士之天人思想。

(一) 孔穎達《五經正義》中之天人思想

　　《五經正義》一書之撰述者，除孔穎達外，還有顏師古、司馬才章、王恭、王談等人，其中孔穎達總攬全書，並為各經作序，功勞最大。其後幾經修補，始告完成。孔穎達在「注不破經、疏不破注」之原則下，形成唐代一致之觀點，有助於了解唐代學者之經學觀點，並進一步探討唐代儒學對天人、

---

[15] 同上註，頁 611。

[16] 同上註，頁 452。

[17] 《漢書》，卷 56，頁 2498。

鬼神、人性等生命思想之觀念。

　　孔穎達（574～648）繼承《易傳‧繫辭》：「形而上者謂之道，形而下者謂之器。」[18]之道器說，認為道是天地萬物之母，能化育萬物。《周易‧繫辭正義》云：

　　　　道是無體之名，形是有質之稱。凡有從無而生，形由道而立，是先道而後形，是道在形之上，形在道之下。故自形外已上者，謂之道也。自形內而下者，謂之器也。形雖處道、器兩畔之際，形在器、不在道也。既有形質，可為器用，故云：「形而下者謂之器也。」[19]

　　孔穎達認為道是形而上之本體，萬物由無而有，就是道化育而成。《周易‧繫辭‧正義》云：「萬物皆因之而通，由之而有。」又云：「至於天覆地載，日明月臨，冬寒夏暑，春生秋殺，萬物運動，皆由道而然。」[20] 至於氣、器、陰陽等已具形質者為道之運動，屬形而下者，與孔孟以降之倫理、仁義之道有所不同。

　　道之初始狀態是太極，《周易‧繫辭上》：「易有太極，是生兩儀，兩儀生四象，四象生八卦。」[21] 孔穎達《正義》云：「太極謂天地未分之前，元氣混而為一，即是太初、太一也。」[22] 其後宋代理學家周敦頤即承襲此說。

　　「元氣說」推始自《呂氏春秋‧應同篇》引黃帝「與元同氣」之觀念。漢代劉安（前179～前122）《淮南子‧天文訓》則推衍為宇宙發生論，依據《道德經》第四十二章，：「道生一，一生二，二生三，三生萬物。」[23] 之說，以「一」為混沌未分之元氣，二為陰陽二氣，陽氣清輕，上升為天；陰

---

[18] 《周易正義》卷7，〈繫辭上〉，頁158。

[19] 同上註。

[20] 同上註。

[21] 同上註，頁156。

[22] 同上註，頁157。

[23] 《老子今註今譯》，第42章，頁158。

氣重濁，下降為地；天地形成後，就陸續產生萬物。陰陽二氣產生萬物之情形，《周易‧繫辭上》云：「精氣為物，遊魂為變，是故知鬼神之情狀。」[24] 孔穎達《疏》云：

> 精氣為物者，謂陰陽精靈之氣，氤氳積聚而為萬物也；遊魂為變者，物既積聚，極則分散，將散之時，浮游精魂，去離物形，而為改變，則生變為死，成變為敗，或未死之間，變為異類也。[25]

此說以陰陽精靈之氣解釋精氣，認為氣聚而萬物生成，氣散則變為死亡。在氣將散之時，精魂去離物形而浮游，生變為死，成變為敗，或改變形狀而成異類。故天地萬物之生滅，皆導源於陰陽二氣之聚散。

儒家之道根源於太極、陰陽，表現在人倫上，則是禮樂、仁義。孔穎達認為，道是禮樂之根源，禮源於天，聖人制定禮儀規範，作為政教之工具，故《禮記‧禮運‧正義》疏國下，云：「人君治國須禮，如巧匠制物，執斤斧之柄。」[26]

禮為外在行為之規範，以尊卑裁節民心；樂以律呂調和民聲，陶冶內在之心靈；刑以律法防範民眾越軌之行；政以推行各項法令，禁止人民悖逆。以上四者，皆治民之工具，不可偏廢，是實行王道之根本。《禮記‧樂記‧正義》王道備矣下，云：

> 政謂禁令，用禁令以行禮樂也。……若不行禮樂，以刑罰防止也。……四事（禮樂刑政）四達而不背，則王道備矣。[27]

孔穎達認為仁義是政教之根本，亦是道之本體與功能，《周易‧繫辭上‧

---

[24] 《周易正義》，卷7，《繫辭》，頁147。

[25] 同上註，頁147。

[26] 《禮記正義》，卷21，頁422。

[27] 同上註，卷37，頁667。

正義》藏諸用下，云：

> 道之為體，顯見仁功，衣被萬物，是顯諸仁也。[28]

　　道能化育萬物，是顯現道之功能，亦是仁之表現。既然道是宇宙生命之本體，則天地、陰陽、萬物皆在道之孕育下產生，與道家以自然為本體，董仲舒以天為本體之思想，有所不同。

(二) 韓愈之天人思想

　　中唐韓愈（768～824）在天人關係上，繼承孔孟之天人思想，而有所發揮。把天概括為「形而上之天」。其〈原人〉一文中云：

> 形而上者謂之天，形而下者謂之地。命於其兩間者謂之人。形而上，日月星辰皆天也；形於下，草木山川皆地也；命於其兩間，夷狄禽獸皆人也。……故天道亂，而日月星辰不得其行；地道亂，而草木山川不得其平；人道亂，而夷狄禽獸不得其情。天者，日月星辰之主也；地者，草木山川之主也；人者，夷狄禽獸之主也。主而暴之，不得其為主之道矣。是故聖人一視而同仁，篤近而舉遠。[29]

　　韓愈把天作為日月星辰之主宰，實際上是以自然為天。至於「形而上者為天」，並非說天是抽象之天，而是指天在草木、山川、人物、禽獸之上。此說有一定之抽象意義，在理論上意義不大。韓愈對夏禹、孔子、墨子三位聖賢，具有悲天憫人之胸懷，是畏天命，悲人窮，而效法天道，操勞世事。其〈爭臣論〉一文中云：

---

[28] 同上註，卷7，頁148。

[29] 《韓昌黎集校注》，卷1，頁15。

故禹過家門不入，孔席不暇暖，而墨突不得黔。彼二聖一賢（禹、孔、墨）者，豈不知自安佚之為樂哉，誠畏天命而悲人窮也。夫天授人以賢聖才能，豈使自有餘而已，誠欲以補其不足者也。[30]

文中明顯說明天授聖人以賢聖之才能，天顯然具有主宰天下之能力，聖賢須敬畏天命而悲憫百姓之困窮。

韓愈為維護先王之教化，認為佛教違反倫常，悖逆天常，使子不孝父，臣不忠君，故強烈闢佛。其〈原道〉一文中云：

今也欲治其心，而外天下國家，滅其天常，子焉而不父其父，臣焉而不君其君，民焉而不事其事。孔子之作《春秋》也，諸侯用夷之法，進乎中國則中國之，……今也舉夷狄之法，而加之先王之教之上，幾何其不胥而為夷也。[31]

韓愈以「夷夏之別」抨擊佛教，認為佛教將天下國家置之身外，滅棄人倫天常。「天常」即天經地義之倫常，表達佛教使父不父、子不子、君不君、臣不臣，將中國淪為夷狄。由此可知，韓愈不顧生死以闢佛，是以天命為依歸，而維護人倫之道。

(三) 柳宗元之天人思想

中唐柳宗元（773～819）一生坎坷，早年平步青雲，甚為得意。後因「二王八司馬」事件，被貶湘南蠻荒之地永州，終客死於柳州謫所，故對於禍福、天人關係，有深刻之感受。在〈天說〉一文中，認為天玄地黃，元氣充滿天地之間，而有陰陽寒暑之分。天地雖大，與果、癰痔、草木無異，不能行賞

---

[30] 同上註，卷2，頁62。

[31] 同上註，卷1，頁7。

罰。

> 彼上而玄者，世謂之天；下而黃者，世謂之地；渾然而中處者，
> 世謂之元氣；寒而暑者，世謂之陰陽。是雖大，無異果、癰痔、草木
> 也。[32]

文中指出天地、陰陽與果瓜、草木等，同樣都是自然現象，是物質存在
之不同形式。天沒有意志，不能賞功罰惡，功者自功，禍者自禍。國家之盛
衰興亡，個人之貴賤禍福，不能與天感應。同時認為，山川崩裂，陰陽變化，
都與人事無關。在〈非國語上・三川震〉一文中，對周幽王二年，西周三川
皆震，伯陽父以為周將亡一事，發表評論云：

> 山川者，特天地之物也；陰與陽者，氣而游乎其間者也。自動自休，
> 自峙自流，是惡乎與我謀？自鬥自竭，自崩自缺，是惡乎為我設？……
> 且所謂者，天事乎，抑人事乎？若曰天者，……吾無取乎爾也。[33]

柳宗元指出，自然界的變化，不是天與人事先籌謀之結果，而是自然之
現象，此見解對很多人為天災、地變、地震、水火之災，都歸咎於天行賞罰
來說，是非常卓越之看法。在〈天說〉一文，柳宗元用韓愈之言，強調「殘
民者昌，佑民者殃！」之觀念，其言云：

> 韓愈謂柳子曰：「若知天之說乎？吾為子言天之說。今夫人有疾
> 痛、倦辱、饑寒甚者，因仰而呼天曰：『殘民者昌，佑民者殃！』又仰
> 而呼天曰：『何為使至此極戾也？』若是者，舉不能知天。夫果蓏、飲

---

[32] 唐・柳宗元：《柳河東全集》，（臺北：河洛圖書出版社，1974），卷16，頁285。
[33] 同上註，卷44，頁746。

食既壞，蟲生之。人之血氣敗逆壅底，為癰瘍、疣贅、瘻痔，蟲生之；木朽而蠍中，草腐而螢飛，是豈不以壞而後出耶？物壞，蟲由之生；元氣陰陽之壞，人由之生。蟲之生而物益壞，食齧之、攻穴之、蟲之禍物也滋甚。其有能去之者，有功於物者也；繁而息之者，物之讎也。人之壞元氣陰陽也亦滋甚；墾原田，伐山林，鑿泉以井飲，窾墓以送死，而又穴為偃溲，築為牆垣、城郭、台榭、觀遊，疏為川瀆、溝洫、陂池，燧木以燔，革金以鎔，陶甄琢磨，悴然使天地萬物不得其情，倖倖衝衝，攻殘敗撓而未嘗息。其為禍元氣陰陽也，不甚於蟲之所為乎？吾意有能殘斯人，使日薄歲削，禍元氣陰陽者滋少，是則有功於天地者也；繁而息之者，天地之讎也。今夫人舉不能知天，故爲是呼且怨也。吾意天聞其呼且怨，則有功者受賞必大矣，其禍焉者受罰亦大矣。子以爲吾言爲何如？」[34]

　　柳宗元藉韓愈之口，說明天是具有威儀之神靈，就該施行獎懲。對於墾原田、伐山林、鑿泉飲、築牆垣等破壞自然之事，將使天地萬物不得其情，上天應實施懲罰。同時認為殘害人民之人會昌盛；護佑人民之人會遭禍。此說似乎不合常理。若觀察韓、柳二人，皆曾遭朝廷貶謫，韓曾貶至潮州，柳從貶至永州、柳州，身心飽受戕害，在傷痛之餘，藉天是否獎懲，抒發心中之怨憤呼號，作反諷之文，應有跡可循。
　　人並非受制於天命，而是受命於人。柳宗元在〈貞符並序〉中云：

　　　　是故受命不於天，於其人，休符不於祥，於其仁。惟人之仁，匪祥於天。匪祥於天，茲惟貞符哉！未有喪仁而久者也，未有恃祥而壽者也。[35]

---

[34] 《柳河東全集》，卷16，頁285。
[35] 清‧彭定求等編：《全唐詩》，（臺北：文史哲出版社，1978），卷350，頁3921。

　　柳宗元認為君王受命不在天意，而在仁義道德。對於祥瑞也是如此，即使天確有誠意，顯現祥瑞，也不能離開對受命者仁義道德之鑒定。對西漢董仲舒以來，以祥瑞配天命之言論，加以批駁，其云：

> 拱之戴之，神具爾宜，載揚於雅，承天之嘏。天之誠神，宜鑒於仁。神之曷依。宜仁之歸。[36]

　　柳宗元強調「天命」應以人之忠孝信義為依歸，才能變禍為福，易曲成直。非關天命。在〈愈膏肓疾賦〉中云：

> 吾今變禍為福，易曲成直，寧關天命，在我人力，以忠孝為干櫓，以信義為封殖。[37]

　　天即天命，是一種神奇之人格神，其實人類禍福、曲直之轉化，不在於天命，而在於人力，亦即在忠孝與信義之力量。

　　在〈斷刑論下〉一文中，柳宗元並不完全否定「天」之作用，但對「天」作具體之分析，提出順時之得天，不如順人、順道之得天。其云：

> 或者務言天而不言人，是惑於道者也。胡不謀之人心，以熟吾道？吾道之盡，而人化矣。是蒼蒼者焉能與吾事，而暇知之哉？果以為天時之可得順，大和之可得致，則全吾道而得之矣。全吾道而不得者，非所謂天也，非所謂大和也，是亦必無而已矣！又何必枉吾之道，曲順其時，以諂是物哉？吾固知順時之得天，不如順人、順道之得天也。[38]

---

[36] 《全唐詩》，卷350，頁3921。

[37] 《柳河東全集》卷2，頁40。

[38] 同上註，卷3，頁57。

　　文中敘述得天時、至大和，必須順道而得之。若致力於天而不論人，是不明道者也。要明道，必須從人心著手。順時之得天是順天時，違反天時，必定失去許多機遇；順人、順道之得天，就是憑藉人力去體現天之精神，然後努力以赴，可以人定勝天。

　　柳宗元還從天地人之本質，並且對自然界與人之賞罰作分析。在其〈天說〉中，與劉禹錫有一段重要之論述：

　　　　彼上而玄者，世謂之天，下而黃者，世謂之地，渾然而中處者，世謂之元氣。寒而暑者，世謂之陰陽。是雖大，無異果蓏、癰痔、草木也。假而有能去其攻穴，是物也，其能有報乎？蓄而息之者，其能有怒乎？天地大果蓏也，元氣大癰痔也，陰陽大草木也。其烏能賞功而罰禍乎？功者自功，禍者自禍，欲望其賞罰者，大謬；呼而怨，欲望其哀且仁者，愈大謬矣。子而信子之仁義以遊其內，生而死爾。烏置存亡得喪於果蓏、癰痔、草木耶？[39]

　　文中柳完元說明天地、元氣、陰陽，不能賞功而罰惡。要其歸，欲以仁義置於內心，則生死存亡又何必掛心？其說當矣。劉禹錫〈天論上〉中，對其友柳完元之〈天說〉表示：

　　　　余友河東解人柳子厚作〈天說〉，以折韓退之之言，為美矣，蓋有激而云，非所以盡天人之際。故余作〈天論〉以極其辯云。[40]

　　柳完元雖然主張順人、順道以得天，但未摒棄「神」之作用，認為人們在力不足時，常取乎神，但強調仁義之力量更為重要。在〈時令論上〉云：

---

[39] 同上註，卷 16，頁 285。
[40] 《全唐文》，卷 607，頁 6127。

　　其（《月令》）言有十二月七十有二候，迎日步氣，以追寒暑之序，類其物宜而逆為之備，聖人之作也。然而聖人之道，不窮異以為神，不引天以為高。利於人，備於事，如斯而已矣。[41]

　　文中說明聖人之道是便利民眾依寒暑之序，防備農事，也就是人事要配合天時，不要將天時視為神，而忽略人對大自然之認知與努力。

　　柳宗元認為，人所受命於天，各有差異。在〈亡姊崔氏夫人墓誌蓋石文〉中云：

　　夫人天命固有以異於人。……善隸書，為雅琴，以自娛樂，隱而不耀。工足以致美於服而不為異，言足以發揚於禮為辨。孝之至，敬之備，仁之大，又以配君子，然而不克會於貴壽，以至於斯，孰謂之天有知者耶？[42]

　　其姊具有異於常人之秉性，卻不能富貴長壽，從而文中讚揚其姊善隸書，為雅琴，美於服，言有禮等秉性，卻不能貴壽，進而否定天具有賞罰惡之作用。

　　柳宗元更作〈種樹郭橐駝傳〉，敘述一位善於種樹之郭橐駝，以闡述官吏應順天致性，按自然之規律行事，方可使民眾蕃盛，切不可逆天而為：

　　駝非能使木壽且孶也，能知天，以致其性焉爾……其蒔也若子，其置也若棄，則其天者全矣。……吾小人輟飧饔以勞吏者，且不得暇，又何以蕃吾生而耶？故病且怠。[43]

---

[41] 《柳河東全集》，卷3，頁53。

[42] 《全唐文》，卷591，頁5973。

[43] 《柳河東全集》，卷17，頁305。

文中敘述郭橐駝善於種樹，能順看樹木之天性，使樹保全天性，長壽而且孳長。如鄉吏不顧及百姓之生活，日日擾民，使百姓窮於應付，而生病、怠惰。由此而抒發其體恤民性之政治思維。

(四) 劉禹錫之天人思想

中唐劉禹錫（772～842）之天人思想，是由儒入釋，其〈送僧元暠東遊〉詩序中云：「世所謂道無非畏途，唯出世間法可盡心耳。」故其生命思想之主張與柳宗元不盡相同。其〈天論上〉云：

> 世之言天者，二道焉：拘於昭昭者，則曰天與人實影響，禍必以罪降，福必以善來，窮阨而呼必可聞，隱痛而祈，必可答，如有物的然以宰者，故陰騭之說勝焉。泥於冥冥者，則曰天與人實相異，霆震於畜木，未嘗在罪，春滋乎堇荼，未嘗擇善，跖蹻焉而遂，孔顏焉而厄，是茫乎無有宰者，故自然之說勝焉！

劉禹錫認為世人對天有二說，一是「陰騭說」：從天人感應角度說明天與人之影響，禍必降罪，善則福來；呼必可聞，祈必可答；二是「自然說」：認為天人實相異，天地無一主宰者，自然而然，罪福由己。劉禹錫綜合兩說，主張「天人交相勝。劉禹錫首先論天與人交相勝之原因，在〈天論上〉一文中指出：

> 凡人形器者皆有能有不能。天，有形之大者也。人，動物之尤者也。天之能，人固不能也；人之能，天亦有所不能也。故余曰：天與人交相勝耳。

文中敘述人之與天，各有所能、亦有所不能，故言交相勝。他進一步說明：

　　天之所能者，生萬物也；人之所能者，治萬物也。法大行，則其
人曰：「天何預人邪，我蹈道而已；法大弛，則其人曰：道，竟何為
邪，任人而已；法小弛，則天人之論駁焉。今以一己之窮通，而欲質
天之有無，惑矣。生乎治者人道明，咸知其所，故德與怨不歸乎天；
生乎亂者人道昧，不可知，故由人者舉歸乎，非天預乎人爾。」[44]

　　天主要功能是產生萬物，却不能治理萬物。人的功能是治理萬物。就治
理萬物而言，人們看到法令大行，社會安定、繁榮，就會說天對我何干，我
是實踐治國之道而已；法令鬆弛敗壞，就說空談治道理有何用？對天人之論
說駁雜，是人們以一己之窮通，質問天到底有無功能，是不明天人之道之議
論。天不能決定人世的治亂，人處於亂世，就歸咎於天；生於治世，人們都
具有仁德，就不歸咎於天。人可以勝乎天，天亦可勝人，天人交相勝。
　　劉禹錫又在〈天論中〉深入探討人可勝天之道理：

　　是非存焉，雖在野，人理勝也。是非亡焉，雖在邦，天理勝也。
然則天非務勝乎人者也。何哉？人不則歸乎天也。人誠務勝乎天者也，
何哉？天無私，故人可勝乎天。

　　文中敘述社會安定，是非分明，雖是在野百姓，也可以據理爭勝；如果
社會不安定，無是非可言，雖在朝廷，也只能聽天由命。因此，天不是一定
能勝過人，人們在無法主宰自己時，就歸之於天。天沒有私心，不能主宰人，
人可以勝天。
　　劉禹錫還將天與「勢」、「數」之關係，加以論述：

　　天形恒圓而色恒青，周迴可以度得，晝夜可以表候，非數之存乎？

---

[44]　《全唐文》，卷 607，頁 6127。

恒高而不卑，恒動而不已，非勢之乘乎！今夫蒼蒼然者，一受其形於
高大，而不能自還於卑小，一乘其勢於動用，而不能自休於俄頃，又
惡能逃乎數而越乎勢耶？吾固曰：萬物之所以為無窮者，交相勝而已
矣，還相用而已矣。天與人，萬物之尤者耳。[45]

　　文中說明事物都有一定之數與勢。天之大小有其度數，晝夜四時有其特
定之徵候，是天之「數」。天居高臨下，轉動不止，是天之「勢」。因此，天
也不能逃出數而越出勢：萬物也是交相勝、交相用！此說是「天人合一」、「天
人相分」論之綜合，是對客觀事物之作用與主體能動作用之比較，同時用勢
與數兩者進行考察之結果。

　　劉禹錫對天人關係之考察，還以當時發達之天文、曆算等科學技術為基
礎。對於僧一行（673～727）、惟良之推崇和評價，就十分值得重視。〈送惟
良上人并引〉中云：

　　　以貌窺天者曰：「乾然健，單于然而高。」以數迎天者曰：「其
　　用四十有九。天果以有形而不能脫乎數，立象以推莢，既成而遺之。」
　　古所謂神交造物者，非空言耳。軒皇受天命，其佐皆聖人，故得之。
　　惟唐繼天德如皇帝，有外臣一行，亦聖之徒與？刊歷考元，書成化去。[46]

　　一行為我國密教高僧，天文曆算家，精於禪道、數學、曆法之學。著有
《大衍曆》，又與梁令瓚同制黃道遊儀，算出一百五十餘顆恒星之位置，及相
當於子午線緯度之長度。劉禹錫雖然仍肯定天命、天德，並沒有完全否認天
之主宰作用，但認為一行不是單從表面現象觀察天，而是深入考察其度量關
係，深入造化之物之本質，把握其規律之結果，稱其神交造物，並非空談。

[45] 《全唐文》，卷607，頁6128。
[46] 高志忠：《劉禹錫詩編年校注》，（哈爾濱：黑龍江人民出版社，2005），卷9，頁1215。

對惟良之評價，在〈送惟良上人并引〉又云：

> 今丹徒人惟良，生而能知，非自外求。以乾坤之英，當十期之數，
> 凝神運指，上感躔次。視玄黃溟涬，無倪有常，絕機泯知，獨以神會，
> 數起於復之初九，音生乎黃鐘之宮，積微卒隱，言與化合乎天人之數，
> 極而含變，變而靡不通，神趨鬼慴，不足駭也。惟良得一行之道，故
> 亦慕其為外臣。[47]

惟良傳一行之說，亦精通天文、曆算，探微索隱，將天人之間之度量，
以及發展變化之道理，達到通達之地步。其「化合乎天人之數」，不是探討天
人關係，而是深入瞭解天體運動之規律。儘管我們對我們對惟良之論述，知
之甚少，但從劉禹錫之論述，已可以看出惟良在天人關係方面之深刻造詣，
與劉禹錫「天人相勝、相用」思想之依據。

二、唐代帝王封禪之天人思想

封禪是漢、唐以來最盛大之國祀大典，在帝王之心裡，自己奉天承運，
天命所歸，是一位能使國家長治久安之聖君。如班固《漢書·郊祀志下》云：
「帝王之事，莫大夫承天之序：承天之序，莫重於郊祀。」[48] 班固《白虎通
義·文質》中亦云：「受命之君，天之所興，四方莫敢違。」[49] 都認為天命
是皇權獲得天地之認同，封禪亦為其統治天下，得到合法性及正統性。

歷史上，也有不認同封禪之事，認為三代不封禪而亡，唐代帝王，屢欲

---

[47] 《劉禹錫詩編年校注》，卷 9，頁 1216。

[48] 《漢書》，卷 25，頁 1254。

[49] 東漢，班固，《白虎通義》，（景印文淵閣四庫全書，冊 850）（臺北：臺灣商務印書館，1983），
頁 46。

東封，是失禮而後行封禪之事。范祖禹在《唐鑑》太宗一評論：

> 古者天子巡狩，至於方岳，必告祭柴望，所以尊天而懷柔百神也。
> 後世學禮者失其傳，而諸儒之諂諛者為說，以希世主謂之，封禪實自
> 秦始，古無有也。且三代不封禪而亡。人主不法三代而法秦，以為太
> 平盛事，亦已謬矣！……貞觀之末，屢欲東封，以事而止。高宗、明
> 皇遂踵行之。終唐之世，唯柳宗元以封禪為非，以韓愈之賢，猶勸憲
> 宗，則無足怪也。嗚呼！禮之失也久矣，世俗之惑，可勝救哉！[50]

宋‧洪邁《容齋隨筆‧漢唐封禪》亦對漢、唐以來之封禪有所評論：

> 予謂二帝皆不出盛世之主，灼知封禪之非，行諸詔告，可謂著明。
> 然不知幾時，自為翻覆，光武惑於讖記，太宗好大喜名，以今觀之，
> 蓋所以累善政耳。[51]

　　洪邁認為漢光武帝惑於讖記，唐太宗好大喜名，遂行封禪之事，有累其
善政。

　　以上論述，對封禪之事，有褒有貶，然封禪對帝王具有何種意義？為何
唐代帝王汲汲於封禪之事，武后甚至由東嶽泰山，改至嵩山封禪，玄宗又曾
至華山封禪，其中具有重要之天人關係，可供探討。

(一) 唐代封禪之歷史過程

　　唐高祖李淵統一天下，兗州刺史薛冑等上書奏請封禪泰山，李淵考慮天

[50] 宋‧范祖禹撰、呂祖謙註：《唐鑑》，（景印文淵閣四庫全書，第 685 冊）（臺北：臺灣商務印
　　書館，1983），頁 469。
[51] 宋‧洪邁：《容齋隨筆》，（景印文淵閣四庫全書，冊851）（臺北：臺灣商務印書館，1983），
　　頁 354。

下情勢後，未允。唐太宗貞觀年間（627～649），國勢日盛，人民安居。《新唐書・食貨志》記載：

> （貞觀）四年，米斗四、五錢，外戶不閉者數月，馬牛被野，人行數千里不齎糧，民物蕃息。[52]

杜佑《通典・食貨典》亦云：

> 自貞觀以後，太宗屬精為理。至八年、九年，頻至豐稔，米斗四、五錢，馬牛布野，外戶動則數月不閉。至十五年，米每斗值兩錢。[53]

由於太宗勵精圖治，民蓄物豐。貞觀五年（631），李孝恭上表請行封禪，太宗不許，詔曰：「凋殘未復，田疇多曠，倉廩猶虛，家給不足，尚懷多愧，豈可遽追前代，取譏虛美。」[54] 同年十二月己亥日，武士矱（577～635）奏請封禪，太宗仍不可，曰：「誠宜展禮名山，以謝天地，但以傷亂之後，民物凋殘，憚於勞費，所未遑也。」[55] 太宗不可，認為封禪之事，勞民傷財，待天下富裕後，再行封禪。

據唐・吳兢《貞觀政要》記載，貞觀六年（632），由於「匈奴克平，遠夷入貢，符瑞日至，年穀頻登。」[56]公卿百官恭請封禪，太宗仍未允諾。《資治通鑑》貞觀六年記載：

---

[52] 歐陽修、宋祁編：《新唐書》，（臺北：鼎文書局，1981），卷24，頁1149。

[53] 楊家駱主編：《十通分類總纂》，（臺北：鼎文書局，1975），第3冊，唐・杜佑：《通典》，卷7，頁3。

[54] 宋・王溥：《唐會要》，（景印文淵閣四庫全書），卷7，頁56。

[55] 同上註，頁57。

[56] 唐・吳兢：《貞觀政要》，（景印文淵閣四庫全書，冊407），卷2，頁397。

卿輩皆以封禪為帝王盛事，朕意不然。若天下乂安，家給人足，
雖不封禪，庸何傷乎！昔秦始皇封禪，而漢文帝不封禪，後世豈以文
帝之賢不及始皇邪！且事天掃地而祭，何必登泰山之顛，封數尺之土，
然後可以展其誠敬乎！[57]

《唐會要・封禪》亦記載：

太宗曰：「議者以封禪為大典，如朕本心，但使天下太平，家給人
足，雖闕封禪之禮，亦可比德堯、舜；若百姓人足，夷狄內侵，縱修
封禪之儀，亦何異桀、紂。」[58]

上述兩段，說明封禪應是帝王在盛世之時，登泰山之顛，祭拜天地之大
典。但太宗認為讓百姓家給人足，才是治國之根本。魏徵亦勸諫太宗時機不
宜：

今自伊、洛之東，暨乎海、岱，萑莽巨澤，茫茫千里，人煙斷絕，
雞犬不聞，道路蕭條。[59]

依據當時山東地區之各種狀況，實不利於東封。再加上太宗身體欠佳，
亦是原因。貞觀六年十二月，請封禪者首尾相屬，太宗諭以：「舊有氣疾，恐
登高增劇，公等勿復言。」[60] 宋・王溥《唐會要・封禪》亦詳細記載太宗之
言：

---

[57] 《資治通鑑》，卷 194，頁 6093。

[58] 北宋・王溥：《唐會要》，（景印文淵閣四庫全書，冊 606），卷 7，頁 57。

[59] 《貞觀政要》，卷 2，頁 606。

[60] 《資治通鑑》，卷 194，頁 6100。

六合大定，升中告禪，信亦其時。然朕往者蒙犯霜露，遂嬰氣疾，但恐登封之後，彌增戒懼，有乖營衛，非所以益朕也。[61]

依據《唐會要》記載，太宗當時「犯霜露，遂嬰氣疾。」，又言「有乖營衛」，則其健康狀態，應為受風寒而有呼吸系統之病，如氣喘、慢性支氣管炎等；至於營衛之氣，應屬氣血循環之問題，氣血循環關係到心血管之疾病。由此健康因素，不宜登山跋涉，暫緩封禪。《新唐書·西域上·疏勒》記載，貞觀九年（635），西域稍安，太宗謂房玄齡等曰：

曩之一天下，克勝四夷，惟秦皇、漢武耳。朕提三尺劍，定四海，遠夷率服，不減二君者。[62]

太宗自以為平定四夷，一統天下，功業不減秦皇、漢武，遂在貞觀十一年（637），下令擬定封禪禮儀，由顏師古撰定《封禪儀注書》，並納入〈貞觀禮〉。同年七月，谷水溢入洛陽，溺死六千餘人；九月陝州、河陽水災；太宗巡視災情，無法封禪。貞觀十五年（641）六月，下詔停止封禪：《舊唐書·太宗本紀下》記載：「有星孛於太微，犯郎位。丙辰，停封泰山，避正殿以思咎，命尚食減膳。」[63]貞觀二十年（646），議定方石圓壇之制，草擬封禪之禮。決定貞觀二十二年（648）仲春封禪，但二十一年八月，河北諸州水災，泉州海溢等因，又下詔停止封禪。

封禪是唐代順應天命，及正名分之重要大事，也是建構李唐皇朝之歷史使命，高宗「永徽之治」時，社會安定、穀賤刑省、平定高麗、成立安西都護府等，都顯示國力極為強盛。為其封禪奠定基礎。

高宗原下詔龍朔三年（663）正月封禪，但因討伐高麗、百濟而暫停。麟

[61]《唐會要》，卷7，頁57。
[62]《新唐書》，卷221，頁6233。
[63] 劉昫：《舊唐書》，（臺北：鼎文書局，1981），卷3，頁53。

德二年（665）二月，命太子少師許敬宗等為檢校封禪使，並詔禮官、博士撰定封禪儀注。十月，武后與司禮太常劉祥道先後奏請封禪。依據《資治通鑑》麟德二年記載：

> 上發東都，從駕文武儀仗，數百里不絕。列營置幕，彌亘原野。東自高麗，西至波斯、烏長諸國，朝會者，各帥其屬扈從，穹廬毳幕，牛羊駝馬，填咽道路。[64]

《舊唐書‧禮儀志三》記載：同年十二月，車駕至泰山腳下。有司進奏儀注：「封祀以高祖、太宗同配，禪社首以太穆皇后、文德皇后同配，皆以公卿充亞獻、終獻之禮。」[65] 此時武則天反對以公卿充亞獻、終獻之禮，要爭奪禪社首獻、亞獻、終獻禮之權力，以逞其奪取政權之野心。《舊唐書‧禮儀志三》記載：

> 於是皇后抗表曰：「伏尋登封之禮，遠邁古先，而降禪之儀，竊為未允。其祭地祇之日，以太后昭配，至於行事，皆以公卿。以妾愚誠，恐未周備。何者？乾坤定位，剛柔之義已殊；經義載陳，中外之儀斯別。瑤壇作配，既合于方祇；玉豆薦芳，實歸於內職。況推尊先後，親饗瓊筵。豈有外命宰臣，內參禋祭？詳於至理，有紊徽章。但禮節之源，雖興於昔典；而升降之制，尚缺於遙圖。……妾謬處椒闈，叨居蘭掖。但以職惟中饋，道屬於蒸、嘗；義切奉先，理光於蘋、藻。周極之思，載結於因心；祇肅之懷，實深於明祀。但妾早乖定省，已闕侍於晨昏；今屬崇禮，豈敢安於帷帟。……伏望展禮之日，總率六宮內外命婦，以親奉奠。冀申如在之敬，式展虔拜之儀。積此微誠，

---

[64] 《資治通鑑》，卷 201，頁 6345。

[65] 《舊唐書》，卷 23，頁 886。

已淹氣序。……」於是祭地祇、梁甫，皆以皇后為亞獻，諸王大妃為終獻。[66]

　　李唐王朝之建立，是應土德而興，在神聖祀土大典上，公卿恭身肅立，由后妃登壇祭奠，使武則天能在封禪典禮中，獲得與天溝通之神聖意義，為一代女皇之目標邁進。

　　麟德三年（666）正月，高宗於泰山下封祀壇，以圓丘之儀，親祀昊天上帝。壇上設昊天上帝牌位，以高祖、太宗之配饗。其下分設五方帝及日月星辰二十八宿。祭訖，親封玉策，置石箴，聚五色土封之。圓徑一丈二尺，高九尺。其日，帝率侍臣已下升泰山。翌日，就山上登封之壇封玉策訖，復還山下之齋宮。其明日，親祀皇地祇於社首山上，降禪之壇，如方丘之儀。皇后為亞獻，越國太妃燕氏為終獻。

　　此次封禪，《舊唐書·高宗本紀》中指責：「藉文（文皇帝高宗）鴻業，僅保餘位。封岱禮天，其德不類。」[67]其德不類，是指武則天以皇后身份率宮人命婦在封禪大典上行亞獻和終獻禮，是慢神悖禮，逾越禮制。故《舊唐書·禮儀志三》曰：

　　　初，上親享於降禪之壇，行初獻之禮畢，執事者皆趨而下，宦者執帷，皇后率六宮以升，行禮。帷帟皆以錦繡為之。百僚在位瞻望，或竊議焉。[68]

《新唐書·禮樂四》曰：

　　　皇后武氏為亞獻，越國太妃燕氏為終獻，率六宮以登，其帷帟皆

---

[66] 同上註。
[67] 同上註，卷5，頁112。
[68] 同上註，卷23，頁888。

錦繡。群臣瞻望，多竊笑之。[69]

史官記述竊議、竊笑，對武則天來說，是要排除不利於女性攝政之傳統觀念，故在永昌元年（689）正月初一，萬象神宮祭祖祀天禮儀上，便由武后初獻，魏王武承嗣亞獻，梁王武三思終獻。

武則天於光宅元年（684）執政，改東都洛陽為神都，《資治通鑑》則天后垂拱四年（688）正月，記載：

> 甲子，於神都立高祖、太宗、高宗三廟，四時享祀如西廟之儀。又立崇先廟以享武氏祖考。太后命有司議崇先廟室數，司禮博士周悰請為七室，有減唐太宗為五室。[70]

按歷代禮制，天子七廟、諸侯五廟。立七廟是帝王供奉祖先之禮制。而立崇先廟七廟，明顯是武氏取代李氏。此議因春官侍郎賈太隱反對而未行，但在祭祀昊天上帝之典禮上，以武氏祖宗與高祖、太宗、高宗同樣配享，已透露改朝換代之野心。同年二月，武則天將洛陽乾元殿上建明堂，明堂是國家布政明教，祭祖祀天之重地。《舊唐書・禮儀志二》記載：天授二年（691）正月，武則天：

> 親祀明堂，合祭天地，以周文王及武氏先考、先妣配，百神從祀，並於壇位次第布席以祀之。[71]

乾封元年（666），高宗泰山封禪時，武則天就鼓動高宗遍封五嶽，詔國子司業李行緯、考功員外郎賈大隱草具嵩山封禪禮儀。欲在五嶽祭祀天地之

[69] 《新唐書》，卷 14，頁 351。

[70] 《資治通鑑》，卷 204，頁 6447。

[71] 《舊唐書》，卷 22，頁 864。

大典，主持奠獻之禮，為其將來奪取王位。取得順應天命之正當性。然在封禪嵩山時，因吐蕃、突厥寇邊而止。

上元三年（676）二月，武則天又勸高宗封禪中嶽，十一月以陳州鳳凰見於宛丘，改上元三年為儀鳳元年，大赦天下，為天后歌功頌德。永淳元年（682）七月，下詔將於十一月封禪中嶽，但遇高宗罷疾不瘉而罷。武則天稱帝後，改國號為周，為表示武周革命順天應人，遂詔令舉行封禪嵩山之盛典。

嵩山為五嶽中之中嶽，峻極於天，雄距天下之中。《漢書‧郊祀志五》曰：「昔三代之居，皆在河洛之間，故嵩高為中岳，而四岳各如其方。」[72] 漢武帝曾在此建有太室神祠。又位居洛陽附近，不必遠赴泰山封禪，免於遠離神都，在國家安全考量上，嵩山之地理位置最適宜。

玄宗封禪，尤其在開元之治其間，具有特殊之意義。因為依據傳統之觀念，封禪在易代之際，封禪有祭告天地，宣示擁有政權，請求上天庇佑之義。《舊唐書‧崔日用傳》記載，開元初，吏部尚書崔日用於八月初五生日時，獻司馬相如《封禪書》等云；「以申規諷，並述告成之事。」時玄宗即位未久，政績尚未彰顯，故手詔；

　　　古者封禪，升中告成，朕以菲德，未明於至道。竦然以聽，頗壯相如之詞；惕然載懷，復慚夷吾之語。[73]

詔文中，玄宗以管仲諫齊桓公封禪之事，表示自己謙虛，還不能封壇告天。開元十二年（724），河清海晏，物殷俗阜，已具盛世氣象。《舊唐書‧禮儀志三》記載：

　　　文武百僚朝集，使皇親及四方文學之士，皆以理化升平，時穀屢

---

[72] 《漢書》，卷25，頁1205。
[73] 《舊唐書》，卷99，頁3088。

稔，上書請修封禪之禮，并獻賦頌者，前後千有餘篇。玄宗謙沖不許。……至於巡狩大典，封禪鴻名，顧惟寡薄，未遑時邁，十四載於茲矣。[74]

《舊唐書‧禮儀志七》記載，玄宗先表示謙虛不許，是因為即位十四年以來，尚未使四海乂安，百蠻效職，故無法告成功於天地。但隨後又云：

今百穀有年，五材無眚。刑罰不用，禮義興行。和氣氤氳，淳風澹泊。蠻夷戎狄，殊方異類，重譯而至者，日月於闕廷；奇獸神禽，甘露嘉醴，窮祥極瑞，朝夕於林御。王公卿士，罄乃誠於中；鴻生碩儒，獻其書於外。莫不以神祇合契，億兆同心；斯皆烈祖聖孝，垂裕余慶。故朕賴宗廟之介福，敢以眇身，顓其克讓。是以敬奉群議，弘此大猷，以光我高祖之丕圖，以紹我高祖之鴻烈。永言陟配，追感載深。可以開元十三年十一月十日，式遵故實，有事太山。所司與公卿諸儒詳擇典禮，預為備具，勿廣勞人，務存節約，以稱朕意。[75]

文中說明，現今國家已經刑罰不用，禮義興行，窮祥極瑞，神祇合契，億兆同心。可以在開元十三年十一月十日，在泰山舉行封禪大典。《資治通鑑》記載，開元十三年（725）十月：「車駕發東都，百官、貴戚、四夷酋長從行，每置頓，數十里中，人畜被野，有司輦載供具之物，數百里不絕。」[76]

十一月丙戌，至泰山下駐蹕。己丑，玄宗騎馬登山，侍臣跟從，以初獻、亞獻、終獻三獻禮於山上行事，祀五方帝及諸神座於山下壇行事。庚寅，祀昊天上帝於山上封台之前壇，高祖神堯皇帝配享。癸巳，以〈玉牒文〉告天云：

---

[74] 同上註，卷27，頁891。

[75] 同上註，卷27，頁892。

[76] 《資治通鑑》，卷212，頁6766。

> 有唐嗣天子臣某，敢昭告昊天上帝：天啟李氏，運興土德。高祖
> 太宗，受命立極。高宗升中，六合殷盛。中宗紹復，繼體不定。上帝
> 眷祐，錫臣忠武。底綏內難，推戴聖父。恭承大寶，十有三年。敬若
> 天意，四海晏然。封祀岱岳，謝成於天。子孫百祿，蒼生受福。[77]

文中「敬若天意，四海晏然。」說明上天庇佑下，天下太平，故謝成於
天，祈求子孫百祿，蒼生受福。次日辛卯，行禪禮，享天地祇於社首山泰折
壇，以睿宗大聖貞皇帝配享。玄宗制〈紀太山銘〉云：

> 朕統承先王，茲率厥典，實欲報玄天之眷命，為蒼生而祈福，豈
> 敢高祝千古，自比九皇哉！故設壇場於山下，受群方之助祭；躬封燎
> 於山上，冀一獻之通神。斯亦因高崇天，就廣增地之義也。御書勒於
> 山頂石壁之上。[78]

文中「欲報玄天之眷命，為蒼生而祈福。」是要藉封禪作天人間之溝通。
中書令張說撰〈封祀壇頌〉、侍中源乾曜撰〈社首壇頌〉、禮部尚書蘇頲撰〈朝
覲壇頌〉以紀德。

玄宗泰山封禪大典，是歷代最盛大之祀典。據《舊唐書·禮儀三》記載，
一路隊伍「千旗雲引，萬戟林行。」「萬方縱觀，千里如堵。」在典禮之時，
「百神群望，莫不懷柔；四方諸侯，莫不來慶。」[79] 氣勢規模，已超越秦漢，
也顯示唐玄宗膺受天命，統治天下之雄心。

玄宗天寶年間，因承平歲久，志在粉飾太平，欲封禪華山，與開元封禪
泰山有所不同。《舊唐書·禮儀三》記載：

---

[77] 《舊唐書·禮儀志三》，卷23，頁899。
[78] 同上註，頁901。
[79] 同上註，卷23，頁901。

　　　　玄宗乙酉生，以華岳為本命。先天二年（713）七月正位，八月癸
　　丑，封華岳神為金天王。開元十年（722）因幸東都，又於華岳祠前立
　　碑，高五十餘尺。又於岳上置道士觀，修功德。至天寶九載（750），
　　又將封禪於華岳。[80]

　　華山為玄宗之本命，王氣之所在。又相傳華山是道家始祖老子隱居之地，
天師道創始人寇謙之在此修練；唐高祖、太宗都親臨此山拜謁；睿宗金仙公
主、南陽公主在此修道，杜甫〈進封西岳賦表〉云：「泰華最為難上，故封禪
之事，郁莫罕聞。」[81]玄宗不顧華山險陡難登，主要是要消除武后崇佛之影響。
　　以道教取代佛教，以《道德經》為諸經之首，並親自注解《道德經》，天
寶元載（742），下詔將諸郡之老君玄元皇帝廟改為玄元皇帝宮，不斷追加老
君尊號，天寶十三載（755），封老君為「高上大道金闕玄元皇帝天皇大帝」，
故封禪於華山，是將崇道之風氣推向最高峰。

(二) 唐代封禪之生命意義

1. 封禪是宣示政權之穩固

　　中國歷朝都以祭祀儀式，溝通天人關係，以及人神間之超自然聯繫，所
祭祀之場所，祭器、祭禮等都有其特定之象徵意義。封禪大典是國家最隆重
之祀典，在皇權為中心之時代，儀式之象徵，具有其重要之天人意義。
　　武則天選擇嵩山封禪，據《新唐書・宰相世系表》記載，武氏出自姬姓，
系出周代之祖先，故武則天追尊周文王為始祖文皇帝、周公為褒德王。周人
稱嵩山為崇岳、天室山。周武王時，有《天亡簋》銘文，曰：「乙亥，王有大
禮，王凡四方。王祀於天室，降。天亡祐王。」[82]故武則天選擇封禪嵩山，

---

[80] 同上註，頁 904。

[81] 《全唐文》，卷 359，頁 3649。

[82] 「天亡簋」為西周初期之青銅器。又稱「大豐簋」或「朕簋」。清代道光年間出土於陝西岐山。
　　腹內壁有銘文八行七十八字，記載周武王滅商後為其父文王舉行「大豐」之祀典，實際是對周文

是與周代祖先祭祀嵩山有關。

　　玄宗前往泰山封禪，是要祭告天地，改朝換代之事，以改變武周前往嵩山封禪之天人關係，欲藉泰山封禪，重新確立李唐治國之權威理念。在政治上，具有兩層意義，一是滅武周之禍，復李唐社稷；二是以封禪撥亂反正，重建李唐天威。

　　唐玄宗曾參與誅滅武氏之政治鬥爭，在中宗被毒死，韋后臨朝稱制時，又醞釀政變，剷除韋后，擁戴睿宗登基；延和、先天年間，太平公主結黨謀篡君位，玄宗又誅滅其黨羽，使武后擅政之動盪政局，終得消弭。故《舊唐書‧后妃傳上》云：

> 　　高祖龍飛，宮無正寢，而婦言是用，釁起維城。大帝、孝和，仁而不武，但咨池台之賞，寧顧衽席之嫌；武氏、韋氏，幾危運作。[83]

　　唐室政權在後宮如無安定朝廷之力量，則外戚、后妃相繼作亂，政權搖搖欲墜，陷入災難之中。《舊唐書‧辛替否傳》記載，睿宗景雲二年（711）諫官辛替否亦上疏云：「五六年間，再三禍變，享國不永，受終於凶婦人。」[84]

　　玄宗即位後，在宋‧宋敏求《唐大詔令集‧明皇即位赦》云：「昔內多難，內屬邅屯。寶位深墜地之憂，神器有綴旒之懼。」[85] 唐朝自武周革命以後，一直受后黨之亂所擾，國祚幾乎不保，幸賴玄宗消弭亂事，剷除武、韋餘孽，立下安邦定國之大功，前往泰山封禪，以禱告天地，以確立李唐政權，也勢

王父子之頌詞。現藏中國歷史博物館。其銘文如下：「乙亥，王又大豐，王同三方，王祀於天室，降，天亡又王。衣祀于王不顯考文王，事喜上帝，文王監才上。不顯王乍眚，不肆王乍庸，不克气衣王祀！丁丑，王卿，大宜，王降，王賀爵退囊隹。朕又蔑每揚王休於尊白。」此銘文收入《殷周金文集成》第八冊《殷類銘文三》，編號4261。

[83]　《舊唐書》，卷51，頁2163。

[84]　同上註，卷101，頁3156。

[85]　宋‧宋敏求：《唐大詔令集》（臺北：臺灣商務印書館，《景印文淵閣四庫全書》，冊426）卷2，頁12。

所必然。

2. 封禪建立天人間之禮制

　　封禪是天子最重要之祭典，祭天之禮是建立天子與上天緊密關係之橋梁。《禮記・禮運》云：「禮者，君之大柄也。」[86]《左傳・昭公十五年》云：「禮，王之大經也。」[87] 禮一直是歷代王者立國之根本，禮不僅可以規範節制臣民，而且在思想上，也是建立君權神授之根本觀念。

　　玄宗即位後，將武則天時所制訂之禮制，加以更改。開元二年（714），調工匠將天樞、明堂徹底摧毀，熔其銅鐵，歷月不盡。開元五年（717），在東都行大享之禮，太常少卿王仁忠等奏議，以武氏所造明堂，有乖典制：

> 地殊丙巳，未達靈心。迹匪鄗期，乃申嚴配。事昧彝典，神不昭格。此其不可者一也。又明堂之制，木不鏤，土不文。今體式乖宜，違經紊禮，雕鐫所及，窮侈極麗。此其不可者二也。高明爽塏，事資虔敬，密邇宮掖，何以祈天？人神雜擾，不可放物。此其不可者三也。況兩京上都，萬方取則，而天子闕當陽之位，聽政居便殿之中，職司其憂，豈容沉默。當須審考曆之計，擇煩省之宜，不便者量事改修，可因者隨宜適用，削彼明堂之號，克復乾元之名。[88]

　　由上可知，玄宗一改武則天將朝政、祭禮與宗教合而為一之明堂體制，改為一般之宮殿，定名為乾元殿。開元八年（720），在長安重建明堂。玄宗為完成長治久安、固本扶正之大業，群臣頻頻奏請封巒展禮，即是對天人關係之重建。封禪是建立天人關係之大事，唐玄宗時，中書令張說在〈大唐封祀壇頌〉中云：

---

[86]　《禮記正義》，卷22，頁422。

[87]　《左傳正義》，卷47，頁825。

[88]　《舊唐書・禮儀二》，卷22，頁875。

> 封禪者，帝王受天命告成功之為也。……封禪之意有三：……一、
> 位當五行圖籙之序，二、時會四海升平之運，三、德具欽明濰姶[89]之
> 美。[90]

張說認為封禪者是帝王受天命，將成功告知於天也，其意有三，一位當
天地五行圖籙之序，指與泰山刻石之意相合；二、時會四海升平之運，指封
禪乃天下太平之時；三、德具欽明濰姶之美，指具有帝堯之道德。

古帝王封土於山而禪祭於地，祭祀之時，玉可作禮神之器，《大戴禮・保
傳》云：「是以封泰山而禪梁父，朝諸侯而一天下。」[91]《史記・封禪書》張
守節注云：

> 正義曰：「泰山上築土為壇以祭天，報天之功，故曰封；泰山下，
> 小山上，除地，報地之功，故曰禪。」[92]

《周禮・大宗伯》曰：

> 以玉作六器，以禮天地四方。以蒼璧禮天，以黃琮禮地，以青圭
> 禮東方、以赤璋禮南方、以白琥禮西方、以玄璜禮北方，皆有牲幣，
> 各放其器之色。[93]

蒼璧、黃琮、青圭、赤璋、白琥、玄璜，皆瑞玉也。明祀昊天上帝之時，

---

[89] 《尚書正義》，卷 2，〈虞書・堯典〉：「曰若稽古，帝堯曰放勳，欽明文思安安，允恭克讓，光
被四表，格於上下。」文中欽明為讚美唐堯敬事明達在先。《全唐文》卷 270，蔣欽緒〈代宰相請
封禪表〉：「道稽古，德日新，帝堯之濰姶也。」濰姶應指堯之道德。

[90] 《全唐文》，卷 221，頁 2223。

[91] 高明：《大戴禮記今註今譯》，（臺北：臺灣商務印書館，1977），卷 3，頁 128。

[92] 馬持盈：《史記今注》，（臺北：臺灣商務印書館，1979），卷 28，頁 1368。

[93] 《周禮注疏》，卷 18，頁 281。

以禮五方天帝明矣。自是立春、立夏、立秋、立冬之日，各於其方迎氣所用。

3. 封禪是帝王向天地告成功之典禮

封禪代表帝王將成功告知天地，也向天地表示現在已是太平治世，玄宗在祀天玉牒文中曰：「封祀岱岳，謝成於天。子孫百祿，蒼生受福。」敘述開元治世，河清海晏，物殷俗阜，天下大治之情形。玄宗制〈紀太山銘〉中亦云：「有唐氏文武之曾孫隆基，誕錫新命，纘我舊業，永保天祿，子孫其承之。」又云：「在天之神，罔不畢降。」「在地之神，罔不咸舉。」都是宣示玄宗繼承李唐王朝，是天命所繫，為其執政建立合理性與正當性，以消除武后亂政之流弊遺禍後世。鄭棨〈開天傳信記〉云：

> 開元初，上勵精理道，鏟革訛弊，不六七年，天下大治。河清海晏，物殷俗阜。安西諸國，悉平為郡縣。自開遠門西行，亘地萬餘里，入河湟之賦稅。左右藏庫，財物山積，不可勝較。四方豐稔，百姓殷富，管戶一千餘萬，米一斗三四文，丁壯之人，不識兵器。路不拾遺，行者不囊糧。其瑞疊應，重譯屬至，人情欣欣然，感登岱告成之事。[94]

此段說明開元之治，河清海晏，物殷俗阜，天下大治之情形，在泰山告知天地，在天地神明見證下，以穩固其政權。

4. 封禪具有敬天重民之思想

唐高宗李治封禪，是祈求鴻基永固；武則天封禪，有個人稱帝之野心，只有唐玄宗治國，有遠大之政治眼光，能利厚天下，為萬民祈福。《舊唐書·禮儀志三》記載，在其封禪泰山時，公開為蒼生祈福，「無窮之休祉，豈獨在予？非常之惠澤，亦宜逮下。」[95] 玄宗制《紀太山銘》云：「至誠動天，福

---

[94] 《全唐文》，卷408，頁4183。
[95] 《舊唐書》，卷23，頁901。

我萬姓。」[96]《舊唐書・禮儀志三》記載玄宗封禪泰山時，山上勁風僵人，寒氣切骨，玄宗因不食，仰天稱：「某身有過，請即降罰。若萬人無福，亦請某為當罪。兵馬辛苦，乞停風寒。」[97]充分體現「敬天重民」之思想。又史官吳兢在〈上貞觀政要表〉中亦云：

> 比嘗見朝野士庶有論及國家政教者，咸云若以陛下之聖明，克遵太宗之故事，則不假遠求上古之術，必致太平之業。[98]

此言雖有溢美之辭，但開元聖世確有貞觀之風，是對玄宗政教清明，海內殷富之治績，有所肯定。

以上論述，說明封禪是唐代帝王與天地溝通之祭典，一方面建立與天地溝通之禮制，同時以稟受天命，宣示政權之穩固，亦具有敬天重民之思想。在天人關係上，具有重要之意義。

三、從祥瑞觀察唐人之天人思想

(一) 唐代祥瑞之政治意義

前節言唐代封禪之天人關係，是帝王與天地溝通之祭典。帝王之政權穩固後，是否陰陽和順，風調雨順，可以從祥瑞、災異中顯現。有關祥瑞之說，起源甚早，《尚書・洪範》稱吉祥之兆為「休徵」，稱凶災為「咎徵」；[99]東漢班固《白虎通義・封禪》對祥瑞述說甚詳：

---

[96] 同上註。

[97] 同上註，頁900。

[98] 《全唐文》，卷298，頁3023。

[99] 《尚書正義》，卷12，頁178。

天下太平，符瑞所以來至者，以為王者承統理，調和陰陽，陰陽和，萬物序，休氣充塞，故符瑞並臻，皆應符瑞而至。德至天，則年極明，日月光，甘露降；德至地，則嘉禾生，蓂莢起，秬鬯出。太平感德至表，則景星見，五緯順軌。德至草木，朱草生，木連理。德至鳥獸，則鳳凰翔，鸞鳥舞，麒麟、白虎到，白雉降，白鹿見，白鳥下。德至山陵，則景雲出，蘭實茂，陵出異丹，阜出萐，山出器車，澤出神鼎；德至淵泉，則黃龍見，醴泉通，河出龍圖，洛出龜書；江出大貝，海出明珠。德至八方，則祥風至，佳氣喜；鐘律調，音度施；四夷化，越裳貢。[100]

班固認為祥瑞是天下太平之徵兆，故帝王喜聞各地有祥瑞之兆傳來，以象徵天下陰陽調和，萬物滋長，國泰民安。唐玄宗時，宰相蕭嵩（668～749）上〈請宣示祥瑞表〉，言祥瑞有「祥風起，日抱戴，嘉禾秀，芝草生，甘露降，醴泉湧，木連理，瓜同蒂，竹再生，李成實，馴鳩元鶴，慈烏鵜鴰，寶鼎魚銘，錢刀磚字。」等二十有一事。

《新唐書・百官志》記載：

禮部郎中員外郎掌圖書、祥瑞，凡景星、慶雲為大瑞，其名物六十四；白狼、赤兔為上瑞，其名物二十有八；蒼烏、赤雁為中瑞，其名物三十二；嘉禾、芝草、木連理為下瑞，其名物十四。[101]

文中敘述朝廷中，由禮部郎中員外郎掌祥瑞之事，又將祥瑞分上瑞、中瑞、下瑞三種。

南宋周密《齊東野語・祥瑞》云：

---

[100] 漢・班固：《白虎通義》，（《景印文淵閣四庫全書》，冊850），卷下，頁37。
[101] 《新唐書》，卷46，頁1181。

世所謂祥瑞者，麟、鳳、龜、龍、騶虞、白雀、醴泉、甘露、朱
草、靈芝、連理之木、合穎之禾皆是也。然夷考所出之時，多在危亂
之世。[102]

周密言祥瑞時，特別提出祥瑞出現之時，多在危亂之世，可見祥瑞之物
亦可能出現在危亂之時，故以祥瑞論國之良窳，似有商議之處。

(二) 祥瑞為帝王順應天意之象徵

武則天欲取唐而代之，自應順應天意。垂拱四年（688），武承嗣使鑿白
石為文曰：「聖母臨人，永昌帝業。」[103] 將此石進獻武則天，稱獲之於洛水。
五月，武則天下詔：「親拜洛，受寶圖。」「命諸州都督、刺使及宗室、外戚，
以拜洛前十日集神都。」自加尊號為「聖母神皇」。七月，「更命寶圖為天授
聖圖，洛水為永昌洛水，封其神為顯聖侯，加特進，禁漁釣，祭祀比四瀆。」
[104] 此後各種祥瑞不斷湧現，顯示武后已得天意之肯定。

在民意上，有侍御史傳游藝率關中士民九百人勸進，接著擴大為六萬餘
人，聲勢浩大，甚至群臣上言有鳳凰自明堂飛入上陽宮後飛去，另有數萬赤
雀飛集朝堂等祥瑞出現。武則天順應天意，改元天授元年（690），九月九日，
改國號為「周」，自稱「大周皇帝」，加尊號為「聖神皇帝」，降睿宗李旦為皇
嗣，賜姓武氏，立武氏七廟。翌年元月，依周建制子月為正月，旗幟從金色
改為象徵火德之赤色，建武周社稷和太廟，將祖宗墓改為陵。完成順天應人
之武周政權。

(三) 唐代官吏上奏祥瑞之內容

若以《全唐文》所錄之奏、表、狀、賦等有關祥瑞之文，今舉其重要者

---

[102] 宋・周密：《齊東野語》，（《景印文淵閣四庫全書》冊865），卷6，頁698。

[103] 《資治通鑑》，卷204，頁6448。

[104] 同上註，頁6449。

四類如下：

1. 天象

　　早在《春秋》即有記載自然現象，如月食、隕石、水災、旱災、蝗災、地震等，其中記載日食達三十六次，例如莊公七年所記「星隕如雨」，是關於天琴星座流星雨，文公十四年記「有星孛入於北斗」，是哈雷彗星之最早記錄。《全唐文》中有關天象者，有日冠且珥、日抱戴、太陽合虧不虧、老人星見、紫氣、祥風、祥雲、紫雲、慶雲、甘露、河清、甘泉、湧泉等十三項。

2. 異獸

　　祥瑞之動物，多因其少見而特殊，或變色、或變形。古代即多變形之鳥獸，《山海經》中甚多，如言伏羲氏「人首蛇身」，雷神「龍身人頭」，顓頊死後復甦，蛇變成魚。諸如此類。《全唐文》中有關之瑞獸，有赤龍、黃龍、白龍、神龜、白象、白鹿、白兔、白鼠等九種。

3. 鳥

　　鳳鳥為鳥類之長，《詩經・大雅・卷阿》：「鳳凰鳴矣，於彼高岡，梧桐生矣，於彼朝陽。」[105]《大戴禮記・易本命》：「有羽之蟲三百六十，而鳳凰為之長。」[106] 傳說鳳鳥非練實不食，非醴泉不飲。有王出，則鳳凰見。「楚狂接輿歌而過孔子曰：『鳳兮！鳳兮！何德之衰？往者不可諫，來者猶可追。已而，已而！今之從政者殆而！』」[107] 何晏《集解》引孔安國曰：「比孔子於鳳鳥，鳳鳥待聖君乃見，非孔子周行求合，故曰衰。」[108]《論語・子罕》：「子曰：鳳鳥不至，河不出圖，吾已矣乎。」[109]

　　除鳳鳥外，《全唐文》中有關祥瑞之鳥有白鸚鵡、白鵲、白雀、白山鵲、

---

[105] 《毛詩正義》，卷 17，頁 626。

[106] 《大戴禮記今註今譯》，卷 13，頁 478。

[107] 《論語注疏》，卷 18，頁 165。

[108] 同上註。

[109] 同上註，卷 9，頁 78。

白鷳鵁、白野雞、赤烏、孝烏等。

4. 植物

　　植物包含樹木花草，種類繁多，被稱為瑞草、嘉禾者，必然需裨益民生，形態殊異，色彩鮮麗，結實累累，枝結連理，為眾人嘉賞者。《全唐文》中有關祥瑞之嘉禾、瑞草，分草木與花果二類：草木有嘉禾合穎、瑞禾、紫芝、柑子結實、李樹凌冬結實、李樹連理、連理棠樹、合歡瓜等。花果有瑞蓮、柑子、連理李樹、連理棠樹、合歡瓜。

　　其他還有魚：《全唐文》中有關祥瑞之魚有赤鯉；礦物：《全唐文》中有關祥瑞之礦物有紫玉、蒼玉、寶磚、靈石、寶符、珍珠；祭祀：《全唐文》可稱為祥瑞之祭祀有神著立、昆田化為金、佛見光相。節慶：《全唐文》中有關祥瑞之節慶有君王誕日。[110]

(四) 官吏進言力陳祥瑞之弊害

　　四海昇平，國泰民安。男耕女織，各安其業。當然是朝廷所樂見之事。但是縱觀唐代（618～907）二十一君，二百八十九年，雖然疆域遼闊，國勢強盛，有貞觀、永徽、開元之盛世，在文化、政治、經濟、外交等方面都有輝煌之成就，可是中唐天寶之後，歷經安史之亂、黃巢之亂之後，日勢衰微，至天祐四年滅亡。

　　在太平盛世，中央及地方官上奏祥瑞之兆，可謂錦上添花，無可厚非。若在衰亂之世，官吏以獻祥瑞粉飾太平，則萬萬不可。

　　唐玄宗時，蕭嵩（668～749）上〈請宣示祥瑞表〉，說明開元以來，感應日聞，珍符歲積。有司奏今年之祥瑞有：

　　　　祥風起，日抱戴，嘉禾秀，芝草生，甘露降，醴泉湧，木連理，

---

[110] 有關唐代祥瑞之記載，引述之例證繁多，可參考拙作〈從唐代祥瑞尚白探討朝廷與文士之祥瑞觀〉，（僑光科大《人文與應用科學期刊》第 6 期，2013）。

瓜同蒂，竹再生，李成實，馴鳩元鶴，慈烏鵲鴿，寶鼎魚銘，錢刀磚
字等二十有一事。

並希望將此祥瑞之事宣付史官，傳於後代：

> 蓋祥風者，昭乎號令；抱戴者，表以納忠。嘉禾主於同文，芝草
> 明於敬老。甘露灑神靈之液，醴泉發德澤之滋。草木秀其地靈，羽毛
> 呈其天瑞。其餘山川異氣，器用殊姿，舉而必然，不可勝紀。[111]

中唐玄宗開元時，元承徵〈上符瑞封事〉，說明秦始皇時，望氣者云：「五
百年後，金陵有天子氣。」又引孫盛《晉陽秋》云：「從始皇東遊之歲，至孫
權僭號之時，中間四百三十七年。」[112] 數字接近。晉元帝南渡，至今又有五
百二十六年，因逢金行之年，應注意金陵之瑞。也就是以望氣之說，向玄宗
表示：聖上上承天意，下諭人心，應將此事列入國史。

方術之說，是否可信？在此不論，唐文宗大和元年（827）十一月，有大
臣（闕名）進奏〈請令有司勿進祥瑞〉：

> 伏以陛下勤求治本，澄清化源，不以靈芝白雁為瑞應，方將時安
> 人和為嘉祥。宸翰昭宣，睿情斯屬。伏請自今已後，祥瑞俱申有司，
> 更不令進獻。[113]

奏文中大臣認為陛下應以「勤求治本」為施政之重心，也就是聖上應以
治國為務，祥瑞只要告知官府即可，不必進獻，有助於朝廷勤奮治國，減少
官吏粉飾太平之弊害。

---

[111] 《全唐文》，卷 279，頁 2831。
[112] 同上註，卷 304，頁 3088。
[113] 同上註，卷 965，頁 10028。

晚唐僖宗時，羅隱（833～910）作〈天機〉一文云：

> 善而福，不善而災，天之道也。用則行，不用則否，人之道也。
> 天道之反，有水旱殘賊之事。人道之反，有詭譎權詐之事。是八者謂
> 之機也。機者，蓋天道人道一變耳，非所以悠久也。苟天無機也，則
> 當善而福，不善而災，又安得餓夷齊而飽盜蹠？苟人無機也，則當用
> 則行，不用則否，又何必拜陽貨而劫衛使？是聖人之變合於其天者，
> 不得已而有也。故曰機。[114]

羅隱將君主行善而得福，不善而獲災，而天道與人道之反，名為「機」。
「機」為福與災之關鍵。君主應掌握天機，其變合於天意，就無水旱殘賊之
事發生，自將獲得福報，不必以祥瑞示人。

(五) 祥瑞無關國運之盛衰

《中庸》第二十四章云：「國家將興，必有禎祥；國家將亡，必有妖孽。」
[115] 西漢董仲舒闡揚此一思想，在《春秋繁露・同類相動》中云：

> 帝王之將興也，其美祥亦先見；其將亡也，妖孽亦先見。物故以
> 類相召也。[116]

董仲舒認為萬物皆同類相召，故國之興亡，皆顯現物類之中，物之美祥
或妖孽可判斷國之良窳。又於〈王道〉篇中，將行王道之君，將會有祥瑞出
現之理由，加以論述：

---

[114] 同上註，卷896，頁9354。

[115] 《四書章句集注》，頁44。

[116] 西漢・董仲舒：《春秋繁露》，（《景印文淵閣四庫全書》，冊181），卷13，頁780。

　　王者，人之始也。王正則元氣和順、風雨時、景星見、黃龍下。王不正則上變天，賊氣並見。五帝三王之治天下，不敢有君民之心。什一而稅。教以愛，使以忠，敬長老，親親而尊尊，不奪民時，使民不過歲三日。民家給人足，無怨望忿怒之患。強弱之難，無讒賊妒疾之人。民修德而美好，被髮銜哺而游。不慕富貴，恥惡不犯。父不哭子，兄不哭弟。毒蟲不螫，猛獸不搏，牴蟲不觸。故天為之下甘露，朱草生，醴泉出，風雨時，嘉禾興，鳳凰麒麟游於郊。囹圄空虛，畫衣裳而民不犯，四夷傳譯而朝。民情至樸而不文。郊天祀地，秩山川，以時到，封於泰山，禪於梁父。立明堂，宗祀先帝。以祖配天，天下諸侯各以其職來祭。貢土地所有，先以入宗廟，端冕盛服而後見先。德恩之報，奉先之應也。[117]

　　董仲舒認為君王應行正道，以忠愛教民，不奪民時，則天自降祥瑞，君主可封禪以告天地。

　　《全唐文》中，收錄許多祥瑞之文，多是各地官吏上表呈報朝廷者，亦有官吏寫賦論述祥瑞之事，洋洋大觀。杜預《春秋左氏傳序》曰：「麟鳳五靈，王者之嘉瑞也。」[118]晚唐陸龜蒙（？～881）撰〈四靈賦〉，說明麟鳳四靈，為王者之嘉瑞：

　　　　於惟聖人，志氣如神。百物自化，四靈薦臻。是以鳥獸浸其惠澤，昆蟲懷其深仁。福應尤盛，休祥日新。不然，何以靈龜挺出，飛龍來賓。羽族降而集鳳鳥，毛群格而畜麒麟。莫不率彼飛走，荷此陶鈞。

　　陸龜蒙以為靈龜、飛龍、鳳鳥、麒麟四靈是：「皇極之休徵，作太平之盛

事。」又將古代四靈之出現，歸功於聖人之德，靈獸皆懷德而至：

> 義之道昌，龍圖有章。妣之功成，龜書呈祥。或馴麒麟，或降鳳
> 凰。彼皆一者之或出，未若四者之來王。[119]

中唐歐陽詹（755～800）撰〈珍祥論〉一文。更藉漢武帝與東方朔之對
話，說明祥瑞之理，關乎天道，非人事可以猜測：

> 天道沖融，變化無窮，發祥布象，時異始而同終。神理閟密，吉
> 凶罔測，示形告兆，亦同紀而異極。

歐陽詹將祥瑞分為「異始而同終」與「同紀而異極」兩種。「異始而同終」
是先有祥瑞之兆，再有祥瑞之事；「同紀而異極」是吉凶難測，天道與人事表
現不同。其實，君主只要有德化，巍巍蕩蕩，就會使遠人率服，天降禎祥。
又云：

> 殷湯上感，實獲白狼；周成旁浹，遠致越裳。放勳曰聖，幸祀四
> 方。……紫芝產于甘泉，白麟呈於上雍；天馬生於渥洼之域，寶鼎出
> 於汾水之濱。風雲草木，相繼於時。

歐陽詹認為若君主無德，淫邪虐民，即使有禎祥，亦不免喪亡：

> 秦皇帝周施天下不為德，我太宗不下階闥不為微；周懿死於牖下
> 不為是，虞舜崩於蒼梧不為非。虢叔得神喪其國，西伯無神人以歸。
> 龍降於庭夏道昧，雉雊於鼎商祚輝。苗民逆命堯以盛，有緡來賓桀以

---

[119] 《全唐文》，卷800，頁8395。

衰。以此觀之，即虐如秦皇，雖車轍遍於宇內，不如太宗端拱於堂上也；弱如周懿，雖終於帷席，不如虞舜之沒於草莽也；淫如虢叔，雖獲靈祐，不如西伯無所禱祈也；邪如孔甲，雖有嘉祥，不如武丁之妖怪也；酷如夏桀，雖異人屈膝，不如唐堯域中之解體也。[120]

　　文中將秦皇與唐太宗、虞舜與周懿王、西伯與虢叔、商湯與夏桀、唐堯與夏桀、秦皇與唐太宗、秦皇與周懿王、武丁與孔甲等人作對比，說明國之盛衰，非關祥瑞，而在君主之德化。

　　晚唐李德裕（787～850）在〈祥瑞論〉中，直言見到祥瑞之物，反而要感到驚懼：

　　　　夫天地萬物，異於常者，雖至美至麗，無不為妖，睹之宜先戒懼，不可以為禎祥。何以言之？桓靈之世多鸞鳳，邱墳之上生芝草，世人以芝草為孝思所感致，深不然也。夫芝草神仙之物，食之上可以凌倒景，次可以保永年，生於邱墳，豈得為瑞？若以孝思所致，則瞽瞍之墓，曾皙之墳，宜生萬株矣。何者為仁孝之瑞？唯甘露降於松柏，縞鹿素烏，馴擾不去，皆有縞素之色，足表幽明之感。

李德裕在文中敘述自己親身經歷之事，說明祥瑞不可盡信：

　　　　貞元中，余在甌越，有隱者王遇，好黃冶之術，暮年有芝草數十莖，產於丹灶之前。遇自以為名在金格，暢然滿志，逾月而遇病卒。齊中書抗有別業在若耶溪，忽生芝草百餘莖，數月而中書去世。又餘姚守盧君在郡時（盧君名從），有芝草生於督郵屋樑上，五綵相鮮，若樓臺之狀，其歲盧君為叛將栗鍠所害，置遺骸於屋樑之下。並耳目所

驗，非自傳聞。

　　文中言隱者王遇在晚年，有芝草數十莖，產於丹灶之前，逾月而病卒；
齊中書抗有別業，忽生芝草百餘莖，數月後去世；餘姚守盧從芝草生於督郵
屋楶上，其歲為叛將栗鍠所害。又言：

> 　　褒姒、驪姬，皆為國妖，以禍周、晉，綠珠、窈娘，皆為家妖，
> 以災喬、石，不可不察也。又黃河清而聖人生，徵應不在於當世明矣。
> 柳谷、元石為魏室之妖，啟將來之瑞，亦不可不察也。是以宜先戒懼，
> 以消桑穀雉雊之變耳。[121]

　　周幽王寵愛褒姒而亡國；春秋時，晉獻公寵愛驪姬，害死世子申生而國
亂；晉石崇因綠珠而被殺；唐武則天時，左司郎中喬知之婢窈娘，貌美善歌，
為武承嗣所奪，憤痛成疾，作〈綠珠篇〉以諷。窈娘得詩，悲惋自殺。見唐
孟棨《本事詩・情感》及《新唐書・外戚傳・武承嗣》。
　　有關祥瑞之內容，可知祥瑞包含甚廣，上自天象，日月風雲、下至山河
鳥獸玉石，以及祭祀節慶等。又觀察上奏表賦狀者，如潘炎、權德輿、令狐
楚、孫逖、常袞、杜光庭等，皆朝廷重臣。敘述之內容，一者是地方出現祥
瑞，呈奏朝廷，再由中書門下奏給皇上；二者是朝廷有喜慶，再讓大臣以祥
瑞附和。所以祥瑞之事，大多與政治連結，以營造天下太平、人民安樂之雍
熙氣象。
　　若整理唐代祥瑞之文，作者在中唐以後者較多。其實，中唐以後，經歷
安史之亂、黃巢之亂，及五代十國之亂，天下紛擾，民生困苦，執政大臣應
多呈奏經國濟民之大計，如果僅是汲汲營營於天地間之異象，國家將更陷於
危亂之中。故《舊唐書・盧群傳》曰：「祥瑞不在鳳凰、麒麟，太平須得邊將、

---

[121] 同上註，卷710，頁7288。

忠臣。」[122]

　　《詩經‧大雅》有〈板〉、〈蕩〉二篇，譏刺周厲王無道而導致國家敗壞、社會動亂。唐太宗〈贈蕭瑀〉詩云：「疾風知勁草，板蕩識誠臣。勇夫安知義，智者必懷仁。」[123] 在國家動亂中，必須有正氣凜然，高風亮節之士，為阽危之時局，運籌帷幄，力挽狂瀾。可惜《全唐文》中，僅見晚唐李德裕，大聲疾呼，力陳祥瑞不可信，也只是曇花一現，影響不大。徵之史傳，李德裕當年，自己也在牛李黨爭中傾軋不已，徒呼奈何！

　　再深言之，唐代自中葉以後，國事漸衰，士大夫苟且度日，不圖振作。民眾在戰亂之餘，只有信仰佛、道，撫慰心靈。至於篤信星相、命理、名諱、占夢、夭壽、妖亂、巫、儺者，亦不在少數。可見談論祥瑞，只是唐代政治中之一環而已。

四、從災異觀察唐人之天人思想

　　前節言祥瑞為天下太平之象，此說大體正確，但在危亂之時，有祥瑞出現，就不足為憑。因為祥瑞之徵，有時是萬物之變種，因少見而稱祥瑞。但只要出現災異，都會危害百姓之生命財產，比祥瑞更受到帝王、百姓之重視。災異包括天變與自然災害，兩者除危害人民生命、財產之安全，還關係國家政權之存續，防治災害往往是歷代君主施政之重要任務。

　　漢以後常以符瑞、災異顯示天命。而災異之出現，在漢武帝罷黜百家，獨崇儒術以後，周、孔之教，成為皇帝行事必須遵守的準則。尤其是唐代，確立以孔子為先聖地位後，儒學成為科舉之重要依據。科舉之「明經科」就是以儒學為範圍。儒家對災異之事，都以董仲舒「天人感應說」為基礎，建

---

[122] 《舊唐書》，卷140，頁3833。
[123] 《全唐詩》，卷1，頁19。

立儒家之天人之學。故先從董仲舒對災異之說法，作為唐代災異說之源頭。

　　唐代自然災害多，包括水災、旱災、蝗災、與災、疫災、地震等自然災害。其中以水旱災害占其二分之一以上，防治水旱災是唐代政府首要防治的目標。唐代前、後期，水、旱災害發生的次數相差不多，水災以玄宗時次數最多，地域上，以河南道最為嚴重；旱災方面以高宗、文宗時較嚴重，地域則集中在江南道與關內道兩地。

　　災害之原因，一般認為宮人過多、冤獄、君王行為不當、賞罰不公、後宮或大臣不安本份等。防治措施可分為遣使賑撫、糧食賑貸、就食他處、平抑物價、蠲免賦稅等五類。此外還有修建水利設施、設置義倉及常平倉、罷封禪、停止宴會，賑濟絹、帛、鹽、錢、棺槨、醫藥治療、近親收養孤幼，並協助災民安葬及重建住宅等。以上水旱災之防治，與國勢之興衰廢窳，實為一體兩面，互為表裡。若有良好之制度、勤奮不鬆之執行力，實為防治水旱災之兩大關鍵，可視為國家強盛之參考。

(一) 唐代以前對災異之闡釋

　　災異可遠溯自大禹治水，其後黃河氾濫，商朝盤庚遷都，春秋時代之災異可見《左傳》中常有蝗災、水災、旱災之記載，秦漢之後，災異仍然不斷，《漢書》〈本紀〉中，多記載災異之發生。同時，從春秋、戰國之後，諸侯互相攻伐，禮樂文化已逐漸崩解。秦漢以後，皇權興起，仁君尚有體恤民命之襟懷，若遇昏君在位，只知淫樂享受，不顧民命，遇災異之時，百姓只能痛苦哀號。因此，西漢董仲舒認為災異與國之治亂有關。治世天下歸心，天現瑞應，亂世廢德教而任刑罰，則起災異。《漢書·董仲舒傳》云：

> 天下之人同心歸之，若歸父母，故天瑞應誠而至。……及至後世，淫逸衰微，不能統理群生，諸侯背畔，殘賤良民以爭壤土，廢德教而任刑罰。刑罰不中，則生邪氣；邪氣積於下，怨惡畜於上。上下不和，

則陰陽繆盭而妖孽生矣，此災異之所緣而起也。[124]

董仲舒認為治世之時，天體會人之誠心，而以祥瑞應之；淫逸衰微之亂世，下民之邪氣與上天之怨惡積累，則妖孽頻生，災異紛起。又云：

> 善言天者必有徵于人，善言古者必有驗於今。臣聞天者群物之祖也，故遍覆包函而無所殊，建日月風雨以和之，經陰陽寒暑以成之。故聖人法天而立道，亦溥愛而亡私，布德施仁以厚之，設誼立禮以導之。春者天之所以生也，仁者君之所以愛也；夏者天之所以長也，德者君之所以養也；霜者天之所以殺也，刑者君之所以罰也。繇此言之，天人之徵，古今之道也。孔子作《春秋》，上揆之天道，下質諸人情，參之於古，考之於今。故《春秋》之所譏，災害之所加也；《春秋》之所惡，怪異之所施也。書邦家之過，兼災異之變，以此見人之所為，其美惡之極，迺與天地流通而往來相應，此亦言天之一端也。

董仲舒以「天人感應」之說，說明災異產生之原因。認為天必有徵於人，古必有驗於今。天人之徵，古今之道也。聖人法天以立道溥愛，布德施仁，設誼立禮，以化育人民，實有深意。並舉孔子作《春秋》，是上揆之天道，下質諸人情，參酌古今，而有所譏惡。有所譏惡者，皆災異之所由生也。又云：

> 古者修教訓之官，務以德善化民，民已大化之後，天下常亡一人之獄矣。今世廢而不修，亡以化民，民以故棄行誼而死財利，是以犯法而罪多，一歲之獄以萬千數，以此見古之不可不用也。故春秋變古則譏之。天令之謂命，命非聖人不行；質樸之謂性，性非教化不成；人欲之謂情，情非度制不節。是故王者上謹於承天意，以順命也；下

務明教化民，以成性也；正法度之宜，別上下之序，以防欲也。修此
三者，而大本舉矣。人受命于天，固超然異於群生，入有父子兄弟之
親，出有君臣上下之誼，會聚相遇，則有耆老長幼之施；粲然有文以
相接，驩然有恩以相愛，此人之所以貴也。生五穀以食之，桑麻以衣
之，六畜以養之，服牛乘馬，圈豹檻虎，是其得天之靈，貴於物也。
故孔子曰：天地之性人為貴。明於天性，知自貴於物；知自貴於物，
然後知仁誼；知仁誼，然後重禮節；重禮節，然後安處善；安處善，
然後樂循理；樂循理，然後謂之君子。故孔子曰：「不知命，亡以為君
子。」此之謂也。[125]

　　董仲舒認為古代培養教訓之官，以德化教民，而執政者亦謹承天命，教
化百姓，讓百姓皆明天性，知仁義，重禮節，安處善，樂循理，成為彬彬君
子。為政之根本，就是上承天意以順命，教化人民以成性；正法度之宜，別
上下之序以防欲。以上三者，若不能以德善化民，讓人民棄仁義而犯法，孔
子譏其「亡以為君子」。

　　東漢班固《白虎通義・災變》對災變之發生，亦有所說明：

天所以有災變何。所以譴告人君，覺悟其行，欲令悔過修德，深
思慮也。《援神契》曰：「行有玷缺，氣逆於天。情感變出，以戒人也。」
災異者，何謂也？《春秋・潛潭巴》曰：「災之言傷也。隨事而誅異之
言怪，先發感動之也。」何以言災有哭也。《春秋》曰：「新宮火三日，
哭。」傳曰：「必三日哭何？禮也。」災三日哭，所以然者，宗廟先禮
所處，鬼神無形體。曰今忽得天火，得無為災所中乎？故哭也。變者
何謂也？變者，非常也。〈耀嘉〉曰：「禹將受位，天意大變，迅風靡
木，雷雨晝冥。」服乘者何，謂衣服乍大乍小，言語非常。故《尚書・

大傳》曰：「時則有服妖也。」孽者何謂也。曰：「介蟲生為非常。」
《尚書・大傳》曰：「時則有介蟲之孽，時則有龜孽。」堯遭洪水，湯
遭大旱，示有譴告乎。堯遭洪水，湯遭大旱，命運時然，所以或災變
或異何？各隨其行，因其事也。[126]

　　班固認為災變是天譴告人君，其行事違逆上天，欲令悔過修德。並謂堯
遭洪水，湯遭大旱，禹將受位時，迅風靡木，雷雨晝冥。可見災變之解釋，
應隨人事而有不同。在災異中，以水旱之災最多，西漢・桓寬《鹽鐵論・水
旱》云：

　　　　禹、湯聖主，后稷、伊尹賢相也，而有水旱之災。水旱，天之所
　　為；饑穰，陰陽之運也。非人力。故太歲之數，在陽為旱，在陰為水。
　　六歲一饑，十二歲一荒。天道固然，殆非獨有司之罪也。[127]

　　桓寬對災變持不同之意見，認為禹、湯等聖王在位之時，以及后稷、伊
尹等賢相在位時，亦有水旱之災，水旱之災屬天道之循環，與官吏無關。此
種說法，與今言天災地震、火山爆發、水災、旱災為氣象之說相似。

(二) 唐代之災異觀念

　　唐代發生災異之時，統治者往往以素服、避殿、徹樂、減膳、出宮人、
祈雨祈晴、速審、赦囚、降罪免死、封事極言、祭祀名山大川及放生等方式
來消弭災害。唐代共恩赦四百五十三次，其中大赦一百八十八、曲赦七十四、
錄囚一百零一，赦免之時機，實與「災異」有關。
　　在災異發生時，唐代已有較進步之觀測儀器，而儀器應是歷代相傳而改

---

126 《白虎通義》，卷上，頁34。
127 陳弘志：《新編鹽鐵論》，（臺北：臺灣古籍出版公司，2001），卷6，頁483。

良者。自堯命羲、和考察星象；舜時有璿璣、玉衡，以齊七政[128]。漢代張衡做《渾天儀》觀測天象；唐太宗時，李淳風撰《法象志》七卷，以辨析天體，紀綱辰象；至唐玄宗開元初，沙門一行又增損其書，更為詳密。對各種災變之發生，用觀察天象來做預測。《舊唐書‧天文志上序》云：

　　《易》曰：「觀乎天文以察時變。」是故古之哲王，法垂象以施化，考庶徵以致理。以授人事，以考物紀。修其德以順其度，改其過以慎其災。去危而就安，轉禍而為福者也。夫其五緯七紀[129]之名數，中官外官之位次，凌歷犯守之所主，飛流彗孛之所應，前史載之備矣。武德年中，薛頤、庾儉等相次為太史令，雖各善於占候，而無所發明。貞觀初，將仕郎直太史李淳風上言靈臺候儀是後魏遺範，法制疏略，難為占步。太宗因令淳風改造渾儀，鑄銅為之，至七年造成。淳風因撰《法象志》七卷，以論前代渾儀得失之差。天文之為十二次，所以辨析天體，紀綱辰象，上以考七曜之宿度，以配萬方之分野，仰觀變謫，而驗之於郡國也。《傳》曰：歲在星紀，而淫於元枵。姜氏、任氏，實守其地。及七國交爭，善星者有甘德、石申，更配十二分野，故有周、秦、齊、楚、韓、趙、燕、魏、宋、衛、魯、鄭、吳、越等圖。張衡、蔡邕，又以漢郡配焉。自此因循，但守其舊文，無所變革。且懸象在上，終天不易，而郡國沿革，名稱屢遷，遂令後學難為憑準。貞觀中，李淳風撰《法象志》，始以唐之州縣配焉。至開元初，沙門一行又增損其書，更為詳密。既事包今古，與舊有異同，頗裨後學。[130]

---

[128] 《尚書‧舜典》：「在璿璣玉衡，以齊七政。」孔傳：「七政，日月五星各異政。」孔穎達疏：「七政，謂日月與五星也。」古代將太白星（金星）、歲星（木星）、辰星（水星）、熒惑星（火星）、鎮星（土星）稱為五星，五星又稱五曜，加上太陽星（日）、太陰星（月），合稱七曜。

[129] 《周禮‧春官‧大宗伯》：「以實柴祀日月星辰。」漢‧鄭玄注：「星謂五緯，辰謂日月。」賈公彥疏：「《易》、《書》、《詩》、《禮》、《樂》、《春秋》及《孝經》均有緯書，稱七緯。」

[130] 《舊唐書》，卷39，頁1293。

　　序文中敘述古之哲王，皆重視天文，觀察天象，做為治國之參考。並說明貞觀中，李淳風撰《法象志》，及沙門增損其書之經過。又云：

　　　　昔者，堯命羲、和，出納日月，考星中以正四時。至舜，則曰「在璿璣、玉衡，以齊七政」而已。雖二典質略，存其大法，亦由古者天人之際，推候占測，為術猶簡。至於後世，其法漸密者。必積眾人之智，然後能極其精微哉。蓋自三代以來詳矣。詩人所記，婚禮、土功必候天星。而《春秋》書日食、星變，《傳》載諸國所占次舍、伏見、逆順。至於《周禮》測景求中、分星辨國、妖祥察候，皆可推考，而獨無所為璿璣、玉衡者，豈其不用於三代耶。抑其法制遂亡，而不可復得耶。不然，二物者，莫有知其為何器也。至漢以後，表測景晷，以正地中，分列境界，上當星次，皆略依古。而又作儀以候天地，而《渾天》、《周髀》、《宣夜》之說，至於《星經》、《曆法》，皆出於數術之學。唐興，太史李淳風、浮圖一行，尤稱精博，後世未能過也。至於天象變見所以譴告人君者，皆有司所宜謹記也。[131]

　　文中說明堯、舜三代以來，以至《春秋》書寫日食、星變，《周禮》分星辨國、妖祥察候，漢代《渾天》、《周髀》、《宣夜》之說，以及以數術之學推算之《星經》、《曆法》產生後，對天人之際，推候占測逐漸精確。唐代太史李淳風、浮圖一行，使天文學更加精博。《新唐書·五行志序》云：

　　　　萬物盈於天地之間，而其為物最大且多者有五：一曰水，二曰火，三曰木，四曰金，五曰土。其用於人也，非此五物，不能以為生，而闕其一不可，是以聖王重焉。夫所謂五物者，其見象於天也為五星，分位於地也為五方，行於四時也為五德，稟於人也為五常，播於音律

---

[131] 同上註，卷34，頁805。

為五聲，發於文章為五色，而總其精氣之用謂之五行。自三代之後，數術之士興，而為災異之學者務極其說，至舉天地萬物動植，無大小，皆推其類，而附之於五物，曰五行之屬。以謂人稟五行之全氣以生，故於物為最靈。其餘動植之類，各得其氣之偏者，其發為英華美實、氣臭滋味、羽毛鱗介、文采剛柔，亦皆得其一氣之盛。至其為變怪非常，失其本性，則推以事類吉凶影響，其說尤為委曲繁密。蓋王者之有天下也，順天地以治人，而取材於萬物以足用。若政得其道，而取不過度，則天地順成，萬物茂盛，而民以安樂，謂之至治。若政失其道，用物傷天，民被其害而愁苦，則天地之氣沴，三光錯行，陰陽寒暑失節，以為水旱、蝗螟、風雹、雷火、山崩、水溢、泉竭、霜雪不時、雨非其物，或發為氛霧、虹蜺、光怪之類，此天地災異之大者，皆生於亂政。而考其所發，驗以人事，往往近其所失，而以類至。

序文中言古代聖王重視水、火、木、今、土五行，認為天地間災異之根源，與五行有關。災異是五行失其本性，而產生吉凶。由五行再衍伸為五星、五德、五常、五聲、五色，人稟陰陽與五行之精氣而生，王者之政，關係天地萬物順成茂盛。故政治之良窳，為災異之根源。若政失其道，各種災異接連發生，故災異與政治之治亂有關。

《新唐書・五行志一》論災異：

昔得禹《河圖》、《洛書》十五字，治水有功，因而寶之。殷太師箕子入周，武王訪其事，乃陳〈洪範〉九疇之法，其一曰五行。漢興，董仲舒、劉向治《春秋》，論災異，乃引九疇之說，附於二百四十二年行事，一推咎徵天人之變。班固敘漢史，採其說〈五行志〉。綿代史官，因而續之。今略舉大端，以明變怪之本。[132]

---

[132] 《新唐書》，卷34，頁871。

　　文中敘述禹得《河圖》、《洛書》，助其治水。殷箕子向周武王陳〈洪範〉九疇之法，其一為五行。到劉向治《春秋》，論災異，即引九疇之說，並附上二百四十二年之行事，以推算天人之變。可見五行是天人之變重要之觀察對象。又云：

　　　夫所謂災者，被於物而可知者也，水旱、螟蝗之類是已。異者，不可知其所以然者也，日食、星孛、五石、六鶂之類是已。孔子於《春秋》，記災異而不著其事應，蓋慎之也。以謂天道遠，非諄諄以諭人，而君子見其變，則知天之所以譴告，恐懼修省而已。若推其事應，則有合有不合，有同有不同。至於不合不同，則將使君子怠焉。以為偶然而不懼。此其深意也。蓋聖人慎而不言如此，而後世猶為曲說以妄意天，此其不可以傳也。[133]

　　文中說明災是可知者，如水旱、螟蝗之類；異是不可知其所以然者，如日食、星孛、五石、六鶂之類。依據孔子作《春秋》之筆法，主張災異可以記錄，而不與事相應，是因事相合或不相合之情況，以表示對災異之判斷必須謹慎，不可妄自論斷天意。又云：

　　　蓋君子之畏天也，見物有反常而為變者，失其本性，則思其有以致而為之戒懼，雖微不敢忽而已。至為災異之學者不然，莫不指事以為應。及其難合，則旁引曲取而遷就其說。蓋自漢儒董仲舒、劉向與其子歆之徒，皆以《春秋》、〈洪範〉為學，而失聖人之本意。至其不通也，父子之言自相戾。可勝歎哉。昔者箕子為周武王陳禹所有〈洪範〉之書，條其事為九類，別其說為九章，謂之九疇。考其說初不相附屬，而向為〈五行傳〉，乃取其五事、皇極、庶證附於五行、以為八

---

[133] 同上註，卷 37，頁 873。

事皆屬五行歟，則至於八政、五紀、三德、稽疑、福、極之類，又不
能附，至俾〈洪範〉之書失其倫理，有以見所謂旁引曲取而遷就其說
也。然自漢以來，未有非之者。又其祥眚禍痾之說，自其數術之學，
故略存之，庶幾深識博聞之士，有以考而擇焉。[134]

此言君子畏天，見物之反常，失其本性之災變，就會有所戒懼，不敢輕
忽；至於董仲舒、劉向、劉歆等災異學者，常指事以為應，若有難和，則旁
引曲取而遷就其說。並舉〈洪範〉為例，指其有失倫理。

由上論述，《舊唐書‧天文志序》與《新唐書‧五行志一》已經不採用董
仲舒、劉向、劉歆等災異之說，將災變是為自然界之現象，並能依據太史李
淳風《法象志》，及浮圖一行增損其書，以推候占測天象及災異之發生，對天
人關係已有清楚之認識。

(三) 唐代對祥瑞與妖災之對比

唐代學者，喜將祥瑞與妖災做對比性之敘述，中唐白居易（772～846）
將祥瑞辨妖災有詳細之闡述，其〈議祥瑞辨妖災〉一文中云：

問國家將興，必有禎祥。國家將亡，必有妖孽。斯豈國之興滅，
繫於天地之災祥歟！將物之妖瑞，生於時政之昏明歟。又天地有常道，
災祥有常應，此必然之理也。何則？⋯⋯又祥必偶聖，妖必應昏，何
則？明時不能無災亂代。或聞有瑞報應之，道何謬盭哉！臣聞國家將
興，必有禎祥。國家將亡，必有妖孽者，非孽生而後邦喪，非祥出而
後國興。蓋瑞不虛呈，必應聖哲。妖不自作，必候淫昏。則昏聖為災
祥之根，妖瑞為興亡之兆矣。文子曰：「陰陽陶冶，萬物皆乘一氣而生。」
然則道之休明，德動乾坤而感之者，謂之瑞。政之昏亂腥聞，上下而

應之者，謂之妖。瑞為福先，妖為禍始，將興將廢，實先啟焉。然有
人君德未及於休明，政不致於昏亂，而天文有異，地物不常，則為瑞
為妖，未可知也。或者，天示儆戒之意，以悟君心。俾乎德修改悔之
誠，以答天鑒。如此則轉亂為理，變災為祥，自古有之，可得而考也。……
有一言之感，亦響應於天，則知上之鑒下，雖賢主也，苟有過而必知
下之感上，雖常主也，苟有誠而必應，故王者不懼妖之不滅，而懼過
之不悛；不懼福之不臻，而懼誠之不至。足明休咎在德，吉凶由人矣。
失君道者，祥反為妖。悟天鑒者，災亦為瑞。必然而已矣。抑臣又聞
王者之大瑞，在乎天地泰。陰陽和，風雨時，寒暑節，百穀熟，萬人
安，賦斂輕，服用儉，兵甲偃，刑罰措，賢者出，不肖者退，聲教日
被，謳歌日興，此之謂休徵，此之謂嘉瑞也。王者之大妖，在乎兩儀
不泰，四氣不和，風雨不時，水旱不節，五穀不稔，百勝不藏，徭役
繁征稅重，干戈動，刑獄作，君子隱，小人見，政令日缺，怨讟日興，
此之謂咎徵，此之謂妖孽也。至若一星一辰之理，一雲一露之祥，一
鳥一獸之妖，一草一木之怪，或偶生於氣象，或偶得於陶鈞，信非休
咎之徵，興亡之兆也。何則？隱見出處，亦不於常。明聖之朝，不能
無小災小沴，衰亂之代，亦或有小瑞小祥，固未足質帝王之疑，明天
地之意爾！王者，但外思其政，內省其身，自謂德之不修，誠之不著，
雖有區區之瑞，不足嘉也。自謂政之能立，道之能行，雖有瑣瑣之妖，
不足懼也。[135]

　　白居易強調天地有常道，災祥有常應，是必然之理。但祥必偶聖，妖必
應昏，故國家將興，必有禎祥；國家將亡，必有妖孽。若一國之道休明，德
動乾坤而感之者，謂之瑞；政之昏亂腥聞，上下而應之者，謂之妖。若天文
有異，地物不常，則是天示儆戒於君，俾誠心修德悔改，以答天鑒。若君主

---

[135] 《全唐文》，卷670，頁6819。

做到天地泰、陰陽和、風雨時、寒暑節、百穀熟、萬人安、賦斂輕、服用儉、兵甲偃、刑罰措、賢者出、不肖者退、聲教日被、謳歌日興，謂之休徵、嘉瑞；反之則為妖孽。

白居易之論述仍沿襲董仲舒之論，將災異與國之治亂相連。其實，災異之發生，並非在國家興盛時，就不會發生。如地震、水旱災之發生，不會有一定之時間，故以國之治亂判斷，不一定準確。晚唐沈顏（生年不詳～約924）在〈妖祥辨〉一文中，說明此一道理：

> 凡所謂祥者，必曰麟鳳龜龍，醴泉甘露，景星朱草；所謂妖者，必曰天文錯亂，草木變性，川竭地震，冬雷夏霜。或者以為察王道之廢興，國家之治亂，則稽考於是。而不知君明臣忠，有司稱職，國之祥也。信任讒邪，棄逐讜正，刑賞不一，貨賂公行，國之妖也。暨三代以後，廢興之兆，理亂之故，鮮不由此矣。若嚮所祥者果祥，則周道衰而麟見；妖者果妖，殷道盛而桑穀生庭，不其明與？[136]

沈顏說明一般人都認為祥瑞是麟鳳龜龍，醴泉甘露，景星朱草；妖是天文錯亂，草木變性，川竭地震，冬雷夏霜。然後將此說導入政治議題，認為從祥瑞與妖災不能判斷王道之廢興，國家之治亂。而要以君明臣忠，有司稱職，視為國之祥瑞；反之，君王信任讒邪，棄逐讜正，刑賞不一，貨賂公行，就是國之妖災。因此，國家之興廢，才是祥瑞之重心所在。

白居易與沈顏之觀點相同，都認為災異與政治之良窳有關，國家之興滅，與災祥有關，君主修明其政，則有休徵；政治昏亂，則有妖祥，為政者不可不慎。

---

[136] 同上註，卷868，頁9089。

(四) 唐代對水旱災之防範與存救

　　唐代最常見之災變為水旱之災，也是對人民生活衝擊最大之災害，水災時洪水淹沒桑田，人民流離失所；旱災時赤地千里，無法耕種。君主若能賑災，災害尚能度過；若君主無視民瘼，則百姓只能在災難中呻吟。魏嚴堅在〈唐玄宗時期的天災與救災〉[137]一文中統計玄宗朝四十三年間，天災達五十七次，其中旱災十三次、水災三十四次，蝗災五次、地震五次，可見災變不論開元之治或天寶之亂，都無法倖免，如何防範與存救，應提出方法：

　　中唐白居易在《策林一‧辨水旱之災明存救之術》中，針對水旱之災，提出存救之術：

　　　　水旱之災，有小有大，大者，由運，小者由人，由人者，由君上之失道。其災可得而移也。由運者，由陰陽之定數，而其災不可得而遷也。然則大小本末，臣粗知之。其小者，或兵戈不戢，軍旅有強暴者焉。或誅罰不中，刑獄有冤濫者焉。或小人入用，讒佞有得志者焉。或君子失位，忠良有放棄者焉。或男女臣妾有怨曠者焉。或鰥寡孤獨有困死者焉。或賦斂之法無度焉。或土木之功不時焉。于是乎憂傷之氣，憤怨之誠，積以傷和，變而為沴。

　　白居易認為水旱之災有小有大，大者，由運；小者，由人。由人造成者，是君主失道，災害可以轉移。由運造成者，是陰陽之定數，其災不能改變，如堯之水九年，湯之旱七年，是盈虛有數，不由於人也。若向上天禱告，又有何用？因此，遇到大災，就必須有防災之準備，所謂思危於安，防勞於逸，就可以保有國家。又云：

137　魏嚴堅：〈唐玄宗時期的天災與救災〉，臺中技術學院通識教育學報第二期，頁95-114，2008。

　　其大者，則唐堯九年之水，殷湯七年之旱是也。夫以堯之大聖，湯之至人，於時德儉人和，刑清兵偃，上無狂僭之政，下無怨嗟之聲，而卒有浩浩滔天之災，炎炎爛石之沴，非君上之失道也。蓋陰陽之定數也。此臣所謂由運不可遷之災也。然則，聖人不能遷災，能禦災也；不能違時，能轉時也。將在乎廩積有常，仁惠有素，備之以儲蓄，雖凶荒而人無菜色，固之以恩信，雖患苦而人無離心。儲蓄者聚于豐年，散于歉歲，恩信者，行于安日，用于危時。夫如是，則雖陰陽之數不可遷，而水旱之災不能害。故曰：人強勝天，蓋謂是也。斯亦圖之在早，備之在先，所謂思危於安，防勞於逸，若患至而方備，災成而後圖，則雖聖人不能救矣。抑臣又聞古者聖王在上而下不凍餒者，何哉？非家至而日見，衣之而食之，蓋能均節其衣食之源也。夫天之道無常，故歲有豐必有凶；地之利有限，故物有盈必有縮。聖王知其必然，於是作錢刀布帛之貨，以時交易之，以時斂散之，所以持豐濟凶，用盈補縮，則衣食之費，穀帛之生調而均之，不啻足矣。蓋管氏之輕重，李悝之平糴，耿壽昌之常平者，可謂不涸之倉，不竭之府也。故豐稔之歲，則貴糴以贍農人，凶歉之年，則賤糴以活餓殍。若水旱作沴，則資為九年之蓄。若兵甲或動，則餽為三軍之糧。上以均天時之豐凶，下以權地利之盈縮。則雖九年之水，七年之旱，不能害其人，危其國矣。至若祈禱之術，因荒之政，歷代之法，臣粗聞之則有雩天地以牲牢，榮山川以圭璧；祈土龍於元武，舞群巫於靈壇。徙市修城，貶食撤樂；緩刑省禮，務穡勸分。殺哀多昏，弛力舍禁。此皆從人之望，隨時之宜。見卹下之心，表恭天之罰。但可以濟小災小弊，未足以救大困大荒。必欲保邦邑於危，安人心之困。則在乎儲蓄，充其腹，恩信結其心而已。蓋義農唐虞，禹湯文武，皆由此道而王也。[138]

[138]　《全唐文》，卷670，頁6821。

　　此文敘述堯、湯之時，有水旱之災，是陰陽之定數，無法迴避。但聖王之歲有豐有凶，物有盈有縮，要能居安思危，持豐濟凶，用盈補縮，也就是平時儲備糧食，凶荒之年，開倉濟民，以防禦水旱，人心必安。

(五) 唐代君主對災異之回應

　　歷代君王皆相信董仲舒以來之「天人感應」說，認為災變是天向君主示警，必須有相應之措施，以回應上天。白居易在《策林一·辨水旱之災明存救之術》中，敘述古代君主，遭逢災異，就會觀察原因，若屬政令之失，就是天地對君王之譴責，君主必須改過罪己，以至誠感動天地：

> 　　古之君人者，逢一災，遇一異，則收視反聽，察其所由，且思乎軍鎮之中，無乃有縱暴者耶！刑獄之中，無乃有冤濫者耶！權寵之中，無乃有不肖者耶！放棄之中，無乃有忠賢者耶！內外臣妾，無乃有幽怨者耶！天之窮人，無乃有困死者耶！賦入之法，無乃有過厚者耶！土木之功，無乃有屢興者耶！若有一於此，則是政令之失，而天地之譴也。人君苟能改過塞違，率德修政，勵敬天之志，處罪己之心，則雖踰月之霖，經時之旱，至誠所感，不能為災。何則？古人或牧一州，或宰一縣，有暴身致雨者，有救火返風者，有飛蝗去境者，郡邑之長，猶能感通，況王者為萬乘之尊，居兆人之上，悔過可以動天地，遷善可以感神明，天地神明尚且不違，而況于水旱風雨蟲蝗者乎！此臣所謂由人可移之災也。[139]

《新唐書·禮樂志十》云：

> 　　凡四方之水、旱、蝗，天子遣使者持節至其州……再拜以受制

書。[140]

　　各地有水災、旱災、蝗災時，天子會派遣使節至其州宣撫災民，並將實情實奏朝廷。朝廷必須提出具體有效之救災策略，以撫慰災民。可見唐代對地方發生災變，十分關切。《新唐書・德宗本紀上》記載：

　　　　德宗貞元元年秋七月……詔：「人事失於下，則天變形於上。咎徵之作，必有由然。自頃以來，災沴仍集。雨澤不降，綿歷三時。蟲蝗繼臻，彌亙千里。菽粟翔貴，稼穡枯瘁。嗷嗷蒸人，聚泣田畝。興言及此，實切痛傷。遍祈百神，曾不獲應。方悟禱祠非救災之術，言詞非謝譴之誠。憂心如焚，深自刻責。得非刑法舛繆，忠良鬱湮。暴賦未蠲，勞師靡息。事或無益，而重為煩費；任或非當，而橫肆侵蟊。有一於茲，足傷和氣。本其所以，罪實在予。萬姓何辜，重罹饑殍。所宜出次貶食，節用緩刑。側身增脩，以謹天戒。朕自今視朝不御正殿，有司供膳並宜減省。不急之務，一切停罷。除諸軍將士外，應食糧人諸色用度，本司本使長官商量減罷，以救兇荒。俟歲豐登，即令復舊。」[141]

　　詔文中，認為蟲蝗之災，罪實在己，故以節用緩刑，以謹天戒。視朝不御正殿，有司供膳，並宜減省等方法，以罪己思過，度過災變。
　　《舊唐書・文宗本紀下》又記載太和七年閏七月，發生災荒而下詔：

　　　　陰陽失和，膏澤愆候，害我稼穡，災於黔黎。有過在予，敢忘咎責。從今避正殿，減供膳，停教坊樂，廄馬量減芻粟，百司廚饌亦宜

---

[140]　《新唐書》，卷20，頁441。
[141]　《新唐書》，卷12，頁349。

權減。陰陽鬱堙，有傷和氣，宜出宮女千人。五坊鷹犬量須減放。內外修造事非急務者，並停。[142]

　　詔文言此次災荒，民眾受到稼穡之損失。君主表示自己施政有過失，對己咎責，以避正殿，減供膳，停教坊樂，廄馬量減芻粟，百司廚饌亦宜權減，出宮女千人等措施，以撫卹百姓。

　　懿宗咸通十年（870）六月戊戌，以旱蝗之災。下詔赦免罪囚，權斷屠宰。《舊唐書‧懿宗本紀》記載：

　　　動天地者莫若精誠，致和平者莫若修政。朕顧惟庸昧，託於王公之上，於茲十一年矣。……氣多堙鬱，誠未感通。旱暵是虞，蟲螟為害……矧復暴政煩刑，強官酷吏，侵漁蠹耗，陷害孤煢，致有冤抑之人，構災沴之氣。……昭示惻憫之心，敬聽勤卹之旨。應京城天下諸州府見禁囚徒，除十惡忤逆、官典犯贓、故意殺人、合造毒藥、放火持杖、開剝墳墓，及關連徐州逆黨外，並宜量罪輕重，速令決遣，無久繫留。雷雨不同，田疇方瘁，誠宜恤物，以示好生。其京城未降雨間，宜坊市權斷屠宰。……內有饑歉，切在慰安，哀此烝人，毋俾艱食。[143]

　　武后時，李嶠（644～713）因水潦為災，上表請求效堯十咨訪四岳，漢時三公策免，舉俊材而退不肖。其〈為水潦災異陳情表〉中云：

　　　下生朝野之蠹，上悖陰陽之和。水潦為災。慮深於昏墊。黎氓失稔，憂在於溝壑。軫皇情於南面，墜國庾於西成。虧變理之，則失平

---

[142] 《舊唐書》，卷17，頁550。
[143] 同上註，卷19上，頁667。

分之度。推其咎戾，實在微臣。昔者堯逢阻饑而四岳咨訪，漢遇災異
而三公策免。舉遺才而求俊乂，退不肖而清庶官。厥有由來，著於古
昔。[144]

玄宗時，獨孤及（726～777）上〈直諫表〉，言有隕星、三月苦熱等天候
異象，並言為天意告誡陛下，宜反躬罪己，旁求賢良等感動天地：

> 去年十二月丁巳夜中，星隕如雨，昨者清明降霜，三月苦熱，寒
> 暑氣候錯綜顛倒，沴莫大焉。豈下陵上替，怨讟之氣焰以取之耶。不
> 然，天意之丁寧告戒，以此警陛下，陛下宜反躬罪己，旁求賢良而師
> 友之，黜棄貪佞不肖而竊位者，詔去天下所疾苦，廢無用之官，罷不
> 急之費，禁止暴兵，節用愛人，罔使宦官亂國政，佞言敗厥度，兢兢
> 乾乾，以徼福於上下，必能使天神感而地祇應，反妖災以為嘉氣。[145]

在水旱之災時，常會有祭天祈雨或祈晴之儀式，此與唐人崇天敬神之觀
念有關。因為民眾在乾旱之時，農事無法進行；水災之時，洪潦淹沒良田。
無奈之下，自然會祈求神明佑助。玄宗時，因春季多霖雨，親自祈晴成功，
而對五岳四瀆、名山大川進行祭祀。玄宗〈報祀九廟岳瀆天下名山大川詔〉
中云：

> 春來多雨，歲事有妨。朕自誠祈，靈祇降福。以時開霽，迄用登
> 成，永惟休徵，敢忘昭報。宜令所司擇日享九廟，仍令高品祭五岳四
> 瀆。其天下名山大川，各令所在長官致祭。務盡誠潔，用申精意。[146]

---

[144] 《全唐文》，卷246，頁2493。
[145] 同上註，卷384，頁3909。
[146] 同上註，卷30，頁342。

　　唐文宗大和九年（835）十一月，甘露之變時，李訓、鄭注等人欲剷除宦官，引起宦官殺戮之禍，流血二十二日，京師長安驚恐不安。而變亂前後，災異之說大行，多為遇難者之流言，其中有許多災變前之惡兆，如張讀《宣室志》中記載，羅立言看到自己沒有頭了。（卷一）；王涯子仲翔夢到無首家童數十。（卷一）；王璠挖到一塊寫有預示其滅族絕後刻文之石頭。（卷七）；竇寬命家樸伐一樹，有血滂溜。（卷五）。《宣室志》雖為筆記小說，多錄仙佛鬼怪之事，但佛家因果報應之觀念，與災異之發生，應有相應之關係。

　　從以上論述，唐代在太平盛世，君王關心百姓疾苦，在災異發生時，能反躬罪己，旁求賢良，祭祀鬼神等方式等感動天地，赦免罪囚，權斷屠宰，減輕賦斂、節儉用度等，希望以至誠感動天地。若是昏亂之君，面對災異，只知荒淫享樂，置百姓之疾苦於不顧，將災異都推稱「天人感應」，似有不妥。凡事在於人為，只要君主將百姓之疾苦，常懷心中。上天雖降下苦難，仍可安然度過。

第四章　從歷史之時空變遷論唐人之生命思想

　　歷史是時空匯聚之長河，在時空中產生天地萬物，人類也在時間之流中，滔盡英雄豪傑。孔子曾浩嘆：「逝者如斯乎！不舍晝夜。」[1] 不論古今，歷史似乎永遠向前奔流，一去不回頭。在時間奔逝之時，一定要體認宇宙生生不息，周行不殆之生命意蘊。《周易・繫辭上》曰：「日新之謂德，生生之謂易。」[2] 歷史就是人類生存活動之紀錄，不過歷史無法敘述每一個人日常生活之瑣事，而是如司馬遷《報任少卿書》所云：「欲以究天人之際，通古今之變，成一家之言。」[3] 對於天道與人事之變遷，古往今來成敗興壞之理，才列入歷史。在唐代從帝王到庶民，都要莊嚴地面對歷史，在時空變遷下，留下自我生命之紀錄，為大唐揮灑光彩之一頁。

一、從初唐歷史論唐人之生命觀念

　　初唐自唐高祖武德元年至睿宗太極元年（618～712AD），經歷唐高祖、太宗、高宗、武周、代宗、睿宗五朝，武周廢唐為周，應不計入唐朝之年數，再加上中宗、睿宗復辟前後八年，人民修養生息，安享太平歲月，是唐代之

---

[1]　《論語注疏》，卷9，頁80。

[2]　《周易正義》，卷7，頁149。

[3]　《漢書》，卷62，頁2734。

黃金時期。武周時,武曌為剷除異己,登上皇位,讓酷吏周興、來俊臣、索元禮殺人無數,並使無數唐人過著悲慘歲月。

(一) 貞觀之治與永徽之治開創初唐盛世

對帝王來說,其言行關係到億萬官吏、百姓之身家生命,故從初唐觀之,高祖李淵隋末自太原起義,掃蕩群雄,武德七年(624),天下底定,其生命歷程,可說是戎馬一生,以征戰得天下。武德九年,發生「玄武門之變」,秦王李世民率軍士埋伏玄武門下,射殺太子建成,於武德九年(626)繼位,是為太宗。次年(627),改元貞觀。「貞觀之治」為後人津津樂道之太平盛世。貞觀初年,輕徭薄賦,修明刑政,天下晏安。《新唐書‧食貨志一》云:

> 貞觀初,戶不及三百萬,絹一匹易米一斗,至四年,米斗四五錢,外戶不閉者數月,馬牛被野,人行數千里不齎糧,民物蕃息,四夷降附者百二十萬人。[4]

《舊唐書‧太宗本紀下》云:

> 是歲(貞觀四年)斷死刑二十九人,幾致刑措。東至于海,南至于嶺,皆外戶不閉,行旅不齎糧焉。[5]

在文治上,太宗雖有房玄齡、杜如晦等賢相輔佐,其實應歸功於太宗個人之風範與治道,吳兢《貞觀政要》有詳盡之敘述:

> 太宗自即位之始,霜旱為災,米穀踴貴,突厥侵擾,州縣騷然。

---

[4] 《新唐書》,卷51,頁1341。

[5] 《舊唐書》,卷3,頁41。

　　帝志在憂人，銳精為政，崇尚節儉，大布恩德。是時，自京師及河東、河南、隴右，饑饉尤甚，一匹絹纔得一斗米。百姓雖東西逐食，未嘗嗟怨，莫不自安。至貞觀三年，關中豐熟，咸自歸鄉，竟無一人逃散。其得人心如此。加以從諫如流，雅好儒術，孜孜求士，務在擇官，改革舊弊，興復制度，每因一事，觸類為善。初，息隱、海陵之黨，同謀害太宗者數百千人，事寧後引居左右近侍，心術豁然，不有疑阻。時論以為能斷決大事，得帝王之體。深惡官吏貪濁，有枉法受財者，必無赦免。在京流外有犯贓者，皆遣執奏，隨其所犯，置以重法。由是官吏多自清謹。制馭王公、妃主之家，大姓豪猾之伍，皆畏威屏跡，無敢侵欺細人。商旅野次，無復盜賊，囹圄常空，馬牛布野，外戶不閉。又頻致豐稔，米斗三四錢，行旅自京師至於嶺表，自山東至於滄海，皆不齎糧，取給於路。入山東村落，行客經過者，必厚加供待，或發時有贈遺。此皆古昔未有也。[6]

　　太宗知人善任，容納直諫，重用魏徵。《貞觀政要・論政體》敘述太宗從諫如流之原因，是太宗充分了解他人之想法與意見，其言云：

　　　　人之意見，每或不同，有所是非，本為公事。或有護己之短，忌聞其失，有是有非，銜以為怨。或有苟避私隙，相惜顏面，知非政事，遂即施行。難違一官之小情，頓為萬人之大弊。此實亡國之政，卿輩特須在意防也。[7]

　　太宗認為人之意見，每或不同，有所是非。有人護己之短，或相惜顏面，以致產生弊端。嚴重者，甚至有亡國之虞，不可不慎。故魏徵忠言直諫，凡

---

[6] 謝保成：《貞觀政要集校》（北京：中華書局，2003），卷1，頁51-52。
[7] 同上註，頁27。

兩百餘奏，言皆剴切。據《舊唐書・魏徵傳》記載，唐貞觀十七年（643），魏徵去世，太宗曰：「以銅為鏡，可以正衣冠；以古為鏡，可以知興替。以人為鏡，可以明得失。朕常保此三鏡，以防己過。今魏徵殂逝，遂亡一鏡矣！」[8]

　　太宗愛好學術，於弘文館聚二十餘萬卷，延攬房玄齡、杜如晦、孔穎達等名儒為學官。在聽政之暇，將學士引至內殿，講論治道。增築學舍一千兩百間，四方之留學生如倭國、高麗、百濟、新羅、高昌、土蕃等，都派子弟前來長安，多達三千人。又命孔穎達與諸儒撰《五經正義》，又令魏徵主持修史，撰《隋史》、《梁書》、《陳書》、《北齊書》、《北周書》，又令褚遂良等修撰《晉書》。在科舉制度上，以進士科為主，提倡儒術，尊重宗教信仰之自由，故唐太宗勵精圖治下，戶口增加，經濟繁榮。據酈士元《國史論衡》參酌唐代典籍之記載，隋代戶數有 8,905,536，人口 46,019,956 人，經歷隋末之大亂，高祖武德初年，戶數僅 2,000,000，人口 4,600,000，人口只剩隋代十分之一，太宗貞觀初戶數增加至 3,000,000，已增加一百萬戶，人口應有增加，還遠不及隋代。[9] 可見戰亂對百姓生命之摧殘，應是慘不忍睹之事。

　　初唐在太宗勵精圖治之下，官吏、文人、僧道、百姓都各安其業，臨朝二十三年（627～649），史稱「貞觀之治」。

　　貞觀二十三年（649），太宗去世，在病危託孤時，遺命重臣長孫無忌、褚遂良輔政。高宗李治即位後，起初尚能繼承貞觀之治之繁榮局面，國力強大，民生安樂，史稱「永徽之治」。但因年齡稍長，就不願受輔政大臣牽制，開始培植自己之勢力，重用禮部尚書許敬宗、中書舍人弘文館學士李義府，以對抗元老重臣，永徽六年（655）十月，高宗不顧元老重臣之反對，廢皇后王氏為庶人，立昭儀武氏為皇后，次年（656），又廢太子忠為梁王，立代王弘（高宗第五子，武后長子）為皇太子。據《舊唐書・則天皇后紀》云：

---

[8] 《舊唐書》，卷 71，頁 2545。

[9] 酈士元：《國史論衡》，（臺北：里仁書局，1880），頁 442。

則天年十四時，太宗聞其美容止召入宮，立為才人。及太宗崩，遂為尼，居感業寺。大帝於寺見之，復召入宮，拜昭儀。時皇后王氏、良娣蕭氏頻與武昭儀爭寵，互讒毀之，帝皆不納。進號宸妃。永徽六年，廢王皇后而立武宸妃為皇后。高宗稱天皇，武后亦稱天后。后素多智計，兼涉文史。帝自顯慶已後，多苦風疾，百司表奏，皆委天后詳決。自此內輔國政數十年，威勢與帝無異，當時稱為「二聖」。[10]

（二）武周革命使唐朝失去江山

中宗李哲於弘道元年（683）即位後，欲立其后之父韋玄貞為侍中，嗣聖元年（684），被武后廢為盧陵王，立其幼子李旦，是為睿宗；武后於天授元年（690）九月九日即位，稱「聖神皇帝」，改國號周，以睿宗為皇嗣。

武則天為鞏固皇位，以恐怖統治天下，重用酷吏索元禮、來俊臣、周興等人，制嚴刑，獎勵告密，殺害朝臣。被殺害之宰相，有長孫無忌、褚遂良、劉禕之、張光輔、魏玄同、李昭德、李元素等三十六家；又殺害朝中重臣，如上官儀、裴炎、騫味道、平定徐敬業有功之李孝逸、朝鮮名將黑齒常之等，使朝吏人人自危。酷吏來俊臣與周興還合編《羅織經》，被殺戮或流放者達千餘人。酷吏來俊臣本傳云：「按制獄，少不會意者，必引之，前後坐族千餘家。」[11] 周興本傳云：「自垂拱（685）以來，屢受制獄，被其陷害者數千人。」[12]

高宗身患風眩之疾，不能視事，欲廢后又未成，其後半生受疾病所苦，眼見武后坐大，無力扭轉局勢。長安四年（704），武曌患病，次年，張柬之、玄暐等率羽林兵五百餘人，至洛陽玄武門，分兵迎立中宗李顯復辟，計武氏稱帝十五年。其後，從中宗神龍元年（704）至睿宗先天元年（713），前後九年，韋后與太平公主亂政，宮中鬥爭不斷，社會還保持安定，是因為混亂之

---

[10] 《舊唐書》，卷6，頁115。

[11] 同上註，卷186上，頁4837。

[12] 同上註，頁4842。

範圍僅限於宮廷，但官吏、大臣卻在宮廷之權力鬥爭下，生命朝不保夕。

　　由上論述，初唐在唐太宗勵精圖治下，唐朝由亂而治，百姓安居樂業，生命獲得保障；但到武周時期，用酷吏濫殺無度下，臣民百姓，應在驚惶恐懼下度日，對武氏在文化上之貢獻，不論有多大，濫殺之事實，對唐人來說，應該受到批判。

二、從盛唐歷史論唐人之生命觀念

(一) 開元之治具有大唐氣象

　　盛唐自唐玄宗開元元年（713）至代宗永泰元年（765）為止，唐玄宗李隆基於先天元年（713）受禪，在位四十三年。開元年間，玄宗勵精圖治，任用姚崇、宋璟等賢相，整飭吏治，清理戶籍，整頓財政，政治清明；提倡儒術，維護教化；民阜物登，社會康樂，史稱「開元之治」。玄宗開元之治之治績，《新唐書·食貨志一》云：

> 是時海內富貴，米斗之價錢十三，青、齊間斗纔三錢，絹一匹錢二百。道路列肆，具酒食以待行人，店有驛驢，行千里不持尺兵。天下歲入之物，租錢二百餘萬緡，粟千九百八十餘萬斛，庸、調絹七百四十萬匹，綿百八十餘萬屯，布千三十五萬餘端。[13]

　　文中敘述玄宗開元十七年時，天下富貴，米絹價廉，百姓富裕之情形。《新唐書·刑法志》云：

---

[13]《新唐書》，卷51，頁1346。

　　玄宗自初即位，勵精政事，常自選太守、縣令，告戒以言，而良
吏布州縣，民獲安樂；二十年間，號稱治平，衣食豐足，人罕犯法。[14]

　　此言玄宗即位後，勵精政事，二十年間，人民衣食豐足，生活安樂，當
是唐代之太平盛世。杜甫在〈憶昔行〉中云：

　　憶昔開元全盛日，小邑猶藏萬家室。稻米流脂粟米白，公私倉廩
俱豐實。九州道路無豺虎，遠行不勞吉日出。齊紈魯縞車班班，男耕
女桑不相失。[15]

　　此詩應是杜甫在安史亂後，回憶開元盛世之時，倉廩豐實，百姓穿齊紈
魯縞，車輛班班而行，男耕女桑，生活安樂。

(二) 安史之亂使唐由盛而衰

　　天寶年間，玄宗年老，任用權奸李林甫、楊國忠等，玄宗開元盛世後，
不思進取，擅寵楊貴妃，耽於逸樂，軍政大權旁落李林甫、楊國忠等權臣手
中，政事日非。藩鎮則由安祿山獨攬大權。《資治通鑑》天寶十一載（751）
記載：

　　上晚年自恃承平，以為天下無復可憂，遂深居禁中，專以聲色自
娛，悉委政事於林甫。林甫媚事左右，迎合上意，以固其寵；杜絕言
路，掩蔽聰明，以成其奸；妒賢嫉能，排抑勝己，以保其位；屢起大
獄，誅逐貴臣，以張其勢。自皇太子以下，畏之側足。[16]

---

[14] 同上註，卷 56，頁 1415。

[15] 清・仇兆鰲：《杜詩詳註》，（臺北：里仁書局，1980），頁 1888。

[16] 《資治通鑑》，卷 217，頁 6914。

又天寶十三載（754）：

> 　　上嘗謂高力士曰：「朕今老矣，朝事付之宰相，邊事付之諸將，夫
> 復何憂！」力士對曰：「臣聞雲南數喪師，又邊將擁兵太盛，陛下將何
> 以制之！臣恐一旦禍發，不可復救，何得謂無憂也？」[17]

　　安祿山和史思明都是東北一帶之雜胡。安祿山兼任平盧（今遼寧朝陽）、
范陽（今北京）、河東（今山西太原西南）三鎮節度使，還兼河北道採訪處置
使，專事對付奚、契丹等族。史思明亦官至知平戶軍事。安祿山經過累年之
策劃和準備，終於天寶十四載（755）十一月甲子日，率領同羅、奚、契丹、
室韋、突厥等民族，組成十五萬士兵，號稱二十萬，在范陽起兵。
　　天寶十四載（756），《全唐文・親征安祿山詔》云：「其河西、隴右、朔
方除先發蕃漢將士及守軍郡城堡之外，自餘馬步軍將兵健等，一切並赴行營，
各委節度使統領，仍限今月二十日齊到。」[18] 文中可見在安祿山叛亂後，是
靠西方河西、隴右及西北朔方諸軍對抗。但河西、隴右之軍無法立即來援，
遂令范揚節度使封長清、右羽林將軍高仙芝募兵抵抗。《舊唐書・封長清傳》
記載：

> 　　（天寶）十四載，入朝，謁玄宗于華清宮。時祿山已叛，……以
> 長青為范陽節度，俾募兵東討，其日，常清乘驛赴東京召募，旬日得
> 兵六萬，皆傭保市井之流。乃斫斷河陽橋，于東京為固守之備。十二
> 月，祿山渡河，陷陳留，入罌子穀，凶威轉熾，先鋒至葵園。常清使
> 驍騎與柘羯逆戰，殺賊數十百人。賊大軍繼至，常清退入上東門，又
> 戰不利，賊鼓噪於四城門入，殺掠人吏。常清又戰於都亭驛，不勝。

---

[17] 同上註，卷 217，頁 6927。

[18] 《全唐文》，33 卷，頁 371。

退守宣仁門，又敗。乃從提象門入，倒樹以礙之。至谷水，西奔至陝郡。遇高仙芝，具以賊勢告之。恐賊難與爭鋒，仙芝遂退守潼關。[19]

　　傳文中敘述封長清入朝謁玄宗，便以召募傭保市井之流六萬，對抗安祿山，戰敗是預料中事。此時高仙芝在長安任右羽林將軍，亦以召募之兵五萬人禦敵。《舊唐書‧高仙芝傳》記載：

　　　　（天寶）九載入朝，將兵討石國，平之，獲其國王以歸。……以仙芝為右羽林大將軍。十四載，封密雲郡公。十一月，安祿山據范陽叛。是日，以京兆牧、榮王琬為討賊元帥，仙芝為副。命仙芝領飛騎、彍騎及朔方、河西、隴右應赴京兵馬，並召募關輔五萬人，繼封常清出潼關進討，仍以仙芝兼御史大夫。十二月，師發，……屯於陝州。是月十一日，封常清兵敗于汜水。十三日，祿山陷東京，常清以餘眾奔陝州，謂仙芝曰：「累日血戰，賊鋒不可當。且潼關無兵，若狂寇奔突，則京師危矣。宜棄此守，急保潼關。」常清、仙芝乃率見兵取太原倉錢絹，分給將士，餘皆焚之。俄而賊騎繼至，諸軍惶駭，棄甲而走，無復隊伍。仙芝至關，繕修守具，又令索承光守善和戍。賊騎至關，已有備矣，不能攻而去，仙芝之力也。[20]

　　高仙芝以召募之兵五萬人禦敵，至於飛騎、彍騎等宿衛禁軍，早已敗壞，無戰力可言。河西、隴右之軍，僅是赴京兵馬，無法趕上。在祿山陷東京時，封常清以餘眾奔陝州，告知高仙芝宜棄守陝州，急保潼關。使安祿山至潼關時，守軍有所防備。待河西、隴右之軍趕到，詔哥舒翰為主帥，以西北軍與東北軍決戰。《舊唐書‧哥舒翰傳》記載：

---

[19] 《舊唐書》，卷104，頁3207。

[20] 同上註，卷104，頁3203。

　　（天寶）十三載入京，廢疾於家。及安祿山反，上以封長清、高
仙芝喪敗，詔翰入，拜為皇太子先鋒兵馬元帥，以田良丘為御史中丞，
充行軍司馬，以王思禮、鉗耳大福、李承光、蘇法鼎、管崇嗣及蕃將
火拔歸仁、李武定、渾萼、契苾寗等為裨將，河隴、朔方兵及蕃兵與
高仙芝舊卒共二十萬，拒賊於潼關。[21]

　　安祿山之部隊，是領諸蕃部落奴刺、頡、跌、朱耶、契苾、渾、蹛林、
奚結、沙陀、蓬子、處蜜、吐谷渾、思結等一十三部落，督蕃漢兵二十一萬
八千人。哥舒翰則以河西、隴右、朔方兵及蕃兵與高仙芝舊卒共二十萬守潼
關。雙方兵力雖相差不大。但據唐‧姚汝能《祿山事跡》卷下敘述：「翰至潼
關，風疾頗甚，軍中之務，不復躬親，政事委行軍田良邱。其將王思禮、李
承光，又爭長不協，全無鬬志。及出師，未陣而潰。」[22]若當時哥舒翰有風
疾，無法督師，軍中部將又不和諧，出師潰敗，自是意料中事。
　　當時較有實力之部隊是朔方軍，由郭子儀任朔方節度使，向安祿山之後
方河東、河北進逼。《舊唐書‧郭子儀傳》敘述：

　　（天寶）十五載（756）正月，賊將蔡希德陷常山郡，執顏杲卿，
河北郡縣皆為賊守。二月，子儀與河東節度使李光弼率師下井陘，拔
常山郡，破賊於九門，南攻趙郡，生擒賊四千，皆捨之。師還常山，
賊將史思明以數萬人踵其後，我行亦行，我止亦止。子儀選驍騎五百
更挑之，三日至行唐，賊疲乃退，我軍乘之，又敗於沙河。祿山聞思
明敗，乃以精兵益之。我軍至恆陽，賊亦隨至。子儀堅壁自固，賊來
則守，賊去則追，晝揚其兵，夕襲其幕，賊人不及息。數日，光弼議
曰：「賊怠矣，可以戰。」六月，子儀、光弼率僕固懷恩、渾釋之、陳

[21]　同上註，頁 3211。
[22]　網路《國學導航》，www.guoxue123.com。

> 回光等陣於嘉山，賊將史思明、蔡希德、尹子奇等亦結陣而至，一戰
> 敗之，斬馘四萬級，生擒五千人，獲馬五千匹，思明露髮跣足奔於博陵。
> 於是河北十餘郡皆斬賊守者以迎王師。子儀將北圖范陽，軍聲大振。[23]

郭子儀以賊來則守，賊去則追之戰略與安祿山周旋，在嘉山之戰，打敗
安祿山，《舊唐書·李光弼傳》亦有相關之敘述：

> 玄宗眷求良將，委以河北、河東之事，以問子儀，子儀薦光弼堪
> 當閫寄。十五載正月，以光弼為雲中太守，攝御史大夫，充河東節度
> 副使、知節度事。二月，轉魏郡太守、河北道采訪使，以朔方兵五千
> 會郭子儀軍，東下井陘，收常山郡。賊將史思明以卒數萬來援常山，
> 追擊破之，進收藁城等十餘縣，南攻趙郡。三月八日，光弼兼范陽長
> 史、河北節度使，拔趙郡。自祿山反，常山為戰場，死人蔽野，光弼
> 酹其屍而哭之，為賊幽閉者出之，誓平寇難，以慰其心。六月，與賊
> 將蔡希德、史思明、尹子奇戰於常山郡之嘉山，大破賊黨，斬首萬計，
> 生擒四千。[24]

李光弼重視軍紀，擅長以奇用兵，以少敗眾，故能助郭子儀擊敗安祿山。
單靠李光弼上不能平定安祿山之亂。又因鎮守潼關之哥舒翰，出關與安祿山
作戰，靈寶，潼關失守，使戰局惡化。天寶十五載（756），安祿山攻下兩京，
稱帝洛陽，國號燕。玄宗倉皇出走成都。七月，太子肅宗李亨即位靈武，改
元至德元年（756）。

肅宗李亨即位後，在《舊唐書·李光弼傳》中有敘述嘉山之戰後，「會哥
舒翰潼關失守，玄宗幸蜀，人心驚駭。肅宗理兵於靈武，遣中使劉智達追光

---

[23]　《舊唐書》，卷 120，頁 3449。
[24]　同上註，卷 110，頁 3303。

弼、子儀赴行在。」《舊唐書‧郭子儀傳》亦有相關之敘述:「子儀與李光弼
率步騎五萬至自河北。時朝廷初立,兵眾寡弱,雖得牧馬,軍容缺然。及子
儀、光弼全師赴行在,軍聲遂振,興復之勢,民有望焉。」

　　唐朝重用封長清、高仙芝、哥舒翰都無法對抗安祿山,結果靠統領朔方
軍之郭子儀、李光弼擊退安祿山。其實光靠朔方軍之力量,不足以抗衡安祿
山,肅宗三度向迴紇借兵,是平定安祿山之亂之原因。

　　關於肅宗向迴紇借兵之事,在《舊唐書‧迴紇傳》中有所敘述:

> 　　至德元載(756)七月,迴紇遣其太子葉護領其將帝德等兵馬四千
> 餘眾,助國討逆,肅宗宴賜甚厚。又命元帥廣平王見葉護,約為兄弟,
> 接之頗有恩義。葉護大喜,謂王為兄。戊子,迴紇大首領達干等一十
> 三人先至扶風,與朔方將士見僕射郭子儀,留之,宴設三日。葉護太
> 子曰:「國家有難,遠來相助,何暇食為。」子儀固留之,宴畢便發。
> 其軍每日給羊二百口、牛二十頭、米四十石。及元帥廣平王率郭子儀
> 等至香積寺東二十里,西臨灃水。賊埋精騎於大營東,將襲我軍之背。
> 朔方左廂兵馬使僕固懷恩指迴紇馳救之,匹馬不歸,因收西京。十月,
> 廣平王、副元帥郭子儀領迴紇兵馬,與賊戰於陝西。初次于曲沃,葉
> 護使其將軍車鼻施吐撥裝羅等旁南山而東,遇賊伏兵于谷中,盡殲之。
> 子儀至新店,遇賊戰,軍却數里。迴紇望見,踰山西嶺上曳白旗而趨
> 擊之,直出其後,賊眾大敗,軍而北坑,逐北二十餘里,人馬相枕藉,
> 蹂踐而死者不可勝數,斬首十餘萬,伏屍三十里。賊黨嚴莊馳告安慶
> 緒,率其黨背東京北走渡河,而葉護從廣平王、僕射郭子儀入東京。
> 初收西京,迴紇欲入城劫掠,廣平王固止之。及收東京,迴紇遂入府
> 庫收財帛,於市井村坊剽掠三日而止,財物不可勝計,廣平王又賚之
> 以錦罽寶貝,葉護大喜。[25]

---

[25] 同上註,卷195,頁5196。

　　上文敘述迴紇太子葉護領其將帝德等兵馬四千餘眾，助唐討逆，肅宗宴賜甚厚。迴紇大首領達干等一十三人先至扶風，與朔方將士見僕射郭子儀，留之，宴設三日。並助唐打敗安祿山，收復兩京之情形。但迴紇在洛陽入府庫收財帛，於市井村坊剽掠三日，洗劫唐朝之財物，不可勝計，是向迴紇借兵之後遺症。

　　盛唐詩人杜甫於肅宗至德二載（757）閏八月，自鳳翔出發赴鄜州，到達後寫〈北征〉詩，即敘述迴紇之事：

　　　　陰風西北來，慘澹隨回紇。其王願助順，其俗善馳突。送兵五千
　　人，驅馬一萬匹。此輩少為貴，四方服勇決。所用皆鷹騰，破敵過箭
　　疾。

　　詩中「送兵五千人，驅馬一萬匹。」與《舊唐書‧迴紇傳》言迴紇兵馬四千餘眾相符，並以一萬匹馬前來助唐。「破敵過箭疾」，則稱迴紇兵破敵之迅速。在〈憶昔行〉詩中，亦盛讚迴紇之戰功：「憶昔先皇幸朔方，千乘萬騎入咸陽。陰山驕子汗血馬，長驅東胡胡走藏。」[26]可是迴紇在洛陽之掠奪殺戮亦十分凶殘，故杜甫在〈遣憤〉詩中云：「聞道花門將，論功未盡歸。自從收帝里，誰復總戎機。蜂蠆終懷毒，雷霆可震威。莫令鞭血地，再溼漢臣衣。」[27]詩中怨憤代宗蔽於近幸程元振等宦官，不願震雷霆之威，重用郭子儀典戎機，反由魚朝恩統領神策軍。又迴紇軍雖助唐擊退吐蕃，但朝廷還贈繒帛十萬匹，使府藏空竭。

　　安祿山在肅宗至德二載正月，為其子安慶緒謀殺；安祿山部將史思明又被其子史朝義所殺。在安祿山內部自相殘殺，及迴紇助唐平亂之下，安史之亂平定，但唐朝則在迴紇搶掠，僕固懷恩之叛後，元氣大傷。《舊唐書‧迴紇

---

[26] 《杜詩詳注》，卷 21，頁 1888。
[27] 同上註，卷 14，頁 1242。

傳》云：

> 史臣曰：…肅宗誘迴紇已復京畿，代宗誘迴紇以平河朔，戡難中
> 興之功，大即大矣！然生靈之膏血已乾，不能供其求取；朝廷之法令
> 並弛，無以抑其憑陵。忍恥和親，姑息不暇。……郭子儀之能軍，終
> 免侵軼。比昔諸戎，於國之功最大，為民之害亦深。……安、史亂國，
> 迴紇恃功。恃功伊何？咸議姑息。民不聊生，國殫其力。

　　此段議論，應是對安史之亂，深入而平時之論述。前後達八年之久之安
史之亂，在唐代宗寶應元年（755～762）結束。唐朝一蹶不振，國勢由盛而衰。
　　由上論述，盛唐在玄宗戮力革新下，國勢日隆，在安史之亂後，內憂外
患不斷，可謂一治一亂，不僅為治國之鑑戒，而且在戰亂中，人民身受生命
財產之損失，身心之摧殘，可謂深重，讀唐代歷史之變遷時，讓人感喟不已。

三、從中晚唐歷史論唐人之生命思想

　　中唐自唐代宗大曆元年（766）至文宗太和九年（835），經歷代宗、德宗、
順宗、憲宗、文宗，將近七十年間，藩鎮、宦官、朋黨三種亂源，交相敗壞
朝廷，終釀成黃巢之亂，也註定唐朝走向衰亡之路。
　　晚唐自唐文宗開成元年（836）至昭宣帝天佑三年（906），歷經文、武、
宣、懿、僖、昭、哀七帝，七十五年，內憂不斷。朝臣仍在宦官、朋黨，以
及藩鎮之陰影下度日。
　　藩鎮之亂從代宗以後，為收撫安史降將，使邊鎮之節度使權勢擴大，形
成藩鎮之亂；宦官之禍從唐肅宗、代宗時之李輔國、程元振、魚朝恩；德宗、
憲宗時之李忠言、俱文珍、竇文場、霍仙鳴、吐突承璀；穆宗、敬宗時之陳
弘志、王守澄、劉克明；文宗時之仇士良、魚志弘、韋元素、王踐言等；宣

宗、懿宗時之馬元贄、王宗實、劉行身；僖宗時之田令孜等亂政，操縱國君
廢立，中樞癱瘓，為禍朝廷；朋黨以牛李黨爭最烈，始中唐以後，政爭激烈，
局勢動盪，有害於國家之安定。外患則有迴紇之驕橫、吐蕃入寇、南詔叛擾，
情勢複雜多變，唐懿宗以後，民不聊生，民亂四起，有王仙芝之亂、黃巢之亂、
秦宗權之亂，尤其是黃巢之亂，農村經濟崩潰，生靈塗炭，藩鎮遍佈全國，
割地自雄，互相吞噬，國家殘破混沌。不論君主、官吏、文人、僧道、百姓，
都在水深火熱之中，生命不如螻蟻。終於在藩鎮、宦官、流寇三亂交織下覆亡。

(一) 宦官亂政對帝王官吏生命之摧殘

　　宦官為禍，在漢代黨錮之禍時，已現端倪。唐初，宦官權力不大，內侍
省不置三品官，故至高宗朝，並無宦官為禍之事。玄宗時，因後宮之宮女多
達四萬餘人，宦官相對增加，衣黃者三千餘人，衣朱紫者一千餘人。到玄宗
後期，縱逸女色，寵愛楊貴妃，將政事交李林甫、楊國忠，內廷之事委託高
力士，宦官權力漸增。安史亂後，終成後患。

　　宦官在官僚體系中，是極有勢力之組織。首先是獲得典領禁軍之權，再
逐步掌握樞密使一職，把持中樞機要，參與中樞決策。在唐代後期，兩樞密
使，及神策軍兩中尉，並稱四貴，是宦官專權之重要官職。清・趙翼《二十
二史劄記・唐代宦官之禍》云：

> 　　宦官竊主權以肆虐天下，至唐則宦官之權反在人主之上，立君弒
> 君廢君，有同兒戲，實古來未有之變也。……（德宗時）禁軍全歸宦
> 寺，其後又有樞密之職，凡承受詔旨，出納王命，多委之。於是機務
> 之重，又為所參預。是二者，皆極要重之地，有一足攬權樹威，挾制
> 中外，況二者盡為其所操乎！其始猶假寵竊靈，挾主勢以制下，其後
> 積重難返，居肘腋之地，為腹心之患。即人主廢置，亦在掌握中。[28]

---

[28] 清・趙翼：《二十二史劄記》，（臺北：中華書局，1966，四部備要本），卷20，頁1~2。

　　文中言宦官權力在君主之上，可以立君、弒君、廢君，實自古即有之事。宦官起初想統領禁軍，其後則想謀樞密之職，以掌握軍機大權。一旦獲得，就可挾制中外，成為君主之心腹大患。

　　唐德宗時，就有王叔文與宦官鬥爭之事實，據《資治通鑑》貞元二十一年（805）記載：

　　　王叔文既以范希朝、韓泰主京西神策軍，諸宦者尚未寤。會邊上諸將各以狀辭中尉，且言「方屬希朝」。宦者始寤兵柄為叔文等所奪，乃大怒曰：「從其謀，吾屬必死其手。」密令其使歸告諸將曰：「無以兵屬人。」希朝至奉天，諸將無至者。韓泰馳歸白之，叔文計無所出，唯曰：「奈何！奈何！」無幾，其母病甚。丙辰，叔文盛具酒饌，與諸學士及李忠言、俱文珍、劉光琦等飲於翰林。叔文言曰：「叔文母病，以身任國事之故，不得親醫藥，今將求假歸侍。叔文比竭心力，不避危難，皆為朝廷之恩。一旦去歸，百謗交至，誰肯見察以一言相助乎？」文珍隨其語輒折之，叔文不能對，但引滿相勸，酒數行而罷。丁巳，叔文以母喪去位。[29]

　　文中記載王叔文欲以范希朝、韓泰領神京西策軍，宦官李忠言、俱文珍等大怒，認為王叔文欲奪其兵權，而密令諸將不接受范希朝統領。王叔文後以母喪去位。可見當時宦官已經掌握朝廷兵權，王叔文要撼動宦官，確屬不易。

　　文宗大和二年（828），劉蕡[30]上〈對賢良方正直言極諫策〉，計六千七百餘言，議論犀利，直指宦官為唐室衰亂之根源，其言曰：

<hr>

[29] 《資治通鑑》，卷236，頁7617。
[30] 《舊唐書》，卷190下，〈劉蕡傳〉：「（劉蕡）博學，善屬文，尤精左氏春秋。與朋友交，好談王霸大略，耿介嫉惡，言及世務，慨然有澄清之志。」，頁5064。

　　臣以為陛下宜先憂者，宮闈將變，社稷將危，天下將傾，海內將亂。此四者，國家以然之兆，故臣為聖慮宜先及之。[31]

　　文中並引《春秋》大義，論述宦官擅權之害。此震聾啟聵之聲，驚動朝野，為宦官所嫉怒懼恨。當時，宦官仇士良斥其為「風漢」[32]。「風漢」即今之瘋漢。

　　文宗患宦官強盛，志除宦官。太和二年（828），召出身孤寒之禮部員外郎宋申錫，謀去宦官王守澄，事見《舊唐書・懷懿太子湊傳》云：

　　文宗以王守澄恃權，深怒宦官，欲盡銖之，密令宰相宋申錫與外臣謀畫其計。[33]

《資治通鑑》太和三年又記載：

　　上患宦官強盛，憲宗、敬宗弒逆之黨，猶有在左右者，中尉王守澄尤為專橫，招權納賄，上不能制，嘗密與翰林學士宋申錫言之，申錫請漸除其逼。[34]

　　然宋申錫謀淺，輕信王璠。五年，王璠將文宗欲誅鄭注之事洩密。事見《資治通鑑》太和八年（834）記載：

---

[31] 《全唐文》，卷 746，頁 7718。

[32] 此說見《太平廣記》，卷 181，劉蕡引《玉泉子》：「劉蕡，楊嗣復之門生也。既直言忤，中官尤所嫉怒。中尉仇士良謂嗣復曰：『奈何以國家科第，放此風漢耶！』嗣復懼，答曰：『嗣復昔與蕡及第時，猶未風耳。』」，頁 1350。

[33] 《舊唐書》，卷 175，頁 4540。

[34] 《資治通鑑》，卷 244，頁 7871-7872。

初，宋申錫與御史中丞宇文鼎，受密詔誅鄭注，使京兆尹王璠掩
捕之。璠密以堂帖示王守澄，注由是得免，深德璠。[35]

後宋申錫為王守澄、鄭注誣告勾結漳王，貶開州司馬（今四川開縣），坐
流死者數百人，尋卒。

太和九年（835）十一月，發生慘烈之「甘露之變」，李訓、鄭注以金吾
左仗樹降甘露為名，誘中尉仇士良、魚志弘等往驗為名，除去宦官。卻被仇
士良發現破綻，派神策軍肆意屠殺，以謀逆罪族誅王涯等十一家，牽連之朝
臣士民，不計其數。如竇寬、顧師邕、李貞素、盧仝等人，皆身罹其禍。《資
治通鑑》太和九年記載：

自是天下事皆決於北司，宰相行文書而已。宦官氣益盛，迫脅天
子，下視宰相，陵暴朝士如草芥。[36]

朝臣想除去宦官，維繫君權，宦官反而製造大規模恐怖流血事件，使朝
臣自順宗永貞之變，文宗甘露之變後，朝士多意志消沈，只求持祿自保，以
安家計；心態亦由兼善天下，轉為獨善其身；自我引退者多，節義之士少。
在宦官氣焰日見囂張之時，僅澤潞、劉從諫上表，指斥左神策軍護軍中尉仇
士良之罪行。此一現象，在《舊唐書‧牛僧孺傳》云：

開成初，縉紳道喪，閹寺弄權，僧孺嫌處重藩，求歸散地，累拜
章不允。[37]

又《舊唐書‧裴度傳》云：

---

[35] 同上註，卷245，頁7900。

[36] 同上註，頁7901。

[37] 《舊唐書》，卷172，頁4469。

自是，中官用事，衣冠道喪，度以年及懸輿，王綱板蕩，不復以
出處為意。[38]

《舊唐書・白居易傳》亦云：

大和末，李訓構禍，衣冠涂地，士林傷感，居易愈無宦情。[39]

以上三人，都有用世治國之念，但經「甘露之變」後，心生凜懼，不敢
以詩文反應此次變亂。僅白居易〈司天臺歌〉、李商隱〈有感二首〉、〈重有感〉、
〈明神〉等詩，斥責宦官外，皆隱忍不言，且都以曲折隱晦之方式，表達心
中之悲憤。白居易還以〈詠史（九年十一月作）〉來表現其心情：

秦磨利刀斬李斯，齊燒沸鼎烹酈其。可憐黃綺入商洛，閒臥白雲
歌紫芝。彼為葅醢機上盡，此為鸞皇天外飛。去者逍遙來者死，乃知
禍福非天為。[40]

白居易自己學黃綺閒臥白雲歌紫芝，逍遙如鸞皇；許多禍福非天為，乃
是自取其禍。並暗指王涯嗜權，附和李訓，以致罹禍。

宦官在晚唐更為凶狠跋扈，連君王都不放在眼中。但文士卻不敢直言其
惡。杜牧（803～852）曾以〈春申君〉一詩，託古諷今，暗指宦官：

烈士思酬國士恩，春申誰與快冤魂。三千賓客總珠履，欲使何人
殺李園。[41]

---

[38] 同上註，卷170，頁4413。
[39] 同上註，卷166頁4340。
[40] 《全唐詩》，卷453，頁5125。
[41] 清・馮集梧：《樊川詩集注》，（臺北：漢京文化事業有限公司，1983），卷2，頁145。

　　此詩作於武宗會昌五年（845），時任池州刺使，張祜來訪，有唱和詩多首，此其一。甘露之變已歷十年，誰能為其主考制策官賈悚報仇。當時，張祜以〈感春申君〉一詩和之：

　　　　薄俗何心議感恩，諂容卑迹賴君門。春申還道三千客，寂寞無人殺李園。[42]

　　其內容與杜牧所指相同。兩人皆以正直敢言自負，然對怨刺宦官之言，仍託詠史暗諷而已。可見晚唐宦官勢力之龐大，殺人手段之凶狠，皆心知肚明，卻不敢言之。

　　晚唐到僖宗還京後，朝廷能控制者，不過河西、山南、劍南、嶺南諸道數十州而已。李茂貞與朱全忠各有挾天子以令諸侯之意，後來雙方發生戰爭，唐昭宗被宦官和李茂貞劫持至鳳翔。朱全忠在軍事上佔優勢，遂兵圍鳳翔。李茂貞不能支，終於讓步講和。

　　昭宗天復三年（903），朱全忠擁昭宗還京，利用自己之軍事實力，盡誅內侍省宦官數百人，出使在外的宦官，亦下令就地誅殺，持續一百多年的宦官勢力至此被徹底剷除。但宦官之禍已危害甚深。《資治通鑑》天復三年（903）記載：

　　　　然則宦者之禍，始於明皇，盛於肅、代，成於德宗。極於昭宗。《易》曰：「履霜堅冰至」。為國家者，防微杜漸，可不慎其始哉！此其為患，章章尤著者也。自餘傷賢害能，召亂致禍，賣官鬻獄，沮敗師徒，蠹害烝民，不可遍舉。[43]

---

[42]　《全唐詩》，卷 511，頁 5849。

[43]　《資治通鑑》，卷 263，頁 8598。

　　文中將中唐以後宦官之禍，作簡要之說明，宦官之害已危害唐朝之社稷，為國者不可不察。

　　由上敘述，宦官自漢代黨錮之禍以來，歷代皆受其害，但君主始終無法避免宦官之害，乃因幸臣終日圍繞左右，卑顏侍候，背地裡卻傷賢害能，賣官鬻獄，蠹害烝民，君主疏於防患，終成其傀儡。使中晚唐之帝王，深受宦官之害。細數晚唐衰亡之原因，宦官亂政，實為主因之一。

(二) 朋黨之爭造成百官宦海浮沉

　　在政治上，最重要者，是執政團隊忠心輔政，使吏治清明，國泰民安。但若朝中官吏結黨營私，擾亂朝政，國家將陷入黨爭、變亂之狀態。在黨爭中，黨人互相攻訐。同黨之人，因為具有共同之政治命運，必須在政治立場上，一致向外。百官在此情況下，也要選擇自己之出處，及面對各種不同之遭遇和人生之矛盾。在官吏中，會出現忠心王室，與隨波浮沈兩種人。而詩人敘述朋黨政治之作品，常將其政治命運與人生境遇，做深入之闡述。有助於了解黨爭與文士之關係。

　　在唐代黨爭中，牛李黨爭長達四十餘年，不僅影響朝局，也牽動官吏之生命脈動，是中晚唐政治衰敗之徵象，也是唐王朝覆滅之催化劑。一般士人在黨爭之下，無法公平地從科舉得到科第與升遷，甚至在黨爭之消長下，被排除在權力階層之外。

　　牛李黨爭初期，以李逢吉為首之黨派和以李宗閔、牛僧孺為首之黨派組成同盟，與李吉甫、裴度、李紳、李德裕為首之黨派展開鬥爭。著重在相位之爭與淮西用兵之爭。其發端，有三種說法：一以憲宗元和三年（808）對策案為發端之傳統說法，牛、李（宗閔）對策矛頭所指為李吉甫，四月，牛僧孺、李宗閔、皇甫湜直陳施政之失，李吉甫泣訴於上為導火線；亦有人認為應是宦官，與黨爭無關；二為元和十年（815）淮西用兵之爭為發端；三以長慶元年（821）覆試案為發端。

　　牛李黨爭中，參與順宗永貞（805）革新之文人，如劉禹錫、柳宗元遭受

貶謫之命運，遂在謫地以詩文關心民生之疾苦，反映社會生活之陰暗。柳宗元（773～819）將心中抑鬱不平之氣，抒寫寓言體之諷刺小品，如〈懲咎賦〉、〈閔生賦〉等，都有一股為政治理想奮鬥不懈之意志，嚴羽《滄浪詩話・詩評》稱「唐人惟柳子厚深得騷學。」[44] 劉禹錫（772～842）則滿腹牢騷，以托物寓意之諷刺詩，以譏刺權貴，抨擊現實。即使到晚年，還在〈酬樂天詠老見示〉詩中稱：「莫道桑榆晚，為霞尚滿天。」[45] 韓愈（768～824）以復興儒學為職志，不受政治壓力，創作詩文，表達自己之理念。在〈送孟東野序〉一文中云：「大凡物不得其平則鳴……有不得以者而後言。」[46] 韓愈以險怪奇崛之詩風，和雄深雅健之文章，來對抗現實帶來的鬱悶。

《資治通鑑》憲宗元和八年（813）記載：

> 上問宰相：「人言外間朋黨大盛，何也？」李絳對曰：「自古人君所甚惡者，莫若人臣為朋黨。故小人譖君子，必曰朋黨。何則？朋黨言之則可惡，尋之則無跡故也。東漢之末，凡天下賢人君子，宦官皆謂之黨人而禁錮之，遂以亡國。此皆群小欲害善人之言，願陛下深察之。夫君子固與君子合，豈可必使之與小人合，然後謂之非黨邪！[47]

李絳本性耿直，故能直言極諫朋黨之是非，亦從不結黨。然李絳在宦途始終為讒言中傷，幸賴憲宗深信不疑，始能免禍。

元和十三年（818），憲宗對宰相裴度說，人臣好立朋黨，甚為厭惡。裴度云：

> 方以類聚，物以群分。君子、小人志趣同者，勢必相合。君子為

---

[44] 清・何文煥：《歷代詩話》，（臺北：漢京文化事業有限公司，1983），頁 698。

[45] 《劉禹錫詩編年校注》，卷 14，頁 1933。

[46] 《韓昌黎文集校注》，卷 4，頁 136。

[47] 《資治通鑑》，卷 239，頁 7702。

徒，謂之同德；小人為徒，謂之朋黨；外雖相似，內實懸殊，在聖主辨其所為邪正耳。[48]

裴度以君子同德、小人朋黨，分辨君子與小人之不同。君主要分辨臣子之行為，以定其忠奸，方不為小人所惑。

穆宗長慶三年（823）九月，李逢吉為相，設圈套以害李紳。逢吉推薦李紳為御使中丞，與韓愈不合而貶官。李紳曾受穆宗寵幸，為翰林學士「三俊」之一，與李逢吉之黨人鬥爭。在長慶元年（820）科場覆試案中，向李宗閔攻擊。牛李黨爭時，李紳與李德裕共進退，受牛黨排擠。長慶四年（823）二月，因李逢吉之黨謀立深王案，貶為端州（今廣東肇慶市）刺史，文宗大和六年（832）十二月罷壽州（今安徽六安市）刺史，次年正月，授太子賓客，分司東都。時李宗閔為相，李紳與其有宿怨，受其排擠。九年（835）五月，李紳由浙東觀察使，除太子賓客，分司東都，秋初離越州任。

黨爭使李紳心靈遭受巨大傷害，但也使他有遊歷各地之機會，後將貶官而遊歷各地之經驗，於文宗開成元年任宣武節度使時，編《追昔游集》。開成三年（838），《追昔游集》一書集成，在序中云：「追昔游，蓋嘆逝感時，發於淒恨而作也。」[49]追憶往昔貶官時，內心掙扎時之痛苦，想來不堪回首。

在黨爭中，能與兩黨都保持良好關係，終能明哲保身，不受傷害之文士不多，以白居易和劉禹錫為例，兩人都修養佛老以逃世。同時不受利益所誘，獨善其身，但仍不免受黨爭波及。

文宗朝（826～840），牛李兩黨互為進退，牛僧孺與李德裕爭奪中央政局之掌控權。李黨為山東士族，與科舉考試進士出身之寒門對立。文宗歎朋黨難去，開始拔擢李訓、鄭注，形成另一股政治勢力。

文宗大和三年（829）八月，宰相裴度薦李德裕為相，會李宗閔得宦官韋

---

[48] 同上註，卷 240，頁 7757。

[49] 《全唐文》，卷 694，頁 7124。

元素、王踐言之助拜相，惡德裕之逼己，出德裕為義成節度使。次年，又引牛僧孺為相，排斥李黨。

　　大和五年（831）九月，吐蕃內亂，其大將悉怛謀以維州（四川理縣）來降，時李德裕為西川節度使，接受其請降，向朝廷報告，事下尚書省，集百官議，皆如德裕之策。宰相牛僧孺獨排眾議，以為吐蕃失一維州，並不重要，但激怒吐蕃，對唐不利。文宗採納牛僧孺之意見，德裕含淚退出維州。並因此事，更恨牛僧孺。

　　《資治通鑑》記載，大和六年（832）十一月，牛僧孺在延英會議上，提出「太平無相說」，司馬光斥責牛僧孺：

> 於斯之時，閹寺專權，脅君於內，弗能遠也；藩鎮阻兵，陵慢於外，弗能制也；士卒殺逐主帥，拒命自立，弗能詰也；軍旅歲興，賦斂日急，骨肉縱橫於原野，杼軸空竭於里閭。而僧孺謂之太平，不亦誣乎！當文宗求治之時，僧孺任居承弼，進則偷安取容以竊位，退則欺君誣世以盜名。[50]

　　大和七年（833）二月，李德裕拜相。排斥牛黨。大和八年（834）十一月，文宗以為「去河北賊易，去朝廷朋黨難。」司馬光提出對朋黨之看法：

> 夫君子小人之不相容，猶冰炭之不可同器而處也。故君子得位則斥小人，小人得勢則排君子，此自然之理也。然君子進賢退不肖，其處心也公，其指事也實；小人譽其所好，毀其所惡，其處心也私，其指事也誣。公且實者謂之正直，私且誣者謂之朋黨。在人主所以辨之耳。試以明主在上，度德而敘位，量能而受官；有功者賞，有罪者刑；奸不能惑，佞不能移。夫如是，則朋黨何自而生哉！彼昏主則不然，

明不能燭，強不能斷；邪正並進，毀譽交至；取捨不在於己，威福潛移於人。於是讒慝得志，而朋黨之議興矣。夫木腐而蠹生，醢酸而蚋集，故朝廷有朋黨，則人主當自咎而不當以咎群臣也。[51]

　　此說與裴度之說略似。以為朋黨之興，在君主不能明辨君子與小人所致。

　　李商隱（813～858）身處牛李黨爭之夾縫中，文宗太和三年（829），受令狐楚禮遇，開成二年（837），擢進士第，據《新唐書》本傳：「高鍇知貢舉，令狐綯雅善鍇，獎譽甚力，故擢進士第。」[52] 可知義山擢進士是得令狐綯之助。但開成三年（838），王茂元愛其才，以子妻之。王茂元與李德裕交情甚篤，與牛黨之令狐楚父子，有所愧歉，夾處在兩黨之間，備嘗心靈之折磨。曾做〈蟬〉詩云：

　　　　本以高難飽，徒勞恨費聲。五更疏欲斷，一樹碧無情。薄宦梗猶汎，故園蕪已平。煩君最相警，我亦舉家清。[53]

　　詩中藉禪比喻自己之高潔，用徒勞恨費聲，說明極力向好友令狐綯訴說委屈，卻徒勞無功。李商隱詩歌中，如〈寄令狐學士〉、〈夢令狐學士〉、〈深宮〉、〈鈞天〉、〈讀任彥升碑〉、〈九日〉等，都是表達對令狐綯之羨慕與嫉妒。又以一樹碧無情，襯托人情之冷暖。其後敘述自己之遭遇與蟬相同，托物寄興，充滿無助之感。

　　李商隱在妻子王氏去世以後，在宣宗大中六年（854）任太學博士。崔珏在〈哭李商隱〉一詩曾云：「虛負凌雲萬丈才，一生襟袍未曾開。」[54]

　　李商隱具有道德良心，堅持自己之政治原則。大中朝，李商隱對李德裕

---

[51] 同上註，卷245，頁7899。
[52] 《新唐書》，卷203，頁5792。
[53] 清·馮浩：《玉谿生詩集箋注》，（臺北：里仁書局，1970），卷2，頁440。
[54] 《全唐詩》，卷591，頁6857。

之政治建樹，頗為仰慕，大中二年（848），李德裕被貶朱崖，李商隱作〈舊將軍〉表達嘆息：

> 雲臺高議正紛紛，誰定當時蕩寇勛。日暮霸陵原上獵，李將軍是故將軍。[55]

但義山覺得牛黨對李德裕之打擊，有失公正。故其〈過伊樸射舊宅〉、〈丹丘〉、〈漢南書事〉諸詩，表達對李德裕傷悼之情，也因此受到牛黨之記恨與打擊，終身受挫。又在牛黨之蕭澣、楊虞卿受李訓、鄭注迫害時，作〈哭遂州蕭侍郎二十二韻〉、〈哭虔州楊侍郎〉等詩，斥責李訓、鄭注排除異己，擾亂朝綱。

李商隱經歷無數身世之之感慨與時事之觀感，融入於詩中，有一種恍惚迷離，哀豔典麗之藝術風格。

杜牧（803～852）在牛李黨爭中，屬邊緣人物。杜牧在文宗太和七年（833）四月：「又為牛僧孺淮南節度府掌書記。」[56] 在揚州享受宴游之生活，在《樊川外集・遣懷》詩云：

> 落魄江湖載酒行，楚腰纖細掌中輕。十年一覺揚州夢，贏得青樓薄幸名。[57]

又〈贈別〉詩云：

> 娉娉嫋嫋十三餘，荳蔻梢頭二月初，春風十里揚州路，卷上珠簾

---

[55] 《玉谿生詩集箋注》，卷2，頁328。

[56] 《新唐書》，卷166，頁5085。

[57] 《樊川詩集注》，頁369。

總不如。[58]

這些浮薄冶豔之詩，對其仕途影響甚大。太和九年（835），杜牧拜監察御史，在長安任職。開成四年（839）牛僧孺出為襄州節度使，作〈送牛相出襄州〉詩云：

> 盛時常注意，南雍暫分茅。紫殿辭明主，巖廊別舊交。危幢侵碧霧，寒旆獵紅旛。德業懸秦鏡，威聲隱楚郊。拜塵先灑淚，成廈昔容巢。遙仰沈碑會，鴛鴦玉珮敲。[59]

武宗會昌元年（841）八月，漢水溢堤入城廓事件，李德裕委罪牛僧孺，下遷太子少保，又作〈寄牛相公〉詩云：

> 漢水橫衝蜀浪分，危樓點的拂孤雲。六年仁政謳歌去，柳遠春堤處處聞。[60]

此二詩中，言牛僧孺之威聲、德業、仁政，對牛僧孺推崇備至。後牛僧孺去世，還為其寫墓誌銘等，感謝其知遇之恩。

武宗會昌元年（841），杜牧上書李德裕，對討伐回鶻、平定澤潞上，提出軍事策略，並非背叛牛僧孺。而是如《新唐書》本傳所云：「牧剛直有奇節，不為齪齪小謹，敢論列大事，陳病利尤切。」[61] 在國家大事上，對李德裕有所建言。但在為人處事上，認為李德裕是小人，加以抨擊。故在〈唐故太子少師奇章郡開國公贈太尉牛公墓誌銘〉中云：「時李太尉專權五年，多逐賢士，

---

[58] 同上註，卷 4，頁 311。
[59] 同上註。
[60] 同上註，頁 313。
[61] 《新唐書》，卷 166，頁 5085。

天下恨怨。」[62] 在宣宗大中年間（847～860），杜牧不遺餘力地攻擊李德裕，因此在政壇上，遭受李黨之排擠與冷落，心中抑鬱不平。

溫庭筠（812～870）屢舉進士不第，加上生活放蕩不羈，恃才傲物，冒犯權貴令狐綯，犯政壇忌諱。又與李德裕有通家之誼，在兩黨之間，是會受到排擠，一生不偶。至僖宗咸通七年（866），始官國子助教。《舊唐書》本傳稱其：

> 初至京師，人士翕然推重，然士性塵雜，不修邊幅，能逐弦吹之音，為側豔之詞。公卿家無賴子弟裴誠、令狐滈之徒，相與蒲飲，酣醉終日，由是累年不第。[63]

可見溫庭筠在不第之後，不知振作，終日醉飲，流連於青樓之中，落魄以終。

昭宗朝，士人處在朝綱混亂之際，出處與境遇皆十分困難。其中具有節操者，雖然較少，但對唐朝表現忠誠者，有韓偓、司空圖、鄭谷等人；另有改仕新朝，對唐室仍保持忠誠者，有韋莊、羅隱等人；其他李巨川、杜荀鶴等人，則人格蛻變，為新朝賣命，危害唐朝，已背離儒家之傳統。若深入探討中晚唐後文人之內心世界，朋黨在朝廷之傾軋爭奪，翻雲覆雨，對文士生命之震撼與波動，可謂巨大而深遠。

晚唐朋黨之爭在文宗甘露之變（835）後，培植李訓、鄭注之勢力消失，牛李兩黨則互相制衡。開成五年（840）九月，武宗即位，李德裕拜相，與武宗君臣相得，平澤潞，驅回鶻，滅佛教，革弊政，政治呈中興氣象。依據《資治通鑑》記載，李德裕向武宗進言執政之要領：

---

[62] 《全唐文》，卷755，頁7825。

[63] 《舊唐書》，卷190，頁5078。

治理之要，在辨群臣之邪正。夫邪正二者，勢不相容，正人指邪
人為邪，邪人意指正人為邪，人主辨之甚難。臣以為正人如松柏，特
立不倚；邪人如藤蘿，非附他物不能自起。故正人一心事君，而邪人
競為朋黨。先帝深知朋黨之患，然所用卒皆朋黨之人，良由執心不定，
故奸人得乘間而入也。……陛下誠能慎擇賢才以為宰相，有奸罔者立
黜去，常令政事皆出中書，推心委任，堅定不移，則天下何憂不理哉！[64]

　　文中李德裕所稱之先帝為文宗，所用之朋黨，指李宗閔等牛黨人士。而
李德裕何嘗不是黨同伐異，排除異己，斥逐牛黨，以致樹敵不少，曾藉平澤
潞事打擊牛黨，連逐三相牛僧孺、李宗閔、崔鉉，為大中朝牛黨之報復埋下
種子。

　　武宗會昌六年（846）三月，宣宗即位，次月，李德裕罷相，出為荊南節
度使。五月，牛黨白敏中為相，九月，李德裕貶為東都留守。大中元年（847）
二月，貶為太子少保，十二月貶為潮州司馬，二年九月，貶為崖州司戶，三
年十二月，卒於崖州。延續三十餘年之牛李黨爭宣告結束。

　　由上論述，相持四十年之牛李黨爭，在中唐是為禍朝政之元凶，官吏不
知勠力國政，為黨人之私利，互相攻訐。據范祖禹《唐鑑》之論述，除維州
事件關係國家大計外，其餘事件皆自小至大，因私害公。因此，范祖禹對朋
黨，表達其看法：

凡群臣有黨，由主聰不明，君子小人雜進於朝，不分邪正忠讒以
黜陟之，而聽其自相傾軋以養成之也。是以穆宗以後，權移於下，朝
無公政，士無公論，爵賞僭濫，刑罰交紛。士之附命者，不入於牛，
則入於李，不憂國家之不治，而唯恐其黨之不進也。與夫三君八俊，
屬名節，立廉恥，以抗權邪者，斯為下矣。何則？漢之黨尚風節，故

政亂於上，而俗清於下，及其亡也，人猶畏義而有所不為。唐之黨趨勢利，勢窮利盡而止。故其衰季，士無操行，不足稱也。為國家者，可不防其漸哉！[65]

范祖禹以為漢唐朋黨之差別，在於漢之黨尚風節，人猶畏義而有所不為；唐之黨尚勢利，勢窮利盡之時，則無足稱道者。此說可做為對朋黨之公論。

(三) 藩鎮在地方逐漸擴大其勢力

唐代藩鎮是指各地擁有兵權之節度使。節度使之設置，是在地方行政官署州、縣之上，加上一級擁有軍權之節度使，以應付軍事之需要。在安史之亂後，除河北地區之幽州、承德、魏博，以及山東地區之淄青等節度使，是安史之殘餘勢力，其餘皆能服從朝廷之領導。

在順宗時，王叔文用事，韋執誼為相，因羊士諤、劉闢事，兩人交惡，《資治通鑑》德宗貞元二十一年（805）記載：

（貞元二十一年）六月，己亥，貶宣歙巡官羊士諤為汀州寧化尉。[66]士諤以公事至長安，遇叔文用事，公言其非。叔文聞之，怒，欲下詔斬之，執誼不可；則令杖煞之，執誼又以為不可；遂貶焉。由是叔文始大惡執誼，往來二人門下者皆懼。先時，劉闢以劍南支度副使[67]將韋皋之意於叔文，求都領劍南三川，謂叔文曰：「太尉使闢致微誠於公，若與某三川，當以死相助；若不與，亦當有以相酬。」叔文怒，亦將斬之，執誼固執不可。闢尚遊長安未去，聞貶士諤，遂逃歸。執誼初

---

[65] 宋・范祖禹：《唐鑑・穆宗》，（《景印文淵閣四庫全書》，冊685），卷19，頁519。

[66] 唐制：節度、觀察，其屬皆有巡官。開元二十六年，開山洞置黃連縣，天寶元年更名寧化。九域志：在州東北一百八十里。

[67] 《舊唐書・職官三》，卷44：「凡天下邊軍皆有支度之使，以計軍資、糧仗之用。每歲所費，皆申度支而會計之，以〈長行旨〉為準。」

為叔文所引用，深附之，既得位，欲掩其迹，且迫於公議，故時時為異同；輒使人謝叔文曰：「非敢負約，乃欲曲成兄事耳！」叔文詬怒，不之信，遂成仇怨。[68]

太尉韋皋、劍南節度副史劉闢向王叔文提出想都領劍南三川，言語中有脅逼之意，故怒而成仇。也表示劉闢有野心。《舊唐書・韋皋傳》云：「皋知王叔文人情不附，又知與韋執誼有隙，自以大臣可議社稷大計，乃上表請皇太子監國。」[69]韋皋擁立憲宗，與王叔文對抗。但韋皋不久病故，劉闢叛亂，為高崇文平定。其事在《舊唐書・韋皋傳附劉闢傳》中有記載：

> 永貞元年八月，韋皋卒，闢自為西川節度留後，率成都將校上表請降節鉞。朝廷不許，除給事中，便令赴闕。闢不奉詔。時憲宗初即位，以無事息人為務，遂授闢檢校工部尚書，充劍南西川節度使。闢益凶悖，出不臣之言，而求都統三川，與同幕盧文若相善，欲以文若為東川節度使，遂舉兵圍梓州。憲宗難于用兵，宰相杜黃裳奏：「劉闢一狂蹶書生耳，王師鼓行而俘之，兵不血刃。臣知神策軍使高崇文，驍果可任，舉必成功。」帝數日方從之。于是令高崇文、李元奕將神策京西行營兵相續進發，令與嚴礪、李康掎角相應以討之，仍許其自新。元和元年正月，崇文出師。三月，收復東川。乃下詔……可削奪在身官爵。……九月，崇文收成都府。……戮于子城西南隅。[70]

劉闢之亂平定後，據黃永年《六至九世紀中國政治史》中記載，元和元年（806）三月，平定夏州，殺節度留後楊惠琳；元和二年（807），平定鎮海軍，殺節度使李錡；元和五年（810），擒獲昭義節度使盧從史；元和八年（813），

---

[68] 《資治通鑑》，卷236，頁7615-7616。

[69] 《舊唐書》，卷140，頁3825。

[70] 同上註，頁3826。

平定振武軍之亂；元和十一年（816），平定宥州之亂；元和十二年（817），平定淮西，殺自領節度之吳元濟；元和十四年（819），平定淄青，殺節度使李師道。至穆宗長慶元年（821），河北三鎮和淄青之藩鎮問題已經解決。[71]

(四) 黃巢之亂使唐朝邁向衰亡之命運

　　黃巢一直騷擾山東、河南、湖北一帶。僖宗乾符五年（878），王仙芝在黃梅（今湖北黃梅西北）戰死，起義軍傷亡五萬，其部下王重隱一支，轉戰江淮一帶。黃巢則在王仙芝戰死後，成立軍政府，自稱「沖天太保平均大將軍」，繼續渡江南下，由江西、浙東、進入福建。

　　乾符六年（879），進軍嶺南，後因起義軍水土不服，遂由桂州（今廣西桂林），經衡州、永州、攻下潭州（今湖南長沙），佔領江陵（今湖北江陵），居民逃竄山谷，又遇大雪，屍橫遍野。十一月，北趨襄陽，為劉巨容敗後，南渡長江，向東轉戰池州（今安徽貴池）、歙州（今安徽歙縣）、杭州（今浙江杭州）等州。

　　廣明元年（880）十一月，黃巢起義軍攻克洛陽，據《資治通鑑》，懿宗廣明元年記載：

> 　　十二月，庚辰朔，承範等至潼關，搜菁中。得村民百許，使運石汲水，為守禦之備。與齊克讓軍皆絕糧，士卒莫有鬥志。是日，黃巢前鋒軍抵關下，白旗滿野，不見其際。克讓與戰，賊小卻，俄而巢至，舉軍大呼，聲震河、華。[72]

　　文中敘述朝廷以守將齊克讓一萬名士卒守潼關，又拼湊二千八百名神策軍協同防守，黃巢以六天時間攻下潼關。廣明元年（880）十二月初五，僖宗

---

[71] 黃永年：《六至九世紀中國政治史》，（上海：上海書店出版社，2004），章14，頁447。
[72] 《資治通鑑》，卷253，頁8238。

隨從宦官從興元（今陝西漢中），倉皇逃亡入蜀。同日傍晚，黃巢佔領長安，即位於大明宮含元殿。建元王霸。國號大齊，改元金統。懿宗逃奔成都。

　　王仙芝與黃巢二人，本都以販賣私鹽為事，在與官兵鬥爭下成長，而無治國之謀略，佔領長安後，不能安民。《資治通鑑》廣明元年記載：

> 晡時，黃巢前鋒將柴存入長安，金吾大將軍張直方帥文武數十人迎巢於霸上。巢乘金裝肩輿，其徒皆被髮，約以紅繒，衣錦繡，執兵以從，甲騎如流，輜重塞塗，千里絡繹不絕。民夾道聚觀。尚讓歷諭之曰：「黃王起兵，本為百姓，非如李氏不愛汝曹，汝曹但安居無恐。」巢館於田令孜第，其徒為盜久，不勝富，見貧者，往往施與之。居數日，各出大掠，焚市肆，殺人滿街，朝不能禁。尤憎官吏，得者皆殺之。[73]

　　中和元年（881），懿宗命涇原節度使程宗楚為副督統，朔方節度使唐弘夫為行軍司馬，率軍進逼長安，得官僚、地主、市民之歡迎，但唐軍進入長安後，搶掠金帛婦女，與起義軍展開激烈巷戰，程宗楚、唐弘夫戰死，黃巢回到長安。《資治通鑑》中和元年記載：「怒民之助官軍，縱兵屠殺，流血成川，謂之洗城。」[74]

　　起義軍出生農民，施捨貧民而殺官吏，又燒殺掠奪，不得民心。而在蜀之流亡政府，以益州、揚州為經濟命脈，經過鳳翔鄭畋、河東鄭從讜、王鐸等朝臣之努力，蜀政權府庫充實，賞賜不缺，士卒欣悅，局勢稍為穩定，開始集結各地殘餘勢力，進行反撲。各地節度使亦趁機起兵，由於起義軍中首領之一朱溫叛變，僖宗中和二年（882），唐朝又勾結沙陀軍攻入長安，黃巢逃出長安。中和三年（883）二月，李克用打敗黃巢軍後，黃巢退出長安。中

---

[73] 同上註，卷253，頁8240。
[74] 同上註，卷254，頁8250。

和四年（884），又在陳州大敗起義軍，其部將投降朱溫。六月，黃巢與親故數十人，在山東萊蕪縣狼虎谷中戰敗，自殺身亡。唐僖宗於光啟元年（885）三月，返回長安，長安經歷戰亂之後，殘破不堪，荊棘滿城，狐兔縱橫，但唐王朝已臨滅亡之尾聲。

　　黃巢起義軍從乾符元年（874）十二月，至中和四年（884）六月，前後十年，縱橫大江南北，黃河兩岸，從中原到嶺南，轉戰全國各地，攻城掠地，燒殺擄掠，前後十年，起義軍失敗，唐王朝也分崩離析，終於覆亡。

　　在唐僖宗廣明年間，黃巢不斷殘殺官吏。依據《資治通鑑》廣明元年（881）記載：

> 　　（僖宗）廣明元年十二月，殺唐宗室在長安者，無遺類。……豆盧瑑、崔沆、及左僕射於琮、右僕射劉鄴、太子少師裴諗、御史中丞趙蒙、刑部侍郎李溥、京兆尹李湯，扈從不及，匿民間，巢搜捕皆殺之。……將作監鄭綦、庫部郎中鄭係義不從賊，舉家自殺。左金吾大將軍張直方雖臣於賊，多納亡命，匿公卿於複壁，巢殺之。[75]

　　僖宗光啟二年（887），朱玫擁立襄王熅，自為宰相，王行瑜誅朱玫，並殺其黨數百人。京師長安名門貴胄死者殆半。據《資治通鑑》光啟二年記載：

> 　　諸軍大亂，焚掠京城，士民無衣凍死者蔽地。裴澈、鄭昌圖帥百官二百餘人奉襄王奔河中，王重榮詐為迎奉，執熅，殺之。囚澈、昌圖，百官死者殆半。[76]

　　詩人皮日休（838～883）在懿宗咸通四年至七年（863～867）間，因黃

---

[75] 同上註，卷254，頁8241。

[76] 同上註，卷256，頁8341。

巢之亂，四處漫遊干謁，行經江西、江蘇、河南、陝西等地，為入仕作準備；有五年遁入襄陽鹿門山，閉門讀書，於咸通八年（867）登第。

皮日休好友陸龜蒙（生年不詳～881），生性高潔，有名士之風，早期已聲名卓著，咸通元年（860）嘗至饒州，刺史蔡京率官屬見之，龜蒙不樂，拂衣去。[77] 咸通六年（866），嘗至睦州，又至甌越，但卻執著於一第，咸通十年（869）秋，於蘇州取解，次年，徐州兵亂未平而罷。乾符六年（879）冬，猶在〈村夜二篇〉中，表露自己之政治情懷：

> 平生守仁義，所疾為狙詐。上誦周孔書，沈湎至酗藉。豈無致君術，堯舜不上下。豈無活國方，頗牧齊教化。[78]

咸通十年（869）秋，皮、陸二人在蘇州相逢，因志氣相投，彼此酬唱，創作詩歌，參與者有崔璐、顏萱、張賁、崔樸、鄭璧、司馬都、李蟠、魏樸、羊昭業等九人，至咸通十二年（871），始各奔前程。其後，皮日休到長安任太常博士。

在黃巢之亂時，皮日休原本反戰，在〈讀司馬法〉一文中云：「古之取天下也以民心，今之取天下也以民命。」[79] 是將六韜與唐虞、漢魏之取天下對比，認為兵法危害天下，兵法愈精，殺人愈多。

在〈正樂府十篇·卒妻怨〉詩中亦云：

> 河湟戍卒去，一半多不回。家有半菽食，身為一囊灰。……其夫死鋒刃，其室委塵埃。其命即用矣，其賞安在哉？[80]

---

[77] 計有功：《唐詩紀事》，（臺北：木鐸出版社，1982），卷 64，頁 963。

[78] 《全唐詩》，卷 619，頁 7129。

[79] 同上註，卷 799，頁 8382。

[80] 同上註，卷 608，頁 7018。

詩中以河湟戍卒之妻之角度，反映戰爭之殘酷，丈夫死於鋒刃，用命報效國家，朝廷卻不聞不問，毫無撫卹補償，令人鼻酸。

皮日休在咸通、乾符年間，距離安史之亂已一百二十年，藩鎮之亂後，邊疆外族侵擾不已，戰爭使均田制度瓦解，土地兼併橫行，農民流離逃亡，兩稅法實施後，農民逃亡數已達總人口之三分之二，農民逃亡之賦稅又加在未逃亡之農民身上，苛捐雜稅，使民生更為凋蔽，朝廷又實施鹽、酒、茶專賣，使大批民眾為販賣私鹽、私酒、私茶，而奔走於生死之途，民眾之怒火，蘊積待發。皮日休科舉不第，隱居山野，但仍關心國事之發展。如〈正樂府十篇·橡媼嘆〉詩，由老婦橡媼將種植之熟稻捐於官府，自己以橡食為食，反映貪吏剝削百姓，民不聊生之情形。

> 秋深橡子熟，散落榛蕪岡。傴傴黃髮媼，拾之踐晨霜。移時始盈掬，盡日方滿筐。幾曝復幾蒸，用作三冬糧。山前有熟稻，紫穗襲人香。細獲又精舂，粒粒如玉璫。持之納於官，私室無倉箱。如何一石餘，只作五斗量。狡吏不畏刑，貪官不避贓。農時作私債，農畢歸官倉。自冬及於春，橡實誑饑腸。吾聞田成子，詐仁猶自王。籲嗟逢橡媼，不覺淚沾裳。[81]

朝廷不管百姓是否荒災，恣意搜刮徵索，使百姓流離失所。陸龜蒙亦在〈送小雞山樵人序〉一文中，對樵人說明江南亦受賦稅之苦，再加上百役、水旱，百姓飢寒交迫，即使砍伐小雞山之木材去賣，亦無以為生：

> 元和中，嘗從吏部游京師，人言國家用兵，帑金窖粟不足用。當時江南之賦已重矣。迫今已六十年，賦數倍於前，不足之聲聞於天下，得非專地者之欺甚乎！吾有丈夫子五人，諸孫亦有丁壯者。自盜興以

---

[81] 同上註，頁 7018。

來，百役皆在，亡無所容。又水旱更害吾稼。未即死，不忍見兒孫寒餒之色。雖盡售小雞之木，不足以濡吾家，況一二實名為偷乎！[82]

又在〈五歌・刈麻〉詩中，反映災荒與官府之徵索無度，農民痛苦不堪之情形：

自春徂秋天弗雨，廉廉旱稻才遮畝，芒粒稀疏熟更輕，地與禾頭不相拄。我來愁築心如堵，更聽農夫夜深語。凶年是物即為災，百陣野鼠千穴鼠。平明抱杖入田中，十穗蕭條九穗空。[83]

又〈築城詞二首〉云：

城上一培土，手中千萬杵。築城畏不堅，堅城在何處。
莫嘆將軍逼，將軍要卻敵。城高功亦高，爾命何勞息。[84]

詩中藉築城，說明將軍只為立功卻敵，而不知體恤民命，表達對供徭役人民之同情。

在黃巢之亂期間，韋莊關心王室之安危，又屢試不第，曾輾轉於長安、洛陽、越中、江西、湖南、湖北等地，長達十年之久。其詩多懷古傷時，離情感傷之作。僖宗乾符六年（879），韋莊流離南越，作〈又聞湖南荊渚相次陷沒〉詩云：

幾時聞唱凱旋歌，處處屯兵未倒戈。天子只憑紅斾壯，將軍空持紫髯多。尸填漢水連京阜，血染湘雲接楚波。莫問流離南越事，戰餘

---

[82] 《全唐文》，卷621，頁7151。

[83] 《全唐詩》，卷621，頁7147。

[84] 同上註，頁7199。

空有舊山河。[85]

此詩寫黃巢軍十月自桂林沿湘江而下，歷衡州、永州，克潭州，乘勝進逼江陵，守將劉漢宏焚城而逃。

中和二年（882）至三年（883）三月，韋莊寓居洛北，其〈聞官軍繼至未睹凱歌〉一詩云：

嫖姚何日破重圍，秋草深來戰馬肥。已有孔明傳將略，更聞王導得神機。陣前擊鼓晴應響，城上烏鳶飽不飛。何事小臣偏注目，帝鄉遙羨白雲歸。[86]

此詩為李克用攻打長安前所作，詩中祈求朝廷早日平定亂事，使天下太平。

〈秦婦吟〉[87]一詩作於中和三年（883）三月，當時韋莊往京師應舉，居住京洛一帶，目睹黃巢入長安前後之事，作此長篇敘事詩。孫光憲《北夢瑣言·以歌詞自娛》云：「蜀相韋莊應舉時，遇黃寇犯闕，著〈秦婦吟〉一篇。」[88]

全詩長 238 句，1666 字，時跨三年，涉及地點有長安、三峰路、楊震關、新安東等，整首詩可分成兩大部份。前半部分 146 句，1022 字，寫黃巢義軍攻佔長安，後半部分 92 句，644 字，寫秦婦逃出長安、東奔洛陽，目睹一切所見所聞。[89]

---

[85] 同上註，卷 696，頁 8009。

[86] 同上註，頁 8011。

[87] 有關〈秦婦吟〉之校勘注釋，如：英人翟里斯(Lionel Giles)撰，張蔭麟譯《秦婦吟之考證與校釋》、郝立權《韋莊秦婦吟箋》、黃仲琴《秦婦吟補注》、周青雲《秦婦吟箋注》、陳寅恪《秦婦吟校箋》、馮友蘭《讀秦婦吟校箋》、徐嘉瑞《秦婦吟本事》、劉脩業《秦婦吟校勘續記》等。

[88] 丁如明等校點：《唐五代筆記小說大觀》，（上海：上海古籍出版社，2000。），孫光憲：《北夢瑣言》，頁 1856。

[89] 《敦煌詩集殘卷輯考》，法藏部分下，伯三三八一，韋莊〈秦婦吟〉，頁 440。此詩之考證，《中國文學史論文選集續編》，（臺北：臺灣學生書局，1985），有陳寅恪〈讀秦婦吟〉一文，論述詳實。

　　詩中首寫作者在洛陽遇見一逃難之秦婦，借秦婦之口，寫其在秦中遭受喪亂漂淪之事。秦婦對起義軍誅殺公卿，表示同情；也對官軍之腐敗與殘暴，深表憤慨。接著概敘黃巢軍攻入長安，長安市民驚慌逃生。戰火蹂躪下之長安，東鄰女被擄走，西鄰女不從被殺，南鄰女被殺及姊妹自殺，北鄰少婦逃上高樓，被大火燒死。

　　全詩用 146 句，約五分之三之篇幅，敘述秦婦被擄三載之見聞。在秦婦眼中，黃巢軍官之醜陋、高官之沐猴而冠。黃巢軍圍困下之長安陷入饑餓，黃巢以樹皮、人肉為食。詩中有一段，自「路旁試問金天神」至「何須責望東諸侯」，是諷刺不敢與起義軍交鋒之官軍，躲在深山盤剝百姓。還有一段，自「千間倉兮萬斯箱」至「夜宿霜中臥荻花」，藉一老翁之哭訴，描繪官軍搜刮百姓之暴行。

　　詩之後段，敘述秦婦逃離長安之見聞。長安城外一片荒涼，華山一帶人煙斷絕。唐玄宗御封之金天神，也喪失神通，入山避難。秦婦出潼關後，在洛陽附近新安遇到一老翁，老翁財產「黃巢過後猶殘半」，但後來之唐軍卻「罄室傾囊」，財亡人散，身藏蓬荻。寫汴路斷絕，唐軍自相殘殺。結尾寫聽說金陵「一境平如砥」，打算去江南尋求平安。全詩反映史實，以真實、深刻、全面地反映唐王朝崩潰之詩史。深具歷史與文學之價值。

　　其他詩如〈憫耕者〉：「如今暴骨多於土，猶點鄉兵作戍兵。」[90]〈睹軍回戈〉：「昨日屯軍還夜遁，滿車空載洛神歸。」[91] 都是譴責戰爭之不義，以及官軍擄掠婦女之暴行。尤其是作於大順元年（890）之〈和鄭拾遺秋日感事一百韻〉，對黃巢之亂作全面之回顧，對當時之政治、社會，感慨極為深沈。

　　羅隱（833～910）有不少作品反映戰亂之感觸，在僖宗廣明、中和年間（880～885），作〈江亭別裴饒〉一詩云：

---

[90] 《全唐詩》，卷 699，頁 8044。
[91] 同上註，卷 700，頁 8011。

行杯且待怨歌終，多病憐君事事同。衰鬢別來光景里，故鄉歸去亂離中。乾坤墊裂三分在，井邑摧殘一半空。日晚長亭問西使，不堪車馬尚萍蓬。[92]

此詩寫故鄉為戰亂摧殘，井邑有一半無人使用，只能唱著怨歌，控訴戰亂之痛苦。中和四年（884），羅隱又作〈送汝州李中丞十二韻〉詩云：

群盜方為梗，分符奏未寧。黃巾攻郡邑，白梃掠生靈。塵土周畿暗，瘡痍汝水腥。一凶雖剪滅，數縣尚凋零。理必資寬猛，謀須藉典刑。與能才物論，慎選忽天庭。官品尊台秩，山河擁福星。虎知應去境，牛在肯全形。舊政窮人瘼，新銜展武經。關防秋草白，城壁晚峰青。破膽期來復，迷魂想待醒。魯山行縣後，聊為奠惟馨。[93]

此長詩敘述黃巢之亂後，又有秦宗權之亂，生靈塗炭，王畿滿目瘡痍，幾處縣邑，一片凋零景象。《資治通鑑》僖宗中和四年（884）所敘述之慘象，比黃巢之亂更甚。

時黃巢雖平，秦宗權復熾，命將出兵，寇略鄰道。陳彥侵淮南，秦賢侵江南，秦誥陷襄、唐、鄧，……所至屠剪焚蕩，殆無孑遺，其殘暴又甚於巢。……極目千里，無復煙火。[94]

貫休或稱貫休法師（832～912），字德隱，俗姓姜氏，蘭溪人，是唐末至五代十國時期的和尚。出生於詩書官宦人家，七歲時便在和安寺出家。曾為吳越武肅王錢鏐所重。武宗會昌五年（845），十六歲，逢「會昌法難」，貫休

---

[92] 同上註，卷663，頁7599。

[93] 同上註，卷665，頁7613。

[94] 《資治通鑑》，卷256，頁8318。

道心堅定，不願罷佛，躲入深山，隱居修行。僖宗廣明元年（880）七月，遭亂，避居毗陵（今江蘇常州市），曾作〈經士馬中作〉詩云：

> 偷兒成大寇，處處起煙塵。黃葉滿空宅，青山見俗人。妖星芒刺越，鬼哭勢連秦。惆悵還惆悵，茫茫江海邊。[95]

詩中將黃巢軍視為偷兒，指其思欲竊國，掀起戰亂，使江山滿目瘡痍，甚感悵恨。又在其〈士馬後見赤松舒道士〉一詩云：

> 滿眼盡瘡痍，相逢相對悲。亂階猶未已，一柱若為支。堰茗蒸紅棗，看花似好時。不知今日後，吾道竟何之。[96]

詩題中之赤松舒道士為其好友，看到如此殘破之景象，不知佛、道將何去何從？

杜荀鶴（866～904），字彥之，池州（今安徽池州市）人，有詩名，自號九華山人。僖宗乾符四年（877）八月，離家赴京覓仕，臨行賦詩其弟，至安陸，遇兵亂，抵達滎陽，復作〈將入關安陸遇兵寇〉詩寄弟：

> 家貧無計早離家，離得家來蹇滯多。已是數程行雨雪，更堪中路阻兵戈，幾州戶口看成血，一旦天心卻許和。四面煙塵少無處，不知吾土是如何。[97]

《資治通鑑》記載僖宗乾符四年（877）八月：「王仙芝陷安州」[98]，安

---

[95] 《全唐詩》，卷833，頁9394。
[96] 同上註，卷831，頁9394。
[97] 同上註，卷692，頁7954。
[98] 《資治通鑑》，卷253，頁8192。

陸（今湖北安陸市）即安州。此詩當指此事。詩中敘述兵戈依舊，煙塵四起，家門前都可以看到血跡，可知傷亡之慘烈。乾符五年（878）七月，杜荀鶴東歸故園，作〈下第東歸將及故園有作〉，其詩云：

> 平生操立有天知，何事謀身與志違。上國獻詩還不遇，故園經亂又空歸。山城欲暮人煙斂，江月初寒釣艇歸。且把風寒作閒事，懶能和淚拜庭闈。[99]

當時池州經歷戰亂，杜荀鶴大志未伸，卻下第而歸，心情低落，不禁和淚拜庭闈。在戰亂之中，無數民眾流離失所，生死難期。杜荀鶴作〈贈李鐔〉詩云：

> 只殘三口兵戈後，才到孤村雨雪時。著臥衣裳難辦洗，旋求糧食莫供飲。[100]

詩中敘述戰亂使家人剩下三口，在冬天下雪時，衣裳無人洗，糧食無人供，苦不堪言。杜荀鶴對自己之流離，也感傷不已。又〈寄顧雲〉詩云：

> 亂離身不定，彼此信難通。侯國兵雖斂，吾鄉業已空。[101]

詩中敘述亂離之時代，朋友音信難通，現在兵災雖停，但是家鄉已空曠荒蕪。又〈亂後書事寄同志〉詩云：

> 九土如今盡用兵，短戈長戟困書生。思量在世頭堪白，畫度歸山

---

[99] 《全唐詩》，卷692，頁7969。

[100] 同上註，卷692，頁7950。

[101] 同上註，卷691，頁7936。

計未成。皇澤正沾新將士，侯門不是舊公卿。到頭詩捲鬚藏卻，各向漁樵混姓名。[102]

詩中敘述自己一介書生，想要歸山隱居不成，朝廷又新換一批將士與公卿，自己還是混跡漁樵之中吧！

僖宗中和元年（881），居池州山中，目睹官吏剝削百姓，田園荒蕪，民生凋蔽之景象，就為苦難之百姓，表達不平之鳴。其作〈再經胡城縣〉：

去歲曾經此縣城，縣民無口不冤聲。今來縣宰家朱紱，便是生靈血染成。[103]

詩中敘述地方官只為各人之榮華富貴著想，不顧民眾之死活，其官印之朱紱，是用百姓之鮮血染成的。又〈山中寡婦〉詩云：

夫因兵死守蓬茅，麻苧衣衫鬢髮焦。桑柘廢來猶納稅，田園荒後尚徵苗。時挑野菜和根煮，旋斫生柴帶葉燒。任是深山更深處，也應無計避征徭。[104]

此詩丈夫戰死後，住在茅屋之中，穿麻苧之衣衫，鬢髮焦黃，桑柘都已荒廢，仍要徵苗納稅，只能煮野菜充飢之慘象。又〈亂後逢村叟〉詩云：

經亂衰翁居破村，村中何事不傷魂。因供寨木無桑柘，為點鄉兵絕子孫。還似平寧徵賦稅，未嘗州縣略安存。至今雞犬皆星散，日落

---

[102] 同上註，卷692，頁7961。
[103] 同上註，卷693，頁7977。
[104] 同上註，卷692，頁7958。

前山獨倚門。[105]

　　詩中敘述戰亂之後，一位孤苦無依之老人不幸之遭遇。桑柘被砍光了，子孫死於兵災，而官府之賦稅，仍如平時一般徵收。就如〈題所居村舍〉詩中所云：「家隨兵盡屋空存，稅額寧容減一分。」[106] 尾聯寫人離散之外，連雞犬都無人飼養，四處星散，只有老人，獨倚空門，寫出戰亂帶給人民之無窮苦難。

　　中和二年（882）十二月，杜荀鶴游至宣州，遇兵亂而作〈旅泊遇郡中叛亂示同志〉詩云：

　　　　握手相看誰敢言，軍家刀劍在腰邊。徧收寶貨無藏處，亂殺平人不怕天。古寺拆為修寨木，荒墳開作甃城磚。郡侯逐出渾閒事，正是鑾輿幸蜀年。[107]

　　詩中敘述廣明之亂後，各處地方勢力崛起，爭奪勢力，戰亂中，盜寇本已橫行鄉里，就連官軍都如同強盜，持刀劍搜收寶貨，又拆古寺，開荒墳，無惡不作。

　　昭宗大順二年（891），杜荀鶴以第一人擢第，復還歸山。朱全忠厚遇之，表受翰林學士、主客員外郎、知制誥。其詩繼承杜甫、白居易等人，可謂關心民生疾苦之社會詩人。

---

[105] 同上註，卷 692，頁 7958。
[106] 同上註，卷 692，頁 7966。
[107] 同上註，卷 692，頁 7950。

四、晚唐政治腐化下朝臣文士生命之悲鳴

(一) 晚唐政治腐化下朝臣命運之悲慘

　　唐朝從宣宗大中朝，由於軍亂、民怨四起，終在大中十三年（859）十二月，爆發浙東裘甫領導之農民起義。懿宗咸通元年（860）夏，裘甫被圍困於剡縣城內，寡不敵眾，起義失敗。咸通九年（868），龐勛領導徐泗地區之戍兵在桂林起義。這些相繼發生之民亂，使國家更為衰蔽。

　　咸通十四年（873），懿宗去世，太子李儇即位，是為僖宗，改名儇。僖宗終日打獵游嬉，朝政日非。黃河中游天災嚴重，廣大農民賣妻鬻子，無以為生。農民反抗遍於各地，翰林學士盧攜（？～880）在僖宗乾符元年（874）上〈乞蠲租賑給疏〉云：

> 臣竊見關東去年旱災，自虢至海，麥才半收，秋稼幾無，冬菜至少，貧者磑蓬實為麵，蓄槐葉為齏。或更衰羸，亦難收拾。常年不稔，則散之鄉境。今所在皆飢，無所依投，坐守鄉間，待盡溝壑。其蠲免餘稅，實無可徵。[108]

　　此篇上書，僖宗批示「敕從其言」，然有司竟不能行，徒為空文而已。同年十二月，王仙芝聚眾三千餘人，自稱「天補平均大將軍兼海內諸豪都統」起義。《資治通鑑》乾符元年（874）中有詳細之記載：

> 自懿宗以來，奢侈日甚，用兵不息，賦斂愈急。關東連年水旱，

州縣不以實聞，上下相蒙，百姓流殍，無所控訴。相聚為盜，所在蜂
起。州縣兵少，加以承平日久，人不習戰，每與盜遇，官兵多敗。是
歲，濮州人王仙芝，始聚眾數千，起於長垣。[109]

唐懿宗咸通、乾符（859～880）之際，朝廷上下苟安，文恬武嬉，乾符
元年（874）冬，王仙芝聚眾數千，在長垣（今河南長垣縣）起義。次年，發
展至數萬人。黃巢亦在冤句聚眾數千響應。數月之間，發展至幾萬人，與王
仙芝起義軍會合，聲勢浩大。《資治通鑑》乾符二年（875）記載：

巢善其設，喜任俠，初涉書傳，屢舉進士不第，遂為盜，與仙芝攻
剽州縣，橫行山東，民之困於重殖者爭歸之，數月之間，眾至數萬。[110]

晚唐政治腐化，官吏、文士眼見宦官、朋黨、藩鎮為禍，都有引退遠禍
之心，只剩一些無品之文人，尚在投謁謀祿。或者就如皮日休、陸龜蒙以酬
唱度日；趙光逢、孫棨狎妓戲謔，歡樂度日。

詩人羅隱（833～910）在昭宗乾寧四年（897）作〈感弄猴人賜朱紱〉詩
云：

十二三年就試期，五湖煙月奈相違。何如買取胡孫弄，一笑君王
便著緋。[111]

羅隱對昭宗不將朝政治理，卻有閒情觀賞弄猴之事，深有所感。《全唐詩》
題解引宋・華仲詢《幕府燕閑錄》云：「唐昭宗播遷，隨駕伎藝人止有弄猴者，
猴頗馴服，能隨班起舞。昭宗賜以緋袍，號孫供奉，故羅隱有詩云云。」

---

[109] 《資治通鑑》，卷252，頁8174。
[110] 同上註，頁8180。
[111] 《全唐詩》，卷665，頁7623。

　　哀帝天佑二年（905），朱全忠控制唐王朝，積極謀劃篡唐，先翦除皇帝之心腹，再殺昭宗。「白馬之禍」是在柳璨、李振等策劃下，展開酷殺朝臣之事件。天佑三年（906），裴樞以張廷範非清流，不可任太常卿，引起朱全忠不滿。《新五代史‧唐六臣傳》云：

　　　　梁王（朱全忠）欲以嬖吏張廷範為太常卿，唐宰相裴樞以謂太常卿唐常以清流為之，廷範乃梁客將，不可。梁王由此大怒，曰：「吾常語裴樞純厚，不陷浮薄，今亦為此邪！」

　　當時，樞密使蔣玄暉，太常卿張廷範亦有謀害裴樞之心。故又云：

　　　　時宰相柳璨性陰狡貪權，惡樞等在己之上，與全忠腹心樞密使蔣玄暉，太常卿張廷範密友交結，而害樞等。[112]

《舊唐書‧柳璨傳》亦云：

　　　　同列裴樞、獨孤損、崔遠、皆宿儒明德，遽與璨同列，意微輕之，璨深蓄怨。[113]

　　柳璨因受裴樞等人之輕視排擠，怨隙日深。其後，柳璨投靠朱全忠，以「星變」向朱全忠進言，欲殺害朝臣。《資治通鑑》天佑二年，對此事敘述甚詳：

　　　　柳璨恃朱全忠之勢，恣為威福。會有星變，占者曰：「君臣俱滅，

宜誅殺以應之。」燦因疏其素所不快者於全忠曰：「此曹皆聚徒橫議，
怨望腹非，宜以之塞災異。」李振亦言於朱全忠曰：「朝廷所以不理，
良由衣冠浮薄之徒，紊亂綱紀；且王欲圖大事，此曹皆朝廷之難制者
也，不若盡去之。」全忠以為然。[114]

　　由於柳燦、李振之進言，朱全忠皆表示同意，於是在白馬驛（今河南滑
縣縣城內）展開殺害柳燦所謂「素所不快」之朝臣，以及李振所謂「朝廷之
難制者」，賜其自盡，或殺害後投屍於黃河。

　　　（天佑二年）六月，戊子朔，敕裴樞、獨孤損、崔遠、陸扆、王
　　溥、趙崇等并所在賜自盡。時全忠聚樞等及朝士貶官者三十餘人於白
　　馬驛，一夕盡殺之，投屍於河。初，李振屢舉進士，竟不中第，故深
　　疾縉紳之士，言於全忠曰：「此輩常自謂清流，宜投之黃河，使為濁流。」
　　全忠笑而從之。[115]

　　其後，朱全忠之手下內訌，導致蔣玄暉、張廷範、柳燦之死。《舊唐書‧
柳燦傳》有敘述白馬之禍後之情形：

　　　班行為之一空，冤聲載路，傷害既甚，朱全忠心惡之。會全忠授
　　九錫，蔣玄暉等別陳意見。王殷至大梁，誣玄暉等通導宮掖，欲興復
　　李氏。全忠怒，捕廷範，令河南聚眾，五車分裂之，兼誅燦。臨刑呼
　　曰：「負國賊柳燦，死其宜矣。」[116]

　　朱全忠所以要誅殺張廷範、柳燦等人，應是平息民怨之行為。

---

[114] 《資治通鑑》，卷265，頁8642。

[115] 同上註，頁8643。

[116] 《舊唐書》，卷179，頁4669。

有關「白馬之禍」之評論，通言是士族與寒門，清流與濁流，門閥與庶族間之矛盾與嫉恨。寒門或非朝廷舊族，會被排擠。而柳璨與李振，皆科舉未第，對朝廷心懷怨恨，故投身朱全忠，以獲取權位。待獲得朱全忠之首肯，就藉助星變之說，以殲滅舊族，宣洩長久以來蓄積之怨恨。北宋，范祖禹《唐鑑》論述白馬之禍，偏重於裴樞反對張廷範擔任太常卿一事，其言云：

> 臣祖禹曰：「白馬之禍」，至今悲之。歐陽修有言曰：「太常卿與社稷孰為重？使樞等不死，尚惜一卿，其肯以國與人乎？雖樞等之力不能存唐，必不亡唐而獨存也。」臣以為不然，昭宗反自鳳翔，而全忠篡奪之勢已成，人無智愚皆知之矣。樞乃其黨，被其薦引以為宰相，不恤國之將亡，方且宴安於寵祿。全忠以劫遷洛陽[117]，昭宗未及下樓，樞受賊旨，已率百官出長安東門，昭宗卒以殺殞，而唐遂亡。[118]

其實，張廷範能否擔任太常卿，乃清流與濁流之爭，與朱全忠志在大唐江山相較，則張廷範任太常卿之事，非關唐室之危亡也。

(二) 晚唐文士悲詠國家危亂之痛苦

晚唐是唐王朝名存實亡之狀態，藩鎮林立，為求生存發展，都以求才為第一要務。不少士人為避亂，逃奔各地方政權。藩鎮都出生武夫，恃權任氣，擁兵一方，割據稱雄，往往非禮文人，甚至侵陵戕害，文士稍有不慎，難免遭遇不測。至於文人前往之處，首選南方，據宋・王讜《唐語林》云：「有黃生者，擢進士第。……晚唐時任禮部郎中，唐亡以後，不仕，避亂於南方。」[119]

天佑元年（904）八月，昭宗被弒。韓偓（844～923）寫多首悲傷昭宗被弒，唐室淪亡之詩。其〈避地〉詩中云：「偷生亦似符天意，未死深疑負國恩。」

---

[117] 指天佑元年（904）正月，朱全忠劫昭宗遷都洛陽，八月，昭宗被弒。次年六月，發生白馬驛事件。
[118] 《唐鑑》，卷24，頁633。
[119] 宋・王讜：《唐語林》，（景印文淵閣四庫全書，冊1038），附錄載李綽〈尚書故實〉。

[120] 意謂唐室淪亡，不能殺身以報答朝廷，未死偷生，又懷疑自己有負國恩，內心感到矛盾。又作〈息兵〉詩中云：「正當困辱殊輕死，已過艱危卻戀生。」[121] 說明自己有殉節之忠誠，但又有熱愛自己之生命，有生死兩難抉擇之感。

天佑二年（906）七月，韓偓至蕭灘鎮，臥病。九月，朝廷召為學士，不赴，作〈乙丑歲九月在蕭灘鎮駐泊兩月忽得商馬楊迢員外賀余復除戎曹依舊承旨還緘後因書四十字〉云：

> 旅寓在江郊，秋風正寂寥。紫泥虛寵獎，白髮已漁樵。事往淒涼在，時危志氣銷。若為將朽質，猶擬杖於朝。[122]

詩中說明在秋風寂寥之日，旅居江西蕭灘鎮。忽聞朝廷寵獎於我，召我復官。奈何我已滿頭白髮，已經想漁樵終老。往事已成過去，但心中倍感淒涼。如今時局艱危，志氣也消磨殆盡。像我這般老朽之體質，難道還想持杖上朝嗎？韓偓心中感慨萬千。又作〈病中初聞復官二首〉詩云：

> 抽毫連夜侍明光，執靮三年從省方。燒玉謾勞曾歷試，鑠金寧為欠周防。也知恩澤招讒口，還痛神祇誤直腸。聞道復官翻涕泗，屬車何在水茫茫。
> 又掛朝衣一自驚，始知天意重推誠。青雲有路通還去，白髮無私健亦生。曾避暖池將浴鳳，卻同寒谷乍遷鶯。宦途巇嶮終難測，穩泊漁舟隱姓名。[123]

韓偓知道宦途巇嶮，連位高權重之裴樞，都難免被害，自己若直腸一些，

---

[120] 《全唐詩》，卷 680，頁 7794。

[121] 同上註，頁 7794。

[122] 同上註，頁 7795。

[123] 同上註，頁 7793。

會招來許多讒言。還是高掛朝衣，隱姓埋名，泊於漁舟，是最好之方法。

　　羅隱則作〈黃河〉一詩，書寫天佑二年（905 年），朱溫殺死三十餘位朝官之白馬驛之禍：

> 莫把阿膠向此傾，此中天意固難明。解通銀漢應須曲，才出昆侖便不清。高祖誓功衣帶小，仙人占斗客槎輕。三千年後知誰在？何必勞君報太平！[124]

　　詩中敘述用阿膠[125] 這一味藥，不要往黃河倒，再倒黃河也是濁的；如果瞭解黃河渾濁彎曲，卻能通天；水流渾濁，還能掀起滔天濁浪。一如某些權臣殘害他人，卻受天子信任；所以漢高祖與功臣剖符作誓，以黃河、泰山證明國祚綿長；但是乘海槎可通天河，卻有客星犯牽牛宿；都是說明天意難明，人心難測啊！若是不滿渾濁之社會，三千年後，誰還在世上，權奸再跋扈，也只是有限之生命，到時也不必勞駕黃河千年一清了。

　　天佑三年（906）春，鄭谷居宜春（今江西宜春）仰山，作〈黯然〉詩云：

> 縉紳奔避復淪亡，消息春來到水鄉，屈指故人能幾許，月明花好更悲涼。[126]

　　詩中敘述「白馬驛之禍」之消息，春天傳到宜春。聽說朝臣遭到殺害，故人都零落淪亡，還剩幾人。在月明花好之日，更覺悲涼。

　　由上論述，可知晚唐之衰亡，非僅一端。除宦官、藩鎮、朋黨為禍外，

---

[124] 同上註，卷 655，頁 7532。
[125] 宋・沈括：《夢溪筆談》，（《景印文淵閣四庫全書》，冊 862），辯證一：「古說既水伏流地中，今歷下凡發地皆是流水，世傳濟水經過其下，東阿亦濟水所經，取井水煮膠，謂之阿膠。用攪濁水則清，人服之，下膈，疏瘀，止吐。皆取井水趨下輕而重，故以治淤濁及逆上之疾。」
[126] 《全唐詩》，卷 677，頁 7763。

黃巢騷擾各地，使民不聊生；君王又昏聵無能，縱情聲色，朝政旁落后妃、宦官、外戚、藩鎮之手。文人目睹離亂之時代，不能力挽狂瀾，只能以詩文表達，成為歷史見證之一部分。在國家日益衰敗之時，文士只有明哲保身，或潛隱山林，如中唐白居易就從道德世界轉為感情世界；從建立政治事功，轉為追求個人生活之自適，以減少政治挫折帶來之痛苦。這也是晚唐隱逸之風興盛之主因。

第五章　從唐代官吏生涯探討其生命思想

　　官吏為國家之統治階層，幫助君主治理國家，歷代不乏偉大之政治家，從伊尹輔佐商湯、周公旦輔佐成王、管仲輔佐齊桓公，至唐太宗之諫臣魏徵、唐玄宗時之賢向姚崇、宋璟等，都使國家強盛起來。但君主如何識人，提拔人才，使聖君賢臣，相得益彰，是其中重要之關鍵。西漢董仲舒主張任賢使能、量能授官；東漢王福更提出修身慎行、敦方正直、清廉潔白、恬淡無為，作為規範人才之方法。但在制度上重德輕才，仍有缺失。考試制度則是較為可行之法。西漢文帝前元十五年（165BC），舉行賢良方正科考試，應是以考試取士之開端。東漢順帝時，左雄上言考試生年齡要在四十歲以上，分儒生和文吏兩科取士，諸生通章句，文吏能箋奏，乃得應試。曹操時，陳群主張立九品中正制，以論人才之優劣。劉劭《人物志》又將人才加以品鑑。殆隋煬帝大業元年（605），以進士科科選士，方確立中國之選舉制度。

一、唐代文人在科舉過程之生命哀樂

(一) 唐代科舉制度，對文人生命之衝擊

　　唐高祖李淵統治天下，希望藉科舉，將「天下英雄。入吾彀中。」[1]在朝廷來說，選舉是選拔治國長才，忠心輔國。對考生來說，仕宦是平步青雲

---

[1] 姜漢椿注譯，宋・王定保：《唐摭言》，（臺北：三民書局，2005），卷15，〈雜記〉，頁293。

之階梯，既能光宗耀祖，又可實現理想。事實卻並非如此。

　　唐代之科舉，對士人之衝擊極為巨大，科舉可以改變舉子一生之命運，登第和落第又產生悲喜兩樣之心情，登第者就如蛟龍得水，鴻鵠高飛，對未來有無限之憧憬；落第者如虎落平陽、燕雀折翅，變得意志消沈。考上進士，進入仕途後，或平步青雲，位極人臣；或橫遭貶謫，崎嶇嶺表。做官以後，或為官清正，守道不阿；或結黨營私，保全祿位；或無道則隱，笑傲林泉，各有不同之境遇。故孟郊〈感別送從叔校書簡再登科東歸〉詩云：「**長安車馬道，高槐結浮陰。下有名利人，一人千萬心。**」[2] 即言每位追求功名之文人，有千萬種不同之想法。

　　在唐代政治、社會動盪激烈之環境下，文士之感受不僅強烈，而且深刻。武周革命時，大殺異己，文人受到重創；安史之亂、黃巢之亂時，文士流離失所，門閥亦在戰亂中摧毀；科舉及第者，逐漸從鄉村往城市遷徙；科舉之荐舉制度，使延譽、行卷、投刺之風盛行；由於地方士族在大環境下逐漸失去優勢，中央清望官將家族往京城遷徙，以鞏固其優勢地位，科舉都是其中重要之因素。受科舉與政治變遷之影響，文風亦隨之改變。初唐承平時代，上官儀等綺錯婉媚之風盛行，盛唐李白、杜甫、王維等之詩文具有大唐氣象，中晚唐經歷安史、黃巢之亂、以及藩鎮、宦官、朋黨肆虐後，國勢漸衰，再加上科舉制度之弊病叢生，詩文亦轉為低靡消沈，幽冷淒苦。

1. 唐代銓選制度耗盡士人半生之心力

　　唐代士人從參加科舉到做官，是一條艱辛而漫長之道路，其中分兩階段，先是「舉制」，必須參加縣試、州府試、省試，獲得舉拔，然後由選司負責銓選，經過關試、春關、守選、考課、旨授等過程，到將來升遷時，再依品秩冊受、敕受。

　　此一漫長而艱苦之歷程，士子先在鄉縣、州府之學校誦習，經歷長年之讀書生涯，誦讀之典籍，據《新唐書・選舉志上》敘述，有規定誦習之經籍

---

[2] 郝世峰：《孟郊詩集箋注》，（石家莊：河北教育出版社，2002），卷7，頁366。

及時間：

> 凡《禮記》、《春秋左氏傳》為大經，《詩》、《周禮》、《儀禮》為中
> 經，《易》、《尚書》、《春秋公羊傳》、《穀梁傳》為小經。通二經者，大
> 經、小經各一，若中經二。通三經者，大經、中經、小經各一。通五
> 經者，大經皆通，餘經各一，《孝經》、《論語》皆兼通之。凡治《孝經》、
> 《論語》共限一歲，《尚書》、《公羊傳》、《穀梁傳》各一歲半，《易》、
> 《詩》、《周禮》、《儀禮》各二歲，《禮記》、《左氏傳》各三歲。學書，
> 日紙一幅，間習時務策，讀《國語》、《說文》、《字林》、《三蒼》、《爾
> 雅》。凡書學，石經三體限三歲，《說文》二歲，《字林》一歲。凡算學，
> 《孫子》、《五曹》共限一歲，《九章》、《海島》共三歲，《張丘建》、《夏
> 侯陽》各一歲，《周髀》、《五經算》共一歲，《綴術》四歲，《緝古》三
> 歲，《記遺》、《三等數》皆兼習之。[3]

上列書籍，要全數修習完畢，必須三十九年半，其中雖有重複之經典計
算在內，但當時考生為科舉所耗費之精力時間，可以皓首窮經喻之。故學子
可以依自己之需要誦習。《新唐書‧選舉志上》記載：

> 凡弘文、崇文生試一大經、一小經，或二中經，或《史記》、《前
> 後漢書》、《三國志》各一，或時務策五道。經史皆試策十道。經通六，
> 史及時務策通三，皆帖《孝經》、《論語》共十條通六，為第。[4]

據王壽南《隋唐史》記載，對唐代科舉科目及登科人數統計表顯示，唐
代科舉以明經與進士二科考生最多。學子欲登科，需數年至數十年之光陰，

---

[3] 《新唐書》，卷44，頁1160。
[4] 同上註，頁1162。

人生大半歲月就在書中度過，如晚唐黃滔（840～911）自宣宗大中十三年（859）在福建蒲山東峰苦讀十年，懿宗咸通十二年（871），開始鄉貢隨計，在科第上屢次受挫，直到僖宗乾寧二年（895）登甲科，已經過二十四年。

2. 士子及第時之風光與榮耀

金榜題名是文士寒窗苦讀，和經歷無數艱辛而得來的光榮，可以參加曲江宴，在杏園探花，到慈恩寺塔下題名。首先，在放榜唱名之後，新及第舉子要在曲江邊亭子里舉行聞喜宴，即聞金榜題名而喜也。故宋·王栐《燕翼貽謀錄》記載：「自是士之潦倒不第者，皆覬覦一官老死不止。」[5]

聞喜宴時，除舉子外，還有座主、教坊歌妓、百官達人，有時皇帝也會親臨，而商販貨奇，公卿擇婿，車馬填塞，極為熱鬧。《唐摭言·散序·慈恩寺題名遊賞賦咏雜記》云：

> 遍曲江大會，則先牒教坊請奏，上御紫雲樓，垂簾觀焉。時或擬作樂，則為之移日。……曲江之宴，行市羅列，長安幾於半空。公卿家率以其日揀選東床，車馬填塞，莫可殫數。[6]

曲江宴後，開始泛舟曲江，並在杏園探花，到慈恩寺塔下題名。杏園在通善坊，曲江之西南，與慈恩寺南北相望，為新進士宴遊之所。時值花季，派兩名俊秀之新及第進士，採摘牡丹、芍藥等花，稱為兩街探花使。宋·趙彥衛《雲麓漫鈔》引《秦中歲時記》云：

> 杏園初會，謂之探花宴。便差定先輩二人少俊者，為兩街探花使。若他人折得花卉先開牡丹、芍藥來者，即各有罰。[7]

---

[5] 宋·王栐：《燕翼貽謀錄》，（《景印文淵閣四庫全書》，冊 407），卷 1，頁 715。

[6] 《唐摭言》，卷 3，頁 70。

[7] 宋·趙彥衛：《雲麓漫鈔》，（《景印文淵閣四庫全書》，冊 864），卷 7 引《秦中歲時記》，頁 336。

慈恩寺塔下題名，起源于中宗時代，慈恩寺在晉昌坊，寺中每年牡丹盛開，芬芳馥郁。王定保《唐摭言·慈恩寺提名遊賞賦咏雜記》云：「進士題名，自神龍以後，過關宴後，率皆期集於慈恩寺塔下題名。」[8]

晚唐詩人鄭谷（849～911）在〈賀進士駱用錫登第〉詩云：

> 苦辛垂二紀，擢第卻沾裳。春榜到春晚，一家榮一鄉。題名登塔喜，釀宴為花忙。好是東歸日，高槐蕊半黃。[9]

詩中慨嘆自己為求取科名，辛苦近二十四年光陰。擢第之時，不禁卻淚下沾裳。接寫慈恩寺塔下題名，及杏園探花宴之事。可見擢第者心中，悲喜摻雜，難以言喻。

3. 文士入仕後，受權臣、宦官、藩鎮之影響，以致宦海浮沈

唐代科舉制度下，士人以科舉為入仕之門徑，不論門閥或寒族，若能把持科第，即能在朝廷作各種權力之佈局，作為維持朝廷勢力之屏障，故中晚唐以後，門閥、宦官、藩鎮三種勢力，就將科場演變成為權力鬥爭之場所。

如宣宗大中年間（847～860），中第者皆衣冠子弟，宋·王讜《唐語林校正》記載：「大中、咸通之後，每歲試禮部者千餘人。」[10] 但受政風衰敗及黨爭之影響，及第者皆為權勢者把持，導致寒門及與權勢者無關之人，要及第比登天還難。

懿宗咸通（860～873）、乾符（874～879）年間，情況更為嚴重。黃滔〈司直陳公墓志〉中云：「咸通、乾符之歲，龍門有萬仞之險，鷔鷇無孤飛之羽。」[11]《冊府元龜·貢舉部》亦記載宣宗大中十四年（860）之科舉：

---

8 《唐摭言》，卷3，頁81。
9 《全唐詩》，卷674，頁7716。
10 《唐語林》，卷2，頁44。
11 《全唐文》，卷826，頁8704。

時舉子尤盛，進士過千人。然中第者皆衣冠子弟，……唯陳河一人，孤貧負藝，第於榜末。[12]

文士及第之後，也未必能宦途順遂，青雲直上。統計懿宗咸通元年（860）至哀帝天佑四年（907），四十七年間，及第之詩人有五十四人，其中官至五品以上者，僅司空圖、李昌符、高蟾、錢珝、秦韜玉、鄭穀、韓偓等八人而已。推其原因有三：

(1) 受權臣牽制

許多文士到處干謁，或趨炎附勢，以達到登第之目的。如裴筠藉聯姻蕭楚公而擢進士。未第者，怨謗沸騰，或言主司不公，或云試官受賄，科舉風氣已極為敗壞。《唐摭言‧誤掇惡名》記載：

裴筠婚蕭楚公女，言定未幾，便擢進士。羅隱以一絕刺之。略曰：「細看月輪還有意，信知青蛙近嫦娥。」[13]

詩人張祜（約785～約849），在科第未嘗一第，請令狐楚推薦，令狐楚與元稹有矛盾，就受到元稹排擠。穆宗長慶三年（823），白居易守杭州，薦徐凝而屈張祜，張祜遂「終生偃仰，不隨鄉試矣。」文宗大和六年（836）左右，張祜寫詩給任蘇州刺使之劉禹錫云：

一聞周召佐明時，西望都門強策羸。天子好文才自薄，諸侯力薦命猶奇。賀知章口徒勞說，孟浩然身更不疑。唯是勝遊行未遍，欲離京國尚遲遲。[14]

---

[12] 宋‧王欽若等：《冊府元龜》，（《景印文淵閣四庫全書》，冊913），卷651，頁583。

[13] 《唐摭言》，卷9，頁279。

[14] 《全唐詩》，卷511，頁5829。

　　詩中說明自己才薄未能登第，雖請方面大員推薦，亦徒勞無功。有權勢者把持科舉之門，寒士無人引見。即使引見，若非同黨者，都求仕無門。只好學孟浩然，不第則回鹿門山。只因京城之勝遊未遍，故遲遲尚未離開。全詩委婉訴說，滿懷無奈與不平。

　　鄭畋（825～883）武宗會昌二年（842）登進士第，因牛李黨爭牽連，其父鄭業在宣宗大中（847～860）朝貶桂州，鄭畋隨侍前往。懿宗咸通五年（864）方始登朝，任刑部員外郎。

(2) 宦官掌握科舉延英之事

　　中晚唐，宦官掌握得典領禁軍之權後，逐步掌握樞密使一職，把持中樞機要，參與中樞決策，可以直接參與延英會議。昭宗天復元年（901），敕曰：

> 　　近年宰臣延英奏事，樞密使侍側，爭論紛然。既出，又稱上旨未允，復有改易，撓權亂政。[15]

　　可見宦官掌權後，與朝臣為科舉延英之事，多所爭論。僖宗年間，宦官干預科場，有些文士，依附宦官勢力，求取富貴，造成科場更加腐敗與黑暗。如「芳林十哲」秦韜玉等十人，交通宦者。王定保《唐摭言‧芳林十哲》中記載：

> 　　咸通中，自雲翔輩，凡十人，今所記者有八，皆交通中貴，號芳林十哲。芳林，門名，由此入內故也。[16]

　　此八人為沈雲祥、林絢、鄭玘、劉曄、唐珣、吳商叟、秦韜玉、郭薰。所遺二人，或為羅虯、李岩士或蔡鋌。

---

[15] 《資治通鑑》，卷262，頁8545。

[16] 《唐摭言》，卷9，頁298。

芳林十哲中，秦韜玉當時即有文名，其名句：「苦恨年年壓金線，為他人做嫁衣裳。」[17] 膾炙人口，但出入於宦官田令孜之門，夤緣求進，曾任神策軍判官，僖宗中和二年（882）特賜進士及第。王讜《唐語林・補遺》記載：

> 秦韜玉應進士舉，出於單素，屢為有司所斥。京兆尹楊損奏復等列。時在選中。明日將出榜，其夕忽扣試院門，大聲曰：「大尹有帖！」試官沈光發之，曰：「聞解榜內有人曾與路巖作文書者，仰落下。」光以韜玉為問損，判曰：「正是此。」[18]

文中敘述京兆尹楊損本推薦秦韜玉，因聽聞秦韜玉曾為路巖作文書，故判秦韜玉不第。又有劉曄、李巖士等人，依恃宦官勢力，求華州解元。事見王讜《唐語林・企羨》記載：

> 開成（836～840）、會昌（841～846）中，……又芳林十哲，言其與宦官交遊，若劉煜、任江泊、李巖士、蔡鋌、秦韜玉之徒，鋌與巖士各將兩軍書題，求華州解元，時謂對軍解頭。[19]

(3) 依附藩鎮勢力得第

唐朝自宣宗以後，民亂加劇，終於爆發黃巢之亂，打破地方勢力均衡之局面，進入武力爭奪之時代。如李茂貞、朱溫、韓建之流，皆其中著名者。至於朝廷內部，也展開權力爭奪，甚至連宰相孔緯、張浚、崔胤等人，亦勾結擁有武力之藩鎮為靠山，以鞏固中央之權位。藩鎮之間，如李克用、朱全忠，亦因牽涉張浚相位之任免，結下仇怨。唐末，朱全忠曾殺過五位宰相。如張浚因反對其篡位而被殺，崔胤則恐朱全忠篡位，圖謀抗擊而被殺。當時

---

[17]《全唐詩》，卷670，頁7657。
[18]《唐語林》，卷7，頁184。
[19] 同上註，卷4，頁100。

之士人，如杜荀鶴、殷文圭、徐夤等人，即依託朱全忠以取得科第者。辛文房《唐才子傳·杜荀鶴》記載：

> 荀鶴寒畯，連敗文場，甚苦。至是，遣送名春官。大順二年，裴贄侍郎下第八人登科。正月十日放榜，正荀鶴生朝也。[20]

文中說明杜荀鶴、殷文圭、徐夤等人，依附藩鎮朱全忠，於昭帝大順二年（891）得第。其後，杜荀鶴侍奉朱全忠時，恐懼戰慄度日，憂悸殊甚。

晚唐殷文圭亦是由朱全忠表薦得第者。王定保《唐摭言·表薦及第》記載：

> 乾寧中（894～898），駕幸三峰。殷文圭者，攜梁王表薦及第，仍列於榜內。時楊令公鎮維楊，奄有宣浙，楊汴榛梗久矣。文圭家池州之青陽，辭親間道至行在，無何，隨榜為吏部侍郎裴樞宣諭判官，至大樑，以身事叩梁王，王乃上表薦之。文圭復擬飾非，遍投啟事於公卿間，略曰：「於菟獵食，非求尺璧之珍；鷄鷗避風，不望洪鐘之樂。」既擢第，由宋汴馳過，俄為多言者所發；梁王大怒，亟遣追捕，已不及矣。然是屢措大率皆負心，常以文圭為証，白馬之誅，靡不由此也。[21]

文中言殷文圭於乾寧中因梁王朱全忠表薦及第，其年為乾寧五年（898），及第後入田頵幕府，並以啟事文飾此事，引起梁王大怒，卻追捕不及。

懿宗咸通四年（863），蕭仿知禮部貢舉，嚴格擇才，杜絕請託，導致勢家大族不滿，藉雜文榜中「偶失」，鼓煽謗毀，而被貶為蘄州刺史，並下〈貶蕭仿蘄州刺史敕〉一文，記載中書舍人知制誥宇文瓚制敕：

---

[20] 元·辛文房：《唐才子傳》，（《景印文淵閣四庫全書》，冊451），卷5，頁449。
[21] 《唐摭言》，卷9，頁291。

　　近者擢司貢籍，期盡精研；既紊官常，頗興物論。經詢大義，去
留或致其紛拏；榜掛先場，進退備聞其差互。且昧泉魚之察，徒懷冰
蘗之憂。豈可尚列貂蟬，復延騎省；俾分郡牧，用示朝章。勿謂非恩，
深宜自勵。可守蘄州刺史，散官勳賜如故。仍馳驛赴任。[22]

　　敕文中以「既紊官常，頗興物論。」為由貶其官，蕭仿雖加辯白，朝廷
未復其職，但可見請託情況之嚴重。

　　咸通十二年（871），高湜亦保持科場之公正，杜絕請託。《新唐書・高湜
傳》云：

　　湜字澄之，第進士，累官右諫議大夫。咸通末，為禮部侍郎。時
士多緣權要干請。湜不能裁。既而抵帽於地曰：「吾決以至公取之，得
譴固吾分。」乃取公乘億、許裳、轟夷中等。以兵部侍郎判度支出為
昭義節度使，為下所逐，貶連州司馬。以太子賓客分司東都，卒。億
字壽仙，裳字文化，夷中字坦之，皆有名當時。[23]

　　可惜只有少數官吏，如蕭仿、高湜等人，意圖扭轉科舉歪風，杜絕權貴、
藩鎮、宦官之干預、請託，以公正之態度，辦理科考，亦如曇花一現，隨即
以貶官收場。

(二) 士人落第後吟詠人生之蒼涼淒苦

　　晚唐士人遭逢亂世，又多遭受落第之苦，故其詩歌多與科第有關。胡震
亨《唐音癸籤・談叢二》云：

[22] 《全唐文》，卷820，頁8431。
[23] 《新唐書》，卷177，頁5276。

晚唐人集，多是未第前詩，其中非自敘無援之苦，即訾他人成名
之由。名場中占營惡態，忮冀俗情，一一無不寫盡。[24]

其中有寫詩自慰者，亦有情感激越，發怨憤之辭者，不一而足。如羅隱
（833～910）〈下第作〉詩云：

> 年年模樣一般般，何似東歸把釣竿。岩谷謾勞思雨露，彩雲終是
> 逐鵁鶄。塵迷魏闕身應老，水到吳門葉欲殘。至竟窮途也須達，不能
> 長與世人看。[25]

羅隱落第長達十四年，落第時常有不如東歸，垂釣度日之想。但又想到
年華雖然逝去，彩雲終究會追逐鵁鶄；窮途之時，也應有折桂顯達之時。可
見羅隱一面自慰，一面又迷戀魏闕，對科舉不肯死心。

懿宗咸通三年（862），羅隱在長安，作〈西京崇德里居〉詩云：

> 進乏梯媒退又難，強隨豪貴滯長安。風從昨夜吹銀漢，淚擬何門
> 落玉盤。拋擲紅塵應有恨，思量仙桂也無端。錦鱗頳尾平生事，卻被
> 閒人把釣竿。[26]

詩中敘述自己無梯媒登第，而滯留豪貴人住之長安。錦鱗頳尾，魚躍龍
門是應舉者之理想，如今卻有閒人阻礙我舉第。羅隱對於有權勢者，不能為
國舉賢，反而阻礙他人之前程，稱為閒人，以表達心中之不滿與感傷。

咸通八年（866），羅隱往長安應試，不第，賦詩書懷。當時臧濆亦下第，
欲前往郴州，羅隱賦〈丁亥歲作〉詩，為其送行：

---

[24] 明・胡震亨：《唐音癸籤》，（《景印文淵閣四庫全書》，冊1482），卷26，頁680。

[25] 《全唐詩》，卷664，頁7604。

[26] 同上註，卷655，頁7532。

病想醫門渴望梅，十年心地僅成灰。早知世事長如此，自是孤寒不合來。谷畔氣濃高蔽日，蟄邊聲暖乍聞雷。滿城桃李君看取，一一還從舊處開。[27]

詩中敘述自己進京應舉，十年之心願，已化為灰燼。早知自身孤寒，就不應該來應試。可是看到谷邊濃厚之雲氣，遮蔽太陽；蟄居山邊，突然聽到溫暖之春雷聲，世事還是有轉變之時。舊時桃李，依舊會在原地盛開，你我可以等待時機改變。寒士可以登第時，再參加下次科考吧！詩中充滿矛盾之情。

咸通九年（868），羅隱又往長安應進士舉，落第，歸江東。經鐘陵，遇舊時相識之雲英。蜀・何光遠《鑒誡錄・錢塘秀》中記載：

羅秀才隱傲睨於人，體物諷刺。初赴舉之日，於鐘陵筵上與娼妓雲英同席。一紀後下第，又經鐘陵，復與雲英相見。雲英撫掌曰：「羅秀才猶未脫白矣。」隱雖內恥，尋亦嘲之：「鐘陵醉別十餘春，重見雲英掌上身。我未成名君未嫁，可能俱是不如人」[28]

從文中之對話，作者除自我解嘲外，還有一股因落第而悵惘之情。咸通十年（868）冬，羅隱至長沙，上啟於湖南觀察使于襄，謀一官職，以養家活口。其〈投湖南于常侍啟〉中云：

竊希常侍從來許與之言，作此改張之計。俾其七郡，與奏一官，致之於髯參短薄之間，責之以駑馬鉛刀之用。所冀內資骨肉，外醫筋骸。但系受恩，何須及第。必若終憐薄技，尚憫前途。[29]

---

27 同上註，卷664，頁7603。

28 五代・何光遠：《鑒誡錄》，（《景印文淵閣四庫全書》，冊1035），卷8，頁914。

29 《全唐文》，卷894，頁9337。

　　文中敘述自己受生活所迫，已無功名之心，願改弦易轍，求得一官，不須及第，僅求家人溫飽而已。

　　僖宗乾符五年（878）三月，羅隱長安落第，作〈偶興〉詩，以書寫其內心之失意，其詩云：

> 逐隊隨行二十春，曲江池畔避車塵。如今贏得將衰老，閒看人間得意人。[30]

　　詩中「二十春」乃言其應舉之生涯，自懿宗大中十三年（859）至今，已達二十年，如今人已衰老，只能看人得意。同年四月，途經蘄州（今湖北蘄春縣），以所著《讒書》呈刺史裴渥，並呈〈投蘄州裴員外啟〉一文：

> 某懷璧經穿，壯年見志。仲舒養勇，何嘗三年；安世補亡，寧惟一篋。其後因從計吏，遂混時人。憤龍尾以不焦，念魚腮之屢曝。嵇康骨俗，徒矜養性之能；李廣數奇，豈是用兵之罪。事往難問，天高不言。去年牽迫旨甘，留連江徼。雖傷弓之鳥，誠則惡弦；食菫之蟲，未能忘苦。所以遠辭蝸舍，來謁龍門。[31]

　　文中敘述自己壯年本有大志，但數次落第之後，淒苦如傷弓之鳥、食菫之蟲，心知門第使然，故來干謁，希望刺史裴渥能加以提拔。

　　《讒書》是羅隱給在野士人警誡朝廷，梳理善惡，用人唯賢之書。在其〈讒書重序〉云：「無其位，則著私書而疏善惡。斯所以警當世而誡將來也。」[32] 此書為公卿貴族所疾，對其屢次應舉不第，有重大之影響。

　　哀帝開平二年（908），詩人羅袞作〈贈羅隱〉詩云：

---

[30] 《全唐詩》，卷660，頁7574。

[31] 《全唐文》，卷894，頁9889。

[32] 同上註，卷894，頁9344。

平日時風好涕流，讒書雖盛一名休。寰區歎屈瞻天問，夷貊聞詩過海求。向夕便思青瑣拜，近年尋伴赤松遊。何當世祖從人望，早以公台命卓侯。[33]

徐夤亦作〈寄兩浙羅書記〉云：

進即湮沈退卻升，錢塘風月過金陵。鴻才入貢無人換，白首從軍有詔征。博簿集成時輩罵，讒書編就薄徒憎。憐君道在名長在，不到慈恩最上層。[34]

　　羅隱所編之《讒書》，提出聖人用人唯賢之史例，但自己卻受到薄徒、時輩之憎罵，也對自己之前程，受到挫敗，感到無奈。

　　據《五代史補》記載，羅隱在科第屢次受挫後，曾遇相師與賣飯老媼對其提出建言，若要求取富貴，不一定要求取科名：

羅隱在科場，恃才傲物，尤為公卿所惡，故六舉不第。時長安有羅尊師者，深於相術，隱以貌陋，恐為相術所棄，每與尊師接談，常自大以沮之。及其累遭黜落，不得已，始往問焉。尊師笑曰：「貧道知之久矣，但以吾子決在一第，未可與語。今日之事，貧道敢有所隱乎？且吾子之於一第也，貧道觀之，雖首冠群英，亦不過薄尉爾。若能罷舉，東歸霸國以求用，則必富且貴矣。兩途，吾子宜自擇之。」隱憤然不知所措者數日。鄰居有賣飯媼，見隱驚曰：「何辭色之沮喪如此，莫有不決之事否？」隱謂知之，因盡以尊師之言告之。媼歎曰：「秀才何自迷甚焉！且天下皆知羅隱，何須一第然後為得哉？不如急取富

---
[33] 《全唐詩》，卷 734，頁 8396。

[34] 同上註，卷 709，8386。

貴，則老嫗之願也。」隱聞之釋然，遂歸錢塘。

文中敘述「羅隱在科場，恃才傲物，尤為公卿所惡。」其高傲之性格，得罪不少權貴。相師告訴羅隱：「雖首冠群英，亦不過簿尉爾。」即使考到第一名，也不過做個簿尉類之小官而已，何不東歸錢塘，用之於霸國，必可富貴；賣飯嫗則對羅隱說：「天下皆知羅隱，何須一第然後為得哉？」羅隱聽後，心中鬱結寬解，回到錢塘。

羅隱久試未第，對其詩歌有重大之影響，其〈湘南應用集序〉中云：

> 隱大中末即在貢籍中，命薄地卑，自己卯至於庚寅（大中十三年至咸通十一年），一十二年，看人變化。[35]

懿宗咸通十四年（873），又困於第，前後達十四年，可謂熱中於追求科第者，但屢次不第，還將本名「橫」改為「隱」。

昭宗光化三年（900）十二月，左補闕韋莊上〈乞追賜李賀皇甫松等進士及第奏〉，請朝廷追賜李賀、皇甫松等文人進士及第：

> 詞人才子，時有遺賢。不沾一命於聖明，沒作千年之恨骨。據臣所知，則有李賀、皇甫松、李群玉、陸龜蒙、趙光遠、溫庭筠、劉德仁、陸遠、傅錫、平曾、賈島、劉稚珪、羅鄴、方幹，俱無顯遇，皆有奇才。麗句清辭，遍在詞人之口；銜冤抱恨，竟為冥路之塵。伏望追賜進士及第，各贈補闕、拾遺，見存唯羅隱一人，亦乞特賜科名，錄升三級。便以特敕顯示優恩。俾使已升冤人，皆霑聖澤；後來學者，更屬文風。[36]

---

[35] 《全唐文》，卷895，頁9344。
[36] 同上註，卷889，頁9287。

　　文中所列之文人，皆顯赫有名，卻未得一第，遺恨終身。今所存者，僅剩羅隱一人，「但恐憤氣未銷，上衝穹昊。」請皇上追賜其進士及第，及補闕、拾遺等官銜。此外如僖宗時之鄭濆、懿宗時之周鈞，皆屢舉進士不第。可見當時有許多文人，在科舉之風氣下，受盡落第後之冷落冤屈，報憾而終。

　　黃滔（840～911）對羅隱落第，深感不平。作〈寄羅郎中隱〉詩云：

　　　　休向中興雪至冤，錢塘江上看濤翻。三征不起時賢議，九轉終成道者言。綠酒千杯腸已爛，新詩數首骨猶存。瑤蟾若使知人事，仙桂應遭蠹卻根。[37]

　　詩中敘述綠酒千杯，愁腸已爛；新詩數首，骨氣猶存。瑤臺之蟾蜍，若知曉人事，月宮之仙桂，應蠹卻樹根，以此比喻，為其雪冤。

　　晚唐詩人羅鄴（825～卒年不詳）有一首〈落第書懷寄友人〉詩云：

　　　　清世誰能便陸沈，相逢休作憶山吟。若教仙桂在平地，更有何人肯苦心。去國漢妃還似玉，亡家石氏豈無金。且安懷抱莫惆悵，瑤瑟調高尊酒深。[38]

　　詩中說仙桂若生長在平地，就無人肯苦心追尋。科第難求，才讓人皓首窮經。想到自己，有如去國之漢妃壽昌公主，還有角逐科場之心。隨後以「且安懷抱莫惆悵」，自我安慰一番。

　　羅鄴在懿宗咸通年間，赴京應舉，心中滿懷壯志，其〈鸚鵡詠〉一詩云：

　　　　玉檻瑤軒任所依，東風休憶嶺頭歸。金籠共惜好毛羽，紅觜莫教

---

[37] 《全唐詩》，卷705，頁8113。

[38] 同上註，卷654，頁7514。

多是非。便向郤堂[39]誇飲啄，還應禰筆發光輝。乘時得路何須貴，燕
雀鸞凰各有機。[40]

羅鄴認為自己像金籠中之鸚鵡，要珍惜好羽毛。也可以像晉‧禰衡之筆，
發出光輝。一定要乘時得路，成就科名。因為燕雀鸞凰，各有機運，自己應
該也會時來運轉，終將及第。在〈竹〉一詩亦云：

翠葉才分細細枝，清陰猶未上階墀。蕙蘭雖許相依日，桃李還應
笑後時。抱節不為霜霰改，成林終與鳳凰期。渭濱若更徵賢相，好作
漁竿繫釣絲。[41]

詩中敘述自己還像未上階墀之翠竹，以後會像盛開之桃李，自己如呂尚
避紂亂，居於東海之濱，釣於磻溪（渭水），文王聞其賢，聘為師（丞相）。
也有做賢相之準備。
在懿宗咸通中，羅鄴屢次下第，就寫下〈下第〉一詩云：

謾把青春酒一杯，愁襟未信酒能開。江邊依舊空歸去，帝裏還如
不到來。門掩殘陽鳴鳥雀，花飛何處好池台。此時惆悵便堪老，何用
人間歲月催。[42]

詩中充滿落第之惆悵與愁緒，用老、空等字，說出心中之惆悵與無奈。

---

[39] 《晉書》，卷 52，〈郤詵列傳〉：「（郤詵）以對策上第，……累遷雍州刺史。武帝於東堂會送，
問詵曰：『卿自以為何如？』詵對曰：『臣舉賢良對策，為天下第一，猶桂林之一枝，崑山之片
玉。』」後以東堂桂樹喻科舉及第。唐‧崔子向〈上鮑大夫〉：「東堂桂樹何年折，直至如今少
一枝。」

[40] 《全唐詩》，卷 654，頁 7514。

[41] 同上註，頁 7527。

[42] 同上註，頁 7515。

與前幾年之詩顯然不同，可見情隨事遷，人之情緒會因時地事物而改變。

下第是文士之悲哀，文士間往往會互相安慰，如元・辛文房《唐才子傳》記載李洞（893年間在世，卒年不詳）：

> 昭宗時，凡三上，不第。裴公第二榜，窗前獻詩云：「公道此時如不得，昭陵慟哭一生休。」果失意，流落往來，寓蜀而卒。[43]

晚唐張喬下第時，李洞作〈送張喬下第歸宣州〉詩云：

> 詩道世難通，歸寧楚浪中，早程殘嶽月，夜泊隔淮鐘。一鏡隨雙鬢，全家老半峰。無成來往過，折盡謝亭松。[44]

詩中敘述張喬應第時雙鬢已白，還在往京城之路上往來奔走，真是難為。

晚唐詩人邵謁（生卒不詳）一生未第，詩調悲苦。其作〈下第有感〉詩云：

> 古人有遺言，天地如掌闊。我行三十載，青雲路未達。嘗聞讀書者，所貴免征伐。誰知失意時，痛於刃傷骨。身如石上草，根蒂淺難活。人人皆愛春，我獨愁花發。如何歸故山，相攜採薇蕨。[45]

詩中講到自己三十年未第，比刀傷筋骨還痛，身體像石上之淺草一般虛弱，連看到人人皆愛的春花也愁，還不如回到故鄉，採薇蕨度日。

文士如未第多年，慢慢澆熄功名之心，隱居以安頓身心。恬靜心靈，是在困頓中最佳之選擇。羅隱在久試不第下，作〈西京道中〉一詩云：

---

[43] 《唐才子傳》，卷7，頁472。

[44] 《全唐詩》，卷721，頁8274。

[45] 同上註，卷605，頁6993。

半夜秋聲觸斷蓬，百年身事算成空。禰生詞賦拋江夏，漢祖精神憶沛中。未必他時能富貴，只應從此見窮通。邊禽隴水休相笑，自有滄洲一棹風。[46]

詩中敘述在半夜聽到秋風吹觸斷蓬上之聲，讓自己感覺萬事成空，將來能否富貴，已難逆料，還是前往滄州歸隱泛舟吧！

羅鄴（825～卒年不詳）多年為應舉而棲旅在外，終於厭倦五湖奔波之日子。在〈長安春夕旅懷〉詩云：

幾年棲旅寄西秦，不識花枝醉過春。短艇閑思五湖浪，羸蹄愁傍九衢塵。關河風雨迷歸夢，鐘鼓朝昏老此身。忽向太平時節過，一竿持去老遺民。[47]

詩中敘述幾年來為應舉棲旅長安，已經不知春天已過。有時在短艇閑思，過去在五湖、九衢奔波之艱辛。終日埋首群書之中，不知此身已老。忽然想過太平日子，做一位持竿垂釣之隱士，終老此生。

高蟾（生卒不詳，881年在世）累舉不第，直至乾符三年（876）始擢進士，其間有多首詩，抒發心中怨激之情，及為應舉奔波之苦。如〈道中有感〉詩云：

一醉六十日，一裘三十年。年華經幾日，日日掉征鞭。[48]

詩中敘述自己每一次醉酒，兩個月昏睡；一件皮裘，穿了三十年。可見有三十年未考上科舉。每天搖動馬鞭，為應舉奔波。又〈途中除夜〉詩云：

---

[46] 同上註，卷664，頁7606。

[47] 同上註，卷654，頁7515。

[48] 同上註，卷668，頁7646。

　　　　南北浮萍跡，年華又暗催。殘燈和臘盡，曉角帶春來。鬢欲漸侵
雪，心仍未肯灰。金門舊知己，誰為脫塵埃？[49]

　　在除夕夜，發現自己像浮萍一般南北奔波下，年華又暗自催人老。鬢髮
逐漸雪白，高第之心仍在。金門中之老友，何人能助我及第，脫離奔波之苦
呢？又作〈春〉，題於省牆之上，云：

　　　　天柱幾條支白日，天門幾扇鎖明時。陽春發處無根蒂，憑仗東風
分外吹。明月斷魂清靄靄，平蕪歸思綠迢迢。人生莫遣頭如雪，縱得
春風亦不消。[50]

　　詩中敘述天柱支撐白日，天門鎖住明亮之白日。陽春萌發萬物之時，無
法尋根。即使憑倚柺杖，東風還是格外地吹。暗喻自己無人事之憑藉，十分
無奈。又說在明月下，令人傷心；一片綠色平蕪之盡頭，即是故鄉。自己因
落第而無顏回去，不禁因歸思而感傷。人生在頭白如雪之時，還如此寥落不
堪，即使春風也消除不了。看來即使登科，也難以排遣衰老。說明許多文士
在多年求仕之過程中，埋葬掉自己青春之歲月，待發覺時，已垂垂老矣。
　　又作〈下第後上永崇高侍郎（高湜）〉詩云：

　　　　天上碧桃和露種，日邊紅杏倚雲栽。芙蓉生在秋江上，不向東風
怨未開。[51]

　　詩中將天上碧桃、日邊紅杏來比擬登龍門，前程似錦；以和露種、倚雲
栽，比喻承受君王之恩寵。秋江上之芙蓉，無依無靠，也不向東風怨怪。暗

---

[49] 同上註，卷 668，頁 7645。

[50] 同上註，卷 668，頁 7648。

[51] 同上註，頁 7649。

寓自己生不逢辰的悲傷。詩中芙蓉與桃杏同屬名花，但天上、日邊與秋江之
上，所處之地位懸殊。一如西晉左思（生年不詳～305）〈詠史八首〉之二：「鬱
鬱澗底松，離離山上苗。」[52] 以地勢來比擬地位之不同。辛文房《唐才子傳》
稱：

> 蟾本寒士，……性倜儻離群，稍尚氣節。人與千金無故，即身死
> 亦不受，其胸次磊塊。[53]

　　文中稱高蟾個性倜儻離群，崇尚氣節。胸懷磊塊，不受不義之財。詩風
與人品一致，卻不容於衰世。
　　晚唐李山甫（生卒不詳，860 年間在世）懿宗咸通中累舉不第，歷時十
年，只能依魏博幕府為從事。李山甫曾因下第而心中愁怨，作〈下第出春明
門〉詩云：

> 曾和秋雨驅愁入，卻向春風領恨回。深謝灞陵堤畔柳，與人頭上
> 拂塵埃。[54]

　　詩中說自己去年在秋雨中進京應考，今春懷著恨恨回家。深謝長安郊外
灞陵之楊柳，為我拂去頭上之塵埃。咸通五年（863）又未第，作〈赴舉別所
知〉一詩云：

> 腰劍囊書出戶遲，壯心奇命兩相疑。麻衣盡舉一雙手，桂樹只生
> 三兩枝。黃祖不憐鸚鵡客，志公偏賞麒麟兒。叔牙憂我應相痛，回首

---

[52] 清・丁福保編：《全漢三國晉南北朝詩》，（臺北：世界書局，1969），頁 384。
[53] 《唐才子傳》，卷 9，頁 469。
[54] 《全唐詩》，卷 643，頁 7375。

天涯寄所思。[55]

詩中說自己有壯心奇命，但科場為權勢者把持，考生千餘人，卻只錄取幾位，考生只能舉雙手吶喊。就像從前東漢末年，江夏太守黃祖不愛寫鸚鵡賦之禰衡而殺之；南朝陳時，寶誌上人稱賞徐陵為天上石麒麟；春秋時鮑叔牙是管仲知己。現在誰能憂傷我心中之痛苦，只有回頭眺望天涯，寄情於所思念之人。

有一次，李山甫下第臥病時，盧員外邀請同遊曲江，辭疾不去，作〈下第臥疾盧員外召遊曲江〉詩云：

眼前何事不傷神，忍向江頭更弄春。桂樹既能欺賤子，杏花爭肯采閒人。麻衣未掉渾身雪，皂蓋難遮滿面塵。珍重列星相借問，嵇康慵病也天真。[56]

詩中敘述自己落第，不忍前往曲江賞春。怪罪桂樹欺人，杏花不理睬閒人，未能登第，麻衣上還沾滿雪花，即使有高官之車，也無法掩蓋自己滿面塵沙。

應舉艱辛，常興起懷鄉思親之情，但許多落第者，自己感到無顏歸鄉，是一種常態心理。晚唐詩人崔塗（854～卒年不詳）〈言懷〉詩云：

干時雖苦節，趨世且無機。及覺知音少，翻疑所業非。青雲如不到，白首亦難歸。所以滄江上，年年別釣磯。[57]

詩中言應舉干時，有如痛苦守節之人。功名雖是趨勢之事，但都無心機，

---

[55] 同上註，頁 7364。

[56] 同上註，頁 7365。

[57] 同上註，卷 679，頁 7773。

只是想一展抱負而已。落第感覺知音少，是否自己所學非是。如果不能金榜高中，平步青雲，即使頭白，也羞於回鄉，只能在滄江垂釣而已。

羅鄴也在〈落第東歸〉詩中說回鄉不易：

> 年年春色獨懷羞，強向東歸懶舉頭。莫道還家便容易，人間多少事堪愁。[58]

歸家不易，實是文人死要面子，好像落第就見不得人。另一首〈渡江有感〉詩云：

> 岸落殘紅錦雉飛，渡江船上夕陽微。一枝猶負平生意，歸去何曾勝不歸。[59]

此詩說不得桂枝，勝過歸家。和前詩還家不易，都無還家之意。因人間愁事多，歸去有歸去之愁，不歸還有得第之望。此外如僖宗時之鄭澤、懿宗時之周鈆，皆屢舉進士不第。可見當時有許多文人，在科舉之風氣下，受盡落第後之冷落冤屈，抱憾終生。

(三) 晚唐科場為權勢者所把持，寒士登第不易

晚唐應舉之人眾多，動則千餘人。康駢《劇談錄卷下‧元相國謁李賀》：

> 自大中、咸通之後，每歲試春官者千餘人。其間有名聲，如何植、李枚、皇甫松、李孺犀、梁望、毛濤、具麻、來鵠、賈隨、以文章著美；溫庭筠、鄭澤、何涓、周鈆、宋耘、沈駕、周繁，以辭賦標名；

---

[58] 同上註，卷654，頁7525。
[59] 同上註，頁7523。

賈島、平曾、李陶、劉得仁、喻坦之、張喬、劇燕、許琳、陳覺，以
律詩流傳；張維、皇甫川、郭鄩、劉延輝，以古風擅價。皆苦心文華，
厄於一第。然其間數公麗藻英詞，播於海內。其虛薄叨名級者，又不
可同年而語矣。[60]

　　文中歷數懿宗大中、咸通時之文士，不論文章、辭賦、律詩、古風，皆
在文壇上有一席之地，卻扼於一第。

　　在為科第奮鬥之文士，徐夤考十七年，黃滔考二十四年，孟棨考三十餘
年，劉得仁考三十年未第，許棠晚年及第後，常言於人曰：

往者未成事，年漸衰暮，行卷達官門下，身疲且重，上馬極難。
自喜得第來筋骨輕健，攬轡升降，猶愈少年。則知一名，乃孤進之還
丹。[61]

　　許棠幸運及第，身心筋骨由疲重變為輕健，可見在寒窗苦讀時，遭受之
壓力與身心之煎熬，令人鼻酸。

　　大多數未第者，長期奔波在外，不見妻兒，若錢囊用盡，貧病交迫而終。
王定保《唐摭言‧放老》有五老榜之事：

（昭宗）天復元年（901），杜德祥榜，放曹松、王希羽、劉象、
柯崇、鄭希顏等及第。時上新平內難，聞放新進士，喜甚。詔選中有
孤平屈人，宜令以名聞，特敕授官。故德祥以松等塞，詔各授正。制
曰：「念爾登科之際，當餘反正之年，宜降異恩，各膺寵命。」松，舒
州人也，學賈司倉為詩，此外無他能，時號松啟事為送羊腳狀。希羽，

---

[60] 《唐五代筆記小說大觀》，頁 1497。

[61] 同上註，五代‧劉崇遠：《金華子》，卷下，頁 1768。

歙州人也，辭藝尤博。松、希甲子皆七十餘。象，京兆人；崇、希顏，
閩中人，皆以詩卷及第，亦皆年逾耳順矣。時謂五老榜。[62]

　　依《唐摭言》所記，五老的及第與授官，是及第在前，授官在後，其中
授官為特例，是昭宗特意照顧孤平屈人，依據「詔選中有孤平屈人，宜令以
名聞，特敕授官。」之詔令實施，並非恩賜。當時五老儘管年齡多已六、七
十歲，都依規定參加舉選，並進士及第。可見當時寒素子弟及第之難。
　　宋·洪邁《容齋隨筆·容齋三筆·唐昭宗恤錄儒士》中亦云：

　　　　天復元年敕文，又令中書門下選擇新及第進士中，有久在名場，
　　才沾科級，年齒已高者，不拘常例，各授一官。於是禮部侍郎杜德祥
　　奏：揀到新及第進士陳光問年六十九，曹松年五十四，王希羽年七十
　　三，劉象年七十，柯崇年六十四，鄭希顏年五十九。詔光問、松、希
　　羽可秘書省正字；象、崇、希顏可太子校書。[63]

　　當時應舉者眾，得第者少，故少則三、五年，多則一、二十年者甚多。
黃滔〈段先輩第二啟〉云：

　　　　且聖代近來，時風愈正。取捨先資於德行，較量次及於文章，無
　　論於草澤山林，不計於簪裾紱冕。少有三舉五舉，多聞十年廿年。[64]

　　黃滔自宣宗大中十三年（859）在福建蒲山東峰苦讀十年，懿宗咸通十二
年（871）開始參家鄉貢取士，在科第上屢次受挫，直到僖宗乾寧二年（895）
登甲科，已經過二十四年。其〈蒲山靈岩寺碑銘〉云：

---

[62] 《唐摭言》，卷8，頁266。
[63] 《容齋隨筆·容齋三筆》，卷7，頁501。
[64] 《全唐文》，卷824，頁8681。

豪貴塞龍門之路，平人藝士，十攻九敗，故穎川之以家冤也與，
二三子率不西邁而遇，奮然凡二十四年，於舉場幸忝甲第。[65]

黃滔在〈與楊狀頭書〉云：

且咸通、乾符之貢士，其有德性、文學、人地如先輩，而在舉場，
則其舉罕在，而先輩在舉場逮二十年，何哉？是知天否先輩當年之數，
以亨今日之道。[66]

此文作於大順二年（891），楊狀頭即楊贊圖，乾寧四年（897）狀元及第，
應舉達二十年。黃滔以否亨之道安慰之。其實黃滔自己也是「二紀飄零，三
朝困辱。」[67]兩人可謂感慨相同。

唐末王定保〈唐摭言‧憂中有喜〉記載公乘憶應舉中之悲喜：

公乘憶，魏人也，以辭賦著名。咸通十三年（872），垂三十舉矣。
嘗大病，鄉人誤傳已死，其妻自河北來迎喪。會憶送客至坡下，遇其
妻。始，夫妻闊別積十餘歲，憶時在馬上見一婦人，粗衰跨驢，依稀
與妻類，因睨之不已；妻亦如是。乃令人詰之，果憶也。憶與之相持
而泣，路人皆異之。後旬日登第矣。[68]

公乘憶在咸通十三年登第前，已應舉三十餘次，曾與妻闊別十餘年後相
見，不禁相持而泣。

廖有方（生卒年不詳）元和十一年進士，其〈書胡倌板記〉云：

---

[65] 同上註，卷825，頁8698。

[66] 同上註，卷823，頁8670。

[67] 同上註，卷824，頁8681。

[68] 《唐摭言》，卷8，頁260。

予（憲宗）元和乙未（815）歲，落第西征。適此公署，忽聞呻吟
之聲，潛聽而微惄也。乃於暗室之內，見一貧病兒郎。問其疾苦行止，
強而對曰：「辛勤數舉，未遇知音。」眣眣叩頭，久而復語，惟以殘骸
相托，餘不能言。擬求救療，是人俄忽而逝。餘遂貹鬻所乘鞍馬於村
豪，備棺瘞之。恨不知其姓字，苟為金門同人，臨歧淒斷。[69]

　　廖有方在落第後，往西途中，遇數舉而未第者，因貧病而逝。可見當時
因未第而流落異鄉者，不知凡幾。

　　宋・計有功《唐詩紀事》記載歐陽詹之孫歐陽澥不幸之遭遇：

閩川歐陽澥者，四門[70]詹之孫也。澥娶婦，經旬而辭赴舉，久不
還家。詩云：「黃菊離家十四年。」又云：「離家已是夢松年。」又云：
「落日望鄉處，何人知客情。」自憐十八年之帝鄉，未遇知己也。亦
為《燕詩》以獻主司鄭愚曰：「翩翩雙燕畫堂開，送古迎今幾萬回。長
向春秋社前後，為誰歸去為誰來？」澥出入場中僅二十年。善和韋中
令在閣下，澥即行卷及門，凡十餘載，未嘗一面，而澥慶吊不虧。韋
公雖不言，而心念其人。中和初，公隨駕至蜀命相，時澥寓居漢南，
公以書令襄帥劉巨容俾澥計偕，巨容得書大喜，待以厚禮，首薦之。
撰日遵路，無何，一夕心痛而卒。巨容因籍澥答書呈於公。公覽之憮
然，因曰：「十年不見，灼然不錯。」[71]

　　文中敘述歐陽澥離家十八年，在京城求第，未遇知己，唯見畫堂雙燕，

[69] 《全唐文》，卷713，頁7323。

[70] 據《新唐書・選舉志上》，唐代四門學為大學，隸國子監，傳授儒家經典，性質與國子學、太學
同，惟學生家庭出身品級較低。如賈陵、陳羽、李觀、李絳、韓愈、王涯、劉遵古、崔群、馮宿、
李博等，與四門同年，其名流於海岳。

[71] 王仲鏞：《唐詩紀事校箋》，（北京：中華書局，2007），卷67，頁2248。

年年歸去來，送古迎今，似乎自憐淪於科場之悲哀。

以文學見稱之文士孫樵（生卒年不詳，867 年前後在世），亦備嘗科第之艱辛。宣宗大中九年（855），登進士第，曾在〈寓居對〉中，敘述其「十試澤宮，十黜有司。」之慘痛經驗：

> 長安寓居，闔戶諷書，悴如凍灰，臞如槁柴。志枯氣索，恍恍不樂。一旦，有有曾識面者，排戶入室，吒駭唧唧，且曰：「儃耶俄耶！何自殘耶！」則對曰：「樵天賦窮骨，宜安守拙，無何提筆，入貢士列。抉文倒魄，讀書爛舌。十試澤宮，十黜有司。知己日懈，朋徒分離。矧遠來關東，橐裝銷空。一入長安，十年屢窮。長日猛赤，餓腸火迫。滿眼花黑，晡西方食。暮雪嚴冽，入夜斷骨。穴衾敗褐，到曉方活。古人取文，其責蓋輕。一篇跳出，至死馳名。今人取文，章章貴奇。一句戾意，全卷鮮知。言念每歲，徂春背暑。洗剔精魂，澄拓襟慮。曉窗夜燭，上下雕斫。撫言必高，儲思必深。字字磨校，以牢知音。況榮辱撓其外，得失戕其內。機阱在乎足，鋒刃在乎背。吾非櫳豕籠雛，其能窮而反誒乎？」客退。遂書幾作歌曰：「肥於貌，孰與肥其道？求於人，孰與求其身？處乎出乎？孰為得而孰為失乎？」[72]

此文孫樵將自己讀書之艱辛歷程，作詳盡之敘述。曾經讀書到爛舌，但到長安，十試十黜，窮困不堪。餓到滿眼花黑，冷到入夜斷骨。如此苦讀，試官還要求文章貴奇，雕斫磨校。自己雖然人窮，但不願阿腴求人。

由以上論述，士人立志出仕，從科舉而言，是一段艱辛之歷程，每年考生千餘人，能考上者卻不到二十人，無數人皓首窮經，卻不得一第，對讀書之文人而言，是生命之執著。但落第之痛苦，卻是無法言喻之艱苦煎熬，令人悲憫。

---

[72] 《全唐文》，卷 795，頁 8331。

二、唐代官吏在仕隱中體會生命之浮沉

(一) 唐代官吏由仕而隱之形成

　　唐代科舉制度之實施，將門閥把持政權之局面逐漸打破，但是襲蔭制度仍然阻礙庶族仕進之路。可是一般文人仍視科舉為進身之階，從寒窗苦讀，到參加科舉考試，考上後經歷幕僚生活、政界角逐、朋黨之爭、貶謫生涯、劫後餘生、歸隱岩壑、潛心禮佛等，讓人覺得人生多變，就像一幕一幕之戲劇，歷經宦海浮沈之後，有無數感慨與無奈。

　　仕隱是士人政治生命歷程中之起伏，在仕隱中，常見士人以詩、文表達自己內心之感受。儒家孔子對仕隱之觀念，云：「天下有道則見，無道則隱。邦有道，貧且賤焉，恥也；邦無道，富且貴焉，恥也。」[73] 又云：「直哉史魚！邦有道如矢，邦無道如矢。君子哉蘧伯玉！邦有道則仕，邦無道，則可卷而懷之。」[74] 又謂顏淵曰：「用之則行，舍之則藏，為我與爾有是夫！」[75]「道不行，乘桴浮於海，從我者，其由與！」[76] 如前所引，孔子認為仕隱應取決於天下是否有道？也就是國家是否清明安定？如果政治清明，社會安和，君子應該為國家奉獻才能，而在亂離之時局，君子懂得避開亂邦，暫時隱退，以明哲保身。

　　唐代是輝煌燦爛之時代，有貞觀治世，也有天寶之亂；有懷抱儒家入世之思想，有佛教祈求解脫之出世思想，也有道教修煉成仙之思想；有將隱逸視為「終南捷徑」者，也有久舉不第之失意者，有避亂而隱居者，也有致仕

---

[73] 《論語注疏》，卷8，頁72。

[74] 同上註，卷15，頁135。

[75] 同上註，卷7，頁61。

[76] 同上註，卷5，頁42。

後隱居山林者。故探討唐代之仕隱，可知唐人在生命歷程中，所遭遇之事端，及其內心之衝擊起伏。

一般仕人從政之管道，是參加進士科考試，據王壽南《隋唐史》[77]對唐代科舉科目及登科人數統計表顯示，唐代科舉以明經與進士二科考生最多，明經科每年之考生約一千人，錄取率約百分之十至十二；進士科每年之考生約八百至一千餘人，錄取率較少，每年登第者最多四十人，少至一人，其中以二十至三十人為多。《通典‧選舉三》云：

> 開元以後，四海晏清。士無賢不肖，恥不以文章達，其應詔而舉者，多則二千人，少猶不減千人，所收百才有一。[78]

想藉由科舉進身仕途者多，而登第者少，逐年累積之下，人才在野閒散者愈多，有些人數十年都在科場奮鬥，如顧況之子顧非熊沈科場三十年始第，登第時已然白首。《文獻通考‧選舉二》記載昭宗天復元年及第之進士有六人，曹松五十四歲、陳光問六十九歲、鄭希顏五十九歲、王希羽七十三歲、劉象七十歲、柯崇六十四歲，除曹松以外，年紀在五十九至七十三歲，時稱「五老榜」，可見唐代能中進士，確實不易。

學子欲登科，需數年至數十年之光陰，人生大半歲月就在書中度過，若家中貧窮，生活是一大問題，因此寄食寺院，是士人隱居山林之原因之一。《唐摭言‧起自寒苦》記載王播、徐商、韋昭度三人少年寄食寺院讀書之情形：

> 王播少孤貧，嘗客楊州惠昭寺木蘭院，隨僧齋餐。諸僧厭怠，播至已飯矣。……徐商相公常於中條山萬固寺泉入院讀書，家廟碑云：隨僧洗缽。……韋令工昭度少貧窶，常依左街僧錄淨光大師，隨僧齋

---

[77] 王壽南：《隋唐史》，（臺北：三民書局，1986），第 14 章，第 2 節，頁 557。
[78] 《十通分類總纂》，第 6 冊，卷 15，頁 17。

粥。淨光有人倫之鑑，常器重之。[79]

　　由上可知，唐代寺院常是寒士讀書之所，山僧雖有侮慢，為求功名，亦不以為意。至於豪門子弟，不必寄食寺院，仍有讀書山林者，如房琯與呂向偕隱於陸渾伊陽山中，讀書十餘載。陳子昂讀書於梓州金華山觀。[80]

　　士子追求高中進士，但能如願者，僅百分之一、二而已。即使金榜題名，在朝廷中能否一展長才，也要看君主是否勵精圖治？如唐太宗貞觀之治、玄宗開元之治，名臣賢相輩出，發展抱負之機會較大；若在中唐以後，國事衰微，政風敗壞，有安史之亂、宦官之亂、牛李黨爭、藩鎮之亂，時局如此，是要避禍全身，還是誓死效命，想到自己皓首窮經，進士及第，此時亦有何用？

　　何況唐代還有門第之見，朝中有忠義大臣，也有無行之官，若被排擠貶官，遠謫異域，心中又如何想法？是繼續為理想奮鬥，還是歸隱林泉。心中之矛盾掙扎，必然十分強烈。為官固然是是理想，面對現實之官場，又是另外一回事。由此可知，在前途未卜之下，仕與隱是每位官吏難以抉擇之難題。

　　唐玄宗開元初期著名之宰相宋璟（663～737）居官鯁直，正義凜然，《資治通鑑》記載，武則天長安三年（703），張易之、張昌宗兄弟炙手可熱，宰相魏元忠力排眾議，斥二張為小人，二張遂向武后進讒言，將魏元忠下獄，並要張說作偽證，張說當時答應下來。宋璟向張說云：

　　　　名義至重，鬼神難欺，不可黨邪陷正，以求苟免。若獲罪流竄，其榮多矣，若事有不測，璟當叩閤力爭，與子同死。努力為之，萬代瞻仰，在此舉也。[81]

---

[79] 《唐摭言》，卷7，頁213。

[80] 傅璇琮：《唐才子傳校箋》，（北京：中華書局，2002），卷1，頁101。

[81] 《資治通鑑》，頁6564。

殿中侍御史張廷珪云：「朝聞道，夕死可矣。」左史劉知幾亦云：「無污青史，為子孫累。」可見當時朝中多正直敢言之士。後張柬之舉兵誅二張，宋璟累拜廣平郡公。唐玄宗時，宋璟與姚崇同朝為相，一時請託之風不行，綱紀整肅，賞罰嚴明，有貞觀、永徽年間之遺風。

中唐韓愈（768～824）在唐憲宗貞元十九年（803），任監察御史，關中大旱，京兆尹李實為政猛暴，方務聚斂進奉，以固恩顧，百姓所訴，一不介意。德宗問人疾苦，實奏曰：「今年雖旱，穀田甚好。」由是租稅皆不免。[82] 韓愈作〈赴江陵途中寄贈王二十補闕李十一拾遺里二十六員外翰林三學士〉詩曰：

> 孤臣昔放逐，血泣追愆尤。汗漫不省識，恍如乘桴浮。或自疑上疏，上疏豈其由。是年京師旱，田畝少所收。上憐民無食，征賦半已休。有司恤經費，未免煩徵求。富者既云急，貧者固已流。傳聞閭里間，赤子棄渠溝。持男易鬥粟，掉臂莫肯酬。我時出衢路，餓者何其稠。親逢道邊死，佇立久咿嚘。歸舍不能食，有如魚中鉤。適會除御史，誠當得言秋。拜疏移閤門，為忠寧自謀。[83]

詩中韓愈說明京師乾旱，田畝欠收。貧者流離，嬰兒被拋棄溝渠，路上都是饑民，「為忠寧自謀」，毅然上狀皇帝，作〈御史臺上論天旱人饑狀〉云：

> 至聞有棄子逐妻，以求口食，坼屋伐樹以納稅錢，寒餒道途，斃踣溝壑。有者皆已輸納，無者徒被追徵。臣愚以為此皆群臣之所未言，陛下之所未知者也。[84]

---

[82] 《舊唐書・李實傳》，卷 135，頁 3730。

[83] 錢仲聯：《韓昌黎詩繫年集釋》，（上海：上海古籍出版社，1994），卷 3，頁 288。

[84] 《韓昌黎文集校注》，頁 338。

因此奏疏直言不諱，觸怒當道，被貶為陽山（今廣東陽山）令。

中唐與白居易並稱「元白」之元稹（779～831），言論激切剛直，見藩鎮割據，在入朝之後，正直敢言。《舊唐書・元稹傳》云：「性鋒銳，見事風生。既居諫垣，不欲庸庸自滯，事無不言。」[85] 曾先後以監察御史身份，出使劍南東川、河南等地，舉奏當地節度使違法之行為，得罪權貴，並無避禍之心。在〈誨姪等書〉中云：「吾自為御史來，效職無避禍之心，臨事有致命之志。」[86] 唐憲宗元和五年（810），與宦官劉士元結怨，被貶為江陵士曹參軍。

若朝廷皆是正義凜然之君子，做官一展長才，是文人一生理想之實現。可是言論稍有不慎，如元稹、韓愈即遭貶官之厄運。又朝廷中無行之小人，多如牛毛，而為自己利益著想者更多。如初唐宋之問、沈佺期、閻朝隱、杜審言、王無競等，皆進士出身，在朝為官，其中宋之問工書、善文，富於才學，宮體詩曾受武后稱賞，卻不顧廉恥，甘心媚附，與受武則天寵幸之張昌宗、張易之交往。《新唐書・文藝傳・宋之問傳》記載：

> 于時張易之等烝昵寵甚，之問與閻朝隱、沈佺期、劉允濟傾心媚附，易之所賦諸篇，盡之問、朝隱所為，至為易之奉溺器。[87]

又《資治通鑑》記載，武則天長安二年（702），姪子武承嗣、武三思候其門庭，爭執鞭轡。宰相楊再思諂媚取容：

> 時人或譽張昌宗之美，曰：「六郎面似蓮花。」再思獨曰：「不然。」昌宗問其故，再思曰：「乃蓮花似六郎耳。」[88]

[85] 《舊唐書》，卷 166，頁 4327。

[86] 《全唐文》，卷 653，頁 6635。

[87] 《新唐書》，卷 202，頁 5750。

[88] 《資治通鑑》，卷 207，頁 6572。

　　中宗神龍元年（705），武則天病重，張柬之等人發動政變，逼武后交出政權，誅張昌宗、張易之，中宗復辟。宋之問被視為二張同黨，遠放南方。次年，潛回洛陽，諂事太平公主，後依附安樂公主，太平公主怨其易主，遂揭發其陰私，再度遭貶。睿宗繼位後，以「獪險盈惡」流放欽州，賜死。

　　士人在為官時，要如宋璟、韓愈、元稹，或如宋之問、楊再思之人，在仕者心中，有極大之矛盾與掙扎，其實，以「用行舍藏」做為為官之準則，應是全生保命之最佳方法。

(二) 唐代隱士之分類

　　唐代官吏若能任職朝臣，平步青雲，應無隱居之心。然自古多隱者，原因為何？隱士是由居官之後歸隱，或本好山林，徙居林泉，各有不同之思維。若從《後漢書・逸民列傳》、《晉書・隱逸列傳》、《南史・隱逸列傳》、《宋書・隱逸列傳》、《南齊書・高逸列傳》、《梁書・處士列傳》、《北史・隱逸列傳》、《魏書・逸士列傳》、《隋書・隱逸列傳》、《舊唐書・隱逸傳》、《新唐書・隱逸傳》以及雜傳類的《高士傳》及《聖賢高士傳》等，都是現存六朝以來之隱逸史傳。唐・姚思廉（557～647）《梁書・處士列傳序》中，對處士有所說明：

> 　　古之隱者，或恥聞禪代，高讓帝王。以萬乘之為垢辱，之死亡而無悔。此則輕身重道，希世間出，隱之上者也；或託仕監門，寄臣柱下，居易而以求其志，處汙而不愧其色，此所謂大隱，隱於市朝，又其次也；或裸體佯狂，盲瘖絕世，棄禮樂而反道，忍孝慈而不恤，此全身遠害，得大雅之道。[89]

　　姚思廉將隱士分為三等，上等輕身重道，希世間出；其次是居易處汙，

---

[89] 唐・姚思廉：《梁書》，（臺北，鼎文書局，1975），卷 51，頁 731。

隱於市朝之大隱；又其次為佯狂盲瘖，棄禮樂而忍孝慈，以全身遠害。此三等皆不仕於朝，但以重道為先，其次居易處汙，又其次為反道，說法與孔子以天下有道則見，無道則隱之說相合。

　　晚唐皮日休（834～883）〈移元徵君書〉中將隱士分為道隱、名隱與性隱三類：

> 　　古之聖賢，無不欲有意於民也。苟或退者，是時弊不可正，主惛不可曉，進則禍，退則安，斯或隱矣。有是者，世不可知其名，俗不能得其教，尚懼來世聖人責乎無意於民故也。此謂之道隱。其次者，行不端於己，名不聞於人。欲乎仕則懼禍，欲乎退則思進，必為怪行以動俗，詼言以矯物。上則邀天子再三之命，下則取諸侯殷勤之禮。甚有百世之風，次有當時之譽。此之謂名隱。其次者，行有過僻，誌有深傲。飾身不由乎禮樂，行己不在乎是非。入其室者惟清風，升其牖者惟明月。木石然，麋鹿然。期夫道家之用，以全彼生。此之謂性隱。然而道隱者賢人也，名隱者小人也，性隱者野人也。有夫堯舜救世湯禹拯亂之心者，視道隱之人，由夫樵蘇之民耳，況名與性哉！[90]

　　皮日休是以隱士之動機分區分，道隱是因為主惛時弊，進朝出仕，會遭到禍災；退隱又恐後世責其無意於民，故隱而不欲人知；名隱是在追求自我之名位，身處山林，心思魏闕，還做出隱者之姿態，自鳴清高，或藉隱逸以求祿位。性隱是個性喜愛山野，平居以清風、明月為伴，與木石、麋鹿為伍，學道家全生之法。唐代之隱士中，以假隱仕求祿者最多。如韓偓（844～923）〈招隱〉詩云：「立意望機機已生，可能朝市汙高情。時人未會嚴陵志，不釣鱸魚只釣名。」[91]

---

[90] 《全唐文》，卷796，頁8348。
[91] 《全唐詩》，卷682，頁7827。

朝之官吏眾多，如何擠身朝班？就有許多假隱之名，志在城闕者。故《新唐書・隱逸傳》序云：

> 唐興，賢人在位眾多，其遁戢不出者，纔班班可述，然皆下概者也。雖然，各保其素，非托默於語，足崖壑而志城闕也。然放利之徒，假隱自名，以詭祿仕，肩相摩於道，至號終南、嵩少為仕途捷徑，高尚之節喪焉。故衰可喜慕者類於篇。

上文說明唐代有「足崖壑而志城闕」者，也有以「終南、嵩少為仕途捷徑」者，並無高節可言。有人認為唐人隱逸，亦是求仕之一途，如王維、孟浩然、李白、杜甫、高適、岑參、李頎、白居易等，都有隱逸之行跡與詩作。《新唐書・隱逸傳》序將隱士分為三等：

> 古之隱者，大抵有三概：上焉者，身藏而德不晦，故自放草野，而名往從之，雖萬乘之貴，猶尋軌而委聘也；其次，挈治世具弗得伸，或持峭行不可屈於俗，雖有所應，其於爵祿也，汎然受，悠然辭，使人君常有所慕企，怊然如不足，其可貴也；末焉者，資槁薄，樂山林，內審其才，終不可當世取捨，故逃丘園而不返，使人常高其風而不敢加訾焉。[92]

歐陽修、宋祈將隱士分為三等，上焉者，身藏而德不晦，自放草野之中；其次，對爵祿受辭自在，使人君有所慕企；末者有樂山林、逃丘園之而不返。此三種都不眷戀朝廷，但有上下之分，上者有德而身藏，自放草野；其次仍有仕宦，只是不執著於仕宦；末焉者自知資才槁薄，而居山林。故以人之賢能與否，為隱者之高下。

---

[92] 《新唐書》，卷196，頁5593。

　　中唐白居易（772～842）還有一種中隱之說，是寄身仕途，但能生活無虞，全身遠禍，在中唐政治翻雲覆雨間，為求自保，有時不免有鄉愿之譏。在《白香山詩集‧後集二》，〈中隱〉詩中云：

　　　大隱住朝市，小隱入丘樊。丘樊太冷落，朝市太囂喧。不如作中隱，隱在留司官。似出復似處，非忙亦非閒。不勞心與力，又免饑與寒。終歲無公事，隨月有俸錢。君若好登臨，城南有秋山。君若愛遊蕩，城東有春園。君若欲一醉，時出赴賓筵。洛中多君子，可以恣歡言。君若欲高臥，但自深掩關。亦無車馬客，造次到門前。人生處一世，其道難兩全。賤即苦凍餒，貴則多憂患。唯此中隱士，致身吉且安。窮通與豐約，正在四者間。[93]

　　「中隱」之人，要在雖仕而隱之中，過灑脫自在之生活。姚合〈寄永樂長官殷堯藩〉詩云：

　　　故人為吏隱，高臥簿書間。繞院唯栽藥，逢僧只說山。此宵歡不接，窮歲信空還。何計相尋去，嚴風雪滿關。[94]

　　詩中敘述在唐代有許多朝官，在仕途中，不追逐祿位，繞院栽藥，逢僧說山。讓自己有一份閒適之樂，可謂吏隱。

(三) 唐代官吏在仕隱間之矛盾掙扎

　　唐代士進入仕途後，應該「有道則仕、無道則隱。」在做仕隱間之選擇，應依據個人之性情、人生觀做抉擇。不過，每個人在做選擇時，在內心中都

---

[93] 唐‧白居易：《白香山詩集‧後集二》，（四部備要本），（臺北：中華書局，1966），頁8。
[94] 《全唐詩》，卷497，頁5636。

有許多矛盾與掙扎。漢・班固《漢書・王貢兩龔鮑傳》云：

> 《易》稱：「君子之道，或出或處，或默或語。」，言其各得道之
> 一節，譬諸草木，區以別矣。故曰山林之士往而不能反，朝廷之士入
> 而不能出，二者各有所短。[95]

班固引《周易・繫辭》之說，說明「同人」卦九五爻辭，「先號咷而後笑。」意謂同心同德之人，先遇上不利或挫敗則號咷哭泣，轉為有利後又歡笑。只要二人同心，其利斷金；同心之言，其臭如蘭。君子不論出仕或隱退，發言或沈默，都只是得道之一端。山林之士「往而不能反」，有高風亮節，能自治而不能治人；朝臣「入而不能出」，是懷有俸祿，又擔心得罪君王。兩者各有其缺點。

唐代從高祖開國以後，獎勵在野之隱賢，人才之來源，即隋代以來之科舉制度，既可從科舉取士，為何又要訪求隱賢？當然是政治上之考量。一方面可以點綴大唐「野無遺賢」之昇平氣象，又可藉機消弭門閥囂張之氣焰，稍斂科場競進之風，展示君主之泱泱大度。

其實，徵召隱者入仕，朝廷不會畀以大任，如王績[96]、李白[97]、吳筠[98]、陽城[99]等人，雖曾入仕，並無大作為。若隱士不應徵辟，要回歸山林，玄宗就下詔褒讚：「不奪隱淪之志，以成高尚之美。」[100]中宗則下詔：「雖思廊廟之賢，豈違山林之願。」[101]並賜以布匹、白米、金銀等，以示獎賞，對君主與隱者來說，可謂兩全其美。

---

[95] 《漢書》，卷72，頁3097。

[96] 《舊唐書》，〈隱逸傳〉，卷192，頁5116。

[97] 同上註，〈文苑傳〉，卷190，頁5053。

[98] 同上註，〈隱逸傳・吳筠傳〉，卷192，頁5129。

[99] 同上註，〈隱逸傳・陽城傳〉，卷192，頁5132。

[100] 《全唐文》，卷32，頁356。

[101] 同上註，卷16，頁199。

　　初唐王績（約 590～644），絳州龍門（今山西河津）人。曾三仕三隱，兩唐書皆將其列入《隱逸傳》。隋大業元年（605），舉孝廉，除秘書正字。但其生性簡傲，不願在朝供職，改授揚州六合縣丞。因嗜酒誤事，受人彈劾，被解職。時天下大亂，棄官還鄉。《新唐書‧隱逸傳》云：

　　　　績有奴婢數人，種黍，春秋釀酒，養鳧雁，蒔藥草自供。以《周易》、《老子》、《莊子》置床頭，他書罕讀也。欲見兄弟，輒度河還家。游北山東皋，著書自號東皋子。乘牛經酒肆，留或數日。[102]

　　唐高祖武德中，詔以前朝官待詔門下省。太宗貞觀初，以疾罷歸河渚間，躬耕東皋，自號「東皋子」。

　　王績性情曠達，真率疏放，有曠懷高致。其〈贈程處士〉詩云：「禮樂囚姬旦，詩書縛孔丘。」[103] 可見其不受禮教束縛，又不受道家學仙思想影響。〈贈學仙者〉詩云：「仙人何處在，道士未還家。……相逢寧可醉，定不學丹砂。」[104] 對酒情有獨鍾，其〈過酒家〉詩：「眼看人盡醉，何忍獨為醒。」[105]〈醉後〉詩云：「百年何足度，乘興且長歌。」[106] 能飲五斗，自作〈五斗先生傳〉，撰《酒經》、《酒譜》，有一篇虛擬之〈醉鄉記〉，敘述其地去中國不知幾千里，環境優美，是一個互相友愛之大同世界，和陶淵明之〈桃花源記〉十分類似。

　　王績詩也有反映社會經歷喪亂後之景象，如〈薛記室收過莊見尋率題古意以贈〉詩中云：「豺狼塞衢路，桑梓戎丘虛。」[107] 又〈贈梁公〉詩云：「位

---

[102] 《新唐書》，卷 196，頁 5594。

[103] 《全唐詩》，卷 37，頁 482。

[104] 同上註，頁 483。

[105] 同上註，頁 484。

[106] 同上註，頁 484。

[107] 同上註，頁 480。

大招譏嫌，祿極生禍殃。……朱門雖足悅，赤族亦可傷。」[108] 反映隋末唐初以來，天下動盪、政爭激烈、民生遭受破壞之社會狀況。王績樸實自然之詩風，已擺脫六朝綺靡之風，直追漢魏。詩中多描述閒適生活及田園山水之風光，和其隱逸生活有密切之關係。

又如《舊唐書》記載：唐玄宗時，薛戎（約 747～821）少有學術，不求聞達，居毗陵之陽羨山。年餘四十，不易其操。江西觀察使李衡辟為從事，使者三返方應。故相齊映代衡，戎罷職歸山。福建觀察使柳冕表為從事，累月，轉殿中侍御史。會泉州闕刺史，柳冕領州事。以堅守節操，不曲入罪，與冕有隙，辭官寓居於江湖間。後閻濟美為福建觀察使，備聞其事，奏充副使。又隨濟美移鎮浙東，改侍御史，入拜刑部員外郎。出為河南令，累遷衢、湖、常三州刺史，遷浙東觀察使。所涖皆以政績聞。居數歲，以疾辭官。戎檢身處約，不務虛名。俸入之餘，散於宗族。身歿之後，人無譏焉。[109]

由此可知，薛戎一生能掌握操守，仕隱隨人，不因人而改變，做到有道則仕，無道則隱之人生。

(四) 唐代仕隱者之政治思維

唐代隱逸風氣盛行，高宗時曾下詔求訪棲隱。《舊唐書‧隱逸傳》序曰：

> 高宗天后，訪道山林，飛書巖穴，屢造幽人之宅，堅回隱士之車。而遊巖、德義之徒，所高者獨行；盧鴻一、承禎之比。所重者逃名。至於出處語默之大方，未足與議也。[110]

高宗下令徵召諸州道術之士，煉製黃白。又下詔求巖穴之士。曾三次訪嵩山，在逍遙谷見隆唐觀，授嵩山隱士田游巖崇文館學士。武后時，獎掖隱

---

[108] 同上註，頁 479。
[109] 《舊唐書‧薛戎傳》，卷 155，頁 4125。
[110] 同上註，卷 192，頁 5116。

逸之舉措，依然頻繁。

隱逸詩人，是否真正高蹈山林，不論政事，享受田園靜謐之情趣。武后時，詩人盧僎（約 708～773）〈初出京邑有懷舊林〉詩中云：

> 賦生期獨得，素業守微班。外忝文學知，鴻漸鵷鷺間。內傾水木趣，築室依近山。晨趨天日晏，夕臥江海閑。松風生坐隅，仙禽舞亭灣。曙雲林下客，霽月池上顏。雖曰坐郊園，靜默非人寰。時步蒼龍闕，宵異白雲關。語濟豈時顧，默善忘世攀。世網余何觸，天涯謫南蠻。回首思洛陽，喟然悲貞艱。舊林日夜遠，孤雲何時還。[111]

詩中描寫鵷鷺間、水木趣、松風生、仙禽舞、林下客，都充滿山林之趣，也能體會隱士遠離世俗，愜意山林之生活。但是，作者只是一時懷念舊林，所謂：「廊廟心存巖穴中，鸞輿矚在灞城東。」[112] 並非真隱巖穴之士，只是在園林別業中，實現自己山林之思，可以稱之為吏隱。

在盛唐時代，國力鼎盛，經濟繁榮，士人有強烈之自豪感，也有安邦定國之大志，如詩仙李白是：「奮其智能，願為輔弼，使海縣清一，寰宇大定。」[113] 詩聖杜甫是：「致君堯舜上，再使風俗淳。」[114] 邊塞詩人岑參是：「萬里奉王事，一身無所求。」[115]

在如此氛圍中，有些士人是藉隱逸作為實現理想之手段，所謂「終南捷徑」，就是把隱逸視為一種出仕之方法。

晚唐司空圖（837～908）字表聖，河中虞鄉（今山西永濟）人。僖宗咸通十年，登進士第。廣明之亂後，見世不可為，乃隱居中條山王官谷。後梁

---

[111] 《全唐詩》，卷 99，頁 1069。

[112] 同上註，卷 103，頁 1090。

[113] 《全唐文》，卷 348，頁 3534。

[114] 《杜詩詳註》，卷 1，頁 73。

[115] 廖立：《岑嘉州詩箋注》，（北京：中華書局，2004），卷 1，頁 239。

開平二年（908），聞唐哀帝被殺，遂不食而死。從司空圖身上，可看到唐末隱士之觀念，及文人之忠節意識。南宋・洪邁《容齋續筆》肯定此種隱居意識。其言云：

> 唐之末世，王綱絕紐，學士大夫逃難解散，畏死之不暇。非有扶顛持危之計，能支大廈於將傾者，出力以佐時，則當委身山樓，往而不反，為門戶性命慮可也。白馬之禍，豈李振、柳粲數凶子所能害哉？亦裴、崔、獨孤諸公有以自取耳。[116]

司空圖身處王綱絕紐之亂世，有忠君殉國之心，卻無扶顛持危之計，在仕隱之間，最後選擇山樓。此種矛盾與抉擇，在《舊唐書・司空圖傳》中，有如下記載：

> （昭宗）龍紀初（889），復召拜舍人，未幾又以疾辭。河北亂，乃寓居華陰。景福中（892～893），又以諫議大夫徵。時朝廷微弱，紀綱大壞，圖自深惟出不如處，移疾不起。乾寧中（894～898），又以戶部侍郎征，一至闕廷致謝，數日乞還山，許之。昭宗遷洛，鼎欲歸梁，柳璨希賊旨，陷害舊族，詔圖入朝。圖懼見誅，力疾至洛陽，謁見之日，墮笏失儀，旨趣極野。璨知不可屈，詔放還山。[117]

文中敘述司空圖以疾辭、闕廷致謝、乞還山等，可知其了解出不如處，力圖掙脫仕宦之桎梏，歷經二朝，終得如願。《舊唐書・司空圖傳》又云：

> 圖有先人別墅在中條山之王官谷，泉石林亭，頗稱幽棲之趣。自

---

[116] 洪邁：《容齋續筆》，卷14，頁512。

[117] 《舊唐書》，卷190下，頁5082。

考盤高臥，日與名僧高士遊詠其中。晚年為文，尤事放達，嘗擬白居易〈醉吟傳〉為〈休休亭記〉。[118]

文中看到司空圖歸隱之生活是放達而愉悅。懿宗光啟四年（887），作〈光啟四年春戊申〉詩云：

> 亂後燒殘數架書，峰前猶自戀吾廬。忘機漸喜逢人少，覽鏡空憐待鶴疏。孤嶼池痕春漲滿，小闌花韻午晴初。酣歌自適逃名久，不必門多長者車。[119]

詩中敘述戰亂後，還有數架書可讀。由於忘卻機心，酣歌自適，欣賞孤嶼池滿，小闌花韻，隱居之生活尚稱如意。但是「逃名久」三字，似乎透露隱居是因逃避名利之追逐。

因此，亂世使很多文人以隱居自保，但仕隱居只是權宜之計，隱居仍不忘國家之安危，司空圖〈亂後三首〉其一云：

> 喪亂家難保，艱虞病懶醫。空將憂國淚，猶擬灑丹墀。[120]

詩中作者憂國淚，是擔心唐室之安危，而猶擬灑丹墀，則是對唐室中興，仍懷有希望。

晚唐詩人羅隱（833～910），新城（今浙江富陽）人，舉進士十次未第，遂改名為隱。僖宗咸通十一年（870），為湖南衡陽主簿，後又從事淮、潤諸鎮，皆不得意。咸通十三年（872）三月，羅隱至湖州（今浙江湖州市）作〈狄（一作秋）浦〉：

---

[118] 同上註，頁 5088。

[119] 《全唐詩》，卷 632，頁 7250。

[120] 同上註，頁 7255。

　　　　晴川倚落暉，極目思依依。野色寒來淺，人家亂後稀。久貧身不
　　達，多病意長違。還有漁船在，不時夢裏歸。[121]

　　詩中敘述在黃昏時刻，想到戰亂之後，人煙稀少，自己又久貧多病，常
有思歸故鄉之意，故在唐僖宗中和（881～885）年間，避亂隱居於池州梅根
浦，自號江東生。

　　晚唐另一詩人杜荀鶴〈846～904〉在僖宗乾符六年（879），自長安歸隱
九華山，住山林之中，聞黃巢軍已退，作〈亂後歸山（一作山居）〉詩寄孟明
府，詩云：

　　　　亂世歸山谷，征鼙喜不聞。詩書猶滿架，弟侄未為軍。山犬眠紅
　　葉，樵童唱白雲。此心非此志，終擬致明君。[122]

　　從末句「終擬致明君」看來，杜荀鶴隱居是為避亂保命，一時權宜之計，
心中之大志，是要為明君一展長才。故在大順二年（891），參加應試，以第
一人擢第。

　　由上論述，隱居並非只是居住山林而已，官吏在朝貶謫之後，會有歸隱
林泉之念。在戰亂之時，為避亂保命，也有棲息山林之舉。等朝廷徵召，或
天下安定後，還會赴朝廷任職，可見唐代有些官吏，仍有為國效力之心，歸
隱只是一時權宜之計。

---

[121] 同上註，卷 664，頁 7607。
[122] 同上註，卷 691，頁 7946。

三、唐代官吏在遷謫中對生命之感受

　　貶謫是官吏生命歷程中，重大之挫折，內心之痛苦無奈可想而知。唐代之貶吏逐臣，高達三千六百餘人，[123] 尤以中晚唐為甚。由於權奸擅政，朋黨相爭，宦官亂政，藩鎮跋扈，不論上自宰相，下至州縣佐吏，皆常因罪貶謫，或出任郡守、刺史，或斥逐邊荒，對謫吏而言，身心都受到沉重之折磨，方回《瀛奎律髓・遷謫類》序云：「遷客流人之作，唐詩中多有之。」[124]

　　一般文人，不知朝廷之凶險，在經歷科舉，進入官場，經歷宦海浮沉，嘗到貶謫之命運後，就哀歎生不逢時。中唐韓愈在唐憲宗元和十四年（819），以諫迎佛骨貶為潮州刺史，行至藍關時，韓湘趕來同行，韓愈作〈左遷至藍關示姪孫湘〉詩云：「一封朝奏九重天，夕貶潮陽路八千。欲為聖朝除弊事，肯將衰朽惜殘年？」[125] 唐順宗永貞元年（805），柳宗元因王叔文事件，被被貶為永州（今湖南省零陵縣）司馬，度過十年謫宦之生涯。在〈別舍弟宗一〉詩中云：「一身去國三千里，萬死投荒十二年。」[126] 唐代君主可以將大臣貶至萬里邊荒，使想要濟世報國之士，被君主棄若草芥，令人心酸。

　　在武周天授元年（690），武則天稱帝前後，打破士庶之分，讓許多庶族寒士，藉科舉晉身朝堂，但在酷吏周興、來俊臣等不斷告密、鬥爭之下，有許多朝臣遭受貶謫，原先在京城養尊處優之官吏，驟然流落至千里之外，面對窮山惡水，內心之震撼必然很大，於是以詩歌傾瀉情懷。

　　宋之問（約656～712）在貶至越州（今浙江紹興）時，在江南天竺寺、

---

[123] 據尚永亮：《唐五代逐臣與貶謫文學研究》，（武漢：武漢大學出版社，2007），第二章〈唐五代各朝貶官及文人逐臣考述〉統計達 3641 人次。其中詩人約 1209 人次。

[124] 李慶甲：《瀛奎律髓彙評》，（上海：上海古籍出版社，2005），卷 43，頁 1537。

[125] 《全唐詩》，卷 336，頁 3859。

[126] 同上註，卷 350，頁 3938。

法華寺、雲門寺流連，對禪理應有較深之領悟。中宗時，續貶爲瀧州參軍。
瀧州在嶺南，作〈度大庾嶺〉：

> 度嶺方辭國，停軺一望家。魂隨南翥鳥，淚盡北枝花。山雨初含
> 霽，江雲欲變霞。但令歸有日，不敢恨長沙。[127]

詩中宋之問敘述自己遠謫大庾嶺，不禁停軺望家。自己之魂魄，如南飛
之鳥一般飄盪；淚水滴落在朝北之花枝上。希望自己有北歸之日，不會像西
漢之賈誼，含恨長沙。此時，北歸無望之心，油然而生。唯有藉禪理寬解身
心。其〈自衡陽至韶州謁能禪師〉詩云：

> 謫居竄炎壑，孤帆淼不系。別家萬里餘，流目三春際。猿啼山館
> 曉，虹飲江皋霽。湘岸竹泉幽，衡峰石囷閉。嶺嶂窮攀越，風濤極沿
> 濟。吾師在韶陽，欣此得躬詣。洗慮賓空寂，焚香結精誓。願以有漏
> 軀，聿熏無生慧。……不作離別苦，歸期多年歲。[128]

詩中前半敘述越州之景象，接言自己在韶州謁見能禪師，焚香發誓，皈
依我佛，願以有漏之軀，熏生無生之慧。似乎經過能禪師之開示，對生命中
之愛恨別離，已逐漸釋懷。

又如其〈錢江曉寄十三弟〉詩云：「客淚常思北，邊愁欲盡東。」[129]〈早
發韶州〉詩云：「故園常在目，魂去不須招。」[130]〈發藤州〉詩云：「勞歌意
無限，今日為誰明。」[131]以上所舉之詩句，都是在流放途中，思念故園之幽

---

[127] 同上註，卷2，頁428。

[128] 陶敏、易淑瓊：《沈佺期宋之問集校注》，（北京：中華書局，2001），卷3，頁547。

[129] 同上註，卷3，頁504。

[130] 同上註，頁551。

[131] 同上註，頁555。

怨情愁，寫來動人心弦。

　　初唐杜審言（約 648～708）被貶至安南，安南即今之越南，其〈旅寓安南〉詩云：

　　　　交趾殊風候，寒遲暖復催。仲冬山果熟，正月野花開。積雨生昏霧，輕霜下震雷。故鄉逾萬里，客思倍從來。[132]

　　詩中言離鄉萬里之交趾，仲冬山果成熟，正月野花盛開。接連幾天之雨，會產生昏暗之霧氣，輕霜之後，就聽到震耳之雷聲。氣候之寒暖與中原不同，花果景物也有差異，客居異鄉，不禁湧起強烈之思鄉情懷。

　　杜審言在貶官後，從山水花鳥間，反省人生之哲理。其〈春日江津遊望〉詩云：

　　　　旅客搖邊思，春江弄晚晴。煙銷垂柳弱，霧卷落花輕。飛棹乘空下，回流向日平。鳥啼移幾處，蝶舞亂相迎。忽歎人皆濁，堤防水至清。谷王常不讓，深可戒中盈。[133]

　　詩中從春日垂柳、落花、鳥啼、蝶舞之柔美景象，感嘆世人皆汲汲於貪求權位，爭奪名利，自滿而驕縱。應時常警戒自己，要有虛懷若谷之襟懷。

　　沈佺期（約 656～719）被貶至驩州（今越南義安州），作〈從驩州廨宅移住山間水亭贈蘇使君〉詩中云：「古來堯禪舜，何必罪驩兜。」[134] 古代堯禪舜後，因驩兜依附共工，將之流放至崇山。沈佺期以驩兜自況，朝廷在新君繼位後，何必將臣子如驩兜般貶謫。以此暗喻自己之遭遇。

　　沈佺期在驩州，心中徹底絕望，相信自己遭到陷害，才流放至此。作〈初

---

[132] 《全唐詩》，卷 62，頁 735。

[133] 同上註，頁 737。

[134] 《沈佺期宋之問集校注》，卷 2，頁 117。

達驪州二首〉之二云：

> 流子一十八，命予偏不偶。配遠天遂窮，到遲日最後。水行儋耳
> 國，陸行雕題藪。魂魄遊鬼門，骸骨遺鯨口。夜則忍飢臥，朝則抱病
> 走。搔首向南荒，拭淚看北斗。何年赦書來，重飲洛陽酒。[135]

　　詩中提到自己命運不偶，被貶配至偏遠之儋耳國，似乎已至天窮之處。
自己魂遊鬼門，「鬼門」是地獄之門，可見地處偏遠而荒涼；又言自己之骸骨
將遺棄於鯨口，「鯨口」指鯨魚之口，比喻自己將被鯨魚吞滅。夜晚忍饑睡臥，
早上抱病外出。不知何年才能收到赦免之文書，回到故鄉，重飲洛陽之美酒。
一路寫來，可以感受到濃厚之淒苦滋味。

　　貶謫對逐臣而言，是生命之沉淪。從朝廷議政論事之大臣，投身到荒遠
之州縣擔任小官，再加上骨肉離散，去國懷鄉之狀況下，心中之痛苦日益加
深。在百般無奈中，佛理較能寬慰羈旅異鄉之游子。沈佺期在〈九真山靜居
寺謁無礙上人〉詩中云：「欲究因緣理，聊寬放棄慚。」[136] 佛教以因緣及生
命無常之說法，使逐臣暫且放寬心中之苦悶。

　　盛唐逐臣多貶至荊湘一帶，但因國家強盛，經濟繁榮，在貶謫期間，對
國家仕途還深具信心，如盛唐著名之邊塞詩人，後人譽為「七絕聖手」之王
昌齡（698～756）玄宗開元十五年（727），王昌齡進士及第，任秘書省校書
郎。在〈岳陽別李十七越賓〉云：「遣黜同所安，風土任所適。」[137] 〈送崔
參軍往龍溪〉詩中云：「遣謫離心是丈夫，鴻恩共待春江漲。」[138] 即使遭受
遣謫，心中適然，不失其兼濟天下之英雄豪氣。

　　開元二十七年（739），王昌齡貶至嶺南，天寶六年（747）又貶為龍標尉，

---

[135] 同上註，頁 95。

[136] 同上註，頁 93。

[137] 《全唐詩》，卷 143，頁 1450。

[138] 同上註，卷 140，頁 1428。

對詩人來說，是痛苦而無奈之事。但王昌齡能隨遇而安，自己貶官已甚鬱悶，
對朋友還是充滿關懷，其〈至南陵答皇甫岳〉詩云：

> 與君同病復漂淪，昨夜宣稱別故人。明主恩深非歲久，長江還共
> 五溪濱。[139]

推其原因，王昌齡對朝廷仍有信心，認為自己會有再被重用之日，所以
仍稱「明主恩深」。其〈箜篌引〉詩云：

> 仆本東山為國憂，明光殿前論九疇。篋讀兵書盡冥搜，為君掌上
> 施權謀。[140]

詩中王昌齡仍想蒐羅兵書，熟讀《尚書·洪範》之九疇，希望能在明光
殿前，為君主獻上權謀。

唐玄宗時，位登宰輔之張九齡（678～740），個性正直，但拘泥、固執，
在朝廷不容易與他人相處，在貶謫後，藉水自慰。其〈林亭寓言〉詩云：

> 林居逢歲晏，遇物使情多。衡芷不時與，芬榮奈汝何。更憐籬下
> 菊，無如松上蘿。因依自有命，非是隔陽和。[141]

詩中敘述歲晚林居之感受，覺得有許多觸物生情之處。杜衡、白芷等不
在寒冬綻放香氣，其芬榮又奈汝何？在籬下之菊花，不如松樹上之女蘿，植
物因依附之物而不同之際遇，與陽和之氣無關。人生之際遇與植物似乎相同，
懂得攀緣依附之人，機運較佳。

---

[139] 同上註，卷143，頁1446。

[140] 李國勝：《王昌齡詩校注》，（臺北：文史哲出版社，1973），頁98。

[141] 熊飛：《張九齡集校注》，（北京：中華書局，2008），卷2，頁169。

　　張說（667～730）曾被玄宗任為紫微令，玄宗開元元年（713）貶至相州，三年（715）改貶至岳州，心中悲怨苦悶，在〈岳州守歲〉詩中云：「今年只如此，來歲復何如。」[142] 又〈岳州宴別譚州王雄二首〉詩云：「誰念三千里，江潭一老翁。」[143] 張說詩中憂慮自己未來之命運，不知誰會關心岳州江邊之老翁。開元四年（716）張說作〈聞雨〉詩云：「心對爐灰死，顏隨亭樹殘。」[144] 心情之低落，似乎是與日俱增。

　　中唐變亂紛起，宦官亂朝，相權旁落，藩鎮驕縱，德宗貞元十九年（803），韓愈（768～824）因上書論天旱人飢狀，請寬民徭役，除民租賦，指斥朝政，被貶為連州陽山令。時逢冬季，秦嶺冰雪封山，路途險阻，還要兼程趕路，十分艱苦。其〈左遷至藍關示姪孫湘〉詩云：「雲橫秦嶺家何在？雪擁藍關馬不前。」[145] 其四女挐年僅十二歲，病重在床，亦抱病就道，終病死於商南層峰驛。

　　憲宗元和十四年（815），因諫迎佛骨事，貶為潮州刺史。潮州多燠少寒，瘴癘不絕。[146] 其〈瀧吏〉詩中云：

　　　惡溪瘴毒聚，雷電常洶洶。鱷魚大于船，牙眼怖殺儂。州南數十里，有海無天地。颶風有時作，掀簸真差事。[147]

　　又在〈潮州刺史謝上表〉云：

　　　臣所領州，在廣府極東界上，去廣府雖云才二千里。然來往動皆

---

[142] 《全唐詩》，頁956。

[143] 同上註，頁950。

[144] 同上註，頁936。

[145] 《韓昌黎詩繫年箋釋》，卷11，頁1097。

[146] 見《潮州府志》，卷二，〈氣候〉。

[147] 《韓昌黎詩繫年箋釋》，頁1109。

經月，過海口，下惡水，濤瀧壯猛，難計程期。颶風鱷魚，患禍不測。州南近界，漲海連天，毒霧瘴氣，日夕發作。臣少多病，年才五十，髮白齒落，理不久長；加以罪犯至重，所處又極遠呃，憂惶慚悸，死亡無日。[148]

此文韓愈將潮州環境之險惡，颶風鱷魚，毒霧瘴氣，再加上自己髮白齒落，身體衰弱，預期自己年不久長，不禁憂惶慚悸，將貶官後對生命之體悟，做深切之反省。

順宗永貞元年（805），柳宗元在王叔文集團意欲革新政治失敗後，貶為永州司馬，永州之環境極為艱苦，在〈與李翰林建書〉中云：

永州於楚為最南，狀與越相類。……涉野有蝮虺大蜂，……近水即畏射工沙蝨，含怒竊發，中人形影，動成瘡痏。[149]

大蜂、沙虱是永州害人之毒蟲。在〈與楊京兆憑書〉中，言其貶官永州一二年來，身體狀況越形衰敗之情形：

一二年來，痞氣尤甚。加以眾疾，動作不常，眊眊然騷擾內生，霾霧填擁慘沮。[150]

又在〈與蕭翰林俛書〉中敘述永州瘴毒入身後，使肌膚怕風，毛髮稀疏，身心受到戕害。云：

居蠻夷中久，慣習炎毒，昏眊重膇，意以為常。忽遇北風，晨起，

---

[148] 《韓昌黎集校注》，頁 356。

[149] 《柳河東全集》，卷 30，頁 494。

[150] 同上註，頁 484。

薄寒中體，則肌革瘆懍，毛髮蕭條，瞿然注視，怵惕以為異候，意緒殆非中國人。[151]

元和十年（815），柳宗元續貶為柳州刺史。在柳州之環境，更為惡劣。山中氣聚而不泄，嵐霧蒸鬱成瘴癘，此毒氣隨風飄散，極易感染。在〈嶺南江行〉詩中云：

> 瘴江南去入雲煙，望盡黃茆是海邊。山腹雨晴添象跡，潭心日暖長蛟涎。射工巧伺游人影，颶母偏驚旅客船。從此憂來非一事，豈容華髮待流年。[152]

在身體受毒蟲、瘴氣之危害，心中又貶官之憂擾，對柳宗元來說，生命已接近絕望之狀態。在〈與蕭翰林俛書〉云：

> 悲夫！人生少得六七十者，今已三十七矣。長來覺日月益促，歲歲更甚，大都不過數十寒暑，則無此身矣。是非榮辱，又何足道！[153]

文中柳宗元深切體認人生之短暫，以「是非榮辱，又何足道！」安慰自己生命之不足恃也。但「悲夫」二字，又說盡人生之多少悲涼。在〈寄韋珩〉詩中，將自己之遭遇有更清楚之敘述：

> 初拜柳州出東郊，道旁相送皆賢豪。回眸炫晃別群玉，獨赴異域穿蓬蒿。炎煙六月咽口鼻，胸鳴肩舉不可逃。桂州西南又千里，灘水鬭石麻蘭高。陰森野葛交蔽日，懸蛇結虺如蒲萄。到官數宿賊滿野，

---

[151] 同上註，頁491。

[152] 王國安：《柳宗元詩箋釋》，（上海：上海古籍出版社，1998），頁302。

[153] 《柳河東全集》，卷30，頁491。

縛壯殺老啼且號。饑行夜坐設方略，籠銅枹鼓手所操。奇瘡釘骨狀如
箭，鬼手脫命爭纖毫。今年噬毒得霍疾，支心攪腹戟與刀。邇來氣少
筋骨露，蒼白澌汩盈顛毛。[154]

　　詩中悲慘地說明自己來到桂州西南千里之柳州，從漓水可以看到斗石、
麻蘭、野葛、蛇虺，以及盜賊縛殺百姓，而自己又生如箭釘骨之奇瘡，支心
攪腹之霍亂，讓自己變成氣少體衰，筋骨外露，面色蒼白。全詩讀來，不禁
為柳宗元貶官之遭遇，慨歎不已。
　　中唐詩人劉禹錫（772～842），在順宗永貞元年（805）貶為朗州（今湖
南常德）司馬。被貶之後，謗論紛起，在〈上杜司徒書〉云：

　　　是非之際，愛惡相攻；爭先利途，虞相軋則讒起；希合貴意，雖
　　無嫌而謗生。……加以吠聲者多，變實者寡，飛語一發，臚聲四馳。[155]

　　劉禹錫在朗州十年，對政敵及一些落井下石者，感到憤恨不平，更體會
到政治之冷酷現實。在痛苦無聊中，唯以詩文陶冶情性。《舊唐書・劉禹錫傳》
云：「地居西南夷，土風僻陋，舉目殊俗，無可與言者。」[156]
　　朗州之風俗與中原不同，以及與當地居民之言語不通，而無可與言，故
在〈答道州薛侍郎論書儀書〉中云：「及謫官十年，居僻陋，不聞世論。」[157]
劉禹錫住在僻陋之地，聽不到有人議論世事，對朝廷之現況，也無從得知。
　　敬宗寶曆二年（826），劉禹錫罷和州（今安徽和縣）刺史，返歸洛陽時，
在揚州遇見白居易，作〈酬樂天揚州初逢席上見贈〉詩云：

154　《柳宗元詩箋釋》，卷 3，頁 361。
155　《全唐文》，卷 603，頁 6093。
156　《舊唐書》，卷 160，頁 4210。
157　《全唐文》，卷 604，頁 6099。

> 巴山蜀水淒涼地，二十三年棄置身。懷歸空吟聞笛賦，到鄉翻似爛柯人。沉舟側畔千帆過，病樹前頭萬木春。今日聽君歌一曲，暫憑杯酒長精神。[158]

詩中敘述自己曾被棄置於巴山蜀水二十三年，回到故鄉竟恍如隔世之人。沉舟、病樹比喻自己，千帆過、萬木春形容虛度之歲月。貶官對具有凌雲壯志之詩人，是何等沉痛之哀傷！難怪白居易說：「二十三年折太多」[159]。

在謫地久居之後，感覺自己之生命，虛耗在窮山惡水之中，苦悶必然與日俱增。劉禹錫在〈上中書李相公啟〉中云：

> 嗚呼！以不駐之光陰，抱無涯之憂悔。當可封之至理，為永廢之窮人。聞弦尚驚，危心不定，垂耳斯久，長鳴孔悲。[160]

啟文中說明自己貶官後，在時間之壓力下，懷抱無窮之憂悔。自以為可以封賞之至理，成為永廢窮荒之人。心中危懼不安，聞弦聲則心驚，聽長鳴則悲傷。文中以嗚呼呼告，可知劉禹錫在謫地，身心所受之創痛與折磨，實非常人所能體會。

元稹（779～831）在憲宗元和元年，因支持裴度密疏論權幸，觸怒宰相，貶為河南尉。元和十年（815），出任通州（今四川達縣）司馬。流落「哭鳥晝飛人少見，悵魂夜嘯虎行多。」[161] 之通州，在〈酬樂天東南行詩一百韻並序〉詩中云：

> 我病方吟越，君行已過湖。……夷音啼似笑，蠻語謎相呼。……

---

158 《劉禹錫詩編年校注》，頁 1382。
159 謝思煒：《白居易詩集校注》，（北京：中華書局，2009），頁 1957。
160 《全唐文》，卷 604，頁 6104。
161 楊軍：《元稹集編年箋注》，（西安：三秦出版社，2002），頁 644。

鄉里家藏蠱，官曹世乏儒。……楚風輕似蜀，巴地濕如吳。氣濁星難見，州斜日易晡。通宵但雲霧，未酉即桑榆。瘴窟蛇休蟄，炎溪暑不徂。悵魂陰叫嘯，鵩貌畫踟蹰。[162]

詩中敘述通州氣候潮濕，氣濁而多雲霧，聽不懂夷音、蠻語。鄉里人家都藏有蠱毒，還有瘴癘、毒蛇、鵩鳥。將巴蜀之氣候、民風作詳細之描述。

元稹在通州生活苦悶，不復任河南尉時，尚有回京復職之心。在〈上興元權尚書啟〉中言其移通州之憂懼，並認為自己回朝無望，將命終於此：

吏通之初，有言通之州，幽陰險蒸，瘴之甚者。私又自憐其才命俱困，恐不能復脫於通。由是生心，悉所為文，留置友善，冀異日善惡不忘於朋類耳。[163]

唐穆宗長慶二年(822)，元稹拜平章事，居相位三月。為李逢吉所傾軋，出為同州刺史，改浙東觀察使。因當過宰相，心情不若在通州時苦悶，反能以山水自娛。《新唐書‧元稹傳》中，敘述在越地有山水、文士相伴，諷詠詩什，心情悠閒而輕鬆：

會稽山水奇秀，稹所辟幕職，接當時文士。而鏡湖、秦望之游，月三四焉。而諷詠詩什，動盈卷帙。[164]

白居易（772～846）在憲宗元和十四年（815），貶為忠州（今四川忠縣）刺史。作〈自江州至忠州〉詩中云：「安可施政教，尚不通語言。」[165] 忠州

---

[162] 同上註，頁 767。

[163] 《全唐文》，卷 653，頁 6641。

[164] 《新唐書》，卷 174，頁 5223。

[165] 《白居易詩集校注》，頁 848。

之方言,白居易因語言不通,要施行教化,感到困難。

　　長慶年間,因李逢吉離間裴度與元稹,使二人相繼罷相,白居易深知朝中政治險惡,怕自己會被牽連,故在〈太行路〉詩中云:「君不見:左納言,右納史。朝承恩,暮賜死。」[166] 又在〈寄隱者〉詩云:「由來君臣間,寵辱在朝暮。」[167] 乃以中隱方式,遠離是非,保身遠禍。由中書舍人,自求外任杭州刺史。《舊唐書》本傳即言其事云:

> 時天子荒縱不法,執政非其人,治御乖方,河朔復亂。居易屢上書論其事,天子不能用,乃求為外任。[168]

　　文宗太和二年(828),白居易作〈戊申歲暮詠懷〉三首,其三云:

> 七年囚閉作籠禽,但願開籠便入林。幸得展張今日翅,不能辜負昔時心。人間禍福愚難料,世上風波老不禁。萬一差池似前事,又應追悔不抽簪。[169]

　　詩中敘述自己貶謫之歲月,有若拘囚籠中之禽鳥,幸運在七年之後,能展翅飛入林中。人間禍福難料,世上風波不禁。應知如何避災遠禍,不要一再重蹈覆轍,以免追悔莫及。此想法是從經歷貶謫之經驗中,得到寶貴之教訓。

　　韓愈(768〜824)在德宗貞元十九年(803),因上疏寬徭役、免田租、除宮市之弊等,被貶至連州(今廣東連州市)之陽山,陽山地處嶺南、黔中一帶,文化較為落後,韓愈卻能造福當地之鄉里,在〈送區冊序〉中云:

---

[166] 同上註,頁 315。

[167] 同上註,頁 128。

[168] 《舊唐書》,卷 166,頁 4340。

[169] 《白居易詩集校注》,頁 2115。

陽山，天下之窮處也。縣郭無居民，官無丞尉，夾江荒茅篁竹之間，小吏十餘家，皆鳥言夷面。始至，言語不通，畫地為字，然後可告以出租賦，奉期約。是以賓客遊從之士，無所為而至。[170]

文中敘述陽山縣是窮山僻壤之地，位在湘水之曲，鳥言夷面，言語不通，畫地為字，可見文化低落。韓愈在〈縣齋有懷〉詩中，敘述聽不慣陽山鄉民之語言，老少睚眦之笑語，只能猜想訝異。

夷言聽未慣，越俗循猶乍，指責兩憎嫌，睚眦互猜訝。[171]

韓愈因諫迎佛骨，被貶至潮州，在〈左遷藍關示姪孫湘〉詩中云：

一封朝奏九重天，夕貶潮陽路八千。本為盛明除弊事，敢將衰朽惜殘年？雲橫秦嶺家何在？雪擁藍關馬不前！知汝遠來應有意，好收吾骨瘴江邊。[172]

官吏被貶謫，有時也只有怪自己老邁無用。韓愈敘述自己從長安出發，來到藍關，面對雲霧橫亙千里之秦嶺，頓覺前路茫茫，不知家在何處？再看藍關漫天飛雪，連馬都裹足不前。姪孫你遠來相送，可謂情深義重！將來要靠你到充滿瘴癘之江邊，為我收屍。寫來充滿悲愴知情。

中唐柳宗元（773～819）貶到永州，其山水文學，膾炙人口。後卒於柳州任所。柳州人感念其德政，建羅池廟碑，奉為神明。像韓愈、柳宗元不以己身之遷謫為憂，反而積極為邊地百姓做事，留下當地民眾之感戴，在生命史上鑴上不朽之一頁。

---

[170] 《韓昌黎文集校注》，頁155。
[171] 《韓昌黎詩繫年集釋》，卷2，頁229。
[172] 同上註，卷11，1097。

　　晚唐從文宗太和初至哀帝（827～907），共八十年。由於朋黨相爭，藩鎮跋扈，宦官亂政。受貶之官吏達七百餘人。其中李德裕、吳融、錢翊、韓偓等人，有不少謫宦之作品。但晚唐逐臣大都經過科舉考試，輾轉入仕，入仕前都前往各地幕府任職，在飄泊中度過不少歲月，所以晚唐逐臣在貶官時，不會有激烈之情緒，創作多偏向送客、懷友、思鄉等內容。

　　許渾（約791～858）在武宗會昌四年，擔任潤州（今江蘇鎮江）司馬，作〈將離郊園留示弟姪〉詩云：

　　　身賤與心違，秋風生旅衣。久貧辭國遠，多病在家稀。山暝客初散，樹涼人未歸。西都萬餘里，明旦別柴扉。[173]

　　詩中敘述自己在潤洲（今江蘇省鎮江市）久貧多病，離西都長安萬餘里，從「人未歸」，可知作者思念故園之心。又〈送從兄別駕歸蜀〉詩云：「家留秦塞曲，官謫瘴溪湄。道直奸臣屏，冤深聖主知。」[174] 詩中許渾直言從兄被奸臣構陷。忠臣直道而行，卻被奸臣屏退。從兄含冤至深，聖主應當知曉。充滿慰勉之意。

　　李德裕（787～850）是中晚唐牛李黨爭中李黨之領導者，宣宗時貶潮州（今廣東潮陽）司馬，其〈謫嶺南道中作〉詩云：

　　　嶺水爭分路轉迷，枕榔椰葉暗蠻溪。愁沖毒霧逢蛇草，畏落沙蟲避燕泥。五月畬田收火米，三更津吏報潮雞。不堪腸斷思鄉處，紅槿花中越鳥啼。[175]

　　從詩題可知此詩是李德裕貶往潮州時作。詩中敘述嶺水分道之後，有迷

---

[173] 《全唐詩》，卷529，頁6050。

[174] 同上註，頁6130。

[175] 同上註，卷475，頁5397。

路之感。一路上有枕大之檳榔和掉落之椰葉，毒霧瀰漫中，有清熱解毒、利濕之蛇草生長其間。怕沙蟲掉落，避開燕泥。五月焚火種田之米收成，三更時分聽到津吏報時。在紅槿花開放、越鳥啼叫聲中，不盡思念故鄉。表面是寫嶺南之荒僻窮惡，卻令人有強烈之歸思。

其後，李德裕復貶崖州（今海南省儋州市）司戶時，作〈登崖州城作〉詩云：

> 獨上高樓望帝京，鳥飛猶是半年程。青山似欲留人住，百匝千遭繞郡城。[176]

當時，李德裕年已六十三，登上崖州城上，眺望京城，想像鳥飛猶須半年，好像只有青山，百匝千遭地繞著郡城，似乎要留人常住於此，此種以飛鳥、青山襯托心中之感受，是將心中之愁緒，以委婉之形式表達，必需深入體會，才能了解其心中悲愴之情。又在〈與姚諫議郃書〉中云：

> 大海之中，無人拯診卹。資儲蕩盡，家事一空，百口嗷然，往往絕食，塊獨窮悴，終日苦饑，惟恨垂沒之年，頓作餒死之鬼。自十月末得疾，伏枕七旬，屬纊者數四，藥物陳裛，又無醫人，委命信天，幸而自活。羸憊至甚，生意方微，自料此生，無由再望旌棨。[177]

文中敘述在崖州艱苦之生活，資儲蕩盡，百口嗷然，及自身苦饑窮悴，羸憊得疾，找不道醫生，只能委命上天之情形。與〈登崖州城作〉詩之含蓄，已迥然不同。

裴夷直（生卒不詳），憲宗元和十年（815）登進士第。唐武宗時，貶斥

---

[176] 同上註，卷 475，頁 5397。

[177] 《全唐文》，卷 707，頁 7260。

驪州（今越南義安省）司戶參軍。距京城一萬二千餘里，其〈發交州日留題解鍊師房〉詩云：「明朝回首日，此地是天涯。」[178] 又〈崇山郡〉詩云：「地近炎荒瘴海頭，聖朝今又放驩兜。交州已在南天外，更過交州四五州。」[179]

　　驪州比交州更遠，天氣炎熱，地處充滿瘴癘之海邊，彷若置身於天涯海角，心中之淒涼寂寞，令人不堪想像，故在〈憶家〉詩云：

　　　　天海相連無盡處，夢魂來往尚應難。誰言南海無霜雪，試向愁人兩鬢看。[180]

　　裴夷直在天海相連之南海，要與家鄉之父老夢魂來往，應該很難。嶺南炎熱潮溼，又多瘴癘。看到自己鬢髮霜白，可知思鄉之殷切。

　　晚唐韓偓（844～923）於昭宗龍紀元年（889）登進士第，天復三年（903）因忤朱全忠，貶濮州（今河南濮陽市）司馬。《資治通鑑》記敘其事云：

　　　　上密與偓泣別，偓曰：「是人（朱全忠）非復前來之比，臣得遠貶及死乃幸耳，不忍見篡弒之辱。」[181]

　　《新唐書》本傳亦曰：「帝執其手泣涕曰：『我左右無人矣』。」可見韓偓與昭宗情誼深厚，故在貶濮州（今山東省菏澤市），及鄧州（今河南鄧州市）司馬時，對君恩始終難忘。在其〈出官經硤石縣〉詩云：

　　　　謫宦過東畿，所抵州名濮。故里欲清明，臨風堪慟哭。溪長柳似帷，山暖花如醭。逆旅訝簪裾，野老悲陵谷。暝鳥影連翩，驚狐尾纛

---

[178] 《全唐詩》，卷513，頁5859。

[179] 同上註，頁5862。

[180] 同上註，頁5863。

[181] 《資治通鑑》，卷264，頁8601。

　　欷。尚得佐方州，信是皇恩沐。[182]

　　詩中言自己能貶至濮州任濮州司馬，是沐浴皇恩所致，但在故鄉清明時節將至之時，只能臨風慟哭。至於野老悲陵，驚狐尾欷等詩句，都顯示作者內心驚恐之狀。

　　韓偓貶官後，於哀帝天佑二年（905），棄官南下，流寓湖南年餘，轉往閩中，未再回朝。在其詩作中，對奸臣弄權，使自己君臣分離，遠謫天涯；再加上士風澆薄，國祚阽危，心中感到悲痛。其〈漫作二首〉其二云：「污俗迎風變，虛懷遇物傾。」[183] 對士風污濁，官吏逐利感到不滿。又〈避地〉詩云：「白面兒郎猶巧宦，不知誰與正乾坤。」[184] 對奸巧之宦官亦以白面兒郎斥責，希望有正義之士挺身而出，匡正乾坤。

　　以上論述，可知貶謫是官吏最痛苦之遭遇，尤其是貶到蠻荒地區，如嶺南、越地、甚至黔中、海南等地，遇到瘴癘、蛇虺等物，都會有很深之感觸，對官吏身心之折磨，是一段難忘之生命歷程。

---

[182] 《全唐詩》，卷680，頁7790。
[183] 同上註，卷681，頁7803。
[184] 同上註，卷680，頁7794。

第六章　唐代文人藉文學表現其生命思想

　　文學是文人表達思想、情感之工具，不論詩、散文、小說，無數文人都界文學澆其塊壘。蕭子顯《南齊書・文學傳序》云：「文章者，蓋情性之風標，神明之律呂。」[1] 蕭子顯認為文章是性情之標誌，其聲音也可表現神妙之旨意。李百藥《北齊書・文苑傳序》云：「達幽顯之情，明天人之際，其在文乎？」[2] 李百藥認為文學可以表達幽微之情感，也能通貫天人之關係，將文學更向形而上之哲學接軌。《隋書・文學傳序》云：「文之為用大矣哉！上所以敷德教於下，下所以達情志於上，大則經緯天地，作訓垂範，次則風謠歌頌，匡主和民。」[3]《隋書》再從文學與情感、哲理，推向德教之上，所謂「作訓垂范」、「匡主和民」，則文學已成為政治教化之工具，與文學之本義，已相背離。

　　唐代文風鼎盛，詩、文、小說，皆能呈現大唐氣象，對唐代政治激烈之變動，官吏貶謫、仕隱之感受、戰亂之頻繁、文人科舉之艱辛、文士與僧道之交往等，皆能以詩文表達，甚至創作傳奇，或以變文傳播佛教，都能看出唐人在時代之大熔爐中，文學扮演之角色。當然其中有許多闡述生命之作品，對了解唐人之生命思想，有所幫助。

---

[1] 梁・蕭子顯：《南齊書》，（臺北：鼎文書局，1975），卷 52，頁 889。

[2] 唐・李百藥：《北齊書》，（臺北：鼎文書局，1975），卷 45，頁 601。

[3] 唐・魏徵：《隋書》，（臺北：鼎文書局，1975），卷 76，頁 1731。

一、唐代文人藉文章表達其生命思想

(一) 文章之氣與生命力

1. 文章貴先養氣

　　天地有陰陽二氣，媾和而生萬物，故氣為人類生養之源。氣遍佈宇內，亦在人體內流轉循環。不論血氣、脾氣、聲氣、養氣皆為人生理之氣；但若言神氣、志氣、勇氣則是心理之氣。人內在之氣發之於外，隨人之個性、才學、修養、道德相關。若將此氣行之於文章，則是文章之氣勢，此氣中有作者之感情、道德、學養、人生閱歷、行文技巧，表現於文章之中，有各種不同之文體、風格。故談文氣，當不能一言蔽之。

　　孟子主張養氣，其氣是指充塞於天地之間之浩氣，是人格修養所形成之至大至剛之正氣，非指文章之氣。曹丕《魏文帝集・典論論文》言：「**文以氣為主，氣之清濁有體，不可力強而致。**」是最早提到文章以氣為主，氣有清濁之不同，隨人天賦之才性，與後天之學養而有不同。若表現在文章上，極為文章之生命力。至於「**徐幹時有齊氣**」、「**孔融體氣高妙**」、「**公幹有逸氣，但未遒耳。**」[4] 則指個人文章表現之風格而言。

　　繼曹丕之後，陸機、葛洪、沈約、劉勰、鍾嶸、蕭子顯、顏之推等人，對文氣各有不同之闡釋。大抵指氣是文章之原動力，文章之情感、思想，要靠氣使之行文流暢。不過作者如無才學，腹笥空窘，要寫出天下至文，幾不可能。因此，文氣實為作者思想與情感之體現，並非雕飾文字而已。

---

[4] 明・張溥：《漢魏六朝百三家集》〈魏文帝集〉，（臺北：文津出版社，1979），頁 1003。

2. 唐代之文氣論

　　唐代文學陳六朝遺風，初唐文章有纖麗之氣，格調不高；盛唐詩文由於國勢轉盛，李白、杜甫、王維、孟浩然、王昌齡等人，文章氣勢雄健，氣象恢弘；中唐經安史之亂後，國勢漸衰，韓愈、柳宗元以古文力挽衰頹之文風，白居易、元稹轉而重視社會民生之疾苦；晚唐每況愈下，雖有李商隱深晦，溫庭筠綺麗，杜牧俊爽，不足以挽其頹風。

　　唐文經歷三百年之變遷，其推衍之情形，在《新唐書・文藝傳上序》有扼要之敘述：

> 　　唐有天下三百年，文章無慮三變，唐有天下三百年，文章無慮三變。高祖、太宗，大難始夷，沿江左餘風，綺句繪章，揣合低卬，故王、楊為之伯。玄宗好經術，群臣稍厭雕琢，索理致，崇雅黜浮，氣益雄渾，則燕、許擅其宗。是時，唐興已百年，諸儒爭自名家。大曆、貞元間，美才輩出，擩嚌道真，涵泳聖涯，於是韓愈倡之，柳宗元、李翱、皇甫湜等和之，排逐百家，法度森嚴，抵轢魏晉，上軋漢、周，唐之文完然為一王法，此其極也。[5]

　　《新唐書》認為唐代文章經歷三變，初唐四傑之王勃、楊炯，以清麗濃豔之文，使文章為一變；玄宗時張說、蘇頲之文，號稱燕許大手筆[6]，文章為之一變；大曆、貞元間韓愈、柳宗元之古文運動，使古文蔚為風氣，文章為之一變。

　　初唐四傑仍沿襲齊、梁之風，獨陳子昂（661～702）反對，講求文章之

---

[5] 《新唐書》，卷 201，頁 5726。

[6] 「燕許」指唐張說、蘇頲，又稱「蘇張」；張說封燕國公，蘇襲封許國公。《新唐書・蘇瓌湜傳》：蘇頲「自景龍後，與張說以文章顯，稱望略等，故時號燕許大手筆。」二人主張「崇雅黜浮」，以矯正陳、隋以來浮麗之風氣，講究實用，重視風骨。但文章內容多駢麗習氣。元稹〈代典江老蔔百韻〉詩云：「李杜詩篇敵，蘇張筆力勻。」

風骨、興寄。其〈與東方左史虯修竹篇並序〉中，對好友東方虯云：

> 文章道弊五百年矣，漢、魏風骨，晉、宋莫傳，然而文獻有可徵
> 者。僕嘗暇時觀齊、梁間詩，彩麗競繁，而興寄都絕，每以永歎。思
> 古人，常恐邐迤頹靡，風雅不作，以耿耿也。一昨於解三處，見明公
> 「詠孤桐篇」，骨氣端翔，音情頓挫，光英朗練，有金石聲。遂用洗心
> 飾視，發揮幽鬱。不圖正始之音，復覩於茲，可使建安作者，相視而
> 笑。[7]

文中論及齊、梁間詩，有「彩麗競繁」、「興寄都絕」之流弊，又讚美東
方虯之「詠孤桐篇」骨氣端翔，音情頓挫，光英朗練，有金石聲，具建安風
骨，正始（240～248）之音。也由此知陳子昂之風骨，是指文氣旺盛、音韻
鏗鏘、文辭端直之剛健風格，可以補正晉、宋以來文氣靡麗之缺失，也是唐
代首篇論及文氣之文。

與陳子昂同時期之盧藏用，在〈右拾遺陳子昂文集序〉中，對陳子昂有
極高之評價，認爲是「道喪五百年而得陳君」，也同時肯定其代表作〈感遇〉
詩。但盧藏用是用儒家之政教觀念評論，與陳子昂談文章重「興寄」、「風骨」
有所不同。

盛唐杜甫盛讚陳子昂：「公生揚馬後，名與日月懸。」[8] 肯定其有始變風
雅之功。中唐韓愈稱：「國朝盛文章，子昂始高蹈。」[9] 對陳子昂文學主張與
文章都極度讚賞。

中唐柳冕（730～804），唐德宗貞元時人，比韓、柳要早，但其崇文衛道
之文氣論，影響甚大。其〈答衢州鄭使君論文書〉云：

7　《全唐文》，卷 83，頁 895。
8　《杜詩詳注》，卷 11，頁 947。
9　《韓昌黎詩繫年集釋》，卷 5，頁 527。

　　夫善為文章，發而為聲，鼓而為氣；直則氣雄，精則氣生，使五彩並用，而氣行於其中。故虎豹之文，蔚而騰光，氣也；日月之文，麗而成章，精也。精與氣，天地感而變化生焉，聖人感而仁義生焉，不善為文者反此，故變風、變雅作矣。六義之不興，教化之不明，此文之弊也。噫！文之無窮，而人之才有限，苟力不足者，強而為文則蹶，強而為氣則竭，強而成智則拙。故言之彌多，而去之彌遠，遠之便已，道則中廢，又君子所恥也，則不足見君子之道與君子之心。[10]

　　柳冕認為精來自日月之精華，而產生氣；氣能使虎豹之文騰光，文章亦因氣而雄健。文氣包含文章之氣、仁義之氣與人之才氣，三者都以聖人之仁義教化為中心，要在崇文重道之下，文氣才能發揮。因為日月之光華是天地之精，日月之精可化為氣，氣變化可以產生仁義。聖人就是感應天地之精氣，而化生仁義。文章就是聖人將仁義、教化表現在經書之中。必須熟讀經書，體會聖人之仁義之道，才能使才氣充足。文章若才氣不足，就會氣竭智拙，離道也就愈來愈遠。

　　又「答楊中丞論文書」云：

　　來書論文，盡養才之道，增作者之氣，推而行之，可以復聖人之教，見天地之心，甚善。嗟乎！天地養才而萬物生焉，聖人養才而文章生焉，風俗養才而志氣生焉。故才多而養之，可以鼓天下之氣；天下之氣生，則君子之風盛。古者陳詩以觀人風。君子之風，仁義是也；小人之風，邪佞是也。風生於文，文生於質，天地之性也。止於經，聖人之道也；感於心，哀樂之音也。故觀乎志而知國風。逮德下衰，風雅不作，形似豔麗之文興，而雅頌比興之義廢。豔麗而工，君子恥之，此文之病也。嗟乎！天下之才少久矣，文章之氣衰甚矣，風俗之

10　《全唐文》，卷527，5359。

不養才病矣，才少而氣衰使然也。故當世君子，學其道，習其弊，不知其病也。所以其才日盡，其氣益衰，其教不興，故其人日野。如病者之氣，從壯得衰，從衰得老，從老得死，沈綿下去，終身不悟，非良醫孰能知之？夫君子學文，所以行道。足下兄弟，今之才子，官雖不薄，道則未行，亦有才者之病。君子患不知之，既知之，則病不能無病。故無病則氣生，氣生則才勇，才勇則文壯，文壯然後可以鼓天下之動，此養才之道也，在足下他日行之。[11]

此文可與前篇互相參考，詳細說明文章才氣，發自作者之才氣。聖人培養才氣而產生文章。才氣多，才能鼓動天下之氣。君子之才氣在經書，經書是聖人之道，天地之心。君子學文章，就在推動聖人之仁義之道。如不學無術，則教化不行，邪佞日多，風俗敗壞，文氣自然衰病。

中唐韓愈是古文運動之首，其理想就是「文以載道」，文章要以聖人之道為核心。主張「陳言務去」、「文必己出」。在〈唐河中府法曹張君墓碣銘〉中云：「君嘗讀書，為文辭有氣。」[12]韓愈並未說明張君為文辭有氣之意，但在〈答李翊書〉中說：

養其根而俟其實，加其膏而希其光，根之茂者其實遂，膏之沃者其光曄，仁義之人，其言藹如也。

文中將培養道德以種植為比喻，道德崇高之人，如根茂實遂之樹，至於高尚道德之法，則在養氣。養氣是讓樹之根茂實遂。人若培養仁義之氣，言語就會藹然可親。又云：

---

[11] 《全唐文》，卷527，頁5359。
[12] 《韓昌黎文集校注》，卷6，頁221。

　　氣，水也；言，浮物也。水大而物之浮者大小皆浮。氣之與言猶是也，氣盛則言之短長與聲之高下皆宜。

　　韓愈接言文章之氣勢和語言、聲律之關係，有如水與浮物，水大可浮重物，氣盛則聲音響亮。文章有駢散、形式、對偶、聲律；語言有長短；聲音有高下，必須配合得宜，才能展現氣勢。氣勢為文章之根本，字句為枝葉。如何養氣，應該博覽飽讀聖賢之書，以培養聖賢之氣。故接言：

　　始者非三代兩漢之書不敢觀，非聖人之志不敢存，處若忘，行若遺，儼乎其若思，茫乎其若迷……行之乎仁義之途，遊之乎詩書之源，無迷其途，無絕其源，終吾身而已矣。[13]

　　養氣之說，韓愈以聖人之書、聖人之志，作為植立文章之根基，就是將聖賢之道德、文章，蓄藏心中，以培養自己之涵養，將來就可以實現抱負，達成理想。

　　韓愈〈進學解〉一文，是在唐憲宗元和七、八年間（812～813），任國子博士時，假託訓勉學子在學業、德行方面取得進步，以說明自己如何用力於文章：

　　先生口不絕吟於六藝之文，手不停披於百家之編。紀事者必提其要，纂言者必鉤其玄。貪多務得，細大不捐。焚膏油以繼晷，恒兀兀以窮年。先生之業，可謂勤矣。……沉浸醲鬱，含英咀華，作為文章，其書滿家。上規姚姒，渾渾無涯；周《誥》、殷《盤》，佶屈聱牙；《春秋》謹嚴，《左氏》浮誇；《易》奇而法，《詩》正而葩；下逮《莊》、《騷》，太史所錄；子雲、相如，同工異曲。先生之于文，可謂閎其中而肆其

---

[13]　《韓昌黎文集校注》，卷3，頁98。

外矣。[14]

由上可知，韓愈學文之廣，用力之勤：作文章時，其書滿家。經史子集，無不涵蓋。故文章由內在之學養表現於外，深造有得。韓愈之文章，隱然承襲孟子之養氣，人若能從培養浩然正氣，文章自然氣勢磅礡，沛然莫之能禦。今觀韓愈之文剛健雄偉，氣勢雄渾，應著力於此。故張籍在〈祭退之〉一文中云：「獨得雄直氣，發為古文章。」[15] 蘇洵在〈上歐陽內翰第一書〉中，亦稱許韓文云：

> 韓子之文，如長江大河，渾浩流轉，魚黿蛟龍，萬怪惶惑，而抑遏蔽掩，不使自露，而人望見其淵然之光，蒼然之色，亦自畏避不敢迫視。[16]

柳宗元（773～819）與韓愈齊名，合稱韓、柳。都是唐代古文運動之健將，亦為唐宋八大家中唐代之代表。柳宗元在文氣論上，少言養氣，卻常談「稟氣」。如〈送崔群序〉一文中云：

> 貞松產於岩嶺，高直聳秀，條暢碩茂，粹然立於千仞之表，和氣之發也。稟和氣之至者，必合之以正性，於是有貞心勁質，用固其本，禦攘冰霜，以貫歲寒，故君子儀之。[17]

柳宗元認為人稟受天地之和氣，就是正性之氣。只要具有貞心勁質，救

---

[14] 《韓昌黎文集校注》，卷1，頁25。

[15] 《全唐文》，卷383，頁4301。

[16] 高海夫主編：《唐宋八大家文鈔校注集評》，（西安：三秦出版社：1998），《老泉文鈔》，卷89，頁4251。

[17] 《柳河東全集》，卷22，頁377。

就以禦攘冰霜，度過歲寒。又在〈天爵論〉說：

> 剛健之氣，鍾於人也為志。得之者，運行而可大，悠久而不息，拳拳於得善，孜孜於嗜學，則志者其一端耳。純粹之氣，注於人也為明，得之者，爽達而先覺，鑒照而無隱，旽旽於獨見，淵淵於默識，則明者又其一端耳。[18]

柳宗元又認為人之意志，屬於剛健之氣。此氣可使人在得善與嗜學兩方面獲得成就，同時可以讓人明鑒事理，有先覺、無隱、獨見、默識等效果，所以人應保有根於人心之和氣與剛健之氣。

柳宗元還覺得人心中還有駁雜不良之氣，如「昏氣」、「矜氣」，必須以五經、諸子、楚騷、史傳培養文章之氣，在〈答韋中立論師道書〉中云：

> 故吾每為文章，未嘗敢以輕心掉之，懼其剽而不留也；未嘗敢以怠心易之，懼其弛而不嚴也；未嘗敢以昏氣出之，懼其昧沒而雜也；未嘗敢以矜氣作之，懼其偃蹇而驕也。抑之欲其奧，揚之欲其明，疏之欲其通，廉之欲其節，激而發之欲其清，固而存之欲其重：此吾所以羽翼夫道也。本之《書》以求其質，本之《詩》以求其恆，本之《禮》以求其宜，本之《春秋》以求其斷，本之《易》以求其動；此吾所以取道之原也。參之《穀梁氏》以屬其氣，參之《孟》、《荀》以暢其支，參之《莊》、《老》以肆其端，參之《國語》以博其趣，參之《離騷》以致其幽，參之太史公以著其潔；此吾所以旁推交通而以為之文也。[19]

文中認為五經是道之根源，可以使人去除輕心、怠心、昏氣、矜氣。同

---

[18] 同上註，卷3，頁49。
[19] 同上註，卷34，頁540。

時要重視五經、諸子及史書等文章，以厚植文章之根基。如泛覽《穀梁傳》、《孟子》和《荀子》、《莊子》、《老子》、《國語》、《離騷》、《史記》等書以「厲其氣」、「暢其支」、「肆其端」、「博其趣」、「致其幽」、「著其潔」，文章才能氣勢磅礴，簡潔幽麗，宏肆無涯。

李德裕（787～850）與其父李吉甫均為晚唐名相，李德裕在唐武宗時，入相六年，弭藩鎮之禍。雖位極臺輔，好讀書著文，其〈文章論〉對文氣有深入之探討：

> 魏文《典論》稱：「文以氣為主，氣之清濁有體。」斯言盡之矣。然氣不可以不貫，不貫則雖有英辭麗藻，如編珠綴玉，不得為全璞之寶矣。鼓氣以勢壯為美，勢不可以不息，不息則流宕而忘反，亦猶絲竹繁奏，必有希聲窈眇，聽之者悅聞，如川流迅激，必有洄瀼逶迤，觀之者不厭。從兄翰常言：「文章如千兵萬馬，風恬雨霽，寂無人聲。」蓋謂是矣。

李德裕認為文氣要貫通，氣勢要壯盛不息，如絲竹要讓聽者悅耳，川流要洄瀼逶迤，讓觀者不厭。並舉李翰之言：「文章如千兵萬馬，風恬雨霽，寂無人聲。」說明文章如行軍一般，即使千兵萬馬，也風靜雨止，寂無人聲。這種銜枚疾走，闃無人聲之紀律，就是文氣之表現。李德裕又云：

> 世有非文章者，曰：「辭不出於風雅，思不越於《離騷》，模寫古人，何足貴也？」余曰：「譬諸日月，雖終古常見，而光景常新，此所以為靈物也。」余嘗為〈文箴〉，今載於此。曰：「文之為物，自然靈氣。恍惚而來，不思而至。杼柚得之，淡而無味。琢刻藻繪，珍不足貴。如彼璞玉，磨礱成器。奢者為之，錯以金翠。美質既雕，良寶所棄。此為文之大旨也。」[20]

---

[20] 《全唐文》，卷709，頁7280。

　　此段說明文章要以陽剛、氣壯為美，如日月之光景常新。文章當繼承詩、騷之傳統。反對雕琢藻繪，以自然之靈氣，流露出來，以抵制當時綺麗柔媚之文風。

3. 唐代文章在意境上之表現

　　「意」是一篇文章之核心內容，也就是在記述事物、闡述義理或探討問題時，所要表現之主題。文章不立意，就如失去靈魂之殭屍，無生命力可言。今人喜言「理」，理為文意之內涵，所謂理直氣壯、義正詞嚴，就是文章有充實之內容。闡發之義理，足以服眾。故唐李翱（774～836）〈答朱載言書〉云：「理辯氣直，氣直則辭盛。」[21]

　　晚唐杜牧（803～852）在〈答莊充書〉中，亦主張作文以立意為主。其云：

> 凡為文以意為主，以氣為輔，以辭彩、章句為為兵衛。……苟意不先立，止以文彩、辭句、繞前捧後，是言愈多而理愈亂，如入閻闠，憒憒然莫知其誰，暮散而已。是以意全勝者，辭愈樸而文愈高，辭愈華而文愈鄙。是意能遣詞，辭不能成意，大抵為文之旨如此。[22]

　　杜牧認為文章之意，必須做到新穎高絕，不落俗套，才能將意顯出高絕，以詩之絕句為喻，前二句直敘即可，第三句必須婉轉變化，第四句才能順暢。元代詩人楊載（1271～1312）《詩法家數》即主張此說，其言云：

> 大抵起承二句故難，然不過平直敘起為佳，從容承之為是。至如婉轉變化工夫，全在第三句，若於此轉變得好，則第四句如順流之舟矣。[23]

---

21 同上註，卷 635，頁 6411。

22 杜牧：《樊川文集》，（臺北：漢京文化事業公司，1983），卷 13，頁 194。

23 《歷代詩話》，頁 732。

　　文意高絕，主旨必須清楚，如人體腦中思維清楚，再與肌膚、經絡、臟腑配合勻稱，才能構成強健之體格。文章則在組織、條理、段落，都要與義理配合，方能情韻生動，言微旨遠。若語意斷斷續續，吞吞吐吐，就會將文氣中斷，不知所云。因此，文章在鋪敘之時，行氣極為重要，不論雄奇、婉約，都要將章句依附於氣之中，才能流利暢達。

　　如初唐四傑之一駱賓王（約 640～684）〈代李敬業討武氏檄〉一文，為聲討武則天之文，必須文氣銳悍有力，才能引起天下人之公憤，共同起義討伐。如云：

　　　是用氣憤風雲，志安社稷。因天下之失望，順宇內之推心，爰舉義旗，誓清妖孽。南連百越，北盡三河，鐵騎成群，玉軸相接。海陵紅粟，倉儲之積靡窮；江浦黃旗，匡復之功何遠？班聲動而北風起，劍氣沖而南斗平。喑嗚則山嶽崩頹，叱咤則風雲變色。以此制敵，何敵不摧；以此攻城，何城不克！[24]

　　此段文字氣勢凜然，不可遏禦，書寫義軍是順應天下之失望，宇內之推心，高舉義旗，肅清妖孽。如今軍容壯盛，鐵騎成群，兵車綿延，紅粟滿倉，定然可以完成匡復大唐之功業。

　　文氣之連貫，全在轉折之處，轉則不窮。如遊名山，山巒起伏，連綿不斷，就無山窮水盡之虞。文意之舒展接續，若能首尾呼應，脈絡分明，就能做到氣勢渾厚，圓轉自如。如韓愈（768～824）〈送董邵南序〉：

　　　燕趙古稱多感慨悲歌之士。董生舉進士，連不得志於有司，懷抱利器，鬱鬱適茲土。吾知其必有合也。董生勉乎哉！夫以子之不遇時，苟慕義彊仁者，皆愛惜焉；矧燕趙之士，出乎其性者哉！然吾嘗聞：

---

[24] 《全唐文》，卷 199，頁 2009。

風俗與化移易。吾惡知其今不異於古所云邪？聊以吾子之行卜之也。[25]

　　此段文字先從董生因未舉進士，而不得志於有司，相信前往河北時，會有意氣投合之人。接言董生只是未遇到好時機，若能嚮慕正義，力行仁道，皆會受人愛惜，何況燕、趙之地，自古多仁義之士。又深言風俗會隨教化轉變，但不知河北之風俗與古代有何不同？暫且以你這次北行來作卜驗！語中暗示董生此行要明辨仁義，不要依附河北一帶跋扈之藩鎮，以免助紂為虐。寫來前後照應，語意敦厚，氣勢貫通。

　　文氣暢順為作文之基本要求，但是文章時有語意轉折之處。看似語意已盡，無從落筆。此時可以將語氣頓住，以轉筆接續前文，則氣脈貫通矣。如韓愈《文外集上卷·題李生壁》一文云：

　　　　余始得李生於河中，今相遇於下邳，自始及今，十四年矣。始相見，吾與之皆未冠，未通人事，追思多有可笑者，與生皆然也。今者相遇，皆有妻子，昔時無度量之心，寧復可有？是生之為文，何其近古人也！是來也，余黜於徐州，將西居於洛陽，泛舟於清冷池，泊於文雅台下。西望商邱，東望修竹園。入微子廟，求鄒陽、枚叔、司馬相如之故文。久立於廟陛間，悲〈那頌〉之不作於是者已久。隴西李翱、太原王涯、上穀侯喜實同與焉。貞元十六年五月十四日，昌黎韓愈書。[26]

　　此文為韓愈在貞元十六年（800），在徐州武寧節度使張建封幕府任推官，因和張建封意見不和而去職，前往江蘇下邳看望李平，抒發自己「黜於徐州」以後之行跡。將西居洛陽，泛舟清冷池，泊於文雅台下。西望商丘，東望修

---

[25] 《韓昌黎文集校注》，卷4，頁144。

[26] 同上註，頁398。

竹園。入微子廟，想到商代微子數諫，卻為紂王所逐；又求梁孝王門下鄒陽、
枚叔、司馬相如之故文，希望自己也能得聖上優禮。久立於廟陛間；又悲傷
《詩經・商頌・那頌》之不作於今已久，無法抒發自己懷才不遇之志。文中
使用「始相見」、「今者相遇」、「是來也」等轉折字，將語意連貫，不致中斷。

　　文章氣勢流暢，其聲律自然和諧而有節奏。《文心雕龍・神思篇》云；「吟
詠之間，吐納珠玉之聲。」[27] 文章亦須重視聲律之抑揚頓挫，不論陽剛或陰
柔，必須重聲音中流露文章之思想與情感。如讀盛唐李白〈春夜宴從弟桃李
園序〉，就會覺得委婉柔美，情韻盎然，充滿幽雅之情懷，閒逸之趣味：

　　　　夫天地者，萬物之逆旅。光陰者，百代之過客。而浮生若夢，為
　　歡幾何？古人秉燭夜遊，良有以也。況陽春召我以煙景，大塊假我以
　　文章。會桃李之芳園，序天倫之樂事。群季俊秀，皆為惠連；吾人詠
　　歌，獨慚康樂。幽賞未已，高談轉清。開瓊筵以坐花，飛羽觴而醉月。
　　不有佳作，何伸雅懷？如詩不成，罰依金穀酒數。[28]

　　閱讀此文，會覺得委婉柔美，情韻盎然，充滿幽雅之情懷，閒逸之趣味。
由於文章是思想情感之流露，在創作時，需要下養氣之功夫。劉勰《文心雕
龍・養氣篇》云；

　　　　夫耳目鼻口，生之役也；心慮言辭，神之用也。率志委和，則理
　　融而情暢；鑽礪過分，則神疲而氣衰。此性情之數也。[29]

　　作者在心中考慮言辭時，必須運用神思。依循情感，思想自然能夠柔和
地表達，道理圓融，情感通暢。此語說來容易，下筆就困難重重。由於一般

---

[27] 李曰剛：《文心雕龍斠銓》，（臺北：國立編譯館中華叢書編委會，1982）卷6，頁1111。
[28] 《全唐文》，卷349，頁3536。
[29] 《文心雕龍斠銓》，卷6，頁1281。

人心思不定，常過度鑽研苦思，弄到神疲而氣衰，是性情自然造成。因此，要以虛靜定心之功夫，配合學養，就能湧現靈感，寫出意境高遠之文章。

(二) 唐代古文家所表現之生命精神

　　唐代詩歌、駢文興盛。但在韓愈、柳宗元高唱古文後，古文亦號稱中興。綜觀唐代之古文，有許多作品，對生命有深切之闡述。其中有許多關係到個人之遭遇，如窮愁潦倒、疾病、懷才不遇、遭人誣陷、亂離、漂泊之時，對生命都有深刻之體悟。但生命不一定都是苦難，如遊歷山水、好友重逢、仕途得意、考上科舉等，亦有另一番感受。

　　初唐四傑之一盧照鄰（636〜689），任新都尉時，染風疾。去官，居太白山，以服餌為事。又客居東龍門山，疾甚，足攣，一手又廢。乃去陽翟具茨山下，買園數十畝，疏潁水周舍，復預為墓。偃臥其中，後不堪其苦，與親屬訣，自投潁水死，年僅四十。可見其生病期間，身心所受之折磨，對其生命之體悟，必定十分深刻。其作〈五悲・并序〉，包括〈悲才難〉、〈悲窮通〉、〈悲昔遊〉、〈悲今日〉、〈悲人生〉。此五悲中，〈悲人生〉以佛學之道理闡述生命之意義，其云：

> 遑遑眾人。雖鑿其竅，未知其身。來從何道？去止何津？誰為其業？誰作其因？一翻一覆兮如掌，一生一死兮若輪。不有大聖，誰起大悲？請北面趨伏，願終身而教之。

　　盧照鄰認為眾人鑿開七竅，亦不了解自身。人來自何方？前往何處？誰造了業，誰作了因？人之生死循環，有若車輪一般。只有像西方三聖，能起大悲之心。自己願坐南朝北，趨伏受教。此說與佛教教義相關，可見照鄰在病痛之時，受到佛教因果輪迴之影響。

　　又在〈悲窮道〉中云：

　　　　骸骨半死，血氣中絕，四支萎墮，五官欹缺。皮襞積而千皺，衣
　　聯褰而百結。毛落須禿，無叔子之明眉；脣亡齒寒，有張儀之羞舌。
　　仰而視睛，翳其若瞽；俯而動身，羸而欲折。神若存而若亡。[30]

　　文中詳細描述自己之病痛，包括骸骨、血氣、四肢、五官、眉鬚、唇齒、
眼睛等，幾乎身體每一部位，都有病況。如此之身體，如何不悲窮通。
　　盧照鄰在〈對蜀父老問〉也對自己懷才不遇有所敘述，其云：

　　　　若余者，十五而志於學，四十而無聞焉。詠羲農之化，玩姬孔之
　　篇，周遊幾萬里，馳騁數十年。時復陵霞泛月，搦劄彈弦；隨時上下，
　　與俗推遷。門有張公之霧，突無墨子之煙。雖吾道之窮矣，夫何妨乎
　　浩然？今將授子以中和之樂，申子以封禪之篇。終眇慚乎指地，竊所
　　慕乎談天。[31]

　　文中盧照鄰敘述自己十五歲立志為學，四十歲還不能聞名。盧照鄰享年
四十，則此文應在晚年所作。又云歌詠伏羲、神農教化百姓之事，又玩讀周
文王、孔子之書，周遊天下數萬里，馳騁數十年。今將教授蜀地父老中和之
樂，申論封禪之篇章。可見照鄰胸羅萬有，想有人與其談論天地之道。
　　盛唐田園山水詩人王維（699～761），崇拜自然，以山水怡情，藉田園山
林之趣，使情與景相融，意與境融合，充分體悟生命中之美感：中年以後，
一度居於終南山，後又得宋之問藍田輞川別業，遂與好友裴迪優遊其中，相
與賦詩為樂。其〈山中與裴迪秀才書〉一文，可知王維深得田園山林之趣：

　　　　近臘月下，景氣和暢。故山殊可過。足下方溫經。猥不敢相煩，

---

[30] 李雲逸：《盧照鄰集校注》，（臺北：中華書局，1998），卷4，頁182。
[31] 同上註，卷6，頁366。

輒便往山中，憩感配寺，與山僧飯訖而去。北涉玄灞，清月映郭。夜登華子岡，輞水淪漣，與月上下。寒山遠火，明滅林外。深巷寒犬，吠聲如豹。村墟夜舂，復與疏鐘相間。此時獨坐，僮僕靜默，多思曩昔攜手賦詩，步仄徑，臨清流也。當待春中，草木蔓發，春山可望，輕鰷出水，白鷗矯翼，露濕青皋，麥隴朝雊。斯之不遠，倘能從我遊乎？非子天機清妙者，豈能以此不急之務相邀！然是中有深趣矣。無忽！因馱黃蘗人往，不一。山中人王維白。[32]

上文中，王維敘述藍田別墅冬春兩季之景色，並約裴迪秀才前往遊賞。先言在接近臘月時，景氣和暢，玄灞上有清月映郭。夜晚上登華子岡，見到輞水之漣漪，與月光上下輝映。遠方之燈火，在林外忽明忽滅地閃爍。深巷中之寒犬，吠聲如豹。村落中舂米之聲，與寺院之鐘聲錯雜。等待來年春天，草木蔓發，可望見春日之山林，有白魚出水悠遊，白鷗舉翼飛翔。晨露潤澤青綠之澤邊，麥穗被風吹攏成束，公雞正引頸鳴叫。文中王維將自己從山水之美感中，體悟情景交融之感受，是一種心靈從大自然得到之愉悅，想與好友共享其情趣。據《舊唐書‧文苑中‧王維傳》云：

　　得宋之問藍田別墅，在輞口。輞水周於舍下，別漲竹洲花塢。與道友裴迪浮舟往來。彈琴賦詩，嘯詠終日。[33]

《新唐書‧文藝中‧王維傳》亦云：

　　別墅在輞川，地奇勝，有華子岡、欹湖、竹里館、柳浪、茱萸沜、辛夷塢。與裴迪游其中，賦詩相酬為樂。[34]

---

[32] 《王右丞集箋注》，卷18，頁332。
[33] 《舊唐書》，卷190下，頁5051。
[34] 《新唐書》，卷202，頁5764。

　　中唐古文家柳宗元（773～819），著名作品有《永州八記》，是被貶為永州司馬時，抒寫永州之山水，以寄寓自己之遭遇與悲憤，不僅具有主觀色彩，並在生命無常中，找到自然界之山水草木竹石，作為安頓生命之憑藉。在〈始得西山宴遊記〉云：

> 自余為僇人，居是州，恆惴慄。……今年九月二十八日，因坐法華西亭，望西山，始指異之。遂命僕人過湘江，緣染溪，斫榛莽，焚茅筏，窮山之高而止。[35]

　　開始敘述自己貶為永州司馬，恆常憂懼，今年因為坐法華寺西亭，望見西山，命僕人伐除榛莽，焚燒茅筏，展現曠遠茫然之景色，遂展開西山之行。
　　又在〈至小丘西小石潭記〉中云：

> 從小丘西行百二十步，隔篁竹，聞水聲，如鳴珮環，心樂之。伐竹取道，下見小潭，水尤清洌。全石以為底，近岸，卷石底以出，為坻、為嶼、為嵁、為岩。青樹翠蔓，蒙絡搖綴，參差披拂。潭中魚可百許頭，皆若空遊無所依。日光下澈，影布石上，怡然不動；俶爾遠逝；往來翕忽，似與游者相樂。[36]

　　依柳宗元之描述，小石潭中有清洌之潭水，全石之潭底，有空游之魚。敘來幽寂清冷，似乎與其內在孤寂之心境相似。
　　其〈袁家渴記〉中，敘述袁家所居住之處有反流之水，景色絕妙：

> 其中重洲小溪，澄潭淺渚，間廁曲折，平者深黑，峻者沸白。舟

---

[35] 《柳河東文集》，卷29，頁470。
[36] 同上註，頁473。

行若窮，忽又無際。有小山出水中。山皆美石，上生青叢，冬夏常蔚
然。其旁多岩洞，其下多白礫；其樹多楓柟、石楠、璆樗樟柚，草則
蘭芷。又有異卉，類合歡而蔓生，轇轕水石。每風自四山而下，振動
大木，掩苒眾草，紛紅駭綠，蓊葧香氣；衝濤旋瀨，退貯谿谷；搖颺
葳蕤，與時推移。[37]

　　袁家在永州南十里，子厚記載其木石花草，風水香氣，如進入唯美之苑
囿園林中，引人入勝。

　　元結（723～772）經歷安史之亂。肅宗時，討史思明有功。代宗時，拜
道州（今湖南道縣）刺史。廣德二年（763），上〈謝上表〉，云：

　　　　耆老見臣，俯伏而泣。官吏見臣，已無菜色。城池井邑，但生荒
　　草。登高極望，不見人煙。嶺南數州，與臣接近。餘寇蟻聚，尚未歸
　　降。臣見招輯流亡，率勸貧弱。保守城邑，畬種山林。冀望秋後，少
　　可全活。

　　元結說明道州之情況，在戰亂之後，城邑蕭條，荒草蔓生，不見人煙。
還有餘寇蟻聚，尚未歸降朝廷。故一面招輯流亡，一面教民火耕。希望秋收
後，可以全活百姓。此種能為朝廷竭盡心力之忠臣，才能延續唐朝岌危之命
脈。又云：

　　　　臣愚以為今日刺史，若無武略以制暴亂，若無文才以救疲弊，若
　　不清廉以身率下，若不變通以救時須，一州之人不叛，則亂將作矣。
　　豈止一州者乎？臣料今日州縣，堪徵稅者無幾，已破敗者實多。百姓
　　戀墳墓者蓋少，思流亡者乃眾。則刺史宜精選謹擇，以委任之。固不

----

[37] 同上註，頁474。

可拘限官次，得之貨賄，出之權門者也。[38]

　　文中元結希望朝廷精選謹擇刺史，挑選有武略、有文才、清廉之官吏，方是國家致治之根本。

　　文章之生命精神，不僅在自然界取得，對忠臣義士而言，能在仕宦中為朝廷提出施政諫言，為朝廷大政之得失，直言忠諫，已顯現濟世報國之志，亦是一種生命力之激盪。

　　陸贄（754～805）之奏議論狀，皆屬對天子提出之施政建言，提出能為萬世取法之箴言，是對國家充滿使命感之大臣。如其〈奉天請罷瓊林大盈二庫狀〉：

　　　　臣聞作法於涼，其弊猶貪；作法於貪，必將安救？示人以義，其患猶私。示人以私，患必難弭。故聖人之立教也，賤貨而尊讓，遠利而尚廉。……夫國家作事，以公共為心者，人必樂而從之；以私奉為心者，人必咈而叛之。故燕昭築金臺，天下稱其賢；殷紂作玉杯，百代傳其惡。蓋為人與為己殊也。……智者因危而建安，明者矯失而成德。以陛下天姿英聖，儻加之見善必遷。是將化績怨為銜恩，反過差為至當。[39]

　　狀文中向天子建言，不蓄私財，以公共為心，可以離怨；必須見善必遷，方能永垂鴻名。言辭剴切，足為龜鑑。《新唐書・陸贄傳》云：「觀贄論諫數十百篇，譏陳時病，接本仁義，可為後世法。」[40]清・紀昀《四庫全書》陸贄〈翰苑集〉提要中亦云：「蓋其文雖多出於一時匡救規切之語，而於古今來

---

[38]　《全唐文》，卷 380，頁 3863。

[39]　同上註，卷 469，頁 4792。

[40]　《新唐書》，卷 157，頁 4911。

政治得失之故，無不深切著明，有足為萬世龜鑑者，故歷代寶重焉。」[41] 宣公能針對時弊，向太宗力陳施政之得失，成為萬世取法之龜鑑。

權德輿（759～818）於唐憲宗貞元十七年知貢舉，元和五年，拜太常卿。其文氣勢宏雅，持論正大，對國政時有鍼砭，充滿對國家之關懷，並付出心力，化為具有生命力之文章。如其〈兩漢辯亡論〉一文，藉兩漢之興亡，說明治國之大道。其云：

> 暨乎手持政柄，體國存亡，則謹之於初，決之於始，以導善氣，以遏亂原。若禍胎既萌，則死而後已，白刃可蹈，鴻毛斯輕。奈何禹廣於完安之時，則務小忠而立細行，數數然獻吉筮於露蓍，沮立後於探籌。及夫安危之際，邦家之大，則甘心結舌，陰拱觀變。……或以國之興亡，皆有陰騭之數，非人謀能亢。則但取瞽曚者而相之，立土木偶而尊之，被以章組，列於廊廟，斯可矣。何堯舜之或咨或吁，殷周之或夢或卜？憂勤日昃之若是，然後為理耶？[42]

論中說明君主手持政柄，體念國之存亡，必須在建國之初，就要引導國家有良善之風氣。不是在國家危亡之際，再張口結舌，坐觀變化。同時，國之興亡，明君不可以默定下民，必須深謀之於廊廟，如堯舜吁咨四岳，殷高宗夢傅說於傅巖，周武王得太公望於渭水之陽。並非委諸氣運而已。此言論雖百代，亦可作為執政者之鑑戒。

中唐劉蕡（生年不詳～848）敬宗寶曆二年（827）進士，善作文，耿介嫉惡，文宗太和一年參加「賢良方正」科舉考試時，秉直書宦官專權，擅自廢立皇帝，干預朝政，危害天下。作〈對賢良方正直言極諫策〉云：

---

[41] 唐・陸贄：《翰苑集》，（《景印文淵閣四庫全書》，冊 1072），頁 566。
[42] 《全唐文》，卷 495，頁 5046。

　　先古之理，念元默之化，將欲通天人以濟俗，和陰陽以煦物，見陛下慕道之深也。臣以為哲王之理，其則不遠，惟陛下致之之道何如耳。……若夫任賢惕屬，宵衣旰食。宜黜左右之纖佞，進股肱之大臣。若夫追蹤三五，紹復祖宗。宜鑒前古之興亡，明當時之成敗。心有所未達，以下情蔽而不得上通；行有所未孚，以上澤壅而不能下達。欲俗之化也，在修己以先之；欲氣之和也，在遂性以道之。救災旱在致乎精誠，廣播殖在視乎食力。國廩罕蓄，本乎冗食尚繁；吏道多端，本乎選用失當。豪猾逾檢，由中外之法殊；生徒惰業，由學校之官廢。列郡幹禁，由授任非人；百工淫巧，由制度不立。伏以聖策有擇官濟治之心，阜財發號之歎，見陛下教化之本也。且進人以行，則枝葉安有難辨乎；防下以禮，則恥格安有不形乎。念生寡而食眾，則可罷斥惰遊；念令煩而理鮮，要在察其行否。博延群彥，願陛下必納其言；造廷待問，則小臣其敢愛死。伏以聖策有求賢箴闕之言，審政辨疵之令，見陛下諮訪之心勤也。遂小臣屏奸豪之志，則弊革於前；守陛下念康濟之言，則惠敷於下。邪正之道分，而治古可近。禮樂之方著，而和氣克充。……宜鑒前古之興亡，明當時之成敗者。臣聞堯、舜之為君而天下大理者，以其能任九官、四嶽、十二牧，不失其舉，不二其業，不侵其職。居官惟其能，左右惟其賢。元凱在下，雖微而必舉；四凶在朝，雖強而必誅。考其安危，明其取捨。……陛下無謂廟堂無賢相，庶官無賢士。今綱紀未絕，典刑猶在，人誰不欲致身為王臣，致時為升平？陛下何忽而不用之邪！又有居官非其能，左右非其賢，其惡如四凶，其詐如趙高，其奸如恭顯者，陛下又何憚而不去之邪！神器固有歸，天命固有分，祖宗固有靈，忠臣固有心。陛下其念之哉！[43]

---

43 《全唐文》，卷 746，頁 7718。

　　策文中劉蕡忠直敢言，不懼閹寺。先言古聖哲通達天人之理，和陰陽之道。再言任賢，則宜黜左右之纖佞，進股肱之大臣。鑒前古之興亡，明當時之成敗。讓下情得以上通。在修己上，以禮樂養和氣。以精誠之心救災，以蓄積國廩。學官廢，則生徒惰業。百工淫巧，由制度不立。必須擇官濟治，革弊於前，惠敷於下。效法舜任九官、四嶽、十二牧，不二其業，不侵其職。居官惟其能，左右惟其賢。賢才雖微而必舉；凶吏雖強而必誅。如趙高之奸者，陛下又何憚而不去之邪！如此忠言讜論，當為天子百代之箴言。

　　中唐古文運動之領袖韓愈（768～864），文起八代之衰，道濟天下之溺，忠犯人主之怒，勇奪三軍之帥。[44] 為一代文宗。其職志在繼孔孟之道統，排抑佛老，並不惜盡自己之性命捍衛之。〈原道〉中云：

> 　　夫所謂先王之教，何也？博愛之謂仁，行而宜之謂義，由是而之焉之謂道，足乎己無待於外之謂德。其文，《詩》、《書》、《易》、《春秋》；其法，禮樂刑政；其民，士農工賈；其位，君臣、父子、師友、賓主、昆弟、夫婦；其服，麻絲；其居，宮室；其食，粟米、果蔬、魚肉。其為道易明，而其為教易行也。是故以之為己，則順而祥；以之為人，則愛而公；以之為心，則和而平；以之為天下國家，無所處而不當。是故生則得其情，死則盡其常；郊焉而天神假，廟焉而人鬼享。

　　文中說明先王之教育，為仁義道德。文章則《詩》、《書》、《易》、《春秋》，其法則禮、樂、刑、政，其民則士、農、工、賈，其位則君臣、父子、師友、賓主、昆弟、夫婦；其服則麻絲；其居則宮室；其食則粟米、果蔬、魚肉。以及郊廟祭享之理。又批評佛老之非。其云：

> 　　老者曰：「孔子，吾師之弟子。」佛者曰：「孔子，吾師之弟子也。」

---

[44] 宋，蘇軾：《蘇東坡全集》，（臺北：河洛圖書出版社，1975），卷15，頁627。

為孔子者,習聞其說,樂其誕而自小也,亦曰:「吾師亦嘗師之云爾。」
不惟舉之於其口,而又筆之於其書。噫!後之人,雖欲聞仁義道德之
說,其孰從而求之?……今其言曰:「聖人不死,大盜不止;剖斗折衡,
而民不爭。」嗚呼!其亦不思而已矣!如古之無聖人,人之類滅久矣。
何也?無羽毛鱗介以居寒熱也,無爪牙以爭食也。……今其法曰:「必
棄而君臣,去而父子,禁而相生養之道。」以求其所謂清靜寂滅者。[45]

　　文中敘述佛老不僅害道,且違背聖人生養人民之道。若只聽信佛道之說,
而求清淨寂滅之道,則人類將會滅絕。文中轉折變化,跌宕宏肆,將是護衛
聖道之傑作。

　　晚唐杜牧(803～852)雖在文學上視為唯美詩人,其實杜牧為宣宗大中
二年中進士,復舉賢良方正科,試左武衛兵曹參軍,沈傳師表為江西團練巡
官。擢監察御史,累遷左補闕。歷黃、池、睦三州刺史,其中與軍事有關之
職務甚多,故其對軍防方面,有許多卓見。如其〈罪言〉對平定劉稹叛亂有
功:

　　生人常病兵,兵祖於山東,胤於天下,不得山東,兵不可死。山
東之地,禹畫九土,曰冀州。舜以其分太大,離為幽州,為并州,程
其水土,與河南等,常重十一二。故其人沉驚多材力,重許可,能辛
苦。自魏、晉已下,胤浮羨淫,工機纖雜,意態百出,俗益蕩蔽,人
益脆弱。唯山東敦五種,本兵矢,他不能蕩而自若也。復產健馬,下
者日馳二百里,所以兵常當天下。冀州,以其恃強不循理,冀其必破
弱,雖已破弱,冀其復強大也。并州,力足以併吞也。幽州,幽陰慘
殺也。故聖人因其風俗,以為之名。……今日天子聖明,超出古昔,
志於理平。若欲悉使生人無事,其要在於去兵,不得山東,兵不可去,

<hr />

[45] 《韓昌黎文集校注》,卷1,頁7。

是兵殺人無有已也。今者上策莫如自治。……中策莫如取魏。……最
下策為浪戰，不計地勢，不審攻守是也。兵多粟多，敺人使戰者，便
於守；兵少粟少，人不敺自戰者，便於戰。故我常失於戰，虜常困於
守。[46]

《新唐書・杜牧傳》云：

是時劉從諫守澤潞，何進滔據魏博，頗驕蹇不循法度，牧追咎長
慶以來朝廷措置亡術，復失山東，鉅封劇鎮，所以系天下輕重，不得
承襲輕授，皆國家大事，嫌不當位而言，實有罪，故作〈罪言〉。[47]

文中分析太行山以東，自古為兵家必爭之地，即古之幽州、冀州、并州，
其人沉鷙多材力，重許可，能辛苦，復產健馬，天子對山東之計策，應該以
自治為上策，中策取魏，最下策為浪戰。此中肯之策略，與杜牧剛直有奇節，
敢論列大事，指陳病利有關。

再觀其〈原十六衛〉一文中，亦云：

近代已來，於其將也，弊復為甚。人囂曰廷詔命將矣，名出，視
之率市兒輩，蓋多賂金玉，負倚幽陰，折券交賞所能也，絕不識父兄
禮義之教，復無慷慨感概之氣。百城千里，一朝得之，其強傑慓勃者，
則撓削法制，不使縛己，斬族忠良，不使違己，力壹勢便，罔不為寇。
其陰泥去聲。巧狡者，亦能家算口斂，委於邪幸，由卿市公，去郡得
都，四履所治，指為別館。或一夫不幸而壽，則戕割生人，略匝天下。
是以天下每每兵亂湧溢，齊人乾耗，鄉黨風俗，淫窳衰薄，教化恩澤，

---

[46] 《樊川文集》，卷5，頁86。
[47] 《新唐書》，卷91，頁5094。

壅抑不下，召來災沴，被及牛馬。嗟乎！自愚而知之，人其盡知之乎？且武者任誅，如天時有秋；文者任治，如天時有春。是天不能倒春秋，是豪傑不能總文武。是此輩受鈇誅暴乎？曰於是乎在。某人行教乎？曰於是乎在。欲禍蠹不作者，未之有也。伏惟文皇帝十六衛之旨，誰復而原，其實天下之大命也，故作〈原十六衛〉。[48]

　　文中說明隋代以來建置之府兵制，在高祖武德二年（619），置十二軍；玄宗開元六年以後，府兵之法寖壞，改置十六衛，但弊端叢生，藩鎮坐大，已失去府兵制之精神，形成藩鎮之亂。

　　由上論述，可知唐代文人經歷科舉，熟讀儒家經典，故在任官之後，除少數趨炎附勢者外，仍沿襲儒家忠君愛國之傳統，仕宦途中，雖遭貶謫，仍心繫朝廷，能在朝為官者，亦戮力報效朝廷。如陸贄力陳施政之得失，權德輿鍼砭國政，韓愈力守儒家思想，反對佛老；劉蕡反對宦官專權；杜牧陳述兵略等，可見唐代雖經歷安史之亂、黃巢之亂、宦官專權、朋黨亂政、藩鎮做大，國祚能延續兩百八十九年，是有許多文人之氣節尚存所致也。

二、唐代文人藉詩歌詠唱其生命思想

　　唐詩是中國詩歌高度繁榮之時代，不僅君主提倡，科舉亦以詩賦取士，從帝王、文士、婦女、士庶，皆以詩言志。再加上詩體由詩騷演變至唐代，詩律逐漸成熟，據清‧彭定求《全唐詩》[49]所錄，計九百卷，詩人兩千兩百

---

[48]《樊川文集》，卷5，頁89。

[49] 清聖祖玄燁計畫編纂此書，康熙四十四年（1705），曹雪芹之祖父曹寅、彭定求、沈三曾、楊中訥、汪士紘、汪繹、俞梅、徐樹本、車鼎晉、潘從律、查嗣瑮等十人等奉旨刊刻，三月始編，次年十月，全書編成奏上。全書依據明‧胡震亨《唐音癸簽》和清‧季振宜《唐詩》之基礎上編成，得詩四萬八千九百餘首，凡二千二百餘人，九百卷，目錄十二卷。

餘家，詩四萬八千九百餘首，洋洋大觀。1992 年，北京中華書局王重民、孫
忘、童養年、陳尚君輯校之《全唐詩補編》，又補收四千三百首，唐詩已達五
萬三千餘首。

　　沈松勤、胡可先、陶然所著《唐詩研究》中，說明唐詩繁榮之原因，提
出「相對清明的政治環境」，但綜觀唐代除貞觀、永徽、開元年間，屬政治清
明時期，而武周革命、天寶之亂、黃巢之亂、藩鎮之亂，以及對外戰爭不斷，
官吏之貶官各地，百姓戍守邊地，唐人都處在動亂之中，至於個人之歌詠，
涵蓋之範圍甚廣，今舉唐詩之中，邊塞亂離之詩，詠史懷古之詩，鄉愁離情
之詩，田園山水之詩，苦吟錘鍊之詩五類，都對自己生命中所經歷之點點滴
滴，有深刻之感受。茲分敘如下：

(一) 從邊塞亂離詩中領悟生命之無常

1. 邊塞詩中征人之痛苦

　　邊塞詩自古即有，可追溯至《詩經・小雅・采薇》[50]，是北伐獫狁之征
人，還歸自詠之詩；漢代〈李陵歌〉、〈烏孫公主歌〉；魏晉時，陳琳〈飲馬長
城窟行〉描寫之邊役築城之苦，沉痛感人；南朝宋鮑照〈擬行路難〉、齊孔稚
圭〈白馬篇〉、梁簡文帝〈隴西行〉、陳江總〈關山月〉；北朝〈敕勒歌〉等，
都為唐朝之邊塞詩鋪路。

　　唐代因對外戰爭不斷，突厥、回紇、土蕃、高麗、百濟、契丹、土谷渾、
龜茲、于闐、黨項等，使唐代連年對外用兵，也讓社會有許多征人戍邊，懷
才不遇之文人投身節度使之幕府，如高適依附哥舒翰、岑參依附高仙芝，寫
出許多反映邊塞之詩篇，連唐太宗也寫〈飲馬長城窟行〉，顯示唐代開國君主
之雄偉氣象：

　　　　塞外悲風切，交河冰已結。瀚海百重波，陰山千里雪。迥戍危烽

50　《毛詩正義》，卷 15，頁 499。

火，層巒引高節。悠悠卷旆旌，飲馬出長城。寒沙連騎跡，朔吹斷邊聲。胡塵清玉塞，羌笛韻金鉦。絕漠干戈戰，車徒振原隰。都尉反龍堆，將軍旋馬邑。揚麾氛霧靜，紀石功名立。荒裔一戎衣，靈台凱歌入。[51]

　　盛唐邊塞詩人高適（702～765）有許多優秀之邊塞詩，大多是在北上薊門、浪遊梁宋時期。其邊塞詩能反映民生之疾苦，將帥之荒淫，士卒之苦難。〈信安王幕府詩〉詩云：

　　大漠風沙裏，長城雨雪邊。雲端臨碣石，波際隱朝鮮。夜壁沖高斗，寒空駐彩斿。倚弓玄兔月，飲馬白狼川。庶物隨交泰，蒼生解倒懸。四郊增氣象，萬里絕風煙。[52]

　　詩中描寫塞外風沙中，長城下雪時，白雲間、水波中，隱約可見海市蜃樓，其景象有若碣石宮[53]或朝鮮。夜晚，浩瀚之天壁，氣衝北斗；寒冷之夜空，彷彿高掛一支彩色之旗柄。倚弓於玄兔月下，飲馬於河北白狼江邊。萬物隨天地陰陽相交而滋長，眾民能從困苦中解脫。四方的原野增添榮景，天下已經沒有戰爭。作者結尾還是嚮往太平之時。
　　天寶十年（751）春，高適北使，行經燕趙邊陲，遇見親友，說明自己經過苦寒之大漠，以及經歷無數關山之艱難。作〈答侯少府〉詩中云：

　　北使經大寒，關山饒苦辛。邊兵若芻狗，戰骨成埃塵。行矣勿復

---

[51] 《全唐詩》，卷1，頁3。

[52] 劉開陽：《高適詩集編年箋注》，（臺北：漢京文化事業公司，1983），頁39。

[53] 《史記・孟子荀卿列傳》：「鄒衍如燕，昭王擁篲先驅，請列弟子之座而受業，築碣石宮，身親往師之。」張守節《正義》：「碣石宮在幽州薊縣西三十里寧臺之東。」

　　言，歸歟傷我神。如何燕趙陲，忽遇平生親。[54]

　　詩中敘述看到邊塞之士兵，如巫師結芻為狗般微賤；戰士之屍骨，如塵
埃般揚棄，令人神傷。

　　玄宗開元二十六年（738），御史大夫兼河北節度副大使張守珪之部將和
叛變之奚族人作戰中打敗，卻隱匿敗狀。高適作〈燕歌行〉一詩，似與張守
珪事有關：

　　　　漢家煙塵在東北，漢將辭家破殘賊。男兒本自重橫行，天子非常
　　賜顏色。摐金伐鼓下榆關，旌旆逶迤碣石間。校尉羽書飛瀚海，單于
　　獵火照狼山。山川蕭條極邊土，胡騎憑陵雜風雨。戰士軍前半死生，
　　美人帳下猶歌舞！大漠窮秋塞草腓，孤城落日鬥兵稀。身當恩遇恒輕
　　敵，力盡關山未解圍。鐵衣遠戍辛勤久，玉箸應啼別離後。少婦城南
　　欲斷腸，征人薊北空回首。邊庭飄颻那可度，絕域蒼茫更何有！殺氣
　　三時作陣雲，寒聲一夜傳刁斗。相看白刃血紛紛，死節從來豈顧勳？
　　君不見沙場征戰苦，至今猶憶李將軍！[55]

　　詩中並不敘述戰役之經過，而是在薊門之見聞中，表現對邊將之深刻同
情。「漢家煙塵在東北，漢將辭家破殘賊。」是熱情地歌頌戰士英勇愛國之精
神，「摐金伐鼓下榆關，旌旆逶迤碣石間。」描寫戰鬥之激烈場面。「戰士軍
前半死生，美人帳下猶歌舞。」則以沈痛之詩句，揭露了將軍和士兵之苦樂
懸殊。士卒在疆場上奮勇殺敵，將軍卻酣醉於歌舞之中，對「妄奏克獲之功」
的張守珪，作了委婉之諷刺。結尾「君不見沙場征戰苦，至今猶憶李將軍！」
回憶漢代名將李廣，以寄望將軍體恤士卒，並點出全詩之主題。詩中將絕漠

---

[54] 《高適詩集編年箋注》，頁222。

[55] 同上註，頁97。

之自然環境，戰爭之悲慘氣氛，士兵複雜之心理，融合在一起，形成悲壯淋漓之邊塞悲歌。再觀其〈酬裴員外以詩代書〉詩云：

> 北望沙漠垂，漫天雪皚皚……背河列長圍，師老將亦乖。歸軍劇風火，散卒爭椎埋。一夕瀘洛空，生靈悲曝腮。……城池何蕭條，邑屋更崩摧。縱橫荊棘叢，但見瓦礫堆。行人無血色，戰骨多青苔。[56]

此詩為高適北遊燕趙，遇裴霸，共遊碣石館、黃金臺，飲酒題詩之作。詩中描寫安史之亂時，自己鎮守淮南，唐軍沿河設長圍以防守，但肅宗未置統帥，鄴城兵敗，敗軍遭敵人以風火攻擊，散亂之兵卒被椎殺掩埋，中原為之一空。但見城池蕭條，邑屋崩摧，荊棘縱橫，瓦礫堆置，路人臉上蒼白而無血色，戰骨棄置已生出青苔。充滿百姓遭受之苦難，和戰亂後之淒涼景象。

高適〈塞下曲〉云：

> 萬里不惜死，一朝得成功，畫圖麒麟閣，入朝明光宮。大笑向文士，一經何足窮。古人味此道，往往成老翁。[57]

今觀其詩中作者本來胸懷「畫圖麒麟閣，入朝明光宮。」之雄心壯志。然讀其末句「往往成老翁」，顯然經歷歲月之推移後，心中之雄心壯志，已消磨殆盡。

邊塞詩人岑參（715～770）於天寶八載（749）入安西節度使高仙芝幕府掌書記，遂赴安西，為第一次出塞。天寶十載（751），高仙芝除武威太守、河西節度使，岑參有武威詩四首，應為此時之作。〈武威送劉單判官赴安西行營便呈高開府〉一詩為該年五月，敘述高仙芝對大食、石國之戰爭：

---

[56] 同上註，頁 308。

[57] 同上註，頁 269。

　　　　熱海互鐵門，火山赫金方。白草磨天涯，湖沙莽茫茫。夫子佐戎
幕，其鋒利如霜。中歲學兵符，不能守文章。功業須及時，立身有行
藏。男兒感忠義，萬里忘越鄉。孟夏邊候遲，胡國草木長。馬疾過飛
鳥，天窮超夕陽。都護新出師，五月發軍裝。甲兵二百萬，錯落黃金
光。揚旗拂昆侖，伐鼓震蒲昌。太白引官軍，天威[58]臨大荒。西望雲
似蛇，戎夷知喪亡。渾驅大宛馬，繫取樓蘭王。曾到交河城，風土斷
人腸。寒驛遠如點，邊烽互相望。赤亭[59]多飄風，鼓怒不可當。有時
無人行，沙石亂飄揚。夜靜天蕭條，鬼哭夾道傍。地上多髑髏，皆是
古戰場。置酒高館夕，邊城月蒼蒼。軍中宰肥牛，堂上羅羽觴。[60]

　　此詩標題中之高開府，即安西四鎮節度使高仙芝，詩中敘述前往中亞地
區阻擊大食與諸胡聯軍，安西大軍集結出征之情形。「中歲學兵符，不能守文
章。功業須及時，立身有行藏。」是岑參敘述自己有忠義報國之心，有及時
為國家建立功業之大志，故中年學兵法，不能執著寫文章一事。「孟夏邊候遲，
胡國草木長。馬疾過飛鳥，天窮超夕陽。」寫胡地四月之景象。「有時無人行，
沙石亂飄揚。夜靜天蕭條，鬼哭夾道傍。地上多髑髏，皆是古戰場。」則寫
胡地看不到行人，只見沙石飄揚。夜晚天色蕭條，路旁有鬼哭之聲傳來。地
上有許多髑髏，應是古代戰爭的地方。

　　天寶十三年（754），岑參在安西四鎮節度使封常清幕府，任安西北庭節
度判官，是其第二次出塞。估計前後兩次前往邊塞，駐守安西（焉耆、龜茲、
于闐、疏勒）等地六年。

　　岑參把封常清稱作「國士」，有二首詩讚美封常清之軍威，一首是〈輪台
歌奉送封大夫出師西征〉：

---

[58] 天威軍在今青海西寧西南，唐人稱作「石堡城」，地勢險峻，三面斷崖，故又稱「鐵仞城」。

[59] 赤亭，在西州蒲昌（今新疆維吾爾自治區鄯善縣）東北，唐於此設戍，名赤亭守捉，為赴安西必經
　　之路。

[60] 廖立：《岑嘉州詩箋注》，卷1，頁23。

輪台城頭夜吹角，輪台城北旄頭落。羽書昨夜過渠黎，單于已在金山西。戍樓西望煙塵黑，漢兵屯在輪臺北。上將擁旄西出征，平明吹笛大軍行。四邊伐鼓雪海湧，三軍大呼陰山動。虜塞兵氣連雲屯，戰場白骨纏草根。劍河風急雪片闊，沙口石凍馬蹄脫。亞相勤王甘苦辛，誓將報主靜邊塵。古來青史誰不見，今見功名勝古人。[61]

詩中推許封常清「古來青史誰不見，今見功名勝古人。」認為封常清之功名勝過古人。「輪台城頭夜吹角，輪台城北旄頭落。」是連用「輪台城」三字開頭，造成連貫的語勢，烘托出圍繞此城的戰時氣氛。「旄頭落」一詞，據《史記·天官書》：「昴為髦頭（旄頭），胡星也。」古人認為旄頭跳躍主胡兵大起，而「旄頭落」則主胡兵覆滅。把「夜吹角」與「旄頭落」兩種現象聯繫起來，象徵唐軍必勝。「單于已在金山西」與「漢兵屯在輪臺北」，以相同之句式，以兩個「在」字，寫出兩軍對壘之氣勢。「戍樓西望煙塵黑」寫瀕臨激戰前之靜默。「戰場白骨纏草根。」借戰場氣氛之慘澹，暗示戰鬥有重大傷亡。封常清於天寶十三載以節度使攝御史大夫，御史大夫在漢時位次宰相，故詩中美稱為「亞相」。「戰場白骨纏草根」而「今見功名勝古人」，大有「一將功成萬骨枯」之感慨。

另一首〈走馬川行奉送封大夫出師西征〉一詩云：

君不見，走馬川行雪海邊，平沙莽莽黃入天。輪台九月風夜吼，一川碎石大如斗，隨風滿地石亂走。匈奴草黃馬正肥，金山西見煙塵飛，漢家大將西出師。將軍金甲夜不脫，半夜軍行戈相撥，風頭如刀面如割。馬毛帶雪汗氣蒸，五花連錢旋作冰，幕中草檄硯水凝。虜騎聞之應膽懾，料知短兵不敢接，軍師西門佇獻捷。[62]

---

[61] 同上註，卷2，頁330。

[62] 同上註，頁323。

　　詩中豪壯之氣勢，急促之節奏，描寫走馬川一帶邊地之景象：「將軍金甲夜不脫，半夜軍行戈相撥。」描寫將軍夜晚金甲不脫，全面備戰；戰士們半夜頂著狂風前進，金戈撥鳴，襯托出將士們堅強之戰鬥意志。「風頭如刀面如割，馬毛帶雪汗氣蒸。」表現將士不畏邊地風雪漫天之惡劣環境，為國奮戰之精神。

　　岑參聰穎好學，交遊廣闊。又忠貞愛國，恬淡好靜。其邊塞詩清新俊逸，悲壯奇異。如〈山房春事〉二首：

　　　　風恬日暖盪春光，戲蝶游蜂亂入房。數枝門柳低衣桁，一片山花落筆床。
　　　　梁園日暮亂飛鴉，極目蕭條三兩家。庭樹不知人死盡，春來還發舊時花。[63]

　　岑參久在塞外，難免有思鄉之情懷，其〈逢入京使〉：

　　　　故園東望路漫漫，雙袖龍鍾淚不乾。馬上相逢無紙筆，憑君傳語報平安。[64]

　　又〈河西春暮憶秦中〉云：

　　　　渭北春已老，河西人未歸。邊城細草出，客館梨花飛。別後鄉夢數，昨來家信稀。涼州三月半，猶未脫寒衣。[65]

　　又〈安西館中思長安〉云：

---

[63] 同上註，卷5，頁778。
[64] 同上註，卷6，頁764。
[65] 同上註，卷3，頁626。

　　　　家在日出處，朝來起東風。風從帝鄉來，不異家信通。絕域地欲
　　盡，孤城天遂窮。彌年但走馬，終日隨飄蓬。寂寞不得意，辛勤方在
　　公。胡塵淨古塞，兵氣屯邊空。鄉路眇天外，歸期如夢中。遙憑長房
　　術，為縮天山東。[66]

　　以上三首，皆是描寫在邊地思念故園，雖然數做鄉夢，醒來卻見不到家
信。黃麟書在《唐代詩人塞防思想》中云：「嘉州是一書生，其感舊賦，接受
其祖江陵公文本之家學淵源。藹然孝思，為其思家之本歟！」[67]

　　岑參有萬里封侯之壯志，但在玄宗政權衰微時，卻發出悔恨之聲。「讀書
破萬卷，何事來從戎。」[68] 又云：「沙場見日出，沙場見日沒。悔向萬里來，
功名是何物？」[69] 又云：「白髮輪台使，邊功竟不成。雲沙萬里地，辜負一書
生。」[70] 岑參從長年軍旅生活中，體會戰爭之本質。從描寫邊地之風光，大
將之戰功，慢慢轉變為思鄉之愁苦，以及前途之渺茫，心中無限感慨。

　　李頎（690～751）曾隱居潁陽苦讀十年，唐玄宗開元二十三年進士及第，
曾為新鄉縣尉，始終未得遷調，於天寶十載前即辭官歸隱。其邊塞詩雖然不
多，但不乏名篇，不僅感情深沉，思想深刻，且以豪邁之語調，書寫塞外之
景象，揭露帝王開邊黷武之罪惡，情調悲涼沉鬱。如以歌行體書寫之〈古意〉：

　　　　男兒事長征，少小幽燕客。賭勝馬蹄下，由來輕七尺。殺人莫敢
　　前，須如蝟毛磔。黃雲隴底白雪飛，未得報恩不能歸。遼東小婦年十
　　五，慣彈琵琶解歌舞。今為羌笛出塞聲，使我三軍淚如雨。[71]

---

[66] 同上註，卷1，頁252。
[67] 黃麟書：《唐代詩人塞防思想》，（臺北：造楊文學社，1980），頁198。
[68] 《岑嘉州詩箋注》，卷1，頁39。
[69] 同上註，卷2，頁145。
[70] 同上註，卷3，頁559。
[71] 《全唐詩》，卷133，頁1355。

前人寫游俠，多側重在豪放縱逸一面，李頎此詩不但敘述游俠跑馬殺人之驍勇，而且描寫其聽琴落淚，思念家鄉之複雜情緒，豪爽中帶溫柔，壯烈中帶淒涼，頗富新意。詩旨和王昌齡：「更吹羌笛關山月，無那金閨萬里愁。」[72] 一致，但李詩更富動作性和戲劇性，詩中用「三軍淚如雨」之具體描敘，將思鄉之情表現得酣暢淋漓。

又如〈古從軍行〉充滿非戰思想：

> 白日登山望烽火，黃昏飲馬傍交河。行人刁斗風沙暗，公主琵琶
> 幽怨多。野雲萬里無城郭，雨雪紛紛連大漠。胡雁哀鳴夜夜飛，胡兒
> 眼淚雙雙落。聞道玉門猶被遮，應將性命逐輕車。年年戰骨埋荒外，
> 空見蒲桃入漢家。[73]

本詩寫征戍生活之悲苦，詩中「公主琵琶」、「玉門被遮」、「蒲桃入漢家」等故事，出自《史記·大宛列傳》。作者從歷史之角度，賦予邊塞詩深刻之思想內容，把筆觸延伸至積怨不解之胡漢雙方，最後批判統治者不惜犧牲百姓，滿足其一己之私欲。並對被征討之「胡兒」，寄予深切之同情。

李頎有些描寫異域文化之詩很像岑參，生動浪漫，使人耳目一新。如〈聽董大彈胡笳聲兼寄語弄房給事〉詩，是唐詩中描寫音樂之佳作，從詩中可以看出各地文化在唐代交融之情況：

> 董夫子，通神明，深山竊聽來妖精。言遲更速皆應手，將往復旋
> 如有情。空山百鳥散還合，萬里浮雲陰且晴。嘶酸雛雁失群夜，斷絕
> 胡兒戀母聲。川為靜其波，鳥亦罷其鳴。烏孫部落家鄉遠，邏娑沙塵
> 哀怨生。幽音變調忽飄灑，長風吹林雨墮瓦。迸泉颯颯飛木末，野鹿

---

[72] 同上註，卷 143，頁 1443。

[73] 同上註，卷 133，頁 1348。

　　　　呦呦走堂下。[74]

　　詩中之比喻聯翩而出，運思奇特跌宕，其中「空山百鳥散還合，萬里浮
雲陰且晴。嘶酸雛雁失群夜，斷絕胡兒戀母聲。」以及「幽音變調忽飄灑，
長風吹林雨墮瓦。迸泉颯颯飛木末，野鹿呦呦走堂下。」等一系列描寫，以
奔放的想象力，表現出樂曲中豐富之情感變化。明・胡應麟《詩藪・古體下》
云：「古詩窘於格調，近體束於聲律，惟歌行大小短長，錯綜闔闢，素無定體，
故極能發人才思。」[75]

2. 亂離詩中描述之苦難

　　人生之中，難免離別。朋友相聚，有盛筵不再之嘆；良人遠役，不知何
日回鄉；戰亂離散，烽煙何時止歇；居官遭貶，期望歸返朝廷。由此可知，
離別總是令人傷感，就如江淹〈別賦〉中云：「黯然銷魂者，唯別而已矣。……
有別必怨，有怨必盈。使人意奪神駭，心折骨驚。」[76]

　　唐代有太平歲月，也有戰亂，如安史之亂、黃巢之亂，百姓流離失所。
同時，在邊塞與胡人之戰爭，亦連年不斷。再加上官吏之貶謫，就產生無數
亂離之詩。

　　安史之亂時，王維在長安任職給事中，叛軍攻陷長安時，王維被俘，押
送洛陽，囚於菩提寺，作〈菩提寺禁裴迪來相看說逆賊等凝碧池上作音樂供
奉人等舉聲便一時淚下私成口號誦示裴迪〉一詩，表達對朝廷之眷戀與盼望：

　　　　萬戶傷心生野煙，百官何日再朝天？秋槐花落空宮裡，凝碧池頭
　　　　奏管絃。[77]

---

[74] 同上註，頁 1357。

[75] 《詩藪》，卷 3，頁 52。

[76] 梁・蕭統：《昭明文選》，（《四部叢刊》本）．卷 16，頁 305。

[77] 《王右丞集箋注》，卷 14，頁 265。

　　肅宗至德二載（757）十月，唐軍收復洛陽後，王維及諸陷賊官都收繫入獄。不久，勒赴長安，囚於宣陽里楊國忠舊宅。十二月，崔器、呂諲上言：「諸陷賊官，背國從偽，準律皆應處死。」[78] 王維因作凝碧池詩，以及其弟王縉平亂有功，請削己官以贖王維罪過，而得到肅宗之寬恕，以六等定罪[79]，降職為太子中允。[80]

　　此事讓王維備受折磨，死裡逃生，內心感觸極深，任偽職一事，雖是被迫，總是有損名節，王維在〈謝除太子中允表〉中敘述其心情：

> 臣聞食君之祿，死君之難。當逆胡干紀，上皇出宮，臣進不得從行，退不能自殺，情雖可察，罪不容誅。伏惟光天文武大聖孝感皇帝陛下孝德動天，聖功冠古，復宗社於墜地，救塗炭於橫流。少康不及君親，光武出於支庶。今上皇返正，陛下御乾，歷數前王，曾無比德，萬靈抃躍，六合歡康。仍開祝綱之恩，免臣釁鼓之戮。投書削罪，端衽立朝。穢汙殘骸，死滅餘氣。伏謁明主，豈不自愧於心？仰廁群臣，亦復何施其面？踃天內省，無地自容。且政化之源，刑賞為急。陷身凶虜，尚沐官榮，陳力興王，將何寵異？況臣夙有誠願，伏願陛下中興，逆賊殄滅，臣即出家修道，極其精勤，庶裨萬一。頃者身方待罪，國未書刑。若慕龍象之儔，是魑魅之地。所以鉗口，不敢萌心。今聖澤含宏，天波昭洗。朝容罪人食祿，必招屈法之嫌。臣得奉佛報恩，自寬不死之痛。謹詣銀台門冒死陳請以聞。無任惶恐戰越之至。[81]

---

[78] 《資治通鑑》，卷220，頁7049。

[79] 同上註，「上從峴議，以六等定罪，重者刑之於市，次賜自盡，次重杖一百，次三等流、貶。」王維以六等貶官。

[80] 王維陷賊之遭遇，見《舊唐書》王維本傳，王維有〈大唐故臨汝郡太守贈秘書監京兆韋公神道碑銘〉一文，記述陷賊後之遭遇甚為詳細。

[81] 《王右丞集箋注》，卷16，頁294。

　　此文中王維言「情雖可察，罪不容誅。」是自言犯行重大；「伏謁明主，
豈不自愧於心？」是說內心羞愧；「逆賊殄滅，臣即出家修道。」及「臣得奉
佛報恩，自寬不死之痛。」是說奉佛報恩，要出家修道，以寬慰自己不死之
罪。又在〈責躬薦弟表〉中亦云：

> 　　頃又沒于逆賊，不能殺身，負國偷生，以至今日。陛下矜其愚弱，
> 託病被囚，不賜疵瑕，屢遷省閣。昭洗罪累，免負惡名，在於微臣，
> 百生萬足。昔在賊地，泣血自思，一日得見聖朝，即願出家修道。及
> 奉明主，伏戀仁恩，貪冒官榮，荏苒歲月，不知止足，尚忝簪裾。始
> 願屢違，私心自咎。[82]

　　文中言：「一日得見聖朝，即願出家修道。」表明自己有出家修道之意，
與王維以後隱居輞川，禮佛修道之事，應有相當關係。
　　王維陷賊之事，杜甫、及晚唐儲嗣宗皆為其辯解。杜甫在〈奉贈王允中
維〉詩中云：

> 　　中允聲名久，如今契闊深。共傳收庾信，不比得陳琳。一病緣明
> 主，三年獨此心。窮愁應有作，試誦白頭吟。[83]

　　詩中把王維比喻為庾信，庾信在侯景之亂中奔江陵，後梁元帝任用為御
史中丞；同時與陳琳作反比，原注云：「明皇云：『從賊之臣，毀謗朝廷，如
陳琳之檄曹操者多矣。王維獨痛賦秋槐落葉時，故曰不比得陳琳。』」陳琳曾
為袁紹草檄，後又事曹操，與王維不同，故杜甫為其辯護。
　　儲嗣宗為儲光羲之曾孫。宣宗大中十三年（859），登進士第，在〈過王

---

[82] 同上註，卷17，頁317。

[83] 《杜詩詳註》，卷6，頁454。

右丞書堂二首〉末二句評論王維云:「感深蘇屬國,千載五言詩。」[84] 自注:
「右丞昔陷賊庭,故有此句。」嗣宗將王維陷賊比擬為蘇武,蘇武於漢武帝
天漢元年(前 100)出使匈奴,被徙至北海持節牧羊十九年,昭帝始元六年
(前 81)釋歸,封典屬國。

　　由上可知,王維陷賊一事,是王維一生中深自悔恨之事,在王維生命中
之意義,及其隱居輞川後,以修道禮佛度日,在詩文之風格上,亦有極深遠
之影響。

　　李白(701～762)在政治上,有遠大抱負,但在政治之判斷力上不足,
天真之決定,遭受災禍。玄宗天寶十四年,安史之亂(755)時,李白正在安
徽宣州一帶遊歷[85],或言其隱居廬山屏風疊,次年,肅宗至德元年(756)春,
到江西潯陽,作〈猛虎行〉詩:

　　　　朝作猛虎行,暮作猛虎吟。腸斷非關隴頭水,淚下不為雍門琴。
　　雄旗繽紛兩河道,戰鼓驚山欲傾倒。秦人半作燕地囚,胡馬翻銜洛陽
　　草。一輸一失關下兵,朝降夕叛幽薊城。巨鰲未斬海水動,魚龍奔走
　　安得寧。頗似楚漢時,翻覆無定止。朝過博浪沙,暮入淮陰市。張良
　　未遇韓信貧,劉項存亡在兩臣。暫到下邳受兵略,來投漂母作主人。
　　賢哲棲棲古如此,今時亦棄青雲士。有策不敢犯龍鱗,竄身南國避胡
　　塵。寶書玉劍掛高閣,金鞍駿馬散故人。昨日方為宣城客,掣鈴交通
　　二千石。有時六博快壯心,繞床三匝呼一擲。楚人每道張旭奇,心藏
　　風雲世莫知。三吳邦伯皆顧盼,四海雄俠兩追隨。蕭曹曾作沛中吏,
　　攀龍附鳳當有時。溧陽酒樓三月春,楊花茫茫愁殺人。胡雛綠眼吹玉
　　笛,吳歌白苧飛梁塵。丈夫相見且為樂,槌牛撾鼓會眾賓。我從此去

[84] 《全唐詩》,卷 594,頁 6885。
[85] 《中國李白研究》,郁賢皓,《李白生平研究綜述·安史亂起時的行踪》:「長期以來人們以為
　　天寶十四載冬,安祿山叛亂時,李白正在宣州一帶遊歷。」

釣東海，得魚笑寄情相親。[86]

詩中敘述「旌旗繽紛兩河道，戰鼓驚山欲傾倒」說明國家正要遭受巨變，想以張良、韓信自況，報效國家，卻無能為力。「竄身南國避胡塵，寶書玉劍掛高閣。」於是懷著悲憤之心，來到南方。「昨日方為宣城客」，當時李白應在安徽宣城，結交四海英傑。「溧陽酒樓三月春」是言到過江蘇溧陽酒樓。「我從此去釣東海」說此後將前往東海。全詩李白交代行踪之處很多。六月，玄宗詔命李璘為山南東道及嶺南、黔中、江南四道節度採訪等使，江陵郡大都督。十二月，領兵由湖北江陵東下，趨廣陵（今江蘇揚州），到達江西九江時，遣韋子春勸李白入幕府，有〈贈韋秘書子春〉詩中云：

徒為風塵苦，一官已白髮。氣同萬里合，訪我來瓊都。披雲睹青天，捫虱話良圖。留侯將綺里，出處未云殊。終與安社稷，功成去五湖。[87]

詩中「捫虱話良圖」，是與韋子春暢談甚歡，有為朝廷成就功業之計畫；「終與安社稷」，是有安定天下之壯志。在安史之亂發生之第二年（756），感憤時艱，在屏風疊被邀參加永王李璘之幕府，就是希望能為國效力。作〈永王東巡歌〉十一首，詩中將自己比擬為東晉謝安，要為朝廷掃淨胡虜，當時之心境充滿豪情壯志，但在複雜之政治環境中，造成李白流放夜郎之悲慘遭遇。舉其中兩首〈永王東巡歌十一首〉之一云：

試借君王玉馬鞭，指揮戎虜坐瓊筵。南風一掃胡塵靜，西入長安到日邊。[88]

---

[86] 《李白集校注》，卷6，頁462。

[87] 同上註，卷9，頁615。

[88] 同上註，卷8，頁546。

〈永王東巡歌十一首〉之二云：

> 三川北虜亂如麻，四海奔騰似永嘉。但用東山謝安石，為君談笑
> 淨胡沙。[89]

　　李白在詩中清楚地表示，要「一掃胡塵靜」，可見其充滿報國之心，但無政治智慧與判斷。肅宗至德二年（757）二月，永王璘就被廣陵長史李成式等打敗，逃至江西被殺。三月，李白被繫於江西潯陽獄中。肅宗乾元元年（758）春，由潯陽出發，赴夜郎，作〈流夜郎至西塞驛寄裴隱〉詩中云：「鳥去天路長，人愁春光短。」[90] 五月，行至江夏，作〈張相公出鎮荊州尋除太子詹事余時流夜郎行至江夏與張公相去千里公因太府丞王昔使車寄羅衣二事及五月五日贈余詩余答以此詩〉：

> 張衡殊不樂，應有四愁詩。慚君錦繡段，贈我慰相思。鴻鵠復矯
> 翼，鳳凰憶故池。榮樂一如此，商山老紫芝。[91]

　　詩中對張鎬贈羅衣，寫詩相贈，及升任太子詹事等，表達感激與欣羨之意，對自己流放一事，並未多加敘述。同年秋，因崔渙、宋若思之力，脫囚出獄，東下江陵，作〈流夜郎半道承恩放還兼欣克復之美書懷示息秀才〉詩云：

> 黃口為人羅，白龍乃魚服。得罪豈怨天，以愚陷網目。鯨鯢未翦
> 滅，豺狼屢翻履。悲作楚地囚，何日秦庭哭。遭逢二明主，前後兩遷
> 逐。去國愁夜郎，投身竄荒谷。半道雪屯蒙，曠如鳥出籠。遙欣克復

美，光武安可同。天子巡劍閣，儲皇守扶風。揚袂正北辰，開襟攬群雄。胡兵出月窟，雷破關之東。左掃因右拂，旋收洛陽宮。回輿入咸京，席捲六合通。叱咤開帝業，手成天地功。大駕還長安，兩日忽再中。一朝讓寶位，劍璽傳無窮。愧無秋毫力，誰念鼙鑠翁。弋者何所慕，高飛仰冥鴻。棄劍學丹砂，臨爐雙玉童。寄言息夫子，歲晚陟方蓬。[92]

詩中回顧自己流放及赦免之過程，「以愚陷網目」、「悲作楚地囚」，因受到冤屈，成為楚地之囚，何日才可以到秦庭悲哭？「遭逢二明主，前後兩遷逐。」敘述一生遭逢二位明主，卻前後受到兩次貶謫，一次比一次悲慘。離開家人，遠去夜郎，心中有許多不平與牢騷，「旋收洛陽宮。回輿入咸京。」「大駕還長安」，都表達對朝廷平亂回京之欣慰，「愧無秋毫力」、「棄劍學丹砂」是流露自己放逐歸來，已報國無門，及嚮往學道之心意。

李白遇赦放還後，入宋若思幕府。作〈為宋中丞自薦表〉一文云：

前翰林供奉李白……避地廬山，遇永王東巡脅行，中道奔走，卻至彭澤，具已陳首。前後經宣慰大使崔渙及臣推覆清雪。[93]

李白大赦歸來，是生命中一大劫難之結束，詩風也因此有很大之轉變，從縱逸豪放，轉變為沈淪落魄；從充滿政治理想與熱情，變成關心現實生活與憂患意識。今觀其至德元載（756）所作之〈北上行〉：

北上何所苦，北上緣太行。磴道盤且峻，巉岩淩穹蒼。馬足蹶側石，車輪摧高岡。沙塵接幽州，烽火連朔方。殺氣毒劍戟，嚴風裂衣

---

[92] 同上註，卷11，頁754。
[93] 同上註，卷26，頁1518。

裳。奔鯨夾黃河，鑿齒屯洛陽。前行無歸日，返顧思舊鄉。慘戚冰雪
裏，悲號絕中腸。尺布不掩體，皮膚劇枯桑。汲水澗谷阻，采薪隴阪
長。猛虎又掉尾，磨牙皓秋霜。草木不可餐，饑飲零露漿。歎此北上
苦，停驂為之傷。何日王道平，開顏睹天光。[94]

此詩寫詩中敘述戰爭時之蕭殺氣氛，沙塵飛接幽州，烽火燃燒到朔方。
劍戟殺氣騰騰，嚴風撕裂衣裳。北方人民飽受亂離之苦。「何日王道平，開顏
睹天光。」道出對天下太平之渴望。李白描寫戰亂、流離之詩雖然沒有杜甫
多，但不能說他不關心國家命運與百姓疾苦。當安祿山之亂時，李白曾「且
探虎穴向沙漠」，深入幽燕，一窺虛實。安史之亂後，更關心國事。在〈贈張
相鎬二首〉詩中云：

一生欲報主，百代思榮親。其事竟不就，哀哉難重陳。（其一）
撫劍夜吟嘯，雄心日千里。誓欲斬鯨鯢，澄清洛陽水。（其二）[95]

此詩中李白出潯陽獄後所作之詩。詩中向張鎬表示求用之心。詩中云「一
生欲報主」、「雄心日千里」，都表明李白有安定天下，榮顯父母之雄心壯志。
如說李白不關心國事，是不公平之敘述。
李白〈在水軍宴贈幕府諸侍御〉詩中，對自己之遭遇，有清楚之敘述：

月化五白龍，翻飛凌九天。胡沙驚北海，電掃洛陽川。虜箭雨宮
闕，皇輿成播遷。英王受廟略，秉鉞清南邊。雲旗卷海雪，金戟羅江
煙。聚散百萬人，弛張在一賢。霜臺降羣彥，水國奉戎旃。繡服開宴
語，天人借樓船。如登黃金臺，遙謁紫霞仙。卷身編蓬下，冥機四十

94 同上註，卷5，頁405。
95 同上註，卷11，頁761~762。

年。寧知草間人，腰下有龍泉。浮雲在一決，誓欲清幽燕。願與四座公，靜談金匱篇。齊心戴朝恩，不惜微軀捐。所冀旄頭滅，功成追魯連。[96]

　　詩中李白更言「誓欲清幽燕」、「不惜微軀捐」、「功成追魯連」，即使報國捐軀都甘願。不幸，永王與肅宗發生爭奪帝位之鬥爭，腰下「龍泉」劍還未展現威力，「金匱」篇也未談成，永王兵敗，就逃到彭澤，不久被捕入獄，流放夜郎（今貴州境內）。途中遇赦，已是垂暮之年。

　　李白基本上反對戰爭，唐玄宗志在「大攘四夷」，令哥舒翰攻打吐蕃石堡城，李白在〈戰城南〉詩中，表達其對戰爭之看法：

　　去年戰。桑乾源。今年戰，蔥河道。洗兵條支海上波，放馬天山雪中草。萬里長征戰，三軍盡衰老。匈奴以殺戮為耕作，古來唯見白骨黃沙田。秦家築城避胡處，漢家還有烽火燃。烽火燃不息，征戰無已時。野戰格鬥死。敗馬號鳴向天悲；烏鳶啄人腸。銜飛上掛枯樹枝。士卒塗草莽，將軍空爾為。乃知兵者是凶器，聖人不得已而用之。[97]

　　〈戰城南〉是漢樂府舊題，屬《鼓吹曲辭》，為漢《鐃歌》十八曲之一。漢古辭主要是寫戰爭之殘酷。李白認為戰爭會帶給人民重大之災難，安定邊疆，不必動用武力。詩中描寫戰爭的殘酷性，揭露不義戰爭的罪惡。「野戰」二句著重勾畫戰場的悲涼氣氛，「烏鳶」二句著重描寫戰場的淒慘景象，二者相互映發成一幅色彩強烈的戰爭畫面。

　　李白因安史之亂，避亂南下，見到很多難民，感嘆地寫下〈扶風豪士歌〉：

---

96 同上註，頁 711。

97 同上註，卷 3，頁 222。

洛陽三月飛胡沙，洛陽城中人怨嗟。天津流水波赤血，白骨相撐如亂麻。我亦東奔向吳國，浮雲四塞道路賒。東方日出啼早鴉，城門人開掃落花。梧桐楊柳拂金井，來醉扶風豪士家。扶風豪士天下奇，意氣相傾山可移。作人不倚將軍勢，飲酒豈顧尚書期。雕盤綺食會眾客，吳歌趙舞香風吹。原嘗春陵六國時，開心寫意君所知。堂中各有三千士，明日報恩知是誰。撫長劍，一揚眉。清水白石何離離。脫吾帽，向君笑。飲君酒，為君吟。張良未逐赤松去，橋邊黃石知我心。[98]

　　歌中李白引用戰國四君子之門下客，各有三千人，不知誰會報恩。又引用張良未學道，卻在下邳之橋邊遇到黃石公，助漢高祖建立漢朝。自己對北方人民遭受之苦難，也表示深切之關懷。

　　由以上各詩，可知李白在其詩作中，有許多悲苦之控訴，也對李白因安史之亂所受到之遭遇，感動同情與體悟。

　　杜甫（712～770）之一生，安史之亂是其生命中重大之轉捩點，可說是「萬方多難」，他和民眾共度離亂之生活，在飢寒交迫中，看到「朱門酒肉臭，路有凍死骨。」杜甫將自己和時代、社會、和民眾之苦難連繫在一起，用血淚交織之詩歌，一一加以訴說，成就他在唐代「詩史」上之崇高地位。

　　杜甫比李白小十一歲，李白詩歌創作之重心在安史之亂前，杜甫則在安史之亂後，兩人都反對戰爭。唐玄宗在天寶年間，出兵吐蕃，又進攻南詔，戰爭連年不斷，〈前出塞九首〉之一云：「君已富土境，開邊一何多。」[99]〈兵車行〉云：「邊庭流血成海水，武皇開邊意未已。」[100] 又云：「君不見青海頭，古來白骨無人收。」[101] 但在天寶十四載（755）十一月，安祿山發動叛亂，凶頑之叛軍，如潮水般湧來，杜甫驚覺對朝廷要用武力擊退強敵，又不斷徵

[98] 同上註，卷7，頁494。

[99] 《杜詩詳註》，卷2，頁118。

[100] 同上註，頁113。

[101] 同上註，頁113。

兵。男兒十五歲就被徵調入伍，回來時已經頭髮皤白，還要去戍守邊疆。邊亭血流成海，唐玄宗還在開疆拓土。征戰之結果，征人戰死沙場，化為孤魂野鬼，在天陰風雨濕之日子，啾啾之哭聲，飄盪在塞外之風砂中。寫來倍覺淒涼。

　　至德元年（756），杜甫自陝西奉先返京，官右衛率府冑曹參軍，後又避亂至奉先，攜家往陝西白水，寄居其舅崔少府處，作〈白水崔少府十九翁高齋三十韻〉詩中云：

> 人生半哀樂，天地有順逆。慨彼萬國夫，休明備征狄。猛將紛填委，廟謀蓄長策。東郊何時開，帶甲且未釋。欲告清宴罷，難拒幽明迫。三歎酒食傍，何由似平昔。[102]

　　詩中「猛將紛填委，廟謀蓄長策。」是說朝廷有蓄備長遠之計策，對付胡羯；一定會帶領甲兵，為百姓解除倒懸之苦。

　　同年八月，杜甫奔往肅宗行在時，被安史之亂軍俘虜，身陷長安，作〈月夜〉詩，懷念家中之妻小：

> 今夜鄜州月，閨中祇獨看。遙憐小兒女，未解憶長安。香霧雲鬟濕，清輝玉臂寒。何時倚虛幌，雙照淚痕乾。[103]

　　詩中敘述鄜州之明月，家中妻子只能獨自欣賞；小兒女們，還不懂思念在長安之父親；今夜想是霧氣濕透雲鬟，明潔之月光下，玉臂可能遭受風寒；何時我們能倚靠著明窗，讓月光照乾我倆之淚痕。這種感受，在杜甫之生命中，有無法弭平之傷痕。

---

[102] 同上註，卷4，頁303。
[103] 同上註，頁209。

杜甫又作〈哀王孫〉一詩云：

> 腰下寶玦青珊瑚，可憐王孫泣路隅；問之不肯道姓名，但道困死乞為奴。已經百日竄荊棘，身上無有完肌膚。[104]

詩中對王孫子弟，在道中流離乞食之事，感受深刻。詩題之「哀」，是悲哀戰亂中，王孫若未被殺戮，在竄身荊棘，保命之過程中，弄得體無完膚，事後在路邊哭泣。在〈悲陳陶〉詩中亦云：「都人迴面向北啼，日夜更望官軍至。」[105] 在殘酷之現實中，杜甫從反戰中，又體會到朝廷要有強大之武力平亂，才能使天下太平。

至德二載（757），杜甫仍身陷長安，見到長安殘破之景象，作〈春望〉詩：

> 國破山河在，城春草木深。感時花濺淚，恨別鳥驚心。烽火連三月，家書抵萬金。白頭搔更短，渾欲不勝簪。[106]

詩中杜甫身心都有受到驚懼，移情至花鳥，花何能濺淚？鳥何以心驚？杜甫感慨時局動亂，又遭親人離散，見到花鳥，內心都有心悸驚懼之感。

杜甫又在〈哀江頭〉詩中云：「少陵野老吞聲哭，春日潛行曲江頭。」[107] 在春日，來到曲江，為動亂之時局，吞聲哭泣，其內心之激動悲哀，可以想見。

其年五月，杜甫從長安間道奔陝西鳳翔，到達行在，作〈述懷〉詩，敘述其西行之過程：

---

[104] 同上註，頁310。

[105] 同上註，頁314。

[106] 同上註，卷4，頁320。

[107] 同上註，頁329。

去年潼關破，妻子隔絕久。今夏草木長，脫身得西走。麻鞋見天
子，衣袖露兩肘。朝廷愍生還，親故傷老醜。涕淚授拾遺，流離主恩
厚。柴門雖得去，未忍即開口。寄書問三川，不知家在否。比聞同罹
禍，殺戮到雞狗。山中漏茅屋，誰復依戶牖。摧頹蒼松根，地冷骨未
朽。幾人全性命，盡室豈相偶。嶔岑猛虎場，鬱結回我首。自寄一封
書，今已十月後。反畏消息來，寸心亦何有。漢運初中興，生平老耽
酒。沉思歡會處，恐作窮獨叟。[108]

　　詩中從安祿山破潼關，到如今身穿麻鞋，衣袖露出兩肘，含淚見到肅宗，
官授右拾遺。杜甫感激在流離中，君恩厚重，而自己還不知家中平安否？曾
寄信回家，至今已過十月，家信杳然，反怕家室難保，自己成為窮獨之老人。
　　關於杜甫授左拾遺一事，《錢注杜詩》卷二引五月十六日〈授杜甫授左拾
遺制〉曰：「襄陽杜甫，爾之才德，朕深知之，今特命為宣義郎，行在左拾遺。」
杜甫任職左拾遺時，因上疏言房琯（696～763）事遭禍。《新唐書‧文藝傳上‧
杜甫》中記載：

拜左拾遺，與房琯為布衣交，……（琯）罷相，甫上疏言：「罪細，
不宜免大臣。」帝怒，詔三司親問。宰相張鎬曰：「甫若抵罪，絕言者
路。」帝乃解。[109]

　　此時杜甫被制還鄜州老家，抵家後作〈羌村〉三首、〈北征〉等詩。十一
月，收復長安，杜甫作〈收京〉三首，詩中有：「忽聞哀痛詔，又下聖明朝。」
[110] 等語，表明對國事之關切。後又攜眷回長安，仍官左拾遺。
　　乾元元年（758），戰事並未結束，杜甫作〈洗兵行〉詩云：

---

[108]　同上註，卷5，頁358。
[109]　《新唐書》，卷201，頁5736。
[110]　同上註，卷5，頁421。

　　田家望望惜雨乾，布穀處處催春種。淇上健兒歸莫懶，城南思婦
愁多夢。安得壯士挽天河，盡洗甲兵長不用。[111]

　　詩中敘述進攻安慶緒之戰士，趕緊攻下鄴城。戰士在家之妻子，憂愁多
入夢中。到何處引來天河之水，把盔甲和武器全都洗淨，永遠都不再使用。
　　同年六月，房琯貶幽州刺使，杜甫亦貶為華州司功參軍。在離京之時，
作〈至德二載甫自京金光門出乾元初從左拾遺移華州掾因出此門〉詩云：

　　此道昔歸順，西郊胡正繁。至今殘破膽，應有未招魂。近得歸京
邑，移官豈至尊。無才日衰老，駐馬望千門。[112]

　　詩中感慨此長安道一直是唐朝京畿重地，現在西郊到處是安史叛軍。看
到殘破之景象，仍讓人膽顫心驚。在戰亂中犧牲者，應還有未招魂者。最近
回到京師任左拾遺，又被貶為華州司功參軍。這旨意難道出自天子。我這無
才之人，已日漸衰老，在辭別長安時，不禁駐馬回望千門萬戶之宮殿！由此
可見，杜甫心中不忍去君，對京城萬分留戀，也對肅宗聽信讒言，表達不滿。
　　杜甫前往華州時，適逢相州潰敗，朝廷徵調日急，民不聊生，作〈三吏〉、
〈三別〉六首詩。三吏指〈石壕吏〉、〈新安吏〉、〈潼關吏〉；三別則是〈新婚
別〉、〈無家別〉、〈垂老別〉，此六首詩皆是記錄往華州任司空參軍途中之見聞，
詩中道盡安史之亂時，農村殘破、百姓流離之苦難，以及戰爭中生命如草芥
之悲哀。
　　〈垂老別〉詩中云：「四郊未寧靜，垂老不得安。子孫陣亡盡，焉用身獨
完。」敘述肅宗乾元二年（759），鄴城兵敗，朝廷大肆徵兵，言垂暮之老人
都不放過。又云：「老妻臥路啼，歲暮衣裳單。孰知是死別，且復傷其寒。」

---

[111] 同上註，卷6，頁519。

[112] 《杜詩詳註》，卷6，頁480。

敘述老妻在歲暮天寒之冬日，穿著單衣，臥路啼哭，不僅是悲傷妻子之寒冷，且是老夫老妻死別之場景。又云：「萬國盡征戍，烽火被岡巒。積屍草木腥，流血川原丹。」烽火遍布岡巒，積屍使草木沾滿血腥，流血染紅川原。如此殘酷之戰爭，可謂時代之悲劇。

〈無家別〉詩中敘述戰爭剝奪人類歡樂之生活，即使倖存回家之戰士，看到家鄉殘破之景象，有獨自倖存之蒼涼。詩中云：「寂寞天寶後，園廬但蒿藜。我里百餘家，世亂各東西。存者無消息，死者為塵泥。」安史之亂後，園廬只見蒿藜叢生。里中百餘人家，在世亂中各奔東西。活者無法連繫，死者化為塵土。「宿鳥戀本枝，安辭且窮棲。方春獨荷鋤，日暮還灌畦。縣吏知我至，召令習鼓鞞。」回鄉且窮困地住下去，在春天荷鋤耕種，灌溉田畦，可是縣吏又徵召他練習鼓鞞，再去服役。此時「家鄉既蕩盡」，已無家人為他告別，寫來無限淒涼。

在干戈不斷之亂世，詩人之吟詠，大抵多悲涼感傷之音。但在代宗寶應元年（762），杜甫避亂梓州（今四川三台），聽到官軍收復河南、河北之消息，欣喜若狂，作〈聞官軍收河南河北〉一詩云：

> 劍外忽傳收薊北，初聞涕淚滿衣裳。卻看妻子愁何在，漫卷詩書喜欲狂。白日放歌須縱酒，青春作伴好還鄉。即從巴峽穿巫峽，便下襄陽向洛陽。[113]

此詩寫出杜甫聽聞安史之亂平定，可以回到故鄉——河南鞏縣，不須避難離鄉，到處漂泊，自然欣喜若狂，涕滿衣裳。

安史之亂時，地方軍閥在各地擴張勢力，擁兵自重。肅宗上元二年（761），段子璋反，花敬定大掠東蜀。代宗寶應元年（762），肅宗去世，太子李豫即位，是為唐代宗。徐知道反。杜甫避難四川閬州，又遭遇吐蕃入侵，杜甫寫

---

[113] 同上註，卷11，頁968。

〈西山〉、〈征夫〉、〈警急〉等詩譴責吐蕃。

　　嚴武死後，軍閥爭作節度使，蜀中大亂。杜甫入蜀避亂，蜀中亦大亂，故以〈三絕句〉揭露蜀中亂事之真相：

　　　　前年渝州殺刺使，今年開州殺刺使。群盜相隨劇虎狼，食人更肯留妻子。[114]

　　代宗以雍王李適為天下兵馬元帥，會諸道軍與回紇軍展開反攻，代宗廣德元年（763）正月，戰敗叛軍，史朝義自縊，歷時七年多之安史之亂平定，但又形成藩鎮割據之形勢。《資治通鑑》代宗廣德元年，敘述當時之情形：

　　　　時河北諸州皆已降，（薛）嵩等迎樸固懷恩，拜於馬首，乞行間自效。懷恩亦恐賊平寵衰，故奏留嵩等與李寶臣分帥河北，自為黨援，朝廷亦厭苦兵革，苟冀無事，因而授之。[115]

　　杜甫〈有感〉五首即為此事而作，詩中有「幽薊餘蛇豕，乾坤尚虎狼。」[116] 表明藩鎮為蛇豕虎狼之輩，感到深惡痛絕。

　　安史之亂期間，內部一再發生內訌，先是安祿山為其子慶緒所殺，後來安慶緒又為史思明所殺，最後思明亦為其子朝義所殺。內部鬥爭大大削弱了安史軍的力量，尤其重要的是他們發動戰爭不得民心，到處遭到群眾的打擊。在這種情況下，唐軍逐步轉敗為勝。

　　戰亂逐漸平定，固然可喜。但當年離散之親友，能再相見，更令人有一種劫後餘生之感。大曆詩人李益（746～829）作〈喜見外弟又言別〉詩云：

---

[114] 同上註，頁 896。

[115] 《資治通鑑》，卷 222，頁 7141。

[116] 《杜詩詳註》，卷 11，頁 971。

十年離亂後，長大一相逢。問姓驚初見，稱名憶舊容。別來滄海事，語罷暮天鐘。明日巴陵道，秋山又幾重。[117]

詩中描寫經歷十年之離亂後，同表弟在異地相遇，初見時記不起對方之姓名，說出後又有許多歷盡滄桑之往事。說完話時，聽到傍晚山寺傳來暮鐘。明日你又要從巴陵（今湖南岳陽）道繼續行程，又要橫越重重之山嶺。詩中充滿真摯之情誼，和人生聚散無定之感慨。

中唐白居易（772～846），在平盧節度使李正給父子叛亂，白居易由符離（今安徽宿州市）避難越中，作〈望月有感〉，序云：「自河南經亂，關內阻饑，兄弟離散，各在一處，因望月有感，聊書所懷。寄上浮梁大兄、于潛七兄、烏江十五兄，兼示符離及下邽弟妹。」由於藩鎮在關內之叛亂，造成骨肉流離之悲劇。詩云：

時難年荒世業空，弟兄羈旅各西東。田園寥落干戈後，骨肉流離道路中。弔影分為千里雁，辭根散作九秋蓬。共看明月應垂淚，一夜鄉心五處同。[118]

詩中敘述在時局多難，年成歉收下，家業已蕩然一空。弟兄都各奔東西，羈旅異鄉。這是家遭亂離之景象。田園在戰亂中荒蕪，親人在道路中流離。像孤雁、飄蓬一般零落各地。想像親人在望月懷人時，思鄉之心應完全相同。

中唐詩人張籍（約766～約830），和州烏江（今安徽和縣烏江鎮）人，曾作〈征婦怨〉以漢喻唐，描寫戰爭的殘酷及其給人民帶來之災難，感人肺腑：

---

[117]《全唐詩》，卷282，頁3217。
[118] 同上註，卷436，頁4839。

九月匈奴殺邊將，漢軍全沒遼水上。萬里無人收白骨，家家城下招魂葬。婦人依倚子與夫，同居貧賤心亦舒。夫死戰場子在腹，妾身雖存如晝燭。[119]

　　詩中以蕭瑟之九月開始敘述，漢軍全數葬身遼水上，悲劇並未結束，戰士離家萬里，戰死沙腸，卻無人收屍。有的家人只能在城下以衣物招魂，舉行葬禮。征婦失去家庭之支柱，也失去生命之意義。兒子猶在腹中，活著就如白晝之燭火，戰爭對征婦身心之摧殘，是何等殘酷無奈。

　　晚唐詩人羅隱（833～910）在廣明二年（880）七月中元，黃巢攻入長安，僖宗從興元駕幸蜀時，作〈即事中元甲子〉詩：

三秦流血已成川，塞上黃雲戰馬閒。只有贏兵填渭水，終無奇士出商山。田園已沒紅塵內，弟侄相逢白刃間。惆悵翠華猶未返，淚痕空滴劍闌斑。[120]

　　詩中敘述三秦已流血成川，塞上之戰馬卻坐視不救。只看到疲贏之軍隊，屍填渭水之中，卻見不到奇人異士，[121] 如商山四皓出來挽救國家。家鄉之田園已經埋沒於戰火中，弟侄卻在刀光劍影中相逢。皇上尚未回京，眼淚滴在劍上已形成斑紋。真是大局難挽，沉痛而惆悵。

　　在同一時期，杜荀鶴（846～904）作〈旅泊遇郡中叛亂示同志〉詩云：

握手相看誰敢言，軍家刀劍在腰間。遍搜寶貨無藏處，亂殺平人不怕天。古寺拆為修寨木，荒墳開作甃城磚。郡侯逐出渾閒事，正是

---

[119] 同上註，卷382，頁4279。

[120] 同上註，卷660，頁7577。

[121] 商山四皓，秦末隱士，東園公、夏黃公、綺里季、甪里四人，因避秦亂世而隱居商山。

> 鑾輿幸蜀年。[122]

　　詩中敘述亂軍刀劍在腰，民眾不敢言動。到處搜尋財物，亂殺平民百姓。古寺拆下木料修寨，挖荒墳中之墓石，作為砌城之磚。亂軍逐出郡侯，不當一回事，這正是僖宗皇帝幸蜀之年。寫來十分寫實，將當時兵亂之情形，作真實之描述。

　　晚唐經歷黃巢之亂，官吏與民眾都往南方避難，咸通十哲之一鄭谷（849～911）作〈黯然〉詩，有感時傷亂之意。詩云：

> 搢紳奔避復淪亡，消息春來到水鄉。屈指故人能幾許，月明花好更悲涼。[123]

　　詩中敘述黃巢之亂時，連官吏亦奔逃，可見朝廷已無能力平亂，不禁黯然神傷。春天傳來此消息時，不知故人能有幾人安好。在這月明花好之日，更覺悲涼。

　　以上論述，可知亂離是唐人難以磨滅之傷痛，不論安史之亂、黃巢之亂，以及藩鎮之亂、農民起義等，都讓無數親人離散，白骨橫野，此種悲慘景象，在詩文中都可以見到血淚般之控訴。同時，有無數官吏、文人，或避亂而漂泊天涯；或在風雨飄灑，殘月當空時，思念家國，感懷身世。都用詩筆，寫出戰爭之殘酷與民眾流離之苦。此類作品，都為歷史彌補殘缺之一頁，也為後人留下無數動人之詩篇。

(二) 從田園山水詩中倘佯生命之愉悅

　　文人以靈心慧眼，讓山水不再是無情無思之物，重新賦予生命、靈氣與

---

[122] 《全唐詩》，卷 692，頁 7950。

[123] 同上註，卷 677，頁 7763。

情思。不知是詩人喜愛山水，還是山水鍾情詩人？唐代之山水詩，有很多是
詩人用其生花妙筆，描敘優美恬靜之田園風光，或雄偉壯麗之長山闊水，甚
至有風格典雅之風景小幅，都是瑰麗燦爛之千古絕唱。李瑞騰〈唐詩中的山
水〉一文中云：

> 　　唐詩中的山水……名山巨川無不在詩人的筆下展現其雄奇偉岸、
> 奔騰洶湧的氣象，如李白、杜甫筆下的泰山，王維、孟郊筆下的終南
> 山，白居易筆下的西湖和太湖，杜甫筆下的長江，元稹筆下的嘉陵江
> 等等，或雄壯，或秀麗；或寫實，或抽象；詩人或陵絕頂而一覽眾山
> 小，或臨大江而思眾流歸海、萬國奉君。各競詩才，各舒所感，蔚為
> 壯觀。[124]

　　唐詩在中多詩人之歌詠下，山水田園詩將隱士、逐臣、征人之情懷，一
一從詩句中宣洩，如劉勰《文心雕龍・神思》中所云：「登山則情滿於山，觀
海則意溢於海。」今觀山水田園詩之傑出代表，如王維、孟浩然、李白、儲
光羲、常建、祖詠、裴迪、韋應物、劉長卿、柳宗元、杜牧等人，都用彩筆
勾勒大唐河山之秀麗多姿。讀其山水詩，會從心靈發出一種生命之悸動，然
後隨著詩句，飄飛於靈山秀水，不能自已。

　　盛唐田園山水詩人王維、孟浩然，用細膩敏感之審美感覺，描繪自然之
美景，或閒居生活之閒適靜謐，詩中所表現之靜謐恬淡，不論氣象蕭索，或
幽寂冷清，都有一種對現實淡然，甚至如禪宗入定時之寂滅心緒。

　　王維（692～761）中年以後，在佛理和山水中尋求寄託，在經歷長期山
林生活後，筆下之山水景物，特具神韻。常常略事渲染，便表現出深長悠遠
之意境。〈飯覆釜山僧〉詩中，自稱「一悟寂為樂，此生閑有餘。」[125] 此種

---

[124] 李瑞騰：〈唐詩中的山水〉，（《古典文學》第三集）（臺北：臺灣學生書局，1981），頁 151。
[125] 《王右丞集箋注》，卷 3，頁 39。

閒逸和空寂之禪趣，反映於詩歌創作中，可以體現作者悟道之情趣。明‧胡應麟《詩藪‧內篇》中稱王維五絕「窮幽極玄」、「卻入禪宗」。[126]

　　王維寫詩，不論取景狀物，都富有畫意，色彩鮮明而優美，寫景動靜結合，尤善於捕捉大自然中之光色及細微之聲響，將詩人內心之律動，和自然界之變，融合在一起，使詩歌達到詩畫合一之境界。如〈鹿柴〉寫到「空山」中之人語：「空山不見人，但聞人語響。」；〈辛夷塢〉寫到「澗戶寂無人，紛紛開且落。」中「芙蓉花」之開落；〈青溪〉一詩：「聲喧亂石中，色靜深松裡。」[127]〈過香積寺〉：「泉聲咽危石，日色冷青松。」[128] 都以幽靜之山水、花木、泉石，表現詩人恬適之心情。

　　王維筆下之山水景物多彩多姿，風格各異，或氣象雄偉，境界開闊；或清新秀麗、色彩鮮明；或蕭疏沖淡，幽美靜謐。其中最具代表性者，是意境沖淡空靈、禪理與詩情融合之作品。王維曾經多次抒發「王孫自可留」、「王孫歸不歸」之心聲，就是將忘情自然之恬淡閒適，流動在如畫之詩篇中。

　　王維在自然山水中，尋覓到自己寧靜之天地，不論在山間、松木、明月、荷塘、清泉、幽竹之中，都凝聚在一片清幽、寧謐與和諧中。《輞川集‧竹里館》詩云：

　　　　獨坐幽篁裏，彈琴復長嘯。深林人不知，明月來相照。[129]

　　〈竹里館〉彷彿像一幅色影清幽之風景畫，作者獨自坐在幽靜之竹林中，一邊彈琴，一邊長嘯，沒人知道自己坐在深林中，只有明月穿過清冷之竹林，映照在大地。周遭不再顯得寂寞，大自然與我似乎已融合為一，充分體會天人融合之樂趣。

---

[126] 《詩藪》，卷6，頁104、114。

[127] 《王右丞集箋注》，卷125，頁34。

[128] 同上註，卷7，頁131。

[129] 同上註，卷13，頁241。

〈山居秋暝〉詩云：

> 空山新雨後，天氣晚來秋。明月松間照，清泉石上流。竹喧歸浣
> 女，蓮動下漁舟。隨意春芳歇，王孫自可留。[130]

　　此詩描繪秋雨初霽後，空曠之山中，夜晚之景色幽靜而閒適。明月高照
松林，雨後之山泉，從巖石上流下。水月襯托出空山之純美，寧靜而清新。
不久，竹林傳來陣陣喧笑聲，一群女子正浣衣歸來。水面蓮葉搖動，有漁舟
順流而下。前半寫靜、寫物；後半寫動、寫人。在動與靜之轉換中，感受到
自然界之脈動。結尾以「隨意春芳歇，王孫自可留。」說出潔身自好，歸隱
田園之心意。與《楚辭·招隱士》：「王孫兮歸來，山中兮不可久留！」[131] 體
會迥然不同。
　　與王維齊名之山水詩人孟浩然（689～740），更是一位受益山水之代表。
孟浩然一心想入世，多次表明不做垂釣者，但科舉又不如意。就在窮途末路
時，襄陽潔淨澄明之山水，令他躁動之心，再次回歸，不再有科舉失意之喪
志形象，後世吟詠其〈春曉〉：

> 春眠不覺曉，處處聞啼鳥。夜來風雨聲，花落知多少。[132]

　　詩中可以分享到回歸自然山水之後，不必為名利驅馳，每天可以過隨興
自適之生活，在春天可在以啼鳥聲中醒來；也不知昨夜之風雨，花被打落多
少？在山水中成長之詩人，心靈純淨無染，充滿喜樂。
　　孟浩然和王維是好友，在贈王維〈留別王維〉一詩中，把王維當作知音，
其云：

---

[130] 同上註，卷 7，頁 122。

[131] 洪興祖：《楚辭補注》，（臺北：漢京文化事業公司，1983），卷 12，頁 232。

[132] 徐鵬：《孟浩然集校注》，（北京：人民文學出版社，1998），卷 4，頁 283。

　　欲尋芳草去，惜與故人違。當路誰想假，知間世所稀。[133]

　　又在四十八歲時，從家鄉襄州襄陽（今湖北襄陽）出發，經漢水、長江到荊州，經過岳陽時，作〈岳陽樓〉（一作〈望洞庭上張丞相〉）詩贈張九齡云：

　　八月湖水平，涵虛混太清。氣蒸雲夢澤，波撼岳陽樓。欲濟無舟楫，端居恥聖明。坐觀垂釣者，徒有羨魚情。[134]

　　詩中敘述自己有出仕之願望。希望得到張九齡之引薦。而張九齡當時從宰相貶到荊州，欣賞孟浩然之詩，就請他到荊州，給他小官做。孟浩然非常高興，寫下這首氣勢磅礡之詩。「氣蒸雲夢澤，波撼岳陽樓。」寫洞庭湖雲霧迷朦，波濤浩渺，充分展示盛唐氣象。洞庭湖如此浩蕩無際，是因為他要以湖來象徵人間吧！在人世間，他無依無靠，沒有得力之人物提拔他，就如同「欲濟無舟楫」，不能為聖明之君主效力，就如同欲濟洞庭而無船一般。現在張九齡給他官做，終於使他有施展抱負之機會。孟浩然「坐觀垂釣者」，是想到湖邊來釣一條大魚，比喻要做一番事業。只是孟浩然享年五十二歲，作此詩時，已四十八歲。

　　孟浩然還有許多傳世之山水名句，如〈宿建德江〉：「野曠天低樹，江清月近人。」[135]〈句〉：「微雲淡河漢，疏雨滴梧桐。」[136]都膾炙人口。其山水風格，可以用「沖淡」二字來概括，就是用平淡自然之語言，描寫幽美怡淡之風光，表現淡泊安逸之心境。

　　邊塞詩人王之渙（688～742）作〈登鸛雀樓〉詩，是描寫山水之名詩：

---

[133] 《孟浩然詩集箋注》，卷中，頁 257。
[134] 同上註，卷上，頁 105。
[135] 同上註，卷下，頁 360。
[136] 同上註，頁 429。

白日依山盡，黃河入海流。欲窮千里目，更上一層樓。[137]

　　鸛雀樓，在山西永濟縣西南城上，據說因「時有鸛雀棲其上」而得名，是唐代著名之登覽勝地。前兩句，僅用十個字，描繪出雄渾壯麗之山水圖景：遠處之白日，已漸漸隱入連綿起伏之群山背後；腳下之黃河，正以奔騰千里之速度，流入大海。江山如此多嬌，激發詩人想要看得更高更遠之願望，於是「欲窮千里目，更上一層樓。」使讀者在想像中，展開更宏大之視野、更廣闊之胸襟。更暗蘊「高瞻遠矚」之人生哲理。在尺幅之內，不僅展現萬里山河之壯麗，而且表現出積極進取之精神，這正是盛唐山水詩之特色。

　　當李白辭別京闕，離開長安時，就想走向名山勝水，激發胸中之豪情壯志。於是大聲疾呼：「安能摧眉折腰事權貴，使我不得開心顏！」[138]遂以神妙之畫筆，飄逸瑰奇之詩句，唯美之心靈，完成大唐秀麗之山水畫卷。於是那五嶽之氣勢，盧山之飛瀑，故鄉之明月，大漠之風光，都一一寫入詩卷，當我們讀李白〈望盧山瀑布二首〉其二：

日照香爐生紫煙，遙望瀑布掛前川。飛流直下三千尺，疑是銀河落九天。[139]

　　此詩是盧山瀑布之絕妙寫照，詩中透入詩人鮮明個性和強烈感情，一開頭是從「望」字起筆，描寫詩人眼裏之香爐峰瀑布。香爐峰在日光照耀下，宛如一座巨大之香爐，而峰頂繚繞之雲霧，彷彿是縷縷紫煙，正從爐中冉冉升起，格外絢麗多姿。瀑布從峰頂垂直下落，就像一匹巨大的白練，高掛在山川之間。這具有雕塑般靜美之壯麗圖景，正是詩人遙看之感受。近看之景象，更加驚心動魄，飛湍之瀑布，從香爐峰頂噴湧而出，一瀉直下，銀光閃

---

[137] 《全唐詩》，卷 253，頁 2849。

[138] 同上註，頁 2849。

[139] 《李白集校注》，卷 21，頁 1238。

閃，簡直使人懷疑是天上之銀河，穿破雲霧，降落人間。「飛流直下三千尺」之飛動氣勢，是高度誇張。「疑是銀河落九天」之比喻，是超絕之想像，將廬山瀑布塑造成無比雄奇壯美之藝術形象。難怪蘇軾讚歎道：「帝遣銀河一派垂，古來惟有謫仙詞。」[140]

李白一生酷愛自然，到處漫遊。「五嶽尋仙不辭遠，一生好入名山遊。」[141] 足跡所至，幾半中國。在其筆下，神州大地千姿百態之自然景觀，是他創作大量山水詩之泉源。如「黃雲萬里動風色，白波九道流雪山。」[142] 之長江，「黃河之水天上來，奔流到海不復回。」之黃河，「一風三日吹倒山，白浪高於瓦官閣。」[143] 之橫江。「山隨平野盡，江入大荒流。」[144] 之荊門等，都成為千古絕唱。

李白之山水詩，有著極鮮明之個性，山水在李白筆下，還寄託著他追求個性解放和精神自由之理想。所以不論李白山水詩怎樣絢麗多姿，風采各異，卻無一不打上了個性化、人格化之鮮明烙記。李白從不拘泥於山水之形貌，也不會只作雕琢山水之工作。而是憑著自己洋溢之才華、審美之理想、熾熱之感情，創造出前所未有、氣象非凡之山水形象。

李白詩中有如〈蜀道難〉之奇麗山水，也有〈山中問答〉詩之清麗山水：

問余何意棲碧山，笑而不答心自閒。桃花流水窅然去，別有天地非人間。[145]

這首詩在李白筆下，有「桃花流水，窅然而逝」之天然寧靜，詩人「笑

---

[140] 宋，胡仔：《苕溪漁隱叢話後集》，（臺北：木鐸出版社。1982），第4，〈李太白〉，頁23。

[141] 《李白集校注》，卷14，頁863。

[142] 同上註，頁863。

[143] 同上註，卷3，頁225。

[144] 同上註，卷15，頁941。

[145] 同上註，卷19，頁1095。

而不答」，是別具會心，使人對「別有天地非人間」之「碧山」，悠然神往。

有人認為杜甫之山水詩，遠離時代，其實不然，杜甫〈春望〉詩中：「國破山河在，城春草木深。」[146] 也是山水詩，只有身處亂世，心情特別沉重時，才能感受杜甫悲苦之心情。這如同在太平盛世，王維歌詠「明月松間照，清泉石上流。」也不符合時代之要求！

杜甫不以山水詩著稱，但其山水詩中，記錄自己漫遊、離亂、漂泊之現實生活，同時融入時事、政治，和憂國憂民之思，使傳統之山水詩，開創另一境界。如〈後遊〉：

> 寺憶曾遊處，橋憐再渡時。江山如有待，花柳自無私。野潤煙光薄，沙喧日色遲。客愁全為減，舍此復何之？[147]

上元二年（761）春，杜甫重遊蜀中新津縣東南之修覺寺，故題曰〈後遊〉。詩中敘述此寺和橋，都曾經遊歷過，故地重遊，更生愛憐之心。美好之江山，彷彿很有情意地等待我再來。郁麗之花柳，更無私地供人觀賞。清晨之原野，籠罩著一層薄霧，顯得格外滋潤。傍晚，沙灘有喧鬧之花草，日色遲遲不去。如此優美之景色，使客愁全為之消減。要是離開此地，還有何處可去呢？此詩從字面上看，句句都在稱讚風景之美，實則有言外之意。不僅從結末之「客愁」點出作者心中之愁悶。從盛讚江山、花柳之有待、無私中，對美好之大自然，發出熱情之禮讚，同時反襯人世間之冷漠無情，以及詩人游賞時之心情。薛雪《一瓢詩話》云：「花柳自無私……下一『自』字，便覺其寄身離亂，感時傷事之情，掬出紙上。」[148] 在干戈遍地，萬方多難之時代，這位憂國憂民之詩人，怎能不感時傷事？

杜甫有一首〈樂遊園歌〉，描寫在長安三月三日祓禊日，受楊長史邀請歡

---

[146] 《杜詩詳注》，卷4，頁320。

[147] 同上註，卷9，頁787。

[148] 臺靜農：《百種詩話類編》，（臺北：藝文印書館，1972），引薛雪《一瓢詩話》，頁397。

宴之詩：

> 樂游古園崒森爽，煙綿碧草萋萋長。公子華筵勢最高，秦川對酒
> 平如掌。長生木瓢示真率，更調鞍馬狂歡賞。青春波浪芙蓉園，白日
> 雷霆夾城仗。閶闔晴開昳蕩蕩，曲江翠幕排銀榜。拂水低徊舞袖翻，
> 緣雲清切歌聲上。卻憶年年人醉時，只今未醉已先悲。數莖白髮那拋
> 得？百罰深懷亦不辭。聖朝亦知賤士醜，一物自荷皇天慈。此身飲罷無
> 歸處，獨立蒼茫自詠詩。[149]

　　全詩先寫樂遊園之景色，林木森列，疏落高爽。碧草茂盛，煙霧濛
籠。在此古園筵飲遊賞，本是一大快事。卻在未醉之前，已有「卻憶年年人醉時，
只今未醉已先悲。」悲歎身世之情。只因未受朝廷重用，只能詠詩自娛。「此
身飲罷無歸處，獨立蒼茫自詠詩。」[150] 其中有無限蒼涼之感。
　　詩人在描繪自然山水之同時，山水總是撫慰著人們紛亂之心靈。山水如
同人之靈魂，不管我們背著沉重之人生行囊，或春風得意地緩步徐行，山水
總是一位良伴，助我們度過千山萬水，排除心中之塊壘牽絆。如柳宗元（773
～819）為權力、名譽所累，貶官永州時，心中充滿愁苦，終於在青山綠水間，
將自我超脫昇華，寫成多篇雋永之篇章。在〈漁翁〉一詩中，我們彷彿置身
於清新澄明之境界中：

> 漁翁夜傍西岩宿，曉汲清湘燃楚竹。煙消日出不見人，欸乃一聲
> 山水綠。回望天際下中流，岩上無心雲相逐。[151]

　　此詩作於永州（今湖南零陵），敘述漁翁在夜晚，把船停泊在西岸之岩下

---

149 《杜詩詳注》，卷2，頁101。
150 陳器文：〈此身飲罷無歸處，獨立蒼茫自詠詩〉，（《古典文學》第六集）。
151 《柳宗元詩箋釋》，卷2，頁251。

息宿。拂曉時，汲起湘江之清水，又燃起楚竹。待煙霧雲消散，旭日升起，卻不見漁翁之身影。只聽到青山綠水間，欸乃一聲櫓響。回望天際，漁翁已駕舟於江流之中。只有岩頂上無心之白雲，在相互追逐。詩中漁翁獨往獨來，是暗寓作者寄情山水之意，與宦途坎坷之孤寂心境。再讀柳宗元之〈江雪〉詩云：

千山鳥飛絕，萬徑人蹤滅。孤舟蓑笠翁，獨釣寒江雪。[152]

此詩亦作於永州之時，是一幅用文字描繪之寒江風雪圖。只見漫天飛舞之大雪，覆蓋千山萬徑，山上既望不見飛鳥之蹤影，路上看不到行人之足跡。在這冰天雪地中，卻有一葉小舟，泊在寒江上，一位披蓑戴笠之漁翁，頂著風雪，獨自在江邊垂釣。

柳宗元之山水詩峻潔奇峭。借景抒情，是柳宗元山水詩之基本特徵。而永州秀麗之山水，正好寄託自己深廣之幽憤。每天近看庭前花開花落，遠望天上雲捲雲舒，這樣豁達、平和之心態，被山水洗滌得淋漓酣暢。詩中那廣袤寂寥之冰雪世界，寄託了作者內心之孤淒。而那頑強垂釣之漁翁，更是作者身處逆境，不甘屈服，倔強抗爭之精神寫照。

韋應物（737～792），是被後人目為與王維、孟浩然、柳宗元並稱為唐代山水田園詩人之代表。善於寫景，且能將自己之感情，和審美追求，寓於其中。因此詩風高雅閑淡，自成一家。其〈滁州西澗〉詩云：

獨憐幽草澗邊生，上有黃鸝深樹鳴。春潮帶雨晚來急，野渡無人舟自橫。[153]

---

[152] 同上註，頁268。
[153] 陶敏、王友勝：《韋應物集校注》，（上海：上海古籍出版社，1998），卷8，頁520。

　　此詩韋應物作於任滁州（今安徽滁縣）刺史時。描寫春遊西澗所見之景物。前兩句先展現西澗之幽寂，山澗邊草色青青，暗深之樹上，有黃鸝在鳴叫，打破澗邊之岑寂。詩人用靜中有動之描繪手法，勾畫出荒山野渡之蒼茫景象。接寫春潮上漲，晚雨急來，郊野之渡口，唯有孤舟飄浮，連船夫也不見蹤影。將滁州西澗春雨時之景象，刻畫得生動傳神。

　　唐代山水詩中，有許多描寫四季不同景色之詩，其中又以寫春、秋兩季者為多。晚唐詩人杜牧（803～852）〈山行〉詩云：

　　　　遠上寒山石徑斜，白雲深處有人家。停車坐愛楓林晚，霜葉紅於二月花。[154]

　　此詩寫詩人在傍晚山行，所見之山林秋景。登上寒山，石徑陡斜，一直延伸到遠方。在山路之盡頭，白雲舒卷之處，掩映著幾戶人家。詩人沿著石徑，迤邐行來，忽然一片楓林。那秋霜染過之楓葉，在夕陽映照下，紅豔燦爛，竟比二月之春花還要火紅。於是停下車來，駐足觀賞，深深地為眼前之美景陶醉。「霜葉紅於二月花」，有畫龍點睛之效果，不僅寫出楓葉火紅之顏色，也寫出楓樹經霜耐寒之特色。透過楓葉與春花比較，秋楓似乎比春花更具有堅強之生命力。又〈江南春絕句〉詩云；

　　　　千里鶯啼綠映紅，水村山郭酒旗風。南朝四百八十寺，多少樓臺煙雨中。[155]

　　此詩是寫江南之春景，只有二十八字，便描繪出江南之無邊春色。前兩句敘述千里江南，到處是鳥語鶯啼，綠葉紅花，水村山郭，酒旗招展，一派

---

[154] 《樊川詩集注・外集》，頁370。
[155] 《樊川詩集注》，卷3，頁201。

明媚之春光。後兩句將南朝古寺之景觀，與歷史背景相融合，不僅展現出江南春天之特色，而且顯示晚唐詩人被歷史滄桑觸發之詩情。一首小詩，猶如一幅絕妙之青綠山水圖，其妙境令人歎為觀止。

由以上論述，唐代詩人能在邊塞、戰亂之外，描繪田園山水之景色。藉大自然之風光，將自己之感受，融入詩中，使詩增添一股生命力。此種藉景抒情之詩歌，讓人有一種天人合一之感覺。因為唐代詩人已將田園山水與自己心靈融合為一，將詩之感人力量，發揮到極限。

(三) 從詠史懷古詩中洞察時空變幻下之生命情境

歷史是時空之組合，在不同之時空中，留下許多活動之記錄。人類之生命有限，時空之長流無窮無限，於是歷史就變成人類回憶之重要線索。詩人用文字敘述自己內心之感受，以及歷史中之悲劇情節，成為一座記憶之寶貴殿堂。詩人關切歷史，對時空之無常變化，以及生命之隨浪花淘盡，都有深切之體認。同時在洞察歷史之變遷時，不僅是抒寫家國之興衰，社會之現象，人事之滄桑，更對自身懷才不遇，窮困悲涼之生命境遇，作深層之反省與自覺。

詠史懷古之作，始於東漢班固所作〈詠史詩〉。獻帝建安時期，王粲、曹植亦有詠史之作。六朝時期，詠史詩漸多。蕭統《昭明文選》中，立「詠史」之目，張協、左思、鮑照，皆有所作。唐代詠史詩興盛，杜甫、劉禹錫、李商隱、杜牧等人，或懷古、或詠懷、或評論歷史人物，都蔚為大觀。

如晚唐詩人李商隱（811～858）作〈覽古〉詩云：

> 莫恃金湯忽太平，草間霜露古今情。空糊赬壤真何益，欲舉黃旗竟未成。長樂瓦飛隨水逝，景陽鐘墮失天明。回頭一弔箕山客，始信逃堯不為名。[156]

---

[156] 《玉谿生詩集箋注》，卷1，頁15。

　　詩中對歷史興衰存亡,有深沈之感慨。再堅固之金城湯池,終成荒煙蔓草,供人憑弔。看草葉上之霜露,就是歷史之見證。所謂年年雙露依舊,其中多少興亡舊事。漢吳王濞擴建廣陵城,糊頹壤以飛文,結果叛漢被殺,空有華麗宮室,又有何益。吳亡國之君孫皓,聽信黃旗紫蓋見於東南,領數千人入洛陽降晉,為成大業;南朝宋廢帝漢劉子業以石頭城為長樂宮,仿效秦皇漢帝之豪奢,次年即被殺,其磚瓦飛墜,只能隨流水逝去;南朝齊武帝為游幸,置鐘於景陽樓上,如今鐘已墮毀,景陽殿將無鐘聲報天明。金城湯池不可信時,才知堯時巢父逃隱箕山之苦心。

　　晚唐詩人薛逢(生卒年不詳),武宗会昌元年(841)進士。曆侍御史、尚書郎。因恃才傲物,議論激切,屢忤權貴,故仕途不順。其〈悼古〉詩云:

　　　　細推今古事堪愁,貴賤同歸土一丘。漢武玉堂人何在?石家金谷水空流。光陰自旦還將暮,草木從春又到秋。閑事與時俱不了,且將身入醉鄉遊。[157]

　　詩中之懷古之心情,是悲涼而無奈。覺得今古之歷史,都令人充滿愁緒,不論貴賤都要回歸黃土。生命之無常,死亡之恐懼,在晚唐之亂世中,感慨特別深重。漢武帝時,玉堂宮中之妃嬪還在嗎?晉朝石崇家中之金谷園,小橋下之流水空自流動。人事已非,光陰還是旦暮流逝,草木也依舊春華秋實。在歷史舞台上之閑事,像是永遠演不完似的,還是縱身躍入醉鄉一遊吧!

　　初唐陳子昂(661~702)排斥虛美之形式,以興寄、風骨,表現個人之生命情態。其詠史懷古,亦是用悲涼慷慨之情感,抒發自己之雄心壯志與懷才不遇之感慨。並對時政之弊端,社會之污濁,加以批判。其〈感遇〉詩三十八首,頗多詠史懷古之作。如其三云:

---

[157] 《全唐詩》,卷548,頁6327。

> 蒼蒼丁零塞，今古緬荒途。亭堠何摧兀，暴骨無全軀。黃沙幕南
> 起，白日隱西隅。漢甲三十萬，曾以事匈奴。但見沙場死，誰憐塞上
> 孤。[158]

　　此詩為作者於睿宗垂拱五年（689），隨喬知之北征時作。詩中敘述唐代邊患嚴重，吐蕃、突厥經常擾邊。陳子昂曾兩次隨軍入邊，對大唐國防空虛，不修武備，感到憂心。故舉漢代以兵甲三十萬北征匈奴，而今唐軍死於沙場，暴骨邊荒，令人痛心。又在〈為喬補闕論突厥〉一文中，以沈痛之心情，說明國家無戰備帶來之禍害：

> 臣比來看國家興兵，但尋常軌。主將不選，士卒不練，徒如驅市
> 人以戰耳。故臨陣對寇，未嘗不先自潰散，遂使夷狄乘利。輕於國威，
> 兵愈出而事愈屈。[159]

　　陳子昂想為國建立功業之心，十分強烈，其〈餞陳少府從軍序〉中亦云：「夫歲月易得，古人疾沒代不稱，功業未成，君子以自強不息。」[160] 此種君子應自強不息，為國立功之心，在其詩中表現無遺。又〈峴山懷古〉詩云：

> 秣馬臨荒甸，登高覽舊都。猶悲墜淚碣，尚想臥龍圖。城邑遙分
> 楚，山川半入吳。丘陵徒自出，賢聖幾凋枯。野樹蒼煙斷，津樓晚氣
> 孤。誰知萬里客，懷古正躊躕。[161]

　　詩中追敘歷史，對古人建立功業之雄心，表達認同。「墜淚碣」是講晉初

---

[158] 同上註，卷 83，頁 889。

[159] 《全唐文》，卷 209，頁 2118。

[160] 同上註，卷 214，頁 2166。

[161] 《全唐詩》，卷 84，頁 912。

名將羊祜，有伐吳之雄圖。鎮守襄陽，為滅吳奠定基礎。「臥龍圖」是講諸葛亮隱居襄陽，向劉備提出三分天下之〈隆中對〉。陳子昂心中有許多苦悶，鬱積心中，用「誰知」二字寄託，可謂用心良苦。

〈感遇詩三十八首〉第十七，是陳子昂表達對歷史天運之看法：

> 幽居觀天運，悠悠念群生。終古代興沒，豪聖莫能爭。三季淪周賴，七雄滅秦嬴。復聞赤精子，提劍入咸京。炎光既無象，晉虜復縱橫。堯禹道已昧，昏虐勢方行。豈無當世雄，天道與胡兵。咄咄安可言，時醉而未醒。仲尼溺東魯，伯陽遁西溟。大運自古來，旅人胡歎哉。[162]

此詩認為歷史之興廢，非人力所能相爭。在堯、禹之道不明，昏虐之勢興盛之時，即使有當世之雄，亦咄咄不可言，應歸之於天命。此種宿命之觀念，應是英雄在最無奈之時，發出之浩歎。

盛唐杜甫（712〜770）對陳子昂十分推崇。對其遭遇，亦表示同情。代宗寶應元年（762）冬，杜甫到射洪（今四川射洪縣），瞻仰陳子昂之遺跡，作〈陳拾遺故宅〉詩云：

> 有才繼騷雅，哲匠不比肩。公生揚馬後，名與日月懸。[163]

詩中認為陳子昂才名過人，可以上追離騷、下踵揚雄、司馬相如，名與日月同光。

盛唐時期，玄宗勵精圖治，有開元盛世，也有盛唐氣象。詠史詩中有歌詠大唐氣象者。如高適（約 702〜765）於開元十一年（723）初入長安，作

---

[162] 《全唐文》，卷83，頁891。
[163] 《杜詩詳注》，卷11，頁948。

〈古歌行〉詩云：

> 君不見漢家三葉從代至，高皇舊臣多富貴。天子垂衣方晏如，廟
> 堂拱手無餘議。蒼生偃臥休征戰，露臺百金以為費。田舍老翁不出門，
> 洛陽少年莫論事。[164]

　　詩中用讚頌之辭，敘述漢代之開國盛世，天子垂拱而治天下，百姓不必
為朝廷征戰四方。田舍老翁在家安享餘年，洛陽少年莫須議論朝政。以此來
映襯大唐之開元之治。

　　盛唐浪漫詩人之代表李白（701～762），有詠史詩一百二十六首，堪稱詠
史大家。在詩中，李白有安邦定國之強烈欲望，及功成身退之思想。在〈代
壽山答孟少府移文書〉一文中云：

> 申管晏之談，謀帝王之術，奮其智慧，願為輔弼，使寰區大定，
> 海縣清一。事君之道成，榮親之義畢，然後與陶朱、留侯，浮五湖，
> 戲滄州，不足為難矣。[165]

　　李白飽讀經史，明白功成而不身退，常遭遇不測，故舉申不害、管仲、
晏嬰，以帝王之術，輔弼君主，使寰區大定，海縣清一。但事成之後，應效
法陶朱公、留侯，泛舟五湖，戲遊滄州，功成身退。在〈行路難〉其三中亦
云：

> 吾觀自古賢達人，功成不退皆殞身。子胥既棄吳江上，屈原終投
> 湘水濱。陸機雄才豈自保？李斯稅駕苦不早。華亭鶴唳詎可聞？上蔡

---

[164] 《高適詩集編年箋注》，卷1，頁3。
[165] 《全唐文》，卷348，頁3534。

蒼鷹何足道？[166] 君不見吳中張翰稱達生，秋風忽憶江東行。且樂生前一杯酒，何須身後千載名？[167]

　　詩中列舉伍子胥、屈原、陸機、李斯、張翰等人之事蹟，說明功成身退之想法。也因此在〈登金陵冶城西北謝安墩〉詩中，懷念謝安之功業後，抒發自己對陶淵明之仰慕：「功成拂衣去，歸入武陵源。」[168]

　　李白雖主張功成身退，但功未成，又如何言身退？李白常有懷才不遇，無法實現濟世理想之憤慨，如〈行路難〉其二中云：

　　　淮陰市井笑韓信，漢朝公卿忌賈生。君不見昔時燕家重郭隗，擁篲折節無嫌猜。劇辛樂毅感恩分，輸肝剖膽效英才。昭王白骨縈蔓草，誰人更掃黃金臺？。[169]

　　詩中列舉韓信[170]、賈誼[171]、郭隗[172]、劇辛、樂毅等人之例，說明自己志不得伸之苦悶。

[166]《史記・李斯列傳》記載：「吾欲與若，復牽黃犬，俱出上蔡東門逐狡兔，豈可得乎？」王琦注引《太平御覽》曰：「《史記》曰：『李斯臨刑，思牽黃犬，臂蒼鷹，出上蔡東門，不可得矣。』」考今本《史記・李斯傳》中，無『臂蒼鷹』字，而李白詩中屢用其事，當另有所本。」李白所據之《史記》，當已佚失。

[167]《李白集校注》，卷3，頁238。

[168] 同上註，卷21，頁1226。

[169] 同上註，卷4，頁238。

[170]《史記・韓信傳》記載：淮陰屠中少年有侮信者，曰：「若雖長大，好帶刀劍，中情怯耳。」觸辱之曰：「信能死，刺我。不能死，出我胯下。」韓信竟蒲伏出其胯下。一市人皆笑信，以為怯。

[171]《史記・屈原賈誼列傳》記載：「天子欲使賈誼任公卿之位，絳、灌、東陽侯、馮敬之屬盡害之。乃短賈生曰：「洛陽之人，年少初，專欲擅權，紛亂諸學。」後天子疏之，不用其議，乃以賈為長沙王太傅。

[172]《史記・燕召公世家》：「燕昭王告訴郭隗欲致士興國，並為隗改築宮而事之。此後樂毅、鄒衍、劇辛等，皆爭趨燕。」

　　由於政治敗壞之殘酷現實，不能一展抱負，李白有許多詩是以史諷今，表達遁世求仙之思想。其〈登敬亭山南望懷古贈竇主簿〉詩云：

> 　　敬亭一回首，目盡天南端。仙者五六人，常聞此遊盤。溪流琴高水，石聳麻姑壇。白龍降陵陽，黃鶴呼子安[173]。羽化騎日月，雲行翼駕鸞。下視宇宙間，四溟皆波瀾。汰絕目下事，從之復何難？百歲落半途，前期浩漫漫。強食不成味，清晨起長歎。願隨子明去，煉火燒金丹。[174]

　　此詩以懷古之形式，描寫仙界之幽麗，以表達求道之意。先敘述自己在敬亭山上回首極目南天，常聽說有五六位仙人，在石崖聳立之麻姑壇遊樂。他們在溪流聲中彈琴。白龍降落陵陽山，黃鶴呼叫子安。子安在此羽化，騎黃鶴上日月，駕雲霧飛行，與駕鸞比翼。下視茫茫宇宙間，四海都波瀾壯闊。雙眼不瞧目下事，世事多艱難。人生百歲，現已在半途，前途渺茫，不可預期。強食之瓜不甜，清晨起床即長歎。我願跟隨仙人子明去，煉火燒金丹。

　　盛唐詩人孟浩然（689～740）亦作〈與諸子登峴山〉詩云：

> 　　人事有代謝，往來成古今。江山留勝跡，我輩復登臨。水落魚梁淺，天寒夢澤深。羊公碑尚在，讀罷淚沾襟。[175]

　　詩中充滿詩人對人生、歷史之感嘆。想到人事總是不斷變換，時光往來

---

[173] 漢・劉向：《列仙傳・陵陽子明》記載：「陵陽子明者，銍鄉人也。好釣魚於旋溪。釣得白龍，子明懼，解鉤拜而放之。後得白魚，腹中有書，教子明服食之法。子明遂上黃山，采五石脂，沸水而服之。三年，龍來迎去，止陵陽山上百餘年，山去地千餘丈。大呼下人，令上山半，告言：『中子安，當來問子明釣車在否。』後二十餘年，子安死，人取葬石山下。有黃鶴來，棲其塚邊樹上，鳴呼子安云。」

[174] 《李白集校注》，卷12，頁809。

[175] 《孟浩然詩集箋注》，卷上，頁19。

流逝而成為古今。江山留下之勝跡，今天來憑弔登臨。襄陽鹿門山沔水中之
魚梁洲，因為水淺而露出江面，雲夢大澤因為天寒而感到幽深。晉朝鎮守襄
陽之羊祜，奠定西晉滅吳之基業，如今碑石依然矗立山上，讀罷碑文，不覺
淚濕衣襟。

　　晚唐羅隱（883～910）善寫詠史詩，《舊五代史》本傳云：「猶長於詠史，
然多所譏諷。」[176] 在湘南時，寫詠史詩以憑弔屈原、賈誼、杜甫，此三人皆
悲劇性作家，一方面弔人，另一方面也可自慰。其〈郴江遷客〉詩云：

> 不是逢清世，何由見皂囊。事雖危虎尾，名勝泊鵷行。毒霧郴江
> 闊，愁雲楚驛長。歸時有詩賦，一為弔沉湘。[177]

　　詩中作者憑弔屈原，但時逢亂世，但見郴江遼闊，楚驛長遠，而且佈滿
愁雲毒霧，在回去時，會為其沈江湘水而寫詩賦。又〈湘南春日懷古〉詩云：

> 晴江春暖蘭蕙薰，鳧鷖苒苒鷗著群。洛陽賈誼自無命，少陵杜甫
> 兼有文。空闊遠帆遮落日，蒼茫野樹礙歸雲。松醪酒好昭潭靜，閑過
> 中流一弔君。[178]

　　此詩言憑弔賈誼時，晴江春暖，蘭蕙飄香，鳧鷖鷗群，苒苒飛翔。在江
流之中，弔慰賈誼，慨嘆其早逝，不能像杜甫一般，留下許多詩作。又〈經
耒陽杜工部墓〉詩云：

> 紫菊馨香覆楚醪，奠君江畔雨蕭騷。旅魂自是才相累，閑骨何妨
> 塚更高。騄驥喪來空寒蹏，芝蘭衰後長蓬蒿。屈原宋玉鄰君處，幾駕

---

[176] 宋・薛居正：《舊五代史》，（臺北：鼎文書局，1975），卷24，頁326。
[177] 《全唐詩》，卷659，頁7564。
[178] 同上註，卷656，頁7543。

青螭緩郁陶。[179]

　　此詩謂在耒江畔以紫菊、楚醪祭奠杜甫，耒陽（今湖南耒陽市）距離屈原、宋玉之墓地不遠，可以駕青螭前往。

　　杜甫在代宗大曆元年（766）流落夔州，夔州一帶有庾信、宋玉、王昭君、劉備、諸葛亮等人留下之古跡，杜甫借這些古跡，抒寫胸懷。〈詠懷古跡〉其二，欽佩宋玉之風流儒雅，也為其身後寂寞，鳴發不平之鳴：

　　　　搖落深知宋玉悲，風流儒雅亦吾師。悵望千秋一灑淚，蕭條異代不同時。江山故宅空文藻，雲雨荒台[180] 豈夢思。最是楚宮俱泯滅，舟人指點到今疑。[181]

　　詩之前半感慨宋玉生前懷才不遇，自己雖處異代，仍一灑同情之淚。如今只見到江山、故宅，空留文章傳世。其所作〈高唐賦〉中之雲雨、荒臺，難道只是說夢，而無諷諫之意？最令人憾恨者，楚宮今已泯滅不存，只有船夫向遊客指點一番。

　　對楚漢相爭，雖然項羽失敗，但是詩人多讚賞其英勇，並同情其兵敗自殺之結局，晚唐杜牧則認為項羽應忍辱負重，力圖東山再起，其〈題烏江亭〉詩云：

　　　　勝敗兵家事不期，包羞忍恥是男兒。江東子弟多才俊，捲土重來未可知。[182]

---

[179] 同上註，卷 662，頁 7587。

[180] 宋玉曾作〈高唐賦〉，敘述楚王游高唐（楚台觀名），夢見巫山之女，因幸之，去而辭曰：「妾在巫山之陽，旦為行雲，暮為行雨，朝朝暮暮，陽臺之下。」陽臺：山名，在四川巫山縣。

[181] 《杜詩詳注》，卷 17，頁 1499。

[182] 《樊川詩集注》，卷 4，頁 279。

　　此詩宋胡仔駁之云：「項氏以八千人渡江，敗亡之餘，無一還者，其失人心甚，誰肯復附之？其不能捲土重來決矣。」[183] 王安石〈烏江亭〉中亦與胡仔持相同看法：「百戰疲勞壯士哀，中原一敗勢難回。江東子弟今雖在，肯與君王捲土來？」[184] 其實詩人與歷史家不同，詩人著重內心之想像，與實際之歷史敘述不同。同時，也不能謂杜牧不諳歷史，杜牧繼承其祖父杜佑之史學精神，對歷史人物及事蹟，不是向一般腐儒，徒然感慨一番而已，而是對史事通變致用，別創新說。

　　劉禹錫（772～842）作〈蜀先主廟〉詩，對蜀漢先主劉備加以評論：

　　　　天下英雄氣，千秋尚凜然。勢分三足鼎，業復五銖錢。得相能開國，生兒不象賢。淒涼蜀故妓，來舞魏宮前。[185]

　　詩中首句即歌頌劉備有英雄之氣，千秋凜然，氣勢磅礴雄渾，將劉備開創蜀漢之功業，得力於賢相諸葛亮，而亡國則歸咎於後主昏庸，將聖君、賢相作為建國之根本，其歷史眼光是十分精確的。

　　詩人懷古，常感慨君臣遇合之難，如諸葛亮之忠貞與劉備之知人，建立三國鼎立之功業，令後人欽敬不已。陳壽《三國志‧諸葛亮傳》云：「亮少有逸羣之才，英霸之器。……識治之良才，管蕭之亞匹。」[186] 孫樵〈刻武侯碑陰〉云：「武侯死殆五百載，迄今梁、漢之民，歌道遺烈，廟而祭者如在。其愛於民如此而久也。」[187]

　　在唐代詩人中，杜甫對諸葛亮景仰詠歎，著力甚深，是兩人有相同之政治理想。在〈詠懷古跡〉其五云：

[183] 《苕溪漁隱叢話‧後集》，卷15，頁108。

[184] 《全宋詩》，（北京：北京大學出版社，1998），第10冊，頁6732。

[185] 蔣維崧、趙蔚芝等：《劉禹錫詩編年箋注》，（濟南：山東大學出版社，1997），卷2，頁118。

[186] 晉‧陳壽：《三國志》，（臺北：鼎文書局，1975），卷35，頁911。

[187] 《全唐文》，卷795，頁8338。

　　諸葛大名垂宇宙，宗臣遺像肅清高。三分割據紆籌策，萬古雲霄一羽毛。伯仲之間見伊呂，指揮若定失蕭曹。運移漢祚終難複，志決身殲軍務勞。[188]

　　詩中不僅表達對諸葛亮之仰慕，還用苦思三分天下之策略，敘述其功業。至於為二主鞠躬盡瘁、死而後已之精神，則是形容其高潔之人格，有如雲霄上之一片羽毛。諸葛亮一生之事功，如伊尹輔佐商湯，呂尚輔佐周文王、周武王，蕭何、曹參輔佐漢高祖。最後惋惜蜀漢運勢不濟，決定為蜀漢犧牲。杜甫在〈蜀相〉一詩云：

　　蜀相祠堂何處尋，錦官城外柏森森。映階碧草自春色，隔葉黃鸝空好音。三顧頻煩天下計，兩朝開濟老臣心。出師未捷身先死，長使英雄淚滿襟。[189]

　　此詩是杜甫歌頌諸葛亮鞠躬盡瘁之偉大人格，首言武侯祠堂台階上之碧草空自春色，黃鸝在茂密之柏葉中空鳴好音，卻顯得冷清寂寥。再從景轉向人，對諸葛亮匡正天下之雄才計略，與老臣為二主報效之心意，都令人感動。最後出師五丈原，累死軍中，使天下英雄不禁淚濕衣襟，感嘆萬分。
　　杜牧善於將歷史變化之因素加以推理論析，對於三國決定性之戰役，赤壁之戰加以推論，其〈赤壁〉詩云：

　　折戟沉沙鐵未銷，自將磨洗認前朝。東風不與周郎便，銅雀臺春鎖二喬。[190]

---

[188] 《杜詩詳注》，卷 17，頁 1507。

[189] 同上註，卷 9，頁 736。

[190] 《樊川詩集注》，卷 4，頁 271。

赤壁之戰之成敗，早有定論，但杜牧能將勝敗之因素取決於東風，是另類之思考。

中唐劉禹錫（772～843）作〈烏衣巷〉詩云：

> 朱雀橋邊野草花，烏衣巷口夕陽斜。舊時王謝堂前燕，飛入尋常百姓家。[191]

對六朝之興亡，不像李白用「六代興亡國，三杯為爾歌。」[192] 以三杯酒說盡六朝興亡之事，心態瀟灑；劉禹錫卻平靜地用王、謝堂前燕子，飛入尋常百姓人家，說明人事之變遷，看似平淡，卻有一種時空在人們不知不覺中，已悄然變換之滄桑感。

劉禹錫在唐穆宗長慶四年（824），自夔州調往和州（今安徽和縣）任刺史。在赴任途中，經過西塞山（今湖北大冶縣東）時，作〈西塞山懷古〉詩：

> 王濬樓船下益州，金陵王氣黯然收。千尋鐵鎖沉江底，一片降幡出石頭。人世幾回傷往事，山形依舊枕寒流。今逢四海為家日。故壘蕭蕭蘆荻秋。[193]

此詩首敘晉武帝謀伐吳，派益州刺史王濬建造大船，出巴蜀，船上以木為城樓，每船可容二千餘人。王濬率船隊從武昌順流而下，直到金陵，東吳末帝孫皓命人在江中沈鐵鎖，又用鐵索橫江，攔截晉船。王濬攻破石頭城，吳主孫皓到營門投降。

表面看是寫歷史變遷，世事無常，興衰難料之感，但劉禹錫關注國事，懷古實因傷今，想以古為鑒，警示今人：三國六朝的分裂局面已成歷史，唐

---

[191] 《劉禹錫詩編年校注》，卷 4，頁 456。

[192] 《李白集校注》，卷 22，頁 1299。

[193] 《劉禹錫詩編年校注》，卷 4，頁 369。

王朝如今還算是個統一之大國，但各藩鎮擁兵自重多年，是否也有深重之隱憂呢？

　　晚唐杜牧對歷史作深刻之思考，〈泊秦淮〉一詩是對南朝陳後主在聲色中亡國表達痛心：

　　　　煙籠寒水月籠沙，夜泊秦淮近酒家。商女不知亡國恨，隔江猶唱後庭花。[194]

　　當年隋兵陳師江北，南朝危在旦夕，陳後主依然沉湎於樂曲〈玉樹後庭花〉柔婉之歌聲中，終於被俘亡國。從字面上看，似乎是批評歌女，實際上是詩人有感於晚唐國事衰微、世風頹靡，統治者沉溺於歌舞中，不知國之將亡，表達深沈之憂慮，也委婉含蓄地表達詩人對國事之諷諫。

　　〈詠懷古蹟五首〉其一，對南朝庾信有所感慨：

　　　　支離東北風塵際，漂泊西南天地間。三峽樓臺淹日月，五溪衣服共雲山。羯胡事主終無賴，詞客哀時且未還。庾信平生最蕭瑟，暮年詩賦動江關。[195]

　　詩中首聯寫安史之亂起，漂泊入蜀，淹留異地。頷聯寫流落三峽、五溪，與夷人共處。頸聯寫安祿山狡猾反復而叛唐，正如梁朝侯景之叛梁，自己飄泊蜀地，欲歸不得，恰似當年之庾信。末聯寫庾信晚年〈哀江南賦〉，驚動海內，也暗寓自己同具鄉國之思。全詩藉懷古傷懷，情感真摯。

　　庾信之文學，杜甫在上元二年（761），作〈戲為六絕句〉其一，對庾信有公允之評論：「庾信文章老更成，凌雲健筆意縱橫。今人嗤點流傳賦，不覺

---

[194] 《樊川詩集注》，卷4，頁273。
[195] 《杜詩詳注》，卷17，頁1499。

前賢畏後生。」[196] 詩中敘述庾信北上後，文風由綺靡變為清新勁健，故老年之作品，更趨成熟，健筆縱橫，有凌雲之氣勢。今人只針對其早年輕豔之作品，妄加嗤點批評，會有後生可畏之感。

晚唐李商隱對隋代之興亡，有很深之感觸，其〈隋宮〉一詩云：

> 紫泉宮殿鎖煙霞，欲取蕪城作帝家。玉璽不緣歸日角，錦帆應是到天涯。於今腐草無螢火，終古垂楊有暮鴉。地下若逢陳後主，豈宜重問後庭花。[197]

隋煬帝荒淫享樂，開運河以供其豫樂，故作者就錦帆到天涯、豈宜重問後庭花著眼，說明殷鑑不遠，煬帝造成隋代之衰亡，有其歷史因素。

晚唐羅隱在懿宗咸通十一年（870）正月七日，往歙州途中，見梅花而作〈人日[198] 新安道中見梅花〉詩云：

> 長途酒醒臘春寒，嫩蕊香英撲馬鞍。不上壽陽公主面，憐君開得卻無端。[199]

詩中以壽陽公主之梅花妝，見《太平御覽·時序部十五·人日》引《雜五行書》記載：「宋武帝女壽陽公主人日臥于含章殿簷下，梅花落公主額上，成五出花，拂之不去。皇后留之，看得幾時，經三日，洗之乃落。宮女奇其異，竟效之，今梅花妝是也。」[200] 詩中以梅花撲面，表達自己飄零之感。

---

[196] 同上註，卷 11，頁 898。

[197] 《玉谿生詩集箋注》，卷 3，頁 686。

[198] 漢·東方朔《占書》記載，農曆新年首八天為人和畜牧、作物之生日，依次序為「一雞、二狗、三豬、四羊、五牛、六馬、七人、八穀。」《太平御覽》引《荊楚歲時記》曰：「正月七日為人日。」

[199] 《全唐詩》，卷 665，頁 7617。

[200] 宋·李昉：《太平御覽》，（臺北：臺灣商務印書館，1980），卷 30，頁 269。

　　由以上論述，唐代詩人對歷史之敘述，都有深切之體認。詩人常借古諷今，或仰慕古人，來訴說心中之塊壘。如陳子昂、杜甫、劉禹錫、杜牧皆仰慕諸葛亮能向提出三分天下之大計；高適以漢初之盛世，映襯開元之治；李白效法范蠡、張良功成身退，而不可得；李白、孟浩然仰慕仙人子明，有煉丹求仙之心，但無法如願，不免悵惘；晚唐羅隱仰慕杜甫、杜甫仰慕宋玉，作為自己人生之目標。總之，歷史是一面明鏡，從歷史角度觀察，對古代詩人之生命觀會有更深層之了解。

(四) 從鄉愁離情詩中探討生命之情懷

　　唐代鄉愁離情詩特別豐富，其原因有四：一遊宦、二征戍、三亂離、四科舉，皆因詩人離鄉背井，故藉詩抒發漂泊異鄉之苦。由於唐代科舉制度建立，文人可經由考試做官，進京趕考。入朝為官之後，若分派至各地任官，或遭遷謫，都羈旅各地，直到告老還鄉，方能歸返家園。每一位游子，在漂泊異鄉途中，故鄉親友之音容笑貌，逐漸在車聲塵影中消散，心中定然悲悽。如孔子離開魯國時，言「遲遲吾行也」，即有不忍離開故鄉之意。

　　敘述鄉愁離情之詩，最多者為四季之變換，不論春愁或悲秋，都令人感傷。如顧況（約725～約814）〈洛陽早春〉詩云：

> 何處避春愁，終年憶舊遊。一家千里外，百舌五更頭。客路偏逢雨，鄉山不入樓。故園桃李月，伊水向東流。[201]

　　此詩寫作者整年都在思念故鄉（江蘇蘇州）之老友，到春天如何避開這思鄉之春愁，自己客居洛陽，家在千里外，伯勞鳥在五更時就啼叫著。在作客途中，偏遇淒清之雨天，登樓眺望時，故鄉的山卻進不了眼中。想到故園，正是桃李盛開之春天，現在只能將鄉愁，隨伊水向東流逝。

---

[201] 《全唐詩》，卷264，頁2951。

　　大曆十才子之一盧綸（約737～約799），作〈長安春望〉詩云：

　　　東風吹雨過青山，卻望千門草色閑。家在夢中何日到，春來江上
　　幾人還。
　　　川原繚繞浮雲外，宮闕參差落照間。誰念爲儒逢世難，獨將衰鬢
　　客秦關。[202]

　　此詩抒發了詩人在客居京城時之鄉愁，首言長安之春天，東風帶著雨絲，吹過連綿青山，來到千門萬戶之長安，可是雨中的景象，卻是草色翠綠，一片安閒。故鄉在河中蒲縣（今山西永濟），只有在夢中見到。江上已遍布春色，有幾人可以回到故鄉？從長安遠望，河川、平原在浮雲後頭互相繚繞，長安之宮闕錯落在落日之餘暉中。誰會知道儒者遭逢亂離之時代，只有獨自客居長安，直到鬢髮衰白。
　　秋天也是感懷之季節，漢·宋玉〈九辯〉云：「悲哉！秋之為氣也，蕭瑟兮！草木搖落而變衰。」[203] 宋·歐陽修〈秋聲賦〉將秋之感覺更深入體會，云：「蓋夫秋之為狀也：其色慘淡，煙霏雲斂；其容清明，天高日晶；其氣慄冽，砭人肌骨；其意蕭條，山川寂寥。故其為聲也，淒淒切切，呼號憤發。豐草綠縟而爭茂，佳木蔥籠而可悅；草拂之而色變，木遭之而葉脫。其所以摧敗零落者，乃其一氣之餘烈。」[204] 南宋·姜夔〈湖上寓居雜詠〉其一云：「平生最識江湖味，聽得秋聲憶故鄉。」[205] 都說明蕭瑟之秋天，眾芳搖落，草木摧敗，詩人自然觸發愁緒，將鄉愁離情，形諸於詩。
　　晚唐詩人杜荀鶴（846～904）〈秋夜晚泊〉詩云：

[202] 同上註，卷276，頁3173。

[203] 《楚辭補注》，頁182。

[204] 宋·歐陽修：《廬陵文鈔》，（《唐宋八大家文鈔校注集評》），卷60，頁2767。

[205] 繆鉞：《宋詩鑑賞辭典》，（上海：上海辭書出版社，1987），頁1194。

　　一望一愴然，蕭然起暮天。遠山橫落日，歸鳥度平川。家是去秋別，月當今夕圓。漁翁似相伴，徹曉葦叢邊。[206]

　　此詩秋夜思鄉之作。作者在江邊，一望故鄉，心中就悲傷一下。這種蒼茫蕭瑟之感覺，起源自傍晚之天色。因為夕陽映照著橫斜綿亙之遠山，歸鳥飛渡江面。自己卻從去年秋天離家，在今夜月色圓滿之時，不能和家人團聚。似乎只有漁翁要陪伴我，徹夜都在蘆葦叢邊。

　　杜甫（712～770）經歷安史之亂，鄉愁離思，自然不能避免。其〈秋〉詩云：

　　露下天高秋水清，空山獨夜旅魂驚。疏燈自照孤帆宿，新月猶懸雙杵鳴。南菊再逢人臥病，北書不至雁無情。步蟾倚杖看牛斗[207]，銀漢遙應接鳳城。[208]

　　此詩是大曆元年（766），杜甫客居夔州（今四川奉節），秋夜懷鄉之作。秋夜露重天高，氣息冷清，獨自在空曠之山間，心魂驚懼不已。在孤帆中過夜，只有稀疏之燈光，照著自己淒清之身影。船外新月高懸，只聽到雙槳划動之聲音。在南方之夔州已經兩年，去秋在雲安，今年在西閣，已經兩次看到菊花開放，自己卻因肺疾、風濕所苦。是否雲雁無情？為何不捎來北方親朋之消息。因為衰病，倚著柺杖，步伐如蟾一般，看著天上牛斗之星。遙遠之銀河，應該與京城相接吧！詩中倚杖癡望故鄉之情，令人動容。

　　當除夕守歲、元宵春遊、中秋賞月、重陽登高等節日來臨，家人團聚一堂，自己卻飄泊異鄉，必然異常傷感。中唐詩人戴叔倫（732～789）〈除夜宿

[206]《全唐詩》，卷691，頁7934。
[207] 杜甫詩中認為故鄉在牛斗邊，故其〈詠月〉詩云：「故園當北斗」，〈哭王彭洲掄〉：「秦城近斗杓」。
[208]《杜詩詳注》，卷17，頁1467。

石頭驛〉詩云:「一年將盡夜,萬里未歸人。」[209] 是一首除夕思家之詩。孟
浩然(689～740)亦有一首〈歲除夜有懷〉詩云:

> 迢遞三巴路,羈危萬里身。亂山殘雪夜,孤燭異鄉人。漸與骨肉
> 遠,轉於僮僕親。那堪正漂泊,來日歲華新。[210]

敘述自己從江南到巴蜀,路途遙遠,羈旅於萬里之外,處在艱危之環境
中。此地群山環繞,屋外仍堆積著殘雪,自己是一位孤獨之異鄉人。因離家
久遠,見與親人疏遠,反而與身邊之童僕親近。那能忍受正在漂泊之生活,
明天又是新的一年。

盛唐詩人王維在重陽之日,思鄉故鄉,不能與兄弟相聚,作〈九月九日
憶山東兄弟〉詩云:

> 獨在異鄉為異客,每逢佳節倍思親。遙知兄弟登高處,遍插茱萸
> 少一人。[211]

王維重九之日,兄弟在插茱萸之時,應該會發現自己尚未返家,而興起
濃烈之思念。

唐代離家仕宦,或赴京科考,或避開戰亂、或戍守邊防者甚多,如張九
齡(678～740)〈初發道中寄遠〉詩云:

> 日夜鄉山遠,秋風復此時。舊聞胡馬思,今聽楚猿悲。念別朝昏
> 苦,懷歸歲月遲。壯圖空不息,常恐鬢如絲。[212]

---

[209] 《全唐詩》,卷273,頁3073。

[210] 《孟浩然詩集箋注》,卷下,頁398。

[211] 《王右丞集箋注》,卷14,頁260。

[212] 《張九齡集校注》,卷3,頁226。

　　此詩是唐玄宗開元名相張九齡，被李林甫誣陷，貶為荊州刺史後所作。
張九齡是廣東韶州曲江人，此次前往荊州（今湖北江陵），想到故鄉遙遠，又
吹起秋風，以前在古詩十九首有「胡馬依北風」之詩句，今天在巴屬聽到悲
切之猿聲。

　　想到這次離別，日夜都懷鄉而苦，覺得時間過得遲緩。只是不停地想到
偉大之抱負會落空，到頭來已兩鬢斑白。

　　邊塞詩人岑參作〈赴北庭度隴思家〉詩云：

　　　　西向輪臺萬里餘，也知鄉信日應疏。隴山鸚鵡能言語，為報家人
　　數寄書。[213]

　　詩中說明自己要遠赴西域輪臺，離開故國已經一萬餘里，故鄉親友之書
信也日漸稀少。希望隴山能言語之鸚鵡，為為我通報家人要常寄信給他。

　　當離開故里，漂泊異鄉，常會尋找旅社過夜，可是旅舍不是自己家鄉，
午夜醒來，常不知自己身居何地，思鄉之情，頓時濃厚起來。李商隱〈寒食
行次冷泉驛〉云：「旅宿倍思家。」[214] 戴叔倫〈除夜宿石頭驛〉云：「旅館誰
相問？寒燈獨可親。」[215] 都是旅居在外，思鄉之作。

　　初唐詩人宋之問（656～712）作〈題大庾嶺北驛〉詩云：

　　　　陽月南飛雁，傳聞至此回。我行殊未已，何日復歸來。江靜潮初
　　落，林昏瘴不開。明朝望鄉處，應見隴頭梅。[216]

　　此詩是唐代詩人宋之問在被貶至嶺南欽州（今廣西欽州東北），途經大庾

[213] 《岑嘉州詩箋注》，卷6，頁763。

[214] 《玉谿生詩集箋注》，卷1，頁232。

[215] 《全唐詩》，卷273，頁3073。

[216] 《沈佺期宋之問集校注》，卷2，頁427。

嶺北驛,所見的景物及想像。首先敘述傳聞,每年十月,鴻雁南飛,到湖南
衡山回雁峰,就轉回北方,而我何時才能回鄉?北驛附近之江面平靜,潮水
初落,樹林昏暗,瘴氣凝聚不散。明天眺望故鄉,應該可以看見嶺上之梅花。

　　旅居異鄉之人,每登高望遠,遠方有故鄉、有親朋、有京城。所以柳宗
元與浩初上人同看山後,淒苦地吟出:「若為化得身千億,散上峰頭望故鄉。」
[217] 希望自己能化身千億,看望故鄉。

　　杜牧(802~852)登齊安郡(今湖北黃岡西北)城樓後云:「不用憑欄苦
回首,故鄉七十五長亭。」[218] 唐制,三十里設一長亭。想到從齊安到故鄉長
安,有七十五處長亭,合二千二百二十五里遠。杜甫〈登岳陽樓〉云:「戎馬
關山北,憑軒涕泗流。」[219] 杜甫以憑窗眺望,涕泗縱橫,說出身遭亂離之悲
痛心情。

　　白居易(772~846)作〈江樓望歸〉詩云:

　　　　滿眼雲水色,月明樓上人。旅愁春入越,鄉夢夜歸秦。道路通荒
　　服[220],田園隔虜塵。悠悠滄海畔,十載[221]避黃巾。[222]

　　白居易祖籍山西太原,曾祖父時遷居下邽(今陝西渭南),德宗建中二年
(782),節度使李希烈、朱滔、田悅等反,華北陷入混亂,白居易年方十一、
二歲,隨家人避亂越中,懷念家鄉而作此詩。詩中敘述在春天雲水相接之月
夜,登上江樓眺望,充滿羈旅異鄉之愁。只有在春天夜晚,才會夢見自己回

---

[217] 《柳宗元詩箋釋》,卷3,頁357。

[218] 《樊川詩集注》,卷3,頁212。

[219] 《杜詩詳注》,卷22,頁1946。

[220] 據《尚書·益稷,孔傳》,古有甸、侯、綏、荒五服。舜時,離王畿二千里至二千五百里之間之
蠻夷,稱為荒服,為五服中最遠之地。

[221] 白居易十六歲攜詩文謁見顧況於長安,而在越中避黃巾之亂不到十年,詩中云「十載」,應舉其
成數。

[222] 《白居易詩集校注》,卷13,頁1047。

到秦中。這裡連外之道路，可以通往荒遠之地，田園則遠離叛亂之胡虜。在這鄰近東海之越地，已避亂十年。

　　為國家征戰四方，面對殺戮戰場，前途生死未卜，午夜夢回，難免有思鄉情懷。晚唐吳融在昭宗龍紀（889）元年三月，離京隨韋昭度帶兵十餘萬伐蜀，為其幕吏，其〈綿竹山四十韻〉詩中，並無為國立勳之豪情，卻充滿濃厚之鄉愁：

　　　　勒銘燕然山，萬代垂芬鬱。然後恣逍遙，獨往群麋鹿。不管安與危，不問榮與辱。但樂濠梁魚，豈怨鐘山鵠[223]。[224]

　　詩中希望能早日戰勝，勒銘燕然，功勳萬古垂芳，然後回歸鄉里，過恣意逍遙之日子，可以獨自與成群之麋鹿為伴。可以不必擔心自身之安危，也不管榮辱與是非。只要有像莊子與惠施一起在濠梁看魚之樂趣，不必怨恨鐘山之鵠，有被殺戮之厄運。全詩充滿對鄉居之嚮往。又在〈赴職西川過便橋書懷同年〉詩云：

　　　　平門橋下水東馳，萬里從軍一望時。鄉思旋生芳草見，客愁何限夕陽知。秦陵無樹煙猶鎖，漢苑空牆浪欲吹。不是傷春愛回首，杏壇恩重馬遲遲。[225]

　　此詩是吳融在赴蜀途中，發出思鄉之情。作者將此情懷，託諸「杏壇恩

---

[223] 《山海經‧山經》，卷 2，《西次三經‧西山經》：「又西北四百二十里，曰鐘山，其子曰鼓，其狀如人面而龍身，是與欽䲹殺葆江於昆侖之陽，帝乃戮之鐘山之東曰嶰崖，欽䲹化為大鶚，其狀如雕而黑文白首，赤喙而虎爪，其音如晨鵠，見則有大兵；鼓亦化為䴔鳥，其狀如鴟，赤足而直喙，黃文而白首，其音如鵠，見則其邑大旱。」

[224] 《全唐詩》，卷 685，頁 7870。

[225] 同上註，卷 686，吳融：〈赴職西川過便橋書懷同年〉，頁 7885。

重」，以掩飾內心真實想法。詩中有芳草見、夕陽知，應是暗示心中猶有另一番念頭。

唐昭宗大順元年（890）九月，吳融作〈坤維軍前寄江南弟兄〉詩云：

> 二年征戰劍山秋，家在松江白浪頭。關月幾時干客淚，戍煙終日起鄉愁。未知遼堞何當下，轉覺燕台不易酬。獨羨一聲南去雁，滿天風雨到汀州。[226]

此詩說明伐蜀並無起色，而久離故鄉松江畔之長州縣[227]，看到南去之雁群，不禁流下客居異鄉之淚水。

大順二年（891）正月，作〈靈池縣見早梅〉詩云：

> 小園晴日見寒梅，一寸鄉心萬里回。春日暖時拋笠澤，戰塵飛處上琴台。棲身未識登龍地，落筆元非倚馬才。待勒燕然歸未得，雪枝南畔少徘徊。[228]

詩中有「一寸鄉心萬里回」、「待勒燕然歸未得」，可見其離家愈久，思鄉之情愈切。而「棲身未識登龍地，落筆元非倚馬才。」又為自己戎馬疆場，不能身登龍地，一展長才，有所怨懟。

(五) 從苦吟錘煉中探索生命之真諦

古之文人為寫作詩文而苦吟錘煉，是普遍風氣。《文心雕龍・神思》記載漢代以來司馬相如、揚雄、桓譚、張衡、左思等人，嘔心瀝血，苦思文章：「相

---

[226] 同上註，頁 7885。

[227] 同上註，卷 685，吳融〈祝風三十二韻〉詩自注：「吾有田在吳，將十祀，耕以為業，終老計。」可見江蘇松江畔之長州縣，是其準備終老之地。

[228] 同上註，卷 684，頁 7853。

如含筆而腐毫，揚雄輟翰而驚夢，桓譚疾感於苦思，王充氣竭於思慮，張衡研〈京〉以十年，左思練〈都〉以一紀。」張衡作〈二京賦〉構思十年，左思作〈三都賦〉構思十二年。

唐代苦吟之詩人甚多，初唐王勃（649～676）下筆前，先臥床蒙面苦思；中唐韓、孟詩派，別開險怪一路，為求創新，不惜苦吟，遂成風氣。晚唐國事衰微，世事阽危，以及科場黑暗；或者個人生活困苦，貧病交迫，落拓不遇；或者表現自己清幽苦寒，奇冷僻苦之詩風，都會造成文人內心苦悶，故詩人苦吟有其淵源。

唐代苦吟詩人中，在詩中對貧病生活和落拓不遇哀吟，呈現對生命之深沉闡釋，最具代表性者為杜甫，杜甫作詩要做到：「語不驚人死不休」[229]，又在〈解悶十二首〉之七云：

陶冶性靈存底物？新詩改罷自長吟。孰知二謝將能事，頗學陰何苦用心！[230]

杜甫認為寫詩可以陶冶性靈，而詩人憑什麼寫好詩呢？是自己刻苦用心來寫詩，詩要反覆吟誦、修改。同時也注意向前人學習，既熟讀二謝很有才情靈性之詩篇，更注意學習苦吟詩人陰鏗、何遜之詩。陰鏗、何遜之詩以錘煉工緻見長，觀察仔細，描寫精緻，顯示南朝後期詩人，苦心孤詣地追求詩歌形式美而努力。杜甫對陰、何二人甚為贊許，表示其對詩之格律、形式美之重視。

李白因見杜甫因寫詩苦而消瘦，作〈戲杜甫〉詩云：

飯顆山頭逢杜甫，頂戴笠子日卓午。借問別來太瘦生，總為從前

---

[229] 《杜詩詳注》，卷10，頁810。

[230] 同上註，卷17，頁1517。

作詩苦。[231]

　　杜甫詩之美。在形式上重視句法、希望「清詩句句盡堪傳」[232] 就是詩中要有秀句、麗句，使詩精美凝煉，所謂「賦詩新句穩，不覺自長吟。」[233] 字句穩妥，是寫詩之首要工作。其次是讓全詩結構嚴整，意脈飛動，波瀾起伏。所謂「毫髮無遺憾，波瀾獨老成。」[234]「意愜關飛動，篇終接混茫。」[235] 若詩意應變化飛動，而結尾尤須言盡而意不盡，給讀者留下廣闊的想像空間。其三是重視詩律，所謂：「遣詞必中律」[236]、「晚節漸於詩律細」。[237] 詩律主要是指律詩之格律。早於杜甫之陳子昂、李白，有輕視律詩之傾向，晚於杜甫之元結，亦對律詩也視若弊屣。杜甫則對律詩進行多方面之探索，為律詩格律之確立，作出巨大之貢獻。在〈奉贈韋左丞丈二十二韻〉詩中云：「讀書破萬卷，下筆如有神！」[238] 南朝‧鍾嶸《詩品序》亦云：

　　　　觀古今勝語，多非補假，皆由直尋。……大明、泰始中，文章殆同書抄。[239]

　　意指多讀書能寫出用事、用典之辭。宋，嚴羽《滄浪詩話‧詩辯》云：

　　　　夫詩有別材，非關書也。詩有別趣，非關理也。然非多讀書，多

---

[231]　《李白集校注》，卷30，頁1700。

[232]　《杜詩詳注》，卷17，頁1515。

[233]　同上註，卷14，頁1209。

[234]　同上註，卷2，頁110。

[235]　同上註，卷8，頁638。

[236]　同上註，卷3，頁232。

[237]　同上註，卷18，頁1603。

[238]　同上註，卷1，頁73。

[239]　《歷代詩話》，頁2。

窮理，則不能極其至，所謂不涉理路，不落言筌者上也。[240]

嚴羽之看法比鍾嶸全面，但對讀書與作詩之間之關係，未能說清楚。其實已說讀書破萬卷以後，學識廣博，腹笥豐富，寫詩時就能茹古涵今，揮灑自如。

孟郊（751～814）少時隱居嵩山，與大詩人韓愈結為至交。屢試不第，貞元十二年（796），四十六歲時才舉進士，在〈登科後〉詩中云：「春風得意馬蹄急，一朝看遍長安花。」[241]生動描繪了士子在參加完科考獲取功名後的愉悅心情。其〈遊子吟〉：「慈母手中線，遊子身上衣。臨行密密縫，意恐遲遲歸。誰言寸草心，報得三春暉。」[242]寫遊子離別母子間之真摯情感，成為千古名篇。

五十歲任江南溧陽尉，常以作詩為樂，比日乘驢至大櫟、隱岩，坐於積水之旁，苦吟到日西而歸，若作不出詩，則不出門，故有「詩囚」之稱。因不事曹務，被罰半俸，後辭官。五十六歲時，作河南水陸轉運從事，試協律郎等小官，貧寒至死。

孟郊在〈讀張碧集〉詩中，敘述自己之文學主張。其詩云：

> 天寶太白歿，六義已消歇。大哉國風本，喪而王澤竭。先生今復生，斯文信難缺。下筆證興亡，陳辭備風骨。[243]

孟郊對代宗大曆（766～779）以來，流連光景、討好朝官之浮豔詩風，深表不滿，並且標舉「六義」、「風骨」之傳統，強調詩歌之政治作用，在於表現氣節、風骨。在〈懊惱〉詩中，更憤言：「惡詩皆得官，好詩空抱山。」

---

[240] 同上註，頁688。
[241] 《孟郊詩集箋注》，卷3，頁136。
[242] 同上註，卷1，頁13。
[243] 同上註，卷9，頁437。

對以詩諂媚執政者，獲取爵祿之詩，深表厭惡。

孟郊是以苦吟著稱，其〈老恨〉詩中，自述其作詩之情景：

> 無子抄文字，老吟多飄零。有時吐向床，枕席不解聽。[244]

其老來所作之詩句，多飄零之辭。有時將苦思錘煉之句，吐在床上，枕席都無法理解。

孟郊認為詩必須重視民間之疾苦，社會之現實，在〈寒地百姓吟〉詩云：

> 無火炙地眠，半夜皆立號。冷箭何處來，棘針風騷勞。霜吹破四壁，苦痛不可逃。高堂捶鍾飲，到曉聞烹炮。寒者願為蛾，燒死彼華膏。華膏隔仙羅，虛繞千萬遭。到頭落地死，踏地為遊遨。遊遨者誰子，君子為郁陶。[245]

詩中把民眾寒夜中之痛苦呼號，真實陳述，寒夜無火，冷風如箭、如棘針，霜風吹破四壁，無處可逃；富貴人家卻在高堂上終宵宴飲，烹炮到曉。民眾與富貴人家之生活兩相比較之下，民眾寧願飛蛾撲火，燒死在華膏之下，象徵人民生命如螻蟻、飛蛾，生命是悲慘而絕望。

在〈夜感自遣〉中，孟郊用詩歌揭露社會中貧富不均、苦樂懸殊之矛盾。他說自己「夜學曉不休，苦吟鬼神愁。如何不自閒，心與身為仇。」[246]想到自己辛苦吟詩，到曉不休，就是要寫到鬼神都憂愁，為何自己悠閒不起來，就是心中想寫詩，身體承受不了，好像有仇一樣。其實孟郊想在詩中，將心中之愁哀，刻劃得感動人心，驚聳鬼神。

孟郊所處之時代，藩鎮割據，內戰不息。孟郊作〈傷春〉詩，表示心中

---

[244] 同上註，卷3，頁123。

[245] 同上註，頁110。

[246] 同上註，頁127。

之憂慮和憤慨：

> 兩河春草海水清，十年征戰城郭腥。亂兵殺兒將女去，二月三月
> 花冥冥。千里無人旋風起，鶯啼燕語荒城裏。春色不揀墓旁枝，紅為
> 皓色逐春去。[247]

　　經過十年之戰亂，城郭還有血腥之味。亂兵殺兒擄女，連二、三月之春
花，都黯淡無光，這樣觸目傷心之景色，與杜甫之〈春望〉，同樣令人感傷。
　　孟郊一生在艱苦中成長，《唐才子傳》稱：「拙於生事，一貧徹骨。裘褐
懸結，未嘗俛眉為可憐之色。」[248] 再加上晚年喪子，心境悽涼悲苦，故其自
述貧困境遇之詩，寫得十分動人，如〈秋懷〉詩云：

> 秋月顏色冰，老客志氣單。冷露滴夢破，峭風梳骨寒。席上印病
> 紋，腸中轉愁盤。疑懷無所憑，虛聽多無端。梧桐枯崢嶸，聲響如哀
> 彈。[249]

　　詩中敘述在秋日寒涼時，自己窮困到冷露滴夢破，峭風梳骨寒。席上印
病紋，腸中轉愁盤。不僅寫出貧病交加之淒涼晚景，也感傷冷酷無情之世道
人心。難怪清・沈德潛《說詩晬語》評孟郊詩云：「孟東野詩，從〈風〉、〈騷〉
中出，特意象孤峻。」[250]
　　賈島（779～843）貧寒，本為僧人，法號無本，自號「碣石山人」。憲宗
元和五年（810）冬至長安，見張籍。在洛陽時，韓愈發現其才華。元和十四
年，韓愈抵潮州，致信賈島，賈島作〈寄韓潮州愈〉詩給韓愈。後受教於韓

247　同上註，頁 106。
248　《唐才子傳》，頁 436。
249　《孟郊詩集箋注》，卷 4，頁 143。
250　《百種詩話類編・孟郊》，頁 526。

愈，並還俗參加科舉，屢試不第，漂泊困頓，終老巴蜀。

賈島一生以歌詩為伴，翻奇出新，以宣洩苦悶，被稱為苦吟詩人。相傳賈島曾作詩：「僧推月下門」，後覺不妥，想改為「敲」。但發現兩個詞各有千秋，在馬上捉摸不定，不慎撞入韓愈之車隊中，大失禮節。最後在韓愈之點撥下，確定改為「僧敲月下門」。他自己後來也說這兩句是「默默空朝夕，苦吟誰喜聞。二句三年得，一吟雙淚流。」

賈島之苦吟，多在煉字、煉句、煉意方面下苦工，也就是著意於音律、對偶、字句的推敲錘煉。其五言律詩，意境多窮愁悲苦，格調悲涼。如〈雪晴晚望〉寫雪晴傍晚空曠、寂寥之景：

> 倚仗望晴雪，溪雲幾萬重。樵人歸白屋，寒日下危峰。野火燒岡草，斷煙生石鬆。卻回山寺路，聞打暮天鐘。[251]

李賀（790～812），字長吉，河南福昌人，正史所載資料甚少，其生平僅見於李商隱之〈李賀小傳〉，與杜牧應沈子明之請，所撰之〈李長吉集序〉，以及一些唐人筆記如張固之《幽閒鼓吹》、彭大翼之《山堂肆考》。

李賀七歲能詩，名動京師。李商隱〈李賀小傳〉記錄李賀之創作形象：「恆從小奚奴，騎距驢，背一古破錦囊，遇有所得，即書投囊中。」後因仕途無望，經濟困頓，加上體質屢弱，有懷才不遇之苦悶。詩風幽冷淒婉，喜歡用「死」、「血」、「鬼」、「泣」這類字眼。尤其善於寫鬼，寫出一種陰淒之意境。如〈神弦〉中云：「呼星召鬼歆杯盤，山魅食時人森寒。」呼星召鬼來享受祭品，山鬼來吃時，人們感到森森寒氣。〈南山田中行〉中云：「鬼燈如漆點松花。」言鬼燈黑如漆，點綴在松花上，一片陰森淒寒之感覺。〈感諷〉第三首：「幽壙螢擾擾。」在幽深之墓穴中，鬼火聚散不定，如螢火之擾擾。讀來陰冷淒涼，被人稱為「詩鬼」。

---

[251] 齊文榜：《賈島集校注》，（北京：人民文學出版社，2001），卷6，頁327。

李賀看到百姓生活困苦，全因政治黑暗所致。其〈感諷五首〉其一云：

> 合浦無明珠，龍洲無木奴。足知造化力，不給使君須。越婦未織
> 作，吳蠶始蠕蠕。縣官騎馬來，獰色虯紫鬚。懷中一方板，板上數行
> 書，不因使君怒，焉得詣爾廬。越婦拜縣官，桑牙今尚小。會待春日
> 晏，絲車方擲掉。越婦通言語，小姑具黃粱。縣官踏飱去，簿吏復登
> 堂。[252]

詩中首二句借用「合浦」及「龍洲」兩個典故，顯示郡守採求無度，而
把珍珠及柑橘都搜刮一空。然後再用白描手法寫出官吏催租之可厭。在幼蠶
剛開始蠕動，離紡織時還早之時，就上門收稅。官吏都像虯龍一樣，紫鬚獰
軋，一副公事公辦之姿勢。百姓一邊道明真相，一邊取物賄賂，明知官吏想
藉口吃頓午飯。於是小姑取酒，一時敷衍過關，另一批租吏又上門為難。

面對百姓生活艱苦，身居低微之奉禮郎，豈有能力匡正乾坤。〈猛虎行〉
詩云：「泰山之下，婦人哭聲，官家有程，吏不敢聽。」[253] 李賀以詩人之心，
無法忍受百姓之痛苦哭號，只好再將自己封閉一室，不再聽黎民之厄。甚至
勸說自己及別人。〈公無出門〉詩中云：

> 天迷迷，地密密。熊虺食人魂，雪霜斷人骨。嗾犬狺狺相索索，
> 舐掌偏宜佩蘭客。帝遣乘軒災自滅，玉星點劍黃金軛。我雖跨馬不得
> 還，歷陽湖波大如山。毒虬相視振金環，梭睨狻猊吐饞涎。[254]

天迷地密，熊虺食人魂，雪霜斷人骨。四方上下都是怪獸或苦寒天氣，
是李賀意識到只有死亡，才能讓自己或眾生脫離苦慘人間最有效之方法。只

---

[252] 葉蔥奇：《李賀詩集校注》，（臺北：里仁書局，1982），卷3，頁150。
[253] 同上註，卷4，頁246。
[254] 同上註，頁271。

有天帝遣乘軒，載他離去，也就是死亡才能避禍。

晚唐薛能（約 817～880）武宗會昌六年進士，任盩厔縣尉。李福任滑州節度使時，任薛能為觀察判官。後歷官御史、都官、刑部員外郎等，又隨李福遷官西蜀。懿宗咸通年間（860～874），代理嘉州刺史，又先後遷任主客、度支、刑部郎中、同州刺史、京兆大尹等職。咸通十二年（872），被貶為劍南西川節度使。

薛能一生仕宦他鄉，遊歷四方，詩多寄送贈答、遊歷登臨之作。晚唐一些著名詩人多與之唱和。所作〈春日旅舍書懷〉詩是敘述自己思鄉與貧寒之生活：

> 出去歸來旅食人，麻衣長帶幾坊塵。開門草色朝無客，落案燈花夜一身。貧舍臥多消永日，故園鶯老憶殘春。蹉跎冠蓋誰相念，二十年中盡苦辛。[255]

作者敘述自己不論出去歸來，都旅食在外；沒有功名，只能穿帶麻衣。僻居鄉野。開門見到門外青草色，夜晚在案前獨自挑落燈花。常在貧舍睡臥，度過一整天。在殘春三月，想到故鄉之黃鶯也已老去。看到此種貧寒之生活，應是早年未得功名之時所作。又見其〈春詠〉詩，是將身體瘦與詩連結在一起。其云：

> 春來還似去年時，手把花枝唱竹枝。狂瘦未曾餐有味，不緣中酒卻緣詩。[256]

詩中敘述自己在春日，手持花枝唱竹枝詞。近來身體狂瘦，用餐無味，

---

[255] 《全唐詩》，卷 559，頁 6480。

[256] 同上註，卷 561，頁 6515。

不是因為喝酒，而是寫詩之關係。由此可知，勞身苦思，大傷精神也。

晚唐陸龜蒙（生年不詳～881）在病中服藥時，猶為作詩而苦。〈奉酬襲美先輩吳中苦雨一百韻〉中云：「永夜更呻吟，空床但皮骨。」[257] 又〈奉酬襲美早春病中書事〉詩云：

> 只貪詩調苦，不計病容生。我亦休文瘦，君能叔寶清。藥須勤一服，春莫累多情。欲入毗耶問，無人敵淨名。[258]

晚唐詩人鄭谷（849～911），在戰亂之歲月，流寓蜀川達半紀之餘，作品悽楚幽愴，聲調悲涼，頗多患難感慨、思鄉掛念之詩。其〈錦浦〉詩云：

> 流落夜淒淒，春寒錦浦西。不甘花逐水，可惜雪成泥。病眼嫌燈近，離腸賴酒迷。憑君囑鶗鴂，莫向五更啼。[259]

詩中描寫詩人在春寒料峭之夜，想到自己流落川蜀，在錦浦之夜晚，景象淒清，病眼昏沉，充滿酒醉思鄉之複雜心情。

鄭谷在居蜀中期間，多寓止於寶剎精舍，與高僧大德以詩文酬唱，主要有圓上人和成都淨眾寺之忍公，在詩中敘述寺院風光，以及想藉佛教安頓靈魂、求得解脫。如〈忍公小軒二首〉詩云：

> 松溪水色綠於松，每到松溪到暮鐘。閑得心源只如此，問禪何必向雙峰？舊遊前事半埃塵，多向林中結淨因。一念一爐香火裡，後身唯願似師身。[260]

---

257 同上註，卷617，頁7111。
258 同上註，卷622，頁7160。
259 同上註，卷676，頁7755。
260 同上註，卷675，頁7732。

　　由以上論述，可知唐代苦吟錘鍊之詩人，雖有思慮遲緩，與個人獨特之氣質，但吟詠其詩作，卻與其個人獨特之遭遇有關。如孟郊、賈島、薛能、鄭谷、陸龜蒙等人，在自己貧病交迫、科場失意、戰亂留寓之時，將內心之感受，以悲涼之筆苦吟出來。除個人之生命境遇以外，與唐代波濤起伏之大環境有關。如杜甫、賈島、孟郊、李賀等人，雖有自身獨特之個性與性格，但能從自身之遭遇中跳脫，關心時代之動亂與百姓之苦難，寫出許多撼動人心之社會詩，是令人激賞之處。

(六) 唐代女性詩之生命書寫

　　唐代為詩歌之黃金時代，有許多傑出之女詩人，如魚玄機、薛濤，各為自身之遭遇寫生命之樂章。在宮廷中，亦有徐賢妃、上官昭容等詩人。一代女皇武則天，亦嘗賦詩，其文學創作，亦為唐代詩壇增添光彩。

　　徐蕙（627～650）為唐太宗妃，名蕙。四歲通《論語》、詩，八歲自曉屬文，其父孝德令其擬《離騷》作〈小山篇〉：「仰幽巖而流盼，撫桂枝以凝思。將千齡兮此遇，荃何為兮獨往。」[261] 為太宗所聞，十三歲入宮，召為才人，永徽元年，贈賢妃。嘗作〈賦得北方有佳人〉詩云：

　　　　由來稱獨立，本是號傾城。柳葉眉間發，桃花臉上生。腕搖金釧
　　響，步轉玉環鳴。纖腰宜寶袜，紅衫豔織成。懸知一顧重，別覺舞腰
　　輕。[262]

　　此詩描寫佳人之美貌與粧飾，以柳葉眉、桃花臉、金釧、玉環、纖腰、寶袜、紅衫，裝扮傾城之佳人，自是君王寵愛之對象。

　　上官婉兒（664～710）是武后時上官儀之孫女，配入掖庭，以能文章、

---

[261] 同上註，卷5，頁59。

[262] 同上註，頁60。

通曉政事，拜為婕妤，掌管詔令。中宗復位後，拜為昭容。勸帝立修文館，選公卿中長於文學者李嶠等二十餘人充任。中宗宴請群臣時，如賦詩言志，令婉兒評其甲乙，被評者不獨拜服，且引以為榮。其作〈綵書怨〉云：

> 葉下洞庭初，思君萬里餘。露濃香被冷，月落錦屏虛。欲奏江南曲，貪封薊北書。書中無別意，惟悵久離居。[263]

　　此詩寫思婦懷念丈夫之怨情。首句以屈原《九歌・湘夫人》：「嫋嫋兮秋風，洞庭波兮木葉下。」[264] 點明思婦在江南，丈夫在薊北（今山東薊縣北）戍邊，故「思君萬里餘」，「露濃香被冷，月落錦屏虛。」中，「冷」、「虛」二字，反映思婦內心之寂寞和空虛。想彈奏一曲〈江南可採蓮〉，或者寫信給薊北之丈夫。信中只是表示離居久而感到惆悵。此詩雖透露苦悶情懷，但作者受君王寵愛，故無悲苦之音。

　　唐代宮女詩，在宮廷中，是華麗中充斥哀怨，在君王寵愛時，身著錦袍，金殿歌舞，失寵時，只能在冷宮中，淒涼地度日。盛唐王昌齡（698～756）曾寫〈長信怨〉云：

> 奉帚平明金殿開，且將團扇共徘徊。玉顏不及寒鴉色，猶帶昭陽日影來。[265]

　　詩中雖以漢成帝班婕妤〈怨歌行〉：「裁成合歡扇，團團似明月。」[266] 之意象，及昭陽殿，敘說漢朝宮人之怨情，但是唐朝宮人之遭遇，應也相同。當后妃年老色衰時，平明時還要奉帚灑掃殿階，在孤寂清冷之秋天，自己之

---

[263] 同上註，頁 61。

[264] 《楚辭補注》，頁 64。

[265] 《全唐詩》，卷 140，頁 1471。

[266] 郭茂倩：《樂府詩集》，（臺北：里仁書局，1984），卷 42，頁 616。

玉顏還不及身映日影之寒鴉。

晚唐詩人杜荀鶴（846～904）作〈春宮怨〉：

> 早被嬋娟誤，欲妝臨鏡慵。承恩不在貌，教妾若為容。風暖鳥聲碎，日高花影重。年年越溪女，相憶採芙蓉。[267]

詩中敘述宮女早年有嬋娟之貌，因入宮承恩而耽誤青春。在宮中臨鏡卻感到慵懶，原來承受君王之恩寵，不在容貌，而是要在後宮，與眾多妃嬪爭鬥，才能獲得專寵。在日暖鳥鳴，花影重重之春日，就會想起從前越溪採蓮之女伴。

唐玄宗在唐代君王中，較不薄倖之人。即使在專寵貴妃之時，仍記得淡妝素雅之梅妃。梅妃名江采蘋，曾作〈謝賜珍珠〉：

> 桂葉雙眉久不描，殘妝和淚汙紅綃。長門盡日無梳洗，何必珍珠慰寂寥。[268]

梅妃無心梳洗，任由殘妝和淚。雖有珍珠慰藉，卻無法排遣寂寥。宮人若無君王眷顧寵愛，就只能孤獨地度過青春歲月。

唐代宮女眾多，據《舊唐書‧宦官傳》云：「開元、天寶中，長安大內、大明、興慶三宮，皇子十宅院，皇孫百孫苑，東都大內、上陽兩宮，大率宮女四萬人。」[269] 如此眾多之宮女，幽閉深宮，身心受到禁錮，深受唐代大臣及詩人之重視。《唐會要‧出宮人》記載：

> 貞觀二年春三月，中書舍仁李百藥上封事曰：「……竊聞大安宮及

---

[267] 《全唐詩》，卷691，頁7925。

[268] 同上註，卷5，頁64。

[269] 《舊唐書》，卷184，頁4755。

掖庭內，無用宮人，動有數萬。」衣食之費，固自倍多，幽閉之怨，足感和氣。[270]

宮女之來源，有將罪犯家屬沒入掖庭，有地方官員進獻，即由民間采選。屬宮伎者，由太常寺設伎部管理。玄宗後教坊使改由中官擔任。據《資治通鑑》開元二年記載：

舊制，雅俗之樂，皆隸太常。上精曉音樂，以太常禮樂之司，不應典倡優雜伎，乃更置左右教坊以教俗樂。命驃騎將軍范及為之使。又選樂工數百人，自教法曲於梨園，謂之「皇帝梨園弟子」。又教宮中使習之。[271]

《新唐書‧禮樂志》亦云：

大中初，太常樂工五千餘人。俗樂一千五百餘人。宣宗每宴群臣，備百戲。帝制新曲，教女伶數十百人，衣珠翠緹繡，連袂而歌。[272]

如此龐大之宮伎，在宮中宴會上表演歌舞外，在宮伎心中，除能受皇帝恩寵外，當然也渴望愛情。可是等到紅顏老去，愛情並未如願到來。中唐社會詩人白居易認為詩歌合為事而作，故〈後宮詞〉真實地敘述宮女之幽怨：

淚濕羅巾夢不成，夜深前殿按歌聲。紅顏未老恩先斷，斜倚薰籠坐到明。[273]

[270]《唐會要》，卷3，頁36。
[271]《資治通鑑》，卷211，頁6694。
[272]《新唐書》，卷22，頁478。
[273]《白居易詩集校注》，卷19，頁1517。

此詩用哀傷之字眼，敘述宮女心中痛苦，有淚濕羅巾之哀傷。深夜時分，前殿尚傳來帝王與宮女按歌之聲。而自己卻有未老恩先斷之怨懟，與倚籠待曙之無奈。將宮女冰炭之心，細述無遺。

中唐詩人劉德仁[274]作〈悲老宮人〉云：

> 白髮宮人不解悲，滿頭猶自插花枝。曾緣玉貌君王寵，準擬人看似舊時。[275]

詩中寫旁人覺其可悲，但本人卻沉湎於往日受寵之時，不盡插花滿頭，自憐自艾。中唐詩人張祐（生年不詳～約853）〈贈內人〉詩云：

> 禁門宮樹月痕過，媚眼惟看宿燕窠。斜拔玉釵燈影畔，剔開紅焰救飛蛾。[276]

此詩描寫宮女用媚眼望著樹梢之月光，照過禁門，看到簷下之燕巢，羨慕雙飛雙宿之燕子；在孤寂之燈影旁，將玉釵斜拔下來，剔開紅焰，拯救撲火之飛蛾。將宮女內心之情境鋪寫出來。撲火之飛蛾有人救，孤寂無助之靈魂又有誰憐？宮女之生活，長年在深宮，不知外界之情形。發覺自己青春消逝時，會感到哀傷。

宣宗大宗年間，司馬扎（約847～858前後在世）作〈宮怨〉詩云：

> 柳色參差掩畫樓，曉鶯啼送滿宮愁。年年花落無人見，空逐春

---

[274] 劉德仁，唐文宗開成中在世。相傳是公主之子。穆宗長慶中即有詩名。自開成至大中四朝，昆弟以貴戚皆擢顯位，獨德仁出入舉場三十年而無所成。《全唐詩》有詩一卷。

[275] 《全唐詩》，卷545，頁6303。

[276] 同上註，卷511，頁5840。

泉出御溝。[277]

　　詩中前兩句描寫春景，柳色參差，曉鶯啼鳴，不知時光就如此度過。宮人在畫樓綠瓦中，每年隨著落花飄零，逝去青春歲月。只留下春天之清泉，空自流出御溝。似乎有虛度此生之感。

　　年老色衰之宮女，在宮中打掃玉堦。中唐詩人王建〈舊宮人〉詩云：

　　　　先帝舊宮宮女在，亂絲猶掛鳳凰釵。霓裳法曲渾拋卻，獨自花間掃玉階。[278]

　　先帝舊宮中之宮女，應經歷過青春年華之美麗歲月，如今時空已變，猶沉湎於昔日之繁華，鳳凰釵上掛於蓬亂之青絲上，霓裳、法曲是玄宗朝盛行之歌舞樂曲，詩中宮女應曾習過此樂曲，而今卻獨自打掃玉階上之落花殘枝，有物換星移，生命流逝之感。其他被安排在離宮別館中度日，或在先皇陵墓任陵園妾，甚至出家為尼或女道士，心境應更為淒涼。中唐白居易作〈吹笙內人出家〉詩云：

　　　　雨露難忘君念重，電泡易滅妾身輕。金刀已剃頭然髮，玉管休吹腸斷聲。新戒珠從衣裏得，初心蓮向火中生。道場夜半香花冷，猶在燈前禮佛名。[279]

　　詩中敘述年輕貌美時，雖承受君恩，待色衰年老，卻以金刀剃髮，出家為尼，不再吹宮中旖妮之笙簫，而是從衣裏拿出戒珠，要在紅塵烈火中，修

---

[277] 同上註，卷 596，頁 6905。
[278] 尹占華：《王建詩集校注》，（成都：巴蜀書社，2006），卷 9，頁 365。
[279] 《白居易詩集校注》，外集，卷上，頁 2861。

得一朵清涼世界之火生蓮。[280] 半夜道場供奉佛菩薩之香花已冷，還在燈前禮敬諸佛菩薩之名號。有人以為宮人命運悲慘，但是能修得來生喜樂，或證得善果，超越三界，不是更為美好。

　　唐代有不少宮人被釋放出宮外，據《舊唐書・太宗本紀上》記載，武德九年八月癸亥，太宗即位：「癸酉，放掖庭宮女三千餘人。」[281]《舊唐書・中宗紀》神龍元年，記載正月，「乙巳，則天傳位於皇太子，丙午，即皇帝位於通天宮。大赦天下。……出宮女三千。」[282]《舊唐書・肅宗紀》至德三載，記載正月乙酉：「內出宮女三千人。」[283]《舊唐書・代宗紀》永泰元年二月，記載：「丁丑，內出宮女千人。」[284] 大量宮女被釋出宮外，淪落於民間，由宮中熱鬧繁華之生活，在故里的生活就覺得困苦。崔顥（704～754）在〈邯鄲宮人怨〉詩中云：

　　　　一旦放歸舊故里，乘車垂淚還入門。父母愍我曾富貴，嫁與西舍金王孫。念此翻覆復何道，百年盛衰誰能保。憶昨尚如春日花，悲今已做秋時草。[285]

　　此詩中許多人生哲理，人生百年，盛衰無常，留戀過去之富貴，或悲歎今日之命運，皆無必要。在人生翻覆不定之過程中，如何隨遇而安，面對眼前之生活，較為重要。

---

280 火生蓮：佛教語，語出《維摩經・佛道品》：「火中生蓮華，是可謂稀有。在欲而行禪，稀有亦如是。」後因以「火生蓮」喻身處煩惱而能解脫，達到清涼境界。唐・白居易〈新昌新居書事四十韻〉：「浮榮水劃字，真諦火生蓮。」唐・羅虯〈比紅兒〉詩：「常笑世人語虛誕，今朝自見火中蓮。」

281 《舊唐書》，卷 2，頁 29。

282 同上註，卷 3，頁 136。

283 同上註，卷 10，頁 251。

284 同上註，卷 11，頁 278。

285 《全唐詩》，卷 130，頁 1325。

　　在唐代女詩人中，薛濤（768～832）艷傳至今，因父於唐憲宗元和年間，因官流寓於蜀。自韋皋至李德裕，凡十一鎮，皆出入幕府，有「節度府校書郎」之名。文士中如元稹、白居易、令狐楚、張祐、劉禹錫、裴度、牛僧孺等，皆樂於往來唱和，尤為元稹傾倒，引為知己。薛濤作〈寄舊詩與元微之〉：

> 詩篇調態人皆有，細膩風光我獨知。月下詠花憐暗澹，雨朝題柳
> 為欹垂。長教碧玉藏深處，總向紅箋寫自隨。老大不能收拾得，與君
> 開似教男兒。[286]

　　詩中「我獨知」、「教男兒」，是充滿自負；而月下詠花，雨朝題柳兩句，也深知寫詩之精隨。

　　薛濤詩對情感之詮釋，細膩清麗。〈春望詞四首〉最為人稱道，其云：

> 花開不同賞，花落不同悲。欲問相思處，花開花落時。攬草結同
> 心，將以遺知音。春愁正斷絕，春鳥復哀吟。風花日將老，佳期猶渺
> 渺。不結同心人，空結同心草。那堪花滿枝，翻作兩相思。玉箸垂朝
> 鏡，春風知不知。[287]

　　此詩寫於薛濤隱居浣花溪時期。其時年剛過二十，卻已度過十二年屈辱之樂伎生涯。開頭四句，描繪花開花落，情感卻惟有自知。接言同心草、同心人，將以遺知音。直率地表露出渴求情郎之心跡。緊接春鳥在枝頭鳴叫，提醒著世人，春光易逝，容顏易老。全詩通過「風花」、「同心草」、「花滿枝」、「春風」等景物，細數著指尖流逝之時光，就像看著自己之美麗，兀然地凋零，卻還是「佳期猶渺渺」，讓自己沉浸在知己難求，知音渺渺之痛苦裡。薛

---

[286] 同上註，卷803，頁9045。
[287] 同上註，頁9035。

濤中年以後，父母皆已亡故，飄零一身，在脫離樂籍，恢復自由身後，常著素淡之女冠服，在浣花溪畔生活。但無有情人分享，便成幽谷空蘭，孤芳自賞。

唐武宗時之女詩人魚玄機（844～869），美麗多情，曾嫁李億為妾，失寵後入咸宜觀為女道士，過著自在舒坦之生活。其所作〈遣懷〉云：

> 閑散身無事，風光獨自遊。斷雲江上月，解纜海中舟。琴弄蕭梁寺，詩吟庾亮樓。叢篁堪作伴，片石好為儔。燕雀徒為貴，金銀志不求。滿杯春酒綠，對月夜窗幽。繞砌澄清沼，抽簪映細流。臥床書冊遍，半醉起梳頭。[288]

此詩是魚玄機入道後，感受生命之自在，而勾勒自己之形象。認為真正之閑散，是江上賞月，放舟於海上。或者是寺中弄琴，高樓上吟詩。讓叢篁片石為伴，以樸雅自然之事物與心靈相契。燕雀雖然不能如鴻鵠高翔，但在竹林簷瓦下，也能自在地生活，心中何必，心中何必志在追求金銀呢？酌滿春酒，讀遍臥床書冊，半醉中起床梳頭，是多麼閑散自在地生活。

中唐之後，亂事頻仍，婦女蒙受苦難是非常深切。尤其是征婦，心中充滿悲苦。唐詩人金昌緒作〈春怨〉詩云：

> 打起黃鶯兒，莫教枝上啼。啼時驚妾夢，不得到遼西。[289]

詩中敘述婦人在丈夫在遼西戍邊時之無奈。見不到丈夫，只能在夢中相見，好夢又被黃鶯啼醒，寫來靈動有趣。但只是男士對閨怨之看法。

從以上論述，唐代許多文士敘述宮女在宮中之生活，不論宮女留戀往日

---

[288] 同上註，卷804，頁9052。
[289] 同上註，卷768，頁8724。

承受君恩之回憶，及年華已逝，青春不在之哀傷。甚至禮敬諸佛菩薩，想修得來生之喜樂，讀來令人動容。至於女詩人魚玄機、薛濤之詩，亦情感細膩，詩句清麗，充滿女性對情感之深切認識與感知。另有男士為女性代言之詩，如張祐、崔顥、白居易、金昌緒等人，亦能為女性發聲，對女性之生活、生命態度，有生動之描述，且耐人深思。故對唐代女性生命之敘述，應予重視。

(七) 佛教僧詩中之生命書寫

唐代佛教鼎盛，再加上敦煌文獻之出現，使唐代僧人賦詩，成為唐詩中重要之一環。再加上佛教之教義，與詮釋生命有關。

唐代僧詩數量龐大，雅俗齊美，大多是僧人及信仰佛教者所作，不過大多佚失作者姓名，題有作者姓名者不多，據《全唐詩》、王重民《補全唐詩》、《補全唐詩拾遺》、孫望《全唐詩補逸》、童養年《全唐詩續補遺》、陳尚君《全唐詩補編》、《全唐詩續拾》諸書，共收錄唐代詩人 3653 人的詩作 15446 首，其中詩僧共 365 人，詩 4598 首，占唐代詩人總數論 10%左右、占唐詩總數 28%左右。可考之詩僧有王梵志、寒山、拾得、皎然、齊己、貫休、玄奘、慧遠、良价、悟真、靈一、護國、法振等百餘人，以及佚名之《心海集》等。

明・胡震亨《唐音癸籤》卷八中，評論唐代釋子以詩聞名者眾，可以反映唐代詩僧在詩歌創作上有巨大之成就：

> 能備眾體，綴六藝清英，首冠方外；可(朋)公以雅正接緒。五代之交，(齊)已公以清贍繼響，篇什並多而益善。[290]

初唐詩僧王梵志（生年不詳～約 670），原名梵天，黎陽（今河南浚縣東南）人。隋煬帝楊廣至唐高宗李治年間在世。五代・馮翊《桂苑叢談・史遺》

---

[290] 明・胡震亨：《唐音癸籤》，頁 82。

稱王梵志在隋之時，並言其作詩諷人，蓋菩薩示化也。[291] 朱鳳玉《王梵志詩研究》考證，以為王梵志生於隋朝，而活動於初唐。

　　《全唐詩》未收錄王梵志詩，項楚《敦煌詩歌導論》第五章〈王梵志詩〉中，認為王梵志詩散見英、法、娥、日等國，及唐宋禪宗兩露、詩話筆記中，共約三百九十首。近人之校注本漸多，其詩多以白話俗語敘述現實人生，或闡說佛教義理，都淺顯易懂，別具一格。

　　張錫厚主編《全敦煌詩》，將王梵志作有系統之整理，如〈富者辦棺木〉詩云：

　　　　富者辦棺木，貧窮席裏角。相共唱奈何，送著空塚閣。千休即萬
　　　休，永別生平樂。智者入西方，愚人墮地獄。擬頭入苦海，冥冥不省
　　　覺。[292]

　　詩中敘述不論富貴與貧窮，面對生死，同唱奈何而已。在死亡之時，萬事皆休，生平喜樂都化為烏有。智者能入西方極樂淨土，愚人墮入阿鼻地獄。眾生有生老病死，是在生死苦海中輪迴。必須及早省覺，方能脫離苦海。

　　又如〈人生能幾時〉詩云：

　　　　人生能幾時，朝夕不可保。死亡今古傳，何須愁此道。有酒但當
　　　飲，立即相看老。兀兀信因緣，終歸有一倒。[293]

　　此詩從生死著眼，說明人生短暫，常覺朝夕不保。古今何人不死，不須為此憂愁。有酒就當酣飲，醉眼看到老去。世事都是因緣合和，終究有年老壽終之時。

---

[291] 項楚：《敦煌詩歌導論》，（成都：巴蜀書社，2001），頁 274-275.

[292] 張錫厚主編：《全敦煌詩》，（北京：作家出版社，2006），冊 2，頁 1079.

[293] 同上註，冊 3，頁 1224。

又如〈生死如流星〉詩云：

> 生死如流星，涓涓向前去。前死萬年餘，尋入微塵數。中死千年
> 外，骨石化為土。後死百年強，形骸在墳墓。續續死將埋，地窄無安
> 處。已後燒作灰，揚卻隨風去。[294]

此詩言人之生死，如流星般快閃流逝。死後化為灰燼塵土，隨風飄揚而
去。不必在意形骸，而要修持自己之靈魂，往生西方阿彌陀佛淨土，方是生
命之最後歸宿。

寒山（690～793），一稱寒山子，唐太宗貞觀年間，隱居台州始豐縣翠屏
山，有如孤雲野鶴，時往還於國清寺，與寺僧豐干、拾得相善，後人將三人
稱為天台國清寺「三隱」。其詩放任自然，莊俗並兼，不受格律束縛。詩中有
宣揚佛理者，有描寫山林幽隱者，有勸世化俗者。項楚先生《寒山詩注》對
寒山、拾得之詩作、校注，有深入之剖析。《全唐詩》列其詩三百零三首，未
列詩題，項楚將每首詩之首句作為詩題，易於檢索閱讀。

寒山詩中言「自從出家後，漸得養生趣。」[295]「出家弊己身，誑俗將為
道。雖著離塵衣，衣中多養蝨。」[296] 可見其有出家為僧。

談及佛理之詩甚多，如「昔日經行處，今復七十年。」[297]「我見轉輪王，
千子常圍繞。十善化四天，莊嚴多七寶。」[298]「可畏輪迴苦，往復似翻塵。
蟻巡環未息，六道亂紛紛。」[299]「可畏三界輪，念念未曾息。」[300] 其中經行、
轉輪王、十善、四天、七寶、三界、六道、兩岸皆為佛家語。

---

[294] 同上註，冊 4，頁 1251。

[295] 項楚：《寒山詩注》，卷 806，頁 702。

[296] 同上註，頁 748。

[297] 同上註，頁 768。

[298] 同上註，頁 683。

[299] 同上註，頁 547。

[300] 同上註，頁 550。

　　勸世化俗之詩，如「千生萬死凡幾生，生死來去轉迷情。」[301]「死生元有命，富貴本由天。」[302]「始憶八尺漢，俄成一聚塵。」[303] 詩中對眾人不知生命幻化，有如聚塵，一直在苦海中來去輪轉，永無窮盡。應早日去除貪圖名利之愚癡，去除五蘊，勤修八正道，以到達寂滅清淨之境界，就可以得正果，登彼岸。

　　描寫山林幽隱之詩，如「林幽偏聚鳥，溪闊本藏魚。山果攜兒摘，皋田共婦鋤。」[304]「白雲高嵯峨，淥水蕩潭波。」[305]「沓嶂恆凝雪，幽林每吐煙。」[306] 將寒巖四時之景色，不論溪魚、林鳥、白雲、淥水，都有生動之描述。

　　皎然（730～799），湖州（今浙江吳興）人。南朝謝靈運十世孫，早年傾心佛理，成年後就削髮為僧。為中唐著名之詩僧，所作《詩式》為當時重要之詩歌理論。《全唐詩》紀錄其詩五百三十六首。其詩多屬文人、高僧唱和酬酢之詩，詩中多將禪趣、佛理，寓入詩中。如〈送清涼上人〉：

　　　　何意欲歸山，道高由境勝。花空覺性了，月盡知心證。永夜出禪
　　　　吟，清猿自相應。[307]

　　此詩說明清涼上人欲歸山之原因，是因為道行高，環境優。看花之開謝，月之圓缺，都可以證悟空性。長夜禪坐完畢，出外吟詠，由清澈之猿鳴應和。說明山僧在山林潛修之情形，及對生命與自然之體悟。又如〈秋宵書事寄吳馮處士〉詩云：

301　同上註，頁 508。
302　同上註，頁 570。
303　同上註，頁 126。
304　同上註，頁 78。
305　同上註，頁 84。
306　同上註，頁 185。
307　同上註，頁 9219。

　　真性在方丈，寂寥無四鄰。秋天月色正，清夜道心真。大夢觀前
事，浮名悟此身。不知庭樹意，榮落感何人。[308]

　　詩中充滿禪機，敘述在寂寥之秋夜，正是悟道之時。人必須在生命虛幻
如夢之時，才能靜觀往事；在浮名絆盡此生時，才徹悟生命。最後藉庭樹寄
託人生之榮落，寓意深長。又見其〈題鄭谷江畔桐齋〉詩云：

　　客齋開別住，坐占綠江濆。流水非外物，閒雲長屬君。浮榮未可
累，曠達若為群。風起高梧下，清弦日日聞。[309]

　　此詩要人曠達，不要被浮名、榮樂連累此生。若能在綠水長流之江邊，
流水、閒雲都能擁有，清風、明月亦能享受。在大自然中，高大之梧桐樹下，
清風徐來，撫弦輕彈，何等悠閒自在。人生之樂，莫過於此。世人喜愛浮名、
利祿，將牽絆人之一生。

　　貫休（832～912），字德隱，為晚唐詩僧，俗姓姜。婺州蘭溪（今浙江蘭
溪縣）人。七歲出家為僧。唐昭宗天復中，入益州，王建禮遇之，賜號禪月
大師。終於蜀。貫休兼工書畫。辛文房曾稱讚貫休：「天賦敏速之才，筆吐猛
銳之意，昔謂龍象，蹴踏非驢所堪，果僧中之一豪也。」其所繪羅漢，聞名
當時：「胡貌梵相，曲盡其態。」

　　貫休詩有「寶月集」，《全唐詩》編其詩十二卷，其詩骨氣幽勁，意境倬
異，與齊己齊名。詩中多與僧道、官吏往來酬酢之作，其描寫景物之詩，意
境深遠。如：〈晚泊湘江作〉詩云：

　　烟浪漾秋色，高吟似得鄰。一輪湘渚月，千古獨醒人。岸濕穿花

---

[308] 《全唐詩》，卷816，頁9191。
[309] 同上註，卷817，頁9207。

遠，風香禱廟頻。只應諛佞者，到此不傷神。[310]

　　詩中敘述湘江之秋夜，作者目睹湘江之煙浪與月色，覺得自己有若屈原，
眾人皆醉我獨醒。同時覺得阿諛奸佞之徒，心無愧怍，不會感到傷神。自己
卻常在廟中祈禱國泰民安。似有對國事感到憂心。又如〈春山行〉詩云：

　　重疊太古色，濛濛花雨時。好峰行恐盡，流水語相隨。黑壤生紅黍
　　，黃猿領白兒。因思石橋月，曾與故人期。[311]

　　詩題《唐詩歸》作〈春山行天台〉，詩中生動地敘述蒼翠之天台山，還和
遠古時一樣。花季時下著濛濛細雨，顯示山色朦朧之美。心中雖怕山峰會走
盡，卻有流水潺潺聲相隨。山中黑土生出紅黍，黃猿帶著白色小兒嬉戲。山
中月下之石橋，想起曾與老友期約。可見作者來天台應不只一次。另一首〈送
僧遊天台〉詩中云：「已有天台約，深秋必共登。」[312]前詩所指之期約，或
指此僧。又〈冬末病中作〉詩云：

　　冬風吹草木，一吹我病根。故人久不來，冷落如丘園。聃龍與摩
　　詰，籲歎非不聞。顧惟年少時，未合多憂勤。風鐘遠孤枕，雪水流凍
　　痕。[313]

　　詩中冬風不僅吹拂草木，亦吹著自己之病根。久未有老友前來，覺得如
冬天冷清之丘園。老聃與維摩詰居士，都是自己所聽聞仰慕者，老聃留下《道
德經》五千言；維摩詰居士亦能在家成佛。感嘆自己年少時，未能像他們一

[310] 同上註，卷 829，頁 9339。
[311] 同上註，頁 9338。
[312] 同上註，頁 9347。
[313] 同上註，卷 827，頁 9316。

般憂勤。病中睡臥孤枕中，聽到遠方傳來鐘聲。雪水流動時，留下一條條凍痕。讀來充滿病中之孤寂冷清，也對自己過往之人生感慨一番。又〈問岳（或作安）禪師疾〉詩云：

> 世病如山嶽，世醫皆拱手。道病如金鎖，師遭鎖鎖否。伊昔芙蓉頰，談經似主涉。蘇合晝氤氳，天花似飛蝶。覺樹垂實，魔輩剌疾。病也不問，終不皺膝。春光冉冉，不上爾質。東風浩浩，謾入爾室。云何斯人，而有斯疾。[314]

佛家認為大塵為世病，世病如山嶽一般，世人無法去除。世俗之醫者亦拱手無策。無為無事為道病，[315] 如金鎖一般，岳禪師是否遭金鎖鎖住。回想昔日頰如芙蓉，談經似佛主涉入。蘇合香在白晝香氣瀰漫，天女散花似飛舞之彩蝶。說道佛祖在菩提樹下端坐，有魔輩來襲，反為所傷，後終覺悟。

齊己（863～約937）本姓胡，名得生，潭州長沙（今湖南長沙市）人。為僧後，雲遊四海名山大川。曾居長沙道林寺、廬山東林寺，後欲入蜀，經江陵，居隆興寺，自號衡嶽沙門。其詩與皎然、貫休為唐代三大詩僧。著有《白蓮集》十卷及《風騷旨格》一卷。孫光憲在《白蓮集》序中稱其詩：「詩趣尚孤潔，詞韻清潤，平澹而意遠。」如〈戊辰歲湘中寄鄭谷郎中〉詩云：

> 白髮久慵簪，常聞病亦吟。瘦應成鶴骨，閒想似禪心。上國楊花亂，滄洲荻筍深。不堪思翠蓋，西望獨沾襟。[316]

---

[314] 同上註，卷828，頁9332。

[315] 老子：《道德經》，48章：「為學日益，為道日損。損之又損，以至於無為。無為而無不為；取天下常以無事。及其有事，不足以取天下。」聖哲應知無為而無不為，無事則自然無為，其妙用無窮。若只知道家講無為無事，則對道學一知半解，可謂道病。

[316] 《全唐詩》，卷838，頁9443。

　　詩中敘述年老多病，消瘦已成鶴骨。閒來冥想，有似坐禪時之機心。中原應是楊花飛舞之春天，滄洲荻草、竹筍應長得深長高大。國家多難，不能再想朝廷之帝王，只能西望京城，淚沾衣襟。又如〈病起二首〉：

　　　　一臥四十日，起來秋氣深。已甘長逝魄，還見舊交心。撐拄筇猶重，枝梧力未任。終將此形陋，歸死故丘林。（其一）
　　　　秋風已傷骨，更帶竹聲吹。抱疾關門久，扶羸傍砌時。無生即不可，有死必相隨。除卻歸真覺，何由擬免之。（其二）[317]

　　人在病中，感懷特多。不論是否為僧，面對病痛之時，都令人傷懷。作者在深秋之時，一病四十日。起床後手足無力，雖手拄筇杖，猶覺沉重。終將以此醜陋之形體，歸葬故丘。又言秋風襲人，傷到筋骨。再加上竹聲吹送，備感凄清。因抱病而關門療養，挺住羸弱之身體依傍著台階。在死亡隨著自己時，除卻能真正覺悟，如何避免生死玄關，才能勇敢面對生死。又〈新秋病中枕上聞蟬〉詩云：

　　　　枕上稍醒醒，忽聞蟬一聲。此時知不死，昨日即前生。更欲臨窗聽，猶難策杖行。尋應同蛻殼，重飲露華清。[318]

　　人在病中，最能對生命之感觸深刻，作者在秋天病中，醒來聽到一聲蟬鳴。之自己並未死去，昨日有如前生。想臨窗更聽幾聲蟬鳴，卻無法策杖而行。蟬應在不久蛻殼，重飲清澈之露水。詩中藉蟬鳴書寫生命之無常，與病痛中之感傷。
　　近人徐俊纂輯《敦煌詩集殘卷輯考》，將敦煌詩集殘卷加以輯考，內容宏

---

[317] 同上註，頁 9456。
[318] 同上註，卷 843，頁 9521。

富，考證精詳。其中有值得闡述之僧詩甚多，以下詩作，或參悟佛教教理，說明人生之感受、或自度度人，或關照眾生，以體悟生命之真諦。如《心海集‧解悟篇》云：

> 解悟成佛絕不難，幼（幻）生妄死若雲煙。五蘊皆空含藏盡，遣誰修證出籠纏。[319]

詩中敘述要解悟成佛絕不難，就要把生死看成浮雲一般，「五蘊」要把它視為空幻的，去除五蘊，就能脫離它的牢籠與糾纏。《心海集‧至道篇》又云：

> 五蘊皆空幻，身心一切無。妄情習氣轉，塵劫繞三塗。[320]

將五蘊都是空幻之理弄清楚，一切身心之煩惱就可去除，平日之妄情習氣就能轉變。很多人以為身體就是自我，就是被三毒——貪、瞋、癡所蒙蔽，就像毒品一樣，只是短暫之興奮與滿足。修行、禪坐就是要逐漸減少三毒，顯現澄明之本性。

融禪師〈定後吟〉中云：

> 人定觀空有，出定空有吟。還將出入意，反觀空有心。……縱橫法性闊，森羅萬象被。萬象本無端，法性若為安。欲了心源淨，但自熟思看。……縱橫無處起，虛空法界裏。法界無為界，虛空不住空。真如寂不異，妙理混然同。[321]

此詩禪定是攝心的工作，也就是讓心中念念分明。禪定是透過內省、觀

---

[319] 徐俊纂輯：《敦煌詩集殘卷輯考》，（北京：中華書局，2000），頁595。

[320] 《敦煌詩集殘卷輯考》，頁603。

[321] 《敦煌詩集殘卷輯考》中，融禪師之生平未詳，〈定後吟〉見於敦煌斯二九四四。

察，而將劣根惡習揚棄。在入定時要內觀空有，洞悉緣起無我；出定也要吟誦空有，了悟生死。還要將出定入定中，反觀空與有兩種心之不同。佛教之涅槃智慧，即是經由反覆地修正身心行為、淬鍊身心行為才能完成。如果缺少禪定，根本無力去執行無漏禪定，入定之前，已洞悉緣起無我，出定之後，也不會復生顛倒夢想。

釋神會〈南宗定邪正五更轉後題詩〉云：

> 施法藥，大張門，去障膜，豁浮雲。頓與眾生開佛眼，皆令見性免沈淪。[322]

釋神會是慧能晚期的弟子，據說又曾從荊州五泉寺神秀法師學習禪法，後因神秀應詔入京，才南下投慧能為師，是禪宗發展史上至關重要之人物。神會認為人之煩惱，根源於不正確之心態，所以要為眾生去除障膜，撥開浮雲，打開佛眼，明心見性，以免沈淪生死苦海。

真實之乘，實在很少遇到，道理至為深奧。世間一切相，皆是幻化之相。必須看透世間一切相，離一切幻相，不為相所惑，則不執著於取捨矣！如來法身，遍滿法界，不能住相觀如來，故曰非相，亦即不執著三十二相，即是如來法身也。凡夫執情太深，若直說法身非相，恐難以信解，故告訴須菩提云：「法身非相，則從前種種疑問，一時打破矣。」此時須菩提聞經深解，已領悟「若見諸相非相，即見如來。」[323]之道理，感從中來，涕淚悲泣。

《六祖壇經·行由》記載，禪宗五祖弘忍大師傳授衣缽慧能時云：「不識本心，學法無益。」[324]心是修行之根本，心生萬種法，佛性就在人心性之中，離開人之本性，佛就無從談起。要將心照心，才能認識本心。

---

[322] 同上註，頁 763。

[323] 程恭讓釋譯：《金剛經》，頁 34。

[324] 李申釋譯：《六祖壇經》，頁 50。

三、唐代文人藉小說勾勒其生命思想

　　《唐人傳奇》是中國唐代之文言文短篇小說之代稱，元末陶宗儀《輟耕錄》云：「唐有傳奇，宋有戲曲、唱諢、詞說。」[325] 已經將傳奇與六朝小說有所區分。魯迅《中國小說史略・唐之傳奇文》中稱唐之傳奇文「雖尚不離搜奇記逸，然敘述宛轉，文辭華艷。」[326] 應是承襲陶氏之說。

　　唐人傳奇之所以興盛，與文人之科舉有關。宋・趙彥衛《雲麓漫鈔》云：

> 　　唐之舉人，先藉當世顯人，以姓名達之主司，然後以所業投獻，踰數日又投，謂之「溫卷」，如《幽怪錄》、《傳奇》等皆是也。蓋此等文備眾體，可見史才、詩筆、議論。至進士，則多以詩為贄。今有唐詩數百種行於世者是已。[327]

　　唐代參加科舉者，能以《傳奇》供溫卷進身之用，故傳世者甚多。不僅題材豐富，而且文備眾體。一般分為愛情、志怪、俠義、歷史四類，各類篇章結構完整、情節曲折、故事性豐富，建立中國短篇小說之形式。

　　愛情小說如沈既濟〈任氏傳〉、元稹〈鶯鶯傳〉、蔣防〈霍小玉傳〉、白行簡〈李娃傳〉、李公佐〈南柯太守傳〉、陳鴻〈長恨歌傳〉、李朝威〈柳毅傳〉、沈亞之〈湘中怨解〉等屬之。

　　俠義類源自司馬遷《史記・游俠列傳》，但在正史中，俠義之士，不容於大一統之天下，故《史記》以後之正史，鮮少為游俠立傳。唐代俠義類傳奇盛行，虬髯客、昆侖奴之行俠仗義、李朝威〈柳毅傳〉亦儒亦俠，以及紅拂、

---

[325] 元・陶宗儀：《輟耕錄》，（《景印文淵閣四庫全書》，冊 181，），卷 25，頁 697。

[326] 魯迅：《中國小說史略》，（臺北：明倫出版社，1969），頁 73。

[327] 宋・趙彥衛：《雲麓漫鈔》，（《景印文淵閣四庫全書》，冊 864），卷 8，頁 340。

紅線、聶隱娘等，皆為家喻戶曉之女俠。

志怪小說符合唐人立意以奇之特色，又承襲六朝志怪之之說，王度〈古鏡記〉即是敘述古鏡具有靈異之功能；張荐（744～804）《靈怪集》中，〈許至雍〉載於《太平廣記》，敘述妻歿後，與妻之鬼魂相見。載孚《廣異記》二十卷，原書已佚，《太平廣記》今存多篇，如〈三衛〉、〈李麐〉多記鬼狐之事。

歷史小說與正史不同，正史要記天下興亡之事，以為後世之鑑戒；傳奇小說則將歷史中之奇事，以文學之方式敘述，是小說與正史之不同。

以上四類，屬大體區分。其中與詮釋生命有關者，有愛情、神仙、記夢、變形等，分別敘之如下：

(一) 唐人愛情小說中之生命憂喜

愛情是人類基本之需求，男女對異性都有強烈之吸引力，在男女交往中，產生無數悲歡離合之故事，是人類生命歷程中，最能產生憂喜者，章學誠《文史通義‧詩話》評論唐人傳奇云：「大抵情鍾男女，不外離合悲歡。紅綃辭楊，繡襦報鄭。韓李緣通落葉，崔張情導琴心。以及明珠生還，小玉死報。」[328]

1. 白行簡〈李娃傳〉

白行簡（776～826），字知退，中唐詩人白居易之弟，元和二年進士。其生平在《新唐書》、《舊唐書》皆附見於〈白居易傳〉。其傳奇之代表作為〈李娃傳〉、〈三夢記〉，其中〈李娃傳〉為著名之愛情小說。

〈李娃傳〉主角鄭元和是天寶中常州刺史滎陽公鄭儋之子，在進京趕考時，一日遊曲江池，邂逅名妓李娃，鄭對李一見鍾情。相處一年後，鄭元和耽溺於尋歡逐樂，終於盤纏用罄，被鴇母與李娃設計遺棄，流落為殯儀館歌郎，贏得輓歌比賽。其父滎陽公鄭儋發現，恨其有辱家門，斷絕父子關係，鞭撻幾死，殯儀館救活他後，棄置路邊，淪為乞丐。一日風雪交加，乞食來到李娃家門口。在李娃悉心照顧下，鄭元和勤苦向學，覽海內文籍，後應直

---

[328] 葉瑛校注：《文史通義校注》，（北京：中華書局，1994），卷5，頁560～561。

言極諫科，策名第一，授成都府參軍，父子相認如初，迎娶李娃，後封為「汧國夫人」，成千古美談。

作者在小說中，敘述李娃只是一位地位卑微之娼女，元稹〈李娃行〉詩云：「髻鬟峨峨高一尺，門前立地看春風。」是倚門賣笑，吸誘客人之姿態；鄭生則是「囊中盡空，乃鬻駿乘，及其家童。」在囊中金盡時，被鴇姆逐出妓院。

李娃雖是一名娼女，但在淪為乞丐之鄭生在門外疾呼「飢凍之甚」時，能辨出「枯瘠疥癘，殆非人狀」之鄭生，努力恢復其健康，並不顧鴇姆反對，贖身與鄭生同居。一年後鼓勵其參加科考，三年後「遂一上登甲科」，接著「應直言極諫科，策名第一，授成都府參軍。」

李娃感情真摯，願意救助落難之榮陽公子，鄭生品格高尚，亦未因做官而遺棄李娃，兩人通過一段悲歡離合之境遇，最後以圓滿結局。對當時士子「女五姓女」之門閥觀念，加以諷刺。而且男主角鄭元和經歷三次「由死而生」之過程，表現出堅韌之生命力。當時之社會，雖然有階級、門第之觀念，但作者藉自我性格之呈現，作複雜而細膩之鋪敘，使情節感人肺腑。

2. 元稹〈鶯鶯傳〉

元稹（779～831）字微之，洛陽人。與中唐著名之詩人白居易齊名，世稱元白。其詩作流傳於宮禁之中，稱為「元才子」。其生平《新唐書》、《舊唐書》皆有傳。

〈鶯鶯傳〉又名〈會真記〉，收錄於《太平廣記》卷四八八，元稹作於貞元二十年（804）。宋代以來，有人指出張生就是元稹自己，近代陳寅恪不僅考證出張生就是元稹，還進一步考證鶯鶯就是元稹表妹雙文。至此〈鶯鶯傳〉便成為元稹自己感情生活之懺悔錄。後人也就根據其內容，把張生對崔鶯鶯始亂終棄，看成是元稹之罪狀。

內容敘述張生出遊普救寺，巧替崔氏母子三人解圍，並在與鶯鶯初次見面之時，便對其一見傾心，念念不忘，透過婢女紅娘從中牽線，張生與鶯鶯得以私下幽會，發展戀情。然而張生身為文人，趕考在即，為求取自身功名，

毅然拋棄鶯鶯，甚至說此行是為考科舉而放棄愛情，與崔鶯鶯私訂終身，後
又將她遺棄之悲劇故事。

　　文中張生表面上看，是「性溫茂，美風容，內秉堅孤，非禮不可入。」
之人，塑造出青俊儒雅、恪守禮教之形象。鶯鶯則被養在深閨，貞潔自保，
堅守禮教，性情柔順，鼓琴，屬大家閨秀之女子。在結識張生以後，受到愛
情之激勵，成為沖破禮教樊籠，爭取愛情自由之女性。用「待月西廂下，迎
風戶半開。隔牆花影動，疑是玉人來。」一詩約張生私會。當張生跳牆，闖
入西廂時，卻義正詞嚴地吩咐張生「以禮相待，毋及於亂。」故其丫環紅娘
說：「崔之貞慎自保，雖所尊不可以非語犯之。」鶯鶯善屬文，是有氣質之多
情女子。紅娘曾謂：「善屬文，往往沉吟章句，怨慕者久之。」也因此被張生
之詩句感動。受日後無法克制對張生之欽慕而私下結合。所謂：「曩時端莊，
不復同矣。」

　　張生進京趕考，鶯鶯意識到感情發生變化，但並不因此感到絕望；直到
被拋棄後，又另嫁他人，與張生一刀兩斷。

3. 蔣防〈霍小玉傳〉

　　蔣防，生卒年不詳。史能之《咸淳毗陵志》記載：「蔣防，澄之後。年十
八，父誡令作〈秋河賦〉，援筆即成。警句云：『連雲梯以迴立，跨星橋而徑
渡。』于簡遂妻以子。李紳即席令賦〈轒上鷹〉，詩云：『幾欲高飛天上去，
誰人為解綠絲條。』紳識其意，荐之。」[329]《全唐文》卷七一九錄其文一卷。

　　蔣防〈霍小玉傳〉是敘述大曆十才子之一李益與名妓霍小玉之愛情悲劇。
霍小玉本是王爺之女，後來因為王爺之死，被逼流落民間，成了一名初出茅
廬之倡優。蔣房在故事一開始就說：「大曆中，隴西李生名益，年二十，以進
士擢第。」在長安經媒鮑十一娘介紹，認識霍小玉，二人相處兩年，曾引諭
山河，指誠日月。其後年春，以書判拔萃登科，授鄭縣主簿。到任旬日，往
東都覲親，母命難違，另娶盧氏。霍小玉相思成疾，遂成沉疾。在黃衫客協

---

[329] 宋·史能之：《咸淳毗陵志》，（《續修四庫全書》，冊 699），卷 16，頁 161。

助下，將李益挾持到霍小玉處，痛斥負心郎後，氣絕身死。

　　在小說中，李益之性格，是風流而不負責任。二十歲中進士後，「每自衿風調，思得佳偶，博求名妓，久而未諧。」注定故事會以悲劇收場。李益遇到霍小玉後，卻表現一片深情，李益發誓：「平生志願，今日獲從，粉身碎骨，誓不相舍。」但卻無法遵守誓言，做官後另娶盧氏之女。在霍小玉死後，「為之縞素，旦夕哭泣甚哀。」埋葬之次日，又「至墓所，盡哀而返。」可見李益性情軟弱，又無法擺脫家庭之壓力，是在愛情夾縫中掙扎之人物。

　　霍小玉性情剛烈，雖知自己身分卑微，但在愛心驅使下，先「數訪音信」，得不到消息。又求神問卜，亦無結果。在耗盡家資後，徹地絕望。「冤憤益深，委頓床枕。」終因憂憤成疾，香消玉殞。死前言「我死之後，必為厲鬼，使君妻妾，終日不安。」果然李益在霍小玉死後，不得安寧，總是懷疑妻妾不貞，猜忌萬端，竟訟於公庭而遣之，三娶皆如是。此事似乎對死後是否有鬼魂做祟一事，為唐人小說增添另一與生死相關之話題。

　　傅錫壬〈試探蔣防霍小玉傳的創作動機〉[330] 對蔣防作霍小玉傳，與牛李黨爭相關，對此動機，有詳盡之論述。但本文僅就故事中，李益與霍小玉之間，情愛之糾結與生命之浮沉，加以陳述。

4. 許堯左〈柳氏傳〉

　　〈柳氏傳〉敘述天寶中大曆十才子之一，昌黎人韓翊，落拓貧困，寄居於李生別第，與李生之寵姬柳氏相戀之事。李生具膳邀請韓翊飲，酒酣，李生曰：「柳夫人容色非常，韓秀才文章特異。欲以柳荐枕于韓君，可乎？」韓翊驚慄之下，離席而立曰：「蒙君之恩，解衣輟食久之。豈宜奪所愛乎？」韓翊不敢奪人所愛，在李生堅請之下。柳氏再拜，拉韓翊之衣，坐在同席。李生讓韓翊東向而坐，居於客位。然後引酒滿杯，極盡歡愉。李生又以資金三十萬，佐助韓翊。

　　韓翊仰柳氏之美色，柳氏仰慕韓翊之才華，可謂兩情相悅。次年，禮部

---

[330] 傅錫壬：〈試探蔣防霍小玉傳的創作動機〉，（《古典文學》，第二集），頁183。

侍郎楊度拔擢韓翊進士及第。柳氏對韓翊云:「榮名及親,昔人所尚。豈宜以濯浣之賤,稽采蘭之美乎?且用器資物,足以待君之來也。」翊於是前往清池(今河北滄洲東南)省家。天寶末年,剪髮毀形,寄跡法靈寺。侯希逸(720～781)從平盧節度使轉為淄青節度使,請韓翊為書記。至德二載(757),肅宗回京,韓翊尋找柳氏,以練囊盛碎金,題詩曰:「章台柳,章台柳!昔日青青今在否?縱使長條似舊垂,亦應攀折他人手。」柳氏捧金嗚咽,左右悽憫,亦答詩曰:「楊柳枝,芳菲節,所恨年年贈離別。一葉隨風忽報秋,縱使君來豈堪折!」不久,百濟蕃將沙吒利,竊知柳氏美色,劫歸其第。後侯希逸任命為左僕射,入覲時,韓翊從行至京師,已失柳氏所止,嘆想不已。後得虞侯許俊相助,單騎直闖蕃將沙吒利之第,使柳氏與翊重聚。又靠侯希逸上狀,皇上下詔柳氏宜還韓翊,沙吒利賜錢二百萬。柳氏歸翊;後韓翊累遷至中書舍人。

　　由上敘述,〈柳氏傳〉應屬安史之亂時,才子佳人之言情小說。情節曲折離奇,波濤迭起。柳氏本是李生之姬妾,李生將柳氏轉贈韓翊,韓翊歸鄉省親時,遇安史之亂而與柳氏分離。後韓翊以詩尋找,柳氏亦以詩相答,成就文壇佳話。後柳氏被蕃將沙吒利劫走,得豪俠許俊與侯希逸相助,得以團圓。故事中有纏綿之愛情,相思之悽婉,豪俠之英勇,都為後代小說開創新模式。

　　以上四篇有關文士、娼妓、姬妾、科舉之間,糾纏複雜之愛情小說,在唐傳奇中佔相當重要之分量,不論收場是悲劇或喜劇,都反映唐代社會之門閥制度,科舉制度,士人與娼妓之關係,造成唐代娼妓之悲慘命運,〈李娃傳〉、〈柳氏傳〉是以喜劇收場,〈鶯鶯傳〉及〈霍小玉傳〉中之女性,卻面臨要與世族之婚姻制度抗衡之命運,崔鶯鶯與霍小玉之個性雖然不同,卻同樣勇於追求愛情自主,即使身分地位卑微,注定要成為悲劇下之犧牲者,仍然要與不公平之命運挑戰,不向悲慘之遭遇低頭,為後人一掬同情之淚。

(二) 唐人神仙小說中之生命幻想

　　神仙之說,在六朝即有許多記載神仙故事之作品,如《神仙傳》、《漢武

帝內傳》、《海內十洲記》等。唐代道教興盛，有許多傳統形式之仙傳，如杜光庭《神仙感遇傳》、《仙傳拾遺》、《墉城集仙錄》、《道教靈驗記》等，著名之傳奇《虯髯客傳》即出自《神仙感遇傳》中。《太平廣記》第一卷，第一至第七十，皆屬神仙小說。又分神仙與女仙兩類，可見唐代神仙有男女之別，男女在求仙之際遇上。應有所不同。

　　唐人對神仙題材或仙界景象，能超出宗教之拘限，以創作之手法，藝術之觀念，塑造神仙人物，開拓小說之視野。將神仙世俗化。有些小說將現實世界之人物亦寫入神仙之中。如帝王唐玄宗、憲宗、武宗；將相大臣馬周、李靖、李林甫、郭子儀、顏真卿；文士如白居易、賀知章、李賀、李泌等，不論是本人寫成神仙，或編入神仙故事中，都具有諷喻之意味在內。

　　茲舉杜光庭〈馬周〉、〈虯髯客傳〉、佚名〈韋仙翁〉三篇為例說明之：

1. 杜光庭〈馬周〉

　　晚唐杜光庭（860～873）《仙傳拾遺》中有〈馬周〉一篇，馬周（601～648）是輔佐唐太宗「貞觀之治」之賢臣，少孤貧，勤讀博學，精《詩》、《書》，善《春秋》。後到長安，為中郎將常何家客，因代常何上書二十餘事，深得太宗賞識，授監察御史，累官至中書令。

　　但小說中將馬周說成華山素靈洞仙官，云：「唐氏將受命，太上敕之，下佐於國。而沉緬於酒，汩沒風塵間二十年，棲旅困餒，所向拘礙，幾為磕仆。」[331] 後有術士袁天綱為其相面，言其「五神奔散，尸居旦夕耳，何相之有邪！」周大驚，問以禳制之術。天綱告之曰：「可自此東直而行，當有老叟騎牛者。不得迫而與語，但隨其行，此災可除矣。」

　　騎牛老叟顯然隱射老君，老者指示他本命為素靈宮仙官，引導其回歸仙廷，使五臟之神復於神室。馬周暝目頃之。忽覺心智明悟，併憶前事。二十餘年。若旬日之間耳。稽首謝過，來詣長安。天綱預言其「當一日九遷，百

日位至丞相。」貞觀中，敕文武官各貢理國之策，馬周所貢，意出人表。是日拜拾遺監察御史裏行。自此累居大任，入相中書令數年。佐國功成而退。

此小說將馬周神化，並暗指太宗膺受天命而治天下，為李世民地位之合法性，製造一些具有政治意涵之小說。而道教神仙之說，又是唐代最佳之御用宗教。至於馬周是否真有仙緣，在唐代求仙者眾多之氛圍下，不會有人對此故事加以否定，若言無神仙一事，當會受道教徒韃伐一番。

2. 杜光庭〈虬髯客傳〉

杜光庭《神仙感遇傳》卷四，題作〈虬髯客〉，亦收錄於《太平廣記》卷百九三，題作〈虬髯客〉。《宋史‧藝文志》卷五，小說類有杜光庭〈虬髯客傳〉一卷。[332]

杜光庭《神仙感遇傳》並未將虬髯客神化，而虬髯客有無數錢財，並在海外扶餘國為王，此虛構之內容，似乎有將虬髯客大事誇張，令人無法想像在當時有此人物，與誇寫神仙之小說，有雷同之處。

其內容敘述唐太宗貞觀十年，李靖以布衣在長安謁見司空楊素，為楊素家侍妾紅拂所傾慕，夜奔李靖處，二人逃避追討，途中結識豪俠張虬髯，結為兄妹，同至山西太原，通過劉文靜為介，會見李世民。虬髯客本有爭奪天下之志，見李世民神氣不凡，知不能匹敵，遂傾其家財，資助李靖，使輔佐李世民成就功業。後虬髯客入扶餘國自立為王。

宋‧程大昌《考古編》卷九，有「虬髯傳」一則，其中云：

> 李靖在隋，嘗言高祖終不為人臣。故高祖入京師，收靖，欲殺之，太宗救解，得不死。高祖收靖，史不言所以，蓋諱之也。虬髯傳言：靖得虬髯客資助，遂以家力佐太宗起事，此文士滑稽，而人不察耳。又杜詩言：「虬髯似太宗」，小說亦辯人言太宗虬髯，鬢可以掛角弓，

---

[332] 有關虬髯客相關之考證，可參考《中國文學史論文選集》第三冊，饒宗頤：〈虬髯客傳考〉，（臺北：臺灣學生書局），頁 1237-1246。

是虯髯乃太宗矣。而謂虯髯授靖以資，使佐太宗，可見其為戲語也。

文中所言，當即今所傳之〈虯髯客傳〉，也可見杜光庭所撰之內容，即依此本加以衍述而成。虯髯客應出自虛構，主旨在表現李世民為真命天子，唐朝歷年長久，非出偶然，影射亂臣龐勛、李克用及四夷，不可有逆亂之想。並應效法虯髯客，扶持唐朝，開拓海外，為唐朝建立更穩固之基業。

3. 佚名〈韋仙翁〉

本篇出自陳翰所編《異聞集》，《新唐書・藝文志》錄有《異聞集》十卷。注云：「唐末屯田員外郎」。《太平廣記》卷三十七亦收錄此篇。〈韋仙翁〉內容敘述唐代宗大曆（766～779）年間，監察御史韋君受命入西嶽太華山尋訪仙壇，遇見已成仙之高祖，高祖談及出山之原因：「爾祖母見在，爾有二祖姑，亦在山中，今遇寒食，故入郭，與渠輩脂粉爾。有一布襆，襆內有茯苓粉片，欲貨此市賣。」韋君隨其高祖入山，見「祖母年可七八十，姑各四十餘，俱垂髮，皆以木葉為衣。」依上所述，韋君之高祖及其祖姑等人，在山中之生活清苦，不似成仙得道之人，倒像亂世逃入山中避亂之民眾。一方面暗示成仙不足仰慕，又顯示亂世之時，民眾紛紛入山避難。篇末韋君還想再去尋找時，卻迷失歸路，只能「望山痛哭而返」。

由以上三篇看來，唐人小說中，作者所描述之仙人，因未曾親見，只能將凡人誇大渲染，或想像遇到仙緣，或將仙人說成不如凡人之幸福，都有作者想要加以詮釋。並勸諭世人，安心過凡間之生活，比較切合實際。

（三）唐人記夢小說中之虛幻時空

記夢之說，遠自商代甲骨卜辭中，記載殷王占夢；《周禮・春官》中有設占夢之官，以決定國之吉凶。唐人對不可解說之神異事，往往借夢以釋之，或借夢以神之，如《河東先生龍城錄》述唐玄宗夢得〈霓裳羽舞曲〉。

記夢是唐傳奇小說中之非寫實小說，夢是以想像代替現實，使人在幻想中獲得滿足。記夢能出入古今、超越生死、錯亂時空、浪漫無羈，使文學創

作有更大之時空。在時間上可以突破現實之時間，呈現真幻交織之審美特徵。又以夢中百年，人間一日之機制，呼應天人之道，使小說蒙上神秘之色彩。在空間上，記夢境中之虛構空間，是擴大現實生活中時空之拘束性。夢中融入詩意，可增強傳奇之文學性。

　　《太平廣記》從第六卷，第二百七十六到二百八十二，有一百七十則是記夢之作品，其中近三分之二則是唐人之作品。如〈南柯太守傳〉、〈枕中記〉、〈古鏡記〉、〈謝小娥傳〉、〈三夢記〉、〈異夢錄〉、〈秦夢錄〉等。《太平廣記》按其性質或內容，分為四種類型：「夢休徵」型（第二百七十七至第二百七十八，共三十八篇）；「夢咎徵」型（第二百七十九，共三十篇）；「夢鬼神」型（第二百八十至第二百八十一，共二十篇）；「夢遊」型（第二百八十一至第二百八十二，共十篇）。從以上之分類，可以解釋唐人小說中之記夢方式。

　　茲舉沈既濟〈枕中記〉、李公佐〈南柯太守傳〉、白行簡〈三夢記〉、沈亞之〈秦夢記〉、陳玄祐〈離魂記〉等五篇為例說明之：

1. 沈既濟〈枕中記〉

　　中唐沈既濟（約 749～800），蘇州吳（今江蘇蘇州）人。其生平附見於《舊唐書》卷一四九〈沈傳師傳〉後，《新唐書》卷一三二有傳，稱其「經學該明」。德宗時，任左拾遺，史館修撰、禮部員外郎。撰有傳奇小說〈枕中記〉、〈任氏傳〉。

　　〈枕中記〉[333]一文，《太平廣記》卷八二〈異人類〉，題做〈呂翁〉，是繼承在南朝《幽明錄・楊林》一則之啟發，敘述楊林藉枕入夢，夢中經歷榮華富貴。今存於《太平廣記》卷二八三。〈枕中記〉中之呂翁，在玄宗開元七年（719），盧生旅於邯鄲時，讓他做黃粱夢，以體現人生如夢之思想。

　　道士呂翁得神仙之術，行邯鄲道中，息邸舍，攝帽馳帶，隱囊而坐，偶遇落魄士子盧生，聽聞盧生之渴望：「士之生世，當建功樹名，出將入相，列

---

[333] 王孟鷗：《唐人小說研究二集》，（臺北：藝文印書館，1971），〈陳翰異聞錄考論〉，考證周詳。

鼎而食，選聲而聽，使族益昌而家益肥。」之道理後，在盧生困倦思眠，店主人方蒸黍之時，拿出囊中之青瓷枕，僅歷蒸黍未熟之時間，讓他在夢中享盡榮華富貴，體現人生如夢之思想。

　　盧生在夢中娶清河崔氏女，舉進士登第，為官至封燕國公，步步高升，出將入相。「恩旨殊異」，「徊翔台閣，五十餘年，崇盛赫奕。」等榮耀輝煌。雖經起落，最終再居權要。前後賜良田、甲第、佳人、名馬，不可勝數。子孫滿堂。年逾八十而卒。此時，盧生方欠身而悟，見自己偃臥於旅社，呂翁坐其旁、主人蒸黍半熟。於是大徹大悟。記中載曰：

> 　　生蹶然而興曰：「豈其夢歟！」翁謂生曰：「人生之適，亦如是矣。」
> 生憮然良久，謝曰：「夫榮辱之道，窮達之運，得喪之理，死生之情，
> 盡知之矣。此先生之所以窒吾欲也，敢不受教。」[334]

　　盧生在黃粱夢中，「建功樹名，出將入相。」「五十餘年，崇盛赫奕。」經歷了一世之宦海沉浮與榮辱得失。夢醒後，人生理想之徹底失落，無不使作者感慨人生之虛幻如夢。所謂「窮達之運，得喪之哩，死生之情，盡知之矣。」

　　盧生從現實進入夢境，是通過青瓷枕之竅：

> 　　其枕青瓷，而竅其兩端。生俯首就之，見其竅漸大，明朗，乃舉
> 身而入，遂至其家。

　　文中敘述「其竅漸大」，別有洞天，在夢中又以急而快之節奏，由家至為官之地，經渭南、同州、汴州、京兆、端州、驩州等地，空間轉換之頻繁與夢幻時間之快速相契合，有效地體現盧生官宦生涯之浮沉。

---

[334] 李劍國主編：《唐宋傳奇品讀辭典》，（北京：新世界出版社，2007），頁177。

李肇《唐國史補》記載：「既濟撰〈枕中記〉，莊生寓言之類。」[335] 可知李肇並未將〈枕中記〉視為傳奇，而是類莊周寓言，有勸諭之意。王夢鷗《唐人小說研究二集》中認為：「〈枕中記〉之完成，疑為自悼功名美夢之幻滅。……〈枕中記〉所取資之事蹟，皆可從〈元載傳〉、〈楊炎傳〉中見其彷彿。」[336] 若觀全文，則是作者藉由夢之形式，告知盧生，枕中一夢，指如黃粱未熟之頃，已經歷一生，人生之榮悴，剎那即逝，勸誡汲汲於仕進之人，應安其本分，知足常樂，方是養生之道。

2. 李公佐〈南柯太守傳〉

李公佐（約 770～約 850），字顓蒙，隴西郡（今甘肅隴西縣）人。曾中進士，官江西從事。宣宗大中二年（848），因吳湘案牽連，以「不能守正，趨附權臣」而削官。現存四篇傳奇：〈南柯太守傳〉、〈謝小娥傳〉、〈盧江馮媼傳〉、〈古岳瀆經〉。

〈南柯太守傳〉一文，《太平廣記》卷四七五，題做〈淳于棼〉。文中言淳于棼於德宗貞元七年（791）九月入夢，後三年，歲在丁丑，亦終於家，王夢鷗考證卒年當在貞元十三年（794）。

淳于棼夢某日醉臥東廡，夢入大槐安國，被招為駙馬，又拜為南柯郡太守。「錫食邑，錫爵位，居臺甫。」守郡二十載，功績顯赫，百姓愛戴。生有五男二女，皆「榮耀顯赫，一時之盛，代莫比之。」連酒友周弁，田子華都得到援引。後因與檀蘿國交戰失利，金枝公主亦病死，護喪歸國後，在權力鬥爭中，「久鎮外藩，結好中國。」「交游賓從，威福日盛。」受國王疑憚，又被懷疑覬覦王位，軟禁於私第，最後逐出國門，遣送回鄉。在夢中，淳于棼與亡父互通消息，與暴疾已逝之生平酒徒周弁，以及寢疾於床之田子華相遇，並得二人相助，治理南柯郡。在時間上，夢境之敘述已超越生死之界限，模糊古今之差異，混淆人物之區分，以幻想與虛構，創造豐富多彩之奇幻世

---

[335] 《唐五代筆記小說大觀》上，李肇《唐國史補》，卷下，頁 193。

[336] 《唐人小說研究二集》，〈重要篇章及其作者新探〉，頁 45。

界。

　　淳于棼夢中見二紫衣使者，隨二使至門、上車、出大戶，指古槐穴而去。當車驅入穴中，「忽見山川風候草木道路，與人世甚殊。前行數十里，有郛郭城堞。」又「入大城」，此後夢中所歷之境，均在此城與南柯郡之中。當夢醒後，回到現實空間，淳于棼依夢中所見，與客於槐下尋穴探源，所見蟻穴之境與夢中所歷之槐安國都、南柯郡、靈龜山、盤龍岡等空間一致，與槐安國爭戰之檀蘿國也是一處蟻穴，在蟻穴被客所破壞，及遭大雨後消失，以應驗夢中「國有大恐，都邑遷徙」之預兆。

　　在〈南柯太守傳〉中，淳于棼是一位「嗜酒使氣，不守細行。」之遊俠，在一場醉夢中，成為榮耀顯赫，一時之盛之南柯郡守，經歷了人世之榮華消沉，夢醒後覺「夢中倏忽，若度一世也。」在追跡蟻穴、訪諸生平酒徒好友後，「深感南柯之浮虛，悟人世之倏忽，遂棲心道門，絕棄酒色。」又告誡淳于棼：「竊位著生，冀將為戒。後之君子，幸以南柯為偶然，無以名位驕於天壤間云。」[337] 都在藉小說啟發人們對生命價值、功名理想之深層思考，由此產生人生倏忽無常之空幻感，從而領悟現實之不確定感。以夢境與現實人生之時空變幻，營造盈滿必虧、物極必反之天人之道，使記夢小說有一層生命之蒼涼與神秘之感。

　　〈枕中記〉與〈南柯太守傳〉兩篇傳奇，有一共同之特點，就是在夢醒後，加敘對夢境之否定，從而使盧生頓悟，以窒功名富貴之欲；淳于棼則棲心道門，絕棄酒色，對世道人心，有振聾啟聵之作用。

3. 白行簡〈三夢記〉

　　白行簡（776～826）除前述之〈李娃傳〉外，〈三夢記〉則是敘夢之名篇。在開篇言：「人之夢，異于常者有之：或彼夢有所往而此遇之者，或此有所為而彼夢之者，或兩相通夢者。」[338] 即言此三夢之不同。

---

[337] 《唐宋傳奇品讀辭典》，頁 265。
[338] 同上註，頁 358。

　　首夢敘述睿宗、玄宗兩朝宰相劉幽求，在武則天當政時代，任朝邑尉。一次因公事出去，夜間歸來，離家十餘里處有一佛寺。走到附近，聽到裡面有笑語聲，從矮牆上方向內看，男女十幾個人正雜坐飲食，其妻居然在其中。想進寺看個究竟，寺門緊緊關著，於是取一片瓦，遠遠擲去，打中酒壺，一群人頓時消失散去。回到家中，妻子正在睡覺。見到劉幽求，對他說：「剛才夢見在一個廟裡，和十幾個不相識的人會餐，有人從外面拋來瓦石，嚇醒了。」

　　二夢記載白行簡兄白居易與元稹間精誠相感之事。元、白二人是好友，憲宗元和四年（809），元稹任監察御史，奉命出使劍南，離開長安十幾天，白居易、白行簡、李杓直同遊曲江及附近之慈恩寺，然後到李杓直家喝酒。席間，白居易推斷微之已到梁州，興之所至，在屋壁上題詩一首：「春來無計破春愁，醉折花枝作酒籌。忽憶故人天際去，計程今日到梁州。」十多天後，梁州捎來元稹之信，信後附有〈記夢詩〉一首：「夢君兄弟曲江頭，也入慈恩院裏游。屬吏喚人排馬去，覺來身在古梁州。」元稹信中言其在千里外之梁州，夢見同遊慈恩寺。白行簡感慨道：「蓋所謂此有所為而彼夢之者矣。」

　　三夢敘述德宗貞元中，扶風人竇質，與京兆人韋旬同自亳州入秦，宿於潼關逆旅。竇質夢至華嶽祠，見一女巫，問其姓，自稱趙氏。及覺，告於韋旬。次日，至祠下，有女巫迎客，容質妝服，與夢中相同。對韋旬言：「夢有徵也。」乃命從者視囊中，得錢二鐶一，與之。巫撫拿大笑，謂同輩曰：「如所夢矣！」韋旬驚問之，對曰：「昨夢二人從東來，一髯而短者祝醑，獲錢二鐶焉。及旦，乃遍述於同輩。今則驗矣。」竇質問巫之姓氏，其同輩云：「趙氏。」自始及末，若合符契。竇質與女巫所夢竟然相同。

　　此三夢均是現實之境與夢中之境若合符契，不禁讓人深思：究竟是現實進入夢境，還是夢境本來就在演繹現實？一如莊周夢蝶之時，物我齊一，已無莊周與蝴蝶之分。現實與夢境融合為一，則有真幻交織之迷離感，不僅使夢境蒙上一層神秘之面紗，而夢境中所呈現之異度空間，亦增添上奇幻虛無之感。此篇結尾以「豈偶然也，抑亦必前定也？予不能知。」似乎是要讓讀者玩味夢境在生命中之虛幻性。

4. 沈亞之〈秦夢記〉

沈亞之(781〜832)，字下賢。其著作之傳奇，有〈秦夢記〉、〈異夢錄〉、〈湘中怨解〉、〈馮燕傳〉及〈歌者葉記〉等。

〈秦夢記〉[339]中，沈亞之頗不得志，夢中回到求賢若渴之秦穆公時代，助西乞術伐河西，下五城，得到穆公之賞識，與娶公主弄玉，固辭，拜左庶長。後有黃衣中貴，延請亞之住公主翠微宮中。位下大夫，緣公主故，出入禁衛。在始平公主死後，為其作挽歌、墓誌銘。為穆公作離別辭及題翠微宮宮門詩，情辭憂傷，感人肺腑。驚覺時，臥邸舍。應是借歷史題材，來抒寫自己之不幸和感慨。

鄭還古《博異志》中有〈沈亞之〉一篇，載有王生夢遊吳國，為吳王作西施挽歌，與〈秦夢記〉所述相似。

5. 陳玄祐〈離魂記〉

陳玄祐，代宗大曆時人（766〜779），生平事蹟不詳。其傳奇〈離魂記〉[340]敘述武周天授三年（692），「清河張鎰，因官家於衡州。性簡靜，寡知友。無子，有女二人。其長早亡，幼女倩娘端妍絕倫。鎰外甥太原王宙，幼聰悟，美容範。鎰常器重，每曰：他時當以倩娘嫁王宙。」

二人成年後，張鎰竟將倩娘另許他人。「宙陰恨悲痛」，託辭赴京。倩娘思念王宙，魂魄離開軀體，在半夜趕上他，結為夫婦。「凡五年，生兩子。」倩娘思親歸寧，家中另有一倩娘臥病閨中，見面時「翕然而合為一體。」觀察兩人之越禮，並非因王宙「幼聰悟，美容範。」而是兩人「常私感想於寤寐，家人莫知其狀。」故兩人在夢寐中擦出愛情之火花，是靈魂之交相契合。夢實為兩人之愛情橋梁，倩娘之魂魄才能離開肉體與王宙結合。家人因不知其真情，而違逆倩娘之心，為其後發生「離魂」之情節，獲得合理之詮釋。

---

[339] 同上註，頁 401。

[340] 同上註，頁 159。

唐人小說中「魂行成夢」之觀念，是跨越時空之神奇現象。用離魂、勾魂、攝魂、夢魂等魂夢現象，交織並用，做出許多離奇之想像，使讀者穿梭於現實與幽冥之間，獲得各種奇特之感受。

　　以上五篇傳奇，是以夢境作時空之跨越，可以藉夢回到秦穆公時代，藉夢度過一生之榮華富貴。充分發揮人類之想像力，藉夢使魂魄離開肉體之想像，將生命不再侷限在現實之三度空間，將古今、幽冥、魂夢做交錯之運用，獲得文學表現之最高境界。如蔣防〈霍小玉傳〉[341] 中，霍小玉幾近絕望之悲傷中，夢見黃衫丈夫抱李益至席，使小玉脫鞋，並自解夢為「相見而後死」，此後故事之發展就順應此一夢徵，是獨具匠心之運用，也是對霍小玉癡情而焦慮之心境，作獨特之反映。

　　又如李公佐〈謝小娥傳〉[342] 中，謝小娥之父親與丈夫被強盜謀財害命，在夢中告知謝小娥殺人者之姓名，但卻未直呼其名，而是以「車中猴，門東草。」、「禾中走、一日夫。」等字謎形式出現，詳知殺人者為申蘭、申春兄弟。作者三次以第一人稱介入，為謝小娥釋夢，詢知復仇擒賊始末，使情節變得曲折有致。

　　從以上論述，唐代傳奇中，以夢境為主體之小說，除以夢為主體敘述外，有許多夢境之敘述。只是穿插之部分情節。在夢醒後，往往將敘事之意蘊做說明，以增加故事之奇幻色彩。同時在夢境拉回到現實人生時，做時空上之轉接，給讀者有身臨其境之感。

(四) 唐人變形小說中之生命誇示

　　唐人小說中之變形故事，是將生命之變化為各種形象，內容更為豐富，在《太平廣記》中蒐羅甚多。有異類變為人、人變為異類、異類間之變化等各種不同之生命變形。支撐此一理論者，以為萬物有靈，不論人與異類都具

---

[341] 同上註，頁 456。

[342] 同上註，頁 287。

有靈性，可以互相轉化，今人稱為靈體附身。小說家充分運用想像、聯想，逐漸使變形從實象轉向虛象。只要一個仲介者，即可變形，並將其形象描述得栩栩如生。

何謂生命變形？《易經‧乾卦‧彖辭》云：「乾道變化，各正性命。」孔穎達疏：「變謂後來改前，以漸移改，謂之變也；化謂一有一無，忽然而改謂之為化。」[343]《禮記‧中庸》：「其次致曲。曲能有誠。誠則形。形則著。著則明。明則動。動則變。變則化。唯天下至誠為能化。」《鄭注》：「變之久則化而性善也。」孔穎達疏：「初漸謂之變，變時新舊兩體俱有；變盡舊體而有新體，謂之為化。如月令鳩化為鷹是，為鷹之時，非復鳩也。」《中庸》與孔穎達皆說明變化之意義，《中庸》認為以致誠之心，可以變化。孔穎達則認為舊體可以變為新體，並舉「鳩化為鷹」之例，說明「變」指形之改變，「化」指質之變化。變為逐漸變化、變形或化生；化為驟然變化、包括內在之改變或質變。鳩化為鷹屬質變，形體、內在皆變。神話學者袁珂《古神話選釋》中，說明變化之意：

> 化有變的意思，所以「變化」連文。「杜宇化鳥」、「牛哀化虎」，都是這個化，可以釋之為「變」。那是以彼易此，以後更前，「化」了以後，本身存在，部分「化」了以後，部分也不存在，這就叫「變」。[344]

袁珂認為變形化身，不論是夢驗、幻境、試煉、離魂、精怪、異類變形、神術等，自古即有。如《山海經》中，有許多人獸合體之變形；《莊子‧逍遙遊》中，亦有鯤鵬之變：

> 北冥有魚，其名為鯤。鯤之大，不知幾千里也。化而為鳥，其名

---

[343] 《周易正義》，頁10。

[344] 袁珂：《古神話選釋》，（臺北：長安出版社，1988），頁18。

為鵬，鵬之背，不知幾千里也。怒而飛，其翼若垂天之雲。是鳥也，
海運則將徙於南冥。南冥者，天池也。[345]

莊子鯤鵬之變，是闡述齊物之思想。齊物可以將人類之思想拓展到廣袤
無垠之天地間，自由變形，無遠弗屆。《莊子・至樂》篇中，即提到變化之機：

生於陵屯則為陵舄，陵舄得鬱棲則為烏足，烏足之根為蠐螬，其
葉為蝴蝶。蝴蝶胥也化而為蟲，生於灶下，其狀若托，其名為鴝掇。
鴝掇千日為鳥，其名為乾餘骨。……程生馬，馬生人，人又反入於機。
萬物皆出於機，皆入於機。[346]

文中說明萬物變化之機，不論變為蝴蝶、鴝掇、鳥、馬、人，都歸之於
機。成玄英疏云：「機者，發動，所謂造化也。造化者，無物也。人即從無生
有，又返歸入無也。」

茲舉唐代傳奇中，有關生命變形之例，狐變形為人、人變形為魚、人變
形為虎等例說明之：

1. 狐變形為人

狐具有作怪變異之能力，《藝文類聚》卷九九引《呂氏春秋》佚文所載：
《呂氏春秋》曰：「禹年三十未娶，行塗山（今河南嵩縣），恐時暮失嗣，辭
曰：『吾之娶，必有應也。』乃有白狐九尾而造於禹。禹曰：『白者，吾服也。
九尾者，其證也。』於是塗山人歌曰：『綏綏白狐，九尾龐龐。成家成室，我
都彼昌。』於是娶塗山女。」[347]

東漢趙曄《吳越春秋・越王無餘外傳》中記載，大禹娶九尾白狐，變成

---

[345] 《莊子今註今譯》，頁1。

[346] 郭慶藩：《莊子集釋》，（臺北：河洛出版社・1970），卷6，頁614。

[347] 歐陽詢：《藝文類聚》，（上海：上海古籍出版社，2010），卷99，頁1715。

之塗山女為妻，狐能變形為人，是狐狸精傳說之原型。

　　東晉干寶《搜神記》云：「名山記曰：『狐者，先古之淫婦，其名曰阿紫。化而為狐。故其怪多自稱阿紫。』」[348]古人把狐狸視為性情淫蕩，以美貌惑人之精怪，再加上志怪小說中，描述許多妖豔、多情之狐狸精，俗語中便將性感而具誘惑力之不良女性稱為「狐狸精」。

　　唐代傳奇中，狐變形為人，在《太平廣記》卷九，有八十三則，其中〈狐神〉條云：「唐初以來，百姓皆事狐神，當時有諺曰：『無狐魅，不成村。』」[349]文中「魅」字，許慎《說文》釋為：「老物精也。」故「狐魅」即「狐狸精」。茲舉沈既濟〈任氏傳〉為例：

　　沈既濟作〈枕中記〉外，另一名作〈任氏傳〉，《太平廣記》卷十，第四五二題作「任氏」。

　　〈任氏傳〉寫貧士鄭六與狐精幻化之美婦任氏相愛，鄭六妻族之富家公子韋崟知此事後，白日登門，強施暴力，任氏堅拒不從，並責以大義，表現出對愛情之忠貞。後鄭六攜任氏赴外地就職，任氏在途中為獵犬所害。小說情節曲折豐富，對任氏形象之刻劃尤為出色，生動地表現其多情、開朗、機敏、剛烈之個性，在使異類人性化、人情化方面，有開創性之成就。

　　〈任氏傳〉通過變形，以狐精對愛情之堅貞，來批判「人不如狐」之思維；在中晚唐之後，社會動亂不斷之時期，以小說之方式，表現人不如狐，是一種較為婉轉之敘述法。

2. 人變形為魚

　　人變形為魚之說，在唐以前志怪中，有「放生得福」、「吃魚速禍」之故事，創作出許多關於魚類變形之故事。《太平廣記》卷十中，將魚之變形列於水族類中。有「水族為人」、「人化水族」兩類。敘述魚面臨生死存亡之掙扎，以及人對於吃魚與否之抉擇。其中寓涵著唐人對於生命意義之思索。就魚體

---

[348] 干寶：《搜神記》，（《景印文淵閣四庫全書》，冊1042），卷18，頁457。
[349] 《太平廣記》，卷9，頁3658。

而言，是命運與意志之拔河。就得魚之人而言，則是一項道德之考驗。

茲舉《太平廣記》中之〈薛偉〉為例：

〈薛偉〉[350] 篇記敘「人化魚」之異事。唐肅宗乾元年間，蜀州青城縣主薄薛偉病七日後，奄然若死，連呼不應。但心頭微暖，家人不忍心成殮。如是昏迷二十日，忽長吁坐起。回憶自己在二十天中，化為巨鯉。化魚之後，波上潭底，莫不從容。三江五湖，騰躍將遍，好不自在。但飢餓時，還是回復人之靈知。饑甚，求食不得，循舟而行，游於縣之東潭，見趙幹垂鉤，其餌芳香，心亦知戒。不覺近口，淪為鉤中物。由於薛偉並未在心性上認同魚。被獻於縣衙，幾乎被同僚所吃，大叫而泣云：「我是汝同官，而今見殺，竟不相舍，促殺之，仁乎哉。」劊子手王士良，方礪刃，投我於几上。我又叫曰：「王士良，汝是我之常使膾手也，因何殺我？何不執我，白於官人？」士良聽若不聞，按吾頸於砧上而斬之。在頭落下之時，薛偉也就在驚恐下醒悟。

薛偉變成魚，借形體之幻化變形，與靈性之交雜矛盾，寫盡魚之樂盡生悲。同時在人魚相對而論中，藉魚玄幻之眼，看官場、看生死，寫出這份苦澀之幽默。真所謂：「魚身夢幻欣無恙，若是魚真死亦真。到底有生終有死，欲離生死脫紅塵。」以一種參悟生死之虛無意識，映照官場中之現實人生。

中國之變形神話，大都是單向敘述，從甲形變成乙形。在薛偉之故事中，薛偉卻擁有三種身份：一、夢前之人身，二、夢中之魚身，三、夢醒後之人。薛偉夢前之人身，是人性與意識之存在；夢中之魚身，是不斷向人強調，自己是人身，但是在夢中世界裏，薛偉意識到自己是魚。夢醒後之薛偉，雖廻轉為夢前之身，畢竟內心靈識之轉念，已不同於夢前。這種雙面性敘述，在莊周夢蝶中，有同樣之表現。

薛偉在變魚被擒獲，而遭宰殺之過程中，堅持自己是人，直到刀落頭掉，才從夢中驚醒，回到現實之人身。所以轉換人身之手段，在小說中是必要之

---

[350] 同上註，卷471，牛僧孺、李復言編：《續玄怪錄》，（臺北：文史哲出版社，1989），頁463。皆收錄〈薛偉〉一文。

敘述。

　　中國小說中，夢境和幻覺同樣具有真實性，變形之說意在打通真與幻之界限。薛偉化身為魚後，還有官人之心腸，卻失去官場之架勢。當時，薛偉何嘗不想對漁夫、衙役、同僚頤指氣使？但身上已無那頂象徵權力之烏紗帽，就變成孤立無援之魚。以此看生命之變形轉換，具有深遠之人生哲理。

3. 人變形為虎

　　「人化虎」之故事，收錄於李復言《續玄怪錄‧張逢》[351]，敘述南陽人張逢，在唐順宗貞元末年，前往嶺南遊玩，在福州福唐縣橫山店附近山林，策杖尋勝，不覺極遠處忽有一段細草，縱橫百餘步，碧蒻可愛，其旁有一小樹，遂脫衣掛樹，以杖倚之，投身草上，左右翻轉，繼而酣睡，若受踴然意足而起其身，已成虎也。

　　其後，將山路旁邊過往之福州錄事鄭璠吃掉，事後復為人形。數年後，一次聚會上，言及自己化虎食璠事。不料座中有鄭璠子鄭遐，聞說怒，與張逢成仇。後張逢改姓名，遁去。整個情節跌宕曲折，甚有奇趣。

　　由以上論述，生命變形是一種人生幻想之運用，其目的是使人類之精神，從危急、恐懼中解脫出來，開拓新機。如《山海經》中，夸父化為鄧林；精衛不死填海等，都是透過變形，轉化生命。不論是狐變形為人、人變形為魚、人變形為虎，都可以在人之生命陷入危機時，以變形化解對生命之恐懼。如同佛教之論述，人在死後，可經由六道輪迴，銜接來世。使人類從今生之絕望，轉變為對來世之憧憬。此種表現法，使人們對生命之意義，會有更深一層之認識。

---

[351] 同上註，卷 471，頁 201。

四、敦煌佛教變文對生命之看法

佛教在宗教之意義上，多探討生命之意義，尤其是因果、緣起、生命無常、生死輪迴等問題，必須將此思想傳揚給民眾。因此在唐代文學上，變文之體裁應運而生。變文是寺院僧侶向民眾作通俗宣傳之文體，不論把經文轉變為通俗易懂之文體，或者將民間傳說、歷史故事融入佛教教義，以達到向民眾宣揚佛教之目的。

一般所說的敦煌變文，實際包括宣講佛經之講經文和變文兩類，取材佛經故事，並逐漸加入我國流傳之民間故事，加以舖陳改寫，使其通俗生動，適合教化社會大眾的文章。最初源於中唐時期各寺院講經說法時，以變文與變相圖配合說明、講唱，教化大眾，是唐代以來受佛教影響而流行之說唱文學作品。

講經文是向僧徒講解經文，不如變文成為唐朝民間說唱文學之主要形式，唐人詩文中常提到講變文之情況，如韓愈〈華山女〉詩形容其盛況云：「街東街西講佛經，撞鐘吹螺鬧宮庭。」[352] 在佛教俗講流行之同時，民間藝人也採用變文之形式講唱故事。唐・王建〈觀蠻妓〉詩云：「欲說昭君斂翠蛾，清聲委曲怨於歌。」[353] 可見當時通俗說唱，不但有說、有歌、有表情，而且有畫幅配合，正像佛教之變文，往往與變相圖配合一樣，其目的是讓觀眾在聽故事時，還能從圖畫裏得到印證。

變文是完整地敷演佛經中之故事，不像講經文那樣分段引用經文，而後加以解說。其後逐漸轉變，成為民間曲藝，內容也擴展到宗教以外。段成式《酉陽雜俎》提及當時有所謂「變場」，當是表演「轉變」之專□場所。表演

---

[352] 《韓昌黎詩繫年集釋》，卷 341，頁 3823。

[353] 《王建詩集校注》，卷 9，頁 385。

者最初可能是僧侶居多，其後民眾大量參預，如唐詩所提及者，講唱變文者皆屬女藝人，可見它後來已經完全轉型為世俗化之文學。

變文是在民間曲藝講唱「轉變」時，配合故事性圖畫演出所用之底本。對「變」字之解釋，歷來有多種不同之見解和推測，或認為是梵文圖畫（citra）之音譯，或認為是神通變化，或認為是佛教語「因緣變」之簡稱，迄無定論。一般是用講一段唱一段之形式，引導觀眾觀看圖畫，邊聽說白，宣傳佛經中之神變故事。

變文之文辭是韻、散相雜；唱詞則有七言、六言、或三、三、七為一句。說唱時配合相應之圖畫，稱為變相。圖畫幾幅一組，連綴成一卷，一卷稱為「一鋪」。〈王陵變〉中有「從此一鋪，便是變初。」之言。隨故事之進展，說唱者捲動畫卷，變換畫面。晚唐詩人吉師老〈看蜀女轉昭君變〉一詩，傳神地描繪了一個蜀中女藝人轉動畫卷，富有表情地說唱〈王昭君變文〉時之情景：

> 妖姬未著石榴裙，自道家連錦水濆。檀口解知千載事，清詞堪歎九秋文。翠眉顰處楚邊月，畫卷開時塞外雲。說盡綺羅當日恨，昭君傳意向文君。[354]

由唐代詩文材料證明，不論僧、道、俗家，皆可演唱變文，男女皆可表演，所演之內容，有宗教故事，如佛教、道教和神話故事，也有歷史故事，民間傳說，都充滿想像力。甚至上天下地，馳騁於虛無縹緲之玄怪世界。如〈妙法蓮花經講經文〉、〈維摩詰經講經文〉。後者直接講唱佛教故事，不引經文，如〈降魔變文〉、〈大目乾連冥間救母變文〉，主要宣傳佛教教義，充滿因果報應、地獄輪迴、人生無常等思想，同時夾雜「居家盡孝，奉國盡忠。」[355]

---

[354] 《全唐文》，卷 774，頁 8771。

[355] 黃徵、張湧泉校注：《敦煌變文校注》，（北京：中華書局，1997），卷 4，頁 552。

及「在家從父，出嫁從夫，夫死從子。」[356] 等傳統道德觀念。其幻想之豐富，可謂在當時其他通俗文學之上。

(一)〈伍子胥變文〉

　　〈伍子胥變文〉是我國較早也較完整之說唱文學作品。依據《左傳》、《呂氏春秋》、《史記》、《吳越春秋》等史書之記載，經過民間藝人反復傳唱、加工潤色而成。敘述楚平王荒淫無道，奪子妻為妃，並殺害忠言相諫之伍奢和其子子尚。伍子胥歷經艱難險阻，亡命吳國，借兵復仇。後因吳王夫差聽信讒言，伍子胥遇害。

　　〈伍子胥變文〉之內容，塑造伍子胥等不貪富貴，不避誅戮，不畏強暴、堅毅不屈之悲劇形象。一面揭露楚王荒淫殘暴之罪行，一面突顯伍子胥報仇之決心。其中還夾敘浣紗女、漁父幫助子胥逃亡之經過。把民眾之反抗暴君、同情忠臣義士之思想，與英雄之患難聯繫起來，寫得悲愴動人：

> 悲歌已了，由(猶)懷慷慨，北背楚關，南登吳會。屬逢天暗，雲陰靉靉。失路傍徨，山林摧滯。怪鳥成群，蟲狼作隊，禽號姓姓，獸名狒狒。忽爾心驚，拔劍即行。〔匣中光出，遍野精明，中有日月，北斗七星。〕心雄燥烈，不懼千兵。[357]

　　〈伍子胥變文〉使用大量通俗之文言文，少量口語，且雜有許多駢文，明顯地表現出變文與辭賦之密切關係。如寫伍子胥奔吳途中為江所阻，云：

> 唯見江潭廣闊，如何得渡！蘆中引領，回首寂然。不遇泛舟之賓，永絕乘楂之客。唯見江烏出岸，白露鳥而爭飛；魚鱉縱橫，鸕鴻芬（紛）

---

[356] 同上註，頁 484。

[357] 同上註，卷1，頁 10。

泊。又見長洲浩汗，漠浦波濤，霧起冥昏，雲陰靉靆。樹摧老岸，月照孤山，龍振鷩鷩，江沌作浪。若有失鄉之客，登岫嶺以思家；乘槎之賓，指參辰而為正。

在記述伍子胥逃亡時，用「晝地戶天門」之術躲避追捕，近乎異人術士，有損於人物形象之完整；子胥和妻子相見時的答對，用中藥名稱，如蜈公、貝母、金牙、支子、劉寄奴、徐長卿、懸腸、續斷、巴戟、柴胡、鍾乳、半夏，鬱金、石膏、羊齒等做雙關語，無法理解，近乎隱語，又如文字遊戲：

> 余乃生於巴蜀，長在蓳鄉，父是蜈公，生居貝母。遂使金牙採寶，支子遠行。劉寄奴是余賤朋，徐長卿為之貴友。共渡蘘河，被寒水傷身，二伴芒消，唯余獨活。每日懸腸續斷，情思飄颻，獨步恆山，石膏難渡。披岩巴戟，數值柴胡，乃意款冬，忽逢鍾乳。留心半夏，不見鬱金。余乃返步當歸，芎窮至此。我之羊齒，非是狼牙。桔梗之情，願知其意。[358]

〈伍子胥變文〉之內容與史實有所出入，乃因變文為民間傳唱之文，難免會穿插一些有宣傳佛教教義之內容，變文作者也企圖塑造伍子胥之形象，成為一位大智大勇大忠之治國長材，將佛教因果報應之思想，及懲惡揚善之主題，加以宣揚。伍子胥是加以神話之正義之人物，民眾願意獻出自己之性命，來幫助伍子胥打倒暴君，這些正是唐代民眾在經歷苦難後，在心理上必須撫慰傷痛之心理，用快意恩仇之方法，達到變文期望之效果。

(二)〈降魔變文〉

〈降魔變文〉出自《賢愚經》，寫佛弟子舍利弗與外道六師鬥法。六師先

後變出頂侵天漢之寶山，瑩角驚天之水牛，口吐煙雲之毒龍、鬼怪等，一一為舍利弗變出之金剛、獅子、白象、金翅鳥、毗沙天王等破滅，其中有不少想像瑰奇之描繪。如：

> 舍利弗見池奇妙，亦不驚嗟。化出白象之王，身軀廣闊，眼如日月，口有六牙。每牙吐七枝蓮花，華上有七天女，手搯弦管，口奏弦歌，聲雅妙而清新，姿逶迤而姝麗。象乃徐徐動步，直入池中，蹴踏東西，迴旋南北。以鼻吸水，水便乾枯，岸倒塵飛，變成旱地。於時六師失色，四為驚嗟。合國官僚，齊聲歎異處。[359]

(三)〈王昭君變文〉

〈王昭君變文〉敷演昭君出塞之故事。今存敦煌寫卷中，編號為 P2553（法藏伯希和二五五三號卷子），分為上下兩卷，其中上卷開頭部分殘缺。只存昭君北行到達匈奴一段，下卷述昭君在匈奴立為皇后，但她眷戀漢地，鬱鬱而終，最後是哀帝派使者和單于之問答，以及使者在青塚之弔祭。

這段故事是唐代民間藝人以正史、雜史、雜傳及文人之詩騷作為素材，綜合前代民間之傳說，對昭君故事進行再創造之文學作品。文中加入東晉葛洪《西京雜記》及《世說新語‧賢媛》之記載，虛構王昭君與畫工之瓜葛，畫工毛延壽、陳敞等人貪汙受賄，畫圖不真，以致漢元帝誤將昭君賜給匈奴之情節。文中對塞外風貌和昭君懷念故國之感情，都有生動之描寫。

依據班固《漢書‧元帝紀》：「竟寧元年春正月，匈奴呼韓邪單于來朝。詔……賜單于待詔掖庭王檣為閼氏。」[360]《漢書‧匈奴傳下》記載：「單于卒，單于從顓渠閼氏計，立雕陶莫皋，約令傳國與弟。呼韓邪死，雕陶莫皋立……

---

[359] 同上註，卷4，頁552。
[360] 《漢書》，卷9，頁297。

復妻王昭君，生二女。」[361] 南朝・劉宋《後漢書・南匈奴傳》：「呼韓邪死，其前閼氏子代立，欲妻之，昭君上書求歸，成帝勅令從胡俗，遂復為後單于閼氏焉。」[362]

　　昭君嫁到匈奴後，為呼韓邪單于生兩子；《後漢書》言呼韓邪死後，又被迫從胡俗，再嫁前閼氏之子，與《漢書》則言再嫁其弟之記載有所不同。〈王昭君變文〉中，昭君入蕃後，演變成厭胡思漢、抑鬱悲痛，終至含恨而死之歷史悲劇。

　　唐朝中期，經過安史之亂後，百姓流離，國力衰微。西部吐蕃政權乘虛進攻河西地區，涼州、甘州和肅州等地相繼淪陷。此後七十多年，吐蕃統治之河西地區，民間藝人用滿腔熱淚，創作出〈王昭君變文〉。變文中借昭君出塞之歷史故事，描述昭君嫁到塞外後之生活處境與情感狀態，因為身處異邦，思念故土，積思成疾，身埋黃沙，獨留青塚向黃昏。

　　當時淪陷區人民之命運，與昭君非常相似，變文反映敦煌百姓對昭君命運之深深同情，也寄託了淪陷區人民對唐王朝之思念。唐杜甫〈詠懷古跡〉、李白〈王昭君〉、王建〈觀蠻妓〉、李賀〈許公子鄭姬歌〉吉師老〈看蜀女轉昭君變〉等唐代詩篇的屢次提及。李白〈王昭君二首〉其一：

　　　　漢家秦地月，流影照明妃。一上玉關道，天涯去不歸。漢月還從東海出，明妃西嫁無來日。燕支長寒雪作花，蛾眉憔悴沒胡沙。生乏黃金枉圖畫，死留青塚使人磋。[363]

　　杜甫〈詠懷古跡〉之三：

　　　　群山萬壑赴荊門，生長明妃尚有村。一去紫台連朔漠，獨留青塚

---

[361] 同上註，卷 94 下，頁 3807。

[362] 南朝・劉宋・范曄：《後漢書》，（臺北：鼎文書局，1975），卷 89，頁 2939。

[363] 《李白詩校注》，卷 4，頁 298。

向黃昏。畫圖省識春風面，環佩空歸夜月魂。千載琵琶作胡語，分明怨恨曲中論。[364]

詩人們對王昭君遠嫁邊塞、悲痛病逝、獨留青塚之命運，表示深切之同情和慨歎。

(四)〈孟姜女變文〉

〈孟姜女變文〉是敘述孟姜女哭倒長城之民間傳說。相傳孟姜女是秦始皇時齊地之女子，在新婚之夜，丈夫萬杞良被抓去修長城。孟姜女不遠萬里，為丈夫送禦寒之衣物，來到長城，被告知丈夫已經死了，屍體被埋在長城下。「大哭即得長城倒。」[365] 咬指取血，於骷髏堆裏找到丈夫之屍骨，祭拜後背負回家。

有人認為孟姜女故事來自《左傳‧襄公二十三年》中，齊國武將杞梁之妻，無名無姓，稱為杞梁妻。

齊侯歸，遇杞梁之妻於郊，使弔之。辭曰：「殖之有罪，何辱命焉？若免於罪，猶有先人之敝廬在，下妾不得與郊弔。」齊侯弔諸其室。[366]

即杞梁之妻要求齊侯在宗室正式弔唁杞梁。其中既沒有「哭」，也沒有長城或者城牆、更無「城崩」、「投水」等情節。《禮記‧檀弓下》記曾子提到「杞梁死焉，其妻迎其柩於路，而哭之哀。」[367] 劉向《說苑‧善說篇》加上「崩城」之內容：「昔華舟、杞梁戰而死，其妻悲之，向城而哭，隅為之崩，城為

---

[364] 《杜詩詳注》，卷 17，頁 1503。

[365] 《敦煌變文校注》，卷 1，頁 60。

[366] 《左傳正義》，卷 35，頁 603。

[367] 《禮記正義》，卷 9，頁 191。

之陁。」³⁶⁸

劉向《列女傳・杞梁妻》加上「投淄水」情節：

> 杞梁之妻無子，內外皆無五屬之親。既無所歸，乃就其夫之屍於城下而哭之，內誠動人，道路過者，莫不為之揮涕，十日而城為之崩。……乃枕其夫屍於城下而哭之，內誠感人，道路過者莫不為之揮涕。十日城為之崩。既葬，曰：「我何歸矣？……亦死而已。」遂赴淄水而死。³⁶⁹

唐代貫休詩〈杞梁妻〉首次將故事時間移動到秦代，並將「崩城」變成「崩長城」：

> 秦之無道兮四海枯，築長城兮遮北胡。築人築土一萬里，杞梁貞婦啼鳴鳴。上無父兮中無夫，下無子兮孤復孤。一號城崩塞色苦，再號杞梁骨出土。疲魂飢魄相逐歸，陌上少年莫相非。³⁷⁰

詩中所敘述之內容，和變文中之故事，相差不遠。不過，其中有一段描寫孟姜女在長城下與骷髏之對話，深刻地揭露繁重之徭役，帶給人民無數苦難，設想十分奇特：

> 更有數個髑髏，無人搬運，姜女悲啼，向前借問：「如許髑髏，佳俱（家居）何郡？因取夫迴，為君傳信。君若有神，兒當接引。」髑髏既蒙問事意，已得傳言達故里。魂靈答應杞梁妻：「我等並是名家子，被秦差充築城卒，辛苦不禁俱役死。鋪屍野外斷知聞，春冬鎮臥黃沙

---

³⁶⁸ 劉向：《說苑今註今譯》，（臺北：臺灣商務印書館，1979），卷11，頁361。

³⁶⁹ 黃清泉注譯：《新譯列女傳》，（臺北：三民書局，2003），卷4，頁202。

³⁷⁰ 《全唐詩》，卷826，頁9304。

裏。為報閨中哀怨人，努力招魂存祭祀。」[371]

(五)〈董永變文〉

　　〈董永變文〉[372] 英國倫敦收藏的敦煌遺書 S2204，〈董永變文〉自發現以來，由於「董永至孝感天」與「董仲尋母」雙重結構之展示，曾引起一些學者關注董永故事之演變，以及董仲尋母故事之佛教淵源。

　　據《法苑珠林》卷六十二，董永故事最早見於劉向《孝子傳》，敦煌發現句道興抄本《搜神記》中，則說出自劉向《孝子圖》，二者之情節與變文大體吻合，但檢《漢書・劉向傳》和〈藝文志〉，卻無記載《孝子傳》或《孝子圖》。而後世所以將《孝子傳》、《孝子圖》之作者加之於劉向，大概是因為他曾編過《列女傳》之關係。其後三國魏・曹植〈靈芝篇〉詩、晉・干寶《搜神記》、南朝宋・鄭緝皆提及《孝子傳》；《太平廣記》卷五十九亦載記述董永孝感遇仙之故事，云出《搜神記》；唐五代之際，杜光庭《錄異記》曾提及董永之子董仲事蹟；北宋《太平御覽》徵引過託名西漢・劉向《孝子圖》所記董永故事；敦煌遺書中，有《搜神記》和《孝子傳》兩書殘部，都有董永之故事。自六朝以來，中國志怪小說興起，與印度佛教文學之傳入關係很大。使人們相信董永故事應該產生在晉代。

　　一般認為，董永實有其人，認為他是後漢人，但於正史無徵，其行事均見於小說雜錄。所以，董永其人未必真有，可視為小說家之言。

　　敦煌文獻中有唐末寫本〈董永變文〉、句道興撰《搜神記》、《故圓鑒大師二十四孝押座文》皆有記載董永及其子董仲兩代之故事；其內容強調一個孝字，同時也把中國傳統之倫理觀與印度佛教之善惡報應理論結合起來，敘述孤兒、至孝、感天之內容，讀來如同一首敘事詩，與其他變文不同之處，是

---

[371] 《敦煌變文校注》，卷1，頁60。

[372] 同上註，頁174。

只唱不說，其說之部分可能已散佚，若從唱之部分來看，應受佛教俗講之影響。

(六)〈廬山遠公話〉

〈廬山遠公話〉在敦煌原編號為斯二零七三，是目前敦煌話本中，保存最完整，且又明確題為「話」之寫本，收藏於倫敦大英博物館中，由日本學者矢吹慶輝整理，收入《大正藏新修大藏經》第八十五冊，題為「惠遠外傳」。

慧遠（334～416），俗姓賈，并州雁門樓煩縣（今山西寧武附近）人，前往太行山聽道安法師講般若經，東晉孝武帝太元三年（378），襄陽為前秦符堅攻陷，道安法師為前秦所擄，其徒慧遠帶眾遠行。三年後，在廬山組織白蓮社，故稱廬山慧遠。為佛教中觀般若學大師，亦是淨土宗初祖。

〈廬山遠公話〉敘述東晉名僧慧遠修道學佛之歷程，但除了慧遠家住雁門，後至廬山東林寺出家，又與道安論法之外，又增添部分情節，如白莊劫寺、遠公被擄為奴、賣身為僕、遠公與道安輩份更改，慧遠成道安長輩，對道安形象貶抑等，都是作者虛構之事。在佛教徒來說，出家人不打誑語，但文學作品中之小說、變文，本多虛構之情節，故在研究慧遠之生平時，不可以此文作為論據。變文中之情節，亦不可作為慧遠生平之依據。

其他如〈王陵變文〉[373] 原題為〈漢將王陵變〉，取材於《漢書·王陵傳》，寫漢將王陵之母不畏項羽脅迫，伏劍自刎之故事，寫出了王母具有不懼強暴、大義凜然之氣節。

〈張議潮變文〉[374] 寫唐末沙州愛國將領張議潮等領導人民起義、趕走了吐蕃和回鶻守將，收復河湟地區之故事。作品雖已殘缺，但仍表現民間對邊塞英雄之崇敬，以及反抗暴政之精神。

〈張淮深變文〉[375] 寫唐朝使者到了沙州，歎念敦煌雖「百年阻漢，沒落

---

[373] 同上註，頁 128。

[374] 同上註，頁 180。

[375] 同上註，頁 191。

西戎。」而「人物風華，一同內地。」左右從人感動得無不悽愴，文中通過人物和環境之渲染，流露河西人民之愛國思想。以上所舉三篇變文，是將歷史故事說唱給民眾聽，若不涉及佛教教義，亦能使變文之內容變為多樣性，只要能吸引大量聽眾，對佛教之傳播，亦能引起廣大之迴響。

　　以上論述，說明佛教為宣揚其教義，產生變文之通俗文體。而佛教教義以闡釋生命為主，尤其是人生無常、解脫煩惱、輪迴轉世等思想，是其重要之教義。故在唐代變文中，〈廬山遠公話〉敘述佛教大師慧遠之生平；〈張議潮變文〉、〈張淮深變文〉則介紹沙州之歷史人物；〈董永變文〉強調董永尋母之孝道，表示佛教是重視孝道之宗教；〈孟姜女變文〉敘述孟姜女哭倒長城，強調佛教對家庭倫理之重視；〈王昭君變文〉反映敦煌百姓對昭君命運之深深同情，也寄託了淪陷區人民對唐王朝之思念；〈降魔變文〉寫佛弟子舍利弗與外道六師鬥法勝利之故事，強調佛教具有降魔之法力；〈伍子胥變文〉是將歷史人物伍子胥，塑造成一位大智大勇大忠之人材，以宣揚佛教因果報應，懲惡揚善之思想。

第七章　唐代儒士與佛僧道士之生命思想

一、唐代儒士之生命思想

　　一般都認為唐代佛道盛行，是因為佛教重視生死輪迴，道教祈求長生不死，帝王擁有天下，為自己之生死打算，或為死後之歸趨思考，是自然之事。至於儒學是否衰微？細加推究，唐代之儒學，仍舊在繼續發展，唐代帝王也重視儒學。因為儒學關係到治國。重用儒士，就是要擇取治國之良才。唐代即使佛道興盛，科舉制度並未荒廢，明經科仍是無數儒生入仕之途。尤其在高宗、武后時期，科舉制度漸臻完善，人才輩出，名相紛出，甚至太宗朝有貞觀之治，高宗朝有永徽之，至玄宗朝有開元之治，不可不歸功於儒學。其後經歷安史之亂、黃巢之亂等災亂，學校在戰亂中遭到摧毀。儒學要興盛，十分艱辛。幸賴當時佛道興盛，許多寺院及私人書院負起教育重任之下，儒學獲得新生。

(一) 儒家從陰陽化育闡釋生命之構成

　　儒家之孔子，罕言性與天道，但儒家從生命之根源探討，認為生命之根源是天道。《周易‧繫辭傳下》云：「天地之大德曰生。」[1]《周易‧繫辭傳下》

---

[1]《周易正義》，卷8，頁166。

云：「天地絪縕，萬物化醇。男女構精，萬物化生。」[2] 故人類屬陰陽之精合成。此陰陽化育之生機，就是天道。

天地有一定之地位，《周易‧繫辭傳上》云：「天尊地卑，乾坤定矣。」[3] 天地之道，即陰陽之道，故《周易‧繫辭傳上》云：「一陰一陽之謂道，繼之者善也，成之者性也。」[4] 陰陽之道是善道，陰陽結合，才能繁衍萬物，是宇宙化育萬物之根性，而此性始於陽，成於陰。《易經‧繫辭傳上》云：「乾道成男，坤道成女，乾知大始，坤作成物。」[5] 生命之創造，從陽性開端，陰性合成，是一種天地之道。《周易‧乾卦‧彖辭》云：「大哉乾元，萬物資始，乃統天。」[6]《周易‧序卦》亦云：

> 有天地然後有萬物，有萬物然後有男女，有男女然後有夫婦，有夫婦然後有父子，有父子然後有君臣，有君臣然後有上下，有上下然後然後禮義有所錯。[7]

《周易‧序卦》是從天地萬物男女等生命之繁衍生殖，推演出人類之倫常關係，包括父子、夫婦、君臣之三綱，禮義由此而產生。

漢儒董仲舒以天人合一，陰陽化育之理，將人之生理與天道配合，構成天人感應之生命論。《春秋繁露‧陰陽義》云：

> 天地之常，一陰一陽。陽者天之德也，陰者天之刑也。……天亦有喜怒之氣、哀樂之心，與人相副。以類合之，天人一也。[8]

---

[2] 同上註，頁 171。

[3] 同上註，卷 7，頁 143。

[4] 同上註，頁 148。

[5] 同上註，頁 144。

[6] 同上註，卷 1，頁 10。

[7] 同上註，卷 9，頁 187。

[8] 《春秋繁露》，卷 12，頁 774。

董仲舒所謂之天德、天刑，即生命之根源。依此論述，人之生理組織與
自然現象相合而為一。《春秋繁露‧人副天數》云：

> 唯人獨能偶天地。人有三百六十節，偶天之數也；形體骨肉，偶
> 地之厚也。上有耳目聰明，日月之象也；體有空穿理脈，川谷之象也；
> 心有哀樂喜怒，神氣之類也。[9]

淮南子劉安也認為天地為一大宇宙，人生為一小宇宙。《淮南子‧精神訓》
云：

> 頭之圓也象天，足之方也象地。天有四時、五行、九解、三百六
> 十六日，人亦有四肢、五藏、九竅、三百六十節，天有風、雨、寒、
> 暑，人亦有取、與、喜、怒。故膽為雲，肺為氣，肝為風，腎為雨，
> 脾為雷，以與天地相參也，而心為之主。是故耳目者，日月也；血氣
> 者，風雨也。[10]

東漢王充主張天地化育生命本於陰陽，陰陽屬元氣，故《論衡‧言毒篇》
云：「萬物之生，皆稟元氣。」[11] 又〈訂鬼篇〉云：「夫人所以生者，陰陽氣
也。陰氣主為骨肉，陽氣主為精神。」[12]

王充認為陰氣產生形體，屬物質；陽氣產生心靈，主精神。在〈自然篇〉
中有詳細之述說：

> 天地合氣，萬物自生，猶夫婦合氣，子自生矣。……天動不欲以

---

9 同上註，卷 13，頁 697。

10 張雙棣：《淮南子校釋》，（北京：北京大學出版社，1997），卷 7，頁 722。

11 楊寶忠：《論衡校箋》，（石家莊：河北教育出版社，1999），卷 23，頁 725。

12 同上註，卷 22，頁 718。

生物，而物自生，此則自然也。施氣不欲為物，而物自為，此則無為
也。謂天自然無為者何？氣也。恬澹無欲，無為無事者也，老聃得以
壽矣。老聃稟之於天，使天無此氣，老聃安所稟受此性？[13]

　　王充認為陰陽合氣，會化育生命。是先動氣，再有形體。是自然無為，
不是人為造成。如老聃長壽，也是稟之於天地之氣，而有其性。

(二) 初唐儒學復興有助於儒家思想之闡揚

　　唐代儒學沿襲孔孟以來之儒家學說，在政治統一、社會經濟繁榮之條件
下，初唐之君王，即關懷儒學，在政策上提倡儒學，重視修史，認為儒家學
說有助於國家長治久安，故高祖李淵頗好儒臣，武德元年（618），即致力於
復興儒學，《資治通鑑》武德元年（618）五月記載：置國子、太學、四門生
三百餘員，郡縣學亦各置生員。[14]《舊唐書·儒學上》武德二年（619）下詔：

　　　聖德必祀，義存方策。達人命世，流慶後昆。建國君人，弘風闡
　　教，崇賢彰善，莫尚於茲。自八卦初陳，九疇攸敘，徽章互垂，節文
　　不備。爰始姬旦，匡翊周邦，創設禮經，尤明典憲。啟生人之耳目，
　　窮法度之本源，化起《二南》，業隆八百；豐功茂德，冠於終古。暨乎
　　王道既衰，頌聲不作，諸侯力爭，禮樂陵遲。粵若宣父，天資睿哲，
　　經綸齊、魯之內，揖讓洙、泗之間，綜理遺文，宏宣舊制。四科之教，
　　歷代不刊；三千之文，風流無歇。惟茲二聖。道著羣生。守祀不修。
　　明褒尚闕。朕君臨區宇，興化崇儒，永言先達，情深紹嗣。宜令有司
　　于國子學立周公、孔子廟各一所，四時致祭。仍博求其後，具以名聞，
　　詳考所宜，當加爵土。是以學者慕向，儒教斯興。[15]

13　同上註，卷18，頁593。

14　《資治通鑑》，卷185，頁5792。

15　《舊唐書》，卷189，頁4940。

　　詔文中說明儒學可以建國君人，弘風闡教，崇賢彰善。又周公、孔子對禮樂教化之貢獻，令國子監立周公、孔子廟各一所，四時致祭。最後表明復興儒教之立場。

　　《舊唐書‧陸德明傳》記載武德七年（624），唐高祖親臨國子學釋奠，聽三教講論：

> 　　高祖親臨釋奠，時徐文遠講《孝經》，沙門惠乘講《波若經》，道士劉進喜講《老子》，德明難此三人，各因宗旨，隨端立意，眾皆為之屈。高祖善之，賜帛五十匹。……高祖在國學聽三教講論，僧惠乘所講為《金剛經》，高祖曰：「儒、玄、佛義各有宗旨，劉、徐等並當今杰才，德明一舉而蔽之，可謂達學矣。」[16]

　　從表面觀之，唐高祖對儒、釋、道三家並無偏頗，一體視之。其實，高祖較重視儒學，因儒學對治國教化是有積極之功效。從武德九年（626）頒布〈沙汰佛道詔〉可知：

> 　　釋家闡教，清淨為先。遠離塵垢，斷除貪欲。所以弘宣勝業，修植善根。開導愚迷，津梁品庶。是以敷演經教，檢約學徒。調懺身心，捨諸染著。衣服飲食，咸資四輩。自覺王遷謝，像法流行。末代陵遲，漸以虧濫。乃有猥賤之侶，規自尊高。浮惰之人，驅策田產，聚積貨物，耕織為生，估販成業。事同編戶，跡等齊人。進違戒律之文，退無禮典之訓。至乃親行劫掠，躬自穿窬。造作妖訛，交通豪猾。每罹憲網，自陷重刑。黷亂真如，傾毀妙法。譬茲稂莠，有穢嘉苗。類彼淤泥，混夫清水。又伽藍之地，本曰淨居。棲心之所，理尚幽寂。近代已來，多立寺舍。不求閑曠之境，唯趣喧雜之方。繕築崎嶇，薨宇

---

[16] 同上註，頁 4944。

舛錯。招來隱匿，誘納奸邪。或有接近廓邸，鄰邇屠酤。埃塵滿室，膻腥盈道。徒長輕慢之心，有虧崇敬之義。且老氏垂化，本實沖虛。養誌無為，遺情物外。全真守一，是為元門。驅馳世務，尤乖宗旨。[17]

此段詔書，說明佛教本應遠離塵垢，斷除貪欲。弘宣勝業，修植善根，調懺身心，捨諸染著；至於道教，本應沖虛，養志無為。遺情物外，全真守一。但是有許多僧、尼、道士、女冠不能精進，戒行有闕，就令其罷退，各還桑梓。有違制之事，悉宜停斷。京城留寺三所，觀二所，其餘天下諸州各留一所，餘悉罷之。對佛道有嚴厲之遏制措施。

唐太宗深知儒家修身治國之道，並加以實踐。《資治通鑑》貞觀元年記載：「戡亂以武，守成以文。文武之用，各隨其時。」[18]貞觀初年，即主張尊儒崇經之政策。吳兢《貞觀政要‧慎所好》記載，貞觀二年（628），太宗對羣臣言：

> 朕今所好者，惟在堯舜之道，周孔之教，以為如鳥有翼，如魚依水，失之必死，不可暫無耳。[19]

太宗言語中，透露對儒學之重視，該年立孔子為先聖。《貞觀政要‧崇儒學》云：

> 貞觀二年，詔停周公為先聖，始立孔子廟堂于國學，稽式舊典，以仲尼為先聖，顏子為先師，兩邊俎豆干戚之容，始備於茲矣。[20]

---

[17] 《全唐文》，卷3，頁38。

[18] 《資治通鑑》，卷192，頁6030。

[19] 王義耀、郭子建：《貞觀政要譯注》，（上海：上海古籍出版社，2006），卷6，頁103。

[20] 同上註，卷27，頁344。

　　貞觀四年，詔前中書侍郎顏師古於祕書省考訂五經，又詔國子祭酒孔穎達與諸儒撰《五經正義》，統一南北經學。貞觀十一年（637），尊孔子為宣公。

(三) 唐代儒士之心性論

1. 韓愈之「三品說」

　　孟子之後，經過漢魏六朝，儒學不絕如縷，董仲舒天人感應說，將儒學導向讖緯，《呂氏春秋》揉合儒道思想，談性受於天，已非儒家思想；六朝戰亂，清談盛行，葛洪《抱朴子》延年養性說，《列子》順性縱欲說屬道家思想；唐統一天下以後，為求天下安定，初崇道教，以吸引下層百姓，後尊佛教，以團結周邊民族，直到唐太宗李世民、魏徵時，才重視儒學；武氏臨朝時，又重視佛教，直至中唐韓愈，才力斥佛老，高唱儒學，力挽狂瀾於既倒，宋蘇軾稱其「文起八代之衰，道濟天下之溺。」非虛言也。

　　韓愈是理學之先驅，在佛道盛行，儒學衰微之時，力圖恢復儒家之道統。在唐憲宗時，韓愈上表諫迎佛骨入京，被貶至廣東潮洲，又在〈原道〉一文，力闢佛道，則佛道為「夷狄」，表達其崇儒之決心。在心性上，則以「性三品」說為主。見〈原性〉一文：

> 性也者，與生具生也。情也者，接於物而生也。[21]

　　韓愈認為性與生俱有，情則是接觸外物後產生者。由於受情之影響，人性分為三品，其曰：

> 性之品有上中下三，上焉者，善焉而已矣；中焉者，可導而上下也；下焉者，惡焉而已矣。[22]

---

[21] 《韓昌黎文集校注》，卷1，頁11。
[22] 同上註。

　　最上等之人性善；中等之人可以引導至善；也可以墮落至惡；下等之人是惡者。並批評孟子之性善、荀子之性惡、揚雄之善惡混，都流於片面，未能切中人性之深蘊。「皆舉其中而遺其上下者也，得其一而失其二者也。」[23]並批評當時有摻雜佛老思想而言性之人，加以指正。曰：「今之言者，雜佛老而言也。雜佛老而言也者，奚言而不異。」

　　韓愈將孔子言性之三品，可上（中人）、可下（中人）、不移（上智與下愚）三類，變為上焉（善）、中焉（可善可惡）、下焉（惡）三種。其不同者，孔子未直言中人以上是善人，中人以下是惡人。韓愈在〈原性〉中，以性三品論之。在「上焉者，善焉而已矣。」而言，是贊成人性中有先天具有仁義禮智信之善人，與孟子人性本善之說相合；但言「下焉者，惡焉而已矣。」而言，則與荀子人性本惡之說相合。韓愈之說似有揉合孟荀之說無疑。

　　又以韓愈「中焉者，可導而上下也。」之說，則言氣質中等之人，善惡可以引導而改變。此說是否與孟荀之說相違，其實並無矛盾。因為聖人之性善，與斗筲之性惡，已根深蒂固。氣質中等之人經由教育，可以往善方改變，孟子認為人性之惡，是因環境所染，若擴充善端，可以消除惡性；荀子則以隆禮勸學，以化性起偽。兩者皆提出對治之法。韓愈未曾言明，故受宋明以後之學者多所評論。

　　此外韓愈認為地理環境對人之性格、習性，影響亦非常大，在其〈送廖道士序〉一文中云：「衡山以南，必有魁奇忠信材德之民生其間。」[24]又〈送董邵南序〉一文云：「燕趙古稱多慷慨悲歌之士，……矧燕越之士，出乎性者哉！」[25]亦可為「性三品說」增加一項「中人之氣質會地理環境而改變」之理由。

---

[23] 同上註，頁12。

[24] 同上註，卷4，頁150。

[25] 同上註，頁144。

2. 李翱復性說

　　李翱（774～836），字習之，汴州陳留（今河南開封市）人，德宗貞元十四年進士。曾從韓愈學古文，代表韓文平易的一面；韓愈死後，李翱寫祭文悼念其師。文中云：

> 　　貞元十二，兄在汴州。我游自徐，始得兄交。視我無能，待予以友。講文析道，為益之厚。二十九年，不知其久。[26]

　　韓愈為李翱講文析道，對李翱應有深厚之影響。新舊唐書〈李翱傳〉中稱其為儒者，在上皇帝之奏疏中，論陳政事與史事。在李翱之文集中，有反對建造佛寺及為死者作佛事。但在佛教文獻《佛法金湯編》卷九，又有其見藥山惟儼之事，故對李翱崇佛與反佛上有不同之論述。今觀其〈復性書〉上中下三篇分析，在心性方面，仍承襲孔孟之說。其言：

> 　　人之於萬物，一物也。其所以異於禽獸蟲魚者，豈非道德之性全乎哉！[27]

　　又云：

> 　　不專專於大道，肆其心之所為，則其所以自異於禽獸蟲魚者亡幾矣！[28]

　　此與孟子言人與禽獸不同者，在於人有仁義禮智等四端，此四端具道德

---

[26] 《全唐文》，卷640，頁6466。

[27] 同上註，卷637，頁6437。

[28] 同上註。

之善性，說法相同。

李翱又言聖人知人性皆善，故制禮作樂，教人忘嗜欲之心，言行循裡，回歸性命之上。其言云：

> 聖人知人之性皆善，可以循之不息，而至於聖也，故制禮以節之，作樂以和之。……視聽言行循禮而動，所以教人忘嗜欲而歸性命之道也。[29]

前言聖人應指孔子，孔子之道德與天地合其德，日月合其明，故制禮樂以防人受環境習染，昏惑本性。但是性惡之根源為何？李翱提出「情」字，其云：

> 人之所以為聖人者，性也；人之所以惑其性者，情也。……情既昏，性斯匿矣，非性之過也。[30]

情是邪念產生之原因，如果能明照本心，知嗜欲之情非人之本性，就能讓心寂然不動，邪念自然息滅不生，恢復清淨之本性。其云：

> 情者，性之邪也。知其為邪，邪本無有。心寂不動，邪思自息。唯性明照，邪何所生。如以情止情，是乃大情也。情互相止，其有已乎！[31]

邪與妄是使人性染著之原因，也是邪妄之根源，如果讓心寂然不動，本性清明，妄念消滅，就是復性之義，故李翱又云：

---

[29] 同上註，頁 6434。

[30] 同上註，頁 6433。

[31] 同上註，頁 6435。

　　邪與妄則無所因矣。妄情滅息，本性清明，周流六虛，所以謂之
能復其性也。……聖人既復其性矣，知情之為邪，邪既為明所覺矣，
覺則無邪，邪何由而生也？[32]

　　此說與佛教言「自性清淨」之說無異，李翱與韓愈皆力主排佛，而此說
又融入佛教息滅邪妄，達到去嗜欲，性空寂之思想，可知唐代佛學已深入中
國。不過李翱在「其心寂然」上，又云：

　　其心寂然，光照天地，是誠之明也。《大學》曰：「致知在格物」；
《易》曰：「無思也，無為也，寂然不動。感而遂通天下之故。非天下
之至神，其孰能與於此？」……知至故意誠，意誠故心正，心正故身修，
身修而家齊，家齊而國理，國理而天下平，此所以能參天地者也。[33]

　　此說是將佛教性空寂之觀念，以《大學》：「致知在格物」與《易》無思
無為，寂然不動之說相連結。格物可以致知，致知之次第是從意誠、身修、
家齊、國治、到天下平。天下平治，就是天下人無嗜欲之心，寂然不動，與
天地合體之至神境界。

3. 晚唐儒士之心性說

　　晚唐君臣沈溺佛道，南禪風行，皮日休繼承韓愈，推崇儒學，尊奉六經，
重新塑造儒家道統，反對佛學，在《皮子文藪》[34]中推崇孔子：「邁德於百王，
垂化於萬世。」[35]又云：「仲尼之化，不及於一國，而被於天下；不治於一時，

---

[32] 同上註。

[33] 同上註。

[34] 皮日休：《皮子文藪》，（《景印文淵閣四庫全書》，冊 1053）序：「咸通丙戌中，日休射策不
　　上第，退歸州（壽州）東別墅，編次其文，覆將貢於有司。」

[35] 《全唐文》，卷 798，頁 8364。

而霈於萬世。」[36] 又云:「夫仲尼修《春秋》,君有僭王號者,皆削爵為子,況戎狄之道,不能少抑其說耶!」[37]

皮日休認為孔子之道,是可以垂化於萬世之道統,將儒家之傳承,視為正統,佛、道都應該受《春秋》大義制約,加以抑制。甚至在〈移成均博士書〉中,責讓唐朝的教育,還不如西域。並說明儒家之六經:「猶萬物但被元造之化者耶。故萬物但化而已,不知元造之源也。」[38] 天下人都應該受儒家文化之陶冶化育,才能成為知書達禮之人。

皮日休也推崇孟子,在咸通四年(863)〈請孟子為學科疏〉中,建議朝廷在科舉考試中,增加孟子科目:「去莊列之書,以孟子為主。有能通其義者,其科選視明經。」[39] 又云:「臣聞聖人之道不過乎經,經之降者不過乎史,史之降者不過乎子。子不異道者,孟子也。舍是子也,必戾乎經史。」[40]

皮日休試圖將孟子之地位提升至經學,當時雖未採納,但南宋時終將孟子列為經書,朱熹更將孟子列為四書之一,成為科舉考試必考之書。皮日休在晚唐之極力推崇,將有助瀾之大功。

陸龜蒙與皮日休皆以韓愈之傳承者自居,咸通年間,皮日休在〈請韓文公配享太學書〉中云:

> 公之文,蹴楊墨於不毛之地,蹂釋老於無人之境,故得孔道巍然而自正。夫今之文人千百世之作,釋其卷,觀其詞,無不裨造化,補時政,繫公之力也。[41]

---

[36] 同上註,卷 799,頁 8388。

[37] 同上註,頁 8388。

[38] 同上註,卷 796,頁 8350。

[39] 同上註,頁 8350。

[40] 同上註,頁 8350。

[41] 同上註,頁 8349。

皮日休推崇韓愈蹴楊墨，蹂釋老之功，也肯定韓愈在儒學道統之地位。
陸龜蒙則在〈蟹志〉一文中，強調六經之正統性，其云：

> 百家小說，沮洳也。孟軻、荀、揚氏，聖人之瀆也。六籍者，聖
> 人之海也。苟不能舍沮洳而求瀆，由瀆而至於海，士人之智反出水蟲
> 下，能不悲夫！吾以是志乎蟹。[42]

陸龜蒙不僅強調六經，還將六經加以區別，在〈復友生論文書〉一文中
云：

> 六籍中，獨《詩》、《書》、《易象》與魯《春秋經》，聖人之手耳！
> 《禮》、《樂》二記，雖載聖人之法，近出二戴，未能通一純實，故時
> 有齟齬不安者。……區而別之，則《詩》、《易》為經，《書》與《春秋》
> 實史耳。[43]

同為聖人之經書，又細分為經與史。此種對儒學之觀念，對宋代理學中
之儒學思想，應有推動之作用。

皮、陸二人雖然開拓韓愈之思想，但對儒家心性之說，卻未著墨。因此
對晚唐社會之亂局，作用不大。不過，皮日休有《十原系述》，包括〈原化〉、
〈原寶〉、〈原親〉、〈原己〉、〈原弈〉、〈原謗〉、〈原刑〉、〈原兵〉、〈原祭〉、〈原
用〉等十。其中雖有觸及心性，深入探討儒學思想之根源，且模仿韓愈之「五
原」者，如：

> 窮大聖之始性，根古人之終義，其在十原乎？誰能窮理盡性，通

---

[42] 同上註，卷801，頁8414。

[43] 同上註，卷800，頁8403。

幽洞微，為吾補三墳之逸篇，修五典之墮策。[44]

　　但綜括十原之內容，較偏政治、邊防、賦稅、禁軍等現實問題上，或者對傳統倫理道德有所批評，對內在心性之探討，則顯得空泛不實。

(四) 唐代儒士之鬼神觀

　　在生命思想之探討上，鬼神亦是重要之一環。孔子敬鬼神而遠之，又言祭神如神在，都是肯定有鬼神存在。孔子對鬼神之看法，在《中庸》中有詳細之說法：

> 子曰：「鬼神之為德，其盛矣乎！視之而弗見，聽之而弗聞，體物而不可遺。使天下之人，齊明盛服，以承祭祀。洋洋乎，如在其上，如在其左右。《詩》曰：『神之格思，不可度思！矧可射思！』夫微之顯，誠之不可揜如此夫。」[45]

　　孔子對鬼神之形態、功能上，說明鬼神無聲無形，人難以耳聞目睹其存在，然而鬼神又隨處皆能發顯其盛德，使天下之人對之祭拜不已。鬼神之德，體物如在，是其盛德；幽玄莫測，是其隱德。對於「微之顯，誠之不可揜」之義，鄭玄注曰：「言神無形而著，不言而誠。」孔穎達疏曰：「夫微之顯者，言鬼神之狀，微昧不見。而精靈與人為吉凶，是從微之顯也，誠之不可揜者。」
　　《左傳》昭公七年亦有記載：

> 子產曰：「人生始化曰魄，既生魄，陽曰魂；用物精多則魂魄強。是以有精爽至於神明。」[46]

---

[44] 同上註，卷 798，頁 8376。

[45] 《禮記正義》，《中庸》，卷 52，頁 884-885。

[46] 《左傳正義》，卷 44，頁 764。

春秋時代之子產，相信有鬼神存在，而鬼神之產生，歸因於用物精多。唐・孔穎達《左傳正義》闡釋其義云：

> 人稟五常以生，感陰陽以靈。有身體之質，名之曰形。有噓吸之動，謂之為氣。形氣合而為用，知力以此而彊，故得成為人也。此將說淫厲，故遠本其初。人之生也，始變化為形，形之靈者，名之曰魄也。既生魄矣，魄內自有陽氣。氣之神者，名之曰魂也。魂魄，神靈之名，本從形氣而有。形氣既殊，魂魄亦異。附形之靈為魄，附氣之神為魂也。[47]

孔穎達對魄之靈、氣之神又加以解釋：

> 附形之靈者，謂初生之時，耳目心識，手足運動，啼呼為聲，此則魄之靈也。附氣之神者，謂精神性識，漸有所知，此則附氣之神也。是魄在於前，而魂在於後，故云「既生魄，陽曰魂。」魂魄雖俱是性靈，但魄識少而魂識多。《孝經說》曰：「魄，白也。魂，芸也。」白，明白也；芸，芸動也。形有體質，取明白為名。氣唯噓吸，取芸動為義。鄭玄〈祭義〉注云：「氣謂噓吸出入者也。耳目之聰明為魄。」是言魄附形而魂附氣也。人之生也，魄盛魂強。及其死也，形消氣滅。〈郊特牲〉曰：「魂氣歸於天，形魄歸於地。」以魂本附氣，氣必上浮，故言魂氣歸於天；魄本歸形，形既入土，故言形魄歸於地。[48]

人之魂魄與鬼神之關係，《禮記・禮運》云：

---

[47] 同上註。

[48] 同上註。

> 人者，其天地之德，陰陽之交，鬼神之會，五行之秀氣也。[49]

　　人在生時，具天地之德，五行之氣，生活於陰陽交會之天地間，死後則
稱鬼神。鬼神與人之關係，孔穎達認為鬼神就是魂魄，人生時有魂魄，死後
祭祀，則稱鬼神，故云：

> 聖王緣生事死，制其祭祀；存亡既異，別為作名。改生之魂曰神，
> 改生之魄曰鬼。〈祭義〉曰：「氣也者，神之盛也。魄也者，鬼之盛也。
> 合鬼與神，教之至也。」「死必歸土，此之謂鬼。」「其氣發，揚於上。」
> 「神之著也。」是故魂魄之名為鬼神也。〈檀弓〉記延陵季子之哭其子
> 云：「骨肉歸復於土，命也。若魂氣則無不之也。」《爾雅·釋訓》云：
> 「鬼之為言歸也。」《易·繫辭》曰：「陰陽不測之謂神。」以骨肉必
> 歸於土，故以歸言之。魂氣無所不通，故以不測名之。其實鬼神之本，
> 則魂魄是也。劉炫云：「人之受生，形必有氣。氣形相合，義無先後。
> 而此云：始化曰魄，陽曰魂，是則先形而後氣，先魄而後魂。」魂魄
> 之生，有先後者，以形有質而氣無質。尋形以知氣，故先魄而後魂。
> 其實並生，無先後也。[50]

　　孔穎達闡釋《禮記·禮運》之說，認為聖王稱魂魄為鬼神。骨肉必歸於
土，魂氣揚於上，但未言此魂氣之歸宿。
　　中唐韓愈（768～824）認為鬼神是自然界中。無聲、無形者，就是鬼神。
在其〈原鬼〉一文中云：

> 有形而無聲者，物有之矣，土石是也；有聲而無形者，物有之矣，

---

[49] 《禮記正義》，卷 21，頁 432。
[50] 《左傳正義》，卷 44，頁 764。

風霆是也；有聲與形者，物有之矣，人獸是也；無聲與形者，物有之矣，鬼神是也。[51]

　　韓愈雖然認為鬼神無聲與形，卻也承認其客觀地存在，甚至對民眾有賞罰之作用，其〈原鬼〉又云：

民有忤於天，有違於時，有爽於物，逆於倫而感於氣，於是乎鬼有形於形，有憑於聲以應之，而下殃禍焉，皆民之為之也。[52]

　　文中將鬼神視為如天一般，民若有忤天違時之事，鬼能以形聲相應，而下殃禍，可見鬼神行賞罰之事。與孔子之鬼神觀不同，孔子認為：「祭如在，祭神如神在。子曰：『吾不與祭，如不祭。』」[53]孔子祭神時，就像神在那裏。若不參加祭祀，就像為祭拜一樣。孔子對鬼神則是敬而遠之。韓愈在〈答劉秀才論史書〉一文中云：

若無鬼神，豈可不自心慚愧；若有鬼神，將不福人。[54]

　　韓愈認為一個人若做虧心事，沒有鬼神，難道就沒有慚愧之心；若有鬼神，鬼神不會福佑此人。
　　韓愈曾多次祭拜神，在其文集中有祭神之文，如〈潮州祭神文〉、〈袁州祭神文〉、〈祭竹林神文〉、〈柳州羅池廟碑〉、〈祭湘君夫人文〉、〈曲江祭龍文〉、〈祭鱷魚文〉等，祭這些神或龍、鱷魚之原因，一是例行公事，二是不違民俗，三是祈天佑助。如〈祭鱷魚文〉，確實在江邊設祭，祈求鱷魚遠離潮州，

[51] 《韓昌黎文集校注》，卷1，頁15。
[52] 同上註。
[53] 《論語注疏》，卷3，頁28。
[54] 《韓昌黎文集校注》，卷8，頁387。

幫助百姓解決鱷魚之患。其文曰：

> 維年月日，潮州刺史韓愈，使軍事衙推秦濟，以羊一豬一，投惡
> 谿之潭水，以與鱷魚食，而告之曰：「……今天子嗣唐位，神聖慈武。
> 四海之外，六合之內，皆撫而有之。……鱷魚！其不可與刺史雜處此
> 土也！……鱷魚有知，其聽刺史言！潮之州，大海在其南。鯨鵬之大，
> 蝦蟹之細，無不容歸，以生以食，鱷魚朝發而夕至也。……夫傲天子
> 之命吏，不聽其言，不徙以避之，與冥頑不靈而為民物害者，皆可殺。
> 刺史則選材技吏民，操強弓毒矢，以與鱷魚從事，必盡殺乃止。其無
> 悔！」[55]

文中並無祭祀鱷魚之神，而是驅除鱷魚至大海，若不聽將予殺害，以為
偏遠之潮州百姓除害，故此文明屬祭文，實為官吏執行公務所寫之祭文。

〈柳州羅池廟碑〉一文，韓愈作於穆宗長慶三年（823）；而柳州〈羅池
神碑〉立于長慶元年（821）正月。文中韓愈將柳宗元神化，其文云：

> 柳侯，河東人，諱宗元，字子厚。賢而有文章，嘗位於朝，光顯
> 矣，已而擯不用。其辭曰：荔子丹兮蕉黃，雜肴蔬兮進侯堂。侯之船
> 兮兩旗，度中流兮風泊之，待侯不來兮不知我悲。侯乘駒兮入廟，慰
> 我民兮不嚬以笑。鵝之山兮柳之水，桂樹團團兮白石齒齒。侯朝出遊
> 兮暮來歸，春與猨吟兮秋鶴與飛。北方之人兮為侯是非，千秋萬歲兮
> 侯無我違。福我兮壽我，驅厲鬼兮山之左。下無苦濕兮高無乾，秔稌
> 充羨兮蛇蛟結蟠。我民報事兮無怠其始，自今兮欽於世世。[56]

---

[55] 同上註，頁329。

[56] 同上註，卷7，頁284。

文中除用紅荔枝、黃蕉、肴蔬祭拜柳侯之靈外，還稱柳侯乘駒入廟，撫慰民眾。朝出遊而暮歸來，春與猿吟，秋鶴與飛。又能福我、壽我，驅逐厲鬼。將柳宗元予以神格化。

韓愈在憲宗元和十五年（820）七月，任袁州刺史，作〈祭湘君夫人文〉，文中讚頌湘君與湘夫人之德行，也陳述自己近年之行事，及官職之遷調，以感謝神靈之吉卜，並以私錢十萬，修葺二妃之神廟，大振顯君夫人之威神，庇佑當地之居民、行商，也要求民眾前來祭祀，以報答其靈德。其文云：

> 維元和十五年，岁次庚子，十月某日，朝散大夫、守國子祭酒護軍賜金魚袋韓愈，謹使前袁州軍事判官張得一，以清酌之奠，敢昭告於湘君、湘夫人二妃之神。前歲之春，愈以罪犯黜守潮州。懼以譴死，且虞海山之波霧瘴毒為災，以殞其命，舟次祠下，是用有禱於神。神享其衷，賜以吉卜，曰「如汝志。」蒙神之福，啟帝之心，去潮即袁，今又獲位於朝，復其章綬。退思往昔，實發夢寐，凡三十年，於今乃合。夙夜怵惕，敢忘神之大庇！伏以祠宇毀頓，憑附之質，丹青之飾，暗昧不圭，不稱靈明。外無四垣，堂陛頹落，牛羊入室，居民、行商不來祭享，輒敢以私錢十萬，修而作之。舊碑斷折，其半僕地。文字缺滅，幾不可讀，謹修而樹之。廟成之後，將求玉石，仍刻舊文，因銘其陰，以大振顯君夫人之威神，以報靈德；俾民承事，萬世不怠，惟神其鑑之。尚饗！[57]

文中可見韓愈在南方流寓之地袁州禱此二神，並修廟為文，可見其對神明具有誠敬之心，非只祭拜了事。

儒家雖談鬼神，但不如佛道，是因為儒家宗教成分不濃，且其思想以修齊治平、倫理道德為主，不對生死著眼，故在鬼神思想上，雖有解說，卻不

---

[57] 同上註，卷5，頁188。

如佛道之深入透徹。

二、唐代佛教之生命思想

(一) 唐代佛教對生命之闡釋

1. 佛法說現世眾生之相

佛法說現世眾生之相,據《俱舍論》有四類,一為胎生[58],如人類及哺乳動物;二為卵生,如鳥類;三為濕生[59],如蟲類;四為化生,無所依託,依業力忽然出現者,如諸天及劫餘眾生。合稱「四生相」。

此四生相,依其相舍相依之關係,又生六相,依《華嚴經》之說,及法界體同,本無異相,由法入義,遂有六相。一為總相,即一法界體,總攬一切之相;二、別相,即理體雖一,而有種種差別。三為同相,即義理有別,而同一法源起;四為異相,即差別之相;五、成相,即種種緣起,共成法界總相之體;六、壞相:諸法之體,各自住本位,各不相,則總相不成。

依《金剛經》稱四相,為生、住、異、滅。生是法之初,住是生後暫住,異是衰變各異,滅是壞滅。次有果報四相,即生、老、病、死。次有我人四相,一為我相,即實我;二為人相,即實有輪迴六道之自體;三為眾生相,即實有因五蘊而生之體;四為壽者相,即我成就有分限的一期壽命。

《圓覺經》有智者四相,一為我相,即眾生心證涅槃之理,認為實有所得;二為人相,即能持我悟之心;三為眾生相,能持正悟之相;四、壽命相,即超越證悟,不忘能覺之智,潛續於命根之中。

---

[58] 《貝多樹下思惟十二因緣經》,(《大正藏》,713 經),(亦名《十二因緣經》),作「腹生」。

[59] 後魏・菩提流支譯:《十二因緣論》,(《大正藏》,卷32),作「寒熱和合生」。

以上各經所說之相，各有不同。但眾生之相，是世間各種人之面相，且各相皆有其病。若明心見性，就無四相之病，就是初地以上之菩薩。

2. 佛教說人之生死與「三世因果」

佛教對人之生死，主張解脫輪迴，此思想建立在「三世因果」之上。《佛說三世因果經》云：

> 爾時，阿難陀尊者，在靈山會上，一千二百五十人俱。阿難頂禮合掌，繞佛三匝，胡跪問訊：「請問本師釋迦牟尼佛！南閻浮提，一切眾生，末法時至，多生不善。不敬三寶，不重父母，無有三綱，五倫雜亂，貧窮下賤，六根不足，終日殺生害命，富貴貧窮亦不平等，以何果報？望世尊慈悲，願為弟子一一解說。」佛告阿難與諸大弟子言：「善哉！善哉！汝今諦聽，吾當為汝等分明說之。是故世間一切男女，貧賤富貴，受苦無窮，享福不盡，皆是前生因果之報。以何所作故？先須孝敬父母，次要敬信三寶，三要戒殺放生，四要吃齋佈施，能種後世福田。……欲知前世因，今生受者是；欲知……來世因，今生作者是。」[60]

因果報應理論是佛教之基礎。必須深信明瞭因果之理，始可談離生死，超輪迴。《大般涅槃經・遺教品第一》中云：「深思行業善惡之報，如影隨形，三世因果，循環不失。」[61]《觀無量壽經》中云：「深信因果，讀誦大乘。」[62]《大乘大集地藏十輪經》中，佛云：「撥無因果，斷滅善根。」[63]

佛教認為眾生將生死視為無常、痛苦、不自由。而產生之原因，在於無

---

[60]《佛說三世因果經》雖然有偽經之說，但所說三世因果，仍符合佛教之因果論，故仍節錄之。

[61]《大般涅槃經・遺教品第一》，（《大正藏》，冊12），卷39，頁901。

[62] 王月清釋譯：《觀無量壽經》，頁109。

[63]《大乘大集地藏十輪經》，（《大正藏》，冊13），卷7，頁757。

明與貪愛，不明白因果循環之理，而使自身墮入六道輪迴，永遠沉溺於生死苦海。

六道輪迴是說人之靈魂會轉世，現世由前世轉化而來，來世由現世轉化而成，現世苦樂為果，前世善惡為因，形成因果報應之觀念。據波若譯《大乘本生心地觀經》所云：「有情輪迴生六道，猶如車輪無始終。」[64]

六道輪迴中，天道、人道、阿修羅道為「三善道」，畜生道、惡鬼道、地獄道為「三惡道」，凡修行上品十善業者生天道，行中品十善業者生人道，行下品十善業者生阿修羅道，此三道是行善之報應；反之，行上品十惡業者生地獄道，行中品十惡業者生餓鬼道，行下品十惡業者生畜生道，是行惡之報應。眾生依行善惡而生死於六道之中，如車輪之迴轉不已，故《法華經‧序品》云：「六道眾生，生死所趨。」[65]

由上可知，佛教之三世因果論，是以道德上之善惡為基準，行為之善惡，關係到一個人生命轉化之層次，也是塑造未來生命之決定因素。世人因今世善惡不同，果報亦有所不同。現世之富貴，是由前世修善道而來；現世之苦難，是前世行惡道而來。三世因果關係到三世輪迴，所以人當知因果報應之理，為來世之富貴幸福，應在今世多持戒律，多修善業，以待來世少受苦難。隋‧徐同卿作〈通命論〉云：

> 以為儒教亦有三世因果之義，但以文言隱密，理致幽微，先賢由來未所辯立。卿今備引經史正文，會通運命，歸於因果。意欲發顯儒教旨宗，助佛宣揚，導達群品，咸奔一趣。[66]

徐同卿欲會通儒佛，說明二教皆言因果循環之義，並加強眾生瞭解因果對運命之重要性。北京東嶽廟瞻岱門兩旁對聯亦云：「陽世奸雄，傷天害理總

---

[64] 波若譯：《大乘本生心地觀經》，（《大正藏》，冊3），卷3，頁301。

[65] 《妙法蓮華經‧序品》，（《大正藏》，冊9），頁2。

[66] 《大唐內典錄》，（《大正藏》，冊55），頁279。

由己；陰司報應，古往今來放過誰。」聯語警惕人心，發人深省。

3. 涅槃可以解脫生死

　　人在生死輪迴之時，要往三善道，而非三惡道時，必須瞭解涅槃之義。涅槃又稱寂滅、圓寂，就是要滅除煩惱、痛苦，始能達到清淨寂滅之境界。《雜阿含經》云：

　　　　舍利佛謂涅槃者，貪欲永盡，瞋恚永盡，愚癡永盡，一切諸煩惱永盡，是名涅槃。[67]

　　涅槃可以使貪欲永盡，瞋恚永盡，愚癡永盡，一切諸煩惱永盡，是眾生追求之理想境界，又分有依涅槃與無餘涅槃兩種。《中阿含經‧阿伽羅訶那經》云：

　　　　涅槃者，無所依住。但涅槃滅訖，涅槃為最。[68]

　　依涅槃之義，雖已斷盡煩惱，去除生死流轉之因，但業報身仍然存在，還會生死流轉於六道之中，不是徹底之涅槃。如果能做到無餘涅槃，就要達到不生不滅、無餘之涅槃，死後成菩薩、成佛，不再墮入輪迴。

　　要成菩薩、成佛，不再墮入輪迴，必須修持大乘佛教，小乘之聲聞、緣覺無法達到這種境界。唐代天臺宗、三論宗也講《涅槃經》[69]。天臺宗講「諸

---

[67] 《雜阿含經》，（《大正藏》，冊 2），卷 18，頁 126。

[68] 《中阿含經‧阿伽羅訶那經》，（《大正藏》，冊 26），頁 682。

[69] 三論宗在中國之傳承：鳩摩羅什—僧肇—僧朗—僧詮—法朗—吉藏。以緣起性空為根本原理，講《大品般若經》、《中論》、《十二門論》、《百論》，吉藏繼承《涅槃經》之五種佛性說，主張中道為佛性。自羅什、僧肇、僧朗相承以來，以《大品般若經》、《華嚴經》、《法華經》為宗依，至法朗又加《涅槃經》，即有四部大經。見釋德盛「道證法師應邀來東林寺講三論宗」，網路 www.donglin.org。

法實相論」認為一切事物之當體為實相，就寂滅上說，就是涅槃。智顗《金光明經玄義》和灌頂《大般涅槃經玄義》都以不生不滅論涅槃，並強調大涅槃具有法身、般若、解脫三德。法身指真如之理，般若指覺悟之智，解脫指脫離煩惱。智顗《金光明經玄義》云：「三德不生不滅即是三涅槃。」並闡釋其理云：

> 云何涅槃？性淨、圓淨、方便淨是為三，不生不滅名涅槃。諸法實相不可染不可淨，不染即不生，不淨即不滅，不生不滅名性淨涅槃；修因契理，惑畢竟不生，智畢竟不滅，不生不滅名圓淨涅槃；寂而常照，機感即生，此生非生，緣謝即滅，此滅非滅，不生不滅，名方便淨涅槃，當知此三涅槃。不生不滅即是常，常故名樂，樂故名我，我故名淨。涅槃即常樂我淨，即是三德可尊可重故。[70]

智顗認為一切事物生滅無常，不生不滅即是常、樂、我、淨，即是涅槃。諸法實相不可染、不可淨，不染即不生，不淨即不滅，不生不滅名性淨涅槃；惑畢竟不生，智畢竟不滅，不生不滅名圓淨涅槃；緣謝即滅，此滅非滅，不生不滅，名方便淨涅槃。此三種涅槃，為天臺宗對涅槃說之要義。

華嚴宗法藏、澄觀，著重以「圓寂」來界定涅槃之意義，並以功德全備稱圓，以煩惱斷盡名寂。

禪宗，重視自心之解脫，反對在自心之外另求清淨界。慧能敦煌本《六祖壇經‧般若品第二》中云：「善知識，即煩惱是菩提。前念迷即凡，後念悟即佛。前念著境即煩惱。後念離境即菩提。」[71]

慧能認為菩提生於煩惱。眾生與佛之區別，在於迷與悟之差別。涅槃是從煩惱、迷妄中脫卻出來，一種內在自由之境界。黃檗希運禪師在《傳法心

[70]《金光明經玄義》，（《大正藏》，冊39），卷上，頁3。
[71] 李申釋義：《六祖壇經‧般若品第二》，頁66。

要》中云：「前際無去，今際無住，後際無來，安然端坐，任運不拘，方名解脫。」[72]

　　希運禪師認為真心本性能超越一切時空，保持自身絕對不變，而又能隨緣任運，自由自在，是為涅槃境界。也就是說，涅槃實際上是心性本淨之狀態。從這種涅槃理念出發，即是解脫。

　　眾生應該明白，現實世界為欲界，欲界有五蘊，五蘊中，不論色受想行識，都是煩惱之根源；人有六根，接觸到六境，就會有貪欲之心，也是煩惱之根源。煩惱生苦，貪欲生迷，無明生惑，使欲界成為苦界。要解脫苦，斷盡煩惱，必須覺悟，由迷到悟，以絕欲為第一，絕欲可斬斷我執，進入無欲、無情之法界，空界，不受業力牽引，得到解脫。

　　解脫之道，可由戒定慧三學，或八正道著手，八正道中，正語、正業、正命、正精進是修戒，修戒在絕欲，絕欲則六根、六識不起貪著；正精進、正念、正定是修定，修定在絕識；正精進、正見、正思是修慧，修定則由欲界進入法界、空界，大覺大悟，徹底解脫，進入真空妙有之境界。

(二) 唐代佛教各宗在心性上之啟發

1. 佛教視心性為生命之主體

　　佛教是唯心思想之宗教。唐代佛教在心性上，自然也重視心之作用。天臺宗有「心具三千」之說，三千指大千世界，心外無物，心可泛指宇宙萬物，而萬物亦須攝於心中，心與萬物一體，心離萬物，或萬物無心，都不能存在。

　　佛教言性，多指心性，即是眾生心之本性，如言「諸法實相」即是諸法實性。心性是生命之主體，是眾生真正之自我，而此真我稱為法性。一切眾生皆有佛性，但凡聖不同，差異在迷與悟之不同。凡夫受五蘊蔽蓋心性而不顯，如能去除無明，佛性自顯。

---

[72] 黃檗希運禪師：《傳法心要》，（《大正藏》，冊48），頁384。

2. 唐代天臺宗之心性具善惡說

智顗（538～597）世稱智者大師，天臺大師，是中國佛教天臺宗三祖，天臺宗實際創立人。在心性上，認為宇宙一切現象都是具有自性之實相，實相就是一切現象真實之本相。智顗（538～597）《法華玄義》云：

> 大乘經但有一法印，謂諸法實相，名了義經，能得大道。若無實相印，是魔所說。[73]

把早期佛教龍樹《大智度論》之「諸行無常、諸法無我、涅槃寂靜。」[74] 三法印，合為諸法實相一大法印中。

諸法實相之意義，就萬物之本體而言是空。依據佛教之緣起論，一切事物都是因緣和合而生，無自性、無實體，是空。空是實相。就人生之真理而言，早期佛教以苦、集、滅、道四聖諦為實相，智顗以「觀心」為中道。《法華玄義》云：

> 若觀心空，從心所造，一切皆空。若觀心有，從心所生，一切皆有。心若定有，不可令空。心若定空，不可令有。以不定空，空則非空。以不定有，有則非有。非空非有，雙遮二邊。名為中道。[75]

中道是以非空、非有排除對空有兩邊之執著。智顗更深一層，將空、假、中三者合為「一實諦」，三者不相捨離，為萬物之實相。若能圓照其理，就能一心三觀，體悟實相。

天臺宗認為諸法為心所造之幻相，故諸法即實相，即可謂心即實相。智

---

[73] 智顗：《法華玄義》，（《大正藏》，冊33），卷1上，頁779。

[74] 龍樹：《大智度論》，（《大正藏》，冊34），卷22，及《雜阿含經》，卷10。

[75] 《法華玄義》，卷1上，頁685。

顗《法華玄義》云：

> 心如幻焰，但有名字，名之為心。適言其有，不見色質；適言其無，
> 復起慮想。不可以有無思度故，故名心為妙。……心本無名，亦無無
> 名。心名不生，亦復不滅，心即實相。[76]

智顗認為心如虛幻之火焰，不見色質，不可以有無思度之，十分微妙，
而在諸法即實相之體用上，智顗《法華文句》云：

> 體即實相，無有分別；用即立一切法，差降不同。如大地一生種
> 種芽。非地無以生，非生無以顯。尋流得源，推用識體，用有顯體之功
> 效。

諸法與實相是體用關係，諸法是實相外在之表現，實相是本體。若能尋
流得源，推用識體，就能顯其功效。若從事理方面言之，諸法實相是理，諸
法如是相為事。兩者之關係，智顗《法華文句》云：

> 升起者。從無住本立一切法，無住者，理也。一切法者，事也。[77]

無住是無執著之心，是理；以無住為本，確立一切法，是事。由理升起
事，由事顯示理，理不能超然於事外。事理融通，就能自在無礙。

天臺宗認為一切現象都具有自性之實相，實相就是一切現象之當體。眾
生迷於苦道，在生死苦海中流轉，在六道輪迴中嘗盡因果報應，其實眾生之
心，具足一切事物，故智顗云：「明一法攝一切法，謂心是三界無別法，唯是

---

[76] 同上註。
[77] 智顗：《法華文句》，（《大正藏》，冊 34），卷 3，頁 38。

一心作。」[78] 此言眾生之意識，具有佛之知見、覺性，必須開示，以破除迷妄，進入悟之境界，就能具備佛性。

智顗依據《大般涅槃經》，闡述三因佛性思想，認為成佛有三種因，即正因、了因、緣因。眾生同具三因佛性。正因是宇宙萬有本具之正理，了因是能觀悟真理之智慧、緣因是能產生智慧之善行。三因常互相滲融，悉具染淨二性、善惡二性，因此眾生都是性具善惡，三世不能斷盡和改變。

不過，天臺六祖湛然（711～782）認為性惡不能斷離。湛然《止觀義例》中云：「佛本不斷性惡法故，性惡若斷，普現色身從何處而立？」[79] 意指若斷性惡，就難以說明色身之存在，也難以說明「一念三千」之道理。

智顗雖然講一切眾生及佛皆具惡性，但佛能通達性惡之理，就不會為惡所染，並從貪毒中反觀佛道，故智顗在《摩訶止觀》中云：

> 行惡者，執大乘中貪欲即是道，三毒中具一切佛法，如此實語，本滅煩惱，而僻取著，還生結業。[80]

意謂貪欲即是佛道，三毒中已具足一切佛法，行惡者要從貪欲中求佛道，從三毒中求佛法，這種是在惡中修佛法，解悟一念三千之妙境，得到解脫。

湛然吸收《大乘起信論》中之色心不二論，在其《十不二門》中之第一門，論述其意云：

> 色心不二門者，且十如境，乃至無諦，一一皆可總別二意。總在一念，別分色心。……一切諸法，無非心性，一性無性，三千宛然。[81]

---

[78] 同上註，頁37。
[79] 湛然：《止觀義例》，（《大正藏》，冊46），卷上，頁450。
[80] 智顗：《摩訶止觀》，（《大正藏》，冊46），頁136。
[81] 湛然：《十不二門》，（《大正藏》，冊46），頁702。

此言一切諸法，都是一念，分別說之，則是色法與心法，色法與心法都是心性。不論以一念或三千論之，色心不二。至於十如，又稱十如是，《法華經》十如出自〈方便品〉，天臺宗釋十如，認為一切法皆是真如實相，一相如是，二性如是，三體如是，四力如是，五作如是，六因如是，七緣如是，八果如是，九報如是。此釋諸法實相四字，說十如是。

湛然《金剛錍》中，提出無情有性說，其云：

> 我心，比比眾生，一一剎那，無不與比遮那果德身心依正，自他互融，互入齊等。我及眾生皆有此性，故名佛性。其性遍造、遍變、遍攝，世人不了大教之體，唯云無情，不云有性，是故須云無情有性。[82]

文中「遮那」是指毗盧遮那佛之略稱，毗盧遮那佛具足崇高之德行，其法身、應身、報身三身，以及報土皆相即不離，真如遍在。故眾生成佛時，法身遍及一切，其生命與所居住之草木瓦石，山河大地亦同時成佛。由此可知無情有性之意義。

3. 唐代華嚴宗之心性思想

華嚴宗主張萬法圓融無礙，在心性上，主張事事無礙是法界緣起之境界，也稱為《大緣起陀羅尼》，「大」是盛大而無所不包，「陀羅尼」是能持具不失之智慧力。毗盧遮那佛在「海印三昧」中應眾生願望示現之境界，就是法界緣起。「海印三昧」又稱「海印定」，就是佛陀在說《華嚴經》時，所入之三昧，三昧就是定。佛陀在入「海印三昧」時，宇宙整體，不論過去、現在、未來，一切法都印現心中，猶如深淵大海湛然映現一切景象一般，圓融無礙。

華嚴宗三祖法藏（643～712），又稱賢首國師，在《修華嚴奧旨妄盡還源觀》中云：

---

[82] 湛然：《金剛錍》，（《大正藏》，冊 46），頁 782。

> 言海印者,真如本覺也。妄盡心澄,萬象齊現,猶如大海因風起
> 浪。若風止息,海水澄清,無象不現。[83]

「海印三昧」所要顯現之境界,就是真如本覺,真如是這種境界之真理,本覺是心之主體性。本覺與真如是理與心合一,也就是佛之境界。

華嚴宗認為眾生可藉自證自悟,達到最高境界。修持之過程,要瞭解四法界之事法界、理法界、事理無礙法界、事事無礙法界,及法界三觀之真空觀、理事無礙觀、周遍含容觀。現象界之一切存在,都是互相含容,互不妨害,各自存在。

「海印三昧」顯現之無礙,是佛心本來具足之一切功德,事圓滿之緣起。法藏認為一切之緣起,源自法性。法性之緣起,與生死流轉無關,是緣起性空,是無自性,是宇宙圓融之現象論。

明白法界緣起,事事無礙,可以消除眾生之對立、矛盾、苦悶與不安,將佛呈現之種種圓融無礙,將人類帶向慈悲關懷之境界。

法藏以「性起說」為基礎,認為眾生皆有佛性,修善即可成佛。依據其《華嚴一乘教義分其章》云:「此教中除佛一人,餘一切眾生,皆不說有大菩提性。」[84]大菩提性是佛之智慧,一般有情眾生,也有此真如之佛性,故法藏又云:「約終教,即就真如性中立種性故,則遍一切眾生皆悉有性。……一切眾生有涅槃性。」[85]

法藏以為佛教經論中,如《楞伽經》、《勝鬘經》、《大乘起信論》、《寶性論》中,言及真如為佛之種性,此性恆常不變,存在於一切有情眾生中,但也有例外者。法藏《華嚴一乘教義分其章》云:「約始教,即就有為無常中立種性故,即不能遍一切有情故,五種性中即有一分無情眾生。」[86]

---

[83] 法藏:《修華嚴奧旨妄盡還源觀》,(《大正藏》,冊45),頁637。

[84] 《華嚴一乘教義分其章》,《五教章》,(《大正藏》,冊45),卷2,頁485。

[85] 同上註,卷2,頁486。

[86] 同上註,頁485。

　　法藏採用唯識宗之說法，在眾生中，皆以無漏種子為種性，無漏種子能
生菩提，是由因緣和合造成，是屬於有為無常者，非所有眾生普遍具有，約
有一分眾生不具無漏種子，永遠不能成佛。

　　法藏認為眾生之佛性，隨因緣和合而表現染與淨，染是有虛妄煩惱，淨
是恆常不失，但染與淨不即不離，必須要在染淨中成就自性之清淨，其關鍵
在心中是否存在妄念，若能捨離妄念，唯一真如，就能具有佛性。

　　華嚴四祖澄觀（738～838）廣研各宗教義，強調唯心，並以「無住心體，
靈知不昧」說，發揚華嚴學說。其《大方廣佛華嚴經疏》中云：

> 　　心是總相，悟之名佛，成淨緣起；迷作眾生，成染緣起。緣起雖
> 有染淨，心體不殊。[87]

　　文中說明佛與眾生有迷悟染淨之不同，眾生迷於染，佛則悟於淨，至於
緣起雖有染淨，心體不殊，在其《答順宗心要法門》中云：

> 　　至道本乎其心，心性本無住。無住心體，靈知不昧。性相寂默，
> 包含德用。該攝內外，能廣能深。非有非空，不生不滅。[88]

　　澄觀在回答順宗有關佛法心要時，強調華嚴三界唯心之思想，心性原本
無住，隨緣而起，但真知是無念、無分別。靈知不昧是心性之最高境界，無
限深廣，融攝內外，是清淨之心性，非有非空，不生不滅。

　　華嚴五祖澄觀圭峰禪師宗密（780～841），曾隨侍澄觀二年，深得華嚴義
蘊，盛倡教禪一致，並援引《大乘起信論》及《圓覺經》，闡發心性之說。《圓
覺經》是宣說如來圓覺之義理和觀行之法，圓覺意指圓滿之覺性，眾生之靈

---

[87]《大方廣佛華嚴經疏》，（《大正藏》，冊35），卷21，頁658。

[88] 澄觀：《答順宗心要法門》，（《續藏經》，冊4），頁303。

知本覺，如果絕對真心，就能會相歸心，將本體之覺心與現象界之相圓融為一，達到常住清淨之境界。宗密在《原人論·直顯真源第三》中云：

　　　一切有情，皆有本覺真心，無始以來，常住清淨，昭昭不昧，了了常知，亦名佛性，亦名如來藏。[89]

　　宗密認為常住清淨是做到自性清淨，讓自己的真心清淨無垢，恆長久住，昭昭不昧，了了常知，不受無明障蔽，就能進入解脫之境界。

4. 唐代三論宗之心性思想

　　嘉祥吉藏（549～623），是隋代唐初三論宗之祖師與集大成者，因其祖先來自安息國，故又稱胡吉藏。吉藏以大乘空宗之《中論》、《百論》、《十二門論》三部經論為立論依據。闡揚萬物當體性空，無礙緣起之思想。指引眾生當具有性空與緣起不相矛盾之中道佛性之說，由染轉淨，以達到無依無得之境界。此說在強調中道佛性論，在唐代佛教思想中，具有重要之意義。

　　吉藏之中道佛性論，可遠溯印度中觀學派之奠基者龍樹，以一切事物都無自性，否定眾生具有佛性，但眾生心中之阿賴耶識，含藏萬事萬物之種子，會形成宇宙萬物之實有，故又承認眾生可能有佛性。但不要忽視龍樹希望眾生徹底領悟空性，才能去除煩惱和痛苦，徹底解脫之苦心。吉藏則以中道佛性，說明遠離一切分別、執著而無所得為中道。以《中論》中之〈觀四諦品〉：「眾因緣生法，我說即是無，亦為是假名，亦是中道義。」[90] 為中道之真諦，又稱「三是偈」，意指一切事物皆是因緣和合而生，既是自性空無，也是世間之假名，若同屬緣起空無與假名，就是中道。

　　吉藏又藉「八不」、「二諦」之觀念，突顯佛教「中道」觀念不落二邊，獲得正確之認知。《中觀論疏》中云：「中道佛性，不生不滅，不常不斷，即

---

[89] 宗密：《原人論·直顯真源第三》，（《大正藏》，冊45），頁710。
[90] 《中觀論疏》，（《大正藏》，冊42），卷2，頁54。

是八不。」⁹¹ 又云：「離斷常二見，行於聖中道，見於佛性。」⁹²「八不」是觀察事物時，要破除八種邪見，同時，離斷常二見，以體悟不生、不滅，不常、不斷之中道，就能見佛性。「二諦」是真俗二諦，真諦是佛之真理，俗諦是世俗之認知。若言生滅，是俗諦；言不生不滅，則是真諦，而此二諦，應合而觀之，方是中道佛性。故《大乘玄論》中云：「非真非俗中道，為正因佛性。」⁹³

5. 法相唯識宗之心性思想

　　唐法相唯識宗是由玄奘（600～664）、窺基（632～682）創立，其教義主要是繼承印度佛教瑜伽行派之唯識思想，認為萬物都是心識所映象之表象，而眾生分為五種種性，即聲聞乘種性、緣覺乘種性、如來乘種性、不定種性、無種性五種。玄奘在中國亦倡言此說，其中「無種性」之眾生，與天臺、華嚴、禪宗認為眾生皆有佛性之說相違。在《入楞伽經》中有云：

　　　　大慧，何者性無乘？謂一闡提。大慧！一闡提者無涅槃性。何以故？於解脫中不生信心不入涅槃。大慧！一闡提者有二種。何等為二？一者、焚燒一切善根；二者、憐愍一切眾生，作盡一切眾生界願。大慧！云何焚燒一切善根？謂謗菩薩藏作如是言：「彼非隨順修多羅‧毘尼解脫說。」捨諸善根，是故不得涅槃。大慧！憐愍眾生作盡眾生界願者，是為菩薩。大慧！菩薩方便作願，若諸眾生不入涅槃者，我亦不入涅槃，是故菩薩摩訶薩不入涅槃。⁹⁴

　　經中說明一闡提者，焚燒一切善根，不依佛典修持，或因菩薩摩訶薩不

---

91 同上註，頁 21。
92 《二諦義》，（《大正藏》冊 45），卷上，頁 86。
93 《大乘玄論》，（《大正藏》，冊 45），卷 3，頁 37。
94 《入楞伽經》，（《大正藏》，冊 16），卷 2，頁 527。

捨一切眾生，發願諸眾生不入涅槃者，我亦不入涅槃。其實，諸佛如來善知一切諸法本來涅槃，非捨一切善根闡提。若值諸佛善知識等發菩提心，生諸善根，便證涅槃。

　　玄奘在印度留學時，曾作《會宗論》，提出空宗理論與「三自性說」之關係，又提出「三類境說」，發展唯識宗之學說。

　　唯識宗把宇宙萬法分為三種性質，唐代義淨三藏撰有《南海寄歸內法傳》，即稱「相宗以三性為宗」，「三性」，是唯識宗之主要法義，又稱「三自性」、「三性相」，依據《解深密經・一切法相品》云：

　　　　謂諸法相略有三種。何等為三。一者遍計所執相。二者依他起相。三者圓成實相。[95]

　　諸法相包括遍計所執性、依他起性、圓成實性，又可簡稱為「遍依圓」。《大乘入楞伽經》云：「五法三自性，及與八種識，二種無我法，普攝於大乘。」[96] 大乘教義可以匯集在名、相、分別、正智與真如五法，三自性、八識聚、以及人無我、法無我等義之中，涵蓋整個大乘思想。

　　唯識宗之主體思想是「唯識無境」，三界萬法皆由有情眾生各自本具之第八識阿賴耶識（又名一切種子識）所變現。玄奘《成唯識論》云：

　　　　心所法謂心、心所及所變現眾緣生故，如幻事等，非有似有，誑惑愚夫，一切皆名依他起性。[97]

　　又云：

---

[95] 《解深密經》，（《大正藏》，冊16），卷2，頁693。

[96] 《大乘入楞伽經》，（《大正藏》，冊16），卷5，頁620。

[97] 玄奘譯：《成唯識論》，（《大正藏》，冊31），卷8，頁46。

謂有大乘《阿毘達磨契經》中說：「無始時來界，一切法等依；由此有諸趣，及涅槃證得。」此第八識自性微細，故以作用而顯示之。……或復初句顯此識體，無始相續。後三顯與三種自性為所依止。謂依他起、遍計所執、圓成實性，如次應知。今此頌中諸所說義，離第八識皆不得有。[98]

「三類境說」是玄奘堅持「唯識所變」之基礎上，以主觀之心識為本原，強調心識有不同之情況，以致現象也有不同之性質，有真實與虛妄之區別。並提出非常重要之偈頌，其云：「性境不隨心，獨影唯從見。帶質通情本，性種等隨應。」意謂認識之對象都是八識所變現之相分，但由於種子之本體不同，性質也不同。可分為性境、獨影境、帶質境三種。性境是種子升起之諸真法體。玄奘譯《成唯識論了義燈》云：「諸真法體，名為性境，色是真色，心是實心。」[99]又云：「何名性境？從實種生，有實體用，能緣之心，得比實相，名為性境。」[100]性境不隨心，其義在《宗鏡錄》中指性境相分與見分不同種。有云：「言不隨心者，為此根塵等相分，皆自有實種生，不隨能緣隨種生故。」[101]

獨影境單有影像而無本質，由於本身沒有種子，純屬主觀意識所變現之假影像。延壽《宗鏡錄》云：「獨影者，獨者單也，單有影像而無本質，故相名獨。」[102]

帶質境介於性境與獨境之間，依實際之本質與非實際之妄情變現之相分。《成唯識論了義燈》解釋云：「能緣心緣所緣境，有所仗質而不得自性，此之相分判性不定，或從能緣心，或從所緣境。種亦不定。或質同種，或見

---

[98] 同上註，卷3，頁14。

[99] 惠沼：《成唯識論了義燈》，（《大正藏》，冊43），卷1，頁678。

[100] 同上註，頁678。

[101] 延壽：《宗鏡錄》，（《大正藏》，冊48），卷68，頁797。

[102] 同上註，頁797。

同種，或復別種。名帶質通情本。」[103]

「性種等隨應」總結前說，相分與見分，是同是別，是同種生，還是別種生，必須要依據三類關係，做具體判定，不能一概而論。也就是要分別主觀心理與客觀現象間不同之關係。

闡提是指斷善根、信不具足、極欲、大貪、無種性、燒種，無法成佛者。窺基以《入楞伽經》為基礎，提出「三類闡提說」，其《成唯識論掌中樞要》中云：

> 闡提有三：一斷善根，二大悲。三無性。……一因成果不成，謂大悲闡提；二果成因不成，謂有性斷善闡提。三因果俱不成，謂無性闡提。[104]

窺基將闡提分為三類，一，「斷善根」，即斷絕善根之無性闡提，缺乏成佛之因，稱為因成果不成。但若經佛菩薩之威力，續其善根，仍有解脫之可能，稱為大悲闡提；二，「大悲」，為觀音、地藏、文殊等菩薩發願度化眾生，而未能成佛，稱為果成因不成，謂有性斷善闡提。三，「無性闡提」，是因位與果位都無成佛之可能。

6. 禪宗之心性思想

禪宗是由世尊釋迦牟尼佛傳與迦葉，再二十八傳至菩提達摩祖師（生年不詳～卒年一說 536、一說 528），達摩來到中國，居少林寺傳道，成為禪宗祖師。後傳二祖慧可。其臨終付法偈云：「吾本來茲土，傳法救迷情。一花開五葉，結果自然成。」

達摩祖師以心性為其哲學之核心內容，崇奉《入楞伽經》，重視如來藏說，認為一切眾生之煩惱身中，都含藏自性清淨之如來法身，也藏如來之功德，

---

[103] 惠沼：《成唯識論了義燈》，（《大正藏》，冊 43），卷 1，頁 678。

[104] 窺基：《成唯識論掌中樞要》，（《大正藏》，冊 43），卷上，頁 611。

只因妄念覆蓋，沒有顯現而已。故《入楞伽經》云：「雖自性淨，客塵所覆故，猶見不淨。」[105]

在實踐上，菩提達摩推行「理入」，即悟理與修行結合之禪法，著重一衣一缽，一坐一食之頭陀行，過隨緣而住之雲水生活。《入楞伽經》云：「謂我二種通，宗通及言通。說者授童蒙，宗為修行者。」[106] 通是通達之意，禪修者必須通達兩種佛法：一是宗通，指通達佛法中奧妙之宗旨，而獲得證悟；二是言通，指用語言文字，安立名相，向初學者說法教化。

二祖慧可，據道宣《續高僧傳‧慧可傳》[107] 記載：慧可以《楞伽經》作為人生終極關懷和成就解脫之根本。說明眾生之心即是佛，不必另求無餘涅槃。從自我內證智慧，以達到自覺之目標。道原《景德傳燈錄》記載，慧可回答弟子何名佛法時云：「是心是佛，是心是法。法佛無二，僧寶亦然。」[108] 意指佛法僧三寶都是心，可以用心通達三寶，達到成佛之目標。

三祖僧璨之史料極少，《信心銘》可能是繼承前二祖之思想，又吸收道家莊子「逍遙」、「齊物」之思想而成。以「真如法界不二」，及「宇宙本體齊一」為宗旨。《信心銘》開宗明義云：「至道無難，唯嫌揀擇。」[109] 至道不難理解，不執著於妄念、妄見，非有非空，無去無來，歸復自然，以顯現真實之心性。

唐代禪宗從四祖道信（580～651）以後，就擇地開居，營宇立象。長期定居於黃梅。開道場，建寺院，弘法傳道。聚徒數百人，形成山林佛教之禪風。主張「一行三昧」，一行是定，將心定於一處，不使散亂。又提倡念佛，一念佛而成佛，念佛而淨心，就是「念佛三昧」。《文殊師利所說摩訶般若波羅密經》云：

---

[105] 求那跋陀羅譯：《入楞伽經》，（《大正藏》，冊16），頁510。

[106] 同上註，頁503。

[107] 道宣：《續高僧傳》，（《大正藏》，冊50），卷16，頁552。

[108] 道原：《景德傳燈錄》，（《大正藏》，冊51），卷3，頁220。

[109] 僧璨：《信心銘》，（《大正藏》，冊48），頁376。

　　善男子、善女人！欲入一行三昧，應處空閒，捨諸亂意；不取相

貌，繫心一佛。專稱名字，隨佛方所。端身正向，能於一佛念念相續，

即是念中能見過去、未來、現在諸佛。[110]

　　念佛是觀心，觀心可滅盡妄念，以求心地清淨，生無量無邊之功德。經

中又認為真空與妙有不二，要從空寂中顯示真性。

　　《續高僧傳・玄爽傳》敘述道信之禪法：「唯存攝念，長坐不臥，繫念在

前。」[111] 道信教人以心為原，攝念冥想，體會清淨之真心，使妄念不生，就

能達到自性圓滿，解脫成佛。

　　其後，弘忍五祖（601～674）主張「即心是佛」，重視佛法，傾向在《大

乘起信論》之一行三昧，遠離無知之妄念，歸趨於無相之清淨狀態。可謂靜

坐參禪以成佛。《楞伽師資記》即記載弘忍之禪法：「蕭然靜坐，不出文記，

口說玄理，默授於人。」[112]

　　神秀（606～706）早年博覽經史，後出家學佛。約五十歲時，隨弘忍學

禪，成為弘忍門下上首座弟子。神秀尊奉《楞伽經》思想，又以《大乘起信

論》為首要經典，弘揚離念淨心之觀心禪法，但無著作。道原《景德傳燈錄》

中，記載神秀曾說：「一切佛法，自心本有。將心外求，捨父逃走。」[113] 意

謂自心本有佛法，應自悟以成就佛果，不須外求。

　　六祖慧能認為性是生命之本質，一切事物都是自性之顯現，自性可以說

是生命之主體。《六祖壇經・般若品第二》中云：「菩提般若之智，世人本自

有之。」[114] 智慧是人本自有，禪可以保持內在本性之純正，使自我不執著於

外在事物之形相，達到內心之清淨不亂。「但行直心，於一切法，無有執著。」

---

[110] 僧伽婆羅：《文殊師利所說摩訶般若波羅密經》，（《大正藏》，冊8），頁731。

[111] 道原：《續高僧傳》，（《大正藏》，冊50），卷20，〈玄爽傳〉，頁600。

[112] 《楞伽師資記》，（《大正藏》，冊85），頁1289。

[113] 道原：《景德傳燈錄》，（《大正藏》，冊51），卷4，頁231。

[114] 李申釋義：《六祖壇經》，（高雄：佛光山宗務委員會，1996），頁64。

[115] 就是說明性淨自悟之思想。人心本來清淨，但眾生對外境執著，產生妄心。必須去除執著，以直心顯現本心，即能證佛法而成佛。

《六祖壇經》又主張心與性同一，可以互相依存，「性在身心存，性去身心壞。」[116] 只要「識自心眾性，見自心佛性。」[117]「識自心見性，皆成佛道。」[118] 成佛不是另外有一佛身，眾生只要認識自我，回歸本性，便能顯現真如本性。只要在一念之間，滅除無明及妄念，就能頓悟成佛。

由上論述，唐代禪宗雖分五家七宗，枝繁葉茂。但在修持佛法上，都認為眾生都有菩提般若之智，只要認識自心本性，都能證悟成佛。慧能以前，禪家多在真心與妄心上著力，強調去妄存真，以成佛姓。慧能開始主張真心與妄心之統一，甚至直指本心，頓悟成佛，成為晚唐以後禪宗之主流。

(三) 唐代君主崇佛、反佛對生命之激盪

1. 唐朝君主崇佛對生命之激盪

唐朝佛教發展迅速，但也有起伏變化。推其原因，應與王權之扶植或壓制有關。若君主崇佛，對社會、民眾之信仰，就有絕對性之影響。唐朝建國時，聲稱李唐是道教教主老子的後代，使道教得到極高之政治地位與發展。唐高祖武德九年（627），太史令傅奕上〈請除釋教書〉，指責佛教：「不忠不孝……偽啟三途，謬張六道。……竊人主之權，擅造化之功。」[119] 再加上僧人不守戒律，逃避稅賦、繇役，於是下令整頓佛教，京城只可保留三所佛寺，各州則只一所。此令隨李淵退位而未執行。

唐太宗時，佛道並存，但揚道而抑佛。傅奕仍不斷上書，抨擊佛教，並引起一次重大之論爭。僧人法琳甚至要求李世民承認自己是拓跋氏之後，而

---

[115] 《六祖壇經・定慧品第四》，頁 97。

[116] 《六祖壇經・疑問品第三》，頁 90。

[117] 《六祖壇經・咐囑品第十》，頁 219。

[118] 《六祖壇經・般若品第二》，頁 72。

[119] 《全唐文》，卷 133，頁 1347。

不是太上老君。結果法琳入獄,流放益州,死於途中。

　　唐太宗雖然抑佛,但對《遺教經》特別重視,曾頒〈佛遺教經施行敕〉
云:

　　　　往者如來滅後,以末代澆浮,咐囑國王大臣,護持佛法,然僧尼
　　出家,戒行須備,若縱情淫逸,觸塗煩惱,關涉人間,動違經律,既
　　失如來元妙之旨,又虧國王受付之義。《遺教經》者,是佛臨涅槃所
　　說,勸誡弟子,甚為詳要,末俗緇素,並不崇奉,大道將隱,微言且
　　絕,永懷聖教,用思宏闡,宜令所司,差書手十人,多寫經本,務在
　　施行,所須紙筆墨等,有司準備,其官宦五品以上,及諸州刺史,各
　　付一卷。[120]

　　敕文中令所司差書手十人,多寫經本。凡官宦五品以上,及諸州刺史,
各付一卷,以廣宣其中經義。

　　唐高宗武皇后(則天)在佛典中找到女主臨朝之證據,刻意扶持佛教。
認為釋教應在道法之上,所謂緇服處黃冠之前,於是定〈釋教在道法上制〉:

　　　　朕先蒙金口之記,又承寶偈之文,曆教表於當今,本願標於曩劫。
　　大雲闡奧,明王國之禎符;方等發揚,顯自在之丕業。馭一境而敦化,
　　宏五戒以訓人。爰開革命之階,方啟惟新之運,宜葉隨時之義,以申
　　自我之規。雖實際如如,理忘於先後;翹心懇懇,畏展於勤誠。自今
　　已後,釋教宜在道法之上,緇服處黃冠之前,庶得道有識以皈依,極
　　群生於回向。佈告遐邇,知朕意焉。[121]

---

[120] 同上註,卷9,頁109。

[121] 同上註,卷95,頁981。

制文中武皇后（則天）認為佛道二教，同歸於善，同屬一宗，故禁止僧道二教互相毀謗，下〈禁僧道譭謗制〉，有違者需先決杖，即令還俗：

> 佛道二教，同歸於善。無為究竟，皆是一宗。比有淺識之徒，競生物我。或因懟怒，各出醜言。僧既排斥老君，道士乃誹謗佛法。更相訾毀，務在加諸。人而無良，一至於此。且出家之人，須崇業行。非聖犯義，豈是法門。自今僧及道士敢譭謗佛道者，先決杖，即令還俗。[122]

唐高宗、武皇后（曌）為《方廣大莊嚴經》、大周新譯《大方廣佛華嚴經》、《三藏聖教序》、《新譯大乘入楞伽經》等佛典作序，諸多序中，多弘揚佛理，如〈方廣大莊嚴經序〉云：

> 朕爰自幼齡，歸心彼岸，務廣三明之路，思崇八正之門。[123]

又如〈三藏聖教序〉云：

> 朕幼崇釋教，夙慕歸依。思欲運六道於慈舟，迥超苦海；驅四生於彼岸，永離蓋纏。[124]

武皇后說明自幼有皈依佛門，超脫生死苦海之想法。其言《方廣大莊嚴經》云：「菩提了義，其在茲乎。」[125] 言《大方廣佛華嚴經》為：「最勝種智，

---

[122] 同上註，頁983。
[123] 同上註，卷97，頁1001。
[124] 同上註，頁1003。
[125] 同上註，頁1001。

莊嚴之跡既隆；普賢文殊，願行之因斯滿。」[126] 言《新譯大乘入楞伽經》云：

> 《入楞伽經》者，斯乃諸佛心量之元樞，群經理窟之妙鍵。廣喻
> 幽旨，洞明深意。不生不滅，非有非無。絕去來之二途，離斷常之雙
> 執，以第一義諦，得最上妙珍。體諸法之皆虛，知前境之如幻，混假
> 名之分別，等生死於涅槃。大慧之問初承，法王之旨斯發。一百八義，
> 應實相而離世間；三十九門，破邪見而宣正法。曉名相之並假，祛妄
> 想之迷衿，依正智以會如如，悟緣起而歸妙理。境風既息，識浪方澄，
> 三自性皆空，二無我俱泯。入如來之藏，遊解脫之門。[127]

武皇后（則天）認為釋尊揭示五蘊皆空，斷離生死，故禁葬舍利骨，並
頒〈禁葬舍利骨制〉云：

> 釋氏垂教，本離死生，示滅之儀，固非正法。如聞天中寺僧徒，
> 今年七月十五日，下舍利骨，素服哭泣。不達妙理，輕徇常情，恐學
> 者有疑，曾不謗毀。宜令所管州縣，即加禁斷。[128]

武皇后（曌）曾前往少林寺，為追念先祖，故遣三思齎金絹等物資助少
林寺，以增福田。〈賜少林寺僧書〉云：：

> 暑候將闌，炎序彌溽。山林靜寂，梵宇清虛。宴坐經行，想當休
> 愈。弟子前隨鳳駕，過謁鷲岩。觀寶塔以徘徊，睹先妃之淨業。薰修
> 之所，猶未畢功。一見悲驚，萬感兼集。攀光寶樹，載深風樹之哀；
> 弔影珠泉，更積寒泉之思。弟子自惟薄祜，鎮切煢懷。每屆秋期，倍

---

[126] 同上註，頁 1001。

[127] 同上註，頁 1003。

[128] 同上註，卷 95，頁 984。

輒摧心之痛；炎涼遞運，逾添切骨之哀。未極三旬，頻鍾二忌。恨乘時而更恨，悲踐露而逾悲。惟託福田，少申荒思。今欲續成先志，重置莊嚴。故遣三思齎金絹等物往彼，就師平章。幸識斯意，即務修營。望及諱辰，終此功德。所冀罄斯誠懇，以奉津梁。稍宣資助之懷，微慰罃迷之緒。略書不意，指不多云。[129]

　　武則天信仰佛教，〈方廣大莊嚴經序〉中言其：「爰自幼齡，歸心彼岸。」[130] 太宗逝世後，入感業寺為尼二年，高宗即位，又受寵入宮，封后後生李顯，命玄奘取名為「佛光王」，在慈恩寺剃髮受戒。然而唐代因政治需要，尊道教為國教，李耼被尊為唐皇之聖祖，和護國神。唐高祖甚至於武德八年下詔，敘三教先後：

　　　　老教、孔教，此土元基；釋教後興，宜崇客禮。今可先老、次孔、末後釋宗。[131]

　　詔文將佛教排於儒道之後。太宗貞觀十五年（641）五月十四日，幸弘福寺。手製願文中言：「今李家據國，老李在前；若釋家治化，則釋門居上。」[132] 武后要稱帝，必須要崇佛抑道，藉佛教之宗教力量，君臨天下。因此在垂拱四年（688）四月，率群臣「拜洛受圖」，六月又於汜水得刻有〈廣武銘〉之瑞石，銘文中稱武媚娘「化佛空中來」，當為天子。
　　《資治通鑑》天授元年（690）記載，東衛國寺僧法明等撰《大雲經》四卷，表上之：「言太后乃彌勒佛下生，當代唐為閻浮提主，制頒於天下。」[133]

---

[129] 同上註，頁 1000。

[130] 同上註，卷 97，頁 1001。

[131] 此文亦見於《大正藏》，冊 52，唐・道宣：《集古今佛道論衡》，卷丙，頁 2104。

[132] 同上註。

[133] 《資治通鑑》，卷 204，頁 6469。

　　佛教之閻浮提主，即指人世間之主。文中明指武則天當代李唐為天下之主，並指是佛祖之旨意。武則天順水推舟，敕兩京及諸州各置大雲寺一區，藏《大雲經》，使僧升高座講解，其撰疏僧雲宣等九人皆賜爵縣公，仍賜紫袈裟，銀龜袋。次年（691）正式稱帝，宣布「釋教開革命之階，升於道教之上。」[134] 又次年（692）夏四月下詔：「令釋教在道法之上，僧尼處道士女冠之前。」[135]

　　中宗李顯推崇佛教，其因緣是在出生時，高宗在玄奘法師出家為僧時，賜號「佛光王」。李顯早年在玄奘法師教導下成長。長安薦福寺之前身，是李顯封英王時[136] 之宅第，李顯被武則天流放後，改建為薦福寺。中宗復辟後，加以修繕，成為當時之佛教中心。又成立譯經院，敕命義淨法師翻譯《浴象功德經》、《毗奈耶雜事》、《三眾戒經》等二十部經典。中宗流放房州十五年間，潛心佛典，以尋求精神慰藉，聖歷元年（698），中宗被召還東都，立為皇太子。神龍元年（705），張柬之發動政變，逼武則天下台，迎中宗監國，二月即帝位。由此可知中宗崇佛之原因。

　　唐玄宗對儒釋道一視同仁，對佛教亦加護持，曾親自御注《金剛經》云：

> 不壞之法，真常之性，實在此經，眾為難說。且用稽合同異，疏決源流。朕位在國王，遠有傳法，竟依羣請，以道元元。與夫孝經、道經，三教無闕，豈茲密藏能有探詳。所賀知。[137]

　　唐代宗時，曾說明在先朝時，早聞道要，常在內殿執經問道。並追贈不空和尚為肅國公，贈司空，謚曰大辯正廣智不空三藏和尚，其〈追贈不空和尚詔〉云：

---

[134] 《全唐文》，卷97，頁981。

[135] 《舊唐書》，卷6，頁6473。

[136] 高宗儀鳳二年（677），李顯21歲，徙封英王，改名哲，授雍州牧。

[137] 《全唐文》，卷9，頁405。

大興善寺三藏沙門大廣智不空，我之宗師……修持萬行，常示於
化滅。執律捨縛，護戒為儀。繼明善較之志，來受人王之請。朕在先
朝，早聞道要。及當咐囑，常所皈依。每每執經內殿，開法前席。憑
几同膠序之禮，順風比崆峒之問。而妙音圓演，密行內持，待扣如流，
自涯皆悟，滌除昏妄調伏魔冤，天人洗心於度門，龍鬼受職於神印。
固以氣消災屬，福至吉祥。……可開府儀同三司，仍封肅國公，贈司
空，諡曰大辯正廣智不空三藏和尚。[138]

代宗深知佛理，曾作〈密嚴經序〉云：

欽哉密嚴，迹超三有。量同乎法界，相離乎極微。非聲聞之所聞，
豈色見之能見。嘗潔己至妙，允恭付囑。是欲泉靜識浪，珠清意原。
窮賴耶能變之端，照自覺湛然之境。深詣心極，其惟是經。[139]

代宗有一些措施，對佛教較為嚴苛，似將僧道分開，各自修持，不得藉
故往來，犯者將依法處分，故下〈禁僧尼、道士往來聚會詔〉云：

教宗清淨，禮避嫌疑。其僧尼、道士，非本教教主，及齋會禮謁，
不得妄託事故，輒有往來，非時聚會，並委所繇官長勾當。所有犯者，
準法處分，一不得因茲攪擾。[140]

同時禁止州縣公私，藉寺觀居止，褻瀆神明，下〈禁斷公私藉寺觀居止
詔〉云：

---

[138] 同上註，卷 47，頁 519。

[139] 同上註，卷 49，頁 546。

[140] 同上註，卷 46，頁 508。

　　道釋二教，用存善誘。至於像設，必在尊崇。如聞州縣公私，多
　藉寺觀居止。因茲褻瀆，切宜禁斷。務令清肅。其寺觀除三綱並老病
　不能支持者，餘並仰每日二時行道禮拜。如有怠慢，並量加科罰。[141]

　　唐德宗時，釋道二教並重，故修葺寺觀，使之嚴潔，其〈修葺寺觀詔〉
云：

　　釋道二教、福利羣生。館宇經行，必資嚴潔。自今州府寺觀，不
　得宿客居住，屋宇破壞，各隨事修葺。[142]

　　唐德宗作〈大乘理趣六波羅密多經序〉，言此經為釋迦如來，為法而生，
為眾生開示般若之旨：

　　眾法之津梁，度門之圓極也。……釋迦如來，為法而生，俟時而
　現，三身不異。故處代而常離，萬行無修，故隨方而自在，運慈悲之
　力，開攝護之門，因其六塵，示之六度，導於法分，令證法身，結習
　紛綸，乘理而悟，是真般若之旨也。[143]

　　唐憲宗亦信仰佛教，作〈大乘本生心地觀經序〉，認為此經為釋迦如來於
耆闍崛山與文殊師利彌勒等諸大菩薩開示大乘真理之所說，其慈悲、清淨、
無為之理，對其施政有所俾益，故可以傳揚：

　　聽政之暇，澡心於此。以為攝念之旨，有輔於時，潛道之功，或
　裨於理。且大雄以慈悲致化，而朕生而不傷；法王以清淨為宗，而朕

---

[141] 同上註，頁 508。

[142] 同上註，卷 52，頁 564。

[143] 同上註，卷 55，頁 590。

安而不擾。敷教於下,用符方便之門;勵精以思,是葉修行之地。無
為之益,不其至乎!夫如是,得不演暢真宗,闡宏奧義者也。[144]

唐懿宗遵崇釋教,欲迎請真身,為萬姓祈福,是因為蠻寇倡狂,王師未
息,遂下〈迎佛骨敕文〉,欲藉佛教力量,為天下刑犯,積累和氣,其云:

> 朕以寡德,纘承鴻業,十有四年。頃屬蠻寇倡狂,王師未息。朕
> 憂勤在位,愛育生靈。遂乃遵崇釋教,志重元門。迎請真身,為萬姓
> 祈福。今觀睹之眾,隘塞路岐。載念狴牢,寢興在慮。嗟我黎人,陷
> 於刑辟。況漸當暑毒,繁於縲絏。或積幽冤,有傷和氣。關連追擾,
> 有妨農務。京畿及天下州府見禁囚徒,除十惡五逆、故意殺人、官典
> 犯贓、合造毒藥、光火持仗、開發墳墓外,餘罪輕重,節級遞減一等。
> 其京城軍鎮,限兩日疏理訖聞奏;天下州府,敕到三日內疏理聞奏。[145]

2. 唐朝君主之反佛對生命之激盪

佛教自東漢明帝傳入中國以來,經歷數百年之傳承,到中唐以後,風氣
逐漸敗壞,丁壯苟避征徭,孤窮困於誘奪。唐文宗時,開始整頓佛教,企圖
以政治手段,對僧眾加以規範。下詔不得度人為僧尼,若有自願還俗者,官
司不須立制,不得創造寺院,不許僧尼午後行遊等,以端正風俗:

> 理國之本,在正風俗。故王化首婚姻之道,所以序人倫;霸圖著
> 胎養之令,所以務生聚。況一夫不耕,人受其饑;一女不織,人受其
> 寒。安有廢中夏之人,習外夷無生之法?[146]

---

[144] 同上註,卷 63,頁 679。

[145] 同上註,卷 85,頁 900。

[146] 同上註,卷 74,頁 777。

　　唐文宗雖對佛教僧尼設限，但對佛教大師仍甚禮敬，如贊華嚴四祖清涼國師云：

> 朕觀法界，曠闊無垠，應緣成事，允用虛根。清涼國師，體象啟門，奄有法界，我祖聿尊。教融海嶽，恩廓乾坤，首相二疏，拔擢幽昏。閒氣斯來，拱承佛日，四海光凝，九州慶溢。敻今仙門，奪古賢席。大手名曹，橫經請益。仍師巨休，保餘遐歷。爰抒穎毫，式揚茂實。真空罔盡，機就而駕。白月虛秋，清風適夏。妙有不遷，緣息而化。邈爾羽儀，煥乎精舍。[147]

　　唐武宗會昌年間，則對佛教作毀滅性破壞，拆佛寺，勒僧尼還俗，其下〈毀佛寺勒僧尼還俗制〉，說明其反佛之主張與詳細之規範，使唐代盛行之佛教，遭受盛大之浩劫：

> 兩京城闕，僧徒日廣，佛寺日崇。勞人力於土木之功，奪人利於金寶之飾，遺君親於師資之際，違配偶於戒律之間。壞法害人，無逾此道。且一夫不田，有受其饑者；一婦不蠶，有受其寒者。今天下僧尼，不可勝數。皆待農而食，待蠶而衣。寺宇招提，莫知紀極。皆雲構藻飾，僭擬宮居。……貞觀開元，亦嘗釐革。剗除未盡，流衍轉滋。朕博覽前言，旁求輿議，弊之可革，斷在不疑。而中外諸臣，協予至意。條流至當，宜在必行。懲千古之蠹源，成百王之典法。濟人利眾，予何讓焉？其天下所拆寺四千六百餘所，還俗僧尼二十六萬五百人，收充兩稅戶，拆招提蘭若四萬餘所，收膏腴上田數千萬頃，收奴婢為兩稅戶十五萬人。錄僧尼屬主客，顯明外國之教，勒大秦穆護祆二千餘人還俗，驅遊惰不業之徒，已逾十萬，廢丹臒無用之室，何啻億千。[148]

---

[147] 同上註，卷75，頁797。
[148] 同上註，卷76，頁802。

唐武宗在遺詔中，尚說明其反佛之功勞：

> 去摩尼壞法，革釋氏邪風。免蠹生人，式資正教。漸移時俗，庶
> 及和平。撫育黎元，冀成理道。[149]

唐宣宗時，以為佛教雖云異方之教，對治國無害，遂下〈復廢寺敕〉，讓
住持修復廢寺，佛教得以繼續發展：

> 會昌季年，並省寺宇。雖云異方之教，無損致理之源。中國之人，
> 久行其道。釐革過當，事體未宏。其靈山勝境，天下州府，應會昌五年
> 四月所廢寺宇，有宿舊名僧，復能修創。一任住持，所司不得禁止。[150]

綜觀唐代君主，信佛者多。武宗時雖有反佛措施，使佛教之發展受到重
創，但宣宗時，即下修復佛寺之敕。故整體上，佛教在歷代君主之宣導護持
下，勝過少數帝王對佛教之打擊。尤其在中唐以後，時局動盪不安，民眾生
活經歷無數苦難之後，佛教適時發揮撫慰人心之作用。

三、唐代道教之生命思想

(一) 唐代帝王崇道與反道對生命之衝擊

唐代佛學興盛，八宗盡興；道教在佛教刺激下，逐漸捨棄金丹、練氣，
而重視道性之闡釋。道教經典中有許多佛教之名相，可見道佛有融匯之趨勢。

---

[149] 同上註，頁804。

[150] 同上註，卷81，頁844。

唐代經過儒學、佛學、道學三家思想激盪後，三教有匯流之勢。

　　唐高祖李淵未起兵時，道士王遠知進獻符命：「高祖之龍潛也，遠知嘗密傳符命。」[151] 李淵稱帝後，絳州百姓吉善行報告，在羊角山三次見到太上老君，太上老君說是當今天子之祖先，由此確定李淵是太上老君之子孫。李淵下令在羊角山建太上老君廟，武德七年（625），親自到樓觀拜謁老子，稱老子為先祖，封道士歧平定為紫金光祿大夫。由歐陽詢、陳叔達撰〈大唐宗聖觀記〉。道教地位提高。

　　唐太宗貞觀十一年（637），下詔令道士、女冠居於僧尼之前：

> 老君垂範，義在於清虛；釋迦遺文，理存於因果。詳其教也，汲引之跡殊途；窮其宗也，宏益之風齊致。然則大道之行，肇於遂古。源出無名之始，事高有形之外。邁兩儀而運行，包萬物而亭育。故能經邦致治，返樸還淳。況朕之本系，起自柱下。鼎祚克昌，既憑上德之慶；天下大定，亦賴無為之功。宜有改張，闡茲玄化。自今已後，齋供行立，至於講論。道士女官。可在僧尼之前。[152]

　　太宗認為經邦致治，返樸還淳，是靠無為之功，以肯定道家是唐朝治國理論之基礎。

　　唐太宗重道抑佛，但所推崇之道，是以老子《道德經》為經典之道教，曾命盧思道校定《道德經》，並刻之於石，與儒家五經並列。據道宣《集古今佛道論衡》記載，貞觀二十二年（648），吉州有人上表：

> 有事天尊者，行三皇齋法，依檢其經，乃云：「欲為天子，欲為皇后者，可讀此經。」[153]

---

[151] 《舊唐書‧隱逸‧王遠知傳》，卷192，頁5125。

[152] 《全唐文》，卷6，卷113。

[153] 道宣：《集古今佛道論衡》，（《大藏經》，冊52），卷3，頁386。

　　還說，道士通《三皇經》者，給地三十畝。此事朝廷震怒，清都觀道士張惠元辯解《三皇經》中並無此言。吏部楊纂等人依然認為：「依識《三皇經》，今與老子《道德經》義類不同，並不可留，以惑於後。」李世民下令：「其《三皇經》並收取焚之。其道士通《道德經》者，給地三十畝。」道宣補敍云：「昔宋時鮑靜初造《三皇》被誅，今仍尚。改《三皇》為《三洞》，妄立天文大字，惑誤昏俗。」[154]

　　高宗時對老君加以神化與尊崇，乾封二年（666），親臨亳州，謁老君廟，追贈尊號為「玄天皇帝」，御製〈上老君元元皇帝尊號詔〉曰：

　　　　大道混成，先兩儀以立極；至仁虛己，妙萬物以為言。粵若老君，朕之本系。爰自伏羲之始，泊乎姬周之末。靈應無象，變化多方。遊元氣之上升，感星精而下降。或從容宇宙，吐納風雲；或師友帝王，丹青神化。譬陰陽之不測，與日月而俱懸。……宜昭元本之奧，以彰玄聖之功。可追上尊號為玄天皇帝。[155]

　　詔文中，敍述老子是吐納風雲，師友帝王之神人，且將老子的年代，上推至伏羲之始，姬周之末，作為唐室祖先之根源，將穀陽縣改為真源縣，表示此地為唐朝李氏之根。

　　上元元年（674），王后武則天上表，要求把老子《道德經》列為各級官員必讀之書，和國家考試之科目之一：

　　　　壬寅，天后上表，以為：「國家聖緒，出自玄元皇帝，請令王公以下，皆習《老子》，每歲明經，准《孝經》、《論語》策試。」[156]

[154] 李申：《隋唐三教哲學》，（成都：巴蜀書社，2007），頁181。

[155] 《全唐文》，卷12，頁151。

[156] 《資治通鑑》，卷202，頁6374。

　　上元二年（675），國家考試正式加試《老子》，《新唐書・選舉志上》云：
「上元二年，加試貢士《老子》策，明經二條，進士三條。」[157]

　　儀鳳四年（679），高宗敕令宗聖觀主尹文操編修《玄元皇帝聖紀》十卷，
今不存。《雲笈七籤》卷一〇二引南宋・謝守灝《混元皇帝聖紀》一卷，可以
看出《玄元皇帝聖紀》之一些原貌：

　　　　太上老君者，混元皇帝也。乃生於無始，起於無因。為萬道之先，
　　元氣之祖也。蓋無光無象，無音無聲。無宗無緒，幽幽冥冥。其中有
　　精，其精甚真。彌綸無外，故稱大道焉。夫道者，自然之極尊也。……
　　老子者，老君也。此即道之身也，元氣之祖宗，天地之根本也。……
　　老君者，乃元氣道真，造化自然者也。強為之容，則老子也。以虛無
　　為道，自然為性也。……老君者，乃元生之至精，兆形之至靈也。昔
　　於虛空之中，結氣凝真，強為之容，體大無邊，相好眾備，自然之尊。
　　上無所攀，下無所躡，懸身而處，不頹不落。著光明之衣，照虛空之
　　中，如含日月之光也。或在雲華之上，身如金色。面放五明，自然化
　　出。……[158]

　　此段文字，形容老子為道氣化生而成，如此推崇尊奉，可見高宗時期是
道教極盛時期。

　　武則天執政後，起初續尊老子。光宅元年（684），追尊老子母為先天太
后，其後尊崇佛教，對老子之尊崇降溫。長壽二年（693），命舉人停止誦習
《老子》，而誦習其自製之《臣軌》。其後又取消老子「玄元皇帝」稱號，仍
舊稱老君。中宗即位後，又恢復老子「玄元皇帝」稱號。並命貢舉人仍然誦
習《老子》。

---

[157] 《新唐書》，卷44，頁1163。
[158] 宋・張君房：《雲笈七籤》，（《文淵閣四庫全書》，冊1061），卷102，頁177。

　　高宗武皇后（曌）雖然信佛，但未排斥道教，並為昇仙太子王子喬撰〈昇仙太子碑並序〉云：

> 朕聞天地權輿，混元黃於元氣；陰陽草昧，徵造化於洪爐。萬品於是資生，三才以之肇建。然則春榮秋落，四時變寒暑之機；玉兔金烏，兩曜遞行藏之運。是知乾坤至大，不能無傾缺之形；日月至明，不能免盈虧之數。豈若混成為質，先二儀以開元；兆道標名，母萬物而為稱。惟恍惟惚，窈冥超言象之端；無去無來，寥廓出寰區之外。驂鸞馭鳳，升八景而戲仙庭；駕月乘雲，驅百靈而朝上帝。元都迥辟，玉京為不死之鄉；紫府旁開，金闕乃長生之地。吸朝霞而飲甘露，控白鹿而化青龍。魚腹神符，已效徵於涓子；管中靈藥，方演術於封君。從壺公而升仙太子者，字子喬，周靈王之太子也。……鳳笙漢響，恒居伊洛之間；鶴駕騰鑣，俄陟神仙之路。嵩高嶺上，雖藉浮邱之迎；緱氏峰前，終待桓良之告。傍稽素篆，仰叩元經，時將玉帝之遊，乍洽琳宮之宴。仙冠岌岌，表嘉稱於芙蓉；右弼巍巍，效靈官於桐柏。……我國家先天纂業，辟地裁基，正八柱於乾綱，紐四維於坤載。山鳴驚驚，爰彰受命之祥；洛出圖書，式兆興王之運。……而王公卿士，百辟群僚，咸詣闕以披陳，請登封而告禪。敬陳嚴配之典，用展禋宗之儀，泥金而協於告成，瘞玉而騰於茂實。千齡盛禮，一旦咸申。爾乃鳳輦排虛，既造雲霞之路；龍旗拂迥，方馳日月之扃。……乃為子晉重立廟焉，仍改號為升仙太子之廟。[159]

　　文中敘述天地、陰陽、三才、四時、玉京、紫府之道，再言周靈王之太子王子喬鶴駕成仙之事，接寫建升仙太子之廟以祭祀之。

　　玄宗一面振興儒教，一面提升道教和老子之地位。開元二十九年（741），

---

159 《全唐文》，卷98，頁1007。

命長安、洛陽兩京，和天下諸州縣，建玄元皇帝廟。讓玄元皇帝廟和孔廟數量相同。京城設置「崇玄學」，置博士、助教，招學生一百人，必須誦習《老子》、《莊子》、《列子》、《文子》，每年參加國家考試。天寶元年（742），崇玄學改稱崇玄館，博士升為學士、助教升為直學士，各州亦置「道學」，與儒學並列。並下詔修訂班固《古今人表》，將老子由中上提升至上上聖人。將《莊子》尊為《南華真經》，《列子》尊為《沖虛真經》，《文子》尊為《通玄真經》，又親自注《道德經》，以宣行於世：

> 先聖說經，激時立教，文理一貫，悟之不遠，後來注解，歧路增
> 多，既失本真，動生疑誤。朕恭承餘烈，思有發明。推校諸家，因之
> 詳釋，庶童蒙是訓。亦委曲其詞，慮有未周。故遍示積學，竟無損益，
> 便請宣行。[160]

每家每戶需收藏《老子》一冊。二載（743），將玄元皇帝廟升為宮，西京長安玄元皇帝廟升為太清宮，東京洛陽玄元皇帝廟升為太微宮，各州郡玄元皇帝廟稱紫微宮。其後，老子家鄉之紫極宮改稱太清宮等，顯示老子廟之規格比孔廟高一等。太上老君稱號前加「大聖祖」三字。三載（744），天下各地玄元皇帝宮都用金銅老君聖像，並用白石塑玄宗皇帝像，侍立於老君之側。八載（749），將老君稱號為「聖祖大道玄元皇帝」。十三載（754），又加稱號為「大聖祖高上金闕玄元天皇大帝」。如此，老君成為唐室遠祖之地位更加鞏固，也提高道學家參與國家事務之比重。

據《舊唐書·隱逸傳》，玄宗嘗問道家茅山宗吳筠，有關神仙修鍊之事，吳筠對曰：「此野人之事，當以歲月功行求之，非人主之所宜適意。」吳筠「每與縉黃列坐，朝臣啟奏，筠之所陳，但名教世務而已。間之以諷詠，以達其

---

[160] 同上註，卷32，頁360。

誠。」[161] 可見唐代茅山宗之思想，主要以修身、治國為主，不向君主推銷修鍊成仙之事。

　　玄宗從開元至天寶，一直慕長生，煉金丹，戀飛升。王讜《唐語林》中云：「玄宗好神仙，往往詔郡國，徵奇異之士。」[162] 在〈命李含光奉祠詣壇陳謝敕〉中云：「朕志求道要，緬想真仙。」[163] 又〈命李含光建茅山壇宇敕〉云：「朕載懷仙境……豈徒夢寐華胥，馳騁碧落而已。」[164] 還很仰慕道士司馬承禎，希望修鍊吐納，可以成仙。曾頒〈賜司馬承禎敕〉云：

　　　　司馬鍊師以吐納餘暇，琴書自娛。瀟灑白雲，超馳元圃。高德可重，暫違蘿薜之情；雅致難留，敬順松喬之意。音塵一閒，俄歸葛氏之天臺；道術斯成，頃縮長房之地脈。善自珍愛，以保童顏。[165]

　　玄宗視茅山為道家洞府，重修觀宇，以闡揚道術，頒下〈賜丹陽太守林洋等敕〉云：

　　　　朕遠遵元妙，載想靈仙。眷茲茅山，是為天洞。瑤壇舊觀，餘址尚存。道要真經，散落將盡。永言法寶，良用憮然。今為黎元，大崇道本。故令清修之士，建立真儀。訪諸靈山，以新觀宇。庶使元宗再闡，瞻奉知歸。降幅寰瀛，致之仁壽也。[166]

　　唐僖宗時，杜光庭修道有成，在青城山齋醮祥異一事，予以嘉勉，並頒

---

[161] 《舊唐書》，卷192，頁5129。

[162] 《唐語林》，卷5，頁121。

[163] 《全唐文》，卷36，頁397。

[164] 同上註，頁395。

[165] 同上註，卷57，頁401。

[166] 同上註。

〈賜杜光庭詔〉，敕令恩賜：

> 敕光庭：昔得郭遵大奏，青城山齋醮祥異事，具悉。夫元道觀，
> 靈寶齋場。星官上奏於殊庭，驛騎初傳於詔命。光擒五鳳，狀列宿於
> 空中；聲吼長鯨，若飛霞於豐嶺。祥鱗忽現，椶幹分榮。神仙難期，
> 陰陽不測。驗茲祥應，自帥精虔。追蹤於五利文成，事美於文皇漢武。
> 嘉歎所至，寤寐不忘。故茲詔示，想宜知悉。秋冷，師皆好否；遣書，
> 指不多及。其修齋道士等一十七人，各賜有差。[167]

唐僖宗時，頒〈改元中觀為青羊宮詔〉云：

> 太上元元大帝與弟子文始先生，講真經於樓觀之台，約後會於青
> 羊之肆。便乘雲駕，俱入流沙。仙記傳聞，地圖示載。自周昭至於此
> 日，歷數約二千餘年。景象寂寥，基蹤牢落。今因巡幸，靈覿昭彰。
> 殊光跳躑於庭前，靈篆申明於樹下。磚含古色，字驗休徵。中和之災
> 害欲平，厚地之禎符乃見。足表元穹降祐，聖祖垂祥。將殲大盜之兵
> 戈，永耀中興之事業。須傳簡冊，兼示寰區。以付史官，備令編錄。
> 仍模勒文字，告示諸道及軍前。其觀可改號青羊宮，仍置殿堂屋宇。
> 側近屬觀田地，約有兩頃。近來散屬黎甿，多植蔥蒜。清虛之地，難
> 使薰蒸。已賜錢二百貫，便令收贖。仍給公驗，永歸精廬。宗子特立
> 除官道士李無為已賜紫，所宜升獎，用慶靈休。敬瑄位冠公台，風行
> 郡國。效節於延洪之代，修心於道德之鄉。遂令境內銷兵，地中呈寶。
> 其如休美，倍可嘉稱。[168]

---

[167] 同上註，卷87，頁914。

[168] 同上註，頁914。

唐僖宗見流星，為防慮災異，遣賜紫道士杜光庭等於宗元觀修靈寶道場、丈人觀設周天大醮，以潛消沴氣，庇護黔黎，其〈靈寶道場設周天醮詞〉云：

> 嗣皇帝臣某，以流星謫見，分野慮災。謹遣賜紫道士杜光庭等於宗元觀修靈寶道場，丈人觀設周天大醮。伏以至道無形，時符於人事；元天垂戒，必見於星文。非憑悔謝之門，豈格修禳之念。是用齋心宣室，稽首名山。為百姓希恩，設周天大醮。臣自塵驚關輔，駕出褒梁。九廟靡依，群生失庇。致祖宗之大業，危若綴旒；念士庶之求生，勢同累卵。省過敢忘於罪己，愍人深切於救焚。布服蔬餐，贖愆尤於既往；祈天悔過，希保助於將來。大道以慈惠為基，高明以廣大為本。降福必歸於有德，除災當務於庇人。使沴氣潛消，飛星暗逝。蜀郡士庶，永絕於劄瘥；京國黔黎，早離於霾瞕。誓將仁育，以答元功。仰望靈恩，不任懇悃之至。[169]

玄宗信仰道教，杜光庭作〈無上黃籙大齋後述〉云：

> 唐土龍興，翦掃氛妖。底定寰宇，至開元之歲。經訣方興，玄宗著《瓊綱經目》，凡七千三百卷。復有玉緯別目、記傳書論，相兼九千餘卷。[170]

景雲二年（711）正月十八日，金仙公主與玉真公主在大內歸真院，正式拜太清觀主史崇玄受道，接受靈保法籙。次年（712）十月二十八日，受五法上清經法，成為道教之三洞法師。

唐玄宗晚年，聽道士之建言，燒丹竈以煉丹，服食石英等丹藥。[171]

---

[169] 同上註，卷38，頁937。

[170] 同上註，卷944，頁9810。

[171] 同上註，卷38，頁411。

　　唐德宗認為《爾雅》多是鳥獸草木之名，明經舉人，令以老子《道德經》取代《爾雅》，《全唐文・明經舉人更習老子詔》云：

> 明經舉人，所習《爾雅》，多是草木鳥獸之名，無益理道，宜令習老子《道德經》以代《爾雅》。[172]

　　唐憲宗時，藩鎮遭到打擊，出現中興氣象，天下太平，就想起長生之術，下令全國會煉製長生丹藥之方士，於是鄂州觀察使李道古，通過宰相皇甫鎛，推薦方士柳泌和僧人大通。柳泌藉煉丹需要原料，封為台州刺使，到天臺山採藥。當群臣勸諫無效。柳泌一年多，無所獲，攜妻兒逃往深山，被抓回京城。憲宗要其繼續煉丹，服食後，變得脾氣暴躁，後為近臣所殺。

　　唐穆宗將柳泌和僧人大通，用亂棒打死，不久自己服食丹藥而死。唐敬宗則相信道士趙歸真，到全國各地尋訪煉丹者，後有周息元者，自稱以數百歲，被請到京城。服藥後，脾氣暴躁，被宦官所殺。繼位之文宗，將趙歸真流放海島。

　　以上論述，可知唐代帝王在用人上，振興儒學以取士。佛教則可以解脫成佛，道教之丹藥可長生久視，故佛道益盛。然而，丹藥並未使帝王延年長壽，反受其害，是令人遺憾之事。

(二) 唐代道教之心性思想

　　道教之根本信仰為道，道是宇宙的本源與主宰者，它無所不包，無所不在，無時不存，是宇宙一切之開始，與萬事萬物之演化者。有道才生成宇宙，宇宙生元氣，元氣演化而構成天地、陰陽、四時、五行，由此而化生萬物。對「道」之見解，老子《道德經》第一章云：

　　無名天地之始；有名萬物之母。故常無，欲以觀其妙；常有，欲
以觀其徼。此兩者同出而異名，同謂之玄。玄之又玄，眾妙之門。[173]

　　老子從有無觀察萬物之玄妙，早期道教的主要經典《太平經》對道之解
釋，依循老子之說，其云：

　　夫道何等也？萬物之元首，不可得名者。六極之中，無道不能變
化。元氣行道，以生萬物，天地大小，無不由道而生也。[174]

又云：

　　道無奇辭，一陰一陽，為其用也。得其治者昌，失其治者亂。得
其治者神且明，失其治者道不可行。凡事無大無小，皆守道而行，故
無凶。今日失道，即致大亂。故陽安即萬物自生，陰安即萬物自成。[175]

　　《太平經》認為天地萬物由道而生，其應用是陰陽之道，陰陽安順則萬
物自生自成。凡事循道而行，就無凶險，失道則亂。

　　重玄之道，是道教思想之主流。玄是形容道深奧難測，不可名狀。魏·
王弼（226～249）認為道是「無」，萬物是「有」，有生於無，故無為萬物之
本體。不論修身治國，都應崇本息末，以道為本。

　　唐代重玄學者成玄英等，吸取佛教破除妄執偏見之說，主張道體非有非
無，亦有亦無；道體實是空，有與空不同；道無所不在，所在又非道；唯有
遣除是非、有無之念，方可悟得道本；道為萬物之妙本，而萬物實無可本；
必須遣除有無、空有、是非等妄見，方可悟入重玄之域，通觀眾妙。

---

[173] 《老子今註今譯》，頁49。

[174] 《太平經》，（《正統道藏》，冊41），（臺北：新文豐出版公司，1993），卷2，頁7。

[175] 同上註，頁5。

　　重玄多從道性、本末、體用、心性、行神等進行探討，以悟解玄義，修仙得道。修鍊時通過對心性本體之體悟，以求主體精神之超越，生命實體之昇華。著重以無遣有，有無雙遣。並認為求仙只是修道之低級層次，體悟重玄才是修道之最高目標。隨後更主張修性與修仙相結合之「性命雙修」思想。

　　重玄思想所提出之「道性」說，是指眾生之稟賦，具有與道同一之真性。道遍在一切，無情而有性，非物而能應物；眾生稟道生，眾生非是道；眾性與道性，皆與自然同，故眾生應修道。王玄覽《玄珠錄》云：

　　　　明知道中有眾生，眾生中有道。所以眾生非是道，能修而得道；
　　　所以道非是眾生，能應眾生修。是故即道是眾生，即眾生是道。[176]

　　由於道生眾生，眾生中有道，所以眾生與道有合一之可能，也暗含眾生可通過養生而入道。唐代道教之道法，雖由道者秘傳，不輕易授人。但從其傳授情況而言，仍有宗派痕跡可循。唐代道教影響最大者為茅山道教，有人稱為「三洞派」，此派自陶弘景得到陸修靜三洞經書，並撰述《上清經》後，經籍漸多，傳播日廣。又出現幾位大道士如潘師正、司馬承禎、吳筠、杜光庭等，使茅山道教成為唐代道教之主流。

　　由於唐代朝廷提倡老莊之學，故如成玄英、李榮、司馬承禎、吳筠等人，闡述道教思想，多本老莊。對南朝盛行之經懺符圖，較不重視。初唐成玄英（大約601～690）是道教重玄思想集大成者，原隱居東海雲臺山，貞觀五年（631），應唐太宗之召，前往長安。貞觀十年（636），參與佛、道辯論獲勝，唐太宗宣佈道教最尊，並下令重修老子廟。

　　李榮為蜀中道士，《舊唐書‧羅道瓊傳》記載：「道琮尋以明經登第。高宗末，官至太學博士。每與太學助教康國安、道士李榮等講論，為時所稱。」[177]

---

[176] 唐‧王玄覽：《玄珠錄》，（《正統道藏》，冊39），卷上，頁727。
[177] 《舊唐書》，卷189，頁4956。

可見李榮亦因善老子學，在京師負有盛名。

司馬承禎，繼承王遠知之學術傳統，結合陶弘景上清派之養生法，及臧矜之重玄學，將上清經法與老莊之道融為一體，形成坐忘主靜之說。坐忘本源出莊子〈大宗師〉云：「墮肢體、黜聰明，離形去智，同於大通，此謂坐忘。」[178] 意謂順任自然，齊一物我，無復彼此，就能與道冥合。司馬承禎在〈坐忘論〉中，融入佛教心性之說，提出「心體」之概念：

> 至道之中，寂無所有。神用無方，心體亦然。原其心體，以道為本。但為心神被染，蒙蔽漸深。流浪日久，遂與道隔。若淨除心垢，開神識本，名曰修道。[179]

司馬承禎認為眾生之心體，本來自道體。清靜澄明，具足一切功德。但受後天塵緣迷染，以致心神蒙蔽。隨俗流浪，遂與道隔斷。若能斷除心中垢染，恢復本有之心神，就能復歸於道。

依據司馬承禎之說，修道者能以修心，循敬信、斷緣、收心、簡事、真觀、泰定、得道等階段，依次修心，就可以達到「形隨道通，與神合一。」「體無變滅，形與道同。」之最終目標。

關於修「道性」之門徑，《太上老君說常清靜經》將道性與眾生之清靜心結合，以內觀、外觀、遠觀之法，澄心遣欲，破除滯著，以契入重玄之門：

> 內觀於心，心無其心；外觀於形，形無其形；遠觀於物，物無其物。三者莫得，唯見於空。觀空亦空，空無所空。既無其無，無無亦無。湛然常寂，寂無其寂。無寂寂無，俱了無矣，欲安能生？欲既不生，心自靜矣。心既自靜，神既無擾。神即無擾，常清靜矣。既常清

---

[178] 《莊子今註今譯》，頁 227。
[179] 《全唐文》，卷 924，頁 9625。

靜，及會其道。與真道會，名為得道。[180]

　　經中主張內觀於心，外觀於形，遠觀於物三法，證悟空無之理，若能見空而不生欲，心自能靜。與真道會，就是得道。

　　王玄覽《玄珠錄》論述道物、真妄、體用、空有、動寂、心性、道性等道教問題，更接近佛教之說。認為道體無所不在，而所在皆無。道不生不滅，喻如虛空。物體非真非妄，而亦真亦妄。萬物皆稟道而生，萬物有變異，而道無變異，故云：「道能遍物，即物是道；物既生滅，道亦生滅。」

　　道體雖空而不空，空能應物；眾生無自性故空，而常能與道相應而有生滅。「諸法皆無自性，隨離合變為相為性。」「以非是道故，所以須修習。」修道者須知空有俱空，心無所繫，即能得道。「道性眾生性，二性俱不見，以其不見故，能與至玄同。」道性、眾生性都要見空，是修道之要。

　　心識本無自性，不在根、不在境，而在心。故云：「能應一切法，能生一切知，能運一切用，而本性無增減。」修心如剝芭蕉，剝至無皮無心處，便是真心。能知真心本無心，雖無心而能應物生知，便得解脫之道，故曰：「心生諸法生，心滅諸法滅，若證無心定，無生亦無滅。」做到無生滅之地步，就能收心攝念，內不覺其一身，外不知宇宙。與道合一。「莫令心不住，莫令住無心，於中無抑制，任之取自在，是則為正行。」

　　關於人與物之關係，王玄覽《玄珠錄》云：「道不自名，乃因眾生而得名。」[181] 物體之名，是人所立，物被人所言，是人言物，物本無言。關於「心」與「境」之關係，王玄覽《玄珠錄》云：

　　　　將心對境，心境互起。境不搖心，是心妄起。心不自起，因境而起。無心之境，境不自起。無境之心，亦不自起。[182]

---

[180] 李道純：《太上老君說常清靜經》，（《正統道藏》，冊28），頁755。

[181] 《玄珠錄》，卷上，頁725。

[182] 同上註，頁727。

　　王玄覽認為心與境相對，互為因緣而起。若是無心之境和無境之心，就不會起境和起心。由上可知，王玄覽把物體視為人之名言，把境視為因心而起，都是在突出主體人心之主導作用。

　　對於「空」與「有」之問題，王玄覽《玄珠錄》云：

　　　　空見與有見，並在一心中，此心若他無，空有之見當何在？[183]

　　空見與有見，並在一心之中，心生與心滅，亦在一心之中。若心無就無知見。此種把心無作為主體之說法，脫胎於佛教之禪宗。

　　吳筠（生年不詳～778）作《玄綱論》，謂老子所說之道，是天地萬物生成之本源，非道無以生，非德無以成。生者不知其始，成者不見其終。探奧索隱，莫窺其宗。自然者，天地之綱也：

　　　　道者何也？虛無之系，造化之根，神明之本，天地之源。其大無外，其微無內，浩曠無端，杳冥無際。至幽靡察而大明垂光，至靜無心而品物有方，混漠無形，寂寥無聲。萬象以之生，五行以之成，生者無極，成者有虧，生生成成，今古不移，此之謂道也。[184]

　　吳筠認為道是天地之根源，浩杳幽靜，混漠寂寥，生萬象，成五行者為道。在形體與心性之關係上，《玄綱論・道德章第一》云：

　　　　夫人所以死者形也，其不亡者性也。聖人所以不尚形骸者，乃神之宅，性之具也。[185]

---

[183] 同上註，頁 727。

[184] 唐・吳筠：《玄綱論》，（《景印文淵閣四庫全書》，冊 1071），第 1 章，頁 750。

[185] 同上註，第 30 章，頁 758。

　　吳筠認為人之形體會死亡，心性不會死亡。聖人不重視形骸之存亡，是了解形骸只是精神之住宅，具備心性之肉體而已。心性之善，可以長生，杜光庭（850～933）《墉城集仙錄》卷一云：「長生之本，惟善為基。」[186]《正一法文天師教戒科經》亦云：「修善得福，為惡得罪。」[187]告訴人們生命之和長短與善惡有關。要做到心性之善，必須內在律己，外在濟世，發揚道德中先人後己，捨己為人，助人為善，尊老愛幼，寬容柔和等美德，甚至建議回到上古淳樸真實之理想社會。

　　中唐以降，儒佛之人生理想追求，進一步由外向轉為內向，道教也步其後塵，日益轉而向老、莊，歸復自然本性。以向內反省為思想特徵之內丹道，主張由自我身心內控精氣，使其依陰陽消長之法則，周流循環。內丹又與禪宗之思想相融合，進而推動宋元道教之興盛，並促成全真道之興盛。

(三) 唐代道教之神仙思想

　　修道成仙是道教之中心教義之一，仙是道教信仰之核心觀念，經由修鍊得道，成為有靈性之人。成仙是道教追求生命之最高境界。據《漢書‧藝文志》記載：「神僊者，所以保性命之真，而遊求於外者也。聊以盪意平心，同死生之域，而無怵惕於胸中。」[188]

　　仙人能老而不死，魂遊於外，心平意和，無怵惕之心。甚至具有神通變化，能上天潛海，駕龍翱翔，完全超脫塵世，令許多有求仙意願者，趨之若鶩。《神仙傳‧彭祖傳》中敘述：

　　　　仙人者，或竦身入雲，無翅而飛；或駕龍乘雲，上造天階；或化
　　　　為鳥獸，游浮青雲；或潛行江海，翱翔名山；或食元氣，或茹芝草；

---

[186] 唐‧杜光庭：《墉城集仙錄》，（《正統道藏》，冊30），卷1，頁463。
[187] 《正一法文天師教戒科經》，（《正統道藏》，冊30），卷1，頁565。
[188] 《漢書》，卷30，頁1780。

或出入人間而人不識；或隱其身而莫之見。[189]

《抱朴子・論仙》把仙分為三種，上士、中士、下士：

> 上士舉形升虛，謂之天仙；中士游於名山，謂之地仙；下士先死後蛻，謂之尸解仙。[190]

一般都把仙人分為九品，如杜光庭《墉城集仙錄》云：

> 世之昇天之仙，凡有九品：第一上仙號九天；第二次仙號三天真皇；第三太上真人；第四飛天真人；第五號靈仙；第六號真人；第七號靈人；第八號飛仙；第九號仙人。凡此品次，不可差越。[191]

《雲笈七籤・道教三洞宗元》分九種，但名稱不同：

> 第一上仙；二高仙；三大仙；四玄仙；五天仙；六真仙；七神仙；八靈仙；九至仙。[192]

《道藏輯要》張集《三壇圓滿天仙大戒略》將仙分為九品：

> 天尊曰：道無二，上仙有九品；一曰洞元太初金仙，一曰混元無始金仙；一曰靈元造化真仙；人世修證則有天仙、地仙、水仙、神仙、

---

[189] 《太平廣記》，卷2，頁9。

[190] 王明：《抱朴子內篇校釋》，（北京：中華書局，2002），卷2，頁20。

[191] 《墉城集仙錄》，卷1，頁467。

[192] 《雲笈七籤》，卷3，頁22。

人仙、鬼仙。[193]

　　道教所崇奉之仙人很多。劉向撰《列仙傳》，全書記上古三代秦漢仙真七十二人，首為赤松子，終於玄俗。葛洪《神仙傳》十卷，集錄古代仙真八十四人，《漢魏叢書》又抄《太平廣記》所引，合四十九人。除容成公與彭祖二條與《列仙傳》重複外，餘皆為其所未載。《洞仙傳》集錄自元君迄姜伯真七十七仙真事跡。南唐沈汾（玢）《續仙傳》三卷，上卷以張志和為首，載飛升十六人（內女真三人）；中卷以孫思邈為首，載隱化十二人；下卷以司馬承楨為首，載隱化八人。陳葆光《三洞群仙錄》二十卷，全書集錄仙真故事一〇五四個。杜光庭《墉城集仙錄》六卷，集錄女仙三十六人。趙道一《歷世真仙體道通鑒》五十三卷，始自黃帝，下逮宋末，集錄仙真七四五人事跡；又有《續篇》五卷，集錄仙真卅四人。又有《後集》六卷，集錄女仙一百二十人事跡。

　　仙人如此之多，又區分品級，要如何修鍊成仙，首先要去除世俗之榮華富貴，從精神之提升著手，不斷積累功德，提升生命之價值，豐富內在心靈之感受，就可安神固形，與「道」合一，應是修道之理想方法。

　　道教認為「道」是宇宙一切事物之根源，原本沒有心生心滅之說，也沒有以明心見性之修持法門。但是從道教思想結構觀之，離開主體之心，是很難達到修鍊成仙之目的，成仙就變成美麗誘人之幻想而已。所以修鍊之重點，必須從煉心開始，也就是轉向內在精神之追求之上，應是受到佛教之影響。

　　為了突顯「心」在道教修鍊中之重要作用，道教把「心」與「道」溝通起來，把「心」界定為「道」之內涵，宣揚「心為道本」之思想。王玄覽《玄珠錄》吸取佛教般若中觀和唯心思想，把「道」歸結為「四句」：「有、無、非有非無、非捨有無。」並說：

[193] 清・柳守元：〈三壇圓滿天仙大戒略說〉，（彭定球等編，《道藏輯要》，冊24），頁10457。

　　一切萬物，各有四句。四句之中，各有其心。心心不異，通之為
一，故名大一。[194]

　　意指一切萬物各有「有、無、非有非無、非捨有無。」四句，而四句之
中，各有其心，心都相同不異，可以貫通為一，稱之為「大一」。「大一」又
稱「正一」、「真一」，實際上就是道之別名，也就是說，「心」就是「道」，「道」
就是「心」。

　　宇宙萬物都是道生成萬物，萬物生成之根源是自然之道，而生天地人物
之形者是元氣。《太平經》認為天地萬物是由元氣組成「**夫物始於元氣。**」[195]
元氣是天地形成以前未分化之渾沌狀態，其後輕清者為天，重濁者為地，而
生陰陽二氣，二氣互相消長摩蕩，化生萬物。葛洪在《抱朴子・至理篇》中
認為：

　　夫人在氣中，氣在人中。自天地至於萬物，無不須氣以生者也。[196]

吳筠《玄綱論》亦云：

　　太虛之先，寂寥何有。至精感激，而真一生焉。真一運神，而元
氣自化。元氣者，無中之有，有中之無。曠不可量，微不可察。氤氳
漸著，混茫無倪。萬象之端，兆於此。於是清通澄朗之氣浮而為天，
濁滯煩昧之氣積而為地。平和柔順之氣結而為人倫，錯謬剛戾之氣散
而為雜類。自一氣之所育，播萬殊而種分。既涉化機，遷變罔窮。然
則生天地人物之形者，元氣也。[197]

---

[194] 王玄覽：《玄珠錄》，頁730。

[195] 《太平經》，卷2，頁254。

[196] 王明：《抱朴子內篇校釋》，卷5，頁114。

[197] 《玄綱論》，頁674。

　　文中將天、地、人倫、雜類，全為元氣所所育，元氣之表現為混茫無倪，萬象之端，生天地人物之形。把元氣視為創生萬物之主宰，是萬物生命力之體現，是構成天地人之根源，具有天人合一之思想。

　　修道成仙在心性修養做到思想自由，精神解脫，與道合一外，還要煉形，對身體形態之鍛鍊，可以延長壽命，形神之於養生具有重要意義，《西升經・神生章》云：「知一萬事畢，則神形也。」又云：

　　　　蓋神去於形謂之死，而形非道不生，形資神以生故也。有生必先無離形，而形全者神全，神資形以成故也。形神之相須，猶有無之相為利用而不可偏廢。惟形神俱妙，與道合真。[198]

　　道教以形神俱妙為理想目標。形資神以生，神去於形則死，神、形不可偏廢。形、神之關係為何？[199] 宋・陳楠〈雜著捷徑〉云：

　　　　形者，神之宅也。倘不全宅以安生，修身以養神，則不免於氣散歸空，遊魂為變。

　　神依賴形，形生則神生，形全則神全，無形而神無以生，更無以成。身體狀態對精神狀態影響甚大。《長生胎元神用經》云：

　　　　且神以炁為母，母即以神為子，子固以呼吸之炁而成形，故為母也。形炁既立，而後有神，神聚子也。[200]

　　形由氣生，而後有神，故而神是氣生。先是氣生形，再則形氣合。實則

----

[198] 《西升經・神生章》，（《正統道藏》，冊11），頁506。

[199] 宋・陳楠：《雜著捷徑》，（《正統道藏》，冊4），頁70。

[200] 《長生胎元神用經》，（《正統道藏》，冊57），頁533。

炁成形，而後有神。

　　形神應同在人體，不可分離，分離則是死亡，故吳筠《宗玄集・心目論》云：「人之所生得神，所托者形。」[201] 神是生命之體現，形是神依附之宅，只有神能鎮形，則形可存。若人能讓神永守其形，則此人當為長生不死者。故吳筠《玄綱論・制惡興善章》云：「神與形合而為仙。」[202]《太平經》亦云形神合一，可以長生：

> 人有一身，與精神常合併也。形者乃主死，精神者乃主生。常合即吉，去則凶。無精神則死，有精神則生。常合即為一，可以長存也。[203]

　　要如何調和形神，吳筠〈形神可固論〉云：

> 身含形神全一，心動則形神蕩。……神不可辱，辱之必傷。傷者無返期，朽者無生理。但能止嗜欲心，戒荒淫，則百骸理，則萬化安。[204]

　　調和形神，必須形神全一。心不可動，動則形神蕩漾。神不可辱，辱則必傷，朽則無生理。故形神必須涵養，止嗜欲心，戒荒淫，就能使形神安定。《藝文類聚・仙道》引梁・陶弘景〈答朝士訪仙佛兩法體相書〉云：

> 凡質象所結，不過形神。形神合時，則是人是物；形神若離，則是靈是鬼。其非離非合，佛法所攝；亦離亦合，仙道所依。今問以何能致此？仙是鑄煉之事極，感變之理通也。當埏埴以為器之時，是土而異於土。雖燥未燒，遭濕猶壞。燒而未熟，不久而毀。火力既足，

---

[201] 吳筠：《宗玄集》，卷中，頁 9654。

[202] 《玄綱論》，頁 765。

[203] 《太平經》，頁 716。

[204] 《全唐文》，卷 926，頁 9649。

表裡堅固。河山可盡,此形無滅。假令為仙者,經藥煉其形。以精靈瑩其神,以和氣濯其質,以善德解其纏。眾洪共通,無礙不滯。欲合則乘去駕龍,欲離則屍解化質。不離不合,則或存或亡。於是各隨所業,修道進學。漸階無究,教功令滿,亦畢竟寂滅矣。[205]

形神結合可以成仙,仙凡之別,在於仙能駕馭自己之形神,可合可離。當然成仙必經鑄煉,那就是如同燒瓷為器,必須火力充足,始能表裡堅固,無濕壞之憂。王玄覽《玄珠錄》云:「坐忘煉神,舍形入真。」[206] 司馬承禎〈坐忘論〉云:「神性虛融,體無變滅,形與之同,故無生死。」[207] 神仙經藥煉其形,以精靈瑩其神,以和氣濯其質,以善德解其纏,就能達到無礙不滯之神仙境界。

成仙之法甚多,如導引按摩、呼吸吐納、推拿屈伸、服氣避穀、拳棒功法等,皆可循序為之。導引吐納對健身之益處,源自《莊子‧刻意篇》:

> 吹,呼吸,吐故納新,熊經鳥申,為壽而已矣。此導引之士,養形之人,彭祖壽考者之所好也。[208]

莊子認為呼吸是氣之吐納,如動物之熊之攀樹、鳥之申腳飛翔,都是藉氣以養形體。晉‧李頤注:「導氣令和,引體令柔。」導引可以身體柔軟,體氣柔和,對人體之循環有益。馬王堆三號漢墓出土帛書《導引圖》即繪有四十餘種導引姿勢及術名。

《黃帝內經‧素問‧異法方宜論》云:「中央之民,其病多痿厥寒熱,其

---

[205] 《藝文類聚》,卷78,頁1344。

[206] 《玄珠錄》,頁727。

[207] 《全唐文》,頁9625。

[208] 《莊子今註今譯》,頁434。

治宜導引按蹻。」[209] 唐·王冰註:「導引,謂搖筋骨,動支節。按謂抑案皮肉,蹻謂捷舉手足。」《黃帝內經·靈樞·官能篇》云:「理血氣以調諸逆順,察陰陽而兼諸方,緩節柔筋而心和調者,可使導引行氣。」[210]

由上可知,漢代以來,導引已經非常流行。唐·釋慧琳《一切經音義·地經疏義》云:「凡人自摩自捏,伸縮手足,除勞去煩,名為導引。」[211] 導引有調營衛、消水穀、除風邪、益血氣、療百病以至延年益壽之效。宋·張君房《雲笈七籤·養性延命錄》云:「導引除百病,延年益壽要術也。」[212]

道教將導引繼承發展,成為煉身養神調氣之重要方法。如道家導引前,必須先做按摩,按摩可以調和氣血,疏通經絡,聰明耳目,益助腎氣,強固腎精,增強腎臟之功能。如按摩耳部,耳部有豐富之神經、血管、淋巴分布,人之全身經絡都直接或間接經過耳部,耳枕骨部為十二經絡諸陽經聚會之處,故人體各部位及內臟之生理、病理情況,都與耳有密切聯繫。所以按摩耳部可以刺激神經,調理身體機能,具有保健防病之作用。

道教服食避穀是唐代修鍊之重要功法,內丹是指身體內部精氣神。道教把丹田比喻為爐鼎,把體內之精氣,在人之意識引導下,利用體內精氣之推動,將精氣循環周身,使精、氣、神凝為丹藥,達成強身健體、提高人體的生命功能、延長壽命、乃至成仙、長生不老之目的,稱為內丹術。

「內丹」一詞,最早見於東晉·許遜(239~374)《靈劍子·服氣》:「夫欲學道長生,服氣為先……服氣調咽用內丹。」[213] 內丹是指以宇宙為大天地,人身為小天地,進行性命雙修,以求天人相應、天人合一之思想。許遜自己修鍊後年百餘歲,拔宅飛昇。

南朝梁·南嶽衡山佛教天臺宗二祖慧思禪師(515~577)《立誓願文》中

---

[209] 崔為:《黃帝內經素問譯註》,(哈爾濱:黑龍江人民出版社,2003),卷4,頁71。

[210] 蘇穎:《黃帝內經靈樞譯註》,(哈爾濱:黑龍江人民出版社,2003),卷11,頁413。

[211] 唐·慧琳:《一切經音義》,(《大正藏》,冊54),頁311。

[212] 《雲笈七籤》,卷34,頁376。

[213] 東晉·許遜:《靈劍子》,(《正統道藏》,冊18),頁1。

云：

> 我今入山修習苦行，懺悔破戒障道罪，今身及先身是罪悉懺悔，
> 為護法欲求長壽命，不願生天及餘趣，願諸賢聖佐助我，得好芝草及
> 神丹，療治眾病除饑渴，常得經修行諸禪，願得深山靜處，神丹藥修
> 此願，借外丹力修內丹，欲安眾生先自安。己身有縛能解他縛，無有
> 是處。[214]

　　這是最早將外丹、內丹明確劃分之著作。隋朝道士蘇元朗進一步提出「性命雙修」之說，強調心身之全面鍛鍊，進一步推動內丹術理論之發展。

　　唐代是內丹之道發展的關鍵時期，李筌、張果等注解《陰符經》，鍾離權著《靈寶畢法》，鍾離權傳呂洞賓丹道，施肩吾撰《鍾呂傳道集》，崔希範撰《入藥鏡》，司馬承禎作《天隱子》，陳摶著《指玄篇》，作《太極圖》、《無極圖》，使內丹之道的理論與方法進一步完備。

　　內丹修鍊之步驟，各家方法有差，一般可分為築基、煉精化氣、煉氣化神、煉神還虛四個階段。第一步驟是築基，補足全身生理機能之虧損，打通任督和三關之徑路，直至全身經絡暢通，達到精滿、氣足、神旺，為內丹術作準備；第二步驟煉精化氣稱為初關仙術。功法是以元精為藥物，包括調藥、采藥、封爐、煉藥、止火步驟，屬小周天功夫；第三步驟煉炁化神稱為中關仙術，又稱十月關，先要坐關七日，隨之采大藥、養胎，進入無為入定之功夫。第四步驟煉神還虛稱作上關仙術，又稱九年關，純為性功，約九年，前三年神超內院、哺乳溫養；後六年調神出殼，直至虛空粉碎，合道成仙。下、中、上三關仙術各約需百日、十月、九年等時日。但亦因人而異。

　　由以上論述，可知唐代道教主張之修鍊成仙，是從形神著手，煉形、煉神皆因氣而生，煉氣屬道家修鍊修內丹部分，避穀、吐納、推拿等，都在協

---

[214] 南朝梁・慧思禪師：《立誓願文》，（《大正藏》，冊 46），頁 786-791。

助修道者築基，以便將形神修鍊成仙。至於外丹則因丹藥之成分，含有重金屬，服丹不僅無法成仙，反而戕害生命，另在道家養生之章節中敘述。

(四) 唐代道教之生死觀

道教對人之生死，主張「重生」、「貴生」，視生命為神聖，所以要全生保真，長生久視。《淮南子・氾論訓》云：「全生保真，不以物累形，楊子之所立也，而孟子非之。」[215]

先秦楊朱派道家「輕物重生」，要心不逐於物，常保虛靜泰然之狀態，與孟子之捨身取義不同。

道教繼承老子「道生萬物」之思想，認為道是宇宙萬物中永恆之存在，是生命之本質，道教認為是無始無終，長生不滅。因此重視養生以獲得永生，以積極樂觀之態度，追求現世之快樂。《西昇經・我命章》云：

> 老君曰：我命在我，不屬天地。我不視不聽不知，神不出身，與道同久。吾與天地分一氣而治，自守根本也。[216]

唐・吳筠作〈神仙可學論〉[217]，都是在建立神仙可學之生命主體論，讓生命永存之幻想縱橫馳騁，試圖憑自我奮力學道，化解生死，反映了人類對生命存在之執著追求，人類面對死亡所作之不懈抗爭，直至達到長生不死之境界為止。

道家之生，不僅指生命之存在，還包含生長、生成、化育等義。生是道之基本條件。《養性延命錄》引《混元妙真經》云：

> 人常失道，非道失人，人常去生，非生去人，故養生者慎勿失道，

---

[215] 《淮南子校釋》，卷 13，頁 1380。

[216] 《西昇經》，（《正統道藏》，冊 19），頁 262。

[217] 《全唐文》，卷 926，頁 9649。

為道者，慎勿失生，使道與生相守，生與道相保。[218]

　　道者追求長生，不僅是追求生命之延長，更是人生價值之體現，長生可以身悟道，以身證道。故眾生可透過養生、修鍊而入道。

　　道教認為人是命與性之統一，命指精、氣，屬形體、生命。本性屬於精神、意識，修性即修鍊心神，涵養品德，復見本心；煉精氣，即煉形延命。雖然性命根於神氣，但彼此不可分離。

　　性命之理，應是渾然一體之事，性無命不立，命無性不存，性無命不立，命無性不存，有性，便有命脈；有命，便有性，性命原不可分。有性便有命脈；有命便有性，性命原不可分。若論其共同點，在於安頓生命。故性、命之理是道教闡釋生死之根本，亦是修鍊丹道之理論基石。《鍾呂傳道集·論大道第二》云：

　　　　萬物之中，最靈者最貴者，人也。惟人也窮萬物之理，盡一己之性，窮理盡性，以至於命。全命保生，以合於道，當與天地齊堅固，同得長久。[219]

　　人之可貴，是具有靈性，人能窮理盡性，全命保生，以合於道，並與天地同得長久，可見道教的性命學是以長生為目標。《真仙直指語錄·郝太古真人語錄》云：

　　　　欲入吾教，只要修心。心不游，自然神定，自然氣和。氣神既和，三田自結。[220]

---

[218] 南朝梁·陶宏景：《養性延命錄》，（《正統道藏》，冊18），頁475。

[219] 《正統道藏》，冊7，頁462。

[220] 同上註，冊54，頁681。

　　道教認為修心最為重要，修心可以使精神安定，元氣平和，得到性靈之澄靜與觀照，三丹田能結丹，只要通過性命雙修，長生久視自能達成。

　　在修持身心之過程中，還要動靜互攝，動中有靜，靜中有動。動以養形，靜以養神。在於動靜之間，保持動不至於傷身，靜不至於寂滅之狀況。靜不是不動，而人秉受天之本性，順應大化流行，達到自然和諧之境界。玄宗時，道教茅山宗潘師正（587～684）作〈道門經法相承次序〉云：

　　　　寂境者，不生不死，故能長生；不毀不變，故能應變。[221]

　　靜並非停止不動，而是以靜制變，寂境是進入不生不死之長生境界；動是指人體生化之運行，和對外物刺激之反應。動耗精、氣、神，而靜可養精、氣、神，在修鍊之過程中，精氣神都在動，始終處於動態之運行中，動之過程中，是在不斷轉化。孫思邈〈存神煉氣銘〉云：

　　　　夫身為神氣之窟宅，神氣若存，身康力健；神氣若散，身乃死焉。
　　　　若欲存身，先安神氣；即氣為神母，神為氣子。神氣若俱，長生不死。
　　　　若欲安神，須煉元氣。氣在身內，神安氣海。氣海充盈，必安神定。
　　　　定若不散，身心凝靜。靜至定俱，身存年永。[222]

　　靜則神生而形和，躁則神勞而形斃，因此心安神定，就可以身康力健，全其本真。因此，動靜在於一心，只有心靜，精氣神才得其宜。可見動靜之要在於一心，虛極靜篤之時，虛化神，神化氣，氣化形，形生而萬物所以塞也。就可超出虛無之外，越脫生死而成仙。

　　由上敘述，道教之修行具有實踐之精神，必須親身踐行，去追求長生久

---

[221] 同上註，冊 41，頁 739。
[222] 《全唐文》，卷 158，頁 1621。

視之理想。也就是重視現世之幸福，而非來生之喜樂。雖然達到神仙理想之人不多，卻讓許多人延年益壽，強身健體。如外丹服食術，所謂大還金丹並未廣傳後世，但推動了中國古代化學、礦物學、冶鍊學、醫藥學等多門學科的發展。氣功內丹術，強化人體呼吸、循環之功能，對人體健康大有助益。醫藥養生術以唐代孫思邈成就最大，高於前輩葛洪、陶弘景等人，積極提倡預防醫學，只要注重攝養，就可以延壽，同時要人不僅注意生理衛生，還要注意心理衛生，養生還要養性。其《千金要方》集中闡述其此種思想。

　　人類最深切最永恆的焦慮莫過於對生命中死亡之焦慮，道教對神仙不死之信仰和追求，使人類對死亡之焦慮得到緩解。生命的本質就是抵制死亡，維持機體生命。要超越生死玄關，必須達到生命與自然之和諧統一，與自然同在，就能降低對死亡之恐懼，甚至讓人感到有可能超越死亡苦海，到達永生之神仙世界。

四、唐代文士出入佛道詩文中之生命思想

(一) 唐代文士出入佛禪詩文中之生命思想

　　唐代佛教興盛，文士亦喜讀佛教經卷，與高僧交往。或潛心佛理，性命雙修。並作許多詩文，可以從詩文中都看到文士對生命之體悟。中唐韓愈以儒者自居，排斥佛、道，但仍與禪師往來。如其〈寄禪師〉詩云：「從無入有雲峰聚，已有還無電火銷。銷聚本來皆是幻，世間閑口漫囂囂。」詩中人生皆是因緣合和之假相，不論有無，到頭都是虛幻不實。韓愈對佛理亦有深刻之認識。

　　盛唐詩人王維（701～761）在京師時，即已習禪為事。《舊唐書·王維傳》云：

　　在京師，長齋，不衣文采，日飯十數名僧，以玄談為樂，齋中無所有，惟茶鐺藥臼、經案繩床而已。退朝之後，焚香獨坐，以禪誦為事。[223]

　　王維描繪自己修道之過程，是由清淨心到禪寂之樂，已體悟到佛教真空妙有之真諦。在動靜不同之世界裏，王維體會到眼中必須空而不染，就不會被紅塵俗事所迷。〈青龍寺曇壁上人兄院集〉云：

　　高處敞招提，虛空詎有倪。坐看南陌騎，下聽秦城雞。眇眇孤煙起，芊芊遠樹齊。青山萬井外，落日五陵西。眼界今無染，心空安可迷。[224]

　　王維坐看南陌騎，下聽秦城雞之動態世界，也看到芊芊遠樹齊。青山萬井外，落日五陵西之靜態世界，而自己則眼界無染，心空不迷，已經達到不染俗塵之境界。王維在〈春日上方即事〉詩中，還談到自己修道之具體事實：

　　好讀高僧傳，時看辟穀方。鳩形將刻杖，龜殼用支床。……北窗桃李下，閒坐但焚香。[225]

　　王維喜歡讀高僧之傳記，有時看道家避穀之方法。把手杖頭雕刻成鳩之形態，將烏龜殼墊在床腳下撐床。悠閒地在北窗下焚香打坐，完全像一位佛門居士修道之生活。在〈飯覆釜山僧〉詩云：

　　晚知清淨理，日與人群疏。將候遠山僧，先期掃敝廬。果從雲峰

[223] 《舊唐書》，卷190下，頁5051。
[224] 《王右丞集箋注》，卷11，頁214。
[225] 同上註，卷9，頁153。

裏，顧我蓬蒿居。藉草飯松屑，焚香看道書。燃燈晝欲盡，鳴磬夜方初。已悟寂為樂，此生閒有餘。思歸何必深，身世猶空虛。[226]

詩中敘述王維與覆釜山僧一起修道習禪，吃松子，看道書，直到晝欲盡之黃昏。如此度日，已領悟空寂之樂趣，也感受到身世之空虛。

王維在輞川禪定後，內心平靜空寂。面對自然界之景物，並非死寂，而是通過內心之過濾，將現實靜謐之景物，與內心融合而呈現出來。如〈過香積寺〉：

不知香積寺，數里入雲峰。古木無人徑，深山何處鐘。泉聲咽危石，日色冷青松。薄暮空潭曲，安禪制毒龍。[227]

王維經過香積寺，將眼前空寂之景物，與空靈之心融於一爐，於是抒發高雅之生命情懷。覺得心中許多妄念，常如毒龍纏縛著自己，不能解脫。只有修習禪定，才能制伏這些妄念。

人在年老鬢白之時，人生之體驗比較豐富，在夜深人靜時，常有深刻之感受。王維〈秋夜獨坐〉詩云：

獨坐悲雙鬢，空堂欲二更。雨中山果落，燈下草蟲鳴。白髮終難變，黃金不可成。欲知除老病，唯有學無生。[228]

王維走出門外，獨坐冥思，雙鬢漸白而悲傷，又無法覓得金丹妙藥，使自己轉為年青。在無奈中，唯有學道，達到無生無死之解脫境界，就能不懼老病。

---

[226] 同上註，卷7，頁39。
[227] 同上註，卷7，頁131。
[228] 同上註，卷9，頁158。

柳宗元（773～819）與佛學之淵源，源自禪宗。禪宗修行之法門，道信
與弘忍主張坐禪與守心。《楞伽師資記》錄道信〈入道安心要方便法門〉云：
「當知佛即是心，心外更無別佛也。」又云：

> 初學坐禪看心，獨坐一處。……徐徐歛心，神道清利。心地明淨，
> 觀察分明內外空淨，即心性寂滅。如其寂滅，則聖心顯矣。[229]

修禪之功夫，是要通過修心，去除心中之染著，歸於清淨。慧能《六祖
壇經・懺悔第六》中言：

> 一切法盡在自性，自性長清淨。日月常明，只為雲覆蓋。……妄
> 念浮雲覆，自性不能明。[230]

禪宗傳到洪州禪馬祖禪師，認為此心即是佛性，平常心是道，打破淨染
之區別。禪僧不再念經，不必坐禪，無拘無束。採用隨緣任運之生命哲學。
柳宗元徹底反對。

柳宗元在德宗建中年間（780～783），來到父親任所夏口，貞元元年（785）
隨父親來到洪州，與洪州刺史李兼之女婿楊憑交好。李兼門下權德輿為馬祖
道一之在家弟子，楊憑曾對如海禪師行弟子禮，並與其女定親。可見柳宗元
與洪州禪交往密切。但是柳宗元在永州時，曾批評當時禪宗南北相爭是誣禪
亂教之事。在〈送琛上人南遊序〉中，卻對琛上人表達推崇，也當時之禪風
表達不滿：

> 今之言禪者，有流盪舛誤，迭相師用，妄取空語，而脫略方便，

---

[229] 淨覺禪師：《楞伽師資記》，（《大正藏》，冊85）；根據《續高僧傳》記載，達摩禪法〈大乘
　　入道四行〉，是大乘安心之法；《楞伽師資記》所載與《續高僧傳》一致。

[230] 《六祖壇經》，頁118。

顛倒真實，以陷乎己，而又陷乎人。又有能言體而不及用者，不知二者之不可斯須離也。離之外矣，是世之所大患也。吾琛則不然，觀經得「般若」之義，讀論悅「三觀」之理，晝夜服習而身行之。有來求者，則為講說。從而化者，皆知佛之為大，法之為廣，菩薩大士之為雄，修而行者之為空，蕩而無者之為礙。[231]

　　文中對琛上人能觀經，讀論，得「般若」之義，悅「三觀」之理。「三觀」為天台宗「一心三觀」假觀、空觀、中觀之義。柳宗元對天臺教義有所認同。同時批評當時妄取空語，而脫略方便，能言體而不及用之禪風，加以否定。認為禪宗應當重視戒律，閱讀經論，不要空談心性，有悖修行之真義。

　　柳宗元在永州，計謫居十年，溺心於佛典之中。在〈巽上人赴中丞叔父召序〉一文中云：

　　　　吾自幼好佛，求其道積三十年，世之言者罕能通其說，吾獨得焉。[232]

　　柳宗元自言自幼好佛道三十年，在永州零陵十年中，悟得佛理，應是在窮愁困頓之際，對生命做深沉之自省，終於悟得生命之真諦。其〈戲題石門長老東軒〉詩云：

　　　　石門長老身如夢，旃檀成林手所種。坐來念念非昔人，萬遍蓮花為誰用。如今七十自忘機，貪愛都忘觔力微。莫向東軒春野望，花開日出雉皆飛。[233]

---

[231] 《柳宗元詩箋釋》，卷4，頁428。

[232] 同上註，頁423。

[233] 同上註，卷1，頁26。

石門長老之身世如夢幻，當年栽種的檀香木已茂盛成林。靜坐念禪之時，已非昔人。《法華經》念萬遍，要迴向給誰呢？長老已年過七十，早已忘卻往日之營求，貪愛事務時，筋力已衰微。不要向東邊窗外盎然之春野眺望，晴空下百花盛開，雉鳥都已四處飛翔。由此推想，柳宗元雖在講石門長老，卻也在勸慰自己，冷卻對人事之煩憂，方能讓身心自在。

白居易（772～846）比柳宗元年長一歲，但對修禪之心轉趨積極者，是在元和十年（815），貶至江州之後，因仕途遭到挫折，就會想以佛理解開心中之鬱結，也會結交佛門僧侶，因地緣關係，白居易結交者屬南禪洪州一系，在〈晚春登大雲寺南樓贈常禪師〉云：

> 花盡頭新白，登樓意若何？歲時春日少，世界苦人多。愁醉非因酒，悲吟不是歌。求師治此病，唯勸讀楞伽。[234]

《楞伽經》為禪門要籍，主張以佛語心為心，人若依經而行，即可治人間疾苦之事。人若少名利之心，容易看破生死，當然也可以消除年老頭白之愁苦。

白居易另一首〈讀禪經〉云：

> 須知諸相皆非相，若住無餘卻有餘。言下忘言一時了，夢中說夢兩重虛。空花那得兼求果？陽燄何如更覓魚？攝動是禪禪是動，不禪不動即如如。[235]

詩中白居易以佛家之名相，說明人生之理。白居易讀《金剛經》：「若見諸相非相，即見如來。」如見到宇宙間森羅萬象之事物，只是因緣和合之假

---

[234] 《白居易詩集校注》，卷16，頁1273。
[235] 同上註，卷32，頁2425。

相。若住無餘卻有餘，是白居易讀《雜阿含經》三四七經：「佛告須深：是名
先知法住，後知涅槃。彼諸善男子，獨一靜處，專精思惟，不放逸住，離於
我見，不起諸漏，心善解脫。」無餘是法住智，有餘是涅槃智，合則是了悟
苦、集、滅、道之理，解脫一切煩惱而解脫。可知白居易對佛理已有深刻之
領悟。

穆宗長慶二年（822），白居易擔任杭州刺史，作〈蘇州重元寺法華院石
壁經碑文〉云：

> 夫開士悟入諸佛知見，已了義度無邊，以圓教垂無窮，莫尊於《妙
> 法蓮華經》……。正無生忍，造十二門，住不可思議解脫，莫極於《維
> 摩詰經》……。攝四生九類入無餘涅槃，實無得度者，莫先於《金剛
> 般若波羅蜜經》……。罪集福，淨一切惡道，莫極於《佛頂尊勝陀羅
> 尼經》……。應念順願，願生極樂土，莫極於《阿彌陀經》……。用
> 正見，觀真相，莫出於《觀音普賢菩薩法行經》……。詮自性，認本
> 覺，莫深於《實相法密經》……。空法塵，依佛智，莫過於《般若波
> 羅密多心經》……。[236]

從碑文中觀察，白居易當時深入經藏，幾部大乘佛教經典之意旨，做精
要之提示。對於大乘教理，應已得其精髓，也可以說是白居易研讀佛典之心
得。

文宗大和（827～835）年以後，白居易長住洛陽，常與僧侶往來。〈醉吟
先生傳〉中云：

> 棲心釋氏，通學小大乘法，與嵩山僧如滿，為空門友。[237]

---

[236] 《全唐文》，卷678，頁6926。

[237] 同上註，卷680，頁6954。

　　如滿本為南宗禪馬祖門下弟子，白居易與之結蓮社念佛，顯見亦是受當時「禪淨雙修」風氣之影響。

　　白居易六十九歲時，在東都長壽寺受八關齋戒，發願往生彌勒淨上。在〈答客說〉詩中云：

　　　　吾學空門非學仙，恐君此說是虛傳。海山不是我歸處，歸即應歸兜率天。[238]

　　詩尾注云：「予晚年結彌勒上生業，故云。」並作〈畫彌勒上生禎贊〉贊文，序云：「曲躬合掌，焚香作禮。發大誓望，願生內宮。劫劫生生，清靜供養。」又云：

　　　　有彌勒弟子白樂天，同誓願遇是緣。爾時，稽首當來下生慈氏世尊足下，拜上致敬無量，而說贊曰：「百四十心，合唯一誠。百四十口，發同一聲。仰慈氏形，稱慈氏名。願我來世，一時上生。」[239]

　　兜率天是白居易晚年追求能往生天界，還勸導一百四十人結上生會，行彌勒淨土業。可見唐代文人信仰佛教，追求死後轉生西方極樂淨土。

　　白居易晚年風痺，專事西方淨土，繪西方變相一軸，並作〈畫西方禎記〉云：

　　　　弟子居易，焚香稽首。跪於佛前，起慈悲心。發弘誓言，白豪大光，應念來感。青蓮上品，隨願往生。縱見在身，盡未來際。常得清靜而供養也。欲重宣此願，而偈贊云：「極樂世界清淨土，無諸惡道及

---

[238] 《白居易詩集校注》，卷36，頁2784。

[239] 《全唐文》，卷696，頁6904。

眾苦。願如老身病苦者，同生無量壽佛所。」[240]

　　白居易晚年發大菩提心，發弘誓言，願一切眾生，有如其老者、病者，皆能離苦得樂，斷惡修善，永離生死輪迴，護念悲憫眾生之心，表露無遺。

　　從以上論述，唐代文士與佛教淵源甚深，交往亦多。如王維在京師為官時，即常齋習佛，隱居輞川後，以深得佛理；柳宗元常隨父親在各地與禪師往還。在永州窮愁之際，亦藉佛理參透生死大關；白居易亦深入經藏，對大乘經典，深得其精髓。在洛陽時，亦常與僧侶交游，並發願往生彌勒淨土。可見佛教在唐代，對文士生命之體會，有極大之影響。

(二) 唐代文士出入道教詩文中之生命思維

　　唐代文士與道士間之交往頻繁，一方面道教是唐代國教，道家思想清高脫俗，而道教之重服食養生，若求得金丹，可延年益壽，長生久視。當時文士與道士交往之人甚多，不一一陳述，不過其中有道名遠播，與文士往來密切者，有司馬承禎、賀知章、吳筠、毛仙翁等。

　　司馬承禎（647～735），字子微，據《舊唐書‧隱逸傳》記載：

　　　　少好學，薄於為吏，遂為道士。事潘師正，傳其符籙、辟穀、導引、服餌之術。[241]

　　司馬承禎嘗遊遍名山，後棲止天臺山，自號白雲子，與陳子昂、盧藏用、宋之問、王適、畢構、李白、孟浩然、王維、賀知章為「仙宗十友」，先後受武則天、中宗、玄宗召至京都，每次都固辭還山，帝王賞賜豐厚，遣使送之。

　　今《全唐詩》所收寄贈之詩，多為文人出身之臺閣大臣，如沈佺期、宋

---

[240] 同上註，頁6903。

[241] 《舊唐書》，卷192，頁5127。

之問、李嶠、張說等，如沈佺期作〈同工部李侍郎適訪司馬子微〉詩云：

> 長生術何妙，童顏後天老。……憑嵓飲蕙氣，過澗摘靈草。……
> 聞有參同契，何時一探討。[242]

沈佺期很想閱讀魏伯陽《周易參同契》一書，鑽研道家長生之術。宋之
問作〈寄天臺司馬道士〉詩云：

> 臥來生白髮，覽鏡忽成絲。遠愧餐霞子，童顏且自持。舊遊惜疏
> 曠，微尚日磷緇。不寄西山藥，何由東海期。[243]

以上二詩都在讚美司馬道士因修長生之術，而童顏不老，期待對方能幫
自己參透煉丹術，或獲得靈藥。

賀知章（659～744），字季真，一字維摩，號石窗，晚年更號四明狂客，
又稱秘書外監，越州永興（今浙江蕭山）人。據《舊唐書・文苑傳》記載：

> 少以文詞知名，舉進士。初授國子四門博士，又遷太常博士。……
> 十三年，遷禮部侍郎，加集賢院學士，又充皇太子侍讀。……天寶三
> 載，知章因病恍惚，乃上疏請度為道士，求還鄉里，乃舍本鄉宅為
> 觀。……御制詩以贈行，皇太子以下咸就執別。[244]

玄宗作〈送賀知章歸四明〉詩序云：

> 天寶三年，太子賓客賀知章鑒止足之分，抗歸老之疏。解組辭榮，

---

[242] 《沈佺期宋之問集校注》，卷3，頁185。
[243] 同上註，卷4，頁603。
[244] 《舊唐書》，卷190，頁5033。

志期入道。朕以其年在遲暮，用循掛冠之事，俾遂赤松之遊。正月五日，將歸會稽，遂餞東路，乃命六卿庶尹大人供帳青門，寵行邁也。[245]

文中對賀知章掛冠為道士，將回歸會稽之事。特命六卿相送，尊寵有加。據王楙（1151～1213）《野客叢書》記載，當時有朝士李適等三十七人有餞別之作，可知賀知章交遊廣闊。[246]

毛仙翁未在朝廷任官，但其神異之事跡，令人心生嚮往。宋‧計有功《唐詩紀事》引杜光庭，言其外貌事蹟云：

毛仙翁者，名于，字鴻漸，得久視之道。不知其甲子，常如三十許人。其韶容稚姿，雪肌玄髮，若處子焉。周遊湖嶺間，常以丹石攻疾。陰功救物，受其賜者，不可勝記。[247]

依此描述，毛仙翁除容顏不老外，且有救人無數之功德。當代達官名士，無不爭相與之交往。王仲鏞《唐詩紀事校箋‧毛仙翁傳》中記載與毛仙翁交往者有：

裴晉公度、牛公僧孺、令狐公楚、李公程、李公宗閔、李公紳、楊公嗣復、楊公於陵、王公起、元公稹，當代之賢相也。白公居易、崔公鄲、鄭公尉、鄭都澣、李公益、張公仲方、沈公傳師、崔西元略、劉公禹錫、柳公綽、韓公愈、李公翱，當代之名士也。望震寰區，名動海島。或師以奉之，或兄以事之，皆以師為上清品人也。或美其登仙出世，或紀其孺質嬰姿。或異其藏往知來，或敘其液金水玉。霞綺交爛，組繡相宣，蓋元史之盛事也。自元和洎大中戊子，五十餘年，

[245] 《全唐文》，卷3，頁31。

[246] 宋‧王楙：《野客叢書》，（《景印文淵閣四庫全書》，冊852），卷17，頁685。

[247] 《唐詩紀事校箋》，卷81，頁2580。

容色不改，信非常人矣！[248]

　　唐代詩文集中，與道士贈答、送別、尋訪、追憶之詩甚多，如白居易作
〈送毛仙翁（江州司馬時作）〉詩中云：

　　　　仙翁已得道，混跡尋岩泉。肌膚冰雪瑩，衣服雲霞鮮。紺髮絲並
　　致，齠容花共妍。方瞳點玄漆，高步凌飛煙。幾見桑海變，莫知龜鶴
　　年。所憩九清外，所遊五嶽巔。軒昊舊為侶，松喬難比肩。[249]

　　詩中對毛仙翁之肌膚、衣服、齠容、方瞳、年齡都分別細述。牛僧孺見
仙翁，亦言：「況雙眸炅然，紅膚若花，迅駭無羈，束步飄飄然。予安謂其非
至人乎！」[250] 如此多名士與其交遊，且以詩文敘述，當非虛構之人物。
　　唐代文士與道士交往，最重要的是向道士求取丹藥，如詩人楊嗣復作〈贈
毛仙翁〉一詩，表達向毛仙翁求丹藥之心聲：

　　　　藥成自固黃金骨，天地齊兮身不沒。日月宮中便是家，下視崑崙
　　何突兀。童姿玉貌誰方比，玄髮綠鬢光彌彌。滿朝將相門弟子，隨師
　　盡願拋塵滓。九轉琅玕必有餘，願乞刀圭救生死。[251]

　　詩中敘述丹藥煉成，就有黃金骨，壽命與天地齊。會上天以日月為家，
並有童姿玉貌，玄髮綠鬢。希望仙翁能將多餘之九轉金丹相贈，以挽救人會
死亡之大事。
　　文士還有一項心願，就是參透《周易參同契》一書。初唐沈佺期〈同工

---

[248] 同上註，頁2580。

[249] 《白居易詩校注》，卷459，頁2744。

[250] 《唐詩紀事校箋》，卷81，頁2580。

[251] 《全唐詩》，卷464，頁5277。

部李侍郎適訪司馬子微〉一詩中云:「聞有參同契,何時一探討?」[252] 盛唐詩人王昌齡〈就道士問周易參同契〉一詩云:

> 仙人騎白鹿,發短耳何長。時餘采菖蒲,忽見嵩之陽。稽首求丹經,乃出懷中方。披讀了不悟,歸來問嵇康。嗟余無道骨,發我入太行。[253]

　　詩中言在嵩山之南見到仙人,稽首求經之後,卻無法領悟。中唐白居易〈尋郭道士不遇〉一詩中云:「欲問參同契中事,更期何日得從容。」[254] 這也是想請教郭道士,《周易參同契》一書中有關丹藥之事。

　　盛唐詩人李白(701~762),自幼學道,亦有仙風道骨之貌。其〈感興六首〉之四中云:「十五遊神仙,仙遊未曾歇。」[255] 〈廬山謠寄盧侍禦虛州〉中云:「五嶽尋仙不辭遠,一生好入名山遊。」[256] 可見李白也有學道成仙之幻想,在〈下途歸石門舊居〉中云:「余嘗學道窮冥筌,夢中往往遊仙山。」[257] 〈焦山望松寥山〉中云:「安得五綵虹,駕天作長橋。仙人如愛我,舉手來相招。」[258]

　　李白在天寶三載(744)三月,上書請求還山後,道士高如貴在濟南紫極宮授其道籙,開始道士生涯,此後李白談道煉丹,甚至在〈草創大還贈柳官迪〉一詩中,言其煉成大還丹:「赫然成還丹,與道本無隔。」[259] 可見李白對《周易參同契》一書之奧妙,已完全領悟。

---

[252] 《沈佺期宋之問集校注》,卷3,頁185。

[253] 《王昌齡詩校注》,頁74。

[254] 《白居易詩校注》,卷17,頁1354。

[255] 同上註,卷183,頁1385。

[256] 同上註,卷173,頁663。

[257] 同上註,卷181,頁1266。

[258] 同上註,卷21,頁1218。

[259] 同上註,卷169,頁691。

李白曾作〈暮春江夏送張祖監丞之東都序〉云：

> 吁咄哉！仆書室坐愁，亦已久矣。每思欲遐登蓬萊，極目四海，手弄白日，頂摩青穹，揮斥幽憤，不可得也。而金骨未變，玉顏已緇，何常不捫松傷心，撫鶴歎息？[260]

詩中充滿對神仙之幻想，每欲登蓬萊，極目四海，手弄白日，頂摩青穹而不可得。有一次，李白夢想前往海外仙山，作〈懷仙歌〉云：

> 一鶴東飛過滄海，放心散漫知何在？仙人浩歌望我來，應攀玉樹長相待。堯舜之事不足驚，自餘囂囂直可輕。巨鰲莫戴三山去，我欲蓬萊頂上行。[261]

詩中說明自己看輕「致君堯舜」之事，而想像自己化身為一鶴，向東飛越滄海，前往蓬萊仙山，與仙人過自由而無束縛之神仙生活。

雖然神仙生活令人期待，但現實世界混亂又令人失望，李白有時會批判神仙之虛妄。其〈登高丘而望遠海〉云：

> 登高丘，望遠海，六鰲骨已霜，三山流安在？扶桑半摧折，白日沉光彩。銀臺金闕如夢中，秦皇漢武空相待。精衛費木石，黿鼉無所憑。君不見驪山茂陵盡灰滅，牧羊之子來攀登。盜賊劫寶玉，精靈竟何能。窮兵黷武今如此，鼎湖飛龍[262] 安可乘？[263]

---

[260] 《李白集校注》，卷 27，頁 1555。

[261] 同上註，卷 167，頁 576。

[262] 《論衡校箋》，卷 7，王充《論衡・道虛篇》：「黃帝采首山之銅，鑄鼎於荊山下。鼎既成，有龍垂胡髯下迎黃帝。黃帝上騎，群后後宮從上七十餘人，龍乃上去。餘小臣不得上，乃悉持龍髯，

　　李白在詩中指斥玄宗求仙之無益,用兵南詔亦是窮兵黷武,從前雄才大略之秦皇、漢武,期待之長生久視,到頭來是一場空,如今驪山茂陵盡灰滅,也無法如黃帝在鼎湖騎龍上天。反映求仙之幻想,虛幻而不可得。

　　中唐白居易(772～846)是儒釋道兼重之學者,結交僧侶,坐禪念佛;結交道友,參習道典。其〈睡起晏坐〉云:

　　　　淡寂歸一性,處閒遺萬慮。了然此時心,無物可譬喻。本是無有鄉,亦名不用處。行禪與坐忘,同歸無異路。[264]

　　詩中敘述行禪與坐忘,都在使自己淡寂遺慮,兩者殊途同歸。可見白居易對佛道並無偏見。

　　白居易曾尋訪道士、煉師,如〈送毛仙翁〉一詩中云:

　　　　丹華既相付,促景定當延。玄功曷可報,感極惟勤拳。霓旌不肯駐,又歸武夷川。[265]

　　從「丹華既相付」句,可見毛仙翁曾付以丹華之術。白居易在廬山築草廬而居,在其〈宿簡寂觀〉詩云:

　　　　岩白雲尚屯,林紅葉初隕。秋光引閒步,不知身遠近。夕投靈洞宿,臥覺塵機泯。名利心既忘,市朝夢亦盡。暫來尚如此,況乃終身隱。何以療夜饑,一匙雲母粉。[266]

龍髯拔墮,墮黃帝之弓。百姓仰望黃帝既上天,乃抱其弓與胡髯號,故後世因其處曰鼎湖,其弓曰烏號。」,頁226。

[263] 《李白集校注》,卷4,頁283。

[264] 《白居易詩校注》,卷7,頁607。

[265] 同上註,卷36,頁2744。

[266] 同上註,卷7,頁601。

　　詩中敘述自己服用雲母粉，以療饑健體。雲母粉又名雲英，是一種硅鋁酸鹽，道家之天然礦物藥。白居易中年以後，常服用此藥。在八十三歲時，仍服用雲母粉。其〈早服雲母散〉中云：

　　　　曉服雲英漱井華，寥然身若在煙霞。藥銷日晏三匙飯，酒渴春深一碗茶。每夜坐禪觀水月，有時行醉玩風花。淨名事理人難解，身不出家心出家。[267]

　　此詩是元和十一年（816），白居易來九江之第二年秋天，到廬山南麓簡寂觀，面對高天白雲，紅林幽洞，寵辱皆忘。在早晨服用雲母散之後，有若棲身於煙霞之中，有一種陶然忘機之感覺。在廬山煉丹失敗後，曾向道士乞討丹藥。如〈天壇峰下贈杜錄事〉詩云：

　　　　年顏氣力漸衰殘，王屋中峰欲上難。頂上將探小有洞，喉中須咽大還丹。河車九轉宜精煉，火候三年在好看。他日藥成分一粒，與君先去掃天壇。[268]

　　詩中言「他日藥成分一粒」，應是向天壇峰之杜錄事乞討九轉大還丹，可見白居易對長生成仙之事，企盼頗殷。
　　在文宗開成二年（837），白居易六十六歲時，作〈燒藥不成命酒獨醉〉云：

　　　　白髮逢秋王，丹砂見火空。不能留姹女，爭免作衰翁。賴有杯中綠，能為面上紅。少年心不遠，只在半酣中。[269]

267　同上註，卷31，頁2409。

268　同上註，卷28，頁2169。

269　同上註，卷33，頁2560。

　　詩中敘述自己燒藥不成，證明仙術不足憑恃，還是回歸現實生活，飲酒
酣醉，寄託自己老年之生活。

　　晚唐李商隱（813～858）與道教因緣亦深，早年曾「學仙玉陽東」[270]入
道門從事學仙、修鍊，與女道士亦有來往。在玉陽學道時，作〈題道靜院院
在中條山故王顏中丞所置虢州刺史舍官居此今寫真存焉〉詩云：

> 紫府丹成化鶴群，青松手植變龍文。壺中別有仙家日，嶺上猶多
> 處士雲。獨坐遺芳成故事，褰帷舊貌似元君。自憐築室靈山下，徒望
> 朝嵐與夕曛。[271]

　　詩中王顏是好道之士，曾編輯吳筠之文集，德宗貞元十三年至十八年任
虢州刺史，李商隱訪問道靜院時，見到王顏畫像，有無限神往之意。

　　李商隱作〈玄微先生〉詩云：

> 仙翁無定數，時入一壺藏。夜夜桂露濕，村村桃水香。醉中拋浩
> 劫，宿處起神光。藥裏丹山鳳，棋函白石郎。弄河移砥柱，吞日倚扶
> 桑。龍竹裁輕策，鮫綃熨下裳。樹栽嗤漢帝，橋板笑秦王。徑欲隨關
> 令，龍沙萬里強。[272]

　　詩中描述仙翁如後漢之費長房，時常藏入壺中。又利用醉酒，拋去浩劫，
宿處升起如流星般之神光。仙藥中含有九色鳳頸，棋函中之白石棋子有如玉
一般。法術高強，能移走砥柱山，弄成河流，依倚碧海中之扶桑樹，吞下太
陽。將能化龍之竹杖，裁成輕便之馬鞭。又用南海外鮫人之絹，織成下裳。
譏漢武帝想栽種仙桃樹，又笑秦始皇欲作石橋，過海看日出處，而被神人驅

[270] 《玉谿生詩集箋注》，卷1，頁64。
[271] 同上註，卷2，頁237。
[272] 同上註，卷3，頁553。

石下海。一直想隨關令尹之，同游白龍堆沙漠。全詩將道教許多典故組合成詩，還譏笑秦皇、漢武一番，應該對道家有深刻之體悟。

以上論述，說明唐代文士與道教淵源甚深。道教重視服食養生，煉丹成仙。故文士與道友交往，都祈求長生久視之方。如道士司馬承禎與文士往來密切；賀知章為文士，卻請度為道士。至於文士中之李白、白居易、李商隱等，皆修習道典，與道友相與贈答、送別；楊嗣復向道士毛仙翁求取丹藥；白居易則在廬山自煉丹藥，未成，但常服用雲母粉等，都說明道教之服食養生，修鍊成仙之說，對唐代文士產生莫大之吸引力，亦為唐代道教興盛之重要原因。

第八章　唐人養生醫病哀祭詩文中之生命思想

　　我國養生觀念起源甚早《周易·繫辭傳》云：「易有太極，是生兩儀，兩儀生四象，四象生八卦。八卦定吉凶，吉凶生大業。」[1] 此言宇宙從太極產生陰陽之氣，再由陰陽之氣產生一年四時，由四時再產生八卦。八卦卦位可以定吉凶，再由趨吉避凶，成就偉大之事業。吉凶是指出人的失得成敗，要成就事業，必須觀察天人之道，依照天地、陰陽、四時之變化，調理陰陽，頤養精神，順暢氣血，使身心保持健康、暢適之狀態。

　　此養生觀念，到西漢董仲舒，繼承《周易》及秦代《呂氏春秋》之理念，將陰陽、五行之觀念，擴大為「人副天數」之說。《春秋繁露·人副天數》云：

　　　天德施，地德化，人德義。天氣上，地氣下，人氣在其間。春生夏長，百　物以興，秋殺冬收，百物以藏。故莫精於氣，莫富於地，莫神於天。天地之精所以生物者，莫貴於人。人受命乎天也，故超然有以倚。……人有三百六十節，偶天之數也；形體骨肉，偶地之厚也；上有耳目聰明，日月之象也；體有空竅理脈，川谷之象也；心有哀樂喜怒，神氣之類也。觀人之體。……凡物之形，莫不伏從旁折天地而行，人獨體直立端尚，正正當之。是故所取天地少者，旁折之；所取天地多者，正當之。此見人之絕於物而參天地。是故人之身，首安而圓，象天容也；髮，象星辰也；耳目戾戾，象日月也；鼻口呼吸，象風氣

---

1 《周易正義》，頁 156-157。

也；胸中達知，象神明也；腹胞實虛，象百物也。……頸以上者，精
神尊嚴，明天類之狀也；頸而下者，豐厚卑辱，土壤之比也；足布而
方，地形之象也。……陽，天氣也；陰，地氣也。故陰陽之動，使人
足病；喉痺起，則地氣上為雲雨，而象亦應之也。……身猶天也，數
與之相參，故命與之相連也。天以終歲之數，成人之身，故小節三百
六十六，副日數也；大節十二分，副月數也；內有五臟，副五行數也；
外有四肢，副四時數也；乍視乍瞑，副晝夜也；乍剛乍柔，副冬夏也；
乍哀乍樂，副陰陽也；心有計慮，副度數也；行有倫理，副天地也。[2]

　　此將人之生命與天地、陰陽、四時、五行、十二月、三百六十六日、晝
夜等，皆與人體配合，則天為大宇宙，人為小宇宙。養生、健康皆要與自然
相副。其後《黃帝內經》之醫學理論，亦與此旨相合。魏晉時，文士亦重養
生。竹林七賢之一嵇康《嵇中散集・養生論》，主張「形神並養」之說，其言
云：

　　夫服藥求汗，或有弗獲；而愧情一集，渙然流離。終朝未餐，則
囂然思食；而曾子銜哀，七日不飢。夜分而坐，則低迷思寢；內懷殷
憂，則達旦不瞑。勁刷理鬢，醇醴發顏，仍乃得之；壯士之怒，赫然
殊觀，植髮衝冠。由此言之，精神之於形骸，猶國之有君也；神躁於
中，而形喪於外，猶君昏於上，國亂於下也。夫為稼於湯之世，偏有
一溉之功者，雖終歸燋爛，必一溉者後枯。然則一溉之益，固不可誣
也。而世常謂一怒不足以侵性，一哀不足以傷身，輕而肆之，是猶不
識一溉之益，而望嘉穀於旱苗者也。是以君子知形恃神以立，神須形
以存，悟生理之易失，知一過之害生。故脩性以保神，安心以全身，
愛憎不棲於情，憂喜不留於意，泊然無感，而體氣和平。又呼吸吐納，

---

[2] 《春秋繁露》，頁697。

　　服食養身。使形神相親，表裏俱濟也。[3]

　　嵇康從形神並養出發，認為養形與養神並重，養形是要「呼吸吐納，服食養身」；「蒸以靈芝，潤以醴泉，晞以朝陽，綏以五弦。」養神是要「清虛靜泰，少私寡欲。」還要「愛憎不棲於情，憂喜不留於意。」最後做到「形神相親，表裏俱濟。」唐人常感嘆人生短暫，生死無常，壽無金石之固，故在衣食無虞之下，企圖藉服食養生，以延長壽命。佛教自東漢明帝傳入中國後，宣揚人生無常，又有生老病死，愛憎離別之苦。因此要藉禪修，成佛或菩薩，以免除六道輪迴之苦。道家則以金石丹藥延年益壽，煉丹遂形成唐代流行之風潮，上自帝王官吏，下到文士僧道，無不想成仙不死。即使中毒致病者，不計其數，但迷戀者仍深陷其間，無法自拔。

一、 唐人養生詩文中之生命思想

(一) 唐代醫家之養生

　　唐代重視服食養生，就是以食物或藥物補益養生，稱為「藥食同源」。唐代名醫孫思邈有關養生之文，有〈攝養枕中方序〉、〈保生銘〉、〈養性延命錄序〉、〈福壽論〉、〈存神煉氣銘〉等，主張「善養身者，則治未病之病。」認為服鉺養生，可以益壽延年，在其《備急千金要方》三十卷中，舉出二十九種果實，五十八種菜蔬，二十七種穀米，四十種鳥獸類食物，以治病養生。如蒲桃、覆盆子、大棗、藕實、栗子、芰實、橘柚、冬葵子、白蒿、莧菜實、苦菜、百合、合歡、蕪菁子、薏苡仁、胡麻、白麻子、醍醐、青粱米、熊肉、羚羊角、鴈肪、石蜜等，都有祛病養生之效。如百合：「補中益氣。」合歡：

---

[3]　《漢魏六朝百三名家集》，頁 1367。

「令人歡樂無憂，久服輕身明目，得所欲。」等。

《備急千金要方》的〈食治‧序論第一〉及〈養性‧服食法〉，有關於食補之說，云：

> 安身之本，必資於食；救疾之速，必憑於藥。……食能排邪而安臟腑，樂神爽志以資四氣。若能用食平痾，釋情遣疾者，可謂良工長年餌老之奇法，極養生之術也。夫為醫者，當先洞曉病源，知其所犯。以食治之，食療不癒，然後命藥。[4]

孫思邈將食療置於用藥之前，食能排邪、安臟腑、樂神爽志等功能，如食療不癒，再行用藥。其言云：

> 食不欲雜，雜則或有所犯。有所犯者，或有所傷。或當時雖無災苦，積久為人作患。又食噉鮭肴，務令簡少。魚肉果實，取益人者而食之。凡常飲食，每令節儉。若貪味多餐，臨盤大飽。食訖覺腹中彭亨短氣，或至暴疾，仍為霍亂。又夏至以後，迄至秋分，必須慎肥膩、餅、酥油之屬。此物與酒漿、瓜果理極相妨。夫在身所以多疾者，皆因春夏取冷太過，飲食不節故也。又魚膾、諸腥冷之物，多損於人，斷之益善。乳酪酥等常食之，令人有筋力，膽肝肌體潤澤。卒多食之，亦令臚脹泄利，漸漸自已。[5]

此段言飲食必須簡少，不可貪味多餐，臨盤大飽。魚肉果實，要選擇對身體有益者食之。春夏不可吃太過冰冷之食物。常食乳酪酥。可以使人有筋力，膽肝肌體潤澤。又云：

---

[4] 孫思邈：《備急千金要方》，（《景印文淵閣四庫全書》，冊735），卷79，頁804。
[5] 同上註。

　　　五味入於口，各有所走，各有所病。……五臟不可食忌法：多食
酸則皮槁而毛夭，多食苦則筋縮而爪枯，多食甘則骨痛而髮落，多食
辛則肉胝而唇寒，多食鹹則脈凝泣而色變。五臟所宜食法：肝病則食
麻、犬肉、李、韮；心病宜食麥、羊肉、杏、薤；脾病宜食稗米。五
味動病法：酸走筋，筋病勿多食酸。苦走骨，骨病勿食苦。甘走肉，
肉病勿食甘。辛走氣，氣病勿食辛。鹹走血，血病勿食鹹。[6]

　　此段又依五臟，說明五味與五臟、疾病之關係，並依此選擇食物，以調
理身體。多食酸則皮槁而毛夭，多食苦則筋縮而爪枯，多食甘則骨痛而髮落，
多食辛則肉胝而唇寒，多食鹹則脈凝泣而色變。肝病則食麻、犬肉、李、韮；
心病宜食麥、羊肉、杏、薤；脾病宜食稗米。又云：

　　　五臟病五味對治法：肝苦急，急食甘以緩之；肝欲散，急食辛以
散之，用酸瀉之，禁當風；心苦緩，急食酸以收之。心欲軟，急食鹹
以軟之，用甘瀉之，禁溫食、濃衣；脾苦濕，急食苦以燥之。脾欲緩，
急食甘以緩之，用苦瀉之，禁溫食飽食，濕地濡衣；肺苦氣上逆息者，
急食苦以瀉之。肺欲收，急食酸以收之，用辛瀉之，禁無寒飲食、寒
衣；腎苦燥，急食辛以潤之，開腠理，潤致津液，通氣也。腎欲堅，
急食苦以結之，用鹹瀉之。無熱衣、溫食，是以毒藥攻邪。五穀為養，
五肉為益，五果為助，五菜為充。精以食氣，氣養精以榮色。形以食
味，味養形以生力。此之謂也。

　　此段說明五臟之病，可以五味緩解之，並分別敘述對治之法。肝苦急，
急食甘以緩之；心苦緩，急食酸以收之；脾苦濕，急食苦以燥之；肺苦氣上
逆息者，急食苦以瀉之；腎苦燥，急食辛以潤之。

---

[6] 同上註，頁 805。

　　孫氏怕一般庶民藥貴難得，加以自己早年因「湯藥之資」而「罄盡家產」，故在《備急千金要方》編寫時，「務在簡易」，「未可傳於士族，庶以貽厥私門。」書中藥方，力求價廉易得，而療效顯著者。如〈傷寒雜治第一〉：

> 　　今諸療多用細辛、甘薑、桂、人參之屬，此皆貴價難得。常有比行求之，轉以失時。而苦參、葶藶、青葙、艾之屬，所在盡有，除熱解毒最良，勝於向之貴價藥也。前後數參並用之。得病內熱者，不必按藥次也，便以青葙、苦參、艾、苦酒療之。但稍與促其間，無不解也。[7]

　　在《備急千金要方》中，多以茯苓、枸杞、地黃、八戟天、菖蒲、黃精等低廉之藥材，使百姓容易採集，又有一定之療效。如〈傷寒雜治第一〉中，言黃精：「補中益氣，久服輕身延年不饑。」[8] 又言菖蒲：「輕身聰耳目明，不忘、不迷惑，延年益心智，高志不老。」[9]

　　《千金翼方》是對《備急千金要方》有所補充；在序中，孫氏說明自己「耄及之年，竟三餘而勤藥餌。」關其內容中，有關服食養生之篇章，有卷十二〈養性服餌第二〉、〈養老食療第四〉、卷十三〈辟穀〉、卷十四〈退居、服藥第三〉、〈飲食第四〉等。如〈養性禁忌第一〉中云：

> 　　善攝生者，常須慎於忌諱，勤於服食，則百年之內，不懼於夭傷也。[10]

　　又〈退居‧飲食第四〉中云：

---

[7] 同上註，頁 806。

[8] 同上註，頁 815。

[9] 同上註。

[10] 朱邦賢、陳文國等：《千金翼方校注》，（上海：上海古籍出版社，1999），卷 12，頁 351。

所有資身，在藥菜而已，料理如法，殊益於人。[11]

〈養性服餌第二〉中，列出三十七首養生方，如茯苓酥方、杏仁酥方、地黃酒酥方、天門冬方、黃精方、昌蒲方、彭祖松脂方、華佗雲母圓子三人丸方、不老延年方等。如地黃酒酥方云：

能令人髮白更黑，齒落更生，髓腦滿實，還年卻老，步及奔馬，補養五臟，調和六腑，顏色充壯，不知衰老。[12]

觀此數方，皆用蜜、臘、牛酥、牛乳、麻油、酒等熬膏、製丸、或做成酥餅，以達到滋養臟腑，益壽延年之功效。

《千金翼方》中提到菊花，可治風疾、安腸胃、利五脈、調四肢、久服利血氣，輕身耐老延年。在唐代以飲菊花酒以延年之記載，如《新唐書・李適傳》：

凡天子饗會游豫，為宰相及學士得從。……秋登慈恩浮圖，獻菊花酒[13] 稱壽[14]。

道家「辟穀」，是不吃穀米，僅服餌以養生長壽。孫氏提出服茯苓、松柏脂、松柏實、枸杞酒、仙方凝靈膏、靈飛散、雲母粉等共五十四種方法，改善體內各種機能，以達到調理健身之效果。

孟詵（612～713）《食療本草》，《食療本草》已佚，但內容散見於《證類

---

[11] 同上註，卷 14，頁 398。

[12] 同上註，卷 12，頁 356。

[13] 東晉・葛洪：《西京雜記》記載：「九月九日配茱萸，食蓬餌，飲菊花酒，令人長壽。菊華舒時，並採莖葉，雜黍、米釀之，至來年九月九日始熟，就飲焉，謂之菊華酒。」

[14] 《新唐書》，卷 202，頁 5747。

本草》、《本草綱目》中。西元一九○七年，敦煌莫高窟發現古抄本殘卷，其中有石榴等二十六種本草食物，經日本學者中尾萬三參考其他醫書，輯校遺文，而知原卷應有兩百餘種本草食物。如覆盆子：「平，主益氣輕身。」藕：「寒，主補中焦，養神氣，益氣力，除百病，久服輕身，耐寒不饑，延年。」可知蔬果具有補身益氣，輕身除病之效果。

孫思邈在草木養生上，有卓越之貢獻，也認為煉丹也可以成為醫療上之良藥。在《太清丹經要訣》序中云：

> 但恨神道懸邈，雲跡疏絕，徒望青天，莫如升舉。……研習不已，冀有異聞。良以天道無私，視聽因之而啟。……豈自炫其所能，趨利世間之意，意在救急濟危。[15]

孫氏煉丹之目的，意在治療疾病。故其丹藥中之「太一神精丹」、「太一玉粉丹」、「小還丹」、「艮雪丹」、「赤血流珠丹」等，都具有療效。如「太一神精丹」由丹砂、曾青、雄黃、磁石、金牙合成，可治瘧病。

(二) 唐代道士之養生

道家重視生前養生，追求長壽。老子《道德經》第五十章云：

> 出生入死，生之徒，十有三；死之徒，十有三。人之生，動之死地，亦十有三。夫何故？以其生生之厚。蓋聞善蓋攝生者，陸行不遇兕虎，入軍不被甲兵；兕無所投其角，虎無所措其爪，兵無所容其刃。夫何故，以其無死地。[16]

---

[15] 《全唐文》，卷71，頁1618。

[16] 《老子今註今譯》，頁172-173。

　　能無死地而生者，就是生命力之發揮。置之死地而後生，就是在死地培養生存之能力。故善於養生者，必須培養自己生命之根基，使自己耳聰目明，長生久視。晉代嵇康、葛洪、陶宏景等人，皆主張服食以輕聲益氣，變化成仙，但未能成功。

　　道家養生，最重要之方法是導引，導引是將肢體動作與呼吸吐納配合，以益壽長生之方術。葛洪《抱朴子》內篇後附〈別旨〉云：「或伸屈，或俯仰，或行臥，或倚立，或躑躅，或徐步，或吟或息，皆導引也。」[17] 葛洪將身體之俯仰屈伸，都歸入導引之中。其實，導引最重要者，是呼吸吐納之功夫。吐納亦稱服氣，是藉呼吸吸取日月精華，使氣息達到輕、緩、勻、長、深之境界。可以強化身體氣血之運行，使肌膚溫潤，筋骨強健，去除百病。

　　道士導引之前，常要辟穀。辟穀是指不食五穀之術。莊子《逍遙遊》中，生動地描述辟穀之神人：

　　　　藐姑射之山，有神人居焉。肌膚若冰雪，綽約若處子。不食五穀，吸風飲露。乘雲氣，御飛龍，而游於四海之外。[18]

　　司馬遷《史記·留侯世家》中，敘述張良「乃學辟穀，導引輕身。」[19] 馬王堆漢墓中，出土「卻穀食氣」之術，敘述依據天地四十之運行，服食天地間之六氣，以延年益壽。

　　辟穀者不食五穀雜糧，但要喝水，服食茯苓、黃精、胡麻、石韋等天然植物性食物，以去除體內積滯之物，以輕身益氣，減緩老化，達到長壽之目的。

　　另有胎息之法，始出於《後漢書·方術列傳》：「（王真）年且百歲，視之面有光澤，似未五十者，自云：『周流登五岳名山，悉能行胎息胎食之方，嗽

[17] 晉·葛洪：《抱朴子·別旨》，（《正統道藏》，冊47），頁762。
[18] 《莊子今註今譯》，頁23。
[19] 《史記今註》，卷55，頁2099。

舌下泉咽之，不絕房室。」[20] 胎息就是嬰兒在母胎內呼吸之管道，修道者企圖用腹式呼吸之方法，重新打開呼吸之通道，返還胎息之狀態，為長生成仙之道。

唐代沿襲春秋、戰國以來養生之說，上自帝王，下至文人、庶民，都有長生成仙之玄想，從事丹道之術士，較前代增加，丹爐藥物較前代進步，醫藥知識充實，都祈求能達成服食成仙之美夢，使煉丹之風大盛。

唐代經濟繁榮，朝廷尊崇道教，注重丹藥養生，官吏文士聞風景從。再加上藥材取得便利，如人參、茯苓、何首烏、麥門冬、黃連、菖蒲、丹砂、石鍾乳[21]、雲母、玉屑等，取得容易。如人參久服可以輕生延年；茯苓可以鎮靜、利尿；何首烏可以養神延年；黃連可以清熱解毒。丹砂受正氣者為上仙，受偏氣者亦得長生；石鍾乳可以強陰不老；雲母可治身痺死肌，久服輕身延年。各種藥材，不虞匱乏。

唐代經成玄英、王玄覽、司馬承禎、吳筠、杜光庭等人，闡揚心性之說以後，從重視修形，轉向修神。由坐忘、煉神等方法，達到修道之目的。晚唐吳筠〈神仙可學論〉即云：

> 聞大丹可以羽化，服食可以延年，遂汲汲於爐火，孜孜於草木。財屢空于八石，藥難效於三關。不知金液待訣於靈人，芝英必滋於道氣，莫究其本，務之於末，竟無所就。[22]

杜光庭提出「理身之道，先理其心」之說，重視煉心之重要，在《道德真經廣經義》中云：

---

20 《後漢書》，卷 82 下，頁 2750。

21 《全唐文》，卷 581，柳宗元〈連山郡復乳穴記〉：「石鍾乳，餌之最良者也，楚越之山多產焉，於連、於韶者，獨名於世。」，頁 5865。

22 唐・吳筠：《宗玄先生文集》，（《正統道藏》，冊 23），頁 660。

法性清淨，本合於道。道分元氣而生于人。靈府智性，元本清淨
後，有諸染欲，瀆亂其真，故去道遠矣。善修行之人，閉其六欲，息
其五情，除諸見法，滅諸有相，內虛靈台，而索其真性，賦歸元本，
則清淨矣。[23]

由上可知，養生為唐代道教極為重視之事，從帝王至百姓，莫不汲汲於
修道養生，尤其在政治鬥爭、戰爭動亂不斷之時期，養生是讓自己延年益壽
之良方，道教在唐朝能不斷發展，應該是重要之原因。

(三) 唐代佛徒之養生

佛教自西元前六世紀釋迦牟尼創教以來，初期之小乘佛教，主張人生無
常、苦、緣起性空、無我等，在經典中並無養生之敘述，到東漢明帝傳入中
國後，大乘佛教在中國與道教互相競逐下，在思想信仰上，也吸收道家之思
想，逐漸擺脫苦、空之說，以西方淨土作為人生最後歸宿之極樂世界。

佛教雖然以彼岸淨土為生命之最後歸宿，但在世之時，養生亦甚重要。
如天台宗之止觀法門，接觀息、觀色等，達到調息、調心、調身之效果；禪
宗以《六祖壇經》、《心經》、《金剛經》為本，主張藉參禪專一意念，進入三
昧之境界；淨土宗以《無量壽經》、《金剛經》、《地藏王菩薩本願經》為依歸，
主張念佛，即念「南無阿彌陀佛」，達到意念專一，身心調適之效果。密宗藉
莊嚴之道場、法器、咒語、上師之灌頂等，達到意念專一，調適身心之效果。
佛門中以武學著稱之少林寺，有《達摩易筋經》，亦是以各種體位之鍛鍊，達
到鍛鍊身心之目的。

佛教追求去除五蘊之煩惱，以戒定慧三學，去除貪嗔癡三毒，以六度中
之布施、持戒、忍辱、精進、禪定、般若等六種菩薩行，讓自己從煩惱的此
岸度到覺悟之彼岸，就是一種養生之法。

---

[23] 唐・杜光庭：《道德真經廣聖義》，（《正統道藏》，冊14），卷23，頁420-421。

　　佛教養生之方法中，禪定是一種很好之方法，因為禪定是在調整身心機能，尤其是呼吸系統。修習之方法，就是藉內觀，將心意進入空寂之狀態，遠離散亂煩憂。智顗《釋禪波羅蜜次第法門》云：「夫坐禪之法，若能善用心者，則四百四病，自然瘥矣。」[24]

　　佛教將印度醫學之長年法引入，講求身心靈平衡和諧，及息災、長生之道。《妙法蓮華經玄義釋籤》云：「欲得不死地，當佩長生之符，服不死之藥，持長生之印。」[25]可知佛門亦重長生之術。佛教大師龍樹即擅長生術，天臺宗智顗在《修習止觀坐禪法要‧治病》中云：「金石草木之藥，與病相應，亦可服餌。」[26]

　　唐代僧徒講長生之道，重視服食藥餌。天臺宗湛然在《止觀輔行傳弘訣》中云：

　　　　天老曰：「太陽之草，名曰黃精，食可長生；太陰之精，名曰鉤吻，入口則死。」鉤吻者，野葛也。若不信黃精之益壽，亦何信鉤吻之殺人？金丹者，圓法也，初發心者，成佛大仙，准龍樹法，飛金為丹，故曰金丹。[27]

　　服食金丹，本為道家修練之法。但是唐代佛徒長生、藥餌、煉丹風氣興盛，在敦煌抄本，伯希和3093號〈佛說觀彌勒菩薩上生兜率天經講經文〉中云：

　　　　經云：「如是處兜率陀天」至「五六億萬歲」，有云：「若說天男天女，壽量大，難算數，全勝往日麻仙，也越當時彭祖。人人咸盡天年，

---

[24] 《釋禪波羅蜜次第法門》，（《大正藏》，冊46），卷4，頁505.

[25] 《妙法蓮華經玄義釋籤》，（《大正藏》，冊116），頁812。

[26] 智顗：《修習止觀坐禪法要》，（《大正藏》，冊46），卷9，頁462。

[27] 湛然：《止觀輔行傳弘訣》，（《大正藏》，冊46），頁445。

個個延經劫數，朝朝長處花臺，日日不離寶樹。天人個個壽難思，長鎮花臺沒歇時。王母全成小女子，老君渾是孩兒。[28]

　　文中敘述兜率天界之人，壽命勝過《神仙傳》中之仙女麻姑和壽齡七百歲之彭祖，西王母成為小女子，老君像是孩兒。是強調佛教之天界中人，長壽勝過道教，以宣揚佛教教義之殊勝。

　　在丹藥之煉製，唐代僧人亦如道士一般，種藥、採藥、洗藥、曝藥等，如僧人拾得云：

　　　　閑入天臺洞，訪人人不知。寒山為伴侶，松下噉靈芝。[29]

　　　　一入雙谿不計春，鍊暴黃精幾許斤。爐灶石鍋頻煮沸，土甑久蒸氣味珍。[30]

　　拾得與寒山為唐太宗時之名僧，其言「鍊暴黃精」、「噉靈芝」皆屬道家修練之物，可見僧人曝藥、噉藥已甚常見。

　　至於唐代文人，亦常作詩描寫佛僧在寺廟中種藥之事，如孟浩然《還山貽湛法師》詩中云：「禪房閉虛靜，花藥連冬春。」[31] 杜甫〈太平寺泉眼〉詩中云：「餘潤通藥圃，三春濕黃精。」[32] 韓翃〈題龍興寺澹師房〉詩中云：「捲簾苔點淨，下筯藥苗新。」[33] 李頎〈題神力師院〉詩中云：「階庭藥草徧，飯香天花香。」[34] 李紳〈題法華寺五言二十韻〉詩中云：「藥草經行徧，香燈次

---

[28]《敦煌變文校注》，卷5，頁960。

[29]《全唐詩》，卷807，頁9107。

[30] 同上註，頁9106。

[31]《孟浩然詩集箋注》，卷上，頁125。

[32]《杜詩詳注》，卷7，頁599。

[33]《全唐詩》，卷244，頁2737。

[34] 同上註，卷132，頁1347。

第燃。」[35]

　　唐代僧人採藥、洗藥之事，在文士詩中亦多所記述。如劉商〈酬濬上人采藥見寄〉：「玉英期共采，雲嶺獨先過。應得靈芝也，詩情一倍多。」[36] 李端〈與蕭遠上人遊少華山寄皇甫侍御〉：「尋危兼採藥，渡水又登山。」[37] 姚合〈題僧院引泉〉：「洗藥溪流濁。」[38] 由上可知，僧人在採集草木藥與服食方面，與道士並無不同。

　　唐代僧人也有仿效道家，從事煉丹者，如戴叔倫〈遊清溪蘭若〉詩中云：

　　　　西看疊嶂幾千重，秀色孤標此一峰。丹竈久閑荒宿草，碧潭深處有潛龍。靈仙已去空巖穴，到客唯聞古寺鐘。遠對白雲幽隱在，年年不離舊杉松。[39]

　　蘭若即寺院，戴叔倫在山中寺院中，見丹竈閒置已久，可知曾有僧人在此寺煉丹。唐代僧徒祈求長生，煉製外丹黃白。在〈金石簿五九數訣〉中，論及煉製外丹黃白之藥物，如硫黃、石腦、綠礬、雞屎礬、天明砂、黃花石、不灰木、胡同律等，藥材以出自波斯國者為良：

　　　　唐麟德年（唐高宗）甲子歲，有中人波羅門支法林負梵甲來此翻譯，請以五臺山巡禮。……行至澤州，見山茂秀。又云：「此亦有硝石，豈能還不堪用。」故將漢僧靈悟共採之，得而燒之，紫烟峰烟，曰：「此之靈藥，能變五金眾石。」得之，盡變成水，校量與烏長。今方知澤州者堪用，今頻試煉，實表其靈。[40]

---

[35] 同上註，卷481，頁5481。

[36] 同上註，卷304，頁3458。

[37] 同上註，卷285，頁3264。

[38] 同上註，卷499，頁5676。

[39] 同上註，卷273，頁3091。

[40] 〈金石簿五九數訣〉，（《正統道藏》，冊31），卷589，頁845。

　　此訣文中言印度波羅門支法林來中國翻譯佛典，前往五臺山巡禮。又與漢僧靈悟前往澤州，共採硝石，煉製外丹黃白。唐代文士信任印度醫術之治療能力，如在患眼疾時，常藉助佛教醫藥文獻《龍樹論》醫治。中唐白居易〈眼病二首〉云：「案上謾鋪龍樹論，合中虛撚決明丸。」[41] 又在〈病中看經贈諸道侶〉詩云：「爭得金箆試刮看。」[42] 注云：「金箆刮眼病，見《涅槃經》。」劉禹錫〈贈眼醫波羅門僧〉詩云：「師有金箆術，如何為發蒙。」[43] 劉禹錫稱其為波羅門僧，應指長安有印度之眼科醫師。

　　唐代名醫孫思邈在《千金要方》與《千金翼方》中，摻雜有佛家學說。《備急千金要方·論診候》云：

　　　　凡四氣合德，四神安和。一氣不調，百一病生。四神同作，四百四病，同時俱發。[44]

　　佛教認為人由「地、水、火、風」四大組成，每一大不調，都能生一百零一種病，故四大能生四百零四種病，應是受佛教之影響。

　　在《千金翼方》有〈正禪方〉，其藥方與療效，敘述如下：

　　　　春桑耳、秋桑葉、右三味，等分擣篩。以水一斗，煮小豆一升，令大熟，以桑末一升和煮微沸，著鹽、豉服之，日三服，飽服無妨。三日外稍去小豆。身輕目明無眠睡，十日覺運智通初地禪，服二十日到二禪定，百日得三禪定，累一年得四禪定，萬象皆見，壞欲界、觀境界，如視掌中，得見佛性。[45]

---

[41] 《白居易詩集校注》，卷24，頁1923。

[42] 同上註，卷36，頁2773。

[43] 《劉禹錫詩集編年校注》，卷9，頁1178。

[44] 《備急千金要方》，頁19。

[45] 《千金翼方》，卷12，頁363。

此方孫氏並未注明是否來自佛家，但服食能得「四禪定」、「見佛性」，應與佛教有關。

在佛教密宗之經典中，不空譯《佛說金毘羅童子威德經》有求萬年仙藥之法：

> 欲求萬年仙藥者，取前三味藥燒於山間，燒之，誦咒百遍，一切萬年精、靈芝仙草、千年松公及九雲仙、駕鶴應草、瑞草、芝雲，必總自出現其人所。[46]

文中以密宗之咒語，誦咒百遍，使各種靈藥，如萬年精、靈芝仙草、千年松公及九雲仙、駕鶴應草、瑞草、芝雲，都出現其人所。與今人請醫師診治，有所不同。

又如善無畏譯《大佛頂如來放光悉怛多般怛羅大力士都攝一切咒王陀羅尼經大威德最勝金輪三昧咒品》云：

> 若山谷中林中空閒處，燒香、散花、誦咒一切諸佛菩薩、天龍、鬼神。悉來現身，為說妙法，乃至授予神仙之藥。[47]

文中以「燒香」、「散花」、「誦咒」等方式，使一切諸佛菩薩、天龍、鬼神。悉來現身，為說妙法，授予神仙之藥。

又善無畏譯《大佛頂廣聚陀羅尼經‧延年藥品法第六》云：

> 牛乳、牛蘇、天門冬。取前藥物相合為丸。至七日以來，如常壽命復家百年。若服一周年，如前七日，壽命復加千倍，身力大如龍王。

---

[46] 《佛說金毘羅童子威德經》，（《大正藏》，冊21），頁373。

[47] 善無畏譯：《大佛頂如來放光悉怛多般怛羅大力士都攝一切咒王陀羅尼經大威德最勝金輪三昧咒品》，（《大正藏》，冊21），頁184。

少年如十歲小兒，頭有螺髻，髮紺青色。……若服食一年者，戒根清淨，為五仙尊。種種變現，乘空而行，壽命千年，於虛空中作轉輪聖王，於閻浮集中道之中，遊行最勝。若命欲終時，服之七日，更延百年之命。若已終者，內藥口中，即却活。[48]

此文言牛乳、牛蘇、天門冬三味藥能起死回生，延年益壽，力大如龍王，乘空而行，然此三味藥為現今常見之物，有如此效力，確實嘆為觀止。

(四) 唐代帝王之養生

唐高祖李淵起兵時，有許多道士為其制圖作讖，密告符命，為其稱帝鋪路。登基後，又藉老君為李唐皇室之先祖，建道觀，祀老子，以道教為唐朝之國教。而道教也受唐朝王室之力量，獲得功名爵祿。

道士深知帝王雖坐擁江山，萬民臣服，卻無法長生不死。於是道士以道家成仙之術，作為契合帝王心意之方法，於是服丹、房中術等，就受到帝王之青睞。擅長方術之士，紛紛徵召入宮。太宗時，洞庭山道士胡隱遙，居焦山學太陰煉形法，年八十歲，卻貌如三十許，故《歷世真仙體道通鑑》云：「唐貞觀中，太宗詔入內殿，問攝生之道。」[49]太宗自稱所好為堯、舜之道、周禮之教，對道術嗤之以鼻。貞觀元年（627），向侍臣云：

神仙事本虛妄，空有其名。秦始皇非分愛好，遂為方士所詐，乃遣童男女數千人，隨徐福入海求仙藥。方士避秦苛虐，因留不歸，始皇猶海側踟躕以待之，還至沙丘而死。漢武帝為求仙，乃將女嫁道術人，事既無驗，便行誅戮。據此二事，神仙不煩妄求也。[50]

[48] 《大佛頂廣聚陀羅尼經》，（《大正藏》，冊19），卷2，頁162。
[49] 《歷世真仙體道通鑑》，卷29，頁566。
[50] 《舊唐書》，卷2，頁33。

文中並對秦皇、漢武求仙之事加以批判，甚至詠詩以壯其心志，如《帝京篇十首》序云：「無勞上懸圃，即此對神仙。」[51]《帝京篇十首》之九云：「忠良可接，何必海上神仙乎！」[52]

《舊唐書‧方士‧甄權傳》記載，貞觀十七年（643），太宗親幸當時已一百零三歲，精曉醫術之甄權家，「視其飲食，訪以藥性。」[53] 又《舊唐書‧高士廉傳》記載，貞觀二十一年（648）正月，申國公高士廉薨，太宗將臨喪，司空房玄齡「以餌藥石，不宜臨喪。」抗表切諫，不聽。長孫無忌馳至馬前諫曰：「陛下餌金石，於方不得臨喪，奈何不為宗廟蒼生自重。」伏於馬前流涕，帝乃還宮。[54]

道教方士有服藥不得臨喪之戒語，而「餌金石」應指方士之丹藥。此時太宗應已開始服食丹藥，並曾命印度方士那彌邇娑婆寐合製長年藥丹。

高宗即位之初，不信有神仙之說，顯慶二年（657），謂侍臣曰：

> 自古安有神仙？秦始皇、漢武帝求之，疲弊生民，卒無所成。果
> 有不死之人，今皆安在？[55]

此言高宗不信有神仙，亦無不死之人。但同年，高宗聞萬天師得長生久視之道，召見後，待之如師友；又聞道士劉道合之名，令其隱所置「太一觀」以居之，命其煉還丹大藥。[56] 高宗幸東都洛陽時，召見道士潘師正，詔其廬作「崇唐觀」。又令道士于師道所居之逍遙谷口作一門，號曰「仙游」。並於苑北置一門曰「尋真」。又召見道士葉法善，欲封以官。後留內齋場，禮賜殊

[51] 同上註，頁 1。

[52] 《全唐詩》，卷 1，頁 1。

[53] 《舊唐書》，卷 191，頁 5089。

[54] 同上註，卷 65，頁 2441。

[55] 《資治通鑑》，卷 200，頁 6303。

[56] 《新唐書‧隱逸傳》，卷 196，頁 5605。

縟。據《新唐書・方技傳》記載：

> 時帝悉召方士化黃金治丹，法善上言：「丹不可遽就，徒費才與日，請覈真偽。」帝許之，凡百餘人悉罷。[57]

可見當時想為高宗煉丹之術士，當不止百人。還派玄照法師出使羯濕彌羅，尋找長生不老、精通醫術之盧迦逸多，令其合長年藥。又派使者到西印度取長年藥。高宗晚年，開耀元年閏七月，「上以服餌，命太子監國。」[58]

武則天對神仙極有興致，《全唐詩補編》上冊，有武氏所寫之〈遊仙篇〉詩云：

> 絳宮珠闕敞仙家，蛻裳羽旆自凌霞。碧落晨飄紫芝蓋，黃庭夕轉彩雲車。周旋宇宙殊非遠，寫望蓬壺停翠憓。千齡一日未言賒，億歲嬰孩誰謂晚？逶迤鳳舞時相向，變囀鸞歌引清唱。金漿既取玉杯斟，玉酒還用金膏釀。駐迴遊天域，排空聊憩息。宿志慕三元，翹心祈五色。仙儲本性諒難求，聖跡奇術秘玄猷。願允丹誠賜靈藥，方期久視禦隆周。[59]

此詩為雜用五言、七言之雜言詩，敘述仙境中有逶迤鳳舞，變囀鸞歌，金漿玉酒，還可以暢遊天域，令人飄然欲仙。

武則天在位年間（624～705），屢改年號，如「長壽」、「延載」、「天冊萬歲」、「萬歲通天」、「久視」等，都與其常享帝位，千千萬萬年有關。武則天萬歲通天二年（697），太平公主薦張昌宗入侍禁中，既而啟則天曰：「臣兄易之器用過臣，兼工合煉。」因此兄弟具侍宮中，共為則天冶煉藥石。聖曆年

[57] 《新唐書》，卷129，頁5805。
[58] 《資治通鑑》，卷202，頁6403。
[59] 《全唐詩補編》，頁63。

間（698～700），武則天召見洪州道士張氳，欲賜官拜爵，但張氳不領受，堅持還山，只好寄託另一位洪州西山道士胡惠超，委以煉丹之事：

> 先生道位高尚，早出塵俗，如軒曆之廣成，漢朝之河上，遂能不遠千里，來赴三川。……儻蒙九轉之餘，希遺一丸之藥。[60]

文中清楚說明召道士胡惠超入京，是要為其煉九轉之丸，助其長生成仙。天師乃於洪崖先生古壇之際煉丹，首尾三年。據張鷟《朝野僉載》云：

> 周聖曆中，洪州有胡超僧出家學道，隱白鶴山，微有法術，自云數百歲。則天使合長生藥，所費巨萬，三年乃成。自進藥於三陽宮，則天服之，以為神妙，望與彭祖同壽，改元為久視元年。放超還山，賞賜甚厚。[61]

神功元年（697），武則天已是古稀之年，長生成仙之心強烈，親幸嵩山，謁「昇仙太子廟」，陳子昂作〈窅冥君古墳記銘序〉一文，記載隨侍所見云：

> 神功元年，龍集丁酉，我有周金革道息，寶鼎功成，朝廷大寧，天下無事。皇帝受紫陽之道，延訪玉京；群臣從白雲之遊，載馳瑤水。笙歌入至，元鶴飛來，時余以銀青光祿大夫忝在中侍，擁青旄之節，陪翠鸞之旗。昔奉車子侯，獨隨武帝，昌明為禦，每侍軒遊，比之今日，未足多幸。是時屢從嚴祀，遙謁祕封，嘗睹眾靈如雲，群仙蔽日。迺仰感王子晉，俯接浮邱公，行吹洞簫，坐弄雲鳳，竊欲邀羽袂，導鸞輿，求不死於金庭，保長生於玉冊，上以尊聖壽，下以息微躬。因

---

[60] 《歷世真仙體道通鑑》，卷27，頁549。

[61] 《唐五代筆記小說大觀》，卷5，頁66。

登緱山，望少室，尋古靈跡，擬刻真容，得王子晉之遺墟，在永水之層曲。[62]

　　序文中提及王子晉，為周靈王太子，被道士浮丘公引至嵩山學道，升天成仙，後人立祠以祀，武則天改為「昇仙太子廟」。《舊唐書》記載武氏親幸嵩山，謁廟祀之，在〈昇仙太子碑並序〉中，記敘祝禱之事，充滿對神仙之嚮往：

　　　　元都迥闢，玉京為不死之鄉；紫府旁開，金闕乃長生之地。吸朝霞而飲甘露，控白鹿而化青龍。……或排煙而長往，或御風而不旋。既化飯以成蜂，亦變枯而生葉。費長房之縮地，目覽遐荒；餐簡子之賓天，親聆廣樂。……棲心大道，託跡長生。三山可陟，九轉方成。島飛烏影，鳳引歌聲。永升金闕，恒游玉京。[63]

　　玄宗開元九年（721），司馬承禎「有服餌之術」，睿宗遣使入京。[64] 二十二年（734），傳說恆州張果有長生之術，遣中書舍人徐嶠帕持璽書迎至東都，肩輿入宮，恩禮甚厚。後張果固請歸恆山，受銀青光祿大夫，號通玄先生。後果卒，「好異者以為尸解，上由是頗信神仙。」胡三省注云：「明皇改集仙為集賢殿，是其初心不信神仙也。至是則頗信矣，又至晚年則深信矣。」[65]
　　開元末，國家富庶，倉廩豐實，遂追求奢靡享樂之生活，玄宗遣使徵吳筠，問神仙修練之事。[66] 並徵召道士到長安詢問道術，希望對方傳授煉丹秘訣：如〈送道士薛季昌（生年不詳～759）還山〉詩云：

---

[62] 《全唐文》，卷 214，頁 2166。

[63] 同上註，卷 98，頁 1007。

[64] 唐・劉肅：《大唐新語》，（《唐五代筆記小說大觀》，上冊），卷 10，頁 309。

[65] 《資治通鑑》，卷 214，頁 6808。

[66] 《舊唐書・隱逸傳》，卷 192，頁 5129。

洞府修真客，衡陽念舊居。將成金闕要，願奉玉清書。雲路三天近，松溪萬籟虛。猶期傳秘訣，來往候仙輿。[67]

《歷世真仙體道通鑑》錄此詩前有序云：

鍊師志慕玄門，柄心南嶽。及登道錄，忽然來辭，願歸舊山，以守虛白。不違雅志，且重精修。若遇至人神藥，時來城闕也。[68]

玄宗身為帝王，卻對煉丹延壽之事，仍待道士助其達成，在長安興慶宮為其煉丹者為道士孫太沖。孫逖〈為宰相賀合煉院產芝草表〉云：

道士黃河清等奏：「興慶宮合煉院產芝草，五色分輝，六莖□□，神丹入煉而轉精，貞祥應期以如答。」[69]

興慶宮為玄宗理政之所，道士黃河清等人在宮中設合煉院種芝草，為玄宗煉製神丹。在嵩山為玄宗煉丹者為孫太沖，孫逖〈為宰相賀中嶽合煉藥自成兼有瑞雲見表〉云：

臣等伏見道士孫太沖奏：「事奉進止，令中使薛履信監臣於中岳嵩陽觀合煉。其灶中著水，置炭於灶側，對三卻回，已經數月。泥拭既密，緘封并全，即與縣官等對開門。其炭并盡，灰又別聚，不動人力，其藥已成。初乃五色發瑞，終則太陽暉於爐際。」[70]

67　《全唐詩》，卷3，頁33。

68　《歷世真仙體道通鑑》，卷40，頁658。

69　《全唐文》，卷311，頁3158。

70　同上註，頁3157。

玄宗召李含光（683～769），詢以治國之理，次問金鼎，又向李含光傾吐成仙之心意，〈命李含光詣壇陳謝敕〉云：「朕志求道要，緬想真仙。」[71] 又〈命李含光建茅山壇宇敕〉云：「朕載懷仙境……豈徒夢寐華胥，馳騁碧落而已。」[72] 上言玄宗不願只是夢寐仙境，要能成真仙。又盼望李含光能為其燒製丹藥，曾作〈送玄同真人李抱朴謁濟山仙祠〉詩云：

> 城闕天中近，蓬萊海上遙。歸期千載鶴，春至一來朝。采藥逢三秀，餐霞臥九霄。參同如有旨，金鼎待君燒。[73]

詩中「金鼎待君燒」即言燒製丹藥之事。

李含光請歸茅山時，玄宗作〈送李含光還廣陵並序〉送之，其序中云：

> 煉師氣遠江山，神清虛白，道高八景而學兼九流。每發揮元宗，啟迪仙籙，延我以玉皇之祚，保我以金丹之期。敬焉重焉，深惜此別，因賦詩以餞行云耳。

詩云：

> （尊師以道樞弘濟，以真宗啟迪，來致玄妙，去還雲山，詩以見懷，用彰惜別也。）默受王倪道，逾深尹喜師。欣同八景會，更葉九丹時。鸞鶴遙煙境，江山渺別思。當遷洞府日，留念上京期。[74]

詩中對李含光不僅景仰，且對其服食煉藥，期盼甚深。遂在茅山為玄宗

---

[71] 同上註，卷36，頁397。

[72] 同上註，頁395。

[73] 《全唐詩》，卷3，頁33。

[74] 《全唐文》，卷41，頁446。

煉丹。在〈答李含光賀仙藥靈芝敕〉中云：

> 爐開仙藥，九真示傳；院合靈芝，三茅鑒植。徵之元錄，蓋未曾
> 聞。唯魏伯陽豫兆於前，今李越成效之於此。朕當齋心以伺，專使以
> 迎。[75]

敕文中對李含光燒製之九轉仙藥，藥中含靈芝、三茅，皆稀有靈草，特
加讚美，認為是丹藥中之精華。

顏真卿在〈有唐茅山玄靖先生廣陵李君碑銘並序〉中，對李含光轉煉服
食之事，加以敘述，認為道教應以藝業、壽養為重。其云：

> （含光）能於陰陽術數之道，而不以藝業為能；極於轉煉服食之
> 事，而不以壽養為極。[76]

玄宗晚年更嗜丹藥，為求長生之願，命人往天下名山，尋訪道士。《舊唐
書·禮儀志四》記載：

> 玄宗御宇多年，尚長生輕舉之事，於大同殿立真仙之像。每中夜
> 宿興，焚香頂禮。天下名山，令道士、中官合煉醮祭。相繼於路，投
> 龍奠玉。造精舍，采藥餌。真訣仙踪，滋於歲月。[77]

中晚唐之後，經安史之亂後，元氣大傷，聖世不再，但帝王對服食、求
仙、長生等事，企盼更殷，道士亦迎合君王所好，誇耀服食丹藥之效，屢次
受到寵幸與重用。

---

[75] 同上註，卷 36，頁 397。
[76] 同上註，卷 9，頁 3445。
[77] 《舊唐書》，卷 24，頁 909。

　　唐憲宗在即位之初，否定神仙之說。依據《舊唐書·憲宗本紀》記載，元和五年（810），李藩對憲宗云：

> 神仙之說，出於道家。所宗《老子》五千文為本。《老子》指歸，與經無異。後代好怪之流，假託老子神仙之說。故秦始皇遣方士載男女入海求仙，漢武帝嫁女與方士求不死藥。二主受惑，卒無所得。文皇帝服胡僧長生藥，遂致暴疾不救。古詩云：「服食求神僊，多為藥所誤。」誠哉是言也。君人者，但務求理，四海樂推，社稷延永，自然長年也。上深然之。[78]

　　李藩將道家神仙之說不可信之理，向憲宗說明，憲宗深表認同。但元和十三年（818），卻開始喜好長生之術，詔天下奇士，宰相皇甫鎛與李道古推薦術人柳泌，憲宗服藥後，日加躁渴而亡。[79]

　　其實，穆宗即位後，雖將柳泌交付京兆府決杖處死，宰相皇甫鎛流黜遐荒，李道古貶為循州（廣東惠州）司馬，但自己又為左右所惑，聽道士趙歸真之說，於長慶四年（824），亦餌金石。

　　據〈敬宗本紀〉記載，敬宗崇信道教，迷於神仙之事。寶曆二年（826）三月，命興唐觀道士孫準入翰林待詔；五月，命內官張士清押領山人杜景先赴淮南、浙西、江東、湖南、嶺南等道，訪求藥術之士；八月：

> 令供奉道士二十人，隨浙西處士周息元入內宮之山亭院，上問以道士，言識張果、葉靜能。浙西觀察使李德裕上疏言息元誕妄，無異於人。[80]

---

[78] 同上註，卷 14，頁 476。
[79] 同上註，卷 15，頁 411。
[80] 同上註，卷 17 上，頁 521。

敬宗聽信道士劉從政長生之道，封為光祿少卿，號昇玄先生。李德裕上疏言其息元之法為誕妄，亦未聽信。

武宗喜好神仙異術，使海內道士紛紛驅至輦下，道士趙歸真受帝王恩寵，直呼其為趙煉師，趙歸真又舉薦羅浮山道士鄧元起，帝遣使迎之。

宣宗時，遣使迎接羅浮山擅長攝生之道士軒轅集，冀獲得養生之理。

由以上論述，唐代帝王多窮求長生之術，亦深受丹藥毒害。清代趙翼《二十二史箚記》〈唐諸帝多餌丹藥〉條中，羅列太宗、武后、憲宗、穆宗、敬宗、武宗、宣宗等帝，餌丹喪命之事。不論唐代有多少帝王受害，或者探討道士是否有煉丹之術，或是挾偽欺騙帝王。由於煉丹活動之頻繁，使得唐代之文武百官、文士僧徒，亦風行草偃，受到鼓勵，紛紛與道士交往，學習煉丹之術。道士亦不斷傳授秘方、印製圖書、製作丹爐，使唐代服食養生之風，興盛一時。

(五) 唐代文士之養生

唐代文士企求養生延年之心，與帝王、官吏，並無二致。今觀《全唐文》中，一般文人亦涉獵醫典，撰寫醫藥與養生之文。如杜正倫〈論攝養表〉（卷150）；薛曜〈服乳石號性論〉（卷239）；張懷瓘〈評書藥石論〉（卷432）；柳宗元〈答周君巢餌藥久壽書〉（卷574）；劉禹錫〈傳信方序〉（卷607）；白居易〈動靜交相養賦並序〉（卷656）；牛僧孺〈養生論〉（卷683）；施肩吾〈養生辨疑訣〉（卷739）；和凝〈請置醫學案〉（卷859）；吳筠〈神仙可學論〉、〈形神可固論〉（卷926）等。

初唐詩人王績（585～644），隋末舉孝廉，除秘書正字。不樂在朝，辭疾，復授揚州六合丞。時天下大亂，棄官辭歸，回絳州龍門（今山西河津），意在服食丹藥。平日則蒔栽藥草，或上山採藥。其〈採藥〉詩云：

野情貪藥餌，郊居倦蓬蓽。青龍護道符，白犬遊仙術。腰鐮戊己月，負鍤庚辛日。時時斷嶂遮，往往孤峰出。行披葛仙經，坐檢神農

帙。龜蛇采二苓，赤白尋雙術。地凍根難盡，叢枯苗易失。蓯容肉作
名，薯蕷膏成質。家豐松葉酒，器貯參花蜜。且復歸去來，刀圭輔衰
疾。[81]

　　詩中敘述自己上山採藥之日，腰鐮負鍤，走在斷嶂孤峰之間。採集茯苓、
茯神、肉蓯容、薯蕷、人參等上品藥材。家中亦收藏松葉酒、參花蜜。可見
唐代文士不僅撰寫詩文而已，亦作採藥療疾之事。

　　初唐四傑之一王勃（649～676），在二十餘歲就博涉道書，想學仙經，其
〈遊山廟序〉一文云：

　　　　吾之有生二十餘載矣，雅厭城闕，酷嗜江海。常學仙經，博涉道
　　記。[82]

　　文中對求道成仙之事，十分嚮往。在〈述懷擬古詩〉中云：「下策圖富貴，
上策懷神仙。」[83] 懷海神仙之夢想，是王勃心中之上策。據《唐才子傳》中
記載，王勃曾從長安曹元方處，得到秘方，即言「以虢州多藥草，求補參軍。」
[84] 可知王勃求仙殷切，溢於言表。

　　初唐四傑另一位盧照鄰（約636～約689），字升之，號幽憂子，幽州范
陽（今河北省涿州市）人。因身體多病，又仕途坎坷，在辭官歸蜀後，疾病
日篤，故在〈羈臥山中〉詩云：

　　　　臥壑迷時代，行歌任死生。紅顏意氣盡，白壁故交輕。澗戶無人
　　跡，山窗聽鳥聲。春色緣巖上，寒光入榴平。雪盡松帷暗，雲開石路

---

[81] 《全唐詩》，卷37，頁481。

[82] 《全唐文》，卷181，頁1845。

[83] 童養年：《全唐詩續補遺》，（《全唐詩外編》）（北京：中華書局，1982），卷1，頁1。

[84] 《唐才子傳》，頁412。

明。夜伴饑鼯宿，朝隨馴雉行。度谿猶憶處，尋洞不知名。紫書常日
閱，丹藥幾年成？扣鐘鳴天鼓，燒香猒地精。倘遇浮丘鶴，飄颻凌太
清。[85]

　　詩中說明自己在山中睡臥山壑中，忘了時代；邊走邊唱，隨意生死。如
今已無年少時之意氣。家徒四壁，也沒有朋友往來。住在山中，人跡稀少，
只能在窗前聽鳥聲。春天之景色，就沿著巖上看去，綠意盎然。帶著寒意之
陽光，照入榴樹中。已無冬雪，松林仍顯陰暗。雲霧開展時，石路顯得明亮。
夜晚飢餓時鼯鼠陪伴自己過夜，早上隨著溫馴之雉鳥走。渡過谿澗，還記得
路徑。但找到山洞，卻不知其名。每天讀道書，不知丹藥幾年可以煉成？到
道觀扣鐘、鳴鼓、燒香時，不喜歡服食地精。倘能遇到仙人，就能飄然凌虛，
成仙去也。
　　高宗時著名之詩人陳子昂（661～702），受其父親修道之影響，[86] 早年在
家鄉即學道修仙。〈答洛陽主人〉詩中自云：「平生白雲志，早愛赤松遊。」[87]
其後仕途不順時，即有求仙之心。如〈喜馬參軍相遇醉歌〉序曰：「欲以芝桂
為伍，麋鹿同曹。」[88] 又〈與東方左史虬修竹篇〉詩云：

　　　　信蒙雕琢美，常願事仙靈。馳驅翠虬駕，伊鬱紫鸞笙。結交嬴台
　　　　女，吟弄昇天行。攜手登白日，遠遊戲赤城。低昂玄鶴舞，斷續彩雲
　　　　生。永隨眾仙去，三山遊玉京。[89]

---

[85]　《盧照鄰集校注》，卷3，頁141。
[86]　《全唐文》，卷216，陳子昂〈我府君有周居士文林郎陳公墓誌銘〉：「山樓絕穀，放息人事，餌
　　　雲母以怡其神。」，頁2186。
[87]　《全唐詩》，卷83，頁899。
[88]　同上註，頁902。
[89]　同上註，頁895。

詩中敘述事仙靈、結交嬴台女、吟弄昇天行、永隨眾仙去、遊玉京等，都是想修道成仙之意。

田園詩人王維（699～761），晚年隱居輞川，素衣奉佛，但仍有採藥求仙之心。其〈過太乙觀賈生房〉詩中云；

> 昔余棲遁日，之子煙霞鄰。共攜松葉酒，俱簪竹皮巾。攀林遍岩洞，采藥無冬春。謬以道門子，征為驂御臣。常恐丹液[90]就，先我紫陽賓。[91]

此詩敘述王維與賈生房，不論冬春，一同攀林採藥。但怕友人煉成丹藥，先成仙而去。

與王維齊名之孟浩然（691～740），因詩中寫「不才明主棄」，仕途坎坷，試圖逃避慘淡之人生。在〈宿天台桐柏觀〉詩中表示自己想學長生之道：

> 願言解纓紱，從此去煩惱。……紛吾遠遊意，學彼長生道。[92]

又在〈疾愈過龍泉寺精舍呈易業二公〉詩中云：

> 停午聞山鐘，起行送愁疾。尋林采芝去，穀轉松翠密。傍見精舍開，長廊飯僧畢。石渠流雪水，金子耀霜橘。竹房思舊游，過憩終永日。入洞窺石髓，傍崖采蜂蜜。[93]

---

[90] 《王右丞集箋注》引《漢武內傳》：「其次藥有九丹金液，子得服之，白日升天。」
[91] 《王右丞集箋注》引《雲笈七籤》，卷106，〈紫陽真人周君內傳〉：「漢代周義山，入蒙山，遇羨門子，得長生要訣，白日升天。」
[92] 《孟浩然詩集箋注》，卷上，頁79。
[93] 同上註，頁79。

　　詩中敘述中午時分，聽到山中傳來寺廟之鐘聲。雖剛病癒，想外出閒遊，遣散愁悶。在山林中採芝草時，走近龍泉寺。見到寺中是僧侶飯後時刻，就在寺中之竹房，休憩一整天。還進入附近之山洞看石髓，在崖邊採集蜂蜜。

　　與王、孟交好之開元詩人儲光羲（707～760），潤州延陵（今常州市白塔鎮）人，開元十四年（726 年）進士，授馮翊縣尉，轉汜水、安宜、下邽等地縣尉。官至監察御史。曾因仕途失意，一度隱居終南山。詩以描寫田園山水著稱，而且實際從事求仙訪道。在〈田家雜興八首〉之四中云：「時來農事隙，採藥遊名山。」[94] 又在〈遊茅山五首〉中云：「名嶽徵仙事，清都訪道書。」[95] 都是敘述自己在農閒之時，前往名山尋仙、訪道、採藥。

　　邊塞詩人岑參（715～770）久佐戎幕，往來於鞍馬風塵間十餘載，在〈下外江州懷終南舊居〉詩中云：「早年好金丹，方士傳口訣。」[96]

　　王昌齡（698～756）在〈就道士問周易參同契〉詩中云：「稽首求丹經。」[97] 又在〈謁焦煉師〉詩中云：「拜受長生藥，翩翩西海期。」[98] 王昌齡曾向道士求丹經，並接受煉丹師之長生藥，希望自己能成就仙道，遨遊西海。

　　常建（708～765）與王昌齡，在玄宗開元十五年（727）同榜登進士，但仕途不順。《唐才子傳》記載：「仕頗不如意，遂放浪琴酒。往來太白、紫閣諸峰，有肥遯之志，嘗採藥仙谷中。」[99] 可見常建在仕途不如意時，除放浪琴酒之外，嘗採藥仙谷中。又在〈閒齋臥病行藥至山館稍次湖亭二首〉一詩云：

　　　　行藥至石壁，東風變萌芽。……辭君嚮滄海，爛漫從天涯。[100]

---

[94] 《全唐詩》，卷 137，頁 1386。

[95] 同上註，卷 136，頁 1378。

[96] 陳鐵民、侯忠義：《岑參集校注》，（臺北：漢京文化事業公司，1985），卷 4，頁 374。

[97] 《王昌齡詩校注》，頁 74。

[98] 同上註，頁 228。

[99] 辛文房：《唐才子傳》，卷 1，頁 417。

[100] 《全唐詩》，卷 144，頁 1455。

　　詩中提及「行藥」，或有服食五石散。另有〈仙谷遇毛女意知是秦宮人〉
一詩，言遇到神女之事，應為虛構之辭。

　　盛唐詩人李白（701～762）自幼學道，但想採藥服餌在入長安，任翰林
供奉時。玄宗以其非廊廟之器，賜金放還。李白在失意之餘，作〈悲清秋賦〉
中云：

　　　　歸去來兮人間不可以託些，吾將採藥于蓬邱。[101]

其後醉心於煉丹採藥。在〈留別廣陵諸公〉詩云：

　　　　還家守清真，孤潔勵秋蟬。煉丹費火石，採藥窮山川。[102]

又〈天臺曉望〉詩云：

　　　　攀條摘朱實，服藥煉金丹。安得生羽毛，千春臥蓬闕。[103]

　　李白在安史之亂後，入李璘幕府。肅宗至德二年（757），李璘被肅宗所
敗，以從逆之罪，長流夜郎，在途中遇赦。東歸後，又興採藥煉丹之心。其
〈流夜郎半道承恩放還兼欣剋復之美書懷示息秀才〉詩中云：

　　　　棄劍學丹砂，臨鑪雙玉童。寄言息夫子，歲晚陟風蓬。[104]

　　其後有多首採藥煉丹之詩作，如〈古風五十九首〉其四中云：

---

[101]　《李白集校注》，卷1，頁26。

[102]　同上註，卷2，頁917。

[103]　同上註，頁1215。

[104]　同上註，卷11，頁754。

　　吾營紫河車，千載落風塵。藥物秘海嶽，採鉛青溪濱。時登大樓山，舉手望仙真。[105]

又如〈古風五十九首〉其五中云：

　　我來逢真人，常跪問寶訣。燦然啟玉齒，授以煉藥說。銘骨傳其語，竦身已電滅。仰望不可即，蒼然玉情熱。吾將營丹砂，永與世人別。[106]

　　從「我來逢真人」、「授以煉藥說」，不論李白是否真有遇見真人，接受煉藥之語，李白熱衷採藥煉丹之事，在詩中可見一斑。
　　杜甫（712～770）一向以儒者自居，懷抱致君堯舜之心。但在仕途艱困，飽經亂離之時，還是會想到葛洪、王子喬等人煉丹成仙之事。在玄宗天寶三載（744），與高適、李白同游宋、齊，到王屋山找道士華蓋君，作〈昔遊〉詩云：

　　昔謁華蓋君，深求洞宮腳。玉棺已上天，白日亦寂寞。……林昏罷幽磬，竟夜伏石閣。王喬下天壇，微月映皓鶴……悵望金匕藥……丹砂負前諾。[107]

　　詩中敘述華蓋君已仙逝，希望能有神仙王喬駕鶴而下，授以金丹寶訣。
　　一般文士，如果財力不足，無法如帝王、官吏一般，購買昂貴之礦物藥，只能以草木藥為主。杜甫亦因貧困，無法煉製金丹，故云：「荒年自餬口，家

---

[105] 同上註，卷1，頁100。

[106] 同上註，頁102。

[107] 《杜詩詳注》，卷16，頁1435。

貧無供給。」[108] 晚年曾一度採藥以餬口。在去世那年，還惋惜無仙丹之憾：

> 葛洪尸定解，許靖力難任，家事丹妙訣，無成涕作霖。[109]

中唐韓愈（768～824）在〈監察御史衛府君墓誌銘〉一文中，記載唐憲宗元和年間，衛中行之兄獲致燒煉金丹之藥物，其言云：

> 我聞南方多水銀、丹砂，雜他奇藥，爐為黃金，可餌以不死。今於若丐我，我即去。遂逾嶺阨，南出，藥貴不可得。以干容帥，帥且曰：「若能從事於我，可一日具。」許之，得藥。試如方，不效。曰：「方良是，我治之未至耳。」留三年，藥終不能為黃金。[110]

在墓誌銘中，韓愈言金丹之方極為繁複，須聚集眾藥爐煉，始能奏效。衛中行之兄為獲得水銀、丹砂等藥，前往嶺南，藥不僅貴，而且買不到。後請容管經略使房啟之力才買到，但藥仍無療效。

中唐張籍（768～830）平時就留意服食養生，故〈憶故州〉詩中云：「自收靈藥讀仙書」[111] 但當時因服食而致命者多，如其好友丘長史就因久服丹砂而不治：「曾是先皇殿上臣，丹砂久服不成真。」[112] 張籍對服食丹砂是非常存疑，在〈學仙〉詩云：

> 樓觀開朱門，樹木連房廊。中有學仙人，少年休穀糧。高冠如芙蓉，霞月披衣裳。六時朝上清，佩玉紛鏘鏘。自言天老書，秘覆雲錦

---

[108] 同上註，卷23，頁2042。
[109] 同上註，頁2091。
[110] 《韓昌黎文集校注》，卷565，頁265。
[111] 《全唐詩》，卷386，頁4353。
[112] 同上註，卷385，頁4334。

囊。百年度一人，妄泄有災殃。每占有仙相，然後傳此方。先生坐中堂，弟子跪四廂。金刀截身髮，結誓焚靈香。弟子得其訣，清齋入空房。守神保元氣，動息隨天罡。爐燒丹砂盡，晝夜候火光。藥成既服食，計日乘鸞凰。虛空無靈應，終歲安所望。勤勞不能成，疑慮積心腸。虛羸生疾疢，壽命多夭傷。身歿懼人見，夜埋山谷傍。求道慕靈異，不如守尋常。先王知其非，戒之在國章。[113]

　　詩中言很多學仙之人，自言得到天老之書，休糧辟穀，學仙燒丹。到頭來是一場虛空，毫無靈應，所謂「虛羸生疾疢，壽命多夭傷。」反而讓自己身體變得更加虛羸，甚至夭傷壽命。所以張籍主張服食草藥。其〈寄菖蒲〉詩云：

　　　　石上生菖蒲，一寸十二節。仙人勸我食，令我頭青面如雪。逢人寄君一絳囊，書中不得傳此方。君能來作棲霞侶，與君同入丹玄鄉。[114]

　　菖蒲性喜潮濕，是生長在沼澤、湖畔、山澗之一種藥材，具有開竅祛痰、理氣活血，散風祛濕等功效。據《抱朴子，仙藥》記載：「韓終服菖蒲十三年，身生毛，日視書萬言，皆誦之，冬袒不寒。又菖蒲生須得石上，一寸九節已上，紫花者尤善也。」[115] 但張籍服食後，卻「頭青面如雪」，並送他人服食，並未使其成仙。

　　中唐白居易（772～846）早習煉丹術，但心力專注於國事，憲宗元和年間，因武元衡事件貶至九江，任江州司馬，為抒解失意，開始結交道友，服食丹藥。在〈早服雲母散〉詩中云：「曉服雲英漱井華，寥然身若在煙霞。」[116]〈宿

---

[113] 同上註，頁 4295。

[114] 同上註，卷 382，頁 4291。

[115] 《抱朴子內篇校釋》，卷 11，頁 208。

[116] 《白居易詩集校注》，卷 31，頁 2409。

簡寂觀〉詩云:「何以療夜飢,一匙雲母粉。」〈題李山人〉詩中云:「每日將何療饑渴?井華雲粉一刀圭。」[117]

以上諸詩,皆言其服食礦物類之雲母粉。就在早晨,汲取井水,和一匙雲母粉吞食。

煉丹並非易事,過程繁雜,煉丹家又秘而不宣,使白居易對煉丹一事,迷惑難解。在其〈對酒〉一詩云:

> 漫把參同契,難燒伏火砂。有時成白首,無處問黃芽[118]。幻世如泡影,浮生抵眼花。唯將綠醅酒,且替紫河車。[119]

「黃芽」一詞,說法紛紜,白居易亦想問清楚。在無法取得黃芽、紫河車等靈藥時,就飲酒代替。

白居易在廬山期間,的確曾下功夫鑽研丹道理論,並且親自燒煉。雖然有郭虛舟等煉師之幫助,白居易煉丹還是以失敗告終。在〈潯陽歲晚寄元八郎中庾三十二員外〉一詩中云:

> 閱水年將暮,燒金道未成。丹砂不肯死,白髮事須生。[120]

離開九江以後,白居易對燒煉行為雖偶有嘗試,但仍未煉出金丹。只好向同道說:「他日藥成分一粒,與君先去掃天壇。」[121] 顯然對煉成仙丹,並

---

[117] 同上註,卷 15,頁 1228。

[118] 魏伯陽《周易參同契》卷上:「玄含黃芽,五金之主。」俞琰云:「玄含黃芽者,水中產鉛也。鉛為五金之主,在北方玄冥之內,得土而生黃芽。黃芽,即金華也。」《雲笈七籤》卷六六:「緣因白被火變色黃,故名黃牙。」此言黃芽是從鉛裏提煉出來,牙是萬物之初。《丹房鏡源》云:「石硫黃又曰黃芽。」此則言黃芽是石硫黃,是提煉長生之至藥,和靈芝一般珍貴。

[119] 《白居易詩集校注》,卷 17,頁 1384。

[120] 同上註,頁 1342。

[121] 同上註,頁 2169。

未抱有多大信心。

文宗大和四年（830），白居易在煉丹屢屢不成之下，借酒澆愁，作〈不如來飲酒七首〉之五：

> 莫學長生去，仙方誤殺君。那將薤上露，擬待鶴邊雲。矻矻皆燒藥，累累盡作墳。不如來飲酒，閑坐醉醺醺。[122]

開成二年（837），年六十六歲。作〈感事〉詩云：

> 服氣崔常侍（晦叔），燒丹鄭舍人（居中）。長期生羽翼，那忽化灰塵。每遇淒涼事，還思潦倒身。唯知趁杯酒，不解煉金銀。睡適三尸性，慵安五臟神。無憂亦無喜，六十六年春。[123]

又一首〈燒藥不成命酒獨醉〉一詩云：

> 白髮逢秋王，丹砂見火空。不能留姹女，爭免作衰翁。賴有杯中綠，能為面上紅。少年心不遠，只在半酣中。[124]

此詩餘前二詩相同，都以燒丹未成，以酒醉自遣。故云：「不如來飲酒」、「唯知趁杯酒」、「賴有杯中綠」、「只在半酣中」，以自我排遣憂愁。

開成五年（840），作〈戒藥〉[125] 詩中云：

> 暮齒又貪生，服食求不死。朝吞太陽精，夕吸秋石髓。徼福反成

---

[122] 同上註，頁 2146。

[123] 同上註，卷 33，頁 2553。

[124] 同上註，頁 2560。

[125] 據陳寅恪《元白詩箋證稿・白樂天之思想行為與佛道關係》論述，〈戒藥〉詩作於文宗開成五年。

災，藥誤者多矣。以之資嗜欲，又望延甲子。天人陰騭間，亦恐無此理。域中有真道，所說不如此。後身始身存，吾聞諸老氏。[126]

服藥祈求不死，白居易多年來，覺得被藥所誤之人甚多，對服藥有所悔悟。與前所作燒丹未成，以酒醉自遣之意連貫起來，想要長生不死之希望，到此有絕望之感。

白居易晚年常閉目靜坐，但覺百骸舒暢，心無雜念。其〈負冬日〉詩云：

負暄閉目坐，和氣生肌膚。初似飲醇醪，又如蟄者蘇。外融百骸暢，中適一念無。曠然忘所在，心與虛俱空。[127]

白居易在閉目靜坐之時，像飲醇醪一般。讓人百骸通暢，心中空無舒適。對靜坐已頗有心得。

中唐詩人韋應物（731～791）常有慕道學仙之情，但多服食草木藥為主。曾採黃精之根，蒸炮服食，其〈餌黃精〉詩云：

靈藥出西山，服食採其根。九蒸換凡骨，經著上世言。候火起中夜，馨香滿南軒。齋居感眾靈，藥術啟妙門。自懷物外心，豈與俗士論。終期脫印綬，永與天壤存。[128]

黃精《千金翼方》列為草部上品藥，二月採根陰乾。韋應物則於中夜蒸而食之，冀望長壽。

以上論述，說明唐代文士多撰養生服食之詩文。如王績蒔草採藥；王勃懷煉丹成仙之志；陳子昂想學道求仙；王維在輞川採藥燒丹；岑參言其早好

---

[126] 《白居易詩集校注》，卷36，頁2723。

[127] 同上註，卷11，頁884。

[128] 《韋應物集校注》，卷8，頁508。

金丹；李白自幼學道，自夜郎遇赦東歸後，又學丹砂之術；杜甫飽經憂患之際，想煉丹成仙；韋應物嘗煉丹成仙；韓愈嘗得丹藥，卻無效；常建服十五石散；張籍久服丹砂，為成仙；儲光羲在農閒時，前往明山訪道採藥；白居易早服雲母散，在廬山煉丹未成。可見唐文士以煉丹成風，尤其經歷憂患之後，希望延年益壽，長生久視之心，益發殷切，是可以理解之事。

二、唐人醫病詩文中之生命思想

(一) 唐代醫家之生命思想

　　孫思邈（約 581～682），唐朝著名之醫學家和藥物學家與道士，被譽為藥王，許多華人奉之為醫神。高宗永徽三年（652），撰《備急千金要方》三十卷，二百三十二門，分醫學總論、婦人、少小嬰孺、七竅、諸風、腳氣、傷寒、內臟、癰疽、解毒、備急諸方、食治、平脈、針灸等，共計二百三十二門，合方五千三百首，有論有方，包括中醫各科內容，可謂中國最早之醫學百科全書。

　　晚年又著《千金翼方》，是《千金要方》之補編，在其序文中亦云：

> 　　每以為生者兩儀之大德，人者五行之秀氣。氣化則人育，伊人稟氣而存。[129]

　　孫思邈認為人稟陰陽二氣以生，又受五行之氣成長，人之循環化育，需要氣之幫助，所以人依賴氣而生存。又云：

---

[129]　《千金翼方校注》，頁 1。

> 若夫醫道之為言，實惟意也。固以神存心手之際，意析毫芒之裏。
> 當其情之所得，口不能言；數之所在，言不能喻。然則三部九候，乃
> 經絡之樞機；氣少神餘，亦針刺之鈞軸。況乎良醫則貴察聲色，神工
> 則深究萌芽。[130]

文中說明醫道是要在心意，精神上做到心想手動，心想要剖析到毫釐不
差。當有心得時，不能以言喻之。依照《素問・三部九候論》，人體分頭部、
上肢、下肢三部，每部又各有天、地、人之分，在這些部位診脈，稱為三部
九候，可以說是經絡之關鍵，可以決斷生死，處理百病，調理虛實，驅除病
邪。脈細則氣少，神餘則笑不休，都是針刺之重要因素。良醫最可貴處，在
觀察聲音臉色；神妙之功夫，在深究病因。對醫生之診斷，有重要之啟示。
至於內容，涉及本草及臨床各科，尤以中風、傷寒、雜病、癃疽等論述，價
值最高。

孫思邈之醫學思想，極為重視醫德之修養，《備急千金要方序》云：「人
命至重，有貴千金，一方濟之，德逾於此。」[131] 即認為人命重於千金，故行
醫八十餘年，皆秉持醫道，為後人留下典範。並在文中引用張仲景之言曰：

> 當今居世之士，曾不留神醫藥，精究方術，上以療君親之疾，下
> 以救貧賤之厄，中以保身長年，以養其生。而但競逐榮勢，企踵權豪，
> 孜孜汲汲，惟名利是務。[132]

同時，對醫者提出許多忠言，告誡醫者志在濟世救人，不可汲汲於名利
之追逐。在《備急千金要方》中，列〈大醫精誠〉[133] 與〈大醫習業〉[134] 兩

---

[130] 同上註。

[131] 《全唐文》，卷 158，頁 1616。

[132] 同上註。

[133] 《備急千金要方》，頁 16。

篇，說明醫道是醫術與醫德同樣重要。強調為人治病，要先發大慈惻隱之心，誓願普救含靈之苦。不分「貴賤貧富，長幼妍蚩，怨親善友，華夷愚智」，皆一視同仁，「晝夜寒暑，飢渴疲勞，一心赴救。」治病時要「安神定志，無欲無求。」「醫人不得恃己之長，專心經略財物。」醫者應有輕財濟苦之心，見病人之疾苦，若己有之。以認真負責之態度，細心診斷：「省疾診斷，至意深心；詳查形候，纖毫無失；處判針藥，無得參差。……不得於性命之上，率爾自逞俊快，邀射名譽，甚不仁矣。」如此，方可為蒼生大醫。

孫思邈汲取《黃帝內經》關於臟腑之學說，在《千金要方》中，完整地提出以臟腑寒熱虛實為中心之辨治法，又將《傷寒論》之內容，較完整地收集在《千金翼方》之中。

孫思邈一生行醫之過程中，十分重視婦兒疾病之診治，其言曰：「先婦人小兒……則是崇本之意也。」在《千金要方》中，孫思邈首列婦科三卷，兒科一卷，把婦兒科放在突出的地位。並認為婦人、小兒關係人類繁衍之大事。在針灸學方面，不僅強調針藥並用，還創設新之穴位，繪製彩色經絡圖，還常配合按摩、灸治。同時，他還強調食療法，認為食療比藥療更好：「食療不癒，然後命藥。」反對魏晉時期盛行之服石求長生之風氣。

在維持健康上，倡導「練氣」強身之方法，在其〈存神練氣銘〉一文中對練氣有清楚之說明：

> 夫身為神氣之窟宅，神氣若存，身康力健；神氣若散，身乃謝焉。
> 若欲存身，先安神氣。即氣為神母，神為氣子。神氣若具，長生不死。
> 若欲安神，須煉元氣。氣在身內，神安氣海；氣海充盈，心神安定。
> 定若不散，身心凝靜，靜至定俱，身存年永，常住道源，自然成聖。
> 氣通神境，神通性慧，命住身存，合於真性。日月齊齡，道成究竟。
> 依銘煉氣，欲學此術，先須絕粒，安心氣海，存神丹田，攝心淨慮。

---

134 同上註。

氣海若俱，自然飽矣。專心修者，百日小成，三年大成。[135]

　　晚唐內丹派興起，以精氣神為藥物，以身體為鼎爐，煉精化氣，煉氣化神，煉神還虛。煉氣又稱行氣，要使「氣」充盈於氣海，以達到心安神靜，身存年永，成仙成聖之目標。孫思邈主張練氣要先「避穀」，就是以「絕粒」為基礎，再通過煉氣安神，達到「身心凝靜」、「長生不死」之境界。

　　孫思邈將道教內修理論和醫學、衛生學相結合，把養生作為醫療之內容。認為人若善於攝生，當可免病。只要：「良醫導之以藥石，救之以針劑」，「體形有可愈之疾，天地有可消之災。」孫思邈臨終時，遺囑：「薄葬，不藏明器，祭去牲牢。」自己倡導簡樸之生活，死後薄葬，不置放陪葬物，不用牲牢祭祀，並遺下大量醫書，人尊其為「孫藥王」。

　　王燾（約 670～755）認為為巢元方之《諸病源候論》有論無方，就歷經艱辛，博採各家醫書之長，於玄宗天寶十一年（752），編成醫學巨著《外台秘要》。《新唐書・藝文志》記載《外台秘要》有四十卷，書中保存很多古醫方，是繼《千金要方》之後，規模宏大之醫學著作，共四十卷，分一一零四門（今本 1054 門），有內科、外科、癭瘤、累癧、癰疽、金瘡、惡疾、大風等病，又在卷三十三、三十四記婦人病，凡八十五門，四百八十方；卷三十五、三十六記小兒病，共八十六門，是當時一大創見；所記天行病（今稱傳染病）多至二十一門。又著有《外台要略》十卷。凡其所採納的，均註明其出處、來源、書名和卷數。其中所記載治療白內障之金針拔障術，是目前所知的該醫法最早之記載，至今仍被沿用。卷十一引李郎中「消渴方」云：「消渴者………每發即小便至甜。」是最早記載糖尿病之書。

（二）唐代文士醫病詩文之生命思想

　　人之有疾，無人可免；醫病之學，亦昉自上古。黃岐定經脈，和藥石，

---

[135]　《全唐文》，卷 158，頁 1621。

以治療民疾，其來久遠。其後和、緩、扁鵲、文摯、陽慶、倉公之徒，相繼而起，醫術始盛；方藥自張仲景、皇甫謐、王叔和、孫思邈以下，依次發揚，醫藥之學鼎盛。

　　唐代醫藥雖然發達，但未將張仲景以來之醫說繼續鑽研，而漸變古製，以矜新創，故有衰微之勢。至於文人，為侍親或個人需要，都好學醫道，此種風氣極盛，如曾編《藥性本草》、甄權《古今錄驗方》。《舊唐書·方伎傳》記載甄權母病，「與弟立言傳醫方，得其旨趣。」[136] 又如揚炎〈安州刺史杜公神道碑〉中記載：

　　　　（杜鵬舉）少與范陽盧藏用隱於白鹿山，以太夫人有疾，與清河崔沔同授醫於蘭陵蕭亮。[137]

　　人不能免除病痛，如能自己熟讀醫書，可以調理自體，減少病痛。故唐代有文人讀醫書，知藥性之詩。如中唐張籍（768～830）〈臥疾〉詩中云：「身病多思慮，亦讀神農經。」[138] 王建〈早春病中〉詩中云：「臥處還看藥草圖[139]。」[140] 盧綸〈藍溪期蕭道士採藥不至〉詩中云：「病多知藥性。」[141] 戴叔倫〈臥病〉詩中云：「病多知藥性。」[142] 中唐劉禹錫〈偶作二首〉詩中云：「藥性病多諳。」[143]

---

[136] 《舊唐書》，卷 141，頁 5089。

[137] 《全唐文》，卷 422，頁 4304。

[138] 《全唐詩》，卷 383，頁 4295。

[139] 唐代曾編兩本藥圖，一是高宗時新修《唐本草·藥圖》，一是玄宗時御製〈天寶單方藥圖〉，見宋·蘇頌〈圖經本草序〉。

[140] 《王建詩集校注》，卷 8，頁 338。

[141] 《全唐詩》，卷 278，頁 3157。

[142] 同上註，卷 273，頁 3077。

[143] 《劉禹錫詩編年校注》，卷 1，頁 9。

　　盛唐杜甫〈丈人山〉詩云：「掃除白髮黃精在，君看他時冰雪容。」[144]《本草綱目》記載：黃精有補中益氣、除風濕、駐顏斷穀之效。又〈驅豎子摘蒼耳〉詩云：「蒼耳況療風，童兒且時摘。」[145] 據《本草綱目》記載，蒼耳主療風寒、頭痛，久服益氣、驅風、補益。又〈獨坐〉詩二首之二：「曬藥安垂老，應門試小童。」[146]

　　中唐詩人韋應物（737～792）以種藥為樂，其〈種藥〉詩云：

　　　　好讀神農書，多識藥草名。持縑購山客，移蒔羅眾英。不改幽澗色，宛如此地生。汲井既蒙澤，插槿亦扶傾。陰穎夕房斂，陽條夏花明。悅玩從茲始，日夕繞庭行。州民自寡訟，養閑非政成。[147]

　　詩中敘述自己好讀藥物之書，將買來之藥草移植到庭園中，每天看其生長，以為休閑悅玩之樂事。

　　中唐柳宗元（773～819）親自種植仙靈毗之過程，及食後之療效，在〈種仙靈毗〉詩中，有詳細之記載：

　　　　窮陋闕自養，癘氣劇囂煩。隆冬乏霜霰，日夕南風溫。杖藜下庭際，曳踵不及門。門有野田吏，慰我飄零魂。及言有靈藥，近在湘西原。服之不盈旬，蹩躠皆騰騫。笑忭前即吏，為我擢其根。蔚蔚遂充庭，英翹忽已繁。晨起自采曝，杵臼通夜喧。靈和理內藏，攻疾貴自源。擁覆逃積霧，伸舒委餘暄。奇功苟可徵，寧復資蘭蓀。我聞晞人術，一氣中夜存。能令深深息，呼吸還歸跟。疏放固難效，且以藥餌

---

[144] 《杜詩詳注》，卷 10，頁 826。

[145] 同上註，卷 19，頁 1665。

[146] 同上註，卷 14，頁 1175。

[147] 《韋應物集校注》，卷 8，頁 522。

論。痿者不忘起，窮者寧復言。神哉輔吾足，幸及兒女奔。[148]

　　仙靈毗即淫羊藿，《千金翼方》置於草部中品藥，主治陰痿絕傷、莖中痛、利尿、益氣力、強志、堅筋骨等。柳宗元從湘西擢其根，種於庭中，自言服食之後，對呼吸、陽痿、足疾皆有神效。

　　中唐韋應物（737～792）在代宗大曆十四年（778）任鄠縣縣令，曾有另一隱居修道者叔緘，贈送松英丸，作〈紫閣東林居士叔緘賜松英丸捧對忻喜蓋非塵侶之所當服輒獻詩代啟〉詩云：

　　　　碧澗蒼松五粒稀，侵雲采去露沾衣。夜啟群仙合靈葯，朝思俗侶寄將歸。道場齋戒今初服，人事葷羶已覺非。一望嵐峰拜還使，腰間銅印與心違。[149]

　　詩中所提之「松英丸」，據《抱朴子‧仙藥》記載：「長服松脂，身體轉輕，氣力百倍。登危越險，終日不極，年百七十歲，齒不墮，髮不白。」[150] 韋應物服食後，覺得人事之紛擾，是自尋煩惱，有想到腰間之官印，似乎與自己之心意相違。

　　大曆十才子之一錢起（710～782）有種藥、採藥、曬藥之詩。如〈春暮過石龜谷題溫處士林園〉詩中云：「曬藥背松陰。」[151]〈閒居寄包何〉詩中云：「種藥幽不淺，杜門喧自志。」[152]〈獨往覆釜山寄郎士元〉詩中云：「山下復山上，將尋洞中藥。」[153]

---

[148] 《柳宗元詩箋釋》，卷1，頁112。

[149] 《韋應物集校注》，卷2，頁113。

[150] 《抱朴子》，頁206。

[151] 《全唐詩》，卷238，頁2656。

[152] 同上註，頁2649。

[153] 同上註，卷236，頁2610。

　　柳宗元喜歡採藥，並移種自家藥田中，其〈種朮〉詩中云：「守閒事服餌，采朮東山阿。」[154] 唐人喜歡採茯苓，如戴叔倫〈贈鶴林上人〉詩中云：「日日澗邊尋茯苓。」[155] 李洞〈山居喜友人見訪〉詩中云：「入雲晴斸茯苓還。」[156] 李益〈罷秩後入華山採茯苓逢道者〉詩中云：「流膏為茯苓，取之沙石間。」[157] 茯苓常依附松樹根生長，為松根之靈氣所結成。據《史記・龜策列傳》記載：「伏靈者，千歲松根也，食之不死。」[158] 唐人多喜餌食，以治病養生。唐人另一常餌食之藥材為枸杞，據孫思邈《千金要方》言枸杞葉「補虛羸，益精髓。」製酒服用能「益顏色，肥健人。」[159] 中唐詩人孟郊作〈井上枸杞架〉詩云：

　　　　深鎖銀泉甃，高葉架雲空。不與凡木並，自將仙蓋同。影疏千點月，聲細萬條風。迸子鄰溝外，飄香客位中。花杯承此飲，椿歲小無窮。[160]

　　劉禹錫亦在〈楚州開元寺北院枸杞鄰井繁茂可觀群賢賦詩因以繼和〉詩中，敘述枸杞之形貌與功用：

　　　　翠黛葉生籠石甃，殷紅子熟照銅瓶。枝繁本是仙人杖，根老新成瑞犬形，上品功能甘露味，還知一勺可延齡。[161]

---

154 《柳宗元詩箋釋》，卷 1，頁 116

155 《全唐詩》，卷 274，頁 3104。

156 同上註，卷 723，頁 8301。

157 同上註，卷 282，頁 3208。

158 《史記》，卷 128，頁 3276。

159 《千金要方》，卷 26，頁 285-292。

160 《孟郊詩集箋注》，卷 9，頁 432。

161 《劉禹錫詩編年校注》，卷 360，頁 4061。

晚唐皮日休、陸龜蒙、張賁三人共作一首〈藥名聯句〉詩，詩中嵌入二十三味藥物，兼及栽種、炮製及功用：

> 為待防風餅，需天薏苡杯。（張）香燃柏子後，罇泛菊花來。（皮）石耳泉能洗，垣衣雨為栽。（陸）從容犀局靜，斷續玉琴哀。（張）白芷寒猶采，青葙醉尚開。（皮）馬銜衰草臥，烏啄蠱根回。（陸）雨過蘭芳好，霜多桂末摧。（張）朱兒應作粉，雲母詎成灰。（皮）藝可屠龍膽，家曾近燕胎。（陸）牆高牽薜荔，障軟撼玫瑰。（張）鸜鼠啼書戶，蝸牛上研台。（皮）誰能將薰木，封與玉泉才。[162]

詩中提及之藥名，有防風、薏苡、柏子、菊花、石耳、垣衣、從容、斷續、白芷、青葙、馬銜、烏啄、蘭、朱兒、雲母、龍膽、燕胎、薜荔、玫瑰、鸜鼠、蝸牛、薰木、泉才等二十三種。

中唐韓愈曾作〈幽州節度判官贈給侍中清河張君墓誌銘〉一文，記述長慶年間，幽州節度判官張徹為其弟治病之文：

> 醫餌之藥，其物多空青、雄黃諸奇怪物，劑錢多至數十萬。營治勤劇，皆自君手，不假之人，妻子常有饑色。[163]

文中為治其弟，需要空青、雄黃等劑錢，就多達數十萬。以致於家貧如洗，妻子面有饑色。

初唐四傑之一盧照鄰，任官新都尉，因染風疾去官，處太白山，以服餌為事。為治療宿疾，四處營求藥物，飽嚐奔競之苦。作〈寄裴舍人遣醫藥直書〉一文云：

---

162 《全唐詩》，卷793，頁8929。
163 《韓昌黎文集校注》，卷6，頁314。

　　余家咸亨中，良賤百口，自丁家難，私門弟妹凋喪，七八年間，貨用都盡，余不幸遇斯疾，母兄哀憐，破產以供醫藥。屬歲穀不登，家道屢困，兄弟薄遊近縣，創鉅未平，雖每分多見憂，然亦莫能取給。海內相識，亦時致湯藥，恩亦多矣！晚更篤信佛法，於山間營建，所費尤廣。本欲息貪寡慾，緣此更使貪心萌生，每得一物，輒喜歡更恨不足。嗚乎！道惡在而奔競之苦茲，雖觀若空無常，而此業已就，不可中廢，祈獲福澤，思與士君子共之。[164]

　　文中言己染風疾後辭官，家境貧窮，由於母兄哀憐，破產以供醫藥，又遇荒年，幸遇相識之友幫助，藥費仍然不夠。盧照鄰又寫〈與洛陽名流朝士乞藥直書〉向朝中官吏乞討丹砂等藥物與銀兩：

　　幽憂子學道於東龍門山精舍，布衣藜羹，堅臥於一巖之曲。客有過而哀之者，青囊中出金花子丹方相遺之，服之病癒。視其方，丹砂二斤。穀楮子則山中可有，丹砂則渺然難致。昔在關西太白山下，一隱士多元明膏，中有丹砂八兩。予時居貧，不得上好砂，但取馬牙顏色微光淨者充用。自爾丁府君憂，每一慟哭，涕泗中皆藥氣流出，三四年贏臥苦嗽，幾至於不免。復偶於他方中見一說云：丹砂之不精者，服之令人多嗽。訪知一處有此物甚佳，兩必須錢二千文，則三十二兩當取六十四千也。空山臥疾，家業先貧，老母年尊，兄弟祿薄，若待家辦，則委骨於巉岊之峰矣。意者欲以開歲五月穀子熟時，試合此藥，非天下名流貴族，王公卿士，以仁惻之心，達枯骨朽株者，孰能濟之哉？今力疾賦詩一篇，遍呈當代博雅君子。雖文不動俗，事或傷心。……若諸君子家有好妙砂，能以見及，最為第一。無者各乞一二兩藥直，是庶幾也。……言能苟行之，仁道不遠也。朝英貴士，博濟而好仁者，

何必相識？故知與不知，咸送詩告，請無案劍，同掩體骸云爾。[165]

　　文中敘述家貧母老，兄弟祿薄，無錢購買丹砂，特在病中勉力賦詩一篇，希望朝中大臣，不論知與不知，看詩作後，能賜予好妙之丹砂，或一二兩藥錢。把這種助人，當作行仁之道。讀來令人感動。

　　盛唐杜甫（712～770），幼年得病，在女巫指示下存活，姑之子卻死，其事見〈唐故萬年縣君京兆杜氏墓碑〉：

　　　　甫昔臥病於我諸姑，姑之子又病，問女巫，巫曰：「處楹之東南隅者吉」，姑遂易子之地以安我，我用是存，姑之子卒。[166]

　　杜甫母親早死，乏人照料，身體本來就不夠健康，其〈進封西嶽賦表〉中云：「是臣無負於少小多病，貧窮好學者已。」[167] 六、七歲後，身體漸趨康健。〈壯遊〉中云：「七齡思即壯，開口詠鳳凰。九齡書大字，有作成一囊。」[168] 天寶五載（745），杜甫結束「快意八九年」、「放蕩齊趙間，裘馬頗輕狂。」[169] 之遊歷生活，西歸咸陽。一心求取功名，始終不能如意。天寶六載，杜甫三十六歲，在長安落第。只得投書韋濟等，希望能得到汲引。天寶十載（750）獻三大禮賦，為玄宗所欣賞，只是命待制集賢院而已。仕進無門，精神苦悶，生活窘困，種種壓迫，健康逐漸衰退。

　　杜甫中年以後，為疾病所纏，無力看醫生，所謂「苦乏大藥資」[170]，必須自己至深山、野嶺、山澗、溪谷間採藥。杜甫時常藥囊不離身。原因有三：

---

[165] 《盧照鄰集校注》，卷7，頁388。

[166] 《全唐文》，卷360，頁3659。

[167] 《杜詩詳注》，卷359，頁3649。

[168] 同上註，卷16，頁1438。

[169] 同上註，頁1438。

[170] 同上註，卷1，頁42。

一是官場失意，心中抑鬱；二是生活貧困，營養不良；三是飲酒過甚，體力漸衰。

　　杜甫患糖尿很久，病人會出現體衰、腿乏力、雙眼模糊及皮膚瘙癢等症狀，這些症狀在杜甫詩中時有反應。〈九月一日過孟十二倉曹、十四主簿兄弟〉詩中云：「力稀經樹歇，老困撥書眠。」[171] 說明腿腳無力，走幾步需停歇，精力明顯不濟；〈小寒食舟中作〉詩中云：「春水船如天上坐，老年花似霧中看。」[172] 暗示血糖高已引起了眼病；〈秋日夔府詠懷奉寄鄭監李賓客一百韻〉：「金篦空刮眼，鏡象未離銓。」[173] 顯然他患有白內障，做「針撥術」效果不佳；〈阻雨不得歸瀼西甘林〉詩中云：「令兒快搔背，脫我頭上簪。」[174] 是糖尿病引起之皮膚搔癢。

　　中唐韓愈（768～824）有無服食，可見其〈寄周隨州員外〉詩云：

　　　　陸孟秋楊久做塵，同時存者更誰人？金丹別後知傳得，乞取刀圭救病身。[175]

　　詩中言愈與陸長源、孟叔度、丘穎、楊凝及君巢，同為董晉幕客，因服食金丹而早逝，柳宗元有〈答周君巢餌藥可以久壽書〉一文中云：「餌藥可以久壽，將分以見與！」[176] 可見周君巢確實喜好服食金丹，柳宗元未受；韓愈向周君巢乞藥是為療疾。

　　韓氏家族多早衰多病，其〈祭十二郎文〉中云：

---

[171] 同上註，卷 20，頁 1757。

[172] 同上註，卷 23，頁 2061。

[173] 同上註，卷 19，頁 1699。

[174] 同上註，頁 1659。

[175] 《韓昌黎詩繫年集釋》，卷 12，頁 1193。

[176] 《柳河東全集》，卷 32，頁 518。

> 吾年未四十,而視茫茫,而髮蒼蒼,而齒牙動搖,念諸父與諸兄,
> 皆康強而早世,如吾之衰者,其能久存乎![177]

文中言自己年未四十,已視茫髮蒼,齒牙動搖,而其諸父諸兄,亦皆短壽。又在〈與崔群書〉一文中亦有同樣之敘述:

> 近者尤衰憊,左車第二牙,無故動搖脫去;目視昏花,尋常間便
> 不分人顏色;兩鬢半白,頭髮五分亦白其一,鬚亦有一莖兩莖白者。
> 僕家不幸,諸父諸兄,皆康強早世,如僕者又可以圖於久長哉![178]

以上所引二文,知韓氏家族皆年壽不高,韓愈服食金石藥物,應是治療氣血衰弱之病。

(三) 唐代佛教醫術對生命之關懷

據《大唐西域記》卷二記載,印度世俗教育,要求從小學習醫方。唐代義淨赴印度求法時,有學醫方。唐慧立、彥悰《大慈恩寺三藏法師傳》有記載那爛陀寺之教育、醫方、數術等情形:

> 僧徒主客常有萬人,并學大乘兼十八部。爰至俗典《吠陀》等書,
> 因明、聲明、醫方、術數,亦具研習。[179]

在佛教中,醫書屬外典,不過為傳教方便,常以醫學作譬喻,佛陀常被稱為「大醫王」,如:

---

[177] 《韓昌黎文集校注》,卷5,頁195。

[178] 同上註,卷3,頁108。

[179] 唐‧慧立、彥悰:《大慈恩寺三藏法師傳》,(《大正藏》,冊50),卷3,頁237。

> 如來善方便，隨病而略說。譬如世良醫，隨病而投藥。[180]
>
> 慈悲大醫王，无上智良藥。療治眾生苦，如何忽遠逝。[181]
>
> 以信心求法，常生於勝處。設墮險難中，諸天常救護，於暗為明燈，於病為良藥。[182]
>
> 經為良藥，理為妙藥，文存傳裡，為遣使送藥也。[183]

佛教慈悲為懷，其教理要自度度人，必須治療眾生身心之疾病，在唐代碑誌中時有可見，如〈大唐朝議大夫行聞喜縣令上柱國臨淄縣開國男于君請移□□唐興寺碑〉：

> 時夏縣威神寺法師俗性張，法名忽碑。其先衣冠出南陽，精持律儀，薰修戒行。德超於四果，理貫於三伊。大道未行，同孔丘之歷聘；眾生有病，等醫王之援手。遂乘杯涑巫，振錫兆亭。[184]

忽碑法師是精持律儀之高僧，治療眾生之疾病，為佛法上稱的醫王。可見高僧亦為人治病。如空海《大唐神都青龍寺故三朝國師灌頂阿闍黎惠果和尚之碑》云：

> 我師之禪智妙用在此乎！示榮貴，導榮貴；現有疾，待有疾。應病投藥，悲迷指南。……天返歲星，人失慧日。筏歸彼岸，溺子一何

---

[180] 《佛所行贊》，（《大正藏》，冊4），卷5，頁192。

[181] 同上註。

[182] 《諸法要集經》，（《大正藏》，冊17），卷1，頁728。

[183] 《大般涅槃經集解》，（《大正藏》，冊37），卷23，頁1763。

[184] 吳剛主編：《全唐文補遺》，（西安：三秦出版社，1999），第三輯，頁9。

悲哉！醫王匿跡，狂兒憑誰解毒？嗟乎痛哉！[185]

　　惠果和尚師事大照禪師，是不空三藏一系之弟子，傳承密宗大法，其演說佛法，被稱為「應病投藥」，是悲迷者之指南。其去世喻為「醫王匿跡」，故撰碑文之日人空海大師視為醫王。

　　白居易〈唐東都奉國寺禪德大師照公塔銘〉云：

　　　　其於退惡進善，隨分而增上者，不可勝記。夫如是，可不謂煩惱病中，師為醫王乎！生死海中，師為船師乎！嗚呼！病未盡而醫去，海方涉而船師。粵以開成三年（838）冬十二月示滅於奉國寺禪院。[186]

　　文中將禪德大師稱之為醫王、船師，可以為眾生去煩惱病，度生死海。又〈唐故信州懷玉山應天禪院尼禪大德（善悟）塔銘〉云：

　　　　其銘曰：熾然貪欲，劫濁亂時，籠破鳥飛，尸羅為師。心宗達摩，出世良醫。咐囑有在，我其護之。[187]

　　文中尸羅是「禁戒」之義，佛陀涅槃前開示教徒「以戒為師」，尼禪大師即以佛陀，開示之戒律為師，宗法禪宗初祖菩提達摩，被譽為「出世良醫」。

　　以上論述，說明印度佛教之醫術，稱為醫方；佛陀慈悲為懷，常以良藥療眾生，稱為「大醫王」；大唐忽碑法師精持律儀，亦為人治病，稱為「醫王」；但眾生煩惱多，有尼禪大師，為眾生去除貪欲、出離生死，稱為「出世良醫」；可見佛教醫生，不僅是疾病之療者，其醫者之意義，還含有為眾生解脫生死者，亦屬良醫。

---

[185]　《全唐文補遺》，頁5。

[186]　《白居易集箋校》，卷71，頁3808。

[187]　周紹良主編：《唐代墓誌彙編》，（上海：上海古籍出版社，2007），廣明002，頁2500。

(四) 唐代道教醫術對生命之關懷

　　道教與其他宗教一樣，重視人生死之問題。道教貴生亦重死，生前養生，死後超薦。此處論道教修練成仙之方式，是經歷服食、辟穀、導引、內丹、外丹等過程，達到成仙之目標。與傳統醫學有所不同。晉·葛洪（283～363）《抱朴子·雜應第十五》云：「古之初為道者，莫不兼修醫術。」[188] 葛洪認為倒是不懂醫，一旦病痛及身，無以攻療，又如何求長生之術。

　　今《正統道藏》中收羅不少有關道家醫術之書，其中有關符籙、咒術、辟穀、房中術等，或涉神道，但若摒棄宗教之思維，純從醫學觀點言之，亦有可觀之處。

　　若言巫醫，是在祭祀時，先由女子舞蹈取媚神靈，降魔伏軌，並由祝者以讚辭祈求先祖、神明庇佑，將蠱毒病痛，驅離體外。《黃帝內經·素問·移精變氣說》云：「黃帝問曰：「余聞古之治病，惟其移精變氣，可祝由而已。」[189] 明·張介賓，《類經·論治類》引唐道家醫家王冰注云：「祝說病由，不勞針石而已。」[190] 說明古代醫家治病，若屬心理疾病，可以移精變氣，藉由導引營衛之氣，增強免疫機能，使精神強化，對抗外邪。

　　至於道士為醫者，導引是一種重要之醫療法。導引是一種以肢體運動，配合吐納、推拿之方法。除前言《莊子·刻意》中所云：「吹呴呼吸，吐故納新。」[191] 外，《呂氏春秋·古樂》亦記載：「昔陶唐氏之始，因多滯伏而湛積，水道壅塞，不行其原，民氣郁閼而滯著，筋骨瑟縮而疾患，故作為舞以宣導之。」[192] 可見從唐堯之時，民眾因筋骨受陰滯風濕之苦，故藉舞蹈、導引之法，去除郁閼滯著，而獲得康復。

---

[188]　《抱朴子內篇校釋》，頁271。

[189]　李今庸：《黃帝內經素問校釋》，（北京：人民衛生出版社，2009），上冊，頁174。

[190]　明·張介賓：《類經》，（北京：人民衛生出版社，1982），卷12，頁352。

[191]　《莊子今註今譯》，頁434。

[192]　陳奇猷：《呂氏春秋校釋》，（臺北：華正書局，1985），卷5，頁284。

唐代道士醫家如孫思邈、王冰為代表人物，其他在民間行醫濟世者，應不在少數。不過醫療方法漸由外丹術轉向內丹術，內丹術是修煉精氣神三寶，以邁向成仙之目標。不過成仙尚須以金丹大藥配合，方能舉形生虛。葛洪《抱朴子‧金丹》云：

> 夫金丹之為物，燒之愈久，變化愈妙。黃金入火，百練不消，埋之，畢天不朽。服此二物，煉人身體，故能令人不老不死。[193]

葛洪認為金丹為上品神藥，服食可與天地相侔，乘雲駕龍，位列仙班。至於眾人，服食草木，只能延年而已。

道家有兩本道家之本草著作，司馬承禎〈白雲仙人靈草歌〉與〈蓬萊山西竈還丹歌〉。其中〈白雲仙人靈草歌〉是現存最早之草藥圖譜，有草藥圖五十五幅。著錄外丹黃白法所用草藥四十五味。如水紅草，治水氣之病；真珠草，服食人不老；聚珍草，服食添長命；海桃草，生服善治勞；山青草，人服髮再黑，偏療小兒驚；萬通草，服之長壽無病；龍泉草，服之身輕無病；寶峰草，服食一生無病，身輕駐顏；金錢草，服食添人壽；青金草，服食人不老，偏治惡瘡；七星草，生服之不死延年；銀線草，大治風疾之病；金羅草，服之千年不死；楊桃草，大治惡瘡。以上藥物，皆不見於《唐本草》與明李時珍之《本草綱目》，當為流傳於丹士手中之書。

道士種植、服食草木藥之情形普遍，有芝、朮、茯苓、松柏葉、胡麻、黃精等。玄宗時，威儀道士白元鑒〈藥圃〉詩云：「黃精宜益壽，萱草足忘情。候採靈芝服，還應羽翼生。」[194] 李頻〈題陽山顧煉師草堂〉詩云：「前峰自云種松子，坐視將來取茯神。」[195]《舊唐書‧隱逸傳》云：「（王遠知）食芝

---

[193] 《抱朴子內篇校釋》，頁 71。

[194] 《全唐詩補編》，頁 299。

[195] 《全唐詩》，卷 587，頁 6813。

餌朮。」「（潘師正）服松葉飲水。」「（王希夷）嘗餌松柏葉及雜花散。」¹⁹⁶《歷世真仙體道通鑑》云：「（田仕文）居常餌服白朮、茯苓。」¹⁹⁷「（王旻）多植芝朮藥苗……每日蔬饌多是粉芝。」¹⁹⁸顏真卿〈撫州臨川縣井山華姑仙壇碑銘〉云：「恆服茯苓、胡麻。」¹⁹⁹

　　〈蓬萊山西竈還丹歌〉一書收錄於《正統道藏・洞神部・眾術類・斯字號》，所載之草藥，主要用於煉丹，兼可治病。書中有藥一百七十二味。從內容來看，並非醫家常用之藥方。可見道家煉丹為獨傳之密術。丹書亦託言神仙所授。丹房必須在環境清幽之處。煉丹前必須齋戒七日，沐浴五香。〈黃帝九鼎神丹經訣〉云：

　　　　欲合神丹，當於深山大澤，若窮里曠野無人之處，若人中作，必須高牆厚壁，令中外不見亦可也，結伴不過二三人耳。先齋七日，沐浴五香，置加精潔，勿經穢污喪葬之家往來耳。²⁰⁰

　　文中敘述道士煉丹，必須在深山大澤，幽隱偏僻之處，齋戒、沐浴、精潔、念咒。且須築壇約誓，不得洩漏秘術，否則「死為下鬼。」²⁰¹或「如妄傳，天殃將罰。」²⁰²主因是要避開世俗煩擾，專心一志。且名山有正靈福佑，神悅體清。元結〈宿無為觀〉詩云：

　　　　九疑山深幾千里，峰谷崎嶇人不到。山中舊有仙姥家，十里飛泉繞丹竈。如今道士三四人，茹芝煉玉學輕身。霓裳羽蓋傍臨壑，飄颻

196　《舊唐書・隱逸傳》，卷192，頁5125。
197　《歷世真仙體道通鑑》，卷29，頁562。
198　同上註，卷32，頁586。
199　《全唐文》，卷340，頁3444。
200　《黃帝九鼎神丹經訣》，（《正統道藏》，冊31），頁58。
201　《雲笈七籤》，卷74，〈太極真人青精乾飯石迅飯上仙靈方〉，頁793。
202　同上註，《太上肘後玉經方八篇》，頁799。

似欲來雲鶴。[203]

　　道士煉金丹大藥，其功效有多大？大多宣稱服食愈久，效力愈大。孫思邈《太清丹經要訣‧太山張和煮石法》中云：「食之五日後，萬病癒。一年壽命延永，久服白日昇天。」[204] 又〈造金丹法〉云；「且以井華水，向日服一丸。七日，玉女來侍。二百日，行廚。至三百日，壽與天地齊。」[205] 又〈太一餌瑰葩雲屑神仙上方〉云；「服藥一年，目明耳聰，強志而通神。二年愈勝，三年行步如飛。六年白髮還黑，面有童嬰之色。」[206]

　　不過，金丹大藥之組成，是以石藥為主。隋‧蘇源明《太清石壁記》提到「五石丹方」，藥味是以五星之精氣所聚而成，有長生不死之效。其云：

　　　　五石者，是五星之精。丹沙太陽瑩惑之精，磁石太陰辰星之精。曾青少陰歲星之精，雄黃后土鎮星之精，礜石太白之精。右以五星之精，其藥能令人長生不老。

又云：

　　　　曾青者，東方青帝木行青龍之精；丹砂者，南方赤帝火行朱雀之精；白礜石者，西方白帝金行白虎之精，磁石者，北方黑帝水行玄武之精；雄黃者，中央黃帝土行黃龍之精。……五石者，五星生氣，服其真精氣，可以天地其壽。[207]

---

[203] 《全唐詩》，卷 241，頁 2715。

[204] 《雲笈七籤》，卷 71，頁 753。

[205] 同上註。

[206] 同上註。

[207] 蘇源明：《太清石壁記》，（《正統道藏》，冊 31），頁 538。

　　文中將五行與五石相配，煉成與天地同壽之丹藥，實受《周易參同契》以來陰陽五行說之影響，唐代煉丹家之理論，亦不離陰陽五行之說。

　　以上論述，說明道教之醫學，如導引、辟穀、胎息、煉丹等，雖與傳統醫術不同，但是道教所使用之藥草，仍具有醫療之作用。煉丹雖然成功者少，但對我國化學研究之進步，亦具有貢獻。

三、唐人哀祭文中之生命思想

　　唐代哀祭文中，如祭文、碑誌、墓誌銘、哀辭、誄辭、輓歌等，有許多有關生命之書寫，亦有助於瞭解唐代各階層對生命之體認。尤其近年以來，考古風氣盛行，出土之祭弔文如祭文、哀辭、誄辭、墓誌銘等，種類甚多，表示先民具有禮敬先人，慎終追遠之倫理思想。

　　唐代墓誌銘之作，極為盛行，韓愈、柳宗元、李翱等皆其著者。今見千唐誌齋珍藏之墓誌銘，三秦出版社名為《全唐文補遺》；《唐人墓誌彙編》將《全唐文》不收之墓誌三六〇〇餘件，集錄成冊；又將《隋唐五代墓誌匯編》、一九八四年後出土之數百件墓誌，編為續集，是研究唐代生命思想之重要文獻。

　　《唐人墓誌彙編》所載之人物甚廣，不論各行各業，男女老少，官吏處士、僧侶道士、皆包羅其中。其他如祭文、哀辭、誄辭、輓歌等，在《全唐文》、《四庫全書》、《全唐詩》中所載甚多。可以從各書中瞭解唐人對宗教之信仰，死後之世界、靈魂之觀念、喪葬之風俗等，有助於探討唐人之生命思想。

(一) 墓誌銘之生命記錄

　　銘墓之文起源甚早，商代比干墓盤篆文可知，將銘文以篆文刻於盤中，

應為秦漢以後之事。[208] 至於墓誌，最早見於東漢中晚期，但據《宋書‧禮志二》記載，漢獻帝建安十年、晉武帝咸寧四年、晉武帝大興元年、晉安帝義熙中俱下詔禁碑。立碑受禁，埋於墓側之墓誌遂盛行。吳訥《文章辨體》曰：「至漢杜子夏勒文埋墓側，遂有墓誌，後人因之。」

所謂墓誌銘，乃葬者慮陵谷變遷，後人不知何人之墓，故作墓誌銘。一般是由兩塊方石組成，一底一蓋，底刻志銘，蓋刻標題（某朝、某官、某人墓誌），安葬時埋在墓壙中，有待異日稽考之文。

一般而言，墓誌銘分為志和銘兩部分。明‧徐師曾（1517～1580）曾在《文體明辨‧序說》中云：「按志者，記也；銘者，名也。」志是用散文記敘死者姓名、籍貫、家世、官級、功德、事蹟等，成為傳世之生平事略，以補家族史、方誌，乃至國史之不足。銘是是用韻文概括志之全文，對死者讚揚、悼念或安慰之辭，可說是對逝者一生之評價。

也有只有志或只有銘者，可以在自己生前寫妥，也可以請別人撰寫。《舊唐書‧傅奕傳》敘述唐太史傅奕為自己寫墓誌云：

> 又嘗醉臥，蹶然起曰：「吾其死矣！」因自為墓誌曰：「傅奕，青山白雲人也。因酒醉死，嗚呼哀哉！」其縱達皆此類。[209]

文中只簡短幾句，就可以看出作者喜好山林與嗜酒，旨意清楚達意。
唐王績亦嘗自撰墓誌銘，其云：

> 王績者，有父母，無朋友，自為之字曰無功焉。人或問之，箕踞不對。蓋以有道於己，無功於時也。不讀書，自達理。不知榮辱，不計利害。起家以祿位，歷數職而進一階。才高位下，免責而已。天子

---

[208] 《容齋隨筆》：「唐開元四年，偃師耕者得比干墓盤篆文云：『右林左泉，後岡前道。萬世之靈，茲焉是寶。』」

[209] 《舊唐書》，卷79，頁2714。

不知，公卿不識。四十五十，而無聞焉。於是退歸，以酒德遊於鄉里。往往賣蔔，時時著書。行若無所之，坐若無所據，鄉人未有達其意也。嘗耕東皋，號東皋子，身死之日，自為銘焉。曰：「有唐逸人，太原王績。若頑若愚，似矯似激。院止三逕，堂唯四壁。不知節制，焉有親戚？以生為附贅懸疣，以死為決疣潰癰。無思無慮，何去何從？壟頭刻石，馬鬣裁封。哀哀孝子，空對長松。」[210]

文中多「以生為附贅懸疣，以死為決疣潰癰。」等句，源自《莊子・大宗師》中文句，顯然有生為煩惱，死方解脫之意。

墓志與史傳不同，北宋曾鞏〈寄歐陽舍人書〉中云：

　　夫銘志之於世，義近於史，而亦有與史異者。蓋史之於善惡無所不書，而銘者，蓋古之人有功德材行志義之美者，懼後世之不知，則必銘而見之，或納於廟，或存於墓，一也。苟其人之惡，則於銘乎何有？此其所以與史異也。[211]

曾鞏認為墓志不同於史傳之處，在於史傳對傳中人物善惡皆寫，墓誌銘則只寫功德、材行、志義之美，是兩者之不同。墓誌銘與銘不同，銘本是記載、鏤刻之意。商周時期，將文字鑄在銅鼎之上；以後也刻在石碑、金屬板等器物上。或稱功德，或記史事。逐漸演變成獨立之文體。劉勰《文心雕龍》有〈銘箴〉篇；蕭統《昭明文選》中有班固等之銘文五篇；吳楚材、吳調侯編選之《古文觀止》中有劉禹錫〈陋室銘〉，至今傳誦。墓誌銘之銘文精短活潑，或用騷體，或類五、七言詩；或似佛家偈語，或類同箴言；語辭簡約，蘊藏哲理。是其特色。如漢・韓信之墓聯：「生死一知己；存亡兩婦人。」寥

---

[210] 《全唐文》，卷89，頁1326。

[211] 北宋・曾鞏：《南豐文鈔》，（《唐宋八大家校注集評》）（西安：三秦出版社，1995），頁3754。

寥十字，寫出韓信一生之成敗。

　　韓愈善寫墓誌銘，如〈試大理評事王君墓誌銘〉、〈清河張君墓誌銘〉、〈柳子厚墓誌銘〉、〈貞曜先生墓誌銘〉、〈南陽樊紹述墓誌銘〉等。李漢〈昌黎先生集序〉載韓愈計有碑誌七十五篇。韓愈碑誌流傳後世較多之原因，乃是韓愈文名日盛之後，達官貴人常求其為先人撰墓誌銘，潤筆甚高，韓愈亦來者不拒。其友劉叉甚覺眼紅，取其黃金數斤而去，云：「此諛墓中人得耳，不若與劉君為壽。」[212] 研究墓誌銘、碑記可以彌補史傳之不足。

　　牛致功《唐代史學與墓誌研究·墓誌研究與史學之發展》中指出：「利用這些墓志補充文獻資料之不足，論證文獻資料是真的，無疑是有非常重要意義的。」[213] 並舉出〈执失善光墓誌銘〉、〈安元壽墓誌銘〉以指證《資治通鑑》之錯誤；又舉〈武懿宗墓誌銘〉以指證《唐書·武懿宗傳》未提及武懿宗之卒年；舉〈高力士墓誌銘〉，以指證《新唐書·高力士傳》年壽之錯誤；都是從墓志之資料，彌補史傳之誤謬，有其重大之價值。

　　《考古與文物》第 197 期，刊載陝西省考古研究院公開唐高宗之才人上官婉兒之墓誌銘，追溯上官家族之祖先出自顓頊高陽氏，又言上官婉兒是「隴西上邽人也」，即今甘肅天水，而非河南。墓志又記載上官婉兒「懿淑天資、賢明神助。」並以唐睿宗的之名義，為其篆刻墓志銘，獲得「惠文」之謚號。以上舉例，皆非史傳所載。

　　墓誌銘、碑記瞭解唐人之生平事蹟：史傳內容簡短，編入之人以王侯將相，官吏權臣為多，但墓誌所載，不論各行各業，男女老少，僧道隱士，皆可請名家撰寫。由於史傳之編撰有其拘限，因此從墓誌中之資料，去瞭解唐人之生平事蹟，有甚大之幫助。

　　墓誌銘、碑記可以認識唐人對疾病之書寫方式：撰寫墓誌銘、碑記，一般先從亡者之疾病書寫，包括生病種類、生病年齡、死亡原因之探討；接言

---

[212] 《韓昌黎文集校注》，頁 3。有關韓愈所撰碑誌之研究，《古典文學》第十集，葉國良〈論韓愈的冢墓碑誌文〉，在文體與立意上，有詳盡之論述。本文偏向生命思想，敘述方向有所不同。

[213] 牛致功：《唐代史學與墓誌研究》，（西安：三秦出版社，2006），頁 253-259。

醫療之經過、親友之哀痛；再敘述其生命觀，因各人之信仰不同，而有不同之論述，如信仰佛教、道教、或其他之信仰，皆有所不同。甚至可加寫死者之靈魂或形體，死後之世界等，對了解唐人之生命思想，有所助益。

以韓愈〈柳子厚墓誌銘〉為例，其寫作格式如下：

先寫字號：宗元

再寫家世：

> 七世祖慶，為拓跋魏侍中，封濟陰公。曾伯祖奭，為唐宰相，與褚遂良、韓瑗，俱得罪武后，死高宗朝。皇考諱鎮，以事母，棄太常博士，求為縣令江南；其後以不能媚權貴，失御史。權貴人死，乃復拜侍御史，號為剛直。所與遊，皆當世名人。

三寫生平事略：

> 少精敏，無不通達。……取進士第，嶄然見頭角……以博學宏詞，授集賢殿正字。俊傑廉悍，議論證據今古，出入經史百子。踔屬風發，率常屈其座人，名聲大振。……貞元十九年，由藍田尉拜監察御史。順宗即位，拜禮部員外郎。……貶永州司馬……嘗例召至京師；又偕出為刺史，而子厚得柳州。……故卒死於窮裔。

四寫功德：

> 因其土俗，為設教禁，州人順賴。其俗以男女質錢，約不時贖，子本相侔，則沒為奴婢。子厚與設方計，悉令贖歸。

結尾寫學術成就：

> 衡湘以南，為進士者，皆以子厚為師；其經承子厚口講指畫，為
> 文詞者，悉有法度可觀。……其文學辭章……必傳於後。

此篇墓誌銘完整而無所遺漏，可視為撰寫墓誌銘之基本架構，可作為習作之範文。

晚唐〈石府君彥辭墓誌銘〉一文，不知撰者姓名，文中敘述石彥辭煉丹之事：

> 先是，公以許國之暇，官守之餘，率以浮屠氏及玄元太一之法，
> 志於心腑間。每清朝朗夕，佛諦道念。恆河指喻，儼究於空王，真誥
> 取徵，頗齊於羽客。而且常精藥訣，每集靈方。天外星辰，必通香火；
> 鼎中龍虎，實變丹砂。惠周應病之仁，情極恤貧之愛。[214]

文中敘述煉丹之時，將佛道之藥訣、靈方混合應用，並富有仁愛之心，將丹藥周濟貧困之病患。

在唐人墓誌銘中，有許多記載罹病、就醫之情形，或者信仰佛道，祈求仙佛庇佑，最後藥石罔效而終。這些有關生命之敘述，可知往生者在生前，希望自己病能康復，以及家屬焦急期待之心情，都溢於言表。

〈唐故邠王文學天水趙府君（夏日）墓誌銘〉是敘述修習禪宗之趙夏日之墓誌銘：

> 公晚乃悟道，遂屏棄世事，修學禪寂，世稱得道果焉。繼而遘疾
> 一旬，不甚求療。雖寂滅為樂，豈自顧於形骸。而幽明異途，唯痛深
> 於骨肉。[215]

---

[214] 《全唐文補遺》，第7輯，頁171。

[215] 同上註，第二輯，頁490。

　　文中言趙夏日修習禪宗，已達得道果之境界，故得病十餘日，不求醫治療，以寂滅為樂。寂滅為佛徒修習之涅槃境界，即去煩惱，清淨無礙，可以解脫之時。家屬則因幽明異途，骨肉分離，哀痛逾恆。

　　〈唐故洪州武寧縣令于府君夫人隴西李氏墓誌銘〉是武寧縣令于夫人李氏之墓誌銘：

> 　　夫人前年抱疾伏枕，昆弟甥姪遠資醫藥。一无所顧，以五蘊兼空，願度苦厄。進施於浮圖。人心傳其教，亦有冀也。嗚呼！降年不永，雖善報難忱，而命乃在天，歷運有數，以會昌三年（843）冬十月十七日，終於立德里私第，享年六十四。[216]

　　文中敘述李氏在往生之前年得病，知人生在世，應知五蘊皆空，願解脫煩惱，以度一切苦厄。將醫藥之資，施捨寺院，以功德遠離生死苦海。其實人生在世，皆有天命。經歷運勢，亦有定數。於武宗會昌三年（843）冬十月十七日，於私第壽終。

　　〈唐故清河張氏夫人墓誌銘〉是山東清河張氏之墓誌銘：

> 　　洎（僖宗）乾符四年（877）二月寢疾，飲食失節，動靜多艱。公憂輟刃心，徵諸良藥。而又廣祈方士，朗設佛像，焚燎香火，不缺晝夜。飯僧荐神，而不有應。至三月六日，奄謝於永昌里之私第。[217]

　　文中張氏未寫夫君之官職，應是一般之庶民。於僖宗乾符四年（877）二月寢疾。其症狀是飲食失節，動靜多艱，應屬中風之病。其夫心中憂痛，如刃其心，遂徵良藥、祈方士、設佛像、燎香火、飯僧人、荐神明，皆無效應，

---

[216] 同上註，第一輯，頁332。
[217] 同上註，第三輯，頁280。

至三月六日，奄謝於永昌里之私第。

〈大唐故毛處士夫人賈氏（三勝）墓誌銘〉是處士毛君之夫人賈氏之墓誌銘：

> 遂乃擯絕塵俗，虔歸淨土。最凡寫大乘經百餘卷，造金銅及素像一千餘軀。菜食長齋，禮懺忘倦。而篋蛇遄駭，藤鼠易危。諸佛來迎，忽睹白蓮之應；高梯已至，更聞青見之談。以景雲二年（711）閏六月九日，終於洛陽立行里之私第。春秋七十有四。夫人臨終設齋筵諸大德三日，行道並放家童四人。[218]

文中敘述賈氏為佛門淨土宗之信徒，共寫大乘經百餘卷，造佛菩薩之金銅像及素像一千餘軀，以造功德；又菜食長齋，禮懺忘倦。而得諸佛及觀音菩薩之靈應。於睿宗景雲二年（711）閏六月九日，終於洛陽之私第。享壽七十四歲。

〈閩王夫人故燕國明惠夫人彭城劉氏（華）墓志〉是閩王鏻燕國明惠夫人彭城劉氏之墓志：

> 夫人寢疾之辰，閩王搜訪良醫，烹調至藥。或清宵輟寢，或白晝停食；仍聞服食之食，更切吞嘗之效。其次蓮宮杏觀，魚梵洪鐘，焚修之會聯翩，課誦之聲響亮。況復蕩狴牢而釋囚繫，寬賦斂而貸逋懸。蓋以救療之所殷勤，祈禱之所臻至。……而又散以縑繒，分於奶藥。還夫人未亡之遺願，度夫人已亡後真僧。[219]

文中敘述墓主卒於後唐長興元年（930），閩王鏻在夫人患病之後，搜訪

---

218 同上註，第六輯，頁 379。
219 同上註，第七輯，頁 180。

良醫，烹調至藥。又請高僧焚修課誦，蕩狴牢、釋囚繫、寬賦斂、貸逋懸；亡後又散縑繒、分奶藥、度真僧，可見閩王鏻對其夫人之寢疾，費盡心思，以佛事庇佑墓主，而佛僧對往生者之家屬，做各種法事，可見佛教已在中國之發展，已經根深蒂固。

(二) 碑碣文之生命記錄

碑誌文之應用，範圍很廣，如墓碑、墓碣、碑記、廟碑、神道碑、墓表、阡表、墓石等。如有封禪紀功之刻文，秦始皇〈泰山刻文〉，韓愈〈平淮西碑〉等。寺觀、橋樑之刻文，如韓愈〈南海神廟碑〉等。

如為亡者立碑，隋唐以後，頒布喪葬令，五品以上可立碑，降五品為碣。[220] 墓碑與墓碣之不同，墓碑樹立在墓道上，墓道又稱神道，故碑文稱神道碑；墓表則不論死者生前入仕與否，都可樹立，又稱為神道表。墓表則不寫銘。

碑碣種類雖多，不論墓碑、墓碣、碑記、廟碑、神道碑、墓表、阡表，內容重在生命之紀錄《新唐書·張說傳》：「（說）為文屬思精壯，長於碑誌，世所不逮。」[221]《南史·劉勰傳》：「勰為文長於佛理，都下寺塔及名僧碑誌，必請勰製文。」[222]

墓碑豎立地上，碑文以散韻組合方式，說明有功德之人者之職官、履歷，並頌讚之，最後有韻文，稱作銘。在唐以前寫碑誌文具代表性者，有東漢蔡邕、南朝之庾信，兩人在碑誌文上已建立基礎，中唐韓愈則繼續加以創新，使碑碣文有創新之發展。

唐·李百藥（565～648）為徐州刺史房彥謙所寫之碑文，〈唐故都督徐州五州諸軍事徐州刺史臨淄定公房公碑陰〉，以駢文撰述：

> 《易》稱：「《易》之為書也，有天道焉，有人道焉。」故君子居

---

[220] 《唐會要》，卷 38，頁 508。

[221] 《新唐書》，卷 125，頁 4412。

[222] 唐·李延壽：《南史》，（臺北：鼎文書局，1975），卷 72，頁 1782。

則觀其象，動則觀其變。智以藏往，感而遂通。是以進退之數有方，存亡之幾可（闕）」……當年軼風電以長鳴，絕雲霓而鐵翮。而樂天知命，順時守道。體忠信而夷險阻，憑清靜以安悔吝。

　　起首引《易經·繫辭》，言宇宙有天道與人道之分，君子居則觀其象，動則觀其變，即掌握《易》道中天人動變之理，就可以掌握進退之方，存亡之幾。由此稱讚定公樂天知命，順時守道，能體會忠信之道，而履險如夷。又能藉清淨自守，遇悔吝而安然。對定公之人品操守，則言：

溫恭好古，明閑治術。……以忠訓子，義（闕）過庭，佐命朝端，業隆功茂。……風格凝整，神理沈邃。內懷溫潤，外照光景。

　　文中言定公溫恭好古，風格凝整，神理沈邃。又論其學術文章云：

優柔六藝，紛綸百氏，采絕代之闕文，總前修之博物。……草隸之妙，冠絕當時。……登山臨水，必動詠言。

　　文中敘述定公飽讀六經、百家之文。書法神妙，冠絕當時。登山臨水，必賦詩歌詠。末言定公之去世，並表達對死生之看法：

若夫死生者，形骸之勞息，殀夭壽者，大化之自然。固知命之不憂，豈居常而為累也？然行周於物，寒暑不能易其心；智周於身，變通不能窮其數。而靈祇多忍，幽明永隔，散精氣於風煙，委容質於泉壤，可不哀哉？[223]

---

[223] 《全唐文》，卷143，頁1447。

　　文中闡述死亡是因為身體經歷勞苦之後，獲得休息；壽夭是宇宙自然之現象。人在平常，不會勞累心志去憂慮性命。行事周全，不因寒暑變易心志。志慮周全，即使變通，不能窮盡命運。人死亡時，靈魂與陽世永隔。精氣散入風煙，身體委棄泉壤，豈不悲哀！

　　于志寧為禮部尚書兼太子左庶子上柱國黎陽縣開國公，為光祿大夫國子祭酒上護軍孔穎達所寫之碑銘：〈大唐故太子右庶子銀青光祿大夫國子祭酒上護軍曲阜憲公孔公碑銘〉云：

　　　　蓋聞八卦已列，書契之跡肇興；六籍既陳，禮樂之基斯闡。是以厲鄉[224]設教，道德垂訓於百王；涷水立言，雅頌作法於萬世，如欲化民成俗，致遠鉤深，非博物不以究其源，非（闕二字）何以弘其（闕一字）。

　　孔穎達（574～648）為唐太宗時著名之經學家，撰《五經義疏》，故碑文起首從《周易》八卦說起。伏羲氏畫八卦，我國書契文字興起；孔子整理六經，《禮經》、《詩經》奠定闡釋禮樂之基礎。老子設教，《道德經》垂訓於後世百王；孔子立言，詩教垂法於萬世。如欲化民成俗，垂之久遠，非博覽萬事萬物，無法探究其根源。以此稱揚孔穎達之事功。

　　其次言孔穎達之學術成就：

　　　　十年，奉敕共秘書監鄭公修《隋書》，良直著乎青史，微婉表於丹書……除國子祭酒、東宮侍講，……上〈釋奠頌〉一篇，文艷雕龍，將五色而比彩；韻諧丹鳳，與八音而同節。……奉敕修撰《五經義疏》。公博極群書，游口眾藝，削前代之紕繆，口往哲之蕭稂，諒萬古之儀刑，定一代之標的。蒙敕改名《五經正義》。[225]

---

[224] 老子生於厲鄉，死於槐里。
[225] 《全唐文》，卷145，頁1461。

　　文中言孔穎達貞觀十五年（641年）下詔奉敕修《隋書》；又上〈釋奠頌〉一篇，稱讚其文艷雕龍；修撰《五經義疏》後，又敕改名《五經正義》。

　　高宗龍朔時官著作郎宏文館學士上柱國苗神客為乙速孤所寫之碑銘並序。〈大唐故右虞候副率檢校左領軍衛將軍上柱國乙速孤府君碑銘（並序）〉。起首用：

> 天地之大德曰生，聖人之大寶曰位。生不可以無宰，俟有道以存之；位不可以無寄，（闕一字）有德以尊之。

　　說明碑主不僅有道有德，能開創宏業，獲得尊榮。接言：

> 立德立功，垂大名於不朽。存而為一時之傑，歿而為一代之英。

　　銘文中稱：「未登召室，遽掩佳城。哀纏國寶，痛結人英。」是表示乙速孤之去世，是痛失國寶，哀悼人英。「鶴兆方兼，烏墳永戢。山秋月思，野寒風急。……九原徽烈，萬古風埃。」[226] 則是結尾之哀悼語。整體碑銘簡約而無贅語。

　　徐岱〈唐故招聖寺大德慧堅禪師碑〉是為招聖寺慧堅禪師撰之碑文，徐岱曾任太常博士、水部郎中、皇太子侍讀、給事中、兼史館修撰等要職，通達佛教義理，碑文中敘述慧堅禪師之事跡，其中重要者是在長安弘法時，受到尊崇。碑文中云：

> 秦人奉之如望歲者之仰膏雨，未渡者之得舟□。弘闡奧義，滌除昏疑，若太陽之照幽陰，大雨之潤藥木。

---

[226] 同上註，卷201，頁2029。

由於聲名遠播，引起代宗皇帝注意。碑文中又稱：

> 大曆中，睿文孝武皇帝，以大道馭萬國，至化統群元，聞禪師僧
> 臘之高，法門之秀，特降詔命，移居招聖，俾領學者，且為宗師。

慧堅禪師在招聖寺期間，在皇帝誕日奉詔入內說法，獲得極高之榮譽。
碑文中云：

> 皇上方以玄聖沖妙之旨，素王中和之教，稽合內典，輔成化源。
> 後當誕聖之日，命入禁中。人天相見，龍象畢會。大君設重雲之講，
> 儲后降沛雷之貴，乃問禪師見性之義，答曰：「性者體也，見其用乎？
> 體寂則不生，性空則無見。」於是聽者朗然，若長雲秋霽，宿霧朝徹。

〈碑〉文中對慧堅禪師之逝世，有如下紀事：

> 貞元八年壬申歲正月二十六日，忽謂門人曰：死生者晝夜之道
> 也，若氣之聚、雲之散、寒暑之運行，日月之虧盈。返於無形，會於
> 無形，乃合真識，同於法身。言訖趺坐，薪盡火滅。……自示滅春秋
> 七十四，僧夏四十三。遂建塔於長安龍首西原，禮也。[227]

文中闡釋對生死之觀念。慧堅禪師對門人說，死生如晝夜，若氣聚雲散，
有道家色彩；寒暑之運行，日月之虧盈。返於無形，會於無形，為佛教之空
觀，真識，法身為佛教名相。從此碑看來，徐岱所言之生死觀，有佛道融合
之現象。

---

[227] 此碑文 1945 年在西安西郊出土。

(三) 祭文之生命紀錄

　　《左傳・成公十三年》:「國之大事,在祀與戎。」[228] 將祭祀與戰爭並列,可見祭祀為國家之重要典禮,關係到邦國之存亡,恭敬戒慎。歷代帝王即位,如秦始皇,漢武帝、唐高宗、皆封禪泰山,祭告天地。在禮壞樂崩之春秋時代,孔子也對祭祀十分慎重。《論語・述而》:「子之所慎:齊、戰、疾。」[229]「齊」即齋戒祭祀之意,可見孔子謹慎地實施祭祀。《禮記》中以祭為題者有〈祭法〉、〈祭義〉、〈祭統〉,〈郊特牲〉等篇,從不同角度闡述祭禮。

　　一般百姓之祭祀,孔子言云:「慎終追遠,民德歸厚矣!」[230] 意謂親人去世,要謹慎盡哀;對遠代祖先,要誠敬追念。故千百年來,喪祭之時,子孫以愛、敬、誠、思之心,宣讀祭文,又在墓前立碑,或勒文埋於墓側,以表達追思之意。

　　祭文最早可追溯至漢代,由古時祝文演變而來。在祭告死者或天地、山川神祇時所誦讀之文章。祭文內容主要為哀悼、禱祝、追念死者生前之經歷,頌揚其品德、功業,並寄託哀思之情。一班多以「維」字開頭,維是助詞。結尾用「尚饗」,是臨祭時盼望亡者享用祭品之辭。體裁有散文、韻語、駢文;又有四言、六言、雜言、騷體、駢體等。如韓愈〈祭十二郎文〉用散文,袁枚〈祭妹文〉則是駢文。《文心雕龍・祝盟》云:

　　　　若乃禮之祭祀,事止告饗;而中代祭文,兼贊言行。祭而兼贊,
　　蓋引伸而作也。[231]

　　〈唐顏真卿祭姪文稿卷〉是唐書法家顏真卿(709~785)為其姪季明之

---

228 《左傳正義》,頁 460。

229 《四書章句集注》,頁 129。

230 同上註,頁 65。

231 《文心雕龍斠詮》,頁 430。

所寫之祭文：

> 　　維乾元元年，歲次戊戌，九月，庚午朔，三日壬申。第十三叔、
> 銀青光祿夫使持節蒲州諸軍事、蒲州刺史、上輕車都尉、丹楊縣開國
> 侯真卿，以清酌庶羞，祭于亡侄贈贊善大夫季明之靈口：惟爾挺生，
> 夙標幼德。宗廟瑚璉，階庭蘭玉。每慰人心，方期戩穀。何圖逆賊閒釁，
> 稱兵犯順。爾父竭誠，常山作郡。余時受命，亦在平原。仁兄愛我，
> 俾爾傳言。爾既歸止，爰開土門。土門既開，凶威大蹙。賊臣不救，
> 孤城圍逼。父陷子死，巢傾卵覆。天不悔禍，誰為荼毒？念爾遘殘，
> 百身何贖。嗚乎哀哉！吾承天澤，移牧河關。泉明比者，再陷常山。
> 攜爾首櫬，及茲同還。撫念摧切，震悼心顏。方俟遠日，卜爾幽宅。
> 魂而有知，無嗟久客。嗚呼哀哉。尚饗。[232]

　　此篇〈唐顏真卿祭侄文稿卷〉是顏真卿以真摯沉痛之情，將心中之憤激，以血淚凝聚成不朽巨製。據《舊唐書》及《新唐書》記載，天寶十四載（755），安祿山舉范陽之兵詣闕，杲卿（692~756）忠誠感發，偕子季明守常山（河北正定縣西南），拒賊寇於潼關；從弟真卿為平原太守（山東陵縣），陰養死士，招懷豪士，做抗賊之計，並遣甥盧逖至常山，斷賊北道。祭文中云：「仁兄愛我，俾爾傳言。」是公使人及盧逖往來通問，季明亦必馳往約結，密商挫賊之計。設計殺安祿山之部將李欽湊，擒高邈、何千年。河北十七郡群起響應，迫使已經推進到陝虢之間（今三門峽和靈寶之間）之安祿山軍隊回撤，命令史思明率軍渡河進攻。天寶十五載（756），安祿山叛軍急攻常山，杲卿兵少，求救於河東王承業，承業前已攘杲卿殺賊功，兵不出。祭文言「賊臣不救」。杲卿晝夜戰，井竭，糧矢盡，六日而陷。賊脅使降，不應；取少子季明，加刃頸上，曰：「降我當活。」杲卿不答，遂並盧逖殺之。及至洛陽，杲

---

232 《全唐文》，卷344，頁3498。

卿乃瞋目罵祿山以死。文中云：「父陷子死。」是季明先死，而杲卿慘死於洛陽。顏氏一門忠孝，季明年少，能於兵間參預謀劃，臨難捐命，非公文，千載而下，其誰知之哉？

〈祭十二郎文〉是韓愈在貞元十九年（803）悼念其姪韓老成之祭文。因韓愈為其姪，故此文不寫韻文。蓋親人去世之時，哀痛逾恆，不宜以韻文書寫。韓愈三歲喪父，從小依靠兄嫂撫養，後兄宦死南方，嫂攜帶年幼之韓愈、老成回故鄉河陽，艱難度日。這時，兄弟輩只剩韓愈一人，子姪輩只有老成一人，故祭文中云：

> 吾少孤，及長，不省所怙，惟兄嫂是依。中年，兄歿南方，吾與汝俱幼，從嫂歸葬河陽。既又與汝就食江南。零丁孤苦，未嘗一日相離也。吾上有三兄，皆不幸早世。承先人後者，在孫惟汝，在子惟吾。兩世一身，形單影隻。

韓愈視長嫂如母，與老成情同手足。後又隨嫂移居宣州，孤苦零丁，一家人相依為命。

韓愈十九歲來到京師謀生，二十五歲中進士後，便在朝廷和地方任職。老成則與嫂羈留南方，叔姪每隔數年，才得相見一面。韓愈本以為彼此都還年輕，指望將來生活穩定後，接姪子來同住。未料老成竟突然病死，悲痛欲絕。祭文中云：

> 將成家而致汝。嗚呼！孰謂汝遽去吾而歿乎！吾與汝俱少年，以為雖暫相別，終當久相與處，故舍汝而旅食京師，以求斗斛之祿。誠知其如此，雖萬乘之公相，吾不以一日輟汝而就也。

韓愈年四十以後，身體漸衰，所以對十二郎之早逝，心中有戚戚然之感。祭文中云：

吾書與汝曰：「吾年未四十，而視茫茫，而髮蒼蒼，而齒牙動搖。念諸父與諸兄，皆康強而早世。如吾之衰者，其能久存乎？吾不可去，汝不肯來，恐旦暮死，而汝抱無涯之戚也！」孰謂少者歿而長者存，強者夭而病者全乎！……吾自今年來，蒼蒼者或化而為白矣，動搖者或脫而落矣。毛血日益衰，志氣日益微，幾何不從汝而死也。

祭文結尾將自己心中之感慨，以及對人生之看法加以敘述，行文充滿感情，寫來汨汨流露，令人同感哀傷：

嗚呼！汝病吾不知時，汝歿吾不知日；生不能相養以共居，歿不得撫汝以盡哀；斂不憑其棺，窆不臨其穴。吾行負神明，而使汝夭；不孝不慈，而不能與汝相養以生，相守以死。一在天之涯，一在地之角，生而影不與吾形相依，死而魂不與吾夢相接。吾實為之，其又何尤！彼蒼者天，曷其有極！自今已往，吾其無意于人世矣！當求數頃之田于伊潁之上，以待餘年，教吾子與汝子，幸其成；長吾女與汝女，待其嫁，如此而已。嗚呼！言有窮而情不可終，汝其知也邪！其不知也邪！[233]

此篇祭文打破了傳統祭文之格式，除開頭「年月日……告汝十二郎之靈。」結尾「嗚呼哀哉！尚饗！」使用固定格式外，都以談論家常之方式，傾訴骨肉親情。

〈祭女挐[234]女文〉是憲宗元和十四年（819）正月，遣使往鳳翔迎釋迦牟尼佛遺骨入宮供奉，刑部侍郎韓愈上「論佛骨表」勸諫，言語不敬，皇帝大怒，家人亦遭驅逐，被迫遠行。四女挐年十二，死於商南層峰驛，草殯荒

---

[233] 《韓昌黎文集校注》，卷5，頁195。

[234] 挐或從奴。古本《祭文》與《壙銘》皆作女挐。董彥遠曰：「挐字傳寫之誤。蓋古文如紛挐挐等字，無從奴者。公最好古。名其女不應用俗字也。」

山。五年後,長慶三年(823),穆宗長慶三年十月四日,公尹京兆,發其骨,歸葬故鄉河陽韓氏墓,並作此祭文云:「維年月日,阿爹阿八,使汝嬭以清酒時果庶羞之奠,祭於第四小娘子挐子之靈。」及結尾「尚饗」,是祭文之格式。內文以四言之韻文敘述:

> 嗚呼!昔汝疾極,值吾南逐。蒼黃分散,使女驚憂。我視汝顏,心知死隔。汝視我面,悲不能啼。我既南行,家亦隨遣。扶汝上輿,走朝至暮。天雪冰寒,傷汝羸肌。撼頓險阻,不得少息。不能食飲,又使渴饑。死於窮山,實非其命。不免水火,父母之罪。使汝至此。豈不緣我。草葬路隅,棺非其棺。既瘞遂行,誰守誰瞻?魂單骨寒,無所託依;人誰不死?於汝即冤。我歸自南,乃臨哭汝。汝目汝面,在吾眼傍;汝心汝意,宛宛可忘。逢歲之吉,致汝先墓;無驚無恐,安以即路。飲食芳甘,棺輿華好;歸於其丘,萬古是保。[235]

　　韓愈作此文時,已自潮州、袁州回京五年,歷經宣撫王廷湊鎮州之亂,且擔任京兆尹,心境與貶謫時大不相同。但在祭文中對女兒「挐」不幸物故道中,其痛有如椎心。韓愈在〈女挐壙銘〉中敘述其事云:

> 女挐,韓愈退之第四女也,慧而早死。愈之為少秋官,言佛夷鬼,其法亂治,梁武事之,卒有侯景之敗,可一掃刮絕去,不宜使爛漫。天子謂其言不祥,斥之潮州漢南海揭陽之地。愈既行,有司以罪人家不可留京師,迫遣之。女挐年十二,病在席,既驚痛與其父訣,又輿致走道撼頓,失食飲節,死於商南層峰驛,即瘞道南山下。五年,愈為京兆,始令子弟與其姆易棺衾,歸女挐之骨於河南之河陽韓氏墓葬之。女挐死當元和十四年二月二日。其發而歸,在長慶三年十月之四日。

---

[235] 《韓昌黎文集校注》,卷5,頁199。

其葬在十一月之十一日。銘曰：汝宗葬於是。汝安歸之。惟永寧！[236]

　　以上論述，舉哀祭文之墓誌銘、碑碣、祭文為例，說明古代重視祭祀，故厚葬其親，遇祭弔之事，贈人以文，除前所舉者，尚有弔文、誄辭、哀辭、神道碑、哭文、塔銘、靈表、阡表等，實屬繁多。茲所舉例，僅犖犖大者，旨在闡釋唐人在人生死之事上，以文追思、藉誌哀悼追念之意，有深遠之含意。

---

[236] 同上註，卷7，頁323。

第九章　結論

　　數千年來，人類不斷經歷戰爭、瘟疫、天災、人禍，使生命遭受巨大之
衝擊。尤其近年來，人類又遭受國際金融危機、網路泡沫、戰爭陰影、能源
暴跌、氣候巨變等影響，對生命不斷隨之波動，故對各朝代生命思想之探討，
應屬重要之課題。

　　唐代前期不論從政治、社會、文學、宗教、藝術等方面，都具有光輝燦
爛之一頁，大唐氣象，當之無愧。可是從安史之亂後，國勢漸衰，變亂頻生，
從君主到官吏、文士、僧道、平民，生命都如螻蟻一般，朝夕不保。在不同
之年代，命運截然不同。因此，本書從唐代帝王、官吏、文士、儒士、僧道
各層面，探討唐人之生命思想，希望有整體而客觀之論述。

　　唐朝是文學、思想、宗教空前繁榮之時代，而生命問題又是人類精神與
心靈之核心問題，故本書首先建立生命之哲學基礎，從生命之自我、價值、
認識、道德、審美等層面，闡釋生命之深層意蘊。自我之生存發展，必須從
內在心靈到外在之現象界，探討與天地、環境、生死之自我覺察，至於個人
之遭遇，亦在不同之時空背景下，對自我生命之經歷與感受，在詩文中一一
展現無餘。其次對生命之價值，必須從個人對名利之追求，擴大到增進社會
人群整體之幸福。就帝王官吏而言，希望以修齊治平為生命之價值與目標。
但經過宦海浮沉，或遭貶謫後，就有明哲保身之念頭。其次對生命之認識，
必須從宇宙、人性、生死、宗教等層面認識生命。也從而瞭解唐代文士在在
貶官後，會對佛、道產生興趣，並結交方外之士；帝王在即位後，會引進道
士入宮煉丹之原因所在。其次在生命之道德上，是在提升人類之善性，使行
為都能以仁存心，依禮而行。其次在生命之審美上，是在道德之基礎上，將

自然之美融入個人之生命中，使生命更圓融美滿。

人類在天人關係上，宇宙之變易，有一定之規律，不論天地、陰陽、四時、寒暑、節氣之變化，都在時中、和諧、調和之狀態中運行，使萬物生生不息。人亦須依循天道而行，就能風調雨順，五穀豐登。但唐代帝王卻有不同之想法，如太宗、高宗、玄宗，藉封禪與天溝通，獲得統治萬民之權力一般百姓，依四時從事農作。若遇災異發生，則以罪己、赦免、減稅等等措施，因應天降之懲罰。若是昏亂之君，只知荒淫享樂，置百姓之疾苦於不顧，百姓只有自求多福。因此，本書敘述唐代帝王極為重視之天人關係，實屬必要。

歷史是人類生活的紀錄，唐代之歷史，不僅驚心動魄、而且可歌可泣。有貞觀、開元時期之太平盛世，也經歷安史之亂（玄宗）、浙東農民起義（宣宗）、黃巢之亂（僖宗）、二帝四王之亂（德宗），使唐人經歷極端不同之時空背景，也經歷許多苦難，但在政治上，官吏若遇貞觀、開元之治，皆能為朝廷效力；但「武周革命」、「甘露之變」，以及至中唐以後，除宦官、藩鎮、朋黨為禍外，黃巢騷擾各地，使民不聊生；君王又昏聵無能，縱情聲色，朝政旁落后妃、宦官、外戚、藩鎮之手。文人目睹離亂之時代，不能力挽狂瀾，就在目睹百姓在苦難之哀號聲中，揮灑無數血淚交織之詩篇。

唐代在承平時期，生活富裕，經濟繁榮，士人立志出仕，追求功名，朝廷則選拔賢良方正之士，治理國家。但科舉是一段艱辛之歷程，每年數千舉子湧上長安，競逐功名，能登金榜者寥寥數十人，無數人皓首窮經，卻不得一第，落第者只能悲吟下第之痛苦。進入朝廷為官後，又經宦海浮沉，遷謫各地，貶謫是官吏最痛苦之境遇，尤其是貶到蠻荒地區，如如韓愈貶至陽山，柳宗元貶至柳州，元稹貶至通州等，李德裕貶至崖州，都會有很深之感觸，對官吏身心之折磨，是一段難忘之生命歷程。

值得注意者，唐代文人大多經歷科舉，熟讀儒家經典，故在朝為官之後，除少數趨炎附勢者外，仍沿襲儒家忠君愛國之傳統，報效朝廷。如陸贄力陳施政之得失，權德輿鍼砭國政，韓愈力守儒家思想，反對佛老，劉蕡反對宦官專權，杜牧陳述兵略等，可見唐代經歷安史之亂、黃巢之亂、宦官專權、

朋黨亂政、藩鎮做大，國祚尚能延續兩百八十九年，是許多文人之氣節尚存所致也。

　　唐代在政治、社會方面，變動頻繁，文人經歷顛沛流離之餘，就以文學宣洩其情感，故在古文、詩歌、小說方面，都如花團錦簇，美不勝收。尤其是詩歌，不論在邊塞亂離、田園山水、詠史懷古、鄉愁離情上，都各擅勝場。甚至僧詩、敦煌變文，以及女性詩人如徐蕙、上官婉兒、魚玄機、薛濤等之詩作，亦受後人稱頌不已。

　　詩文之美，在於能觸發情感，抒發幽思，輝映宇宙萬物，李德裕認為文章要將自然界靈秀之氣，融入其中，使文章具有靈氣。若刻意雕琢藻繪，會覺得平淡無味。王維書寫輞川之美，孟浩然描寫桐廬江之夜景，柳州元敘述永州之景色，都能讓自己之生命與自然界之景色融為一體之美。

　　亂離是唐人難以磨滅之傷痛，不論安史之亂、黃巢之亂，以及藩鎮之亂，都讓無數親人離散，戰地則屍橫遍野，此種悲慘景象，在詩文中都可以見到血淚般之控訴。同時，無數官吏、文人，因避亂而漂泊天涯，常有思念家國，感懷身世作品，為歷史彌補殘缺之一頁。

　　在描繪田園山水之景色上，用彩筆勾繪大唐河山之風光，同時將自己之感受融入詩中，使詩增添一股生命力。如王維富有禪意之山水詩，李白描寫廬山瀑布之飛動氣勢，杜甫樂遊園哥之蒼涼，柳宗元描寫獨釣寒江雪之孤寂，韋應物荒江野渡之閒淡，杜牧書寫千里鶯啼綠映紅之江南，都有心靈悸動之感受。

　　唐代詩人常借古諷今，訴說心中之塊壘。如陳子昂、杜甫、劉禹錫、杜牧仰慕諸葛亮三分天下之大計；高適以漢初之盛世，映襯開元之治；李白效法范蠡、張良功成身退，而不可得；李白、孟浩然仰慕仙人子明，有煉丹求仙之心。總之，歷史是一面明鏡，從歷史角度觀察，對古代詩人之生命觀察，會有更深層之了解。

　　唐代苦吟錘鍊之詩人，雖有思慮遲緩，與個人獨特之氣質，但吟詠之詩作，都與其個人獨特之遭遇有關，如孟郊、賈島、薛能、鄭谷、陸龜蒙等人，

在自己貧病交迫、科場失意、戰亂留寓之時，將內心之感受，以悲涼之筆寫出。但也有許多詩人，如杜甫、賈島、孟郊、李賀等人，雖也有自身獨特之性格，卻能從自身之遭遇中跳脫，關心時代之動亂與百姓之苦難，寫出許多撼動人心之社會詩。

唐代許多文士敘述宮女在宮中之生活，不論是留戀往日承受君恩之歡愛，或感傷年華已逝之哀傷，甚至禮敬諸佛菩薩，想修得來生之喜樂，讀來令人動容。至於如徐蕙、上官婉兒、魚玄機、薛濤等之詩作，亦充滿女性對情感之深切認識與感知，受到後人稱頌。另有張祐、崔顥、白居易、金昌緒等人，對女性之生活有生動之描述，耐人深思。

唐代僧詩，在唐詩創作上有巨大之成就。有與文士交往，與官吏酬酢，描寫山川景色，尤其在敘述禪趣、佛理方面，對人性、生命之探討，將唐詩之內涵，注入新元素。也在唐詩之發展上，不可欠缺之一環。

唐人小說之內容，雖有虛構之成分。但是在唐代之大環境中，文人將自己之思想，以小說之方式書寫，可以看出其內在訴說之思想。如有關文士、娼妓、姬妾、科舉之間，糾纏複雜之愛情小說，在唐傳奇中佔相當重要之份量，不論收場是悲劇或喜劇，都反映唐代社會之門閥制度，科舉，士人與娼妓之關係。又如神仙小說所描述之仙人，因未曾親見，只能將凡人誇大渲染，或想像遇到仙緣，或將仙人說成不如凡人幸福，都有勸諭世人之意。記夢小說，是以夢境作時空之跨越，藉夢度過一生之榮華富貴，藉夢使魂魄離開肉體，充分發揮人類之想像力，使生命不再侷限在現實之三度空間，將古今、幽冥、魂夢做交錯之運用，獲得文學表現之最高境界。生命變形之小說，是充分運用人類之幻想力，透過變形，轉化生命。不論是狐變形為人、人變形為魚、人變形為虎，都可以在生命陷入危機時，以變形化解對生命之恐懼。使人們對生命之意義，會有更深一層之體會。

佛教為宣揚其教義，以變文之通俗文體向民眾宣教。而佛教教義以闡釋生命為主。在唐代變文中，〈廬山遠公話〉敘述佛教大師慧遠之生平；〈董永變文〉強調董永尋母之孝道，表示佛教重視孝道；〈孟姜女變文〉敘述孟姜女

為尋夫而哭倒長城，強調佛教對家庭倫理之重視；〈王昭君變文〉反映敦煌百姓對昭君命運之同情，寄託淪陷區人民對唐王朝之思念；〈降魔變文〉寫佛弟子舍利弗與外道六師鬥法勝利之故事，強調佛教具有降魔之法力。

　　唐代經歷許多戰爭之洗禮下，社會變遷，門閥衰微，平民階級興起，佛道在民間流行；儒士與僧道交往，民眾篤信佛教、道教，不僅影響唐人喪葬之習俗，成仙、成佛之風盛行後，佛教輪迴、轉世之說，道教服食、養生之法，成為唐代文人運途偃蹇，如疾病纏身，戰爭亂離、遭人誣陷、窮愁潦倒、貶謫漂泊、科舉落榜時，佛道就成為文士心靈之寄託之所在。唐代佛道深受帝王、文士之仰慕，希望藉禪坐、誦經、禮佛，以解脫成佛；或修練吐納、辟穀、煉丹，以達到長生久視；甚至自己種藥、採藥、煉丹，使唐代在終極關懷方面，有許多值得探討之處。

　　儒家雖談鬼神，但不如佛道，是因為儒家宗教成分不濃，且其思想以修齊治平、倫理道德為主，不向生死著眼，故在鬼神思想上，雖有解說，卻不如佛道論述之深入透徹。中唐韓愈堅守儒家之道，是繼承堯、舜、禹、湯、文、武、周公、孔子以來之道統。認為而道是君子之仁義，德為行為之吉凶。並排斥佛、老。謂老子之道德是坐井觀天，背棄仁義之說，與儒家之說不同；佛教則講求清淨寂滅，破壞傳統之倫常關係。此說對唐代所盛行佛道思想，影響甚大。

　　佛教對人之生死，主張解脫輪迴，佛教認為眾生將生死視為煩惱、無常、痛苦。而產生之原因，在於無明與貪愛，不明白因果循環之理，而使自身墮入六道輪迴，永遠沈溺於生死苦海。眾生應該明白，現實世界為欲界，欲界有五蘊，五蘊中，不論色受想行識，都是煩惱之根源；要解脫苦，必須由戒定慧三學，或八正道著手，大覺大悟，斬斷我執，進入無欲、無情之法界，空界，不受業力牽引，進入真如之境界。。

　　道教貴生亦重死，生前養生，死後超薦，其修練成仙之方式，是經由服食、辟穀、導引、內丹、外丹等過程，達到成仙之目標。雖然達到神仙理想之人不多，卻讓許多人延年益壽，強身健體。如外丹服食術中之大還金丹，

並未廣傳後世，但推動中國古代化學、礦物學、冶鍊學、醫藥學等多門學科之發展。氣功內丹術，強化人體呼吸、循環之功能，對人體健康大有助益。醫藥養生術以唐代孫思邈成就最大，高於前輩葛洪、陶弘景等人，積極提倡預防醫學，其《千金要方》中即闡述其此思想。

　　人類最深切最永恆的焦慮莫過於對生命中死亡之焦慮，道教對神仙不死之信仰和追求，對唐代文士產生莫大吸引力，故唐代文士多與道士交往密切，如司馬承禎與文士往來密切；賀知章為文士，卻請度為道士，李白、白居易、李商隱等皆修習道典，與道友相與贈答、送別；楊嗣復向道士毛仙翁求取丹藥；白居易常服用雲母粉等，都說明道教之服食養生，使道教盛行於唐。

　　唐代文士多撰養生服食之詩文。如王績蒔草採藥；王勃懷煉丹成仙之志；陳子昂想學道求仙；王維在輞川採藥燒丹；岑參言其早好金丹；李白自幼學道，自夜郎遇赦東歸後，又學丹砂之術；杜甫飽經憂患之際，想煉丹成仙；韋應物嘗煉丹成仙；韓愈嘗得丹藥；常建服食五石散；張籍久服丹砂；儲光羲在農閒時，前往明山訪道採藥。可見唐文士以煉丹成風，尤其經歷憂患之後，希望延年益壽，長生久視之心，益發殷切，是可以理解之事。

　　唐代哀祭文字如祭文、碑誌、墓誌銘、哀辭、誄辭、輓歌等，有許多有關生命之書寫，亦有助於瞭解唐代各階層對生命之體認。尤其近年以來，中國大陸考古之風盛行，出土之祭弔文如祭文、哀辭、誄辭、墓誌銘等，種類甚多，表示先民具有禮敬先人，慎終追遠之倫理思想。近年大陸整理出版之《唐人墓誌彙編》，所載人物甚廣，不論男女老少，官吏處士、僧侶道士、都撰寫墓誌。其他如碑文、祭文、哀辭、誄辭中，可以瞭解唐人對生死之看法，以及靈魂、宗教及喪葬之風俗等，都屬生命思想之範疇。

　　本書粗淺地呈現唐人之生命思想，可喜之處，是近年來學術界日益重視疾病書寫、生命教育，故對中國歷代生命思想之研究，實有積極闡述之必要。由於每一朝代，時間長久，資料眾多，非一人之力所能完成，故本文之作，實屬拋磚引玉。期望將來能集眾人之力，將各朝代之生命思想，作深入之闡述與論證，為筆者衷心期盼之事。

徵引文獻

一、古籍（依朝代先後排序）

〔春秋〕左丘明：《國語》，臺北：宏業書局，1980。

〔漢〕董仲舒：《春秋繁露》，（景印文淵閣四庫全書），臺北：臺灣商務印書館，1983。

〔漢〕漢‧許慎注、清‧段玉裁注：《說文解字注》，（經韵樓藏版），臺北：藝文印書館，1965。

〔漢〕劉向：《說苑今註今譯》，臺北：臺灣商務印書館，1979。

〔漢〕班固：《漢書》，臺北：鼎文書局，1975。

〔漢〕班固：《白虎通義》，（景印文淵閣四庫全書），臺北：臺灣商務印書館，1983。

〔晉〕陳壽：《三國志》，臺北：鼎文書局，1975。

〔晉〕許遜：《靈劍子》，（正统道藏），臺北：新文豐出版社，1985。

〔晉〕干寶：《搜神記》，臺北：里仁書局，1982。

〔南朝宋〕范曄：《後漢書》，臺北：鼎文書局，1975。

〔南朝梁〕蕭統：《昭明文選》，（四部叢刊本），臺北：臺灣商務印書館，1936。

〔南朝梁〕蕭子顯《南齊書》，臺北：鼎文書局，1975。

〔南朝梁〕陶宏景：《養性延命錄》，（正统道藏），臺北：新文豐出版社，1985。

〔南朝梁〕慧思禪師《立警願文》，（大正藏），臺北：新文豐出版社，1985。

〔唐〕姚思廉：《梁書》，臺北：鼎文書局，1975。

〔唐〕李延壽，《南史》，臺北：鼎文書局，1975。

〔唐〕魏徵：《隋書》，臺北：鼎文書局，1975。

〔唐〕韓愈：《韓昌黎集》，臺北：河洛圖書出版社，1975.03。

〔唐〕柳宗元：《柳河東全集》，臺北：河洛圖書出版社，1974。

〔唐〕白居易：《白香山詩集》，（四部備要本），臺北：中華書局，1966。

〔唐〕杜牧：《樊川文集》，臺北：漢京文化事業公司，1983。

〔唐〕歐陽詢：《藝文類聚》，上海：上海古籍出版社，2010。

〔唐〕吳兢：《貞觀政要》，（景印文淵閣四庫全書），臺北：臺灣商務印書館，1983。

〔唐〕陸贄：《翰苑集》，（景印文淵閣四庫全書），臺北：臺灣商務印書館，1983。

〔唐〕劉肅《大唐新語》，（唐五代筆記小說大觀），上海：上海古籍出版社，2013。

〔唐〕牛僧孺、李復言編：《玄怪錄‧續玄怪錄》，臺北：文史哲出版社，1989。

〔唐〕王玄覽：《玄珠錄》，（正統道藏），臺北：新文豐出版社，1985。

〔唐〕吳筠：《宗玄先生玄綱論》，（景印文淵閣四庫全書），臺北：臺灣商務印書館，
　　1983。

〔唐〕吳筠：《宗玄先生文集》，（正統道藏），臺北：新文豐出版社，1985。

〔唐〕杜光庭：《墉城集仙錄》，（正統道藏），臺北：新文豐出版社，1985。

〔唐〕智顗《修習止觀坐禪法要》，（大正藏），臺北：新文豐出版社，1985。

〔唐〕慧琳：《一切經音義》，（大正藏），臺北：新文豐出版社，1985。

〔唐〕孫思邈：《備急千金要方》，（景印文淵閣四庫全書），臺北：臺灣商務印書館，
　　1983。

〔唐〕杜光庭：《道德真經廣精義》，（正統道藏），臺北：新文豐出版社，1985。

〔五代〕何光遠，《鑒誡錄》，（景印文淵閣四庫全書），臺北：臺灣商務印書館，1983。

〔宋〕洪興祖：《楚辭補注》，臺北：漢京文化事業公司，1983。

〔宋〕郭茂倩：《樂府詩集》，臺北：里仁書局，1984。

〔宋〕司馬光編撰、胡三省注：《資治通鑑》，臺北：洪氏出版社，1974。

〔宋〕王欽若等：《冊府元龜》，（景印文淵閣四庫全書），臺北：臺灣商務印書館，1983。

〔宋〕司馬光：《司馬文正公傳家集》，（萬有文庫本），臺北：臺灣商務印書館，1965。

〔宋〕劉昫：《舊唐書》，臺北：鼎文書局，1975。

〔宋〕歐陽修、宋祁編：《新唐書》，臺北：鼎文書局，1975。

〔宋〕歐陽修：《新五代史》：臺北：鼎文書局，1975。

〔宋〕曾鞏：《南豐文鈔》，（唐宋八大家校注集評），西安：三秦出版社，1995。

〔宋〕薛居正：《舊五代史》，臺北：鼎文書局，1975。

〔宋〕程頤、程顥著、朱熹編：《程書分類》，上海：上海辭書出版社，2006.07。

〔宋〕張載：《張載集》：臺北：里仁書局，1981.12。

〔宋〕朱熹：《四書章句集注》，臺北：大安出版社，1994。

〔宋〕計有功：《唐詩紀事》，臺北：木鐸出版社，1982。

〔宋〕宋敏求：《唐大詔令集》，（景印文淵閣四庫全書），臺北：臺灣商務印書館，1983。

〔宋〕王溥：《唐會要》，（景印文淵閣四庫全書），臺北：臺灣商務印書館，1983。

〔宋〕范祖禹：《唐鑑》，（景印文淵閣四庫全書），臺北：臺灣商務印書館，1983。

〔宋〕沈括：《夢溪筆談》，（景印文淵閣四庫全書），臺北：臺灣商務印書館，1983。

〔宋〕張君房：《雲笈七籤》，（景印文淵閣四庫全書），臺北：臺灣商務印書館，1983

〔宋〕李昉等編：《太平御覽》，臺北：臺灣商務印書館，1980。

〔宋〕李昉等編：《太平廣記》，北京：中華書局，1961。

〔宋〕洪邁：《容齋隨筆・容齋續筆・容齋三筆》，（景印文淵閣四庫全書），臺北：臺灣商務印書館，1983。

〔宋〕王栐，《燕翼貽謀錄》，（景印文淵閣四庫全書），臺北：臺灣商務印書館，1983。

〔宋〕趙彥衛：《雲麓漫鈔》，（景印文淵閣四庫全書），臺北：臺灣商務印書館，1983。

〔宋〕王楙，《野客叢書》，（景印文淵閣四庫全書），臺北：臺灣商務印書館，1983。

〔宋〕史能之《咸淳毗陵志》，（《續修四庫全書》），上海：上海古籍出版社，2013。

〔宋〕蘇軾：《蘇東坡全集》，臺北：河洛圖書出版社，1975。

〔宋〕洪邁：《容齋隨筆・容齋三筆》，上海：上海古籍出版社，1978。

〔宋〕胡仔：《苕溪漁隱叢話・前集・後集》，臺北：木鐸出版社。1982。

〔宋〕周密：《齊東野語》，（景印文淵閣四庫全書），臺北：臺灣商務印書館，1983。

〔元〕辛文房：《唐才子傳》，（景印文淵閣四庫全書），臺北：臺灣商務印書館，1983。

〔元〕陶宗儀：《輟耕錄》，（景印文淵閣四庫全書），臺北：臺灣商務印書館，1983。

〔明〕張宇初、張宇清：《正統道藏》，臺北：新文豐出版社，1985。

〔明〕胡震亨：《唐音癸籤》，（景印文淵閣四庫全書），臺北：臺灣商務印書館，1983。

〔明〕胡應麟：《詩藪》，臺北：正生書局，1973。

〔明〕張溥《漢魏六朝百三名家集》，臺北：文津出版社，1979.

〔明〕張介賓：《類經》，北京：人民衛生出版社，1982。

〔清〕紀昀等：《景印文淵閣四庫全書》，臺北：臺灣商務印書館，1983。

〔清〕陳夢雷：《古今圖書集成》，臺北：鼎文書局，1985。

〔清〕阮元校勘：《十三經注疏》（嘉慶20年重刻宋本，用文選樓藏本校訂），臺北：藝文印書館，1965。

〔清〕王先謙：《荀子集解》，臺北：世界書局，1966。

〔清〕丁福保編：《全漢三國晉南北朝詩》，臺北：世界書局，1969。

〔清〕董浩等編：《全唐文》，北京：中華書局，2001。

〔清〕彭定求等編：《全唐詩》，臺北：文史哲出版社，1978。

〔清〕何文煥：《歷代詩話》，臺北：漢京文化事業有限公司，1983。

〔清〕馬其昶：《韓昌黎文集校注》，臺北：河洛圖書出版社，1975。

〔清〕仇兆鰲注：《杜詩詳注》，臺北：里仁書局，1980。

〔清〕王琦等注：《李賀詩歌集注》，上海：上海古籍出版社，1977。

〔清〕馮浩：《玉谿生詩集箋注》，臺北：里仁書局，1970。

〔清〕馮集梧注：《樊川詩集注》，臺北：漢京文化事業有限公司，1983.09。

〔清〕趙翼《二十二史箚記》，臺北：中華書局，1966。（四部備要本）

〔民國〕《續修四庫全書》編委會編：《續修四庫全書》，上海：上海古籍出版社，2013。

〔民國〕高楠順次郎、渡邊海旭監修：《大正新修大藏經》，臺北：新文豐出版公司，1983。

〔民國〕《卍續藏經》，臺北：新文豐出版公司，1988。

〔民國〕彭文勤等纂輯、賀龍驤校勘：《道藏輯要》，臺北：新文豐出版公司，1977。

〔民國〕《十通分類總纂》，楊家駱編輯：臺北：鼎文書局，1975。

〔民國〕《四部叢刊》，張元濟輯：臺北：臺灣商務印書館，1936。

〔民國〕陸費逵總勘、高時顯、吳汝霖輯校：《四部備要》，臺北：中華書局，1987。

〔民國〕《全宋詩》，北京大學古文獻研究所編：北京：北京大學出版社，2015。

〔民國〕《全唐五代詞》，張璋、黃畬編：上海：上海古籍出版社，1989。

〔民國〕《中國大百科全書》，梅益總編輯：臺北：錦繡出版社，1993.06。

〔民國〕《中華大典》（隋唐五代文學分典），黃進德主編：南京：江蘇古籍出版社，2000。

〔民國〕《中國學術思想編年》（隋唐五代卷），劉學智：桂林：廣西師範大學出版社，1994。

〔民國〕《敦煌學研究論著目錄》，鄭阿財、朱鳳玉主編：臺北：漢學研究中心，2000.04。

二、專書（依姓氏筆畫排序）

丁如明等校點：《唐五代筆記小說大觀》，上海：上海古籍出版社，2000。

（日）平野顯照著、張桐生譯：《唐代文學與佛教》，臺北：業強出版社，1987。

尹占華：《王建詩集校注》，成都：巴蜀書社，2006。

中國古典文學研究會主編：《文學與佛學關係》，臺北：臺灣學生書局，1994。

卞孝萱：《唐傳奇新探》，南京：江蘇教育出版社，2001.11。

方立天：《中國佛教哲學要義》，北京：中國人民大學出版社，2005。

方立天：《隋唐佛教》，北京：中國人民出版社，2006。

方東美：《中國人生哲學》，臺北：黎明文化事業公司，1970。

方堅銘：《牛李黨爭與中晚唐文學》，北京：中國社會科學出版社，2009。

牛致功：《唐代史學與墓志研究》，西安：三秦出版社，2006。

王仲華：《隋唐五代史(上)(下)》，上海：人民出版社，2003。

王仲鏞：《唐詩紀事校箋》，北京：中華書局，2007。

王孟鷗：《唐人小說研究(1-3集)》，臺北：藝文印書館，1971.12。

王明：《抱朴子內篇校釋》，北京：中華書局，2002。

王重民等輯校：《全唐詩外編》，北京：中華書局，1982。

王國安：《柳宗元詩箋釋》，上海：上海古籍出版社，1998。

王勛成：《唐代銓選與文學》，北京：中華書局，2001。

王雲五：《晉唐政治思想》臺北：臺灣商務印書館，1969。

王煜：《儒釋道與中國文學》，臺北：臺灣學生書局，1991。

王義耀、郭子建：《貞觀政要譯注》，上海：上海古籍出版社，2006。

王壽南：《隋唐史》，臺北：三民書局，1986。

古典文學研究會主編：《古典文學（1～10冊）》，臺北：臺灣學生書局，1986。

史念海：《唐代歷史地理研究》，北京：中國社會科學出版社，1999。

田建榮：《中國考試思想史》，北京：商務印書館，2004。

任半塘：《敦煌歌辭總編》，上海：上海古籍出版社，2006。

任繼愈、杜繼文：《佛教史》，臺北：曉園出版社，1995。

任繼愈：《中國哲學發展史》（三冊），北京：人民出版社，1998.05。

江曉原：《天學真原》，臺北：洪葉出版社，1993。

牟宗三：《佛性與般若》，臺北：臺灣學生書局，1979.04。

曲金良《敦煌文學研究》，臺北：文津出版社，1995.04。

朱金城：《白居易集箋校》，上海：上海古籍出版社，2003.09。

朱邦賢、陳文國等：《千金翼方校注》，上海：上海古籍出版社，1999。

朱榮智：《文氣與文章創作關係研究》，臺北：師大書苑，1988。

朱榮智：《文氣論研究》，臺北：臺灣學生書局，1986。

朱建民主編《從哲學角度看自我的探索與安頓》，桃園：中央大學，2005.05。

朱耀廷主編：《天人之際－古今之間》，北京：北京圖書館，1998。

何平立：《巡狩與封禪》，濟南：齊魯書社，2003。

余恕誠：《唐詩風貌及其文化底蘊》，臺北：文津出版社，1999。

佟培基：《孟浩然詩集箋注》，上海：上海古籍出版社，2000。

吳在慶：《唐代文士與唐詩考論》，廈門：廈門大學出版社，2006。

吳肅森：《敦煌歌辭通論》，合肥：中國百佳圖書，2010.09。

吳宗國主編：《盛唐政治制度研究》，上海：上海辭書出版社，2003。

吳明賢、李天道：《唐人的詩歌理論》，成都：巴蜀書社，2006。

吳鋼主編：《全唐文補遺》（共七輯），西安：三秦出版社，1999.05。

李土生：《儒釋道論養生》，北京：宗教文化出版社，2002.09。

李日剛：《文心雕龍斠詮》，臺北：國立編譯館中華叢書編委會，1982。

李生龍：《儒家文化與中國古代文學》，長沙：岳麓書社，2009。

李申：《中國儒教史》，上海：上海人民出版社，1999。

李申：《隋唐三教哲學》，成都：巴蜀書社，2007。

李申釋譯：《六祖壇經》，高雄：佛光山宗務委員會，1996。

李杏邨：《天人之際》，臺北：東大圖書公司，1981。

李杜：《中西哲學思想中的天道與上帝》，臺北：聯經出版社，1978。

李建業、董金豔：《董永與孝文化》，濟南：齊魯書社，2003。

李國勝：《王昌齡詩校注》，臺北：文史哲出版社，1973。

李雲逸：《盧照鄰集校注》，臺北：中華書局，1998。

李劍國主編：《唐人小說品讀辭典(上下卷)》，北京：新世界出版社，2007.08。

李劍國主編：《唐宋傳奇品讀辭典》，北京：新世界出版社，2007.08。

李大年、李剛、何建明：《隋唐道家與道教》（上下），廣州：廣東人民出版社，2003。

李慶甲：《瀛奎律髓彙評》，上海：上海古籍出版社，2005。

李養正：《道教概說》，北京：中華書局，1989。

李霞：《道家生命觀研究》，北京：人民出版社，2004。

李今庸：《黃帝內經素問校釋》，北京：人民衛生出版社，2009。

杜而未：《儒佛之信仰研究》，臺北：臺灣學生書局，1978。

汪中：《詩品注》，臺北：正中書局，1969。

肖瑞峰、方堅銘、彭萬隆：《晚唐政治與文學》，北京：中國社會科學出版社，2009。

周公太：《常熟博物館藏唐宋墓志研究舉要》，南京：東南文化，2001。

周伯達：《什麼是中國形上學》，臺北：臺灣學生書局，1999。

周至川等《生命的書寫》，元培科技學院第二屆主題文學學術研討會論文集，臺北：萬卷樓圖書公司，2003。

周紹良、張湧泉、黃徵輯校：《敦煌變文講經文因緣輯校》（上下），南京市：上海古籍出版社，1998.12。

周紹良總主編：《全唐文新編》（22 冊），長春，吉林文史出版社，2000.12。

周紹良主編、趙超副主編：《唐人墓誌彙編》，上海：上海古籍出版社，2007。

周紹良主編、趙超副主編：《唐人墓誌彙編續集》，上海：上海古籍出版社，2007。

季羨林主編：《敦煌學大辭典》，上海：上海辭書出版社，1999.10。

尚永亮：《科舉之路與宦海浮沈》，臺北：文津出版社，2000。

尚永亮：《唐五代逐臣與貶謫文學研究》，武漢：武漢大學出版社，2007。

季羨林主編：《隋唐五代文學研究》，北京：北京出版社，2001.12。

季羨林主編：《敦煌學大辭典》，上海：上海辭書出版社，1999。

林崇安：《佛教的生命觀與宇宙論》，臺北：慧炬出版社，1994。

林燕伶：〈唐人之隱〉，《古典詩歌研究彙刊(第八輯)》，永和：花木蘭文化出版社，2010。

邱添生：《唐宋變革時期政經與社會》，臺北：文津出版社，1996。

侯文宜：《中國文氣論批評美學》，北京：中國社會科學出版社，2012。

侯紹文：《唐宋考試制度史》，臺北：臺灣商務印書館，1973。

俞小紅：《佛教與唐五代白話小說研究》，北京：人民出版社，2006。

俞世芬：《唐詩與女性的研究》，北京：人民出版社，2012.02。

姚平：《唐代婦女的生命歷程》，上海：上海古籍出版社，2006。

姜漢椿注譯：《唐摭言》，臺北：三民書局，2005。

洪修平：《中國佛教與儒道思想》，北京：宗教文化出版社，2004。

洪讚：《唐代戰爭詩研究》，臺北：文史哲出版社，1987。

紀永貴：《董永遇仙傳說研究》，合肥：安徽大學出版社，2006。

胡可先：《政治興變與唐詩演化》，北京：中國社會科學出版社，2003。

胡孚琛主編：《中華道教大辭典》，北京：中國社會科學出版社，1995。

胡遂：《佛教與晚唐詩》，北京：東方出版社，2005。

胡遂：《佛教禪風與唐代詩風之發展演變》，北京：中華書局，2007。

郎淨：《董永故事的展演及其文化結構》，上海：上海古籍出版社，2005。

郎淨：《董永傳說》，北京：中國社會科學出版社，2006。

韋春喜：《宋前詠史詩史》，北京：中國社會科學出版社，2010。

卿希泰主編：《中國道教史》，成都：四川人民出版社，1992。

唐曉敏：《中唐文學思想研究》，北京：北京師範大學出版社，2000。

唐君毅：《哲學概論》，臺北：臺灣學生書局，1979。

唐君毅：《中國哲學原論》（六冊），臺北：臺灣學生書局，1970。

唐君毅：《生命存在與心靈境界》，臺北：臺灣學生書局 1989.05。

孫昌武：《唐代文學與佛教》，臺北：谷風出版社，1987。

孫昌武：《道教與中國文學》，北京：人民文學出版社，2001。

孫琴安：《唐詩與政治》，上海：上海人民出版社，2003。

徐陵纂輯：《敦煌詩集殘卷輯考》，北京：中華書局，2000。

徐中玉主編：《文氣‧風骨編》，北京：中國社會科學出版社，1997。

徐吉軍：《中國喪葬史》，南昌：江西高校出版社，1998。

徐有富：《唐代婦女生活與詩》，北京：中華書局，2005。

徐宗良、劉學禮、瞿曉敏：《生命倫理學理論與實踐探索》，上海：上海人民出版社，
　　2002。

徐揚杰：《中國家族制度史》，武昌：武漢大學出版社，2012。

徐鵬：《孟浩然集校注》，北京：人民文學出版社，1998。

栗斯：《盛世風光和詩人》，臺北：木鐸出版社，1985。

祝秀俠：《唐代傳奇小說》，臺北：中國文化大學出版部，1982.11。

索甲仁波切著、鄭振煌譯：《西藏生死書》，臺北：張老師文化出版社，1996。

袁行霈主編：《中國文學史》，臺北：五南圖書出版公司，2004。

袁珂：《古神話選釋》，臺北：長安出版社，1988。

郝世峰：《孟郊詩集箋注》，石家莊：河北教育出版社，2002。

馬持盈：《史記今注》，臺北：臺灣商務印書館，1979。

馬其昶：《韓昌黎文集校注》，臺北：河洛圖書出版社，1975。

馬道宗：《中國道教養生秘訣》，北京：宗教文化出版社，2002.01。

高明：《大戴禮記今註今譯》，臺北：臺灣商務印書館，1977。

高志忠：《劉禹錫詩編年校注》，哈爾濱：黑龍江人民出版社，2005。

高明士等：《隋唐史》，臺北：國立空中大學，2003。

高海夫主編：《唐宋八大家文鈔校注集評》，西安：三秦出版社：1998。

崔為：《黃帝內經素問譯註》，哈爾濱：黑龍江人民出版社，2003。

張立文：《周易與儒道墨》，臺北：東大圖書公司，1991。

張忠剛主編：《全唐詩大辭典》，北京：語文出版社，2003。

張國剛：《佛學與隋唐社會》，石家莊：河北人民出版社，2002。

張淵靜：《唐代咏史懷古詩》，上海：上海三研書店，2009.01。

張雪松：《佛教養生》，北京：北京圖書館出版社，2009.12。

張錫厚主編《全敦煌詩》（全 20 冊），北京：作家出版社，2006.05。

張曜：《唐代後期儒學的新趨向》，臺北：文津出版社，1993。

張雙棣：《淮南子校釋》，北京：北京大學出版社，1997。

淡江大學中文系主編：《晚唐的社會與文化》，臺北：臺灣學生書局，1980。

淡江大學中文系主編：《戰爭與中國社會之變動》，臺北：臺灣學生書局，1991。

章群：《唐代祠祭論棗》，臺北：學海出版社，1996。

第環寧：《氣勢論》，北京：民族出版社，2002。

許淩雲：《中國儒學史》，廣州：廣東教育出版社，1998。

許總《唐詩史》（上下），南京，江蘇教育出版社，1994.06。

郭紹林：《唐代士大夫與佛教》，臺北：文史哲出版社，1993。

郭朋：《中國佛教思想史》，福州：福建人民出版社，1994.09。

郭慶藩，《莊子集釋》，臺北：河洛出版社・1970。

陳奇猷，《呂氏春秋校釋》，臺北：華正書局，1985。

陳允吉：《古典文學佛教溯源》，上海：復旦大學出版社，2002。

陳允吉：《佛教與中國文學論稿》，上海：上海古籍出版社，2010。

陳友冰：《海峽兩岸唐代文學研究史 1949～2000》，桂林：廣西師範大學出版社，2001。

陳引馳：《隋唐佛學與中國文學》，南昌：百花洲文藝出版社，2002。

陳文新：《文言小說審美發展史》，武昌：武漢大學出版社，2007。

陳伯海主編：《唐詩學史稿》，北京：河北人民出版社，2011。

陳兵：《生與死的超越》，臺北：百善書房，2004.06。

陳弘治校注：《新編鹽鐵論》，臺北：臺灣古籍出版公司，2001.05。

陳尚君輯校：《全唐詩補編》，北京：中華書局，1992。

陳致平：《中華通史》，臺北：黎明文化事業公司，1976。

陳弱水：《婦女與社會──試探唐代婦女與本家的關係》，北京：中國大百科全書出版
　　社，2005。

陳烈：《中國祭天文化》，北京：宗教文化出版社，2003。

陳鼓應：《老子今註今譯》，臺北：臺灣商務印書館，1978。

陳鼓應：《莊子今註今譯》，臺北：臺灣商務印書館，1994。

陳戰國、強昱：《超越生死》，開封：河南大學出版社，2004。

陳鐵民、侯忠義：《岑參集校注》，臺北：漢京文化事業公司，1985。

陶敏、李一飛：《隋唐五代文學史料學》，北京：中華書局，2001。

陶敏、易淑瓊：《沈佺期宋之問集校注》，北京：中華書局，2001。

陶敏、王友勝：《韋應物集校注》，上海：上海古籍出版社，1998。

傅佩榮：《儒道天論發微》，臺北：臺灣學生書局，1985.10。

傅璇琮、羅聯添主編：《唐代文學研究論著集成》，西安：三秦出版社，2004.10。

傅璇琮主編：《唐五代文學編年史》，瀋陽：遼海出版社，1998。

傅璇琮：《唐才子傳校箋》，北京：中華書局，2002。

傅樂成：《中國通史》（上下），臺北：大中國圖書公司，1975.05。

傅璇琮等：《唐代文學研究》，唐代文學研究學會，1990 至 2014。

傅璇琮：《唐代科舉與文學》，臺北：文史哲出版社，1984。

傅錫王：《牛李黨爭與唐代文學》，臺北：東大圖書公司，1984。

彭慶生：《陳子昂詩注》，成都：四川人民出版社，1981。

項楚：《敦煌詩歌導論》，成都：巴蜀書社，2001.05。

湯一介、張耀南、方銘主編：《中國儒學文化大觀》，北京：北京大學出版社，2001。

程恭讓釋譯：《金剛經》，高雄：佛光山宗務委員會，1996。

程國賦：《唐五代小說的文化闡釋》，北京：人民文學出版社，2002。

程毅中：《唐代小說史》，北京：人民文學出版社，2003。

華枕之、喻學才校注：《孟郊詩集校注》，北京：中國人民大學出版社，1995。

馮友蘭：《中國哲學史》（上下冊），臺北：臺灣商務印書館，1996。

馮友蘭：《中國哲學史新編》（七冊），上海：上海人民出版社，1986。

馮滬祥：《中西生死哲學》，臺北：博揚文化事業公司，2001。

黃公偉：《人生哲學通義》，臺北：新文豐出版社，1969。

黃公偉：《中國佛教思想傳統史》，臺北：獅子吼雜誌社，1972。

黃正建：《中晚唐社會與政治研究》，北京：中國社會科學出版社，2006。

黃永年：《六至九世紀中國政治史》，上海：上海書店出版社，2004.07。

黃清泉注譯：《新譯列女傳》，臺北：三民書局，2003。

黃頌杰等：《現代西方哲學辭典》，上海：上海辭書出版社，2007.04。

黃徵、張湧泉：《敦煌變文校注》，北京：中華書局，1997。

黃徵、張湧泉校注：《敦煌變文校注》，周紹良主編，北京：中華書局，1997.05。

黃鵬：《賈島集校注》，成都：巴蜀書社，2002。

黃麟書：《唐代詩人塞防思想》，臺北：造楊文學社，1980。

童養年：《全唐詩續補遺》，（《全唐詩外編》），北京：中華書局，1982。

蓋建民：《道教醫學》，北京：宗教文化出版社，2001.04。

楊世明：《劉長卿集編年校注》，北京：人民文學出版社，1999。

楊軍：《元稹集編年箋注》，西安：三秦出版社，2002。

楊曾文：《唐五代禪宗史》，北京：中國社會科學出版社，1999。

楊義：《中國古典小說史論》，北京：中會科學出版社，2004.03。

楊憲邦《中國哲學史》（三冊），北京：中國人民大學，1990。

楊學為總主編：《中國考試史文獻集成》，北京：高等教育出版社，2005。

楊寶忠：《論衡校箋》，石家莊：河北教育出版社，1999。

葉瑛校注：《文史通義校注》，北京：中華書局，1994。

葉蔥奇：《李賀詩集校注》，臺北：里仁書局，1982。

葛曉音：《詩國高潮與盛唐文化》，北京：北京大學出版社，1998。

道玄子：《中國道家養氣全書》，臺北：中國瑜珈出版社，1985.06。

廖芮茵：《唐代服食養生研究》，臺北：東華書局，2002。

廖立：《岑嘉州詩箋注》，北京：中華書局，2004。

榮新江主編：《唐代宗教信仰與社會》，上海：上海辭書出版社，2003。

臺靜農：《百種詩話類編》，臺北：藝文印書館，1972。

蒲慕州：《墓葬與生死》，臺北：聯經出版社，1993。

趙殿成：《王右丞集箋注》，上海：上海古籍出版社，1998。

趙榮蔚：《晚唐士風與詩風》，上海：上海古籍出版社，2004。

齊文榜：《賈島集校注》，北京：人民文學出版社，2001。

劉金柱：《唐宋八大家與佛教》，北京：人民出版社，2004。

劉紀曜：《仕與隱——傳統中國政治文化的兩極》，黃俊傑主編：《理想與現實》，臺北：
　　　聯經出版社，1993。

劉開陽：《高適詩集編年箋注》，臺北：漢京文化事業公司，1983。

劉楚華主編：《唐代文學與宗教》，香港：中華書局，2004。

劉瑛：《唐代傳奇研究》，臺北：正中書局，1982.11。

劉葉秋、朱一玄、張守謙、姜東賦主編：《中國古典小說大辭典》，石家莊：河北人民出版社，1998.07。

劉學楷、余恕誠集解：《李商隱詩歌集解》，北京：中華書局，1988。

劉翰平：《儒家心性與天道》，臺北：商鼎，1996。

潘知常：《生命美學論稿》，鄭州：鄭州大學出版社，2002。

鄧小南：《唐宋女性與社會》，上海：上海辭書出版社，2003。

鄧小軍：《唐代文學的文化精神》，臺北：文津出版社，1993。

熊飛：《張九齡集校注》，北京：中華書局，2008.11。

鄭志明：《道教生死學(第二卷)》，臺北：文津出版社，2012.01。

蔣維崧、趙蔚芝等：《劉禹錫詩編年箋注》，濟南，山東大學出版社，1997.09

魯迅：《中國小說史略》，臺北：明倫出版社，1969。

盧國龍：《道教哲學》，北京：華夏出版社，2007.01。

蕭天石：《道家養生學概要》，臺北：自由出版社，1983.04。

蕭萐父釋譯：《大乘起信論》，高雄：佛光山宗務委員會，1996。

錢仲聯：《韓昌黎詩繫年箋釋》，上海：上海古籍出版社，1994。

錢志熙：《唐前生命觀和文學使命主題》，北京：東方出版社，1997。

錢穆：《國史大綱》，臺北：臺灣商務印書館，1980。

戴偉華：《唐代文學綜論》，北京：商務印書館，2006。

繆鉞：《宋詩鑑賞辭典》，上海：上海辭書出版社，2001。

謝思煒：《白居易詩集校注》，北京：中華書局，2009。

謝保成《貞觀政要集校》，北京：中華書局，2003。

瞿蛻園：《李白集校注》，臺北：里仁書局，1980。

酈士元：《國史論衡》，臺北：里仁書局，1880.02。

羅永華：《初唐宮廷詩風流變考論》，北京：中國社會科學出版社，2004。

羅光：《生命哲學》，臺北：臺灣學生書局，2001。

羅光：《中國哲學思想史》（七冊），臺北：臺灣學生書局，1981.01。

羅宗強：《隋唐五代文學思想史》，北京：中華書局，1999。

羅聯添主編：《中國文學史論文選集（1～4 冊）》，臺北：臺灣學生書局，1978.05。

蘇珊玉：《盛唐邊塞詩的審美特質》，臺北：文津出版社，2000。

蘇穎：《黃帝內經靈樞譯註》，哈爾濱：黑龍江人民出版社，2003。

釋心田：《佛教生死書》，臺北：文經社出版，2014.06。

三、期刊論文（依發表年分排序）

周誠明：〈祭弔文分類述論〉，《臺中商專學報》，第六期，1974。

饒宗頤：〈虯髯客傳考〉，《中國文學史論文選集》，第三冊，1979。

李瑞騰：〈唐詩中的山水〉，《古典文學》，第三集，1981。

傅錫壬：〈試探蔣防霍小玉傳的創作動機〉，《古典文學》，第二集，1981.12。

陳器文：〈此身飲罷無歸處，獨立蒼茫自詠詩〉，《古典文學》第六集，1984.12。

王毅：〈中國士大夫隱逸文化的興衰〉，《文藝研究》，第四期，1989。

葉國良：〈論韓愈的冢墓碑誌文〉，《古典文學》第十集，1989.12。

鄭曉江：〈論儒家的死亡觀〉，《孔孟月刊》，第 32 卷、第 1 期，1993.09。

張錯：〈魚身夢幻〉，《中外文學》23 卷，9 期，1995。

方立天：〈儒佛心性論的互動〉，《哲學與文化》，第 23 卷、第 11、12 期，1996.12。

吳在慶：〈略論唐代隱逸詩歌的特色〉，漳州師範學院學報，1997。

劉唐周：〈論文士不遇〉，《中國文學研究》，第 44 期，1997。

羅時進：〈晚唐詩人的仕隱矛盾與許渾隱逸詩〉，《文史哲》第 245 期，1997。

方立天：〈道佛互動——以心性論為中心〉，《哲學與文化》，第 25 卷、第 11 期，1998.11。

方百壽：〈唐代封禪功能及意義〉，《泰安師專學報》，2001。

李獻奇：〈唐崔諤之墓志考釋〉，《考古與文物》，2001。

夏紹先：〈從墓志看唐代婦女的貞節觀〉，《楚雄師專學報》，2001。

崔庚浩、王京陽：〈唐李寧妻鄭氏墓志簡釋〉，《文博》，2001。

楊維中：〈論禪宗心性思想的發展〉，《漢學研究》，第 19 卷、第 2 期，2001。

李建：〈論儒家生死鬼神觀的非宗教性特徵〉，《孔孟月刊》，第四十卷、第 3 期，2001.12。

洪錦淳：〈生死兩無憾——傳統儒家的臨終關懷〉，《孔孟月刊》，第四十卷、第 3 期，2002.03。

沈宗霖：〈從退隱到心隱：試論東漢迄兩晉之際隱逸思想變遷〉，《東華大學中國文學研究》，2003.06。

張國剛：〈唐代婚姻禮俗與禮法文化〉，《唐研究》，第十卷，2004。

李红霞、張彩紅：〈論科舉對唐代隱逸風尚興盛的影響〉，《重慶工商大學學報》，第

21 卷、第 2 期，2004.04。

周誠明：〈屈原及作品中的生命思想〉，中臺科大 2005 年校內整合計畫論文，2005.12。

魏嚴堅：〈唐玄宗時期的天災及救災〉，《臺中技術學院通識教育學報》，第二期，2008.12。

胡可先：〈墓志新輯唐代挽歌考論〉，《浙江大學學報》，2009。

葉淑茵：〈葛洪論聖人與神仙之研究〉，《孔孟學報》，第八十七期，2009.09。

周誠明：〈蘇軾生命精神之探討〉，《中臺科大學報》，2009.12。

蒲華軍：〈唐傳奇寫夢小說中的幻化時間探析〉，《四川民族學院學報》，2010。

張清泉：〈從天命、天爵、五儀之義理關係談儒家之生命教育〉，《李威熊教授七秩華
　　誕祝壽論文集》，臺北：秀威資訊科技公司，2010。

盧秀滿：〈鬼祟之因與治鬼之術〉，《臺北大學中文學報》，第 10 期，2011。

黃霜：〈董永傳說研究述評〉，《文學教育》，2013。

周誠明：〈從唐代祥瑞尚白探討朝廷與文士之祥瑞觀〉，《僑光科大人文與應用科學學
　　報》，第七期，2014。

周誠明：〈中唐文宗以齊梁體格試士之探討〉，《唐代文學學會第十七屆年會論文集》，
　　2014.10。

四、學位論文（依發表年分排序）

洪瑞英：《中國人虎變形故事研究》，臺中：逢甲大學中文所碩論，1991。

陳昱珍：《唐宋小說中變形題材之研究》，臺北：中國文化大學中文所博論，2001。

謝明輝：《中唐山水詩研究》，高雄：中山大學中研所博論，2010。

洪銘吉：《唐代科舉明經進士與經學關係之探討》，臺中：逢甲大學中文所博論，2011。
　　10 期，2011。

國家圖書館出版品預行編目(CIP) 資料

唐人生命思想之多元探討 / 周誠明著.--初版.－
　臺北市 : 元華文創, 民106.06
　　面 ；　公分

ISBN 978-986-393-915-3(平裝)

1.中國文學 2.生命哲學 3.唐代

820.904　　　　　　　　　　　　106007419

唐人生命思想之多元探討

周誠明　著

發 行 人：陳文鋒

出 版 者：元華文創股份有限公司

聯絡地址：100 臺北市中正區重慶南路二段 51 號 5 樓

電　　話：(02) 2351-1607

傳　　真：(02) 2351-1549

網　　址：www.eculture.com.tw

E-mail：service@eculture.com.tw

出版年月：2017 (民 106) 年 6 月 初版

定　　價：新臺幣 650 元

ISBN：978-986-393-915-3 (平裝)

總 經 銷：易可數位行銷股份有限公司

地　　址：231 新北市新店區寶橋路 235 巷 6 弄 3 號 5 樓

電　　話：(02) 8911-0825　　傳　　真：(02) 8911-0801

■缺頁或裝訂錯誤 請寄回本公司 其餘本書售出恕不退換■